HEYNE <

Frank Herberts große WÜSTENPLANET-Saga
in sechs Bänden:

Der Wüstenplanet
Der Herr des Wüstenplaneten
Die Kinder des Wüstenplaneten
Der Gottkaiser des Wüstenplaneten
Die Ketzer des Wüstenplaneten
Die Ordensburg des Wüstenplaneten

FRANK HERBERT

DIE KINDER DES WÜSTEN PLANETEN

Roman

Aus dem Amerikanischen
von Jakob Schmidt

WILHELM HEYNE VERLAG
MÜNCHEN

Titel der Originalausgabe:
CHILDREN OF DUNE

MIX
Papier | Fördert gute Waldnutzung
FSC® C083411

Penguin Random House Verlagsgruppe FSC® N001967

7. Auflage
Neuausgabe 12/2020
Redaktion: Alexander Martin

Neumarkter Straße 28, 81673 München
produktsicherheit@penguinrandomhouse.de
(Vorstehende Angaben sind zugleich Pflichtinformationen nach GPSR.)

Umschlaggestaltung: Das Illustrat, München, unter Verwendung von Motiven von sergioboccardo / Shutterstock, diversepixel / Shutterstock und TOP67 / Shutterstock
Satz: Greiner & Reichel, Köln
Druck und Bindung: CPI books GmbH, Leck
Printed in the EU

ISBN 978-3-453-31955-4

www.diezukunft.de

Für Bev

– wegen des wunderbaren Versprechens unserer Liebe,
und um ihre Schönheit und Weisheit mit anderen zu teilen,
denn sie hat dieses Buch wahrhaft inspiriert.

Muad'Dibs Lehren sind zum Spielplatz für Scholastiker geworden, für die Abergläubischen und Korrupten. Er hat eine ausgewogene Art zu leben gelehrt, eine Philosophie, mit der ein Mensch den Problemen begegnen kann, die ein sich in stetem Wandel befindliches Universum hervorbringt. Er hat erklärt, dass sich die Menschheit immer weiterentwickelt, dass sie sich in einem nie endenden Prozess befindet. Er hat erklärt, dass diese Evolution veränderlichen Prinzipien folgt, die nur die Ewigkeit kennt. Wie kann ein korrumpiertes Denken mit einer solchen Essenz spielen?

– Worte des Mentaten Duncan Idaho

Ein Lichtfleck erschien auf dem tiefroten Teppich, der den nackten Fels des Höhlenbodens bedeckte. Das Licht hatte keine erkennbare Quelle, es existierte scheinbar einzig und allein auf dem roten, aus Gewürzfasern gewebten Stoff. Es bewegte sich unvorhersehbar, ein suchender Kreis von etwa zwei Zentimetern Durchmesser, der mal eine längliche, mal eine ovale Form annahm. Als es auf einen tiefgrünen Bettkasten traf, sprang es hoch und kroch über die faltigen Laken.

Unter der grünen Decke lag ein Kind mit rostrotem Haar, das Gesicht mit den vollen Lippen noch rund vom Babyspeck. Sein Körper hatte nichts von der Sehnigkeit der Fremen, war aber auch nicht so wasserfett wie der eines Außenweltlers. Als das Licht über die geschlossenen Lider des Kindes strich, regte sich die kleine Gestalt. Das Licht verschwand.

Nun waren nur regelmäßiges Atmen und, leise im Hintergrund, das beruhigende Tropfen des Wassers zu hören, das sich im Auffangbecken der Winddestille weit oberhalb der Höhle sammelte.

Erneut erschien das Licht in dem Zimmer, diesmal etwas größer und einige Lumen heller. Seine Quelle ließ sich nun vage erkennen: Eine Gestalt in einem Kapuzenmantel stand im Türbogen des Zimmers. Von ihr ging das Licht aus. Einmal mehr glitt es durch den Raum, prüfend, suchend. Es hatte etwas Bedrohliches an sich, eine ruhelose Unzufriedenheit. Diesmal hielt es sich von dem schlafenden Kind fern, verharrte auf dem Belüftungsgitter in der oberen Ecke und tastete sich an einer Wölbung der grün-goldenen Wandbehänge entlang, mit denen der umliegende Fels verdeckt war.

Dann erlosch das Licht wieder. Ein verräterisches Rascheln von Stoff erklang, als sich die Kapuzengestalt bewegte und neben den Türbogen stellte. Jeder, der mit den Abläufen hier im Sietch Tabr vertraut war, hätte sofort erahnt, dass es sich um Stilgar handelte, den Naib des Sietchs und Wächter der Waisenzwillinge, die eines Tages das Werk ihres Vaters, Paul Muad'Dibs, fortsetzen würden. Stilgar inspizierte nachts häufig die Gemächer der Zwillinge, wobei er immer erst in das Zimmer ging, in dem Ghanima schlief, und sich anschließend hier im Nachbarzimmer davon überzeugte, dass Leto keine Gefahr drohte.

Ich bin ein alter Narr, dachte Stilgar.

Er betastete das kalte Gehäuse des Lichtwerfers und steckte ihn dann in seinen Gürtel zurück. Das Ding ärgerte ihn, obwohl er nicht ohne es auskam. Es war ein fein eingestelltes Gerät aus dem Imperium, mit dem man größere Lebensformen aufspüren konnte. In den königlichen Schlafgemächern hatte es ihm lediglich die beiden schlafenden Kinder gezeigt.

Stilgars Gedanken und Gefühle ähnelten diesem Gerät. Es war, als könnte er sein inneres Suchlicht nicht abstellen. Die Bewegungen dieses Lichts wurden von einer höheren Macht gelenkt, die ihn in diesen Augenblick warf, in dem er das ganze Ausmaß der Gefahr spürte. Hier war der Fokus für die größten Träume überall im bekannten Universum. Hier lagen der Schatz der Zeit, die säkulare Herrschaft und der mächtigste aller mystischen Talismane: die göttliche Authentizität von Muad'Dibs religiösem Vermächtnis. Diese Zwillinge – Leto und seine Schwester Ghanima – waren das Brennglas einer Furcht einflößenden Macht. Solange sie lebten, lebte Muad'Dib, der für tot gehalten wurde, in ihnen fort.

Es waren keine gewöhnlichen neunjährigen Kinder. Sie waren eine Gewalt der Natur, die man anbetete und fürchtete. Sie waren die Kinder von Paul Atreides, der zu Muad'Dib geworden war, dem Mahdi aller Fremen. Muad'Dib hatte die menschliche Zivilisation zum Explodieren gebracht. In einem Dschihad waren die Fremen von ihrer Heimatwelt aufgebrochen und hatten ihre religiöse Herrschaft, deren Ausmaße und Allgegenwart auf jedem Planeten Spuren hinterlassen hatten, in das Universum getragen.

Und doch sind diese Kinder Muad'Dibs aus Fleisch und Blut, dachte Stilgar. *Zwei Stöße meines Messers würden genügen, um ihren Herzschlag zum Erliegen zu bringen. Ihr Wasser würde zurück an den Stamm gehen.*

Der Gedanke versetzte sein Inneres in Aufruhr.

Muad'Dibs Kinder töten …

Doch die Jahre hatten ihn auch weise werden lassen. Er kannte den Ursprung eines so entsetzlichen Gedankens – er rührte von der linken Hand des Verdammten her, nicht von der rechten des Gesegneten. *Ayat* und *Burhan* des Lebens hielten nur noch wenige Geheimnisse für ihn bereit. Einst war er stolz gewesen, sich als Fremen und die Wüste als seinen Freund zu betrachten, seinen Planeten in Gedanken den Wüstenplaneten und nicht Arrakis zu nennen, wie er auf den Sternenkarten des Imperiums verzeichnet war.

Wie einfach doch alles noch war, als unser Messias nur ein Traum gewesen war. Indem wir unseren Mahdi gefunden haben, haben wir unzählige Träume von Erlösung auf das Universum losgelassen. Jedes vom Dschihad unterworfene Volk träumt nun von einem zukünftigen Führer.

Er spähte in die Dunkelheit des Schlafgemachs.

Wenn mein Messer all diese Menschen befreien würde, würden sie dann mich zum Messias machen?

Jetzt hörte er, wie sich Leto in seinem Bett regte.

Stilgar seufzte. Er hatte den Atreides-Großvater, nach dem das Kind benannt war, nie kennengelernt. Aber viele sagten, dass die moralische Stärke Muad'Dibs aus dieser Quelle stammte. Würde die fruchtbare Eigenschaft der *Richtigkeit* eine Generation überspringen? Stilgar stellte fest, dass er die Frage nicht beantworten konnte.

Sietch Tabr gehört mir. Ich herrsche hier. Ich bin ein Naib der Fremen. Ohne mich hätte es keinen Muad'Dib gegeben. Aber diese Zwillinge … Durch Chani, ihre Mutter und meine Verwandte, fließt mein Blut in ihren Adern. Ich bin mit Chani und Muad'Dib und all den anderen in diese Sache verwickelt. Was haben wir unserem Universum nur angetan?

Er konnte sich nicht erklären, warum ihn nachts solche Gedanken heimsuchten und warum sie derartige Schuldgefühle verursachten. In seinem Kapuzenmantel kauerte er sich auf den Boden. Die Realität entsprach ganz und gar nicht dem Traum. Die Freundliche Wüste, die sich einmal von Pol zu Pol erstreckt hatte, war auf die Hälfte ihrer früheren Größe geschrumpft, und das mythische Paradies sich ausbreitenden Grüns erfüllte Stilgar mit Verzweiflung. Es war einfach nicht wie in dem Traum. Und er wusste, dass auch er sich mit seinem Planeten verändert hatte. Er war jetzt ein weit kultivierterer Mann als noch zu seinen Zeiten als Sietchoberhaupt. Er wusste nun über vieles Bescheid – über Staatskunst und über die weitreichenden Folgen kleinster Entscheidungen. Und doch empfand er dieses Wissen und diese Kultiviertheit als dünne Fassade über dem eisernen Kern eines einfacheren, deterministischen Denkens. Und dieser Kern rief ihn, flehte ihn um eine Rückkehr zu klareren Werten an.

Die morgendlichen Sietchgeräusche mischten sich in seine Gedanken. Die Bewohner nahmen ihre Wege durch die Höhlen auf. Stilgar spürte einen Luftzug an den Wangen – die Türsiegel öffneten sich in die Dunkelheit vor der Morgendämmerung. Der Luftzug verriet nicht nur, wie spät es war, sondern zeugte auch von Achtlosigkeit. Die Bewohner unterirdischer Stätten hielten sich nicht mehr an die strenge Wasserdisziplin früherer Zeiten. Warum sollten sie auch, wenn man auf dem Planeten schon Regen gespürt hatte, wenn man Wolken sah, wenn acht Fremen von einer plötzlichen Flut in einem Wadi in den Tod gerissen worden waren? Bis zu diesem Ereignis hatte es das Wort »ertrunken« in den Sprachen des Wüstenplaneten nicht gegeben. Aber dies war nicht mehr der Wüstenplanet. Dies war Arrakis. Und heute stand ein ereignisreicher Tag bevor.

Jessica, die Mutter Muad'Dibs und Großmutter der königlichen Zwillinge, kehrt heute nach Arrakis zurück. Warum beendet sie gerade jetzt ihr selbstauferlegtes Exil? Warum lässt sie den sicheren Planeten Caladan hinter sich, um sich den Gefahren von Arrakis zu stellen?

Und das war nicht das Einzige, was Stilgar zu denken gab. Würde Jessica seine Zweifel bemerken? Sie war eine Bene-Gesserit-Hexe. Man hatte sie in die tiefsten Geheimnisse der Schwesternschaft eingeweiht. Und sie war eine Ehrwürdige Mutter. Solche Frauen waren scharfsinnig – und gefährlich. Würde sie ihm befehlen, sich in sein eigenes Messer zu stürzen, so wie man es dem Umma-Beschützer von Liet-Kynes befohlen hatte?

Würde ich ihr gehorchen?, fragte er sich.

Auch diese Frage konnte er nicht beantworten, aber nun dachte er über Liet-Kynes nach, den Planetologen, der als Erster davon geträumt hatte, die Wüste in jene menschenfreundliche, grüne Welt zu verwandeln, zu der sie nun wurde. Liet-Kynes war Chanis Vater gewesen. Ohne ihn hätte es keinen Traum gegeben. Keine Chani. Keine königlichen Zwillinge. Diese fragile Verkettung beunruhigte Stilgar.

Wie sind wir hier zusammengekommen? Wie haben wir uns miteinander verbunden? Zu welchem Zweck? Ist es meine Aufgabe, all dem ein Ende zu setzen, dieses große Zusammenspiel zu zertrümmern?

Nun gestand er sich seinen schrecklichen inneren Drang ein. Er konnte diese Entscheidung treffen, konnte der Liebe und der Familie zuwiderhandeln, um das zu tun, was ein Naib zuweilen tun musste: zum Wohl des Stammes ein Todesurteil fällen. Aus einer bestimmten Perspektive stellte ein solcher Mord den absoluten Verrat dar, die ultimative Schandtat. *Kinder zu töten!* Aber sie waren nicht nur Kinder. Sie hatten die Melange zu sich genommen, hatten an der Sietchorgie teilgenommen, sie hatten in der Wüste nach Sandforellen gestochert und auch die anderen Spiele der Fremenkinder gespielt ... und sie saßen im Königlichen Rat. Kinder in einem so zartem Alter – und doch klug genug, um im Rat zu sitzen. Körperlich mochten sie Kinder sein, doch an Erfahrungen waren sie uralt, mit einem umfassenden genetischen Gedächtnis geboren, einer entsetzlichen Bewusstheit, die sie und ihre Tante Alia von allen anderen lebenden Menschen unterschied.

In vielen Nächten hatte Stilgar bemerkt, dass seine Gedanken um diesen *Unterschied* kreisten, der die Zwillinge und ihre Tante kennzeichnete. Viele Male hatten ihn diese quälenden Gedanken aus dem Schlaf hochschrecken lassen, und er war mit nicht zu Ende geträumten Träumen in die Schlafgemächer der Zwillinge gegangen. Nun kristallisierten sich seine Zweifel klar heraus. Auch wenn man keine Entscheidung traf, war das eine Entscheidung, das war ihm bewusst. Die Zwillinge und ihre Tante hatten im Mutterleib nicht nur das Bewusstsein erlangt, sondern auch alle Erinnerungen, die ihre Vorfahren ihnen vererbt hatten. Die Abhängigkeit vom Gewürz hatte das bewirkt, die Abhängigkeit der Mütter: Lady Jessica und Chani. Jessica hatte, bevor sie vom Gewürz abhängig geworden war, einen Sohn zur Welt gebracht, Muad'Dib. Alia war danach geboren waren. Im Rückblick war die Sache völlig klar. Die von den Bene Gesserit gesteuerte Zuchtwahl hatte nach zahllosen Generationen Muad'Dib hervorgebracht, doch die Melange war in den Plänen der Schwesternschaft nicht vorgesehen gewesen. Oh, sie hatten von dieser Möglichkeit gewusst und sich vor ihr gefürchtet, hatten sie als *Abscheulichkeit* bezeichnet. Für ein solches Urteil mussten sie Gründe gehabt haben. Und wenn sie sagten, dass Alia eine Abscheulichkeit war, dann traf das mit Sicherheit auch auf die Zwillinge zu, denn auch Chani war abhängig gewesen, ihr Körper gesättigt vom Gewürz, und ihre Gene hatten die von Muad'Dib ergänzt.

Die Gedanken brodelten in Stilgars Kopf. Es bestand kein Zweifel daran, dass diese Zwillinge etwas waren, das über ihren Vater hinausging. Aber in welche Richtung? Der Junge sprach von der Fähigkeit, sein Vater zu *sein* – und er hatte diese Fähigkeit auch schon unter Beweis gestellt. Bereits als Säugling hatte Leto von Erinnerungen erzählt, von denen nur Muad'Dib hätte wissen können. Gab es weitere Vorfahren, die in diesem unermesslichen Spektrum von Erinnerungen warteten – Vorfahren, deren Glaubensdogmen und Methoden tödliche Gefahren für die Lebenden mit sich brachten?

Abscheulichkeiten, so nannten sie die heiligen Hexen der Bene Gesserit. Und doch begehrte die Schwesternschaft die Genophase dieser Kinder. Sie wollten Spermium und Eizelle ohne das störende Fleisch, das beides in sich trug. War das der Grund für Lady Jessicas Rückkehr? Sie hatte einst mit der Schwesternschaft gebrochen, um ihren Herzog zu unterstützen, aber den Gerüchten zufolge hatte sie sich den Bene Gesserit inzwischen wieder angeschlossen.

Ich könnte all diesen Träumen ein Ende machen, dachte Stilgar. *Wie einfach es doch wäre.*

Und einmal mehr erstaunte es ihn, dass er diese Möglichkeit überhaupt in Betracht ziehen konnte. Waren Muad'Dibs Zwillinge verantwortlich für die Wirklichkeit, die die Träume anderer auslöschte? Nein. Sie waren lediglich die Linse, durch die sich das Licht ergoss, um neue Formen im Universum zu erhellen.

Sein gequälter Geist floh zu einem uralten Fremenglauben: *Gottes Befehl wird kommen, versuche nicht, ihn zu drängen. Es ist an Gott, den Weg zu weisen, und manche weichen von ihm ab.*

Es war Muad'Dibs Religion, die Stilgar am meisten verstörte. Warum machte man einen Gott aus ihm? Warum vergöttlichte man einen Mann, von dem man wusste, dass er aus Fleisch und Blut war? Muad'Dibs Goldenes Elixier des Lebens hat ein bürokratisches Monstrum erzeugt, das rittlings über allen menschlichen Belangen saß. Regierung und Religion waren eins, sodass der Gesetzesbruch zur Sünde würde. Wie Rauch stieg ein Geruch von Blasphemie von jedem Zweifel an einem Regierungsedikt auf. Und wer sich der Rebellion schuldig machte, beschwor das Höllenfeuer auf sich herab.

Und doch waren es Menschen, die für jene Regierungsedikte verantwortlich waren.

Traurig schüttelte Stilgar den Kopf; er nahm die Bediensteten, die das königliche Vorzimmer zur Verrichtung ihrer morgendlichen Pflichten betreten hatten, nicht einmal wahr. Er betastete das Krismesser an seiner Hüfte, dachte an die Vergangenheit, die es symbolisierte, dachte daran, dass er mehr als einmal mit sinnlosen Aufständen sympathisiert hatte, die man auf seinen eigenen Befehl hin niedergeschlagen hatte. Er spürte eine große Verwirrung und hätte zu gerne gewusst, wie sie sich ausmerzen ließ, um wieder zu den einfachen Prinzipien zurückzukehren, für die das Messer stand. Doch die Räder des Universums ließen sich nicht zurückdrehen. Sie waren ein zu gewaltiges und zu komplexes Getriebe, das auf die graue Leere des Nicht-Seins projiziert wurde. Wenn Stilgars Messer den Zwillingen den Tod brachte, würde das nur neue Komplexitäten erzeugen, die sich in die menschliche Geschichte einwoben. Es würde neue Wogen des Chaos auslösen und die Menschheit dazu anstiften, neue Formen von Ordnung und Unordnung zu erproben.

Er seufzte. Und langsam wurde er sich der Bewegungen um ihn herum bewusst. Ja, diese Bediensteten stellten eine Art Ordnung dar, deren Dreh- und Angelpunkt Muad'Dibs Zwillinge waren. Sie bewegten sich von einem Augenblick zum nächsten und kümmerten sich um die Notwendigkeiten, die sie dort jeweils erwarteten.

Am besten macht man es ihnen nach, dachte Stilgar. *Am besten kümmert man sich um alles erst dann, wenn es so weit ist … Ich bin nach wie vor ein Diener. Und mein Herr ist der mitfühlende Gott.* In Gedanken rezitierte er: »*Gewiss haben Wir ihnen Halseisen angelegt, die bis ans Kinn reichen, damit sie erhobenen Hauptes gehen. Und Wir haben vor ihnen eine Mauer errichtet und hinter ihnen eine Mauer errichtet. Und Wir haben sie bedeckt, damit sie nichts sehen.*« So stand es im alten Glauben der Fremen geschrieben.

Stilgar nickte. Zu *sehen*, den nächsten Moment so vorauszuahnen, wie Muad'Dib es mit seinen Ehrfurcht gebietenden Zukunftsvisionen getan hatte, erweiterte die menschlichen Angelegenheiten um eine Gegenkraft. Es erzeugte neue Räume für Entscheidungen. Frei von Ketten zu sein – das konnte auf eine Laune Gottes hindeuten. Eine weitere Komplexität, die außerhalb menschlicher Reichweite lag.

Er nahm die Hand vom Messer. Seine Finger kribbelten von der Berührung, doch die Klinge, die einst im Maul eines Sandwurmes geschimmert hatte, blieb in der Scheide. Stilgar wusste, dass er sie nicht ziehen würde, um die Zwillinge zu töten. Er war zu einer Entscheidung gelangt. Lieber wollte er sich eine alte Tugend bewahren: Loyalität. Lieber die Komplexitäten, die man zu kennen glaubte, als die, die sich jeglichem Verständnis entzogen. Besser das Hier und Jetzt als die Zukunft eines Traumes. Der bittere Geschmack in seinem Mund verriet ihm, wie leer und abstoßend manche Träume sein konnten.

Nein, dachte er. *Keine Träume mehr!*

Frage: »Hast du den Prediger gesehen?«
Antwort: »Ich habe einen Sandwurm gesehen.«
Frage: »Was hat es mit dem Sandwurm auf sich?«
Antwort: »Er schenkt uns die Luft, die wir atmen.«
Frage: »Warum zerstören wir dann sein Land?«
Antwort: »Weil Shai-Hulud [der vergöttlichte Sandwurm] *es befiehlt.«*

– Rätsel von Arrakis, von Harq al-Ada

Wie es bei den Fremen Sitte war, standen die Atreides-Zwillinge eine Stunde vor Morgengrauen auf. Sie gähnten und streckten sich in heimlichem Einklang in ihren benachbarten Zimmern und spürten die Geschäftigkeit um sie herum. Sie hörten, wie die Bediensteten in der Vorkammer das Frühstück bereiteten, eine einfache Grütze mit Datteln und Nüssen, versehen mit einer von halbfermentiertem Gewürz abgeschöpften Flüssigkeit. Im Vorzimmer gab es Leuchtgloben, sodass ein sanfter gelber Schein durch die offenen Türbögen in die Schlafgemächer fiel. Die Zwillinge zogen sich rasch an, wobei jedes Kind das andere hörte. Sie waren übereingekommen, Destillanzüge zu tragen, um sich vor dem ausdörrenden Wüstenwind zu schützen.

Kurz darauf trafen sich die beiden im Vorzimmer, wo sie bemerkten, dass die Bediensteten ganz plötzlich verstummt waren. Leto trug einen hellbraunen Umhang mit schwarzem Saum über dem grauen, glatten Destillanzug. Seine Schwester hatte einen grünen übergeworfen. Am Hals wurden ihre Umhänge durch eine Brosche in der Form des Atreides-Falken zusammengehalten. Sie war aus Gold mit roten Edelsteinen als Augen.

Als Harah, eine von Stilgars Frauen, sah, wie sich die beiden Zwillinge herausgeputzt hatten, sagte sie: »Wie ich sehe, erweist ihr heute mit eurer Kleidung eurer Großmutter die Ehre.«

Leto nahm seine Frühstücksschale in die Hand, dann blickte er Harah in das dunkle, vom Wind gegerbte Gesicht. Er schüttelte den Kopf. »Woher willst du wissen, dass wir uns nicht selbst die Ehre erweisen?«

Unbeirrt begegnete Harah Letos spöttischen Blick und erwiderte: »Meine Augen sind genauso blau wie eure.«

Ghanima lachte laut auf. Seit jeher war Harah äußerst begabt im Fremenspiel der Rätselfragen. In einem einzigen Satz hatte sie gesagt: »Zieh mich nicht auf, Junge. Du magst von königlichem Geblüt sein, aber wir tragen beide das Mal der Gewürzabhängigkeit – Augen ohne Weiß. Welcher Fremen braucht darüber hinaus noch einen feinen Aufzug oder mehr Ehre?«

Leto lächelte und schüttelte reuig den Kopf. »Harah, meine Liebe, wenn du nur jünger wärst und nicht schon Stilgar gehören würdest, ich würde dich zu der Meinen machen.«

Harah nahm ihren kleinen Sieg ohne viel Aufhebens zur Kenntnis und bedeutete den anderen Bediensteten, die Gemächer weiter für diesen wichtigen Tag vorzubereiten. »Esst euer Frühstück. Ihr werdet heute Kraft brauchen.«

»Dann bist du auch der Meinung, dass wir uns nicht zu sehr für unsere Großmutter herausgeputzt haben?«, fragte Ghanima mit vollem Mund.

»Fürchtet sie nicht, Ghani«, sagte Harah.

Leto schluckte eine Portion Brei herunter und bedachte Harah mit einem durchdringenden Blick. Sie war eine bauernschlaue Frau, die das Spiel von Tand und Schein nur zu schnell durchschaute. »Wird sie denken, dass wir sie fürchten?«, fragte Leto.

»Das kann gut sein«, erwiderte Harah. »Denkt dran, dass sie unsere Ehrwürdige Mutter war. Ich kenne ihre Methoden.«

»Wie war denn Alia gekleidet?«, fragte Ghanima.

»Ich habe sie nicht gesehen«, sagte Harah mit tonloser Stimme und wandte sich ab.

Leto und Ghanima wechselten einen Blick, der von geteilten Geheimnissen zeugte, dann beugten sie sich schnell wieder über ihr Frühstück. Nachdem sie es beendet hatten, traten sie auf den Hauptgang hinaus.

»Heute haben wir also eine Großmutter«, sagte Ghanima in einer der alten Sprachen, die sie durch ihre genetische Erinnerung miteinander teilten.

»Das macht Alia schwer zu schaffen«, erwiderte Leto.

»Ja, wer gibt schon gerne ein solches Maß an Autorität auf?«

Leto lachte leise, ein seltsam erwachsener Laut aus einem so jungen Körper. »Es ist mehr als das.«

»Werden die Augen ihrer Mutter sehen, was wir gesehen haben?«

»Warum sollten sie nicht?«

»Ja ... vielleicht fürchtet sich Alia davor.«

»Wer erkennt eine Abscheulichkeit besser als eine andere Abscheulichkeit?«

»Denk daran, dass auch wir uns irren könnten.«

»Aber wir irren uns nicht.« Und Leto zitierte aus dem Buch Azhar der Bene Gesserit: »Es ist aus gutem Grund und schrecklicher Erfahrung heraus so, dass wir die Vorgeborenen als Abscheulichkeit bezeichnen. Denn wer weiß, welche verlorenen und verdammten Persönlichkeiten aus unserer bösen Vergangenheit das lebende Fleisch übernehmen können.«

»Ich kenne die Geschichte dahinter«, sagte Ghanima. »Aber, wenn das wahr ist, warum erleiden wir dann nicht diesen inneren Ansturm?«

»Vielleicht halten unsere Eltern in unserem Inneren Wache.«

»Und warum hat Alia keine Wächter?«

»Das weiß ich nicht. Es könnte daran liegen, dass ein Elternteil noch unter den Lebenden weilt. Vielleicht ist der Grund auch einfach, dass wir noch jung und stark sind. Wenn wir älter und zynischer werden …«

»Wir müssen bei unserer Großmutter sehr vorsichtig sein.«

»Und nicht über den Prediger reden, der über den Planeten zieht und ketzerische Reden führt?«

»Du glaubst doch nicht wirklich, dass er unser Vater ist?«

»Ich fälle darüber kein Urteil. Aber Alia fürchtet ihn.«

Ghanima schüttelte energisch den Kopf. »Ich glaube diesen Unsinn von den Abscheulichkeiten nicht.«

»Du hast ebenso viele Erinnerungen wie ich. Du kannst glauben, was du willst.«

»Du meinst, es liegt daran, dass wir im Gegensatz zu Alia nicht das Wagnis der Gewürztrance eingegangen sind.«

»Eben das meine ich.«

Sie verfielen in Schweigen und mischten sich unter die Menschen im Hauptgang. Es war kühl in Sietch Tabr, aber die Destillanzüge waren warm, und die Zwillinge hatten die Kondensationskapuzen zurückgeschlagen, sodass ihr rotes Haar gut sichtbar war. Ihre Gesichter verrieten ihre gemeinsamen Gene: volle Lippen und weit auseinanderstehende Augen, die im Blau-in-Blau des Gewürzabhängigen schimmerten.

Leto bemerkte als Erster, dass sich ihre Tante Alia näherte.

»Da kommt sie«, sagte er und wechselte in die Kampfsprache der Atreides, um seine Schwester zu warnen.

Alia blieb vor ihnen stehen, und Ghanima nickte ihrer Tante zu. »Eine *Kriegsbeute* grüßt ihre erhabene Verwandte«, sagte sie in Chakobsa und hob dabei die Bedeutung ihres eigenen Namens hervor: *Kriegsbeute*.

»Wie du siehst, geliebte Tante«, sagte Leto, »bereiten wir uns auf unsere Begegnung mit deiner Mutter vor.«

Alia, die einzige Person im königlichen Haushalt, die vom erwachsenen Verhalten der Zwillinge nicht im Geringsten überrascht war, warf Leto und Ghanima einen finsteren Blick zu. »Schweigt still, alle beide!«, zischte sie. Ihr bronzefarbenes Haar wurde hinten von zwei goldenen Wasserringen zusammengehalten. Auf ihrem ovalen Gesicht lag ein Stirnrunzeln, und ihre breiten Lippen mit den leicht nach unten gezogenen Mundwinkeln, die eine gewisse Verwöhntheit verrieten, waren fest zusammengepresst. Sie hatte fächerförmige Sorgenfalten in den Winkeln der ganz und gar blauen Augen. »Ich habe euch beide bezüglich eures Benehmens heute vorgewarnt«, fuhr sie fort. »Ihr kennt den Grund dafür genauso gut wie ich.«

»Wir kennen deine Gründe, aber vielleicht kennst du nicht die unseren«, erwiderte Ghanima.

»Ghani!«, knurrte Alia.

Leto bedachte seine Tante seinerseits mit einem finsteren Blick. »Heute werden wir nicht so tun, als wären wir einfältige Kleinkinder.«

»Niemand will, dass ihr euch einfältig zeigt«, sagte Alia. »Aber wir halten es für unklug, wenn ihr meine Mutter auf gefährliche Gedanken bringt. Irulan ist der gleichen Meinung. Wer weiß, für welche Rolle sich Lady Jessica entscheiden wird. Sie ist immerhin eine Bene Gesserit.«

Leto schüttelte den Kopf. *Warum erkennt Alia nicht, was wir vermuten?*, fragte er sich. *Hat sie die Grenze schon zu weit überschritten?* Seine Aufmerksamkeit richtete sich auf die subtilen Genmarker in Alias Gesicht, die auf ihren Großvater mütterlicherseits hindeuteten. Baron Vladimir Harkonnen war keine sehr angenehme Person gewesen. Als sich Leto das bewusst machte, spürte er, wie sich in ihm eine leise Unruhe regte. *Er ist auch mein Vorfahr.* Laut sagte er: »Man hat Lady Jessica zum Herrschen ausgebildet.«

Ghanima nickte. »Warum hat sie beschlossen, gerade jetzt zurückzukehren?«

Alia runzelte die Stirn. »Könnte es sein, dass sie einfach nur ihre Enkelkinder sehen will?«

Das hoffst du, liebe Tante, dachte Ghanima. *Aber es ist sehr unwahrscheinlich.*

»Sie kann hier nicht herrschen«, fuhr Alia fort. »Sie hat Caladan. Das muss ihr genügen.«

»Als unser Vater zum Sterben in die Wüste gegangen ist«, sagte Ghanima, »hat er dich als Regentin zurückgelassen. Er …«

»Willst du dich beschweren?«, unterbrach sie Alia unwirsch.

»Es war eine vernünftige Wahl«, sagte Leto. »Du warst die Eine, die wusste, wie es ist, wie wir geboren zu sein.«

»Den Gerüchten zufolge ist meine Mutter in den Schoß der Schwesternschaft zurückgekehrt«, sagte Alia. »Und ihr wisst beide, wie die Bene Gesserit über …«

»Abscheulichkeiten«, warf Leto ein.

»Ja!«, zischte Alia.

»Einmal eine Hexe, immer eine Hexe – so heißt es«, sagte Ghanima.

Schwester, du spielst ein gefährliches Spiel, dachte Leto und sagte: »Unsere Großmutter war eine einfachere Frau als andere ihrer Art. Du teilst ihre Erinnerungen, Alia. Du weißt doch sicher, was wir zu erwarten haben.«

»Einfacher!« Alia schüttelte den Kopf, blickte sich zu den vorbeiziehenden Menschen um und sah dann wieder die Zwillinge an. »Wenn meine Mutter so einfach wäre, gäbe es keinen von euch beiden. Und mich auch nicht. Ich wäre ihre Erstgeborene gewesen, und nichts von alledem …« Ein Zucken, das fast wie ein Schaudern aussah, ließ Alias Schultern erzittern. »Ich warne euch, nehmt euch heute gut in Acht.« Sie blickte auf. »Da kommt meine Wache.«

»Und du denkst immer noch, dass es nicht sicher für uns ist, dich zum Raumhafen zu begleiten?«, fragte Leto.

»Wartet hier«, wies Alia die Zwillinge an. »Ich bringe sie her.«

Leto sah kurz zu seiner Schwester, dann sagte er: »Du hast uns schon viele Mal gesagt, dass die Erinnerungen, die wir von unseren Vorfahren haben, nicht besonders nützlich sind, solange wir nicht in unseren eigenen Körpern genug Erfahrungen gemacht haben, um sie in etwas Wirkliches zu verwandeln. Meine Schwester und ich glauben das. Wir gehen davon aus, dass die Ankunft unserer Großmutter gefährliche Veränderungen zur Folge haben wird.«

»Dann glaubt das auch weiterhin«, sagte Alia. Sie wandte sich ab, trat zurück in den Schutz ihrer Wachen und ging mit ihnen rasch den Gang entlang zum Hauptportal, wo mehrere Ornithopter auf sie warteten.

Ghanima wischte sich eine Träne aus dem rechten Auge.

»Wasser für die Toten?«, flüsterte Leto und legte die Hand auf ihren Arm.

Ghanima holte tief seufzend Luft und dachte daran, was sie bei Alia mit den Methoden, die sie aus den gesammelten Erinnerungen ihrer Vorfahren am besten kannte, beobachtet hatte. »Kommt es von der Gewürztrance?«, fragte sie.

»Hast du eine bessere Idee?«

»Um der Diskussion willen: Warum ist unser Vater ... oder unsere Großmutter ... nicht dem gleichen Schicksal anheimgefallen?«

Für einen Moment sah Leto seine Schwester an. Dann sagte er: »Du kennst die Antwort auf diese Frage ebenso gut wie ich. Sie hatten bereits gefestigte Persönlichkeiten, als sie nach Arrakis kamen. Die Gewürztrance ... nun ...« Er zuckte mit den Schultern. »Bei ihrer Geburt waren sie noch nicht von ihren Vorfahren besessen. Alia hingegen ...«

»Warum hat sie den Warnungen der Bene Gesserit keinen Glauben geschenkt?« Ghanima kaute auf ihrer Unterlippe. »Sie konnte doch auf die gleichen Informationen zurückgreifen wie wir.«

»Man hat sie bereits als Abscheulichkeit bezeichnet. Reizt es dich nicht, herauszufinden, ob du stärker bist als all diese ...«

»Nein, das reizt mich nicht.« Unter dem forschenden Blick ihres Bruders wandte sich Ghanima ab und erschauerte. Sie musste nur auf ihre genetischen Erinnerungen zurückgreifen, damit die Warnungen der Schwesternschaft lebhafte Gestalt annahmen. Die

Vorgeborenen neigten sichtlich dazu, als Erwachsene hässliche Gewohnheiten zu entwickeln. Und die wahrscheinliche Ursache dafür … Erneut erschauerte sie.

»Ein Jammer, dass wir nicht ein paar Vorgeborene unter unseren Ahnen haben«, sagte Leto.

»Vielleicht haben wir das ja.«

»Aber dann würden wir … Ah ja, die alte unbeantwortete Frage: Haben wir wirklich freien Zugriff auf das gesamte Erfahrungsmaterial unserer Vorfahren?« Sein eigener innerer Aufruhr ließ Leto erahnen, wie sehr dieses Gespräch seine Schwester verstören musste. Schon viele Male hatten sie über diese Frage nachgedacht und waren dabei nie zu einem Ergebnis gekommen. »Wir müssen es hinauszögern, wieder und wieder, wenn sie uns die Trance aufdrängen will«, sagte er. »Extreme Vorsicht, wenn es um hohe Gewürzdosen geht, das ist die beste Strategie.«

»Es müsste schon eine wirklich hohe Dosis sein«, sagte Ghanima.

»Ja, wir verfügen vermutlich über eine gewisse Toleranz. Denk nur daran, wie viel Alia braucht.«

»Sie tut mir leid. Das Gewürz war bestimmt eine unmerkliche Lockung für sie, bis eines Tages …«

»Sie ist ein Opfer, ja. Eben eine Abscheulichkeit.«

»Wir könnten uns irren.«

»Stimmt.«

»Ich frage mich immer, ob die nächste Erinnerung eines Vorfahren, die ich aufsuche, die von …«

»Die Vergangenheit ist nur so weit entfernt wie dein Kopfkissen.«

»Wir müssen eine Gelegenheit finden, mit unserer Großmutter darüber zu sprechen.«

Leto nickte. »Ja, dazu drängen mich ihre Erinnerungen in mir.«

Ghanima begegnete seinem Blick. »Zu viel Wissen führt niemals zu einfachen Entscheidungen.«

Der Sietch am Rande der Wüste
War der von Liet, der von Kynes
War der von Stilgar, war Muad'Dibs
Und einmal mehr war er Stilgars.
Ein Naib nach dem anderen schläft im Sand
Aber der Sietch besteht fort.

– Aus einem Fremenlied

Alia spürte das Pochen ihres Herzens, als sie sich von den Zwillingen entfernte. Einige pulsierende Sekunden lang hatte sie den Drang verspürt, die beiden um Hilfe zu bitten. Welch alberne Schwäche! Die Erinnerung daran schickte eine warnende Ruhe durch ihren Körper. Würden die Zwillinge es wagen, in die Zukunft zu blicken? Der Weg, der ihren Vater verschlungen hatte, musste auch sie locken – die Gewürztrance mit ihren Zukunftsvisionen, die wie Gaze in einem launischen Wind wogten.

Warum kann ich nicht in die Zukunft sehen?, fragte sie sich. *So sehr ich es auch versuche, warum entzieht sie sich mir?*

Man musste die Zwillinge dazu bringen, es zu versuchen, sagte sie sich. Man könnte sie dorthin locken. Sie hatten die Neugier von Kindern – verbunden mit Erinnerungen, die Jahrtausende umspannten.

Genau wie ich.

Alias Wachen öffneten die Feuchtigkeitssiegel am Hauptportal des Sietchs, und sie trat auf die Landezunge, wo die Ornithopter warteten. Der Wüstenwind wehte Staub über den Himmel, aber es war dennoch ein heller Tag. Als Alia aus der Leuchtglobendüsternis des Sietchs ins Tageslicht trat, weiteten sich ihre Gedanken.

Warum kehrte Lady Jessica gerade jetzt zurück? Waren Gerüchte nach Caladan vorgedrungen, dass die Regentschaft …

»Wir müssen uns beeilen, Mylady«, sagte eine der Wachen mit lauter Stimme, um das Heulen des Windes zu übertönen.

Alia ließ sich in ihren Ornithopter helfen und legte das Sicherheitsgeschirr an, doch ihre Gedanken eilten ihr voraus.

Ja, warum jetzt?

Als sich die Flügel des Ornithopters senkten und sich das Fluggerät in die Lüfte erhob, spürte sie den Glanz und die Macht ihrer Position als etwas Körperliches – und als etwas Zerbrechliches, so Zerbrechliches!

Warum jetzt, wo ihre Pläne noch nicht vollendet waren?

Die Staubwolke hob sich, und Alia sah die sich verändernde Landschaft des Planeten im hellen Sonnenlicht: breite Streifen grünen Bewuchses, wo es einst nur ausgedörrten Boden gegeben hatte.

Ohne eine Zukunftsvision versage ich möglicherweise. Ach, welche Magie ich doch wirken könnte, wäre ich nur in der Lage zu sehen, wie Paul gesehen hat. Ich würde nicht unter der Verbitterung leiden, die die Vorahnungen bei ihm erzeugt hatten.

Ein quälender Hunger ließ sie erzittern, und sie wünschte sich, all dieser Macht entsagen zu können. Zu sein wie andere waren – gefangen in der sichersten Blindheit, die es nur gab. Das hypnoide Halbleben zu leben, in das der Geburtsschock die meisten Menschen stürzte. Aber nein! Sie war als eine Atreides zur Welt gekommen, als Opfer jenes äonentiefen Bewusstseins, das die Gewürzabhängigkeit ihrer Mutter erzeugt hatte.

Warum kehrt meine Mutter heute zurück?

Gurney Halleck würde bei ihr sein – immer der treue Diener, der Auftragsmörder mit dem hässlichen Gesicht, loyal und geradlinig, ein Musiker, der mit flinkem Dolch den Tod brachte und mit der gleichen Leichtigkeit auf dem neunsaitigen Balisett zu unterhalten wusste. Einige behaupteten, er sei zum Liebhaber ihrer Mutter aufgestiegen. Diesem Gerücht sollte sie nachgehen, so etwas konnte sich als höchst wertvolles Druckmittel erweisen.

Jetzt verließ sie der Wunsch, wie andere zu sein, wieder.

Ja, Leto muss in die Gewürztrance gelockt werden, dachte sie.

Sie erinnerte sich, dass sie den Jungen gefragt hatte, wie er mit Gurney Halleck umgehen wollte. Und Leto, der erahnt hatte, dass sich mehr hinter ihrer Frage verbarg, hatte geantwortet, dass Halleck »geradezu übertrieben« loyal sei, und hatte hinzugefügt: »Er hat … meinen Vater verehrt.«

Alia war sein kurzes Zögern aufgefallen. Statt »meinen Vater« hatte Leto beinahe »mich« gesagt. Ja, es war nicht leicht, die genetischen Erinnerungen vom Akkord des lebendigen Fleisches zu unterscheiden. Gurney Halleck würde diese Unterscheidung für Leto nicht leichter machen.

Ein kaltes Lächeln huschte über Alias Lippen.

Gurney hatte sich dafür entschieden, nach Pauls Tod gemeinsam mit Lady Jessica nach Caladan zu reisen. Seine Rückkehr nach Arrakis würde viele Verwicklungen nach sich ziehen, er würde hier die vorhandenen Fäden um seine eigenen Komplexitäten ergänzen. Er hatte Pauls Vater gedient – und der Thron war von Leto I. auf Paul und dann auf Leto II. übergegangen. Und aus dem Zuchtprogramm der Bene Gesserit waren nach Jessica erst Alia und dann Ghanima hervorgegangen – ein Nebenzweig. Gurney, der die Verwirrung der Identitäten noch vergrößerte, mochte sich hier als wertvoll erweisen.

Was würde er tun, wenn er herausfände, dass wir das Blut der Harkonnen in uns tragen, die er so erbittert hasst?

Das Lächeln auf Alias Lippen kehrte sich nach innen. Die Zwillinge waren trotz allem Kinder. Kinder mit unzähligen Eltern, deren Erinnerungen zur gleichen Zeit anderen und ihnen selbst gehörten. Sie würden auf der Felsklippe vor dem Sietch Tabr stehen und die Spur betrachten, die das Schiff ihrer Großmutter bei der Landung im Becken von Arrakeen hinterließ. Das brennende Mal eines vorbeifliegenden Schiffes am Himmel – würde das Jessicas Ankunft für ihre Enkelkinder wirklicher werden lassen?

Meine Mutter wird mich nach der Ausbildung der beiden fragen. Ob ich die Prana-Bindu-Disziplinen für sie klug zusammenstelle? Ich werde ihr sagen, dass sie sich selbst ausbilden – genau so, wie ich es einst getan habe. Ich werde ihren Enkel zitieren: »In die Verantwortung des Befehlshabers fällt die Notwendigkeit, zu bestrafen. Aber nur, wenn das Opfer es verlangt.«

Alia wurde klar, dass sie die Aufmerksamkeit Lady Jessicas nur nachdrücklich genug auf die Zwillinge lenken musste, damit andere einer genaueren Begutachtung entgingen.

So etwas ließ sich bewerkstelligen. Leto ähnelte Paul sehr. Und warum auch nicht? Er konnte Paul sein, wann immer er wollte. Auch Ghanima verfügte über diese erschütternde Fähigkeit.

So, wie ich zu meiner Mutter werden kann oder zu jeder anderen, die ihr Leben mit uns geteilt hat.

Vor diesem Gedanken zurückschreckend, sah Alia auf die vorbeiziehende Landschaft des Schildwalls hinab. *Wie war es für meine Mutter*, dachte sie, *die Sicherheit des wasserreichen Caladan hinter sich zu lassen und nach Arrakis zurückzukehren, auf den Wüstenplaneten, wo man ihren Herzog ermordet hat und ihr Sohn als Märtyrer gestorben ist?*

Warum kehrte sie gerade jetzt zurück?

Alia fand keine Antwort, keine Gewissheit. Sie konnte am Ichbewusstsein eines anderen teilhaben, doch wenn Erfahrungen getrennte Wege gingen, begannen auch die Motive voneinander abzuweichen. Entscheidungen entstanden aus den Handlungen einzelner. Für die vorgeborenen, die *vielgeborenen* Atreides war dies eine übergeordnete Realität, die eine weitere Art von Geburt darstellte: die absolute Trennung, die das lebende, atmende Fleisch erfuhr, wenn es den Mutterleib verließ, in dem das multiple Bewusstsein es heimgesucht hatte.

Alia fand nichts Seltsames daran, ihre Mutter zugleich zu lieben und zu hassen. Es handelte sich um eine Notwendigkeit, ein erforderliches Gleichgewicht, das keinen Raum für Schuldgefühle oder Schuldzuweisungen ließ. Wo hörte Lieben oder Hassen auf? Konnte man den Bene Gesserit die Schuld daran geben, dass sie Lady Jessica auf einen bestimmten Weg gebracht hatten? Schuld und Schuldzuweisungen verschwammen, wenn das Gedächtnis Jahrtausende umfasste. Die Schwesternschaft hatte versucht, einen Kwisatz Haderach zu züchten, das männliche Gegenstück zu einer voll entwickelten Ehrwürdigen Mutter – und mehr: einen Menschen von überlegener Wahrnehmungsfähigkeit und Bewusstheit, der an vielen Orten zugleich sein konnte. Und Jessica, die bei diesem Zuchtprogramm lediglich eine von vielen Spielfiguren gewesen war, hatte sich in den ihr zugeteilten Zuchtpartner verliebt, ein unerhörter Vorgang. Empfänglich für die Wünsche ihres Herzogs, hatte sie entgegen dem Willen der Schwesternschaft als erstes Kind einen Sohn anstelle einer Tochter geboren.

Sie hat zugelassen, dass ich erst nach Beginn ihrer Gewürzabhängigkeit zur Welt kam. Und nun will man mich nicht. Nun fürchtet man mich! Aus gutem Grund.

Mit Paul, dem Kwisatz Haderach, hatten die Bene Gesserit ihr Ziel erreicht. Aber es war eine Generation zu früh – ein kleiner Rechenfehler in einem riesigen, weit ausgreifenden Plan. Und sie hatten ein weiteres Problem: die Abscheulichkeit, die die kostbaren Gene in sich trug, nach denen die Schwesternschaft über so viele Generationen hinweg gesucht hatte.

Alia bemerkte einen Schatten, der über die Scheibe des Thopters zog, und blickte auf. Ihre Eskorte stieg höher, um sie bei der Landung abzuschirmen. Verwundert darüber, wie weit ihre Gedanken gewandert waren, schüttelte sie den Kopf. Was brachte es schon, die alten Zeiten ans Licht zu zerren und die damals begangenen Fehler hin und her zu wälzen? Das hier war die Gegenwart.

Auch Duncan Idaho hatte sein Mentatenbewusstsein der Frage zugewandt, warum Jessica gerade jetzt zurückkehrte und das

Problem gemäß seiner Gabe nach Art eines menschlichen Computers betrachtet. Seinen Worten zufolge kehrte Jessica zurück, um für die Schwesternschaft die Kontrolle über die Zwillinge zu übernehmen. Denn auch die Zwillinge trugen die kostbaren Gene in sich. Duncan mochte recht haben. Das könnte Grund genug sein, um Lady Jessica aus ihrer selbstauferlegten Abgeschiedenheit auf Caladan zu holen. Wenn es die Schwesternschaft befahl … Warum sonst sollte sie an den Schauplatz so vieler Ereignisse zurückkehren, die sie am Boden zerstört zurückgelassen hatten?

»Wir werden sehen«, murmelte Alia.

Sie spürte, wie der Ornithopter auf dem Dach ihrer Festung aufsetzte, ein Ruck, der sie mit grimmiger Erwartung erfüllte.

Melange (me´-lange, *auch* ma,lanj), *n., fem., Ursprung unklar (es wird jedoch angenommen, dass es aus dem urterranischen Frandj stammt): a) Eine Mischung von Gewürzen; b) Gewürz von Arrakis mit geriatrischen Eigenschaften, die zuerst von Yanshuph Ashkoko, dem königlichen Chemiker zur Regierungszeit von Shakkad dem Weisen, bemerkt wurden; Arrakisches Gewürz, ausschließlich im tiefsten Wüstensand des Planeten zu finden, steht im Zusammenhang mit den prophetischen Visionen von Paul Muad'Dib (Atreides), dem ersten Fremen-Mahdi; wird auch von den Navigatoren der Raumgilde und den Bene Gesserit eingesetzt.*

– Königliches Wörterbuch, fünfte Auflage

Im Licht der Morgendämmerung kamen die zwei Großkatzen in lockerem Trott über den Felsenkamm. Sie waren gerade nicht auf der Jagd, sondern begutachteten ihr Revier. Sie wurden Lazatiger genannt, eine ganz besondere Art, die man vor beinahe achttausend Jahren hierher, auf den Planeten Salusa Secundus, gebracht hatte. Durch Manipulationen ihrer von der alten Erde stammenden Gene hatte man einige ihrer ursprünglichen Tiger-Eigenschaften beseitigt und andere verfeinert. Ihre Reißzähne waren nach wie vor lang. Ihre Gesichter waren breit, die Augen wachsam und intelligent. Ihre Pfoten hatte man vergrößert, um ihnen besseren Halt auf unebenem Gelände zu geben. Ihre Krallen konnten sie bis zu zehn Zentimeter weit ausfahren, und die aufgerauten Krallenscheiden sorgten dafür, dass ihre Spitzen rasiermesserscharf waren. Ihr

Fell war von einem glatten, ebenmäßigen Hellbraun, das sie im Sand beinahe unsichtbar machte.

Und noch in einer anderen Hinsicht unterschieden sie sich von ihren Vorfahren: Als Kätzchen hatte man ihnen Servostimulatoren ins Gehirn eingesetzt. Diese Stimulatoren machten sie zu Marionetten desjenigen, der den dazugehörigen Transmitter besaß.

Es war kalt, und als die Katzen innehielten, um den Blick über die Landschaft schweifen zu lassen, stieg ihr Atem in Dampfwolken auf. Die Gegend um sie herum war ein Teil von Salusa Secundus, den man kahl und unfruchtbar belassen hatte, ein Ort, der einige wenige Sandforellen beherbergte, die man von Arrakis hierher geschmuggelt hatte und nun mit großer Mühe am Leben hielt, weil man davon träumte, das Melange-Monopol des Wüstenplaneten zu brechen. Wo die Großkatzen standen, erhoben sich einige braunrote Felsen und ein paar dürre Sträucher, die in den langen Schatten der Morgensonne silbergrün aussahen.

Eine winzige Bewegung ließ die Katzen mit einem Mal aufmerken. Ihre Augen wanderten langsam nach links, dann drehten sie auch ihre Köpfe. Weit unten in der rissigen Ebene mühten sich zwei Kinder Hand in Hand eine trockene Rinne hoch. Sie schienen im gleichen Alter zu sein, vielleicht neun oder zehn Standardjahre. Ihr Haar war rot. Sie trugen Destillanzüge, die von prächtigen weißen Burkas verdeckt waren. Die Säume und die Stirnpartien der Burkas waren mit Stickereien aus Flammensteinfäden verziert, die das Falkenwappen des Hauses Atreides zeigten. Während sie aufstiegen, plapperte die Kinder fröhlich miteinander, und ihre Stimmen trugen deutlich hörbar bis zu den Katzen. Die Lazatiger kannten dieses Spiel, sie hatten es schon einige Male gespielt, trotzdem blieben sie vorerst ruhig und warteten darauf, dass die Servostimulatoren das Signal zum Beginn der Jagd gaben.

In diesem Moment erschien ein Mann auf dem Felskamm hinter den Katzen. Er hielt inne und begutachtete die Szenerie: die Katzen, die Kinder. Der Mann trug die grauschwarze Arbeitsuniform der Sardaukar mit den Abzeichen eines Levenbrech, dem Helfer eines Baschar. In seinem Nacken und unter seinen Armen hindurch verliefen Gurte, die den Servotransmitter vor seiner Brust hielten, sodass er mit jeder Hand leicht an die Steuerkonsole kam.

Die Katzen wandten sich nicht um, als er sich näherte. Sie erkannten den Mann an den Geräuschen, die er verursachte, und an seinem Geruch. Er kletterte den Hang hinab, blieb zwei Schritte von den Katzen entfernt stehen und wischte sich über die Stirn. Die Luft war kühl, aber bei dieser Arbeit wurde ihm immer heiß. Erneut ließ er den Blick seiner hellen Augen über die Szenerie schweifen: die Katzen, die Kinder. Er schob eine feuchte blonde Haarsträhne unter den schwarzen Arbeitshelm zurück und legte die Hand an das in seinen Kehlkopf implantierte Mikrofon.

»Die Katzen haben Sichtkontakt aufgenommen.«

Durch den hinter seinen beiden Ohren eingesetzten Empfänger erhielt er die Antwort: »Wir sehen sie.«

»Diesmal?«, fragte der Levenbrech.

»Machen sie es ohne Jagdbefehl?«, erwiderte die Stimme.

»Sie sind bereit.«

»Nun gut. Dann wollen wir sehen, ob vier Konditionierungssitzungen genügen.«

»Sagen Sie, wenn es losgehen soll.«

»Jederzeit.«

»Dann jetzt.« Der Levenbrech berührte die rote Taste auf der Konsole des Servotransmitters, nachdem er den Riegel gelöst hatte, mit dem sie gesichert war. Jetzt wurde den Katzen kein Signal mehr übermittelt, das sie zurückhielt. Dann hielt er die Hand über eine schwarze Taste unterhalb der roten, mit der er die Tiere jederzeit stoppen konnte, sollten sie sich gegen ihn wenden. Aber die Katzen nahmen ihn gar nicht zur Kenntnis. Sie kauerten sich hin und schlichen den Felskamm hinab auf die Kinder zu. Die großen Pfoten setzten mit geschmeidigen, gleitenden Bewegungen auf dem rissigen Boden auf.

Der Levenbrech ging in die Hocke, um zuzusehen, wohl wissend, dass irgendwo in seiner Nähe ein verstecktes Übertragungsauge all diese Ereignisse an die Festung seines Herrn weitergab.

Jetzt bewegten sich die Katzen in weiten Sätzen. Und dann rannten sie.

Die Kinder, die den Weg durch das steinige Gelände nehmen wollten, waren sich der Gefahr noch immer nicht bewusst. Eines von ihnen lachte, ein hoher, trällernder Laut in der klaren Luft. Das andere Kind stolperte, und dann, als es sein Gleichgewicht wiederfand, sah es die Katzen. Es deutete mit dem Finger auf sie. »Schau mal!«

Die Kinder hielten inne und starrten diese interessanten Eindringlinge in ihr gewohntes Leben an. Sie standen immer noch da, als sich die Lazatiger auf sie stürzten, einer auf jedes Kind. Die Kinder starben mit beiläufiger Schnelligkeit, die Hälse innerhalb eines Augenblicks gebrochen. Die Katzen fingen an zu fressen.

»Soll ich sie zurückrufen?«, fragte der Levenbrech.

»Lassen Sie sie auffressen. Sie haben ihre Sache gut gemacht. Das wusste ich gleich – diese beiden sind erstklassig.«

»Die besten, die ich je gesehen habe«, pflichtete der Levenbrech bei.

»Sehr gut. Wir schicken jemanden, der Sie abholt. Ende.«

Der Levenbrech erhob sich und streckte seine Glieder. Er vermied es, direkt nach links oben zu blicken, wo ein Glitzern den Standort des Übertragungsauges verriet, das seine Leistung an seinen Baschar weitergegeben hatte, der sich weit entfernt in den grünen Ländereien der Hauptstadt befand. Der Levenbrech lächelte. Seine heutige Arbeit würde ihm eine Beförderung eintragen. Er spürte schon das Abzeichen eines Bators am Hals … und eines Tages das eines Bursegs … und irgendwann das eines Baschars. Wer im Korps von Farad'n, dem Enkel des verstorbenen Shaddam IV., gute Arbeit leistete, verdiente sich ansehnliche Beförderungen. Und bald, wenn der Fürst auf seinem rechtmäßigen

Thron saß, würden die Beförderungen sogar noch üppiger ausfallen. Wer weiß, vielleicht war er als Baschar ja noch nicht am Ende seiner Karriere. Es gab Baronien und Grafschaften auf den vielen Welten des Reiches zu vergeben … wenn die Atreides-Zwillinge erst beseitigt waren.

Der Fremen muss zu seinem ursprünglichen Glauben zurückkehren, zu seinem Genie darin, menschliche Gemeinschaften zu bilden. Er muss in die Vergangenheit zurückkehren, als er diese überlebenswichtige Lektion im Kampf mit Arrakis lernte. Der Fremen sollte einzig und allein damit beschäftigt sein, seine Seele den inneren Lehren zu öffnen. Die Welten des Imperiums, des Landsraads und der MAFEA-Konföderation haben ihm nichts zu vermitteln. Sie rauben ihm nur die Seele.

– Der Prediger in Arrakeen

Um Jessica herum, bis weit auf die graubraune Fläche des Landefelds hinaus, auf dem ihr Transporter nach seinem Flug durch den Weltraum knackend und ächzend ruhte, war ein Meer von Menschen. Sie schätzte, dass die Menge aus etwa einer halben Million Personen bestand, von denen wohl nur ein Drittel Pilger waren. Sie verharrten in ehrfürchtiger Stille, die Aufmerksamkeit auf die Landerampe des Transporters gerichtet, wo Jessica und ihre Begleiter, noch in den Schatten verborgen, in der Ausstiegsluke standen.

Es waren noch zwei Stunden bis Mittag, aber in der Luft über der Menge war schon jetzt ein staubiger Schimmer zu sehen, der einen heißen Tag versprach.

Jessica berührte ihr kupferrotes und silberdurchwirktes Haar, das unter der Kapuze der Aba-Robe ihr ovales Gesicht umrahmte. Ihr war bewusst, dass sie nach der langen Reise ziemlich mitgenommen aussah und dass ihr das Schwarz der Robe nicht besonders gut stand. Aber sie trug dieses Kleidungsstück nicht zum ersten

Mal. Die Fremen wussten um die Bedeutung der Aba-Robe. Jessica seufzte. Raumflüge bekamen ihr nicht, und dann war da noch die Bürde der Erinnerung – an jene andere Reise von Caladan nach Arrakis, als man ihren Herzog gezwungen hatte, dieses Lehen zu übernehmen.

Sie ließ den Blick über die Menge schweifen und hielt dabei mit den Fähigkeiten, die ihr die Bene-Gesserit-Ausbildung verlieh, nach auffälligen Details Ausschau. Da waren stumpfgraue Destillanzugskapuzen, die Kleidung der Fremen aus der tiefen Wüste; da waren weiß gewandete Pilger mit Büßerstriemen auf den Schultern; da waren reiche Händler, die keine Kapuzen und nur leichte Kleidung trugen, um zu zeigen, dass sie der Verlust von Wasser an Arrakeens ausdörrende Luft nicht kümmerte … Und da war eine Delegation von der Gesellschaft der Gläubigen in grünen Roben und mit schweren Kapuzen, die den Kreis ihrer eigenen frommen Gruppe nicht verließ.

Erst als Jessica den Blick von der Menge hob, begann die Szenerie jener zu ähneln, die sich ihr damals bei der Ankunft zusammen mit ihrem Herzog dargeboten hatte. Wie lange war das her? *Über zwanzig Jahre.* Sie dachte nicht gerne über die Herzschläge nach, die in jener Zeit verstrichen waren. Die Zeit lag ihr im Magen wie ein totes Gewicht, und doch kam es ihr vor, als hätten sich die Jahre weit weg von diesem Planeten nie ereignet.

Einmal mehr in den Drachenschlund, dachte sie.

Hier, auf dieser Ebene, hatte ihr Sohn dem inzwischen verstorbenen Shaddam IV. das Imperium entrissen. Eine Zuckung der Geschichte hatte diesen Ort dem Geist und dem Glauben der Menschen eingeprägt.

Jessica spürte, wie das Gefolge hinter ihr unruhig wurde, und erneut seufzte sie. Sie mussten auf Alia warten, die sich verspätete. Gerade sah man, wie sich Alias Trupp vom anderen Ende der Menge her näherte, wobei ihr die königliche Wache einen Weg bahnte und die Menschen wie eine Bugwelle vor sich herschob.

Einmal mehr ließ Jessica den Blick über die Landschaft schweifen. Ihrem Auge offenbarten sich zahlreiche Neuerungen. Der Kontrollturm des Landefelds hatte nun einen Balkon für einen Prediger. Und weit zur Linken, jenseits der Ebene, stand die Ehrfurcht gebietende Trutzburg aus Plastahl, die sich Paul als Festung errichtet hatte: sein »Sietch über dem Sand«. Es war das größte Einzelbauwerk, das Menschen jemals errichtet hatten. Innerhalb seiner Mauern hätte man ganze Städte gründen können, ohne dass es eng geworden wäre. Derzeit hatte dort die wichtigste regierende Macht ihren Sitz, Alias »Gesellschaft der Gläubigen«, die sie auf dem Leichnam ihres Bruders erbaut hatte.

Dieser Ort muss verschwinden.

Alias Delegation hatte nun den Fuß der Landerampe erreicht und verharrte erwartungsvoll. Jessica erkannte Stilgars runzlige Züge. Und – Gott behüte! – dort stand auch Prinzessin Irulan, die ihre Wildheit hinter einem verführerischen Körper mit einer Krone aus goldenem Haar versteckte, das im Wind flatterte. Die Prinzessin schien nicht einen Tag gealtert zu sein – ein Affront.

An der Spitze des Keils der Delegation stand Alia. Aus unverschämt jugendlichen Zügen blickten ihre Augen nach oben in die Schatten der Luke. Jessica presste die Lippen fest zusammen, als sie das Gesicht ihrer Tochter musterte. Ein bleiernes Gefühl durchströmte ihren Leib, und die Brandung ihres Lebens klang ihr in den Ohren. Die Gerüchte stimmten! Wie furchtbar! Alia war dem verbotenen Pfad anheimgefallen. Jede Initiierte konnte die Hinweise darauf deutlich erkennen.

Eine Abscheulichkeit!

In den wenigen Augenblicken, die sie brauchte, um sich von dieser Erkenntnis zu erholen, begriff Jessica, dass sie gehofft hatte, die Gerüchte unbegründet zu finden.

Was ist mit den Zwillingen? Sind auch sie verloren?

Langsam, wie es der Mutter eines Gottes gebührte, trat Jessica aus den Schatten und auf die Rampe. Ihr Gefolge blieb wie angewiesen zurück. Die nächsten Augenblicke waren die entscheidenden. Jessica stand allein, deutlich sichtbar für die Menge. Sie hörte, wie sich Gurney Halleck hinter ihr nervös räusperte. *»Nicht einmal mit einem Schild am Leib?«*, hatte er zuvor eingewandt. *»Bei den Göttern der Unterwelt, Frau, du bist wahnsinnig!«* Doch zu den Eigenschaften Gurneys, die Jessica am meisten schätzte, gehörte sein gehorsamer Kern. Er sagte seine Meinung, und dann gehorchte er. Auch jetzt.

Als Jessica zum Vorschein kam, gab die Menschenmenge einen Laut von sich, der wie das Rascheln eines gewaltigen Sandwurms klang. Sie hob die Arme für den Segen, auf den die Priesterschaft das gesamte Imperium konditioniert hatte. Es gab zwar hier und da zögernde Gruppen, aber schließlich sanken die Menschen wie ein einziges großes Lebewesen auf die Knie. Sogar das offizielle Begrüßungskomitee fügte sich.

Jessica hatte genau darauf geachtet, wo nur verzögert reagiert worden war, und sie wusste, dass sich andere Augen sowohl aus ihrem Gefolge als auch von ihren Agenten in der Menge das Geschehen ebenfalls eingeprägt hatten, um die Widerstrebenden aufzufinden.

Während Jessica mit erhobenen Armen stehen blieb, traten Halleck und seine Männer aus dem Schatten. Schnell gingen sie an ihr vorbei die Rampe hinunter, wobei sie die überraschten Blicke des Begrüßungskomitees ignorierten, und sich zu den Agenten gesellten, die sich durch Handzeichen zu erkennen gaben. Dann schwärmten sie in der Menge aus, sprangen über die Knienden hinweg, rannten durch schmale Gassen. Einige der Zielpersonen erkannten die Gefahr und versuchten zu fliehen. Sie waren am leichtesten zu erwischen – ein geworfenes Messer, eine Würgeschlinge, und der Rennende ging zu Boden. Andere trug man an Händen und Füßen gebunden aus dem Gedränge.

Während all das geschah, verharrte Jessica mit ausgestreckten Armen, segnete die Menge durch ihre Anwesenheit, hielt sie unterwürfig. Aber ihr war klar, dass sich Gerüchte verbreiteten, und das vorherrschende davon kannte sie, weil man es planvoll in die Welt gesetzt hatte: *»Die Ehrwürdige Mutter kehrt zurück, um die Drückeberger auszumerzen. Gesegnet sei die Mutter unseres Herrn!«*

Dann, als alles vorbei war – einige tote Körper lagen im Sand, während man die Gefangenen in Haltekäfige unter dem Landeturm gebracht hatte –, senkte Jessica die Arme. Kaum mehr als drei Minuten waren vergangen. Sie wusste, dass Gurney und seine Männer nicht die Rädelsführer gefasst hatten, diejenigen, die eine wirkliche Bedrohung darstellten. Zweifellos waren das wachsame Leute mit einem feinen Gespür. Doch auch unter denen, die sie erwischt hatten, würde sich neben dem üblichen Beifang der eine oder andere interessante Fisch verbergen.

Als Jessica die Arme senkte, sprangen die Menschen jubelnd auf, und als sei nichts weiter passiert, schritt sie allein die Rampe hinab, wobei sie den Blick ihrer Tochter mied und ihre Konzentration ganz bewusst auf Stilgar richtete. Der schwarze Bart, der sich über dem Halskragen seines Destillanzugs auffächerte wie ein wirres Flussdelta, zeigte graue Strähnen, aber seine tiefblauen Augen blickten noch mit der gleichen Eindringlichkeit wie bei ihrer allerersten Begegnung in der Wüste. Stilgar wusste, was gerade geschehen war, und er hieß es gut. Hier stand ein wahrer Fremennaib, ein Anführer, der zu blutigen Entscheidungen fähig war. Seine ersten Worte passten ganz und gar zu ihm.

»Willkommen zu Hause, Mylady. Es ist immer erfreulich, direktes und wirkungsvolles Handeln zu beobachten.«

Jessica gestattete sich ein winziges Lächeln. »Riegle den Raumhafen ab, Stil. Niemand verlässt ihn, bevor wir die Festgenommenen befragt haben.«

»Schon geschehen, Mylady. Gurneys Männer und ich haben diese Sache zusammen geplant.«

»Dann waren es also deine Männer, die geholfen haben.«

»Einige davon, Mylady.«

Sie nahm seinen unausgesprochenen Vorbehalt wahr und nickte. »Du hast mich in den alten Zeiten sehr genau studiert, Stil.«

»Wie Sie mir einst unter großen Mühen vermittelt haben, Mylady, beobachtet man am besten die, die überleben, und lernt von ihnen.«

In diesem Moment trat Alia vor. Stilgar machte Platz, als sich Jessica ihrer Tochter zuwandte. In dem Wissen, dass sie ohnehin nicht verbergen konnte, was sie herausgefunden hatte, versuchte sie es gar nicht erst. Alia konnte die Feinheiten der Situation ganz nach Bedarf lesen – so gut wie jede Schülerin der Schwesternschaft. Sie musste längst an Jessicas Verhalten erkannt haben, was gesehen worden war und wie man es interpretiert hatte. Sie waren Todfeinde, für die das Wort *Tod* nur an der Oberfläche kratzte.

Alia wählte Zorn als einfachste und angemessenste Reaktion. »Wie kannst du es wagen, eine derartige Aktion zu planen, ohne mich hinzuzuziehen?«, fauchte sie und trat dicht an Jessica heran.

»Wie du gerade gehört hast«, erwiderte Jessica sanft, »hat Gurney nicht einmal mich in alle Einzelheiten des Plans eingeweiht. Man war der Meinung ...«

Alia fuhr herum. »Und du, Stilgar! Wem hältst *du* die Treue?«

»Mein Eid gilt den Kindern Muad'Dibs«, sagte Stilgar steif. »Wir haben eine Bedrohung für sie beseitigt.«

»Und warum erfüllt dich das nicht mit Freude ... Tochter?«, fragte Jessica.

Alia blinzelte, warf ihrer Mutter einen Blick zu, unterdrückte ihren inneren Aufruhr und brachte sogar ein Lächeln zustande. »Ich bin von Freude erfüllt ... Mutter.« Zu ihrer eigenen Überraschung stellte sie fest, dass sie tatsächlich froh war – dass sie ein schreckliches Entzücken darüber verspürte, dass nun endlich alles zwischen ihr und ihrer Mutter offen zutage lag. Der Augenblick, vor dem sie sich so gefürchtet hatte, lag hinter ihr, und das Machtgleichgewicht hatte sich praktisch nicht verändert. »Wir werden diese Angelegenheit zu einem passenden Zeitpunkt eingehender erörtern«, sagte sie, sowohl an ihre Mutter als auch an Stilgar gerichtet.

»Aber natürlich.« Mit einer herablassenden Geste wandte sich Jessica von Alia ab und sah Prinzessin Irulan an.

Einige Herzschläge lang standen sich Jessica und die Prinzessin schweigend gegenüber und musterten sich, zwei Bene Gesserit, die aus dem gleichen Grund mit der Schwesternschaft gebrochen hatten: aus Liebe. Aus Liebe zu Männern, die inzwischen beide tot waren. Die Prinzessin hatte Paul vergeblich geliebt, sie war seine Frau, aber nicht seine Gefährtin geworden. Und nun lebte sie nur noch für die Kinder, die Pauls Fremenkonkubine Chani ihm geboren hatte.

Jessica sprach als Erste: »Wo sind meine Enkelkinder?«

»In Sietch Tabr.«

»Hier ist es zu gefährlich für sie. Ich verstehe.«

Irulan gestattete sich ein leises Lächeln. Sie hatte den Wortwechsel zwischen Jessica und Alia verfolgt, ihn jedoch in der Weise interpretiert, auf die Alia sie vorbereitet hatte: *»Jessica ist in den Schoß der Schwesternschaft zurückgekehrt, und wir wissen beide, dass der Orden Pläne für Pauls Kinder hat.«*

Irulan war keine besonders begabte Bene-Gesserit-Schülerin gewesen, ihr Wert hatte in erster Linie darin bestanden, dass sie eine Tochter Shaddams IV. war. Sie war oft zu stolz, um sich bei der Weiterentwicklung ihrer Fähigkeiten ernsthaft anzustrengen, und auch jetzt entschied sie sich mit einer Abruptheit für eine Seite, die ihre Ausbildung in keinem guten Licht erscheinen ließ.

»Wirklich, Jessica«, sagte Irulan, »man hätte den königlichen Rat hinzuziehen sollen. Es war falsch von dir, nur über …«

»Soll ich etwa glauben«, unterbrach sie Jessica, »dass ihr beide Stilgar nicht vertraut?«

Irulan war schlau genug, um zu wissen, dass es auf eine solche Frage keine Antwort geben konnte. Daher war sie froh, dass sich die priesterlichen Gesandten, die ihre Ungeduld nicht länger im

Zaum halten konnten, nach vorne drängten. Sie wechselte einen Blick mit Alia und dachte: *Jessica ist so hochmütig und selbstsicher wie eh und je!* Ungebeten kam ihr ein Axiom der Bene Gesserit in den Sinn: *»Die Hochmütigen errichten nur Burgmauern, hinter denen sie ihre Zweifel und Ängste zu verbergen suchen.«* Traf das auch auf Jessica zu? Sicher nicht. Also handelte es sich lediglich um eine Pose. Aber zu welchem Zweck nahm sie sie ein? Die Frage verwirrte Irulan.

Die Priester nahmen Muad'Dibs Mutter nun lärmend in Beschlag. Manche berührten sie nur an den Armen, aber die meisten verbeugten sich tief und begrüßten sie wortreich.

Zuletzt waren die beiden Anführer der Delegation an der Reihe. Sie nahmen die ihnen zugedachte Rolle – »Die Ersten werden die Letzten sein« – mit eingeübtem Lächeln hin und sagten Jessica, dass man sie in der Festung, Pauls ehemaliger Burg, zur offiziellen Lustrationszeremonie erwartete.

Jessica betrachtete die beiden und befand sie für abstoßend. Der eine hieß Javid, ein junger Mann mit missmutiger Miene, runden Wangen und tief liegenden Augen, die das aus ihnen sprechende Misstrauen nicht verbergen konnten. Der andere war Zebataleph, der zweite Sohn eines Naib, den Jessica zu ihren Fremenzeiten gekannt hatte, woran er sie auch gleich erinnerte. Er ließ sich leicht einordnen: Heiterkeit, gepaart mit Skrupellosigkeit, ein schmales Gesicht mit blondem Bart und einer Ausstrahlung, die auf heimliche Erregung und mächtiges Wissen hindeutete. Jessica hielt Javid für den deutlich Gefährlicheren der beiden, ein Mann, der seine Ratschlüsse für sich behielt, der zugleich anzog und – ihr fiel kein anderes Wort ein – *abstieß*. Sie fand seinen Akzent seltsam, voller alter Fremenklänge, als stamme er aus einem isolierten Teil seines Volkes.

»Sag mir, Javid«, sagte sie, »woher kommst du?«

»Ich bin nur ein einfacher Fremen aus der Wüste«, erwiderte er, und jede einzelne Silbe strafte seine Worte Lügen.

Mit unverschämter, beinahe spöttischer Unterwürfigkeit drängte sich Zebataleph dazwischen: »Wir haben viel über die alten Zeiten zu bereden, Mylady. Sie müssen wissen, dass ich zu den Ersten gehörte, die die heilige Natur der Mission Ihres Sohnes erkannten.«

»Aber du warst keiner seiner Fedaykin«, sagte Jessica.

»Nein, Mylady. Meine Neigungen waren philosophischer. Ich studierte, um Priester zu werden.«

Und damit hast du dir deine heile Haut gesichert, dachte Jessica.

»Man erwartet uns in der Festung, Mylady«, sagte Javid.

Einmal mehr empfand sie seinen Akzent als offene Frage, die eine Antwort verlangte. »Wer erwartet uns?«

»Die Versammlung des Glaubens, all jene, die den Namen und die Taten Ihres heiligen Sohnes hell erstrahlen lassen.«

Jessica blickte sich um, bemerkte, dass Alia Javid anlächelte, und fragte: »Hast du diesen Mann ernannt, Tochter?«

Alia nickte. »Er ist zu großen Taten bestimmt.«

Doch Jessica sah, dass Javid keinen Gefallen an der ihm zuteilwerdenden Aufmerksamkeit fand, und nahm sich vor, ihn von Gurney ganz besonders im Auge behalten zu lassen. Und in diesem Moment kehrte Gurney auch schon mit fünf seiner Männer zurück und gab ihnen mit einem Handzeichen zu verstehen, dass die verdächtigen Zauderer befragt wurden. Er hatte den geschmeidigen Gang eines kräftigen Mannes, und sein Blick huschte in alle Richtungen. Jeder Muskel bewegte sich mit der entspannten Aufmerksamkeit, die Jessica ihm, dem Prana-Bindu-Handbuch der Bene Gesserit folgend, beigebracht hatte. Er war ein hässlicher Fleischkloß, der ausschließlich aus trainierten Reflexen bestand, ein Killer, und so mancher fand ihn ganz und gar Furcht einflößend, aber Jessica schätzte ihn mehr als jeden anderen lebenden Menschen. Die Narbe einer Ranktintenpeitsche verlief in einem Zickzackmuster über seinen Kiefer und verlieh ihm ein finsteres Aussehen, aber als er Stilgar sah, glättete ein Lächeln seine Züge.

»Gut gemacht, Stil«, sagte er. Sie fassten sich nach Art der Fremen an den Unterarmen.

»Die Lustration«, erinnerte Javid und berührte Jessica am Arm.

Jessica trat einen Schritt zurück und setzte die *Stimme* ein, um bei Javid und Zebataleph eine genau bemessene emotionale Wirkung zu erzeugen: »Ich bin auf den Wüstenplaneten zurückgekehrt, um meine Enkelkinder zu sehen. Müssen wir wirklich Zeit für diesen Priesterunsinn verschwenden?«

Zebataleph reagierte schockiert. Seine Kinnlade klappte herunter, und er sah sich erschrocken nach Zuhörern um. An den Augen der anderen erkannte er, wer die Worte vernommen hatte. *Priesterunsinn!* Was für eine Wirkung würden solche Worte haben, wenn sie von der Mutter des Messias kamen?

Javid hingegen bestätigte Jessicas Einschätzung. Der Ausdruck um seinen Mund verhärtete sich erst, dann verwandelte er sich in ein Lächeln. Seine Augen lächelten allerdings nicht mit, und sein Blick löste sich auch nicht von Jessica, um sich nach irgendjemandem umzusehen. Javid kannte alle Angehörigen dieses Empfangskomitees. Allein anhand dessen, was er hörte, konnte er in seinen Gedanken diejenigen vermerken, denen von nun an besondere Aufmerksamkeit zuteil werden würde. Sekunden später jedoch verblasste sein Lächeln plötzlich – als er begriff, dass er sich verraten hatte. Javid hatte seine Hausaufgaben durchaus gemacht. Er wusste, über welch außerordentliche Beobachtungsgabe Lady Jessica verfügte. Mit einem kurzen, ruckartigen Nicken erkannte er diese Kräfte an.

Blitzschnell wägte Jessica die Notwendigkeiten ab. Ein unmerkliches Handzeichen an Gurney würde Javid den Tod bringen. Sie konnte es hier tun, zur Abschreckung, oder später im Stillen, sodass es wie ein Unfall aussah.

Sie dachte: *Wenn wir versuchen zu verbergen, was uns im Innersten antreibt, dann schreit das ganze Sein über diesen Verrat auf.* Die gesamte Bene-Gesserit-Ausbildung drehte sich um diese Erkenntnis – darum, die Schülerinnen über diesen Reflex zu erheben und ihnen beizubringen, das offenliegende Fleisch anderer zu lesen. Jessica sah Javids Intelligenz als etwas Wertvolles, als Gewicht in der Waagschale. Wenn sie ihn für sich gewinnen konnte, war er vielleicht die Verbindung, die sie brauchte, der Draht zu Arrakeens Priesterschaft. Und er gehörte zu Alias Leuten.

Laut sagte sie: »Mein offizielles Geleit muss klein bleiben. Wir haben allerdings Platz für noch eine Person. Javid, du wirst uns begleiten. Zebataleph, es tut mir leid. Und Javid, ich werde dieser … dieser Zeremonie beiwohnen, wenn du darauf bestehst.«

Javid erlaubte sich ein Durchatmen und sagte leise: »Wie die Mutter Muad'Dibs befiehlt.« Er warf erst Alia, dann Zebataleph einen Blick zu und sah schließlich wieder zu Jessica. »Es schmerzt mich, das Wiedersehen mit Ihren Enkeln zu verzögern, aber es gibt, äh, politische Gründe …«

Gut, dachte Jessica. *Er ist in erster Linie ein Geschäftsmann. Sobald wir die richtige Währung herausgefunden haben, kaufen wir ihn.* Und tatsächlich belustigte es sie, dass er auf seiner ach so wichtigen Zeremonie bestand. Dieser kleine Sieg würde ihm Macht in seinen Kreisen verschaffen, und das wussten sie beide. Indem sie in die Lustration einwilligte, zahlte sie eine erste Rate auf spätere Dienste.

»Ich gehe davon aus, dass ein Transportmittel bereitsteht«, sagte sie.

Hier seht ihr das Wüstenchamäleon. Seine Fähigkeit, mit dem Hintergrund zu verschmelzen, verrät euch alles Nötige über die Wurzeln der Ökologie und die Grundlagen einer persönlichen Identität.

– Das Buch der Schmähungen
(aus der Hayt-Chronik)

Leto saß da und spielte auf dem kleinen Balisett, das ihm Gurney Halleck, der vollendete Künstler auf diesem Instrument, zu seinem fünften Geburtstag geschickt hatte. Nach vier Jahren des Übens war sein Spiel halbwegs flüssig, auch wenn ihm die beiden äußeren Basssaiten nach wie vor Schwierigkeiten bereiteten. Und er hatte festgestellt, dass sich mit dem Balisett gewisse Gefühle der Beunruhigung besänftigen ließen – ein Umstand, der Ghanima nicht entgangen war. Jetzt saß er im Zwielicht auf einer Felsbank am südlichen Ende des zerklüfteten Ausläufers, der Sietch Tabr beherbergte, und zupfte leise das Balisett.

Ghanima stand hinter ihm. Eine Aura des Aufbegehrens ging von ihrer kleinen Gestalt aus. Sie hatte nicht hierherkommen wollen, nachdem sie von Stilgar erfahren hatten, dass ihre Großmutter in Arrakeen aufgehalten worden war. Insbesondere hielt sie nichts davon, so kurz vor Einbruch der Nacht hier draußen zu sein. In dem Versuch, ihren Bruder zur Eile zu drängen, sagte sie: »Also, was ist?«

Wie zur Antwort setzte er zu einer weiteren Melodie an.

Zum ersten Mal, seit er Gurneys Geschenk entgegengenommen hatte, wurde Leto bewusst, dass dieses Balisett von einem der Instrumentenbaumeister Caladans gefertigt worden war. Er hatte vererbte Erinnerungen an diesen Planeten, über den das Haus Atreides geherrscht hatte, und hin und wieder suchten sie ihn mit tiefer Nostalgie heim. Wenn diese Musik erklang, musste Leto nur seine inneren Schutzwälle lockern, um Erinnerungen aus jenen Zeiten zu vernehmen, als Gurney mit dem Balisett seinen Freund und Schutzbefohlenen, Paul Atreides, bezaubert hatte. Jetzt, da das Balisett unter seinen eigenen Händen erklang, spürte Leto die absorbierende Präsenz seines Vaters. Trotzdem spielte er weiter und knüpfte dabei mit jeder verstreichenden Sekunde eine engere Verbindung zu dem Instrument. Er spürte die idealisierte Entität in seinem Inneren, die *wusste*, wie dieses Balisett zu spielen war, obwohl seine neunjährigen Muskeln noch nicht auf die dafür nötige innere Aufmerksamkeit trainiert waren.

Ghanima tippte unruhig mit dem Fuß auf, ohne zu bemerken, dass sie dabei dem Takt der Musik ihres Bruders folgte.

Leto verzog sein Gesicht in angespannter Konzentration, löste sich von der vertrauten Melodie und versuchte sich an einem Lied, das älter war als alles, was Gurney je gespielt hatte. Es war schon alt gewesen, als die Fremen zu ihrem fünften Planeten gewandert waren. Der Text griff ein Thema der Zensunni auf. Leto hörte die Worte in seiner Erinnerung, während seine Finger dazu eine stockende Version der Melodie erzeugten.

»Die Augenweide der Natur
birgt liebliche Essenz.
Manche nennen sie – Verfall.
Nur durch ihre Gegenwart
Dringt neues Leben durch.
Still vergossene Tränen
Sind nur das Wasser der Seele:
Dem schmerzvollen Sein verleihen sie Leben.
So trennen sie von diesem Sehen
Das sich im Tod vollendet.«

Als Leto den letzten Ton anschlug, sagte Ghanima hinter ihm: »Das ist ein ziemlich angestaubtes Lied. Warum gerade das?«

»Weil es passt.«

»Wirst du es für Gurney spielen?«

»Vielleicht.«

»Er wird sagen, dass es rührseliger Unsinn ist.«

»Ich weiß.«

Leto warf seiner Schwester einen Blick über die Schulter zu. Es überraschte ihn nicht, dass sie das Lied und den Text kannte, trotzdem empfand er plötzlich eine große Ehrfurcht vor der Einheit ihrer Zwillingsleben. Einer von ihnen konnte sterben und dennoch im Bewusstsein des anderen weiterleben, mit jeder geteilten Erinnerung intakt – so nahe standen sie sich. Er bemerkte, dass ihm das zeitlose Netz dieser Nähe Angst machte, und riss den Blick von ihr los. Natürlich wies das Netz Lücken auf, und seine Angst erwuchs aus der neuesten dieser Lücken. Er spürte, dass sich ihre Lebenswege voneinander zu trennen begannen, und fragte sich: *Wie kann ich ihr von dieser Sache erzählen, die nur mir widerfahren ist?*

Er blickte in die Wüste hinaus, sah die tiefen Schatten hinter den Barachans, jener hohen, halbmondförmigen Wanderdünen, die sich wie Wellen um Arrakis herumbewegten. Das hier war Kedem, die innere Wüste, und ihre Dünen wiesen dieser Tage nur noch selten jene Unregelmäßigkeiten auf, die verrieten, dass ein großer Wurm hindurch gekommen war. Der Sonnenuntergang malte blutrote Streifen auf die Dünen und ließ die Ränder ihrer Schatten feurig erstrahlen. Ein aus dem scharlachroten Himmel herabstürzender Falke, der ein Steinhuhn im Flug fing, weckte Letos Aufmerksamkeit.

Direkt unter ihnen im Sand wuchsen Pflanzen in üppigen Grüntönen, von einem Qanat mit Wasser versorgt, der zum Teil oberirdisch, zum Teil auch in verdeckten Tunneln verlief. Das Wasser kam aus riesigen Windfallen, die hinter ihnen, an der höchsten

Stelle des Felsmassivs, aufgestellt waren. Dort oben flatterte auch die grüne Flagge der Atreides.

Wasser und Grün.

Die neuen Symbole von Arrakis: Wasser und Grün.

In Sichtweite ihres Aussichtspunkts lag auch eine karoförmige Oase aus bepflanzten Dünen. Letos Aufmerksamkeit fokussierte sich nach Art der Fremen. Von der Klippe unter ihm erklang der Glockenruf eines Nachtvogels und verstärkte in ihm das Gefühl, dass er gerade in einem Moment der wilden Vergangenheit lebte.

Nous avons changé tout cela, dachte er, mühelos in eine der uralten Sprachen verfallend, die er und Ghanima verwendeten, wenn sie unter sich waren. *Wir haben all das verändert.* Er seufzte. *Oublier je ne puis. Ich kann nicht vergessen.*

Jenseits der Oase sah er im verblassenden Licht das Land, das die Fremen »Die Leere« nannten: das Land, in dem nichts wuchs, das niemals fruchtbare Land. Aber Wasser und der große ökologische Plan änderten das. Es gab nun Orte auf Arrakis, an denen man das samtige Grün bewaldeter Hügel sehen konnte. Wälder auf Arrakis! Und so manchem aus der neuen Generation fiel es schon schwer, sich unterhalb dieser grünen Hügel Dünen vorzustellen. Für so junge Augen war es nicht schockierend, das flache Blattwerk von Regenwaldbäumen zu sehen. Doch Leto stellte fest, dass er in diesem Augenblick nach Art der alten Fremen dachte – dass er dem Wandel misstraute und das Neue ihm Angst machte.

Er sagte: »Die Kinder haben mir erzählt, dass sie hier nur noch selten dicht unter der Oberfläche Sandforellen finden.«

»Und was soll uns das sagen?« Ghanima klang beinahe beleidigt.

»Die Dinge verändern sich sehr rasch.«

Erneut rief der Vogel in der Felswand, und nun senkte sich die Dunkelheit über die Wüste, wie der Falke auf das Steinhuhn hinabgestürzt war. Die Nacht setzte die beiden Zwillinge oft einem Ansturm von Erinnerungen aus – all die inneren Leben, die laut nach ihrem Augenblick verlangten. Ghanima störte sich nicht so sehr an diesem Phänomen wie Leto, aber sie wusste, wie es ihn aufrührte, und er spürte ihre mitfühlende Hand auf seiner Schulter.

Er schlug einen wütenden Ton auf dem Balisett an.

Wie kann ich ihr erzählen, was mit mir geschieht?

In seinem Kopf tobten Kriege, unzählige Leben, die ihre uralten Erinnerungen absteckten: grausame Unfälle, verträumte Liebeleien, die Farben vieler Orte und vieler Gesichter, der begrabene Kummer, das tanzende Glück der Massen. Leto hörte Lieder, die den Frühling auf Planeten besungen, die es nicht mehr gab, Tänze im Grün und im Feuerschein, Wehklagen und Hochrufe, eine Ernte ungezählter Gespräche.

Am schwersten war dieser Ansturm draußen bei Nacht zu ertragen.

»Wir sollten hineingehen«, sagte Ghanima.

Leto schüttelte den Kopf. Sie spürte die Bewegung und begriff, dass seine Sorgen tiefer wurzelten, als sie vermutet hatte.

Warum erwarte ich die Nacht so oft hier draußen?, fragte er sich. Er merkte nicht, wie Ghanima ihre Hand zurückzog.

»Du weißt, warum du dich so quälst«, sagte sie.

Leto hörte den leichten Tadel in ihrer Stimme. Ja, er wusste es. Die Antwort lag ganz oben in seinem Bewusstsein, leicht zu erkennen: *Weil das große bekannte Unbekannte mein Inneres wie eine Welle bewegt.* Er spürte, wie sich der Wellenkamm der Vergangenheit unter ihm aufbaute, als stünde er auf einem Surfbrett. Die ausgreifenden Erinnerungen an die Vorahnungen seines Vaters überlagerten alles – und doch wollte er all diese Vergangenheiten. Er wollte sie, obwohl sie so gefährlich waren. Dessen war er sich nun ganz und gar gewiss – angesichts der Neuigkeit, von der er Ghanima würde erzählen müssen.

Nach und nach erstrahlte die Wüste im Licht des aufsteigenden Ersten Mondes. Leto blickte auf die trügerisch stillen Sandfalten hinab, die bis an den Horizont reichten. Zu seiner Linken ganz in der Nähe befand sich »Der Diener«, ein Felsvorsprung, den Wind und Sand zu einer flachen, gewundenen Linie abgeschliffen hatten und der nun wie ein dunkler Wurm wirkte, der sich durch die Dünen schlängelte. Eines Tages würde auch der Fels hinter ihm so weit abgetragen sein, und es würde keinen Sietch Tabr mehr geben, außer in den Erinnerungen von jemandem wie ihm. Er hatte keinen Zweifel, dass es dann jemanden wie ihn geben würde.

»Warum siehst du zum Diener?«, fragte Ghanima.

Leto zuckte mit den Schultern. Entgegen der Anweisungen ihrer Vormünder gingen er und Ghanima oft zu diesem Felsvorsprung. Sie hatten dort ein Geheimversteck, und Leto wusste jetzt, warum sie dieser Ort lockte.

Unter ihm, in einer Entfernung, die durch die Dunkelheit stark verkürzt erschien, schimmerte ein offener Abschnitt des Qanats im Mondlicht. Die Wasseroberfläche wurde von der Bewegung der Raubfische gekräuselt, die die Fremen stets in ihren Wasservorräten ansiedelten, um die Sandforellen fernzuhalten.

»Ich stehe zwischen Fisch und Wurm«, murmelte Leto.

»Was sagst du?«

Er wiederholte seine Worte lauter.

Ghanima legte eine Hand an den Mund. Langsam begann sie zu ahnen, was ihn umtrieb. Ihr Vater hatte sich auch so verhalten – sie musste den Blick nur nach innen richten und den Vergleich anstellen.

Leto erschauerte. Erinnerungen, die ihn an Orte banden, die er nie selbst besucht hatte, gaben ihm Antworten auf Fragen, die er nie gestellt hatte. Er sah Beziehungen, Zusammenhänge, Ereignisse, die sich auf einer gigantischen inneren Leinwand entfalteten. Die Sandwürmer des Wüstenplaneten überquerten kein Wasser, es vergiftete sie. Und doch hatte es hier vor langer Zeit Wasser gegeben. Weiße Gipspfannen zeugten von einstigen Seen und Meeren. Wenn man Brunnen in die Tiefe trieb, fand man von den Sandforellen abgekapseltes Wasser. So deutlich, als hätte er die Ereignisse mit seinen eigenen Augen beobachtet, sah Leto, was auf diesem Planeten geschehen war, und was er sah, erfüllte ihn mit düsteren Vorahnungen, wenn er an die Umwälzungen dachte, die jetzt durch menschliche Eingriffe verursacht wurden.

Seine Stimme war kaum mehr als ein Flüstern, als er sagte: »Ich weiß, was geschehen ist, Ghanima.«

Seine Schwester beugte sich zu ihm vor. »Ja?«

»Die Sandforelle ...«

Er verstummte, und Ghanima fragte sich, warum er immer wieder auf die haploide Phase der Sandwürmer des Planeten zu sprechen kam. Aber sie schreckte davor zurück, weiter in ihn zu dringen.

»Die Sandforellen«, fuhr Leto fort, »wurden von anderswo hier eingeführt. Damals war das hier ein feuchter Planet. Sie haben sich vermehrt, bis die vorhandenen Ökosysteme nicht mehr mit ihnen zurechtkamen. Die Sandforellen haben das verfügbare Wasser eingekapselt und den Planeten zu einem Wüstenplaneten gemacht – um zu überleben. Nur auf einem hinreichend trockenen Planeten konnte sie in ihre Wurmphase eintreten.«

»Die Sandforellen?« Ghanima schüttelte den Kopf. Sie zweifelte nicht an Letos Worten, aber sie wollte nicht in die Tiefen vordringen, aus denen er derartige Informationen bezog, um sich selbst zu vergewissern. *Sandforellen?* Viele Male hatte sie in diesem Körper und in anderen jenes Kinderspiel gespielt, bei dem man nach Sandforellen stocherte, sie dann in ein dünnes Tuch lockte und zur Todesdestille brachte, um sich ihr Wasser zu nehmen. Es fiel schwer, sich diese geistlosen kleinen Geschöpfe als Gestalter von Ereignissen solcher Tragweite vorzustellen.

Leto nickte gedankenverloren. Seit jeher wussten die Fremen, dass man Raubfische in den Wasserzisternen halten musste. Die haploide Sandforelle arbeitete aktiv gegen große Wasseransammlungen nahe der Planetenoberfläche. Ihr Sandwurmvektor konnte kleine Mengen an Wasser aushalten – jene Menge beispielsweise, die in den Zellen eines Menschen gebunden war. Aber wenn sich ein Sandwurm großen Wassermengen gegenübersah, explodierten seine chemischen Fabriken in einer tödlichen Verwandlung, bei der das gefährliche Melangekonzentrat entstand, die ultimative Wahrnehmungsdroge, die in stark verdünnter Form bei den Sietchorgien zum Einsatz kam. Reines Melangekonzentrat hatte Paul Muad'Dib die Mauern der Zeit durchbrechen lassen. Er war tief in den Brunnen der Auflösung abgetaucht, in den sich zuvor kein anderer Mann hinab gewagt hatte.

Ghanima spürte, dass ihr Bruder zitterte. »Was hast du getan?«

Aber Leto ließ sich nicht von seinem Gedankengang abbringen. »Weniger Sandforellen … die ökologische Verwandlung des Planeten …«

»Natürlich leisten sie Widerstand dagegen.« Ghanima verstand nun die Angst, die in seinen Worten lag. Gegen ihren Willen fühlte sie sich in seine Gedanken hineingezogen.

»Wenn die Sandforellen verschwinden, verschwinden auch die Würmer«, sagte Leto. »Die Stämme müssen gewarnt werden.«

Ghanima nickte. »Kein Gewürz mehr.« Ihre Worte berührten lediglich die Ausläufer der Gefahr, die sie beide angesichts der menschlichen Eingriffe in die Ökologie des Wüstenplaneten erkannten.

»Das ist es, was Alia weiß. Daher ihre Häme.«

»Wie kannst du dir da sicher sein?«

»Ich bin mir sicher.«

Jetzt wusste Ghanima ohne jeden Zweifel, was ihm zu schaffen machte, und dieses Wissen ließ sie schaudern.

»Die Stämme werden uns nicht glauben, wenn sie es abstreitet.« Leto sprach damit das Hauptproblem ihrer Existenz an: Welcher Fremen erwartete von Neunjährigen Weisheit? Alia, die sich innerlich von Tag zu Tag weiter von dem entfernte, was sie mit ihnen teilte, nutzte das aus.

»Wir müssen Stilgar überzeugen«, sagte Ghanima.

Synchron drehten sie die Köpfe und blickten hinaus in die mondbeschienene Wüste. Sie war in der Zwischenzeit zu einem anderen Ort geworden, verwandelt durch wenige Momente der Aufmerksamkeit. Das menschliche Wechselspiel mit dieser Welt war für sie nie offensichtlicher gewesen. Sie waren integrale Bestandteile eines dynamischen Systems, das sich in einem empfindlichen Gleichgewicht befand. Diese neue Sichtweise brachte ein verändertes Bewusstsein mit sich, das neue Wahrnehmungen auf sie einströmen ließ. Wie Liet-Kynes einst gesagt hatte, war das Universum ein Ort ständiger Gespräche zwischen Tierpopulationen. Die haploide Sandforelle hatte sie als Menschentiere angesprochen.

»Eine Bedrohung für ihr Wasser würden die Stämme verstehen«, sagte Leto.

»Aber dies bedroht mehr als nur ihr Wasser. Es ist …« Ghanima verstummte, als sie den tieferen Sinn seiner Worte verstand. Wasser war auf Arrakis der Inbegriff von Macht. In ihrem tiefsten Inneren waren die Fremen nach wie vor Spezialisten, Überlebenskünstler, Experten in der Kunst des Regierens unter unaufhörlichem Druck. Nun, da ein zunehmender Überfluss an Wasser bestand, wurden sie von einem Symbolwandel heimgesucht, obwohl sie die alten Notwendigkeiten noch verstanden. »Du meinst eine Bedrohung ihrer Macht«, sagte sie dann.

»Natürlich.«

»Aber werden sie uns glauben?«

»Wenn sie es beobachten können. Wenn sie das Ungleichgewicht sehen.«

»Gleichgewicht«, sagte Ghanima und wiederholte die Worte, die ihr Vater einmal vor langer Zeit gesprochen hatte: »Das unterscheidet Menschen von einem Mob.«

Die Worte riefen die Erinnerungen seines Vaters in Leto wach. »Ökonomie versus Schönheit«, sagte er. »Eine Geschichte, die älter ist als Scheba.« Er seufzte und sah seine Schwester über die Schulter an. »Ich habe erste prophetische Träume, Ghani.«

Sie schnappte laut nach Luft.

»Als Stilgar uns gesagt hat, dass sich unsere Großmutter verspätet … diesen Moment kannte ich bereits. Nun betrachte ich meine Träume mit Argwohn.«

»Leto …« Ghanima schüttelte den Kopf. In ihren Augen standen Tränen. »Bei unserem Vater hat das erst später angefangen. Meinst du nicht, dass es vielleicht …«

»Ich habe geträumt, dass ich eine Rüstung trage und rasend schnell über die Dünen dahineile. Und ich war in Jacurutu.«

»Jacu …« Sie räusperte sich. »Dieser alte Mythos!«

»Es ist ein echter Ort. Ghani, ich muss den Mann finden, den man den Prediger nennt. Ich muss ihn finden und befragen.«

»Du glaubst, dass er … unser Vater ist?«

»Diese Frage solltest du dir selbst stellen.«

»Es würde zu ihm passen, aber …«

»Ich weiß, dass ich Dinge tun werde, die mir nicht gefallen. Zum ersten Mal in meinem Leben verstehe ich unseren Vater.«

Ghanima fühlte sich von seinen Gedanken ausgeschlossen. »Wahrscheinlich ist der Prediger nur irgendein alter Mystiker.«

»Darum bete ich«, flüsterte Leto. »Oh, wie sehr ich darum bete!« Er stand langsam auf. Die Saiten des Balisetts in seiner Hand schwangen leise von der Bewegung. »Wenn er doch nur ein Gabriel ohne Horn wäre.« Er starrte in die mondbeschienene Wüste hinaus.

Als sich Ghanima umwandte, um seinem Blick zu folgen, sah sie das fahle Fäulnisleuchten der Pflanzen am Rande der Sietchplantagen und dann den sauberen Übergang in die Dünenlinien. Das dort draußen war ein lebender Ort. Selbst wenn die Wüste schlief, blieb etwas in ihr wach. Ghanima spürte diese Wachsamkeit, hörte Tiere, die unter ihr am Qanat tranken. Letos Erkenntnis hatte die Nacht verwandelt. Dies war ein lebendiger Augenblick, eine Zeit, um Regelmäßigkeiten im ständigen Wandel zu entdecken, ein Moment, in dem sie den langen Weg von ihrer terranischen

Vergangenheit bis an diesen Punkt erspüren konnte – und all das war sicher in ihrem Gedächtnis geborgen. »Warum Jacurutu?«, fragte sie. Ihr ausdrucksloser Tonfall zerstörte die Stimmung des Augenblicks.

»Warum?«, erwiderte Leto. »Ich weiß es nicht. Als Stilgar uns damals erzählt hat, wie man die Menschen dort getötet hat und der Ort tabu geworden ist, dachte ich ... was du dachtest. Aber nun kommt von dort Gefahr. Und der Prediger.«

Ghanima antwortete nicht, verlangte nicht, dass er ihr mehr von seinen prophetischen Träumen erzählte, und sie wusste, was ihm das über ihr Entsetzen verriet. Dieser Weg führte zur Verdammnis der Abscheulichkeit, darüber waren sie sich beide im Klaren. Das Wort hing unausgesprochen zwischen ihnen, als sich Leto umwandte und über die Felsen voran zum Sietcheingang ging. *Abscheulichkeit.*

Das Universum gehört Gott. Es ist eins, *eine Gesamtheit, vor deren Hintergrund man alles Getrennte identifizieren kann. Flüchtiges Leben, sogar das sich selbst bewusste, denkende Leben, das wir als vernunftbegabt bezeichnen, hat nur eine fragile Treuhandschaft an Teilen dieser Gesamtheit.*

– Kommentare der KÖI
(Kommission ökumenischer Übersetzer)

Während er laut von anderen Angelegenheiten sprach, übermittelte Gurney Halleck Jessica mit Handzeichen die eigentliche Botschaft. Ihm gefiel dieses Vorzimmer nicht, das die Priester für den Bericht gewählt hatten, er wusste, dass es von Überwachungsgeräten wimmelte. Sollten sie doch versuchen, die winzigen Handzeichen zu entschlüsseln. Die Atreides benutzten diese Form der Verständigung seit Jahrhunderten, ohne dass ein anderer daraus schlau geworden wäre.

Draußen war die Nacht hereingebrochen, aber das Zimmer war ohnehin fensterlos und auf die Leuchtgloben in den oberen Ecken angewiesen.

»Viele unserer Gefangenen gehören zu Alias Leuten«, bedeutete Halleck und sah Jessica dabei in die Augen, während er ihr laut mitteilte, dass das Verhör noch im Gange sei.

»Dann verhält es sich so, wie du es vorhergesehen hast«, antwortete Jessica mit den Händen. Sie nickte und sagte laut: »Ich erwarte einen vollen Bericht, sobald es zu deiner Zufriedenheit abgeschlossen ist, Gurney.«

»Natürlich, Mylady«, sagte Halleck und fuhr mit den Fingern

fort: »Da ist noch eine Sache, etwas höchst Beunruhigendes. Unter den stärkeren Drogen haben einige der Gefangenen von Jacurutu gesprochen, und im selben Moment, in dem sie diesen Namen ausgesprochen haben, sind sie gestorben.«

»Ein programmierter Herzstillstand?«, fragten Jessicas Finger. Hörbar sagte sie: »Hast du einige der Gefangenen freigelassen?«

»Einige wenige, Mylady. Den offensichtlichen Beifang.« Seine Finger zuckten: »Wir vermuten einen Herz-Zwang, sind uns aber noch nicht sicher. Die Autopsien sind noch nicht abgeschlossen. Ich war jedoch der Meinung, dass du über diese Sache Bescheid wissen solltest, und bin deshalb sofort zu dir gekommen.«

»Mein Herzog und ich fanden immer, dass es sich bei Jacurutu um eine interessante Legende handelte, die vermutlich auf Tatsachen beruht«, sagte Jessica mit ihren Fingern und ignorierte dabei den schmerzhaften Stich, den sie stets verspürte, wenn sie von der lange toten Liebe ihres Lebens sprach.

»Haben Sie Befehle für mich?«, fragte Halleck laut.

Jessica gab zur Antwort, dass er zum Landefeld zurückkehren und sich melden sollte, sobald er eindeutige Informationen hatte, aber ihre Finger übermittelten ihm etwas anderes: »Nimm Kontakt mit deinen Freunden bei den Schmugglern auf. Wenn es Jacurutu gibt, dann hält es sich mit dem Verkauf von Gewürz über Wasser. Und als Markt stehen ihm dabei nur die Schmuggler zur Verfügung.«

Halleck neigte kurz das Haupt, während er mit den Fingern sagte: »Ich habe bereits Entsprechendes in die Wege geleitet, Mylady.« Und weil er seine Ausbildung nicht unterdrücken konnte, fügte er hinzu: »Sei hier sehr vorsichtig. Alia ist deine Feindin, und der Großteil der Priesterschaft ist auf ihrer Seite.«

»Javid nicht«, gab Jessica mit den Fingern zurück. »Er hasst die Atreides. Ich glaube nicht, dass irgendjemand außer einer Bene-Gesserit-Schülerin das feststellen könnte, aber ich bin mir sicher. Er ist ein Verschwörer, und Alia weiß nichts davon.«

»Ich weise Ihnen zusätzliche Wachen zu«, sagte Halleck laut und wich dabei Jessicas Blick aus, in dem leises Missfallen aufblitzte. »Ich bin mir sicher, dass es hier Gefahren gibt. Werden Sie die Nacht hier verbringen?«

»Wir begeben uns später nach Sietch Tabr«, sagte Jessica und hielt inne. Beinahe hätte sie ihm gesagt, dass er keine zusätzlichen Wachen schicken sollte, doch sie schwieg. Man sollte Gurneys Instinkten trauen. Das hatte schon mehr als ein Atreides gelernt, sowohl zu seiner Freude als auch zu seinem Leid. »Ich habe noch ein Treffen mit dem Leiter der Noviziate«, sagte sie dann. »Das ist das letzte, dann kann ich diesen Ort glücklicherweise hinter mir lassen.«

Und ich sah, wie noch ein Tier aus dem Sand aufstieg. Und es hatte zwei Hörner wie ein Lamm, aber sein Maul war voller Zähne und feurig wie das eines Drachen. Und sein Leib schimmerte und brannte von großer Hitze, während es wie die Schlange zischte.

– Überarbeitete Ausgabe der Orange-Katholischen Bibel

Er nannte sich *Prediger*, und viele Menschen auf Arrakis hatten die ehrfürchtige Angst, er könnte der lebend aus der Wüste zurückgekehrte Muad'Dib sein. Vielleicht war Muad'Dib wirklich nicht tot – niemand hatte seinen Leichnam gesehen. Aber wann sah man überhaupt einmal einen Leichnam, den sich die Wüste nahm? Dennoch ... Muad'Dib? Man konnte gewisse Vergleiche ziehen, aber niemand aus den alten Zeiten trat vor und sagte: »Ja, ich erkenne, dass das Muad'Dib ist. Er ist mir vertraut.«

Und doch ... Wie Muad'Dib war auch der Prediger blind, seine Augenhöhlen waren schwarz und vernarbt, was sich möglicherweise auf einen Steinbrenner zurückführen ließ. Und seine Stimme verfügte über dieselbe knisternde Eindringlichkeit, die eine Antwort aus den Tiefen der Seele erzwang. Es gab viele, denen das auffiel. Er war sehnig, dieser Priester, sein gegerbtes Gesicht voller Falten, sein Haar grau. Aber so veränderte die tiefe Wüste viele. Man musste sich nur umsehen, um den Beweis dafür zu erblicken. Und dann gab es noch einen anderen Streitpunkt: Der Priester wurde von einem jungen Fremen geführt, einem Burschen ohne bekannten Sietch, der, wenn man ihn fragte, behauptete, dass er für seine Dienste bezahlt wurde. Man wandte ein, dass Muad'Dib, der die Zukunft gekannt hatte, einen solchen Führer nur ganz am Ende benötigt hatte, als ihn sein Kummer übermannt hatte. Aber dann hatte er einen benötigt, das war allgemein bekannt.

Der Prediger war an einem Wintermorgen in den Straßen Arrakeens aufgetaucht, eine braune, dick geäderte Hand auf der Schulter seines jungen Führers. Der Bursche, der sich Assan Tariq nannte, ging durch den nach Feuerstein riechenden Staub, den die morgendlichen Passantenschwärme aufwirbelten, und führte seinen Schutzbefohlenen mit der geübten Wendigkeit des unter der Erde Geborenen, ohne sich ein einziges Mal von ihm zu lösen.

Den Leuten fiel auf, dass der Blinde eine traditionelle Burka über einem Destillanzug trug, der an seiner Machart als ein Exemplar zu erkennen war, wie es so nur in den Sietchhöhlen der tiefsten Wüste hergestellt wurde. Er hatte nichts mit den jämmerlichen Anzügen zu tun, die man dieser Tage massenhaft produzierte. Der Nasenschlauch, der die Feuchtigkeit des Atems für die Wiederaufbereitungsschichten einfing, war mit einem geflochtenen Band umwickelt, das aus den schwarzen Ranken bestand, die man heutzutage nur noch selten sah. Die Anzugmaske, die die untere Gesichtshälfte bedeckte, hatte vom Flugsand eingravierte grüne Flecken. Man konnte es drehen und wenden, wie man wollte, dieser Prediger war eine Gestalt aus der Vergangenheit des Wüstenplaneten.

Viele in der morgendlichen Menge hatten an diesem Tag sein Vorbeiziehen bemerkt. Ein blinder Fremen war nach wie vor etwas Ungewöhnliches. Nach dem Gesetz der Fremen wurden die Blinden immer noch Shai-Hulud überantwortet. Dieses Gesetz wurde in diesen modernen, wasserweichen Zeiten zwar weniger geachtet, doch sein Wortlaut war noch derselbe wie in den Anfangstagen. Die Blinden waren ein Geschenk an Shai-Hulud. Man hatte sie in der offenen Bled auszusetzen, damit die großen Würmer sie verschlangen. Wenn man das tat – und Geschichten darüber fanden immer wieder ihren Weg in die Städte –, dann stets dort, wo die Herrschaft der großen Würmer, die man als die Alten Männer der

Wüste bezeichnete, noch unangetastet war. Ein blinder Fremen war also eine Kuriosität, und so hielten die Menschen inne, um dem seltsamen Paar nachzublicken.

Der Junge war etwa vierzehn Standardjahre alt und gehörte zur neuen Generation, die modifizierte Destillanzüge trug, Anzüge, die das Gesicht der Feuchtigkeit raubenden Luft aussetzten. Sein Gesicht war schmal, und seine Augen waren vom Gewürz ganz und gar blau gefärbt. Er hatte eine Stupsnase und mutete auf eine Weise harmlos und unschuldig an, die bei jungen Menschen oft zynisches Wissen verbarg. Der Blinde hingegen erinnerte an fast schon vergessene Zeiten – er ging mit langen Schritten, und seine Drahtigkeit verriet, dass er etliche Jahre auf dem Sand verbracht hatte, wo ihn nur seine Füße oder ein gefangener Wurm getragen hatten. Er hielt den Kopf mit jener Steifhalsigkeit, die manche Blinde einfach nicht ablegen konnten. Sein Kopf bewegte sich nur dann unter der Kapuze, wenn er ihn schief legte, um auf ein interessantes Geräusch zu lauschen.

Auf dem Weg durch das dichter werdende morgendliche Gedränge erreichte das seltsame Paar schließlich die Stufen, die zu den terrassierten Ebenen von Alias Tempel emporführten, ein Felsmassiv, das nur zu gut zu Pauls Festung passte. Der Prediger stieg hoch, bis er und sein junger Führer den dritten Absatz erreicht hatten, wo Pilger am Morgen darauf warteten, dass sich die gigantischen Tore über ihnen öffneten. Die Tore waren so groß, dass eine ganze Kathedrale der alten Religionen hindurchgepasst hätte. Angeblich wurde die Seele eines Pilgers, der sie durchschritt, auf ein Staubkörnchen reduziert, so klein, dass sie durch ein Nadelöhr passte und in den Himmel gelangen konnte.

Am Ende des dritten Treppenabsatzes drehte sich der Prediger um, und es machte den Eindruck, als würde er mit seinen leeren Augenhöhlen die geckenhaften Stadtbewohner betrachten, von denen einige Fremen waren und Gewänder trugen, die oberflächlich Destillanzügen ähnelten, in Wahrheit aber nur hübsche Stoffe waren. Als *sähe* er die eifrigen Pilger, die frisch von den Gildentransportern kamen und auf jenen ersten Schritt ihrer Hingabe warteten, der ihnen einen Platz im Paradies sichern würde.

Es war laut dort auf dem dritten Treppenabsatz. Da waren Angehörige des Mahdi-Geisterkults in grünen Roben, die lebende Falken dabeihatten, darauf dressiert, einen »Ruf an den Himmel« zu kreischen. Straßenhändler boten lautstark ihre Waren feil. Sie schrien scharf gegeneinander an. Viele hatten etwas zu verkaufen. Da gab es etwa das Wüstenplanetentarot mit seinen auf Shigadraht geprägten Kommentaren. Ein Verkäufer hatte exotische Stoffstücke, von denen er behauptete, dass »Muad'Dib sie eigenhändig berührt hat«. Ein weiterer hatte Wasserphiolen im Angebot, die »aus Sietch Tabr stammen, wo Muad'Dib lebte«. Und inmitten all dessen fanden Gespräche in hundert und mehr Galach-Dialekten statt, durchsetzt von den rauen Guttural- und Quäklauten der *Outrine*-Sprachen, die unter der Schutzherrschaft des Heiligen Imperiums gesprochen wurden. Gesichtstänzer und Zwerge, die angeblich von den Künstlerplaneten der Tleilaxu stammten, tollten und wirbelten in bunten Kleidern durch die Menge. Es gab hagere Gesichter und fette, wasserreiche. Von dem Plastahlgitter, aus dem die breiten Stufen bestanden, stieg das Scharren nervöser Füße auf. Und gelegentlich erhob sich aus dem Getöse eine klagende Stimme zum Gebet: »Mua-a-a-ad'Dib! Mua-a-a-ad'Dib! Nimm das Flehen meiner Seele an! Du, der du Gottes Gesalbter bist, nimm meine Seele an! Mua-a-a-ad'Dib!«

Nicht weit entfernt rissen zwei Schmierenkomödianten für ein paar Münzen Possen, indem sie den derzeit beliebten »Disput zwischen Armistead und Leandgraph« aufführten.

Der Prediger legte den Kopf schief und lauschte ihnen.

Die Komödianten waren Städter in den mittleren Jahren, die in gelangweiltem Tonfall sprachen. Der junge Führer beschrieb sie für den Prediger. Sie trugen lockere Gewänder und ließen sich noch nicht einmal dazu herab, ihre wasserreichen Leiber mit Destillanzugsattrappen zu bedecken. Assan Tariq fand das lustig, aber der Prediger tadelte ihn.

Der Komödiant, der die Rolle des Leandgraph spielte, beendete soeben seine Rede: »Pah! Das Universum kann nur von der bewussten Hand erfasst werden. Diese Hand ist es, die dein ach so teures Gehirn antreibt, und sie treibt auch alles an, was vom Gehirn herrührt. Du siehst, was du erschaffen hast, du *wirst* bewusst, und zwar erst, nachdem die Hand ihr Werk verrichtet hat!«

Hier und da wurde ihm applaudiert.

Der Prediger rümpfte die Nase und roch dabei den üppigen Geruch dieses Ortes: die Ester schlecht abgedichteter Destillanzüge, Maskenmoschus verschiedenster Herkunft, der nach Feuerstein riechende Staub, der Atem, der von ungezählten exotischen Ernährungsweisen kündete, und die Aromen seltener Weihrauche, die in Alias Tempel entzündet worden waren und nun in geschickt gelenkten Strömen die Treppen herabzogen. Die Gedanken des Predigers spiegelten sich auf seinem Gesicht wider, als er die Umgebung in sich aufnahm: *So weit ist es mit uns gekommen, uns Fremen!*

Eine plötzliche Welle der Aufmerksamkeit durchlief die Menge. Sandtänzer waren auf den Platz am Fuße der Treppe gekommen, ein halbes Hundert, sie alle mit Elaccaseilen zusammengebunden. Offensichtlich tanzten sie bereits seit Tagen so, in dem Versuch, einen Zustand der Ekstase zu erreichen. Schaum tropfte ihnen von den Mündern, während sie zu ihrer geheimen Musik zuckten und stampften. Ein ganzes Drittel von ihnen baumelte bewusstlos in den Seilen. Diese Tänzer wurden von den übrigen mitgezogen wie Marionetten. Eine der Marionetten war allerdings erwacht, und die Menge wusste offenbar, was nun kommen würde.

»Ich habe es *gese-he-he-hen!*«, kreischte der gerade erwachte Tänzer. »Ich habe es *gese-he-he-hen!*« Er stemmte sich gegen das Zerren der anderen Tänzer und ließ seinen wilden Blick umherzucken. »Wo diese Stadt ist, wird nur noch Sand sein! Ich habe es *gese-he-he-hen!*«

Ein anschwellendes Lachen erhob sich von den Zuschauern. Sogar die neuen Pilger fielen mit ein.

Das war zu viel für den Prediger. Er hob beide Arme und brüllte mit einer Stimme, die zweifellos schon Wurmreiter befehligt hatte: »Schweigt!«

Auf diesen Ruf hin verstummte überall auf dem Platz die Menge.

Der Prediger deutete mit einer dürren Hand auf die Tänzer, was den unheimlichen Eindruck erweckte, dass er sie tatsächlich sehen konnte. »Habt ihr diesen Mann nicht gehört? Blasphemiker und Götzenanbeter! Allesamt! Die Religion Muad'Dibs ist nicht Muad'Dib. Er verachtet sie ebenso, wie er euch verachtet. Sand wird diesen Ort bedecken. Sand wird euch bedecken.« Dann ließ er die Arme wieder sinken, legte seinem jungen Führer eine Hand auf die Schulter und sagte: »Bring mich fort von hier.«

Vielleicht lag es an der Wortwahl des Predigers. *Er verachtet sie ebenso, wie er euch verachtet.* Vielleicht war es auch sein Tonfall gewesen, der etwas Übermenschliches gehabt hatte, einen Klang, der mit Sicherheit auf eine Unterweisung in der *Stimme* der Bene Gesserit zurückzuführen war, die es erlaubte, durch Feinheiten der Betonung Befehle zu erteilen. Vielleicht lag es aber auch nur an der mystischen Aura dieses Ortes, an dem Muad'Dib gewandelt war, wo er gelebt und geherrscht hatte. Jedenfalls rief jemand dem sich entfernenden Prediger mit vor religiöser Ehrfurcht bebender Stimme vom Treppenabsatz hinterher: »Ist das Muad'Dib, der zu uns zurückgekehrt ist?«

Der Prediger verharrte, griff in den Beutel unter seiner Burka und zog einen Gegenstand hervor, den nur jene in seiner unmittelbaren Nähe erkennen konnten. Es war eine in der Wüste mumifizierte menschliche Hand. Gelegentlich erlaubte sich der Planet einen Witz über die Sterblichkeit, indem er derlei Überreste im Sand auftauchen ließ, die den meisten als Botschaft von Shai-Hulud galten. Die Hand hatte sich zu einer Faust zusammengezogen, die in einem weißen, vom Flugsand gezeichneten Knochen endete.

»Ich bringe die Hand Gottes, und weiter nichts!«, rief der Prediger. »Ich spreche für die Hand Gottes. Ich bin der Prediger.«

Manche fassten diese Worte so auf, dass es sich bei der Hand um die Muad'Dibs handelte, andere konnten seine gebieterische Art und seine erschütternde Stimme nicht vergessen – und so wurde sein Name auf Arrakis bekannt. Und es war nicht das letzte Mal, dass seine Stimme gehört werden sollte.

Immer wieder wird behauptet, mein lieber Georad, dass das Melange-Erlebnis von Natur aus große Vorzüge für die Tugendhaftigkeit habe. Vielleicht ist das wahr. Allerdings hege ich nach wie vor tiefe Zweifel daran, dass jede Art von Gebrauch der Melange stets Tugend mit sich bringt. Eher hat es den Anschein, dass gewisse Personen den Melangegebrauch wider Gottes Willen verdorben haben. Mit den Worten der Ökumene ließe sich sagen, dass sie die Seele entstellt haben. Sie kratzen an der Oberfläche der Melange und glauben, dadurch göttliche Gnade zu erlangen. Sie sehen auf ihre Mitmenschen herab, fügen der Gottesfurcht großen Schaden zu, sie verzerren bösartig die Bedeutung dieses kostbaren Geschenks und verstümmeln es in einer Weise, die durch Menschen nicht wiedergutzumachen ist. Um wahrhaft eins mit der Tugend des Gewürzes zu werden, unverdorben in jeder Hinsicht, voll Nachsicht und Ehre, muss ein Mensch seine Taten und Worte in Übereinstimmung bringen. Wenn man mit seinen Taten ein System beschreibt, das böse Folgen nach sich zieht, sollte man nach diesen Folgen beurteilt werden, und nicht nach den Erklärungen, die man abgibt. Und so sollten wir auch über Muad'Dib urteilen.

– Die Häresie des Pedanten

Es war ein kleiner Raum, in dem der Geruch von Ozon hing und der von gedämpften Leuchtgloben, gepaart mit dem metallischblauen Leuchten des Übertragungsbildschirms, in ein schattiges Grau getaucht wurde. Der Bildschirm war etwa einen Meter breit und sechzig Zentimeter hoch. Er zeigte in allen Einzelheiten ein kahles, felsiges Tal, in dem sich zwei Lazatiger an den Überresten ihrer Beute gütlich taten. Auf dem Hang oberhalb der beiden Tiere war ein schlanker Mann in Sardaukar-Arbeitsuniform zu sehen, der das Abzeichen eines Levenbrech am Kragen trug. Er trug eine Tastatur mit Servokontrollen vor der Brust.

Vor dem Bildschirm saß eine Frau unbestimmbaren Alters mit hellem Haar in einem selbstformenden Sessel. Sie hatte ein herzförmiges Gesicht und schlanke Hände, mit denen sie beim Zusehen die Sessellehnen umklammerte. Ein weißes bauschiges Gewand mit goldenen Säumen verbarg ihre Gestalt. Einen Schritt rechts neben ihr stand ein massiger Mann in der bronze- und goldfarbenen Uniform eines Baschar-Sekretärs der alten imperialen Sardaukar. Sein ergrauendes Haar über dem kantigen, emotionslosen Gesicht war kurz geschnitten.

Die Frau räusperte sich und sagte: »Es lief wie von Ihnen vorhergesagt, Tyekanik.«

»Natürlich, Prinzessin«, erwiderte der Baschar mit heiserer Stimme.

Die Frau lächelte über seinen angespannten Tonfall. »Sagen Sie mir, Tyekanik, wie wird meinem Sohn der Klang der Worte Imperator Farad'n I. gefallen?«

»Der Titel steht ihm, Prinzessin.«

»Danach habe ich nicht gefragt.«

»Manche der Taten, die begangen wurden, um ihm diesen, äh, Titel zu verschaffen, würde er womöglich nicht gutheißen.«

»Doch andererseits …« Die Frau wandte sich um und sah den Baschar im Zwielicht an. »Sie haben meinem Vater gut gedient. Es war nicht Ihr Fehler, dass er den Thron an die Atreides verloren hat. Aber mit Sicherheit spüren Sie den Stachel dieses Verlusts ebenso schmerzhaft wie …«

»Hat Prinzessin Wensicia eine spezielle Aufgabe für mich?« Tyekaniks Stimme war immer noch heiser, aber nun hatte sie einen schneidenden Unterton.

»Sie haben die schlechte Angewohnheit, mich zu unterbrechen.«

Jetzt lächelte Tyekanik und entblößte dabei große Zähne, die im Licht des Bildschirms feucht glänzten. »Manchmal erinnern Sie mich an Ihren Vater. Immer diese Umwege vor der Bitte um die Erledigung einer delikaten … äh … Mission.«

Die Prinzessin riss den Blick von ihm los, um ihre Verärgerung nicht zu zeigen. »Glauben Sie wirklich, dass diese Lazatiger meinem Sohn auf den Thron verhelfen werden?«

»Das ist sehr gut möglich, Prinzessin. Sie müssen zugeben, dass der Bastardwurf von Paul Atreides für diese beiden dort nichts weiter als ein saftiger Leckerbissen wäre. Und wenn wir die Zwillinge erst einmal los sind …« Tyekanik zuckte mit den Schultern.

»Dann ist der Enkel von Shaddam IV. der logische Thronfolger«, beendete die Prinzessin seinen Satz. »Vorausgesetzt, wir können die Einwände der Fremen, des Landsraads und der MAFEA ausräumen, ganz zu schweigen von eventuell überlebenden Atreides, die …«

»Javid hat mir versichert, dass sich seine Leute um Alia kümmern können. Und Lady Jessica zähle ich nicht zu den Atreides. Wer bleibt sonst noch?«

»Landsraad und MAFEA halten sich an die, bei denen es etwas zu holen gibt, aber was ist mit den Fremen?«

»Wir ersäufen sie in ihrer Religion.«

»Das ist leichter gesagt als getan, mein lieber Tyekanik.«

»Ich verstehe. Wir sind wieder bei diesem alten Streitpunkt angelangt.«

»Das Haus Corrino hat Schlimmeres getan, um an die Macht zu kommen.«

»Aber die Religion dieses … dieses Mahdis anzunehmen?«

»Mein Sohn respektiert Sie, Tyekanik.«

»Prinzessin, ich sehne mich nach dem Tag, an dem das Haus Corrino auf seinen rechtmäßigen Platz zurückkehrt. So geht es allen verbliebenen Sardaukar hier auf Salusa. Aber wenn Sie …«

»Tyekanik! Das hier ist der Planet Salusa *Secundus*. Verfallen Sie nicht der Nachlässigkeit, die sich im Imperium breitmacht. Der volle Name, der vollständige Titel – auf jede Kleinigkeit kommt es an. Es ist unser Auge für das Detail, das letztlich dafür sorgen wird, dass das Blut der Atreides in den Sand von Arrakis fließt. Unser Auge für das Detail, Tyekanik!«

Der Baschar wusste, was die Prinzessin mit dieser Attacke bezweckte. Es war einer der Tricks, die sie von ihrer Schwester Irulan gelernt hatte. Trotzdem merkte er, wie er an Boden verlor.

»Verstehen Sie mich, Tyekanik?«

»Ich verstehe Sie, Prinzessin.«

»Ich will, dass Sie dieser Muad'Dib-Religion beitreten.«

»Prinzessin, ich würde für Sie durchs Feuer gehen, aber das …«

»Das ist ein Befehl, Tyekanik!«

Der Baschar schluckte und starrte auf den Bildschirm. Die Lazatiger hatten ihre Mahlzeit beendet und sich in den Sand gelegt, um sich zu putzen. Mit langen Zungen leckten sie sich über die Vorderpfoten.

»Ein *Befehl*, Tyekanik! Verstehen Sie mich?«

»Ich höre und gehorche.«

Die Prinzessin seufzte. »Ach, wenn mein Vater noch am Leben wäre …«

»Ja, Prinzessin.«

»Verspotten Sie mich nicht, Tyekanik. Ich weiß, wie wenig Ihnen das schmeckt. Aber wenn Sie als Beispiel vorangehen …«

»Vielleicht folgt er meinem Beispiel nicht.«

»Er wird ihm folgen.« Die Prinzessin deutete auf den Bildschirm. »Mir ist eingefallen, dass der Levenbrech dort draußen ein Problem sein könnte.«

»Ein Problem? Inwiefern?«

»Wie viele Menschen wissen von der Sache mit den Tigern?«

»Dieser Levenbrech, der ihr Trainer ist. Ein Transporterpilot. Sie … und natürlich …« Tyekanik tippte sich auf die Brust.

»Was ist mit den Käufern?«

»Sie wissen von nichts. Wovor haben Sie Angst, Prinzessin?«

»Mein Sohn ist, nun ja, feinfühlig.«

»Sardaukar plaudern keine Geheimnisse aus.«

»Tote auch nicht.« Die Prinzessin streckte die Hand aus und drückte auf eine rote Taste unter dem Bildschirm.

Sofort hoben die Lazatiger ihre Köpfe, sprangen auf und blickten den Hügel hinauf zu dem Levenbrech. Dann drehten sie um und rannten den Hang empor.

Erst wirkte der Levenbrech noch gelassen, als er auf eine Taste an seiner Konsole drückte. Seine Bewegungen waren selbstsicher, aber als die Katzen weiter auf ihn zurannten, wurde er zunehmend hektisch und drückte immer fester auf die Taste. Dann trat ein Ausdruck des Begreifens auf sein Gesicht, und seine Hand griff nach dem Messer an seiner Hüfte. Doch die Bewegung kam zu spät. Eine Klaue fuhr ihm über die Brust und zog ihn zu Boden. Noch während der Levenbrech fiel, biss ihm der andere Tiger in den Hals und schüttelte ihn. Seine Wirbelsäule brach.

»Jedes Detail verdient Aufmerksamkeit.« Die Prinzessin drehte sich um und erstarrte, als sie sah, dass Tyekanik sein Messer zog. Doch er hielt ihr die Waffe mit dem Griff nach vorne hin.

»Vielleicht wollen Sie mein Messer benutzen, um sich um ein weiteres Detail zu kümmern.«

»Stecken Sie das zurück und seien Sie nicht dumm!«, sagte die Prinzessin mit scharfer Stimme. »Manchmal, Tyekanik, stellen Sie meine Geduld wirklich auf die Probe.«

»Das war ein guter Mann dort draußen, Prinzessin. Einer meiner besten.«

»Einer *meiner* besten.«

Tyekanik holte tief Luft und steckte dann das Messer wieder weg. »Und was ist mit dem Transporterpiloten?«

»Diese Sache hier wird man auf einen Unfall zurückführen. Sie werden ihm raten, die größtmögliche Vorsicht walten zu lassen, wenn er die Tiger zu uns zurückbringt. Und sobald er die Tierchen an Javids Leute übergeben hat …« Die Prinzessin richtete den Blick auf Tyekaniks Messer.

»Ist das ein Befehl?«

»Allerdings.«

»Soll ich mich dann anschließend in mein Messer stürzen, oder werden Sie sich um dieses, äh, Detail kümmern?«

Mit gespielter Ruhe und gewichtigem Ton sagte die Prinzessin: »Tyekanik, wenn ich nicht absolut davon überzeugt wäre, dass Sie sich auf meinen Befehl hin tatsächlich in Ihr Messer stürzen würden, dann würden Sie nicht hier neben mir stehen – bewaffnet.«

Tyekanik schluckte und blickte auf den Bildschirm. Die Tiger waren nun wieder am Fressen.

Die Prinzessin sah weiter Tyekanik an. »Sie werden außerdem den Käufern sagen, dass sie uns keine Kinderpaare mehr bringen sollen, die auf unsere Beschreibung passen.«

»Wie Sie befehlen.«

»Kommen Sie mir nicht mit diesem Tonfall, Tyekanik.«

»Ja, Prinzessin.«

Sie presste die Lippen aufeinander. Dann sagte sie: »Wie viele von diesen zusammenpassenden Kostümen haben wir noch?«

»Wir haben sechs Paare, komplett mit Destillanzügen und Sandschuhen, und alle mit eingearbeiteten Atreides-Wappen.«

»Sind die Stoffe ebenso kostbar wie bei diesen beiden?« Sie deutete mit einer Kopfbewegung auf den Bildschirm.

»Eines Königs würdig, Prinzessin.«

»Ein Auge fürs Detail … Die Kleider werden als Geschenke für unsere hochherrschaftlichen Vettern nach Arrakis geschickt. Als Geschenke meines Sohnes, haben Sie mich verstanden, Tyekanik?«

»Ganz und gar, Prinzessin.«

»Er soll eine passende Grußkarte verfassen. Darauf soll stehen, dass er diese einfachen Kleidungsstücke als Zeichen seiner Ergebenheit gegenüber dem Haus Atreides schickt. Oder etwas in der Art.«

»Und aus welchem Anlass?«

»Es gibt sicher einen Geburtstag oder einen religiösen Feiertag oder sonst irgendwas, Tyekanik. Das überlasse ich Ihnen. Ich vertraue Ihnen, mein Freund.«

Tyekanik starrte die Prinzessin schweigend an.

Ihre Miene verhärtete sich. »Das wissen Sie doch bestimmt? Wem sonst kann ich nach dem Tod meines Mannes noch vertrauen?«

Der Baschar zuckte mit den Schultern und dachte daran, wie sehr diese Frau einer Spinne glich. Es war keine gute Idee, einen zu intimen Umgang mit ihr zu haben, und er vermutete, dass der Levenbrech genau das gehabt hatte.

»Und Tyekanik, noch eine Kleinigkeit.«

»Ja, Prinzessin?«

»Mein Sohn wird zum Herrschen ausgebildet. Es wird die Zeit kommen, da er sein Schwert selbst in die Hand nehmen muss. Sie werden wissen, wann dieser Moment kommt. Dann möchte ich sofort informiert werden.«

»Wie Sie befehlen, Prinzessin.«

Sie lehnte sich zurück und sah den Baschar wissend an. »Sie halten nicht viel von mir, das weiß ich. Nun, das ist unwichtig für mich, solange Sie nie die Lektion des Levenbrech vergessen.«

»Ja, Prinzessin. Er konnte sehr gut mit Tieren umgehen, aber er war entbehrlich.«

»Das meine ich nicht.«

»Nicht? Dann … verstehe ich nicht.«

»Eine Armee besteht aus ersetzbaren Einzelteilen. Das ist die Lektion des Levenbrech.«

»Ersetzbare Einzelteile … Schließt das auch das Oberkommando ein?«

»Ohne das Oberkommando gibt es selten einen Grund für die Existenz einer Armee, Tyekanik. Deshalb werden Sie die Religion dieses Mahdi annehmen und mit der Bekehrung meines Sohnes beginnen.«

»Sehr wohl, Prinzessin. Ich nehme an, Sie wollen dennoch nicht, dass seine Ausbildung in den Kampfkünsten zugunsten dieser Religion ins Hintertreffen gerät, oder?«

Die Prinzessin drückte sich aus ihrem Stuhl hoch, ging um Tyekanik herum, hielt an der Tür inne und sagte, ohne sich umzusehen: »Eines Tages werden Sie meine Geduld einmal zu oft auf die Probe stellen, Tyekanik.« Dann verließ sie den Raum.

Entweder wir verabschieden uns von der lange in Ehren gehaltenen Theorie der Relativität, oder wir geben den Glauben daran auf, die Zukunft zutreffend vorhersagen zu können. Tatsächlich wirft das Wissen um die Zukunft eine Vielzahl von Fragen auf, die sich unter normalen Voraussetzungen nicht beantworten lassen, ohne erstens einen Beobachter außerhalb der Zeit zu unterstellen und zweitens jegliche Bewegung auszuschließen. Wenn man die Relativitätstheorie akzeptiert, kann man zeigen, dass Zeit und Beobachter in Relation zueinander stillstehen müssen, weil sonst Ungenauigkeiten auftreten. Offenbar bedeutet das, dass eine zutreffende Vorhersage der Zukunft unmöglich ist. Wie aber erklären wir dann, dass respektable Wissenschaftler beständig nach diesem Ziel streben? Wie erklären wir dann Muad'Dib?

– Harq al-Ada:
Vorlesungen zum Thema Zukunftsvorhersage

»Ich muss dir etwas sagen«, begann Jessica. »Obwohl ich weiß, dass ich dich damit an viele Erlebnisse unserer gemeinsamen Vergangenheit erinnere und dass dich das in Gefahr bringt.« Sie hielt inne und wartete ab, wie Ghanima ihre Worte aufnehmen würde.

Sie saßen auf flachen Kissen in einem kleinen Raum im Sietch Tabr, nur sie beide. Es hatte ein gewisses Fingerspitzengefühl erfordert, um dieses Treffen herbeizuführen, und Jessica war sich alles andere als sicher, dass sie die Einzige war, die dabei die Fäden gezogen hatte. Ghanima hatte scheinbar jeden ihrer Schritte vorhergesehen und unterstützt.

Es war zwei Stunden nach Tagesanbruch, und die aufregenden Momente der Begrüßung und des Wiedererkennens lagen hinter ihnen. Jessica zwang ihr Herz dazu, wieder regelmäßig zu schlagen, und konzentrierte ihre Aufmerksamkeit auf diesen Raum: die Felswände, die dunklen Wandbehänge, die gelben Kissen. Sie bemerkte, dass sie sich seit Jahren zum ersten Mal wieder die Litanei gegen die Angst aus dem Bene-Gesserit-Ritus ins Gedächtnis rief, um ihrer Anspannung zu begegnen.

»*Ich darf keine Angst haben. Die Angst tötet den Geist. Die Angst ist der kleine Tod, der die völlige Vernichtung bringt. Ich werde mich meiner Angst stellen. Ich werde sie über mich hinweg und durch mich hindurch lassen. Und wenn sie vorübergezogen ist, dann richte ich mein inneres Auge auf den Weg, den sie genommen hat. Wo die Angst vorübergezogen ist, wird nichts mehr sein. Nur ich werde noch da sein.*«

Sie sprach die Worte zu sich selbst und holte dann tief Luft, um sich zu beruhigen.

»Manchmal hilft sie«, sagte Ghanima. »Die Litanei, meine ich.«

Jessica schloss die Augen, um ihren Schreck darüber zu verbergen, dass sie durchschaut worden war. Es war lange her, dass jemand ihre innersten Gefühle so gut hatte lesen können. Eine verstörende Tatsache, vor allem, da ein Intellekt dafür verantwortlich war, der sich hinter einer Maske der Kindlichkeit verbarg.

Aber nachdem sie sich ihrer Angst gestellt hatte, öffnete Jessica die Augen und war sich über die Ursache ihres inneren Aufruhrs im Klaren: *Ich fürchte um meine Enkelkinder.* Keiner der beiden Zwillinge wies die Stigmata der Abscheulichkeit auf, die Alia so offen zur Schau stellte, obwohl man deutlich erkannte, dass Leto etwas Schreckliches verbarg. Das war auch der Grund, warum er durch geschicktes Manövrieren von diesem Treffen ausgeschlossen worden war.

Aus einem Impuls heraus legte Jessica ihre emotionalen Masken ab. Sie würden ihr hier ohnehin nicht helfen und nur die Verständigung stören. Allerdings hatte sie diese Schutzwälle nicht mehr seit den liebevollen Momenten zwischen ihr und ihrem Herzog gesenkt, und sie stellte fest, dass ihr das sowohl Erleichterung als auch Schmerz verursachte. Es gab Tatsachen, die kein Fluch, kein Gebet, keine Litanei wegzaubern konnten. Auch mit der Gabe zu fliegen hätte sie sie nicht hinter sich lassen können. Sie ließen sich einfach nicht ignorieren. Elemente von Pauls Visionen hatten sich neu gruppiert, und die Zeit hatte seine Kinder eingeholt. Sie waren wie ein Magnet in der Leere. Böses und all die Momente von tragischem Machtmissbrauch wurden von ihnen angezogen.

Ghanima, die das Spiel der Emotionen auf dem Gesicht ihrer Großmutter beobachtet hatte, war erstaunt, dass Jessica die Kontrolle aufgegeben hatte.

Beide bewegten sie den Kopf und sahen einander tief und forschend in die Augen. Gedanken wurden zwischen ihnen übermittelt.

Jessica: *Ich möchte, dass du meine Angst siehst.*

Ghanima: *Jetzt weiß ich, dass du mich liebst.*

Es war ein kurzer Moment absoluten Vertrauens.

»Als dein Vater noch ein Junge war«, sagte Jessica dann laut, »habe ich eine Ehrwürdige Mutter nach Caladan gebracht, um ihn auf die Probe zu stellen.«

Ghanima nickte. Die Erinnerung daran war außerordentlich lebhaft.

»Wir Bene Gesserit haben sorgfältig darauf geachtet, dass die Kinder, die wir großziehen, Menschen und keine Tiere sind. Am äußeren Erscheinungsbild ist das nicht immer zu erkennen.«

»So hat man dich ausgebildet.« Ghanima nickte wieder, und die Erinnerung flutete ihren Geist. Die alte Ehrwürdige Mutter Gaius Helen Mohiam. Sie war mit ihrem vergifteten Gom Jabbar und ihrem Kasten voll sengendem Schmerz nach Caladan gekommen. Pauls Hand (in der geteilten Erinnerung Ghanimas eigene Hand) zuckte von den Qualen, die der Kasten verursachte, während die alte Frau ruhig von einem sofortigen Tod sprach, sollte er die Hand zurückziehen. Und es bestand kein Zweifel daran, dass die Nadel an Pauls Hals den Tod enthielt, während die uralte Stimme ihre Erklärung schnarrte: *»Hast du davon gehört, dass es Tiere gibt, die sich ein Bein abkauen, um einer Falle zu entkommen? Das ist ein Verhalten für ein Tier. Ein Mensch würde in der Falle bleiben, den Schmerz ertragen und sich tot stellen, sodass er den Jäger vielleicht töten und eine Bedrohung für seine Artgenossen beseitigen kann.«*

Ghanima schüttelte den Kopf, um diesen Schmerz aus ihrer Erinnerung zu vertreiben. Das Brennen! Das Brennen! Paul hatte sich vorgestellt, wie sich die Haut an seiner Hand im Kasten schwarz abschälte, wie gegrilltes Fleisch herabfiel, bis nur noch verkohlte Knochen blieben. Es war natürlich ein Trick gewesen – die Hand blieb unverletzt. Doch die Erinnerung ließ Ghanima den Schweiß auf die Stirn treten.

»Natürlich erinnerst du dich in einer Weise daran, die mir verschlossen bleibt«, sagte Jessica.

Gelenkt von den Erinnerungen sah Ghanima ihre Großmutter für einen Augenblick in einem anderen Licht. Sie dachte daran, zu welchen Taten diese Frau bereit war, sollten es die Notwendigkeiten ihrer frühen Konditionierung durch die Bene-Gesserit-Schulen erfordern. Das warf neue Fragen über Jessicas Rückkehr nach Arrakis auf.

»Es wäre albern, eine derartige Prüfung bei dir oder deinem Bruder zu wiederholen«, fuhr Jessica fort. »Ihr wisst bereits, wie sie verlaufen ist. Ich muss also davon ausgehen, dass ihr Menschen seid, dass ihr eure ererbten Kräfte nicht missbrauchen werdet.«

»Aber du gehst ganz und gar nicht davon aus«, erwiderte Ghanima.

Jessica blinzelte und bemerkte, dass sich ihre Schutzwälle klammheimlich wiederaufgebaut hatten. Sie senkte sie wieder und sagte: »Glaubst du zumindest an meine Liebe zu dir?«

»Ja.« Als Jessica zum Sprechen ansetzte, hob Ghanima die Hand, um ihrer Großmutter Einhalt zu gebieten. Dann sagte sie: »Aber diese Liebe würde dich nicht davon abhalten, uns zu töten. Oh, ich kenne die Begründung: ›Besser, der Tier-Mensch stirbt, als dass er sich noch einmal erschafft.‹ Und das trifft umso mehr zu, wenn der Tier-Mensch den Namen Atreides trägt.«

»Du zumindest bist menschlich«, sagte Jessica. »Ich vertraue meinem Instinkt.«

Ghanima erkannte, dass ihre Großmutter die Wahrheit sprach. »Aber bei Leto bist du dir nicht sicher.«

»Nein, das bin ich nicht.«

»Abscheulichkeit?«

Jessica konnte nur nicken.

»Nun, noch nicht. Aber wir wissen beide, dass die Gefahr besteht. Wir sehen bei Alia, wie es dazu kommen kann.«

Jessica legte sich die Hände vor die Augen und dachte: *Selbst Liebe kann uns nicht vor unerwünschten Tatsachen schützen.* Ihr war bewusst, dass sie ihre Tochter nach wie vor liebte, und schrie still gegen das Schicksal an: *Alia! Ach Alia! Es tut mir so leid, dass ich an deiner Zerstörung Anteil hatte!*

Ghanima räusperte sich.

Jessica ließ die Hände sinken. *Ich kann später um meine Tochter trauern, im Moment gibt es anderes zu tun.* »Du hast also erkannt, was mit Alia geschehen ist.«

»Leto und ich haben es beobachtet. Es stand nicht in unserer Macht, es zu verhindern, obwohl wir über viele Möglichkeiten gesprochen haben.«

»Bist du dir sicher, dass dein Bruder frei von diesem Fluch ist?«

»Ja.«

Der ruhigen Gewissheit, mit der Ghanima das sagte, ließ sich nichts entgegensetzen, also fragte Jessica: »Wie seid ihr diesem Schicksal entronnen?«

Ghanima erklärte die Theorie, auf die sich die Zwillinge geeinigt hatten: dass die Vermeidung der Gewürztrance, in die Alia so oft versank, den Unterschied ausmachte. Dann berichtete sie Jessica von Letos Träumen und den Plänen, die sie miteinander besprochen hatten.

Jessica nickte. »Alia ist allerdings eine Atreides, und das stellt uns vor gewaltige Probleme.«

Ghanima verstummte angesichts der plötzlichen Erkenntnis, dass Jessica nach wie vor um ihren Herzog trauerte – als wäre er erst gestern gestorben – und dass sie seinen Namen und sein Andenken gegen alle Bedrohungen verteidigen würde. Die Erinnerungen an das Leben des Herzogs, die nun rasch an Ghanima vorbeizogen, bestärkten sie in dieser Einschätzung und stimmten sie sanfter, verständnisvoller.

»Also«, sagte Jessica so sachlich wie möglich, »was ist mit diesem Prediger? Ich habe gestern nach der Lustrationszeremonie einige beunruhigende Gerüchte über ihn gehört.«

Ghanima zuckte mit den Schultern. »Es wäre möglich, dass er ...«

»Paul?«

»Ja. Aber wir haben ihn nicht selbst in Augenschein nehmen können.«

»Javid lacht über die Gerüchte.«

Ghanima zögerte. Dann sagte sie: »Traust du Javid?«

Ein grimmiges Lächeln huschte über Jessicas Lippen. »Nicht mehr als du.«

»Leto sagt, dass Javid über die falschen Dinge lacht.«

»Nun, so viel zu Javids Lachen. Aber zieht ihr ernsthaft die Möglichkeit in Erwägung, dass mein Sohn noch lebt, und dass er in dieser Verkleidung zurückgekehrt ist?«

»Wir sagen, dass es sein könnte. Und Leto ...« Ghanima stellte plötzlich fest, dass ihr Mund ausgetrocknet war. Sie erinnerte sich an die Ängste, die ihr die Kehle zugeschnürt hatten, und zwang sich dazu, sie zu überwinden. Dann berichtete sie von dem, was Letos Träume ihm gezeigt hatten.

Jessica drehte dabei den Kopf weg, als würde man sie verletzen.

»Leto meint, dass er diesen Prediger finden muss, um sich Gewissheit zu verschaffen«, sagte Ghanima schließlich.

»Ja … natürlich. Ich hätte nie von hier weggehen sollen. Das war feige von mir.«

»Warum gibst du dir die Schuld? Du hattest eine Grenze erreicht. Das weiß ich. Leto weiß es. Womöglich weiß es sogar Alia.«

Jessica rieb sich den Hals. »Ja, das Problem mit Alia.«

»Sie übt eine seltsame Anziehungskraft auf Leto aus. Deshalb habe ich dir dabei geholfen, dass wir uns alleine treffen können. Er ist auch der Meinung, dass es für sie keine Hoffnung mehr gibt, aber trotzdem findet er Wege, Zeit mit ihr zu verbringen und sie zu … studieren. Das ist sehr verstörend. Und immer wenn ich versuche, ihn davon abzubringen, schläft er ein. Er …«

»Verabreicht sie ihm Drogen?«

Ghanima schüttelte den Kopf. »Nein. Aber er empfindet dieses seltsame Mitgefühl mit ihr. Und … im Schlaf murmelt er oft das Wort *Jacurutu*.«

»Das schon wieder!« Jessica rief sich Gurneys Bericht über die Verschwörer, die man auf dem Landefeld hatte auffliegen lassen, ins Gedächtnis.

»Manchmal fürchte ich, Alia will, dass Leto nach Jacurutu geht. Und ich dachte immer, es wäre nur eine Legende. Du kennst die Geschichte natürlich.«

Jessica erschauerte. »Eine schreckliche Geschichte. Schrecklich.«

»Was können wir tun? Ich fürchte mich davor, all meine Erinnerungen zu durchforsten, all meine Leben …«

»Ghani, ich warne dich davor! Du darfst das Risiko nicht eingehen.«

»Aber es könnte auch geschehen, wenn ich es nicht riskiere. Woher wollen wir wissen, was Alia wirklich widerfahren ist?«

»Nein! Diese … *Besessenheit* sollte dir erspart bleiben.« Jessica verzog den Mund. »Nun, Jacurutu? Ich habe Gurney losgeschickt, um diesen Ort zu finden – falls es ihn gibt.«

»Aber wie kann er … Ja, natürlich, die Schmuggler.«

Dieses weitere Beispiel dafür, dass Ghanimas Verstand offenbar im Gleichklang mit etwas arbeitete, bei dem es sich nur um ein inneres Bewusstsein von anderen Menschen handeln konnte, ließ Jessica verstummen. *Ein Bewusstsein von mir!* Es war wirklich zutiefst verstörend, dachte sie, dass dieser junge Körper Pauls gesamte Erinnerungen in sich trug, jedenfalls bis zu dem Moment, in dem sich Paul über seinen Samen von seiner eigenen Vergangenheit abgetrennt hatte. Es war wie eine obszöne Verletzung der Privatsphäre, gegen die sich Jessica instinktiv sträubte. Sie spürte, wie sie für einen kurzen Moment in die dogmatische Bene-Gesserit-Art des Urteilens zurückfiel: *Abscheulichkeit!* Aber dieses Kind hatte auch etwas Liebevolles. Und es war bereit, sich für ihren Bruder aufzuopfern.

Wir sind ein Leben, das die Hand in eine dunkle Zukunft ausstreckt, dachte Jessica. *Wir sind ein Blut.* Und sie brachte sich dazu, die Folgen der Ereignisse zu akzeptieren, die sie und Gurney ausgelöst hatten. Leto musste von seiner Schwester getrennt werden. Er musste so ausgebildet werden, wie es die Schwesternschaft verlangte.

Ich höre den Wind über die Wüste wehen, und ich sehe die Monde einer Winternacht, die wie große Schiffe in der Leere aufsteigen. Ihnen gelobe ich: Ich werde unnachgiebig bleiben und das Regieren zur Kunst machen. Ich werde meine ererbte Vergangenheit in ein Gleichgewicht bringen und zur perfekten Lagerhalle für die Relikte meiner Erinnerung werden. Und man wird mich mehr für meine Güte als für mein Wissen kennen. Der Schein meines Gesichts wird durch die Korridore der Zeit fallen, solange es Menschen gibt.

– Letos Schwur, nach Harq al-Ada

Als sie noch sehr jung gewesen war, hatte Alia Atreides stundenlang die Prana-Bindu-Trance geübt, in dem Versuch, ihr Inneres gegen den Ansturm *all der anderen* zu stärken. Sie war sich des Problems bewusst – in einem Sietch konnte man der Melange nicht entkommen. Alles war damit verseucht: die Nahrung, das Wasser, die Luft, selbst die Tücher, in die sie nachts weinte. Schon sehr früh hatte sie erkannt, welchen Nutzen die Sietchorgie hatte, bei der der Stamm vom Todeswasser eines Wurms trank. In dieser Orgie gaben die Fremen dem angestauten Druck ihrer genetischen Erinnerungen nach und verweigerten sich ihnen gleichzeitig. Alia sah die zeitweilige Besessenheit der anderen bei diesen Orgien.

Für sie gab es kein derartiges Ventil. Und keine Verweigerung. Schon lange vor ihrer Geburt war sie zu Bewusstsein gekommen, und zu diesem Bewusstsein gehörte ein kataklysmisches Wissen um ihre Lage: gefangen im Mutterleib, in intensivem, unentrinnbarem Kontakt mit den Persönlichkeiten all ihrer Vorfahren sowie jener Identitäten, die Jessica im Gewürz-*Tau* übermittelt worden waren. Lange vor ihrer Geburt hatte Alia jedes bisschen Wissen in sich getragen, das eine Ehrwürdige Mutter der Bene Gesserit benötigte – und viel, viel mehr von *all den anderen*.

Dieses Wissen umfasste auch die Einsicht in eine fürchterliche Realität: die Abscheulichkeit. In seiner Totalität schwächte dieses Wissen Alia. Die Vorgeborenen waren immer präsent. Aber sie hatte gegen die schrecklicheren unter ihren Vorfahren gekämpft und einen Pyrrhussieg errungen, der zumindest für die Zeit ihrer Kindheit Bestand gehabt hatte. Sie hatte erlebt, wie es war, eine eigene Persönlichkeit zu besitzen, doch diese Persönlichkeit war nicht immun gegen das beiläufige Eindringen jener, die ihre gespiegelten Leben durch sie lebten.

Eines Tages werde auch ich so sein, dachte sie. Der Gedanke ließ sie schaudern. Durch das Leben eines Kindes ihrer eigenen Lenden zu wandeln, sich in ihm auszubreiten, in es einzudringen, sich nach seinem Bewusstsein zu recken, um ein winziges bisschen neuer Erfahrung zu erlangen …

Ihre ganze Kindheit über, bis in die Pubertät hinein, hatte ihr die Angst im Nacken gesessen. Sie hatte gegen sie angekämpft und nie um Hilfe gebeten. Wer hätte schon verstanden, welche Form von Hilfe sie brauchte? Ihre Mutter jedenfalls nicht. Jessica hatte nie das Schreckgespenst des Bene-Gesserit-Urteils über die Vorgeborenen vergessen: dass sie Abscheulichkeiten waren.

Und dann war die Nacht gekommen, in der ihr Bruder allein hinaus in die Dunkelheit gegangen war, um den Tod zu suchen und sich Shai-Hulud zu überantworten, wie man es von blinden Fremen erwartete. Noch im selben Monat hatte Alia Pauls Schwertmeister Duncan Idaho geheiratet, einen Mentaten, den die Künste der Tleilaxu ins Leben zurückgeholt hatten. Ihre Mutter war zurück nach Caladan geflohen. Pauls Zwillinge standen nun unter Alias Vormundschaft.

Und die Herrschaft lag in ihren Händen.

Nachdem die Last der Verantwortung ihr die alten Ängste ausgetrieben hatte, öffnete sie sich für ihre inneren Leben, holte ihren Rat ein und vertiefte sich auf der Suche nach leitenden Visionen in die Gewürztrance.

Die Krise kam an einem ganz gewöhnlichen Tag im Frühlingsmonat Laab, ein klarer Morgen, an dem ein kalter Wind vom Pol her über Muad'Dibs Festung wehte. Alia trug nach wie vor das Gelb der Trauer, die Farbe der sterilen Sonne. In den Wochen zuvor hatte sie sich der Stimme ihrer Mutter in ihr mehr und mehr verweigert, die sich darüber lustig machte, dass sich die Vorbereitungen für die kommenden heiligen Feiertage auf den Tempel konzentrierten.

Alias inneres Bewusstsein von Jessica verblasste immer mehr – und verschwand schließlich mit der gesichtslosen Forderung, dass sie sich lieber mit der Arbeit am Atreides-Gesetz befassen sollte. Andere Leben begannen, ihren Moment des Bewusstseins zu fordern, und Alia spürte, dass sie das Tor zu einem bodenlosen Abgrund geöffnet hatte, aus dem Gesichter aufstiegen wie ein Heuschreckenschwarm, bis sie sich auf ein bestimmtes, bestiengleiches unter ihnen konzentrierte: das des alten Barons Harkonnen. Sie hatte gegen den Aufruhr in ihrem Inneren angeschrien und sich einen Moment der Stille erkämpft.

An diesem Morgen machte Alia ihren üblichen Spaziergang vor dem Frühstück durch den Dachgarten der Festung. In einem neuen Versuch, die innere Schlacht zu gewinnen, versuchte sie, ihr Bewusstsein ausschließlich innerhalb der Bahnen von Chodas Tadel der Zensunni zu bewegen: *»Wenn man die Leiter verlässt, kann man nach oben fallen!«*

Doch der Morgenschimmer auf den Klippen des Schildwalls lenkte sie immer wieder ab. Widerstandsfähiges Flaumgras wuchs auf den Fußwegen des Gartens, und als Alia ihren Blick vom Schildwall löste, sah sie Tautropfen auf dem Gras, die gesammelte

Ausbeute der Feuchtigkeit, die in der Nacht vorübergezogen war. Und sie sah sich selbst in den Tropfen – gespiegelt und vervielfacht.

Diese Vervielfachung ließ sie schwindeln, denn jedes Spiegelbild zeigte ein anderes Gesicht aus der Menschenmenge in ihrem Inneren.

Verzweifelt versuchte sie, sich auf die Rückschlüsse zu konzentrieren, die sich aus dem Gras ziehen ließen. Das Vorhandensein von Tau verriet, wie weit die ökologische Umwandlung des Planeten bereits fortgeschritten war. Das Klima in den nördlichen Breiten wurde wärmer, das Kohlendioxid in der Atmosphäre nahm zu. Sie dachte daran, wie viele Hektar Land im kommenden Jahr bepflanzt werden sollten – und über tausend Kubikmeter Wasser wurden gebraucht, um nur einen einzigen Hektar zu bewässern.

Aber trotz aller Versuche, gewöhnliche Gedanken zu denken, konnte sie die anderen, die in ihr drin wie Haie kreisten, nicht verdrängen. Sie legte die Hände an die Stirn und drückte fest dagegen.

Am Abend zuvor hatten ihr die Tempelwachen einen Gefangenen zum Aburteilen gebracht: ein gewisser Essas Paymon, ein dunkelhäutiger kleiner Mann, der angeblich im Dienste eines geringeren Hauses, der Nebiros, stand, das mit heiligen Artefakten und kleinen, handgefertigten Raumschmuckstücken handelte. Tatsächlich wusste man, dass Paymon ein Spion der MAFEA war, dessen Aufgabe darin bestand, die jährliche Gewürzernte zu schätzen. Alia hatte ihn gerade ins Verlies schicken wollen, als er laut gegen »die Ungerechtigkeit der Atreides« protestiert hatte. Das hätte ihm eigentlich einen sofortigen Tod am Dreibein eingebracht, doch seine Kühnheit hatte Alias Neugier geweckt. Sie hatte mit strenger Stimme von ihrem Urteilsthron herab gesprochen und versucht, ihm Angst zu machen, damit er noch mehr enthüllte, als er den Inquisitoren bereits verraten hatte.

»Warum ist unsere Gewürzernte von solchem Interesse für die Merkantile Allianz?«, hatte sie gefragt. »Wenn du es uns sagst, verschonen wir dich vielleicht.«

»Ich sammle lediglich etwas, für das es einen Markt gibt«, hatte Paymon geantwortet. »Ich weiß nicht, was mit dem, was ich ernte, getan wird.«

»Und für deine armseligen Profite störst du unsere königlichen Pläne?«

»Die Könige denken nie daran, dass wir vielleicht auch Pläne haben.«

Von seiner Dreistigkeit in Bann geschlagen hatte ihm Alia ein Angebot gemacht: »Essas Paymon, willst du für mich arbeiten?«

Ein Grinsen war auf Paymons dunkles Gesicht getreten, und er hatte gesagt: »Sie waren drauf und dran, mich ohne irgendwelche Skrupel auszulöschen. Welchen neuen Wert stelle ich plötzlich dar?«

»Du hast einen ganz einfachen und sehr praktischen Wert. Du bist kühn – und du lässt dich vom Höchstbietenden kaufen. Ich kann mehr bieten als jeder andere im Imperium.«

Worauf Paymon eine beachtliche Summe genannt hatte, die er für seine Dienste verlangte. Alia hatte gelacht und mit einem Betrag geantwortet, der ihr angemessener erschien und vermutlich immer noch weit größer war als alles, was er je zuvor erhalten hatte. Sie hatte hinzugefügt: »Und natürlich lege ich auch noch dein Leben als Geschenk oben drauf, dem du wohl einen noch deutlich höheren Wert beimisst.«

»Abgemacht!«, hatte Paymon gerufen, und auf ein Handzeichen Alias hin hatte ihr priesterlicher Zeremonienmeister Ziarenko Javid den Mann fortgebracht.

Weniger als eine Stunde später, als Alia gerade den Urteilssaal verlassen wollte, war Javid herbeigeeilt, um zu berichten, dass man gehört hatte, wie Paymon verhängnisvolle Zeilen aus der Orange-Katholischen Bibel gemurmelt hatte: *»Maleficos non patieris vivere.«*

»Du sollst nicht dulden, dass eine Hexe lebt« – so sah also seine Dankbarkeit aus, hatte Alia gedacht. Paymon gehörte zu denjenigen, die es auf ihr Leben abgesehen hatten. In einem Aufwallen von Zorn, wie sie es noch nie zuvor erlebt hatte, hatte sie Paymons sofortige Hinrichtung befohlen und hatte seinen Leichnam in die Todesdestille des Tempels schicken lassen, wo wenigstens noch sein Wasser einen gewissen Wert für den Tempel haben würde.

Und die ganze Nacht lang hatte sie Paymons dunkles Gesicht heimgesucht. Sie hatte all ihre Tricks gegen diese anklagende Erscheinung zum Einsatz gebracht, hatte den *Bu Ji* aus dem Fremenbuch des Kreos aufgesagt: »Nichts geschieht! Nichts geschieht!« Doch er hatte sie durch eine auslaugende Nacht in diesen schwindelnden neuen Tag begleitet, an dem sie feststellte, dass sein Gesicht unter denen war, die sich in den glitzernden Tautropfen spiegelten.

Eine Wachfrau rief sie von der Tür der Dachterrasse, die sich hinter einer niedrigen Mimosenhecke befand, zum Frühstück. Alia seufzte. Sie hatte das Gefühl, dass sie nur eine Wahl zwischen unterschiedlichen Höllen hatte: dem Geschrei in ihrem Kopf oder dem Geschrei ihrer Bediensteten und Sekretäre. All das waren sinnlose Stimmen, die dennoch nachdrückliche Forderungen stellten – Stundenglasgeräusche, die sie am liebsten mit einer Messerklinge zum Schweigen gebracht hätte.

Alia ignorierte die Wachfrau und sah über den Dachgarten hinweg Richtung Schildwall. Ein *Bahada* hatte ein breites, fächerförmiges Tal aus Geröll auf dem geschützten Boden ihres Reiches hinterlassen. Unter der Morgensonne breitete sich dieses Sanddelta vor ihr aus. Das Auge eines Uneingeweihten hätte diesen breiten Fächer wohl als Hinweis auf einen alten Flusslauf gedeutet, aber es handelte sich um die Stelle, an der ihr Bruder mit den Atomwaffen der Atreides den Schildwall gesprengt und so einen Weg aus der Wüste herein gebahnt hatte, für die Sandwürmer, die seine Frementruppen einem triumphalen Sieg über seinen Vorgänger als Imperator Shaddam IV. entgegengetragen hatten. Jetzt floss, damit keine Sandwürmer eindringen konnten, auf der anderen Seite des Schildwalls Wasser durch einen breiten Qanat. Die Geschöpfe überquerten kein offenes Wasser; es war Gift für sie.

Hätte ich doch nur einen solchen Schutzwall in meinem Kopf, dachte Alia. Der Gedanke verstärkte das schwindelnde Gefühl, losgelöst von der Wirklichkeit zu sein.

Sandwürmer! Sandwürmer!

Ihr Gedächtnis zeigte ihr eine Reihe von Sandwurmbildern: der mächtige Shai-Hulud, Demiurg der Fremen, die tödliche Bestie aus den Tiefen der Wüste, zu dessen Aussonderungen das unbezahlbare Gewürz gehörte. Was für eine seltsame Kreatur dieser Sandwurm doch war – wie er aus einer flachen, ledrigen Sandforelle heranwuchs. Die ausschwärmenden Sandforellen glichen der Menschenmenge in Alias Inneren. Wenn sie sich kollektiv gegen das Grundgestein des Planeten drückten, bildeten sie lebende Zisternen, hielten das Wasser eingeschlossen, damit ihr Sandwurmvektor gedeihen konnte. Alia spürte die Analogie: Einige *der anderen* hielten gefährliche Kräfte zurück, die sie zerstören konnten.

Wieder rief die Wachfrau sie zum Frühstück, diesmal mit hörbarer Ungeduld in der Stimme.

Wütend drehte Alia sich um und entließ sie mit einem Wink. Die Wachfrau gehorchte, aber sie schlug die Dachterrassentür laut zu.

Als sie das Knallen der Tür hörte, spürte Alia, wie sie alles, was sie zu verleugnen versucht hatte, einholte. Die anderen Leben brodelten in ihr empor wie eine Flutwelle. Jedes einzelne davon schob seine Fratze in ihr Blickfeld – eine Wolke von Gesichtern. Manche hatten kranke, fleckige Haut, andere zogen widerwärtige Mienen und lagen voll tiefer Schatten. Münder wie Zangen schoben sich vor. Der Schwarm flutete mit einer Macht über sie hinweg, die verlangte, dass sie sich in ihn hineinfallen, sich von ihm fortreißen ließ.

»Nein«, flüsterte sie. »Nein … nein … nein …«

Sie wäre zusammengebrochen, hätte sich neben ihr nicht eine Bank befunden, die ihrem niedersinkenden Körper Halt bot. Sie versuchte, sich zu setzen, aber es gelang ihr nicht, also streckte sie sich auf dem kalten Plastahl aus und flüsterte weiter ihr ungläubiges »Nein«.

Die Woge in ihr stieg weiter an. Alia war sich des Risikos bewusst, aber sie achtete auf jeden Ausruf der Münder, die in ihrem Inneren durcheinanderschrien. Eine Kakophonie von Stimmen: *»Ich! Ich!«*, *»Nein, ich!«* Sie wusste, dass sie, wenn sie nur ein einziges Mal einer davon ihre ganze Aufmerksamkeit schenkte, verloren sein würde. Ein einziges Gesicht in der Menge anzusehen und der Stimme dieses Gesichts zu folgen, würde bedeuten, sich in den Bann der Egozentrik zu begeben, mit der sie ihr Dasein teilte.

»Das macht die Hellsicht mit einem«, flüsterte eine Stimme.

Alia bedeckte die Ohren mit den Händen und dachte: *Ich bin nicht hellsichtig! Die Trance funktioniert bei mir nicht!*

Aber die Stimme fuhr hartnäckig fort: »Vielleicht doch, wenn du Hilfe hättest.«

»Nein … nein.«

Andere Stimmen schlängelten sich durch ihren Kopf. »Ich, Agamemnon, dein Vorfahr, verlange Gehör!«

»Nein … nein.« Alia drückte die Hände fest auf die Ohren, bis ihr Körper mit Schmerzen reagierte.

Eine irre gackernde Stimme fragte: »Was ist aus Ovid geworden? Ganz einfach. Er ist niemand anderes als John Bartlett!«

Die Namen hatten für Alia keine Bedeutung. Sie wollte gegen sie anschreien und gegen all die anderen Stimmen, doch sie fand ihre eigene Stimme nicht.

Ihre Wachfrau, die von einer vorgesetzten Bediensteten zurück auf das Dach geschickt worden war, spähte durch die Tür hinter den Mimosen, erblickte Alia auf der Bank und sagte zu einer Begleiterin: »Ah, sie ruht sich aus. Dir ist doch aufgefallen, dass sie letzte Nacht nicht gut geschlafen hat. Es ist gut für sie, dass sie die *Zaha* einhält, die Morgenruhe.«

Alia hörte diese Worte nicht. Sie stand ganz im Bann eines kreischenden Gesangs. »Fröhliche alte Vögel sind wir, hurra!«, hallten die Stimmen in ihrem Schädel, und sie dachte: *Ich werde wahnsinnig. Ich verliere den Verstand.*

Ihre Füße auf der Bank machten klägliche Fluchtbewegungen. Sie hätte vielleicht entkommen können, wenn sie in der Lage gewesen wäre, ihrem Körper den Befehl zum Rennen zu geben. Sie musste entkommen, wenn sie nicht wollte, dass sie ein Teil der inneren Woge in ein tiefes Schweigen spülte und ihre Seele für immer verunreinigte. Aber ihr Körper wollte ihr nicht gehorchen. Die größten Mächte des Imperiums folgten ihrer kleinsten Laune, aber nicht ihr Körper.

Eine neue Stimme in ihrem Innern kicherte und sagte: »Aus einem bestimmten Blickwinkel, mein Kind, stellt jeder schöpferische Vorfall eine Katastrophe dar.« Es war eine Bassstimme, die hinter ihren Augen grollte, und dann war erneut das Kichern zu hören, das klang, als machte es sich über den eigenen dozierenden Tonfall lustig. »Mein liebes Kind, ich helfe dir, aber dafür musst du auch mir helfen.«

Vor dem anschwellenden Getöse, das die Bassstimme begleitete, sagte Alia mit klappernden Zähnen: »Wer … wer …«

Ein grinsendes Gesicht fügte sich vor ihrem inneren Auge zusammen. Es war so unglaublich fett, dass es zu einem Baby hätte gehören können, hätte nicht ein so funkelnder Eifer in seinen Augen gelegen. Alia versuchte zurückzuweichen, doch stattdessen bekam sie einen größeren Ausschnitt zu sehen, der nun auch den Körper zu dem Gesicht zeigte. Er war wirklich abscheulich fett und in ein Gewand gekleidet, dessen leichte Ausbuchtungen verrieten, dass er tragbare Suspensoren als Stütze brauchte.

»Siehst du«, grollte die Bassstimme, »ich bin es nur, dein Großvater mütterlicherseits. Du kennst mich. Ich war der Baron Vladimir Harkonnen.«

»Du … du bist tot!«, ächzte Alia.

»Aber ja doch, meine Liebe! Die *meisten* von uns hier in dir sind tot. Aber die Lebenden wollen dir nicht wirklich helfen. Sie verstehen dich nicht.«

»Geh weg. Bitte, geh weg.«

»Aber du brauchst Hilfe, Enkeltochter.«

Was für ein außergewöhnliches Äußeres, dachte Alia, während sie hinter ihren geschlossenen Lidern das Bild des Barons betrachtete.

»Ich bin bereit, dir zu helfen«, sagte der Baron. »Die anderen hier würden nur darum kämpfen, dein gesamtes Bewusstsein zu übernehmen. Jeder einzelne von ihnen würde versuchen, dich zum Teufel zu jagen. Aber ich … ich will lediglich einen kleinen Winkel für mich.«

Einmal mehr hoben die anderen Leben in Alia zu einem großen Geschrei an, und die Woge drohte erneut, sie zu verschlingen. Alia hörte die kreischende Stimme ihrer Mutter und dachte: *Sie ist nicht tot.*

»Haltet den Mund!«, befahl der Baron.

Alia spürte, wie dieser Befehl durch ihr eigenes Wünschen verstärkt wurde, sodass er in ihrem ganzen Bewusstsein gehört wurde.

Stille durchspülte sie wie ein kühlendes Bad, und ihr pochendes Herz fand langsam zu einem normalen Rhythmus zurück. Die sanfte Stimme des Barons erklang: »Siehst du? Gemeinsam sind wir unbesiegbar. Du hilfst mir, und ich helfe dir.«

»Was … was willst du?«, flüsterte Alia.

Ein nachdenklicher Ausdruck trat auf das fette Gesicht. »Ach, meine liebste Enkeltochter. Ich wünsche mir nur einige einfache Freuden. Stell für mich dann und wann eine Verbindung zu deinen Sinnen her. Niemand muss je davon erfahren. Lass mich nur einen kleinen Bruchteil deines Lebens erfahren – wenn du beispielsweise in den Armen eines Liebhabers liegst. Ist das nicht ein kleiner Preis?«

»Ja … ja.«

»Gut.« Der Baron lachte leise. »Und im Gegenzug, meine geliebte Enkeltochter, kann ich dir in vielerlei Weise zu Diensten sein. Ich kann dich beraten, dir mit meinem Wissen zur Seite stehen. Du wirst innerlich und äußerlich unbesiegbar sein. Du wirst alle, die sich dir entgegenstellen, hinwegfegen. Die Geschichte wird deinen Bruder vergessen und stattdessen dich lieben. Die Zukunft wird dir gehören.«

»Du … lässt nicht zu, dass … die anderen die Kontrolle übernehmen?«

»Sie haben uns nichts entgegenzusetzen. Jeder für sich sind wir besiegbar, aber gemeinsam gebieten wir. Ich zeige es dir. Hör zu.« Der Baron verstummte, zog sein Bild, seine innere Anwesenheit zurück. Nicht eine einzige Erinnerung, kein Gesicht, keine Stimme der anderen Leben drängte sich nach vorne.

Alia gestattete sich ein zitterndes Seufzen. Zusammen mit dem Seufzer kam ein Gedanke. Er kam wie von selbst, aber Alia erahnte leise Stimmen dahinter. *Der alte Baron war böse. Er hat deinen Vater ermordet. Er hätte auch dich und Paul getötet. Er hat es versucht und ist gescheitert.*

Die Stimme des Barons erklang wieder, ohne dass er sein Gesicht zeigte. »Natürlich hätte ich dich getötet. Hast du mir denn nicht im Weg gestanden? Aber dieser Streit ist längst vorbei. Du hast ihn gewonnen, Kind. Du bist die neue Wahrheit.«

Alia spürte ihr Nicken daran, dass ihre Wange über die raue Oberfläche der Bank rieb. Seine Worte waren vernünftig, dachte sie. Ein Grundsatz der Bene Gesserit unterstrich diese Einschätzung: *»Der Zweck eines Streits besteht darin, die Natur der Wahrheit zu verändern.«*

Ja … so hätten es auch die Bene Gesserit gewollt.

»Genau!«, tönte die Stimme des Barons. »Und ich bin tot, während du lebst. Meine Existenz ist brüchig. Ich bin ein reines Erinnerungsselbst. Du kannst mir befehlen. Und wie wenig ich für den weisen Rat verlange, den ich geben kann!«

»Wozu rätst du mir jetzt?«, fragte Alia, um ihn auf die Probe zu stellen.

»Du zerbrichst dir den Kopf über das Urteil, das du gestern Abend gesprochen hast. Du fragst dich, ob der Bericht über Paymons Worte wahrheitsgemäß war. Vielleicht hat Javid in diesem Paymon ja eine Bedrohung für seine Vertrauensposition gesehen. Sind das nicht die Zweifel, die dich bestürmen?«

»Ja.«

»Und deine Zweifel gründen auf einer genauen Beobachtung. Javid verhält sich dir gegenüber zunehmend vertraulich. Selbst Duncan ist das schon aufgefallen, nicht wahr?«

»Das weißt du ebenso wie ich.«

»Nun gut. Dann nimm Javid zu deinem Geliebten und …«

»Nein!«

»Du machst dir Sorgen wegen Duncan? Aber dein Ehemann ist ein Mentatenmystiker. Fleischliche Dinge können ihn nicht berühren oder verletzen. Ist dir nicht schon aufgefallen, wie fern er dir ist?«

»Aber er …«

»Jener Teil von Duncan, der ein Mentat ist, würde dich verstehen, falls es jemals notwendig werden würde, ihn wissen zu lassen, mit welchen Mitteln du Javid vernichtet hast.«

»Vernichtet?«

»Aber ja! Man kann durchaus gefährliche Werkzeuge verwenden, doch wenn sie zu gefährlich werden, sollte man sich ihrer entledigen.«

»Warum soll ich dann … ich meine …«

»Ach, du herzallerliebstes Dummerchen! Wegen des Wertes, den eine derartige Lektion darstellt.«

»Das verstehe ich nicht.«

»Mein liebes Enkelkind, wie gut Werte angenommen werden, hängt von ihrem Erfolg ab. Javids Gehorsam muss bedingungslos sein, er muss deine Autorität absolut anerkennen, und er muss …«

»Mir entzieht sich die Moralität dieser *Lektion.*«

»Sei nicht begriffsstutzig, Enkelkind. Moralität muss sich immer auf Praktikabilität gründen. Gebt dem Kaiser – und all dieser Unsinn. Ein Sieg ist nutzlos, wenn sich in ihm nicht deine tiefsten Wünsche widerspiegeln. Stimmt es nicht, dass du Javids Männlichkeit bewunderst?«

Alia schluckte. Sie gab es nur mit größtem Widerwillen zu, doch ihre völlige Nacktheit gegenüber dem Beobachter in ihrem Inneren ließ ihr keine andere Wahl. »Ja.«

»Gut!« Wie kameradschaftlich das in ihrem Kopf klang. »Jetzt verstehen wir uns langsam. Wenn er hilflos vor dir liegt, wenn er davon überzeugt ist, dass du in *seinem* Bann stehst, wirst du ihn nach Paymon fragen. Tu es im Scherz – ein gemeinsames Lachen. Und wenn er die Täuschung zugibt, stößt du ihm ein Krismesser zwischen die Rippen. Ah, fließendes Blut kann so viel zu deiner Befriedigung …«

»Nein«, flüsterte Alia mit vor Entsetzen trockenem Mund. »Nein … nein … nein.«

»Dann tue ich es für dich. Getan werden muss es, das gibst du doch zu. Wenn du nur die richtigen Umstände herbeiführst, werde ich zeitweilig die Kontrolle …«

»Nein!«

»Deine Angst ist so durchschaubar, Enkeltochter. Ich kann deine Sinne immer nur zeitweilig übernehmen. Es gibt andere, die könnten dich so perfekt nachahmen, dass … Aber das weißt du. Meine Anwesenheit, ahhh, würde den Leuten sofort auffallen. Du weißt, was das Gesetz der Fremen für Besessene vorsieht. Man würde dich kurzerhand töten. Ja, selbst dich. Und du weißt, dass ich *das* ganz sicher nicht will. Ich kümmere mich für dich um Javid, und sobald meine Aufgabe erledigt ist, räume ich meinen Platz wieder. Du musst nur …«

»Was soll an diesem Rat gut sein?«

»Ich erkläre dir, wie du dich von einem gefährlichen Werkzeug befreist. Und Kind, wir stellen dadurch außerdem eine Beziehung für unsere gemeinsame Arbeit her, aus der du nur Gutes für zukünftige Urteile lernen kannst, die …«

»Lernen?«

»Aber natürlich!«

Alia legte die Hände auf die Augen und versuchte nachzudenken, wohl wissend, dass diese Wesenheit in ihrem Inneren jeden ihrer Gedanken in Erfahrung bringen konnte, ja, dass ein Gedanke, den sie für den ihren hielt, sogar von ihm kommen konnte.

»Du machst dir unnötig Gedanken«, sagte der Baron besänftigend. »Dieser Paymon, nun, er war …«

»Was ich getan habe, war falsch. Ich war müde und habe übereilt gehandelt. Ich hätte mich erst vergewissern sollen.«

»Nein, du hast das Richtige getan. Deine Urteile können nicht auf so albernen Abstraktionen wie der Atreides-Vorstellung von Gleichheit gründen. Das ist es, was dich deinen Schlaf gekostet hat, nicht Paymons Tod. Du hast eine gute Entscheidung getroffen. Auch er war ein gefährliches Werkzeug. Du hast gehandelt, um die Ordnung aufrechtzuerhalten. Das ist ein guter Grund für Urteile und nicht dieser Gerechtigkeitsunsinn! So etwas wie gleiches Recht gibt es nirgendwo. Es bringt die Gesellschaft nur in Aufruhr, wenn man versucht, ein falsches Gleichgewicht herzustellen.«

Es bereitete Alia durchaus Wohlbehagen, dass ihr Urteil in dieser Weise gerechtfertigt wurde, aber gleichzeitig erschreckte sie das amoralische Konzept, das der Argumentation zugrunde lag. »Gleiches Recht war für die Atreides … es war …« Sie nahm die Hände von den Augen, hielt sie aber geschlossen.

»All deine Priesterrichter sollten für diesen Irrtum getadelt werden«, sagte der Baron. »Entscheidungen dürfen nur danach getroffen werden, ob sie geeignet sind, die Ordnung in der Gesellschaft aufrechtzuerhalten. Zahllose frühere Gesellschaften haben an den Klippen des gleichen Rechts für alle Schiffbruch erlitten. Mit solchen Albernheiten zerstört man die natürlichen Hierarchien, die weit wichtiger sind. Jede Einzelperson hat nur in ihrer Beziehung zur Gesellschaft als Ganzes Bedeutung. Wenn diese Gesellschaft nicht nach logischen Stufen geordnet ist, findet niemand einen Platz in ihr, weder der Niedrigste noch der Höchste. Komm, Enkelkind! Du musst die gestrenge Mutter deines Volkes sein. Es ist deine Pflicht, die Ordnung aufrechtzuerhalten.«

»Alles, was Paul getan hat, diente dazu …«

»Dein Bruder ist tot! Er ist gescheitert.«

»Und du auch!«

»Das ist wahr … aber in meinem Fall handelte es sich um einen Zufall, der sich meinen Plänen entzog. Und jetzt komm, kümmern wir uns um diesen Javid, so, wie ich es für dich beschrieben habe.«

Alia spürte, wie ihr Körper bei diesem Gedanken warm wurde, und sagte rasch: »Ich muss darüber nachdenken.« Und sie dachte: *Wenn es zu etwas Derartigem kommt, dann nur, um Javid an seinen Platz zu verweisen. Dafür muss man ihn nicht töten. Und der Narr verrät sich vielleicht wirklich selbst – in meinem Bett.*

»Mit wem sprechen Sie, Mylady?«, fragte jemand.

Einen verwirrten Augenblick lang glaubte Alia, dass es sich um eine weitere Störung aus der lärmenden Menge in ihrem Inneren handelte, aber als sie die Stimme erkannte, öffnete sie ihre Augen. Ziarenka Valefor, die Hauptfrau ihrer Wachamazonen, stand neben der Bank. Auf ihrem wettergegerbten Fremengesicht lag ein besorgtes Stirnrunzeln.

»Ich spreche mit den Stimmen in meinem Inneren«, sagte Alia und setzte sich auf. Sie fühlte sich überraschend erfrischt. Das Verstummen in ihrem Kopf gab ihr Auftrieb.

»Die Stimmen in Ihrem Innern, Mylady. Natürlich.« Ein Glänzen trat in Ziarenkas Augen. Alle wussten, dass die Heilige Alia Zugriff auf innere Ressourcen hatte, die keinem anderen Menschen zur Verfügung standen.

»Bring Javid in meine Gemächer«, befahl Alia. »Es gibt eine ernsthafte Angelegenheit, die ich mit ihm besprechen muss.«

»In Ihre Gemächer, Mylady?«

»Ja. In mein Privatgemach.«

»Wie Mylady befehlen.« Ziarenka wandte sich ab, um den Befehl zu befolgen.

»Einen Augenblick«, sagte Alia. »Ist Meister Idaho schon nach Sietch Tabr aufgebrochen?«

»Ja, Mylady. Er ist wie von Ihnen befohlen heute Morgen aufgebrochen. Soll ich nach …«

»Nein, ich kümmere mich selbst darum. Und Zia, niemand darf wissen, dass man Javid zu mir gebracht hat. Erledige es persönlich. Es handelt sich um eine sehr ernste Angelegenheit.«

Ziarenka berührte das Krismesser an ihrer Hüfte. »Mylady, gibt es eine Bedrohung …«

»Ja, es gibt eine Bedrohung, und Javid steht vielleicht in ihrem Zentrum.«

»Aber Mylady, vielleicht sollte ich ihn dann nicht …«

»Zia, glaubst du, ich wäre nicht dazu in der Lage, mit so jemandem fertigzuwerden?«

Ein wölfisches Lächeln umspielte Ziarenkas Mund. »Vergeben Sie mir, Mylady. Ich bringe ihn unverzüglich in Ihre Privatgemächer, aber wenn Mylady gestatten, werde ich draußen vor der Tür Wache halten.«

»Ja. Aber nur du.«

»Sehr wohl, Mylady. Ich mache mich sofort auf den Weg.«

Alia nickte und sah der sich entfernenden Ziarenka nach. Javid war also nicht besonders beliebt bei ihren Amazonenwachen. Wieder etwas, das gegen ihn sprach. Aber er war dennoch von Wert – von großem Wert. Er war ihr Schlüssel zu Jacurutu, und wenn dieser Ort ihr gehörte, dann …

»Vielleicht hast du recht, Baron«, flüsterte sie.

»Siehst du!«, lachte die Stimme in ihr. »Ah, das wird ein schöner Dienst, den ich dir erweise, Kind, und wir fangen gerade erst an.«

Es gibt Illusionen der Populärgeschichte, denen eine erfolgreiche Religion Vorschub leisten muss: Schlechtigkeit zahlt sich nie aus. Nur die Kühnen verdienen die Gerechten. Ehrlich währt am längsten. Taten sprechen lauter als Worte. Am Ende gewinnt immer das Tugendhafte. Eine gute Tat ist sich selbst Belohnung genug. Jeder schlechte Mensch kann auf den rechten Weg zurückgebracht werden. Religiöse Talismane schützen vor dämonischer Besessenheit. Nur Frauen verstehen die uralten Geheimnisse. Die Reichen sind zum Unglück verdammt …

– Aus dem Handbuch der Missionaria Protectiva

»Man nennt mich Muriz«, sagte der Fremen mit der ledrigen Haut. Er saß auf einem Felsbrocken in einer Höhle. Der flackernde Schein einer Gewürzlampe erlaubte den Blick auf feuchte Wände und dunkle Löcher, die in andere Bereiche der Höhle führten. Das Geräusch tropfenden Wassers war durch einen dieser Gänge zu hören, und obwohl Wassergeräusche eine entscheidende Rolle im Paradies der Fremen spielten, fanden die sechs gefesselten Männer, die Muriz gegenübersaßen, keinen besonderen Gefallen an diesem rhythmischen Tropfen. Der modrige Geruch einer Todesdestille hing in der Luft.

Ein Junge von etwa vierzehn Standardjahren trat aus einem der Seitengänge und stellte sich links neben Muriz. Sein gezogenes Krismesser spiegelte das Blassgelb der Gewürzlampe. Der Junge hob die Klinge und deutete damit nacheinander auf jeden Einzelnen der Gefesselten.

»Dies ist mein Sohn, Assan Tariq«, sagte Muriz. »Er steht kurz vor seiner Mannbarkeitsprüfung.« Der Fremen räusperte sich und sah die sechs Gefangenen einen nach dem anderen eindringlich an. Sie saßen ihm gegenüber in einem lockeren Halbkreis. Ihre Beine waren mit Gewürzfaserstricken straff über Kreuz gefesselt, die Hände hinter den Rücken gebunden. Die Fesseln endeten jeweils in einer engen Schlinge um den Hals. Die Destillanzüge hatte man ihnen an den Hälsen aufgeschnitten.

Die gefesselten Männer erwiderten Muriz' Blick, ohne mit der Wimper zu zucken. Zwei von ihnen trugen lockere Kleider von anderen Welten, was sie als reiche Einwohner einer arrakischen Stadt auswies. Sie hatten auch glattere und hellere Haut als die übrigen, deren strenge Züge und knochige Körper sie als Wüstengeborene kenntlich machten.

Muriz glich den Wüstenfremen, doch seine Augen lagen noch tiefer in den Höhlen. Zwei dunkle Löcher, in die nicht einmal der Schein der Gewürzlampe vordrang. Sein Sohn wirkte wie eine noch ungeformte Kopie von ihm. Assans flaches Gesicht konnte den inneren Aufruhr, der in ihm brodelte, nicht verbergen.

»Unter den Ausgestoßenen haben wir eine besondere Mannbarkeitsprüfung«, fuhr Muriz fort. »Eines Tages wird mein Sohn Richter in Shuloch sein, und wir müssen wissen, dass er zu dem fähig ist, was dafür nötig ist. Unsere Richter dürfen nie Jacurutu und die Tage der Verzweiflung vergessen. Kralizec, der Kampf mit dem Taifun, lebt in unseren Herzen.« Er sagte das alles in einem ausdruckslosen Tonfall, der verriet, dass es sich um ein Ritual handelte.

Einer der Männer mit den weichen Gesichtszügen regte sich und sagte: »Du tust Unrecht daran, uns zu drohen und gefangen zu halten. Wir sind im Frieden der Umma gekommen.«

Muriz nickte. »Ihr seid auf der Suche nach einem religiösen Erwachen gekommen? Gut. Dieses Erwachen soll euch zuteilwerden.«

Der Mann mit dem weichen Gesicht sagte: »Wenn wir …«

Neben ihm blaffte einer der Wüstenfremen: »Sei still, Idiot! Das hier sind Wasserstehler. Es sind jene, von denen wir geglaubt haben, wir hätten sie ausgelöscht.«

»Diese alte Geschichte«, sagte der Mann mit dem weichen Gesicht.

»Jacurutu ist mehr als nur eine Geschichte.« Muriz deutete auf seinen Sohn. »Ich habe euch Assan Tariq vorgestellt. Ich bin hier Arifa, euer einziger Richter. Auch meinen Sohn wird man dazu ausbilden, Dämonen aufzuspüren. Die alten Methoden sind die besten.«

»Deshalb sind wir ja in die tiefe Wüste gekommen«, erwiderte der Mann mit dem weichen Gesicht. »Wir haben uns für die alte Methode entschieden, zu Fuß …«

»Mit bezahlten Führern«, unterbrach ihn Muriz und zeigte auf die dunkelhäutigeren Gefangenen. »Ihr wollt euch euren Weg in den Himmel erkaufen?« Muriz warf einen Blick zu seinem Sohn. »Bist du bereit, Assan?«

»Ich habe lange über jene Nacht nachgedacht, in der Männer kamen und unser Volk ermordeten«, sagte der Junge. Seine Stimme verriet seine Anspannung. »Sie schulden uns Wasser.«

»Dein Vater gibt dir sechs von ihnen«, sagte Muriz. »Ihr Wasser gehört uns. Ihre Schatten gehören dir und werden immer über dich wachen. Sie werden dich vor Dämonen warnen. Sie werden deine Sklaven sein, wenn du ins *Alam al-Mythal* übertrittst. Was sagst du, mein Sohn?«

»Ich danke meinem Vater.« Assan trat einen Schritt vor. »Ich nehme die Mannbarkeit unter den Ausgestoßenen an. Dieses Wasser ist unser Wasser.«

Mit diesen Worten ging der Junge zu den Gefangenen hinüber. Links beginnend, packte er jeden von ihnen an den Haaren und trieb ihnen das Krismesser durch das Kinn ins Gehirn. Er stellte sich dabei ziemlich geschickt an, vergoss möglichst wenig Blut. Nur einer der beiden Fremen mit den weichen Gesichtern wand sich heftig, als ihm der Junge ins Haar griff. Der andere spuckte Assan nach alter Art an und sagte damit: *»Sieh, wie wenig mir mein Wasser bedeutet, wenn Tiere es nehmen!«*

Als es vorbei war, klatschte Muriz einmal in die Hände. Bedienstete kamen und entfernten die Leichen, brachten sie in die Todesdestille, wo man das Wasser aus ihnen auslassen würde.

Dann erhob sich Muriz und sah seinen Sohn an, der tief atmend dastand und den Bediensteten nachblickte. »Jetzt bist du ein Mann. Das Wasser unserer Feinde wird Sklaven nähren. Und, mein Sohn …«

Assan warf seinem Vater einen gehetzten Raubtierblick zu. Die Lippen des Jungen verzogen sich zu einem angespannten Lächeln.

»Der Prediger muss davon erfahren«, sagte Muriz.

»Ich verstehe, Vater.«

»Das hast du gut gemacht. Die, die Shuloch entdecken, dürfen nicht weiterleben.«

»Wie du es sagst, Vater.«

»Man vertraut dir wichtige Aufgaben an. Ich bin stolz auf dich, mein Sohn.«

Ein hochentwickelter Mensch kann zu einem Primitiven werden. Was das eigentlich bedeutet, ist, dass sich die Lebensweise verändert. Alte Werte verändern sich, verbinden sich mit Landschaften und deren Pflanzen und Tieren. Diese neue Existenzweise verlangt ein Alltagswissen um jene vielfältigen und miteinander vernetzten Ereignisse, die man als Natur *bezeichnet. Sie verlangt Respekt vor den Trägheitskräften, die solchen* natürlichen *Systemen innewohnen. Wenn ein Mensch dieses Alltagswissen und diesen Respekt erlangt, bezeichnet man das als »primitiv sein«. Das Gegenteil trifft natürlich genauso zu: Der Primitive kann hochentwickelt werden. Aber nicht, ohne furchtbaren psychischen Schaden zu nehmen.*

– Der Leto-Kommentar, nach Harq al-Ada

»Wie können wir uns sicher sein?«, fragte Ghanima. »Das ist eine sehr gefährliche Sache.«

»Wir haben es vorher ausprobiert«, erwiderte Leto.

»Diesmal ist es vielleicht anders. Was ist, wenn …«

»Es ist der einzige Weg, der uns offensteht. Du bist doch auch der Meinung, dass wir nicht den Weg des Gewürzes einschlagen dürfen.«

Ghanima seufzte. Ihr gefiel dieser verbale Schlagabtausch nicht, aber sie wusste, welche Notwendigkeiten ihren Bruder antrieben. Und sie war sich auch über die Quelle ihres Widerwillens im Klaren. Sie mussten sich nur Alia ansehen, um zu erkennen, welche Gefahren in dieser inneren Welt lauerten.

»Also?«, fragte Leto.

Erneut seufzte Ghanima.

Sie saßen im Schneidersitz an einem ihrer geheimen Orte, einer schmalen Öffnung zwischen Höhle und Felsklippe, wo ihre Mutter oft den Sonnenuntergang über der Bled beobachtet hatte. Das Abendessen lag zwei Stunden zurück, und um diese Zeit erwartete man von den Zwillingen, dass sie sich körperlich und geistig ertüchtigten. Sie hatten sich für die geistige Übung entschieden.

»Ich versuche es allein, wenn du dich weigerst, zu helfen«, sagte Leto.

Seine Schwester wandte den Blick von ihm ab und sah zu den schwarzen Vorhängen der Feuchtigkeitsversiegelung, die über die Öffnung im Fels wachten. Leto blickte weiter hinaus auf die Wüste.

Sie hatten in einer so alten Sprache miteinander gesprochen, dass heute nicht einmal mehr ihr Name bekannt war. Diese Sprache machte ihre Gedanken zu etwas Geheimem, in das niemand anderer eindringen konnte. Auch Alia, die die allzu feinen Verästelungen ihrer inneren Welt mied, fehlten die mentalen Verbindungen, die es ihr erlaubt hätten, mehr als nur das eine oder andere Wort zu verstehen.

Leto atmete tief den typischen pelzigen Geruch ein, der in der windstillen Nische eines Fremen-Sietchs hing. Das allgegenwärtige Gemurmel und die feuchte Hitze des Sietchs fehlten hier, was sie beide als Erleichterung empfanden.

»Ich bin ebenfalls der Meinung, dass wir Unterstützung brauchen«, sagte Ghanima. »Aber wenn wir …«

»Ghani! Wir brauchen mehr als nur Unterstützung. Wir brauchen Schutz.«

»Aber vielleicht gibt es keinen Schutz.« Ghanima sah ihrem Bruder ins Gesicht, begegnete seinem Blick wie dem eines wartenden, wachsamen Raubtiers. Seine Augen straften seine gleichmütige Miene Lügen.

»Wir müssen der Besessenheit entgehen.« Leto verwendete den speziellen Infinitiv dieser alten Sprache, eine grammatische Form, die bezüglich Genus und Zeit völlig neutral, aber höchst aktiv in ihren Implikationen war.

Ghanima deutete seinen Einwand richtig. »Mohw'pwium d'mi hish pash moh'm ka«, rezitierte sie. *Die Gefangennahme meiner Seele ist die Gefangennahme von tausend Seelen.*

»Es geht um viel mehr als das«, erwiderte er.

»Obwohl du die Gefahren kennst, lässt du nicht davon ab.« Sie formulierte das als Aussage, nicht als Frage.

»Wabun 'k Wabunat!«, sagte er. *Im Aufstieg erhebst du dich!* Er empfand seine Entscheidung als Notwendigkeit. Wenn man es schon tun muss, tat man es am besten als Handelnder. Sie mussten die Vergangenheit in der Gegenwart aufrollen und es ihr dann ermöglichen, sich in die Zukunft abzuspulen.

»Muriyat«, sagte Ghanima leise. *Es muss mit Liebe geschehen.*

»Natürlich.« Mit einem Wink bedeutete Leto seine Zustimmung. »Dann beraten wir uns, wie es unsere Eltern getan haben.«

Ghanima schwieg und versuchte, den Kloß in ihrer Kehle herunterzuschlucken. Instinktiv warf sie einen Blick nach Süden auf die große, offene Erg. Im letzten Tageslicht zeigte der Sand ein blassgraues Dünungsmuster. In diese Richtung war ihr Vater in die Wüste aufgebrochen, um zu sterben.

Leto spähte über die Felskante auf das Grün der Sietchoase hinab. Es war bereits dunkel dort unten, aber er kannte die Formen und Farben: kupfer- und goldfarbene, rote, gelbe und rostrote Blüten erstreckten sich bis zu den Steinen, die die Außenränder der qanatbewässerten Pflanzungen markierten. Jenseits dieser Markierungen erstreckte sich ein stinkendes Band toter arrakischer Lebensformen, getötet von fremden Pflanzen und zu viel Wasser, das nun eine Barriere gegen die Wüste bildete.

Nach einer Weile sagte Ghanima: »Ich bin bereit. Lass uns beginnen.«

»Ja, verdammt sollen sie alle sein!« Leto streckte die Hand aus, berührte seine Schwester am Arm, um seinen Ausbruch abzumildern, und sagte dann: »Bitte, Ghani … sing das Lied. Das macht es mir leichter.«

Sie schob sich dicht an ihn heran, legte den linken Arm um seine Hüfte, atmete zweimal tief durch, räusperte sich und begann dann, mit klarer, heller Stimme das Lied zu singen, das ihre Mutter so oft ihrem Vater vorgesungen hatte:

»Nun löse ich das Versprechen ein, das du gabst.
Ich gieße süßes Wasser über dich.
Das Leben hat Bestand an diesem windstillen Ort:
Mein Liebster, du sollst in einem Palast wohnen,
Deine Feinde sollen der Leere anheimfallen.

Wir reisen gemeinsam auf diesem Weg,
Den die Liebe dir vorgezeichnet hat.
Gewiss weise ich dir gut den Weg,
Denn meine Liebe ist dein Palast …«

Ihre Stimme fügte sich in die Stille der Wüste, die sich selbst mit einem Flüstern verderben ließ, und Leto spürte, wie er tiefer und tiefer sank – wie er zu dem Vater wurde, dessen Erinnerungen sich wie ein Filter über die Gene seiner unmittelbaren Vergangenheit gelegt hatten.

Für diesen kurzen Moment muss ich Paul sein. Das neben mir ist nicht Ghani – es ist meine geliebte Chani, deren weiser Rat uns beide oft gerettet hat.

Ghanima war ihrerseits mit erschreckender Leichtigkeit in die Erinnerung ihrer Mutter geschlüpft, so, wie sie es erwartet hatte. Wie viel einfacher das doch für eine Frau war – und wie viel gefährlicher. Mit plötzlich heiserer Stimme sagte sie: »Sieh dort, Geliebter!«

Arrakis' erster Mond war aufgegangen, und in seinem kalten Licht sahen die Zwillinge, wie ein orangefarbener Bogen ins All emporstürzte. Der Transporter, der Lady Jessica gebracht hatte und nun mit Gewürz beladen zu seinem Mutterkonglomerat in der Umlaufbahn zurückkehrte.

Wie ein heller Glockenklang schoss eine glasklare Erinnerung durch Letos Kopf. Für einen kurz aufflackernden Moment war er ein anderer Leto: Jessicas Herzog. Die Notwendigkeit verdrängte diese Erinnerung, aber nicht, bevor er den Stich von Liebe und Schmerz verspürt hatte.

Ich muss Paul sein, sagte er sich.

Die Verwandlung durchlief ihn mit einem Gefühl der Dopplung, das ihm Angst machte – als wäre er eine dunkle Leinwand, auf die sein Vater projiziert wurde. Er spürte sowohl seinen eigenen Körper als auch den seines Vaters, und das flackernde Hin und Her zwischen beiden drohte ihn zu überwältigen.

»Hilf mir, Vater«, flüsterte er.

Das verstörende Flackern ging vorüber, und etwas prägte sich seinem Bewusstsein auf, während seine Leto-Identität beobachtend am Rand verharrte.

»Meine letzte Vision ist noch nicht eingetreten«, sagte er mit Pauls Stimme. Er wandte sich Ghanima zu. »Du weißt, was ich gesehen habe.«

Sie berührte mit der rechten Hand seine Wange. »Bist du zum Sterben in die Wüste gegangen, Geliebter? Ist es das, was du getan hast?«

»Es kann sein, dass ich das getan habe. Aber diese Vision ... wäre sie nicht Grund genug, weiterzuleben?«

»Aber blind?«

»Auch blind.«

»Wo hättest du hingehen können?«

Tief, zitternd holte er Luft. »Jacurutu.«

»Mein Geliebter!« Tränen flossen ihr über die Wangen.

»Muad'Dib, der Held, muss ganz und gar vernichtet werden. Sonst kann uns dieses Kind nicht aus dem Chaos retten.«

»Der Goldene Pfad … das ist keine gute Vision.«

»Es ist die einzig mögliche Vision.«

»Dann ist Alia also gescheitert.«

»Ganz und gar. Ihr seht, was davon kündet.«

»Deine Mutter ist zu spät zurückgekommen.« Chanis weise Miene stand nun auf Ghanimas kindlichem Gesicht. »Kann es nicht noch eine andere Vision geben? Vielleicht wenn …«

»Nein, Geliebte. Noch nicht. Dieses Kind kann noch nicht in die Zukunft blicken und wohlbehalten wieder heimkehren.«

Erneut erschütterte ein bebender Atemzug seinen Körper, und Leto, der Beobachter, spürte das tiefe Verlangen seines Vaters, zu leben, als Lebender Entscheidungen zu treffen und … vergangene Fehler wiedergutzumachen.

»Vater!«, rief er, und es klang, als hallte seine Stimme in seinem eigenen Kopf wider.

Was Leto dann spürte, war ein außerordentlicher Akt des Willens: der langsame, widerstrebende Rückzug der inneren Gegenwart seines Vaters, die Freigabe seiner Sinne und Muskeln.

»Geliebter«, flüsterte Chanis Stimme neben ihm. Der Rückzug verlangsamte sich. »Was geschieht?«

»Geh noch nicht«, bat Leto, und jetzt sprach er mit seiner eigenen Stimme, krächzend und unsicher, aber seine eigene. »Chani, du musst uns sagen: Wie vermeiden wir … das, was Alia widerfahren ist?«

Doch es war Paul in ihm, der antwortete, mit Worten, die seine Ohren von innen erreichten und stockend und mit langen Pausen dazwischen gesprochen wurden. »Es gibt … keine Gewissheit … Du hast … gesehen … was beinahe … mit mir … passiert wäre.«

»Aber Alia …«

»Der … verdammte Baron hat sie!«

Leto spürte ein trockenes Brennen in der Kehle. »Ist er … habe ich …«

»Er ist in dir … aber … ich … wir können nicht … manchmal nehmen wir … einander wahr, aber du …«

»Kannst du nicht meine Gedanken lesen? Würdest du dann wissen, wenn … er …«

»Manchmal spüre ich deine Gedanken … aber ich … wir leben nur durch … die Spiegelung … deines Bewusstseins … Deine Erinnerung … erschafft uns. Die Gefahr … es ist eine präzise Erinnerung… Und diejenigen von uns … diejenigen, die die Macht liebten … und sie um jeden Preis … an sich gebracht haben … sie können … präziser sein.«

»Stärker?«, flüsterte Leto.

»Stärker.«

»Ich kenne deine Vision. Bevor ich mich ihm überlasse, werde ich lieber du.«

»Nein … nicht das!«

Leto nickte und spürte die gewaltige Willenskraft, die sein Vater benötigt hatte, um sich zurückzuziehen, erkannte die Folgen eines Versagens. *Jede* Besessenheit reduzierte den Besessenen auf eine Abscheulichkeit. Diese Einsicht verlieh ihm ein Gefühl der Kraft, und er empfand seinen Körper mit abnormaler Eindringlichkeit und einem tief eingeprägten Bewusstsein für vergangene Fehler – seine eigenen und die seiner Vorfahren. Es waren die Ungewissheiten, die einen schwächten, das erkannte er jetzt, und für einen Moment kämpften in seinem Inneren Angst und Versuchung miteinander. Dieser Körper besaß die Fähigkeit, Melange in eine Vision der Zukunft umzuwandeln. Mit dem Gewürz konnte er die Zukunft atmen, den Schleier der Zeit zerreißen. Es fiel ihm schwer, diese Versuchung abzustreifen. Mit verschränkten Händen ließ er sich in Prana Bindu sinken. Sein Fleisch hob die Versuchung auf. Sein Fleisch trug das tief verankerte Wissen in sich, das Pauls Blut erlernt hatte. Diejenigen, die nach der Zukunft strebten, hofften, beim Rennen um das Morgen zu gewinnen. Stattdessen fanden sie sich in einem Leben gefangen, von dem ihnen jeder Herzschlag und jedes gepeinigte Wehklagen bekannt waren. Pauls letzte Vision hatte den gefährlichen Weg aus dieser Falle gezeigt, und Leto wusste jetzt, dass er keine andere Wahl hatte, als genau diesem Weg zu folgen.

»Die Freude am Leben, seine Schönheit, ist nicht zu trennen von dem Umstand, dass das Leben einen überraschen kann«, sagte er.

»Diese Schönheit kenne ich seit jeher«, flüsterte eine sanfte Stimme in sein Ohr.

Leto drehte den Kopf und blickte in Ghanimas Augen, die im hellen Mondlicht schimmerten. Er sah, wie Chani seinen Blick erwiderte. »Mutter«, sagte er, »du musst dich zurückziehen.«

»Ah, die Versuchung!«, seufzte sie und küsste ihn.

Er schob sie weg. »Würdest du das Leben deiner Tochter nehmen?«

»Es ist so einfach … so einfach.«

Leto spürte, wie er von Panik ergriffen würde, und dachte daran, welche Willenskraft die Vaterpersönlichkeit in ihm benötigt hatte, um seinen Körper aufzugeben. War Ghanima in dieser Beobachterwelt verschollen, von der aus er zugesehen und zugehört und das von seinem Vater erfahren hatte, was er hatte wissen müssen? »Ich würde dich verabscheuen, Mutter«, sagte er.

»Andere würden das nicht«, erwiderte sie. »Sei mein Geliebter.«

»Wenn ich das tue, dann weißt du, was aus euch beiden werden wird. Mein Vater wird dich verabscheuen.«

»Niemals!«

»Doch, das werde ich.« Die Worte wurden Letos Kehle ohne sein Zutun entrissen, und sie trugen die alten Beiklänge der *Stimme* in sich, die Paul von seiner Hexenmutter gelernt hatte.

»Sag das nicht«, stöhnte sie.

»Ich werde dich verabscheuen.«

»Bitte … bitte sag das nicht.«

Leto rieb sich den Hals und spürte, wie die Muskeln dort wieder zu seinen eigenen wurden. »Er wird dich verabscheuen. Er wird dir den Rücken zukehren. Er wird erneut in die Wüste gehen.«

»Nein … nein.« Heftig schüttelte sie den Kopf.

»Du musst gehen, Mutter.«

»Nein …« Aber ihrer Stimme fehlte es an ihrer ursprünglichen Kraft.

Leto betrachtete das Gesicht seiner Schwester. Wie die Muskeln darin bebten! Gefühle durchzuckten das Fleisch und verrieten, welcher Aufruhr in ihrem Inneren herrschte.

»Geh«, flüsterte er. »Geh.«

»Nei-ei-ein …«

Er packte sie am Arm, spürte das Zucken ihrer Muskeln. Sie wand sich, versuchte, sich zu entziehen, aber er hielt sie fest und flüsterte: »Geh … geh …« Und er machte sich dabei schwerste Vorwürfe, weil er Ghani in dieses *Elternspiel* hineingezogen hatte, das sie früher oft gespielt hatten, dem sie sich aber in letzter Zeit widersetzte. Es stimmte, dass Frauen dem inneren Ansturm mehr Schwachstellen boten. Darin hatte die Angst der Bene Gesserit ihren Ursprung.

Stunden vergingen, und noch immer zitterte und zuckte Ghanimas Körper von ihrem inneren Kampf, aber nun mischte sich auch die Stimme seiner Schwester in den Streit ein. Er hörte, wie sie zu dem Imago in ihrem Inneren sprach, wie sie flehte.

»Mutter … bitte.« Einmal sagte sie auch: »Du hast Alia gesehen! Willst du eine zweite Alia werden?« Schließlich lehnte sich Ghanima an ihn und flüsterte: »Sie hat es eingesehen. Sie ist fort.«

Er streichelte ihr über den Kopf. »Es tut mir leid, Ghani. Es tut mir leid. Ich werde dich nie wieder darum bitten. Ich war selbstsüchtig. Vergib mir.«

»Es gibt nichts zu vergeben.« Ihre Stimme keuchte, als läge eine große körperliche Anstrengung hinter ihr. »Wir haben viel erfahren, was wir wissen mussten.«

»Sie hat über vieles mit dir gesprochen. Wir tauschen uns später darüber aus, wenn …«

»Nein, jetzt gleich. Du hattest recht.«

»Mein Goldener Pfad?«

»Dein verdammter Goldener Pfad!«

»Logik ist nutzlos, wenn sie nicht auf essentielles Datenmaterial zugreifen kann. Aber ich …«

»Großmutter ist zurückgekehrt, um unsere Erziehung in die Hand zu nehmen und festzustellen, ob wir … kontaminiert sind.«

»Das sagt auch Duncan. Daran ist nichts Neues.«

»Grundlegende Berechnungen.« Ihre Stimme war nun kräftiger. Sie löste sich von ihm und sah hinaus in die Wüste, die in die Stille vor der Morgendämmerung getaucht lag. Dieser Kampf … dieses Wissen hatte sie eine Nacht gekostet. Die königliche Wache hinter dem Feuchtigkeitssiegel hatte bestimmt viel zu erklären gehabt. Leto hatte befohlen, dass niemand sie stören sollte.

»Menschen lernen mit dem Alter oft unmerklich«, sagte Leto. »Was lernen wir von all dem Alter, auf das wir zurückgreifen können?«

»Das Universum, wie wir es sehen, ist nie genau das physische Universum«, erwiderte sie. »Wir dürfen diese Großmutter nicht nur als Großmutter wahrnehmen.«

»Ja, das wäre gefährlich. Aber meine Frage …«

»Es gibt etwas jenseits der Feinheiten. Wir müssen in unserer Aufmerksamkeit einen Platz dafür haben, das wahrzunehmen, was wir uns nicht vorstellen können. Deshalb hat meine Mutter mit mir über Jessica gesprochen, als wir das letzte Mal vereint waren.« Ghanima seufzte.

»Wir *wissen*, dass sie unsere Großmutter ist. Du hast gestern viele Stunden mit ihr verbracht. Ist das der Grund dafür, dass …«

»Wenn wir es zulassen, wird unser *Wissen* bestimmen, wie wir auf sie reagieren. Darum hat mich meine Mutter immer wieder gewarnt. Einmal hat sie unsere Großmutter zitiert, und …« Ghanima berührte Leto am Arm. »Ich habe den Widerhall in Großmutters Stimme in mir gehört.«

»Sie hat dich gewarnt.« Leto fand diesen Gedanken verstörend. Konnte man sich auf nichts in der Welt verlassen?

»Die meisten tödlichen Fehler entstehen aus überholten Vorannahmen. So hat meine Mutter sie immer wieder zitiert.«

»Das ist Bene-Gesserit-Ideologie.«

»Wenn … wenn Jessica sich wieder ganz der Schwesternschaft verschrieben hat …«

»Das wäre sehr gefährlich für uns. Wir tragen das Blut des Kwisatz Haderachs in uns – ihres männlichen Bene Gesserit.«

»Diese Suche werden sie nicht aufgeben. Aber vielleicht geben sie uns auf. Unsere Großmutter könnte das Werkzeug dafür sein.«

»Es gibt noch eine andere Möglichkeit.«

»Ja … wir beide … miteinander gepaart. Aber sie wissen, dass rezessive Gene eine solche Paarung verkomplizieren könnten.«

»Das ist ein Risiko, über das sie bestimmt gesprochen haben.«

»Und zwar mit unserer Großmutter. Diese Möglichkeit gefällt mir nicht.«

»Mir auch nicht.«

»Trotzdem, es wäre nicht das erste Mal, dass ein Herrschergeschlecht versucht …«

»Ich finde es abstoßend.«

Ghanima sah Leto schweigend an.

»Macht«, sagte er nach einer Weile.

Und durch die Alchemie ihrer Gemeinsamkeit wusste sie, wohin sich seine Gedanken gewandt hatten. »Die Macht des Kwisatz Haderach muss scheitern«, sagte sie.

»Wenn man sie auf die Art der Schwesternschaft verwendet«, erwiderte er.

In diesem Augenblick brach über der Wüste der Tag an. Die Zwillinge spürten die aufsteigende Hitze. Farben sprangen sie aus den Pflanzungen unterhalb der Felswand an. Graugrüne Blätter warfen stachelige Schatten auf den Boden. Das tief einfallende Morgenlicht der silbrigen Sonne enthüllte die üppige Oase voll goldener und purpurfarbener Schatten, die zwischen den schützenden Felswänden lag.

Leto stand auf und streckte sich.

»Dann also der Goldene Pfad«, sagte Ghanima und sprach dabei ebenso sehr mit sich selbst wie mit ihm, im Wissen darum, wie die letzte Vision ihres Vaters auf Letos Träume getroffen und mit ihnen verschmolzen war.

Etwas schob sich an den Feuchtigskeitssiegeln hinter ihnen entlang. Murmelnde Stimmen waren zu hören.

»L'ii ani howr samis sm'kwi owr samit sut«, sagte Leto in der uralten Sprache.

Und das war der Punkt, an dem sich die Entscheidung in ihrem Bewusstsein verankerte. Buchstäblich: *Wir werden einander in das Tödliche begleiten, auch wenn es sein mag, dass nur einer von uns zurückkehrt, um davon zu berichten.*

Ghanima stand auf, und gemeinsam gingen sie durch die Feuchtigkeitssiegel in den Sietch zurück, wo sich die Wachen erhoben, hinter den Zwillingen ins Glied fielen und sie zu ihren Gemächern begleiteten. Die Menschenmenge teilte sich heute Morgen auf eine andere Weise vor ihnen. Die Leute wechselten Blicke mit den Wachen. Unter den Weisen der Fremen war es ein alter Brauch, die Nacht allein in der Wüste zu verbringen. Alle Umma hatten diese Form der Nachtwache praktiziert. Paul Muad'Dib hatte sie gehalten … und Alia. Nun hatten die königlichen Zwillinge damit begonnen.

Leto bemerkte den Unterschied und wies Ghanima in der alten Sprache darauf hin.

»Sie wissen nicht, was wir für sie entschieden haben«, erwiderte sie. »Sie wissen es nicht.«

»Ein trefflicher Beginn ist erforderlich«, sagte er.

Ghanima zögerte einen Moment, um ihre Gedanken in Worte zu fassen. Dann sagte sie: »In der Zeit der Trauer um Bruder oder Schwester muss alles ganz und gar wirklich sein – bis hin zur Gestaltung des Grabmals. Das Herz muss dem Schlaf folgen, damit es nicht zu einem Erwachen kommt.«

In der alten Sprache handelte es sich um eine sehr verworrene Aussage, bei der ein vom Infinitiv getrenntes Pronominalobjekt verwendet wurde. Diese Syntax gestattete es jeder Wortgruppe innerhalb eines Satzes, sich auf sich selbst zu beziehen, sodass sie verschiedene Bedeutungen annahm, die alle klar umrissen und voneinander abgegrenzt, aber auf subtile Weise miteinander verknüpft waren. Ein Teil dessen, was sie mit diesen Worten sagten, war, dass sie mit Letos Plan den Tod riskierten, und dass es keinen Unterschied machte, ob es sich um einen realen oder simulierten Tod handelte. Die Veränderung, die daraus resultierte, würde wie der Tod sein oder buchstäblich ein »Bestattungsmord«. Und es gab noch eine weitere Bedeutung des Ganzen, die einen anklagenden Finger auf die Person richtete, die *überlebte*, um von all dem zu berichten: der *die lebende Rolle spielte*. Jeder Fehltritt an diesem Punkt würde den gesamten Plan zunichtemachen, und Letos Goldener Pfad würde zur Sackgasse werden.

»Es ist höchst delikat«, pflichtete Leto ihr bei.

Ihre Untergebenen hielten einen Herzschlag lang in ihrer Geschäftigkeit inne, als die Zwillinge durch die Bogentür zu den Gemächern traten, die man Lady Jessica zugewiesen hatte.

»Du bist nicht Osiris«, erinnerte Ghanima Leto.

»Und ich werde auch nicht versuchen, er zu sein.«

Ghanima griff nach seinem Arm, um ihn zurückzuhalten. »Alia darsatay haunus m'smow«, sagte sie.

Leto sah seiner Schwester tief in die Augen. Tatsächlich verbreiteten Alias Handlungen einen üblen Gestank, der ihrer Großmutter aufgefallen sein musste. Dann lächelte er Ghanima dankbar an. Sie hatte die alte Sprache mit Fremenaberglauben gemischt, um ein grundlegendes Stammesomen aufzurufen. »M'smow«, der faulige Geruch einer Sommernacht, war der Vorbote des Todes von Dämonenhand. Und Isis war die Göttin des Todes für das Volk gewesen, dessen Sprache sie gerade verwendeten.

»Wir Atreides haben den Ruf unserer Kühnheit zu wahren«, sagte er.

»Dann *nehmen* wir uns also, was wir brauchen.«

»Entweder das, oder wir werden zu Bittstellern an unsere eigene Regentin. Das würde Alia gefallen.«

»Aber unser Plan …« Sie verstummte.

Unser Plan, dachte Leto. Sie war nun ganz und gar Teil davon. Laut sagte er: »Ich stelle mir unseren Plan als die Mühen des Shaduf vor.«

Ghanima warf einen Blick zurück in den Vorraum, durch den sie gekommen waren, nahm die Morgengerüche wahr, die das Gefühl eines ewigen Beginnens vermittelten. Es gefiel ihr, wie Leto die alte Sprache verwendete. *Die Mühen des Shaduf.* Das war ein Gelöbnis. Er hatte ihren Plan als landwirtschaftliche Arbeit der gewöhnlichsten Art bezeichnet: düngen, bewässern, Unkraut jäten, verpflanzen, zurückschneiden. Doch mit der Fremenimplikation, dass diese Arbeit zugleich in einer anderen Welt stattfand, wo sie symbolisch für die Kultivierung der Seele stand.

Ghanima betrachtete ihren Bruder, während sie zögernd in dem Felsdurchgang verharrten. Es war zunehmend offensichtlich für sie, dass er sie auf zwei Ebenen um etwas bat. Zum einen um den Goldenen Pfad aus seiner Vision und der ihres Vaters. Und zum anderen darum, dass sie ihm gestattete, die äußerst gefährliche Mythenschöpfung durchzuführen, die der Plan mit sich brachte. Das machte ihr Angst. Gab es Aspekte seiner Vision, die er nicht mit ihr geteilt hatte? Sah er sich selbst als vergöttlichte Gestalt, die die Menschheit einer Wiedergeburt entgegenführte – wie der Vater, so der Sohn? Der Kult um Muad'Dib war unerträglich geworden, Alias katastrophale Führung und das ungezügelte Walten einer militärischen Priesterschaft, die sich von den Fremen tragen ließ, hatten ihn verdorben. Leto wollte eine Regeneration.

Er verbirgt etwas vor mir, begriff sie und ging noch einmal durch, was er ihr von seinem Traum erzählt hatte, der von so schillernder Wirklichkeitstreue war, dass er hinterher manchmal stundenlang wie benommen herumlief.

Leto zufolge blieb der Traum immer gleich. *»Ich stehe im hellen gelben Tageslicht auf dem Sand, aber es ist keine Sonne zu sehen. Dann wird mir klar, dass ich die Sonne bin. Mein Licht scheint wie ein Goldener Pfad. Als mir das bewusst wird, löse ich mich aus mir. Ich drehe mich um und erwarte, mich selbst als Sonne zu sehen. Aber ich bin nicht die Sonne, ich bin ein Strichmännchen, eine Kinderzeichnung mit Zickzacklinien als blitzende Augen, Beinen und Armen. In der linken Hand halte ich ein Zepter, ein echtes Zepter – viel detaillierter und realer als das Strichmännchen, das es hält. Das Zepter bewegt sich, und das macht mir furchtbare Angst. Während es sich bewegt, spüre ich, wie ich erwache, obwohl ich weiß, dass ich noch immer träume. Mir wird klar, dass meine Haut von irgendetwas eingeschlossen ist – einer Rüstung, die sich mit meiner Haut zusammen bewegt. Ich kann die Rüstung nicht sehen, aber ich spüre sie. In diesem Moment entlässt mich der Schrecken aus seinem Griff, denn die Rüstung gibt mir die Kraft von tausend Menschen.«*

Während Ghanima ihn ansah, machte Leto Anstalten, den Weg in Jessicas Gemächer fortzusetzen. Ghanima hielt ihn am Arm fest. »Dieser Goldene Pfad ist womöglich auch nicht besser als jeder andere Weg«, sagte sie.

Leto senkte den Blick auf den Steinboden, als er spürte, wie Ghanimas Zweifel mit Macht zurückkehrten. »Ich muss es tun«, sagte er.

»Alia ist besessen. Das könnte uns auch passieren. Es könnte schon passiert sein – ohne dass wir davon wissen.«

»Nein.« Leto schüttelte den Kopf und sah Ghanima wieder in die Augen. »Alia hat Widerstand geleistet. Das hat den Kräften in ihrem Inneren erst ihre Stärke verliehen. Sie ist von ihrer eigenen Stärke überwältigt worden. Wir haben den Blick suchend nach innen gerichtet, um den alten Sprachen und dem alten Wissen nachzuspüren. Wir sind bereits mit denen, die in uns leben, amalgamiert. Wir leisten keinen Widerstand, wir bewegen uns mit ihnen. Das ist es, was ich in dieser Nacht von unserem Vater erfahren habe. Das ist es, was ich erfahren musste.«

»In mir hat er nichts davon gesagt.«

»Du hast unserer Mutter zugehört. So haben wir es …«

»Und ich hätte beinahe verloren.«

»Ist sie immer noch stark in deinem Inneren?« Angst verzerrte Letos Gesicht.

»Ja, aber ich glaube, sie wacht nun mit ihrer Liebe über mich. Du hast deine Sache sehr gut gemacht, als du mit ihr gesprochen hast.« Ghanima dachte kurz über das Spiegelbild ihrer Mutter in ihrem Innern nach und fügte hinzu: »Unsere Mutter existiert für mich nun zusammen mit den anderen im *Alam al-Mythal*, aber sie hat von der Frucht der Hölle gekostet. Jetzt kann ich sie ohne Angst anhören. Und was die anderen angeht …«

»Ja. Und ich habe meinem Vater zugehört, aber ich glaube, dass ich tatsächlich dem Rat jenes Großvaters folge, nach dem man mich benannt hat. Vielleicht macht der Name das einfacher.«

»Hat man dir geraten, mit unserer Großmutter über den Goldenen Pfad zu sprechen?«

Leto wartete, während sich ein Bediensteter mit einem Korbtablett an ihnen vorbeischob, auf dem Lady Jessicas Frühstück stand. Ein starker Gewürzgeruch erfüllte die Luft. »Sie lebt in uns und in ihrem eigenen Körper«, sagte er dann. »Ihr Rat lässt sich doppelt einholen.«

»Nicht durch mich. Ich riskiere das nicht noch einmal.«

»Dann durch mich.«

»Ich dachte, wir wären uns einig gewesen, dass sie in den Schoß der Schwesternschaft zurückgekehrt ist.«

»In der Tat. Erst Bene Gesserit, dann ihr eigenes Geschöpf und schließlich wieder Bene Gesserit. Aber vergiss nicht, dass auch sie Harkonnenblut in sich hat und alldem näher ist als wir, dass sie eine ähnliche Form der inneren Teilhabe erlebt hat.«

»Eine sehr oberflächliche Form. Aber du hast meine Frage nicht beantwortet.«

»Ich glaube nicht, dass ich den Goldenen Pfad erwähnen werde.«

»Vielleicht tue ich es.«

»Ghani!«

»Wir brauchen keine Atreides-Götter mehr. Wir brauchen Raum für ein bisschen Menschlichkeit.«

»Habe ich das je abgestritten?«

»Nein.« Ghanima holte tief Luft und wandte den Blick von Leto ab. Bedienstete spähten aus dem Vorzimmer zu ihnen, hörten an ihrem Tonfall, dass sie sich stritten, ohne die Worte in der alten Sprache zu verstehen.

»Wir müssen es tun«, beharrte Leto. »Wenn wir nicht handeln, können wir uns genauso gut in unsere Messer stürzen.« Er verwendete die Fremenform, die die Bedeutung »Unser Wasser in der Stammeszisterne ausgießen« in sich trug.

Ghanima sah ihn wieder an. Sie hatte keine andere Wahl, als ihm zuzustimmen, aber sie fühlte sich in einem Labyrinth gefangen. Sie beide wussten, dass ein Tag der Abrechnung auf ihrem Weg lag, was immer sie taten. Ghanima spürte das mit einer Gewissheit, die von dem Datenmaterial, das sie aus den Erinnerungen der anderen bezog, verstärkt wurde, aber jetzt fürchtete sie die Macht, die sie diesen anderen Psychen verlieh, indem sie auf ihre Erfahrungen zurückgriff. Wie Harpyien lauerten sie in ihrem Inneren, Schattendämonen auf der Jagd. Abgesehen von ihrer Mutter, die die Macht in ihrem Fleisch innegehabt und ihr entsagt hatte. Ghanima war noch immer erschüttert von ihrem inneren Kampf. Sie wusste, dass sie ihn verloren hätte, wäre Leto nicht so überzeugend gewesen. Ihr Bruder war der Überzeugung, dass sein Goldener Pfad aus dieser

Falle hinausführte. Abgesehen von dem nagenden Verdacht, dass er einen Teil seiner Vision für sich behielt, konnte sie nur davon ausgehen, dass er es damit ehrlich meinte. Er brauchte ihre fruchtbare Kreativität für seinen Plan.

»Prüfungen erwarten uns«, sagte er, wissend, in welche Richtung ihre Zweifel gingen.

»Nicht durch das Gewürz.«

»Vielleicht auch durch das Gewürz. Mit Sicherheit durch die Wüste. Und auch eine Prüfung der Besessenheit.«

»Diese Prüfung hast du nie erwähnt. Ist das Teil deines Traums?«

Leto schluckte mit trockener Kehle und verfluchte sich dafür, dass er sich verraten hatte. »Ja.«

»Dann wird etwas ... Besitz von uns ergreifen?«

»Nein.«

Ghanima dachte über die Prüfung nach – jene uralte Fremenprobe, die meist mit einem abscheulichen Tod endete. Dann wies sein Plan also noch weitere Komplexitäten auf. Er würde sie auf einen Grat führen, und der Abgrund zu beiden Seiten ließ sich nicht ermessen, ohne dass man dabei seine geistige Gesundheit einbüßte.

Leto, der wusste, worüber sie nachdachte, sagte: »Macht zieht die Psychotiker an. Immer. Das müssen wir bei uns selbst vermeiden.«

»Bist du dir sicher, dass niemand von uns ... Besitz ergreifen wird?«

»Nicht, wenn wir den Goldenen Pfad erschaffen.«

Immer noch zweifelnd sagte sie: »Ich werde nicht deine Kinder austragen, Leto.«

Er schüttelte den Kopf, unterdrückte in sich, was ihn verraten wollte, und verfiel in die hoheitlich-offizielle Form der alten Sprache: »Meine Schwester, ich liebe dich mehr als mich selbst, aber in diese Richtung geht mein zärtliches Verlangen nicht.«

»Nun gut, dann wenden wir uns einem anderen Streitpunkt zu, bevor wir zu unserer Großmutter gehen. Ein Messer in Alias Leib könnte die meisten unserer Probleme lösen.«

»Wenn du das glaubst, dann glaubst du auch, dass wir durch den Schlamm laufen können, ohne Spuren zu hinterlassen. Außerdem, wann hat Alia jemals jemandem die nötige Blöße für so etwas gegeben?«

»Die Leute reden über diesen Javid.«

»Gibt es irgendwelche Anzeichen dafür, dass Duncan Hörner wachsen?«

Ghanima zuckte mit den Schultern. »Einmal Gift, zweimal Gift.« Das war die übliche Bezeichnung für die hoheitliche Angewohnheit, Weggefährten anhand der Frage zu sortieren, wie groß die Gefahr war, die sie für die eigene Person darstellen. Diese Angewohnheit zeichnete Herrscher überall aus.

»Wir müssen es auf meine Art machen«, sagte Leto.

»Die andere Art ist vielleicht sauberer«, erwiderte Ghanima.

Leto begriff, dass seine Schwester mit dieser Antwort ihre Zweifel endgültig niedergerungen und in seinen Plan eingewilligt hatte. Die Erkenntnis machte ihn nicht froh. Er bemerkte, wie er seine Hände betrachtete, und fragte sich, ob der Schmutz an ihnen haften bleiben würde.

Dies war Muad'Dibs Leistung: Er sah das unterschwellige Reservoir in jedem Einzelnen als eine unbewusste Bank von Erinnerungen, die bis in die Urzellen unserer gemeinsamen Entstehung zurückreichen. Jeder von uns, so sagte er, kann seine Entfernung von diesem gemeinsamen Ursprung bemessen. Und da er das sah und es ausgesprochen hatte, wagte er den Sprung in die Entscheidung. Muad'Dib machte es sich zur Aufgabe, das genetische Gedächtnis in eine fortlaufende Bewertung der Lage zu integrieren. So durchbrach er die Schleier der Zeit und verband Zukunft und Vergangenheit miteinander. Das war Muad'Dibs Schöpfung – verkörpert in seinem Sohn und seiner Tochter.

– Arrakis' Vermächtnis, von Harq al-Ada

Farad'n schritt durch die Gartenanlage des Palasts seines Großvaters und beobachtete, wie die Schatten kürzer wurden, als sich die Sonne von Salusa Secundus dem Mittagszenit näherte. Er musste sich etwas anstrengen, um mit dem hochgewachsenen Baschar Schritt zu halten, der neben ihm ging.

»Ich habe Zweifel, Tyekanik«, sagte er. »Ja, natürlich lässt sich der Reiz eines Throns nicht abstreiten, aber …« Er holte tief Atem. »Es gibt so vieles, was mich interessiert.«

Tyekanik, der gerade einen üblen Streit mit Farad'ns Mutter hinter sich hatte, warf dem Prinz einen kurzen Blick zu. Ihm fiel auf, dass sich der Körper des Jungen straffte, jetzt, da er seinem achtzehnten Geburtstag entgegenging. Mit jedem Tag, der verstrich, hatte er weniger von Wensicia an sich und mehr vom alten Shaddam, der seine privaten Projekte der Regierungsverantwortung vorgezogen hatte. Das hatte ihn letztendlich den Thron gekostet, er war als Anführer zu weich geworden.

»Sie müssen eine Entscheidung treffen«, sagte der Baschar. »Oh, zweifellos wird Ihnen noch Zeit für einige Ihrer Interessen bleiben, aber …«

Farad'n kaute auf der Unterlippe. Die Pflicht hielt ihn hier an diesem Ort, aber er war frustriert. Viel lieber wäre er zu der Felsenklave gereist, wo man mit den Sandforellen experimentierte. *Das* war wirklich ein Projekt mit gewaltigem Potenzial, denn wenn sie den Atreides das Gewürzmonopol entrangen, war alles denkbar. »Bist du dir sicher, dass diese Zwillinge … beseitigt werden?«

»Nichts ist absolut sicher, mein Prinz, aber die Aussichten stehen gut.«

Farad'n zuckte mit den Schultern. Mordanschläge waren für die Angehörigen von Herrschergeschlechtern nichts Ungewöhnliches. Ihre Sprache war voll subtiler Vokabeln für verschiedene Methoden, bedeutende Persönlichkeiten zu beseitigen. Mit einem einzigen Wort konnte man zwischen einem vergifteten Getränk oder einem vergifteten Essen unterscheiden. Der Prinz ging davon aus, dass man die Atreides-Zwillinge mithilfe von Gift beseitigen würde. Das war keine angenehme Vorstellung. Nach allem, was man hörte, waren sie ein höchst interessantes Paar. »Müssten wir dann nach Arrakis ziehen?«, fragte er.

»Das wäre die beste Wahl, weil wir uns dort an der Stelle befänden, wo wir am meisten Druck ausüben können.« Der Prinz schien einer bestimmten Frage aus dem Weg zu gehen, und Tyekanik überlegte, welche das wohl war.

»Ich mache mir Sorgen, Tyekanik«, sagte Farad'n, während sie um eine Hecke bogen und sich einem von großen schwarzen Rosen umgebenen Springbrunnen näherten. Auf der anderen Seite der Hecke hörte man die Gärtner beim Schneiden.

»Ja?«

»Diese, äh, Religion, zu der du dich bekannt hast …«

»Daran ist nichts Seltsames, mein Prinz.« Tyekanik hoffte, dass seine Stimme nicht zitterte. »Diese Religion spricht den Krieger in mir an. Es ist eine passende Religion für einen Sardaukar.« Das zumindest entsprach der Wahrheit.

»Ja, aber meine Mutter wirkt so erfreut darüber.«

Verdammt sei Wensicia!, dachte Tyekanik. *Sie hat bei ihrem Sohn Verdacht erregt.* »Es kümmert mich nicht, was Ihre Mutter davon hält. Die Religion eines Mannes ist seine Privatangelegenheit. Vielleicht sieht sie darin etwas, das uns dabei helfen könnte, Sie auf den Thron zu bringen, mein Prinz.«

»Das dachte ich mir auch.«

Ah, er ist ein schlauer Bursche, dachte Tyekanik. »Sehen Sie sich diese Religion doch einmal selbst an. Sie werden sofort erkennen, warum ich mich für sie entschieden habe.«

»Trotzdem … Muad'Dibs Lehren? Er war ein Atreides.«

»Gottes Wege sind unergründlich.«

»Verstehe. Sag mir, Tyek, warum hast du mich gerade jetzt um einen Spaziergang gebeten? Es ist beinahe Mittag, und normalerweise bist du um diese Tageszeit auf Befehl meiner Mutter irgendwo unterwegs.«

Der Baschar hielt bei einer Steinbank inne, von der aus man den Springbrunnen und die riesigen Rosen auf der anderen Seite betrachten konnte. Das plätschernde Wasser beruhigte ihn, deshalb hielt er beim Sprechen die Aufmerksamkeit darauf gerichtet. »Mein Prinz, ich habe etwas getan, das Ihrer Mutter womöglich missfällt«, sagte er und dachte: *Wenn er das glaubt, dann wird ihr verdammenswerter Plan funktionieren.* Tyekanik hoffte beinahe, dass Wensicia scheitern würde. *Dass sie diesen Prediger hergebracht hat. Das ist Wahnsinn. Und was es uns gekostet hat!*

Tyekanik schwieg für eine Weile, also fragte Farad'n: »Nun gut, Tyek, was hast du getan?«

»Ich habe einen Kenner der Traumdeutung hierhergebracht.«

Farad'n warf dem Baschar einen durchdringenden Blick zu. Einige der alten Sardaukar spielten das Spiel der Traumdeutung, und zwar immer öfter, seit der »überlegene Träumer«, Muad'Dib, sie besiegt hatte. Sie waren der Ansicht, dass sich irgendwo in ihren Träumen ein Weg zurück zu Macht und Ruhm verbarg. Tyekanik hatte allerdings nie viel von diesem Spiel gehalten. »Das sieht dir gar nicht ähnlich, Tyek.«

»Dann kann ich nur aus der Sicht meiner neuen Religion sprechen.« Tyekanik blickte weiter auf den Springbrunnen. Natürlich hatten sie den Prediger hierhergebracht, um ein Gespräch über Religion anzustoßen.

»Dann sprich aus der Sicht dieser Religion.«

»Wie mein Prinz befiehlt.« Tyekanik drehte sich um und sah diesem jugendlichen Behältnis all jener Träume ins Gesicht, aus denen man den Weg herausdestilliert hatte, dem das Haus Corrino folgen würde. »Kirche und Staat, mein Prinz, selbst wissenschaftliche Vernunft und Glauben und sogar noch mehr: Fortschritt und Tradition – all das wird in den Lehren Muad'Dibs miteinander versöhnt. Er hat gelehrt, dass es keine unüberwindlichen Gegensätze gibt, außer im Glauben der Menschen und manchmal auch in ihren Träumen. Man entdeckt die Zukunft in der Vergangenheit, und beide sind Teile eines Ganzen.«

Trotz seiner Zweifel, die sich nicht zerstreuen ließen, war Farad'n von diesen Worten beeindruckt. Er hörte einen Unterton widerstrebender Aufrichtigkeit aus Tyekaniks Stimme heraus, so als würde der Mann gegen einen inneren Widerstand anreden. »Und deshalb bringst du mir diesen … diesen Traumdeuter?«

»Ja, mein Prinz. Vielleicht durchdringen Ihre Träume die Zeit. Man erlangt das Bewusstsein für sein inneres Selbst zurück, wenn man das Universum als einheitliches Ganzes erkennt. Ihre Träume … nun …«

»Aber ich habe nur so von meinen Träumen dahergeredet. Sie

sind ein wenig sonderbar, weiter nichts. Ich hätte nicht im Entferntesten damit gerechnet, dass du …«

»Mein Prinz, nichts, was Sie tun, ist unwichtig.«

»Das ist sehr schmeichelhaft, Tyek. Aber glaubst du wirklich, dass dieser Mann in das Herz großer Geheimnisse blicken kann?«

»Ja, das glaube ich, mein Prinz.«

»Dann soll sich meine Mutter ruhig ärgern.«

»Sie werden sich mit ihm treffen?«

»Natürlich – da du ihn hergebracht hast, um meine Mutter zu ärgern.«

Verspottet er mich?, fragte sich Tyekanik. »Ich muss Sie vorwarnen. Der alte Mann trägt eine Maske. Ein ixianisches Gerät, dass es Blinden erlaubt, mit der Haut zu sehen.«

»Er ist blind?«

»Ja, mein Prinz.«

»Weiß er, wer ich bin?«

»Ich habe es ihm gesagt.«

»Gut, dann lass uns zu ihm gehen.«

»Wenn mein Prinz für einen Augenblick hier wartet, bringe ich den Mann.«

Farad'n sah sich im Garten um und lächelte. Der Ort war so gut wieder jeder andere für diese kleine Albernheit. »Hast du ihm erzählt, was ich geträumt habe?«

»Nur in groben Zügen, mein Prinz. Er wird Sie um eine persönliche Schilderung bitten.«

»Nun gut. Ich warte hier. Bring ihn mir.« Farad'n wandte sich um und hörte, wie sich Tyekanik schnell entfernte. Über die Hecke hinweg sah man den braunen Hut und die blitzenden Scheren eines Gärtners. Seine Bewegungen übten eine geradezu hypnotische Wirkung aus. *Diese Traumsache ist Unsinn*, dachte der Prinz. *Es war falsch von Tyek, das zu tun, ohne mich vorher zurate zu ziehen. Seltsam, dass sich Tyek in seinem Alter noch eine Religion zulegt. Und jetzt geht es auch noch um Träume.*

Kurz darauf hörte er Schritte hinter sich. Tyekaniks vertrautes Schreiten und ein schleppender Gang. Farad'n drehte sich um und betrachtete den sich nähernden Traumdeuter. Die ixianische Maske bestand aus einem hauchdünnen schwarzen Stoff, der das Gesicht von der Stirn bis unter das Kinn verbarg. Die Maske hatte keine Augenschlitze. Wenn man den Behauptungen der Ixianer Glauben schenkte, handelte es sich bei ihr um ein einziges Auge.

Tyekanik blieb zwei Schritte von Farad'n entfernt stehen, aber der alte Mann näherte sich dem Prinzen bis auf weniger als einen Schritt.

»Der Traumdeuter«, sagte der Baschar.

Farad'n nickte.

Der alte Mann stieß ein grunzendes Husten aus, als wollte er etwas aus seinem Magen hochwürgen.

Farad'n bemerkte den beißenden Gewürzgeruch, der von der langen, grauen Robe des Mannes ausging. »Ist diese Maske wirklich Teil deines Fleisches?«, fragte er. Ihm wurde klar, dass er das Gespräch über seine Träume hinauszögern wollte.

»Solange ich sie trage«, erwiderte der alte Mann. In seiner Stimme lagen Verbitterung und die Andeutung eines Fremenakzents. »Der Traum«, sagte er dann. »Erzählen Sie mir davon.«

Farad'n zuckte mit den Schultern. *Warum nicht?* Dafür hatte Tyek den alten Mann schließlich hierhergebracht. Oder nicht? Zweifel regten sich in Farad'n. »Bist du wirklich ein Kenner der Traumdeutung?«, fragte er.

»Ich bin hier, um Ihre Träume zu deuten, mächtiger Herr.«

Wieder zuckte Farad'n mit den Schultern. Diese maskierte Gestalt machte ihn nervös. Er warf Tyekanik einen Blick zu, doch der Baschar starrte mit verschränkten Armen auf den Springbrunnen.

»Der Traum also«, sagte der Alte.

Farad'n atmete tief ein und erzählte dann von seinem Traum. Je mehr er ins Erzählen kam, desto leichter wurde es. Er erzählte von dem Wasser, das in dem Brunnenschacht aufstieg, von den Welten, die als Atome in seinem Kopf tanzten, von der Schlange, die sich in einen Sandwurm verwandelte und dann in einer Staubwolke explodierte. Überrascht stellte er fest, dass es ihn große Überwindung kostete, von der Schlange zu sprechen. Ein Widerwille hielt ihn zurück, und das ärgerte ihn.

Nachdem Farad'n zu Ende erzählt hatte, schwieg der Alte. Die schwarze Stoffmaske bewegte sich leicht vor seinem Mund. Farad'n wartete. Die Stille blieb ungebrochen.

Schließlich fragte der Prinz: »Willst du meinen Traum nicht deuten?«

»Ich habe ihn gedeutet«, sagte der Alte. Seine Stimme schien aus weiter Ferne zu kommen.

»Und?« Am quäkenden Klang seiner Stimme merkte Farad'n, welche Anspannung die Schilderung des Traumes in ihm erzeugt hatte.

Der alte Mann schwieg.

»Sag schon!« Die Wut war dem Prinzen jetzt deutlich anzusehen.

»Ich habe gesagt, dass ich den Traum deuten werde«, sagte der alte Mann. »Ich habe mich nicht dazu bereit erklärt, meine Deutung mitzuteilen.«

Das brachte sogar Tyekanik aus der Fassung. Er ließ die Arme sinken und ballte die Hände zu Fäusten. »Wie bitte?«, zischte er.

»Ich habe nicht gesagt, dass ich meine Deutung offenlegen werde«, wiederholte der Alte.

»Willst du eine höhere Bezahlung?«, fragte Farad'n.

»Ich habe nicht um eine Bezahlung gebeten, als man mich hierhergebracht hat.« In der Antwort des Alten lag ein kühler Stolz, der Farad'ns Zorn besänftigte. Zumindest war der Mann, den er da vor sich hatte, mutig. Schließlich musste er wissen, dass die Folge seines Ungehorsams der Tod sein konnte.

»Wenn ich darf, mein Prinz«, sagte Tyekanik, als Farad'n gerade zum Sprechen ansetzte. Der Baschar sah den Alten an. »Sagst du uns, warum du uns deine Deutung nicht verraten willst?«

»Ja, hohe Herren«, erwiderte der Alte. »Der Traum verrät mir, dass es keinen Sinn hat, diese Dinge zu erklären.«

»Willst du damit sagen, dass ich die Bedeutung meines Traums bereits kenne?«, sagte Fard'n ungehalten.

»Das mag sein, Mylord, aber darauf wollte ich nicht hinaus.«

Tyekanik trat an Farad'ns Seite. Beide starrten sie den Alten finster an. »Erkläre dich«, sagte der Baschar.

»Ja, das solltest du«, fügte Farad'n hinzu.

»Wenn ich diesen Traum deuten würde, wenn ich näher auf die Fragen von Wasser und Staub, Schlangen und Würmern eingehen würde, um die Atome zu analysieren, die in Ihrem Kopf ebenso tanzen wie in meinem – ah, mächtiger Herr, dann würden meine Worte Sie nur verwirren, und Sie würden darauf beharren, sie misszuverstehen.«

»Hast du Angst, dass deine Worte mich erzürnen könnten?«, fragte Farad'n.

»Mylord, Sie sind bereits zornig.«

»Ist das der Grund, warum du uns nicht traust?«, sagte Tyekanik.

»Das kommt der Wahrheit sehr nahe. Ich traue keinem von Ihnen beiden, und der Grund dafür ist, dass Sie sich selbst nicht trauen.«

»Du wandelst gefährlich nahe an einem Abgrund«, sagte Tyekanik. »Man hat schon Männer für weniger ungebührliches Verhalten getötet.«

Farad'n nickte. »Fordere unseren Zorn nicht heraus.«

»Die tödlichen Folgen des Zorns der Corrinos sind wohlbekannt, Mylord von Salusa Secundus«, sagte der Alte.

Tyekanik legte dem Prinzen beschwichtigend die Hand auf den Arm und sagte dann: »Versuchst du, uns dazu zu bringen, dich zu töten?«

Darauf war Farad'n nicht gekommen, und er verspürte ein Schaudern bei dem Gedanken daran. War dieser alte Mann, der sich der Prediger nannte, mehr, als es den Anschein hatte? Was für Folgen mochte sein Tod haben? Es konnte gefährlich sein, einen Märtyrer zu schaffen.

»Ich bezweifle, dass Sie mich töten werden, egal, was ich sage«, erwiderte der Prediger. »Ich denke, Sie kennen meinen Wert, Baschar, und Ihr Prinz erahnt ihn jetzt.«

»Du weigerst dich also, seinen Traum zu deuten?«, sagte Tyekanik.

»Ich *habe* ihn gedeutet.«

»Und du verrätst nicht, was du darin gesehen hast?«

»Wollen Sie mir daraus einen Vorwurf machen?«

»Wie kannst du dann von Wert für mich sein?«, fragte Farad'n.

Der Alte streckte die rechte Hand aus. »Es braucht nur einen Wink mit dieser Hand, damit Duncan Idaho zu mir kommt und mir gehorcht.«

»Was ist das für leere Angeberei?«, sagte Farad'n.

Tyekanik aber dachte an seinen Streit mit Wensicia. »Mein Prinz«, sagte er, »das könnte wahr sein. Dieser Mann hat viele Anhänger auf Arrakis.«

»Warum hast du mir nicht gesagt, dass er von dort stammt?«, sagte Farad'n.

Noch bevor Tyekanik antworten konnte, wandte sich der Prediger Farad'n zu. »Mylord, Sie dürfen sich wegen Arrakis keine Vorwürfe machen. Sie sind ein Produkt Ihrer Zeit. Diese Rechtfertigung steht jedem zu, wenn ihn Schuldgefühle bestürmen.«

»Schuldgefühle!«, knurrte Farad'n empört.

Der Prediger zuckte mit den Schultern.

Seltsamerweise verwandelte sich Farad'ns Empörung dadurch in Belustigung. Er lachte, warf den Kopf in den Nacken und fing sich damit einen erschreckten Blick von Tyekanik ein. Dann sagte er: »Ich mag dich, Prediger.«

»Das freut mich, Prinz«, erwiderte der alte Mann.

Farad'n unterdrückte ein Kichern. »Wir finden eine Unterbringung für dich hier im Palast. Du wirst mein offizieller Traumdeuter – auch wenn du mir nicht ein Wort über deine Deutungen verrätst. Und du kannst mich über Arrakis beraten. Dieser Planet weckt große Neugier in mir.«

»Das kann ich nicht, Prinz.«

Ein Anflug des Zorns kehrte zurück. Finster starrte Farad'n die schwarze Maske an. »Und warum nicht?«

»Mein Prinz«, sagte Tyekanik und berührte Farad'n erneut am Arm.

»Was ist los, Tyek?«

»Wir haben ihn im Rahmen einer Abmachung mit der Gilde hierhergeholt. Er muss auf den Wüstenplaneten zurückgebracht werden.«

Der Prediger nickte. »Man ruft mich zurück nach Arrakis.«

»Wer ruft dich?«, fragte Farad'n.

»Eine Macht, die größer ist als die Ihre, Prinz.«

Farad'n warf Tyekanik einen fragenden Blick zu. »Ist er ein Spion der Atreides?«

»Das ist unwahrscheinlich, mein Prinz. Alia hat ein Kopfgeld auf ihn ausgesetzt.«

Farad'n wandte sich wieder dem Prediger zu. »Wenn nicht die Atreides, wer ruft dich dann?«

»Eine Macht, die größer ist als die der Atreides.«

Ein leises Lachen entrang sich Farad'ns Kehle. Das war doch alles nur mystisches Geraune. Wie konnte sich Tyek von so etwas zum Narren halten lassen? Dieser Prediger wurde *gerufen* – vermutlich durch einen Traum. Und welche Bedeutung hatten schon Träume? »Das alles ist Zeitverschwendung, Tyek«, sagte er. »Warum hast du mich dieser … Farce unterzogen?«

»Wir haben hier zweierlei zu gewinnen, mein Prinz«, erwiderte der Baschar. »Dieser Traumdeuter hat versprochen, uns Duncan

Idaho als Agent für das Haus Corrino zu liefern. Er hat lediglich darum gebeten, sich mit Ihnen treffen und Ihren Traum deuten zu dürfen.« In Gedanken fügte er hinzu: *Das hat er jedenfalls Wensicia erzählt.* Neue Zweifel stiegen in ihm auf.

»Warum ist mein Traum so wichtig für dich, alter Mann?«, fragte Farad'n.

»Er verrät mir, dass sich große Ereignisse auf ihren logischen Endpunkt zubewegen«, sagte der Alte. »Ich muss bald zurückkehren.«

»Und du bleibst undurchschaubar und gibst mir keinen Rat«, sagte Farad'n mit spöttischer Stimme.

»Rat, Prinz, ist eine gefährliche Ware. Aber ich werde es auf ein paar Worte ankommen lassen, die Sie als Rat oder auch als etwas anderes auffassen können.«

»Nur zu.«

Der Prediger hielt sein maskiertes Gesicht starr auf das von Farad'n gerichtet. »Regierungen können aus scheinbar unbedeutenden Gründen aufsteigen und wieder zugrunde gehen, Prinz. Kleine Ereignisse! Ein Streit zwischen zwei Frauen ... von wo der Wind an einem bestimmten Tag weht ... ein Niesen, ein Husten, die Länge eines Kleidungsstücks oder der zufällige Zusammenprall eines Sandkorns mit dem Auge eines Höflings ... Es sind nicht immer die majestätischen Angelegenheiten imperialer Minister, die den Lauf der Geschichte diktieren, und es sind auch nicht unbedingt die Worte von Predigern, die die Hand Gottes bewegen.«

Farad'n bemerkte, dass ihn das zutiefst berührte, ohne eine Erklärung für seine Gefühle zu haben.

Tyekaniks Aufmerksamkeit richtete sich hingegen auf ein ganz bestimmtes Detail. Warum sprach dieser Prediger von einem Kleidungsstück? Tyekanik dachte an die imperialen Kostüme, die man den Atreides-Zwillingen geschickt hatte, und an die dressierten Kampftiger. Sprach dieser alte Mann eine subtile Warnung aus? Wie viel wusste er?

»Was soll daran ein Rat sein?«, fragte Farad'n.

»Wenn Sie erfolgreich sein wollen«, erklärte der Prediger, »müssen Sie Ihre Strategie auf den Punkt ihrer Anwendung reduzieren. Wo wendet man eine Strategie an? An einer bestimmten Stelle und mit bestimmten Personen im Sinn. Aber selbst mit der größten Aufmerksamkeit für Kleinigkeiten wird einem immer etwas entgehen. Lassen sich Ihre Strategien auf die Ambitionen der Frau eines regionalen Statthalters beschränken?«

Mit kalter Stimme sagte Tyekanik: »Warum redest du von Strategie, Prediger? Was meinst du, wonach mein Prinz strebt?«

»Man bewegt ihn dazu, nach einem Thron zu verlangen. Ich wünsche ihm Glück dabei, aber er wird weit mehr benötigen als Glück.«

»Das sind gefährliche Worte«, sagte Farad'n. »Wie kannst du es wagen, sie auszusprechen?«

»Der Ehrgeiz lässt sich für gewöhnlich nicht von den Realitäten stören. Ich wage es, solche Worte zu sprechen, weil Sie sich an einem Scheideweg befinden, Prinz. Sie könnten zu jemand Bewundernswertem werden. Aber Sie sind von Menschen umgeben, die keine moralische Rechtfertigung suchen, von strategieorientierten Beratern. Sie sind jung, stark und zäh, aber Ihnen fehlt eine gewisse weiterführende Ausbildung, durch die sich Ihr Charakter entwickeln kann. Das ist traurig, weil Sie Schwächen haben, deren Dimensionen ich umrissen habe.«

»Was meinst du damit?«, fragte Tyekanik.

»Pass auf, was du redest, alter Mann«, sagte Farad'n. »Was ist das für eine Schwäche?«

»Sie haben bisher keinen Gedanken an die von Ihnen bevorzugte Gesellschaftsordnung verschwendet. Die Hoffnungen Ihrer Untertanen interessieren Sie nicht. Selbst die Form des Imperiums, das Sie errichten wollen, hat in Ihrer Fantasie kaum Gestalt.« Der Prediger wandte sich Tyekanik zu. »Ihr Auge ist auf die Macht gerichtet, nicht auf ihre subtilen Anwendungsmöglichkeiten und

Gefahren. Deshalb ist Ihre Zukunft voll von Unbekannten – von streitenden Frauen, Hustenanfällen und windigen Tagen. Wie kann man eine Epoche erschaffen, wenn man nicht jede Einzelheit erkennt? Ihr träger Verstand wird Ihnen nicht helfen. In dieser Hinsicht sind Sie schwach.«

Farad'n betrachtete den alten Mann für eine Weile und fragte sich, was diese Worte noch implizierten. Wie hartnäckig solche diskreditierten Ideen doch waren! Moralität. Gesellschaftliche Ziele. Das waren Mythen, die in einer Reihe mit dem Glauben an eine evolutionäre Höherentwicklung standen.

»Wir haben genug Worte gewechselt«, sagte Tyekanik schließlich. »Was ist mit dem Preis, auf den wir uns geeinigt haben, Prediger?«

»Duncan Idaho gehört Ihnen«, erwiderte der Alte. »Passen Sie auf, wie Sie ihn einsetzen. Er ist ein unbezahlbares Kleinod.«

»Oh, wir haben genau die richtige Mission für ihn.« Tyekanik wandte sich Farad'n zu. »Wenn Sie erlauben, mein Prinz?«

»Er soll seine Sachen packen, bevor ich es mir anders überlege«, knurrte Farad'n und warf Tyekanik einen finsteren Blick zu. »Es gefällt mir nicht, wie du mich benutzt hast, Tyek.«

»Vergeben Sie ihm, Prinz«, sagte der Prediger. »Ihr treuer Baschar tut Gottes Willen, ohne es zu wissen.« Mit einer Verbeugung entfernte sich der Alte, und Tyekanik beeilte sich, ihn zurück zu seiner Fähre zu bringen.

Farad'n blickte den beiden nach und dachte: *Ich sollte mir diese Religion näher ansehen, zu der sich Tyek bekannt hat.* Er lächelte. *Was für ein jämmerlicher Traumdeuter! Aber was spielt das schon für eine Rolle. Mein Traum ist völlig unwichtig.*

Und er sah die Vision einer Rüstung. Die Rüstung war nicht seine eigene Haut, sie war härter als Plastahl. Nichts durchdrang diese Rüstung. Weder Messer noch Gift noch Sand. Noch der Staub der Wüste oder ihre ausdörrende Hitze. In der rechten Hand hielt er die Macht, den Coriolissturm zu erschaffen, die Erde zu erschüttern und sie bis aufs letzte Körnchen abzutragen. Und in der Linken trug er das Zepter vollkommener Meisterschaft. Seine Augen waren fest auf den Goldenen Pfad gerichtet. Und jenseits des Goldenen Pfades sahen seine Augen die Ewigkeit, die er als Nahrung seiner Seele und seines ewigen Fleisches erkannte.

– Heighia: Der Traum meines Bruders,
aus dem Buch Ghanima

»Es wäre besser für mich, nie Imperator zu werden«, sagte Leto. »Oh, ich will damit nicht andeuten, dass ich den Fehler meines Vaters wiederholt und mit einem Schluck Gewürz in die Zukunft geblickt habe. Ich sage es aus Eigensucht. Meine Schwester und ich benötigen eine Zeit der Freiheit, in der wir lernen können, mit dem, was wir sind, zu leben.« Er verstummte und sah Jessica fragend an. Seine Worte entsprachen dem, worauf er sich mit Ghanima geeinigt hatte. Was würde ihre Großmutter wohl erwidern?

Jessica betrachtete ihren Enkel im schwachen Licht der Leuchtgloben, das ihre Gemächer im Sietch Tabr erhellte. Es war früh am Morgen ihres zweiten Tages auf Arrakis, und sie hatte bereits beunruhigende Berichte darüber erhalten, dass die Zwillinge eine

Nachtwache außerhalb des Sietch verbracht hatten. Was bezweckten sie damit? Jessica hatte nicht gut geschlafen. Sie spürte die Säure der Erschöpfung in den Gliedern, die verlangte, dass sie all die aufgeputschten Aktivitäten beendete, mit denen sie sich seit ihrem Auftritt auf dem Landefeld auf den Beinen hielt. Das hier war der Sietch ihrer Albträume – aber dort draußen war nicht die Wüste, an die sie sich erinnerte. *Wo kommen all die Blumen her?* Und die Luft, die sie umgab, fühlte sich zu feucht an. Unter den jungen Leuten hier herrschte eine ausgesprochen laxe Destillanzug-Disziplin.

»Was bist du, Kind, dass du Zeit brauchst, etwas über dich selbst zu lernen?«, sagte sie.

Leto schüttelte milde den Kopf, wohl wissend, dass es sich dabei um eine für den Körper eines Kindes reichlich bizarr anmutende Erwachsenengeste handelte. Er rief sich ins Gedächtnis, dass es seine Aufgabe war, diese Frau bei ihrem Gespräch aus dem Gleichgewicht zu bringen. »Zuerst einmal bin ich kein Kind. Oh …« Er berührte seine Brust. »Dies ist ein Kinderkörper, daran besteht kein Zweifel. Aber *ich* bin kein Kind.«

Jessica kaute auf ihrer Oberlippe, ohne sich darum zu kümmern, was sie dadurch verriet. Ihr Herzog, der vor so vielen Jahren auf diesem verfluchten Planeten gestorben war, hatte sie immer dafür ausgelacht. »Deine einzige ungezähmte Reaktion«, hatte er dazu gesagt. »Sie verrät mir, dass du verstört bist, und ich muss diese Lippen küssen, um sie zur Ruhe zu bringen.« Und nun brachte ihr Enkel, der den Namen ihres Herzogs trug, ihr Herz vor Schreck beinahe zum Stillstand, einfach nur, indem er lächelte und sagte: »Du bist verstört, ich sehe es am Zittern deiner Lippen.«

Sie musste die höchste Bene-Gesserit-Disziplin aufwenden, um zumindest wieder einen Anschein von Gelassenheit zu erzeugen. Unter Mühen erwiderte sie: »Willst du mich verspotten?«

»Verspotten? Niemals. Aber ich muss dir deutlich machen, wie wir uns unterscheiden. Lass mich dich an die Sietchorgie vor so langer Zeit erinnern, als die Ehrwürdige Mutter dir ihre Leben und Erinnerungen übertragen hat. Sie hat sich auf dich eingestimmt und dir all das gegeben – wie eine lange Kette von Würstchen, jede davon ein Mensch. Jetzt sind sie bei dir. Du kennst also zum Teil, was Ghanima und ich erleben.«

»Und Alia?«, fragte Jessica, um ihn auf die Probe zu stellen.

»Hast du mit Ghani darüber gesprochen?«

»Ich möchte mit dir darüber sprechen.«

»Nun gut. Alia hat verleugnet, was sie war, und wurde zu dem, wovor sie sich am meisten gefürchtet hat. Die Vergangenheit, die in einem lebt, kann nicht ins Unbewusste verbannt werden. Es ist für jeden Menschen gefährlich, das zu tun, aber für uns Vorgeborene ist es schlimmer als der Tod. Mehr möchte ich zu Alia nicht sagen.«

»Du bist wirklich kein Kind.«

»Ich bin Millionen von Jahren alt. Das bedeutet Anpassungsleistungen, die nie zuvor einem Menschen abverlangt wurden.«

Jessica nickte. Sie verhielt sich Leto gegenüber sehr viel vorsichtiger als noch bei Ghanima. Wo war ihre Enkelin überhaupt? Warum war Leto allein gekommen?

»Nun, Großmutter, sind wir Abscheulichkeiten oder sind wir die Hoffnung des Hauses Atreides?«

Jessica beachtete die Frage nicht. »Wo ist deine Schwester?«

»Sie lenkt Alia ab, damit wir nicht gestört werden. Das ist notwendig. Aber Ghani würde dir auch nicht mehr sagen als ich. Hast du das gestern nicht bemerkt?«

»Was ich gestern bemerkt habe, ist meine Sache. Warum faselst du von Abscheulichkeiten?«

»Faseln? Komm mir nicht mit deinem Bene-Gesserit-Jargon, Großmutter. Den bekommst du von mir Wort für Wort zurück, direkt aus deinen eigenen Erinnerungen. Ich will mehr als nur deine Lippen zittern sehen.«

Jessica schüttelte den Kopf. Sie spürte die Kälte dieser … *Person*, durch deren Adern ihr Blut floss, und der Gedanke an die Ressourcen, auf die er zurückgreifen konnte, schüchterte sie ein. In dem Versuch, seinen Ton nachzuahmen, sagte sie: »Was weißt du von meinen Absichten?«

Leto rümpfte die Nase. »Du musst nicht fragen, ob ich den Fehler gemacht habe, den mein Vater begangen hat. Ich habe nicht aus unserem Garten der Zeit herausgeblickt – jedenfalls nicht mit Absicht. Das absolute Wissen um die Zukunft überlassen wir den Augenblicken des Déjà-vus, die jeder Mensch erleben kann. Ich *kenne* die Falle der Hellsicht. Das Leben meines Vaters verrät mir alles, was ich darüber wissen muss. Nein, Großmutter, die Zukunft absolut zu kennen, bedeutet, in dieser Zukunft absolut gefangen zu sein. Die Zeit stürzt in sich zusammen. Die Gegenwart wird zur Zukunft. Ich fordere für mich mehr Freiheit.«

Unausgesprochene Worte ließen Jessicas Zunge und Mund leicht zucken. Wie konnte sie ihm eine Antwort geben, die er nicht im Vorhinein kannte? Es war monströs. *Er ist ich! Er ist mein geliebter Leto!* Der Gedanke erschreckte sie. Für einen Augenblick fragte sie sich, ob er die Maske des Kindes fallen lassen und darunter jene geliebten Gesichtszüge zum Leben erwecken konnte und … *Nein!*

Leto senkte kurz den Kopf, dann blickte er wieder auf, um Jessica zu betrachten. Ja, sie ließ sich durchaus manipulieren. »Wenn du über das Thema Hellsicht nachdenkst, was du hoffentlich nur selten tust, unterscheidest du dich dabei vermutlich nicht von allen anderen. Die meisten Leute stellen sich vor, wie großartig es doch wäre, wenn sie wüssten, zu welchem Preis Walpelz morgen gehandelt wird. Oder ob die Harkonnen eines Tages wieder über ihre Heimatwelt Giedi Primus herrschen werden. Aber natürlich *kennen* wir die Harkonnen auch ohne die Fähigkeit zur Hellsicht, nicht wahr, Großmutter?«

Jessica schluckte seinen Köder nicht. Natürlich wusste er über das verfluchte Harkonnenblut in seiner Erblinie Bescheid.

»Wer ist ein Harkonnen?«, fuhr Leto fort. »Wer ist die Bestie Rabban? Jeder von uns, nicht wahr? Aber ich schweife ab. Ich sprach vom verbreiteten Aberglauben über die Hellsicht. Dass man durch sie die Zukunft *absolut* kennt. In ihrer Gesamtheit. Welche Reichtümer ließen sich doch anhäufen, wenn man über solch absolutes Wissen verfügen würde. Das ist es, was der Pöbel glaubt. Dass mehr immer besser ist. Wie wunderbar! Und wenn man einem von ihnen den gesamten Verlauf seines Lebens darböte, den unveränderlichen Dialog bis zu seinem Tode – was für ein teuflisches Geschenk das doch wäre. Welch maßlose Langeweile! Jeden Augenblick seines Lebens würde er das nachspielen, was er genau kennt. Keine Abweichung. Er könnte jede Reaktion vorhersehen, jeden Ausspruch, immer und immer wieder.« Er schüttelte den Kopf. »Unwissen hat seine Vorzüge. Ich bete um ein Universum voller Überraschungen.«

Während Jessica ihrem Enkel zuhörte, stellte sie erstaunt fest, wie sehr sie seine Gestik und sein Tonfall an seinen Vater erinnerten – an ihren verlorenen Sohn. Sogar die Ideen: All das hätte auch Paul sagen können. »Du erinnerst mich an deinen Vater.«

»Schmerzt dich das?«

»In gewisser Weise, aber es ist beruhigend, zu wissen, dass er in dir weiterlebt.«

»Wie wenig du doch davon verstehst, wie er in mir weiterlebt.«

Obwohl seine Stimme ausdruckslos war, bemerkte Jessica, dass sie von Verbitterung troff. Sie hob das Kinn und sah ihm direkt ins Gesicht.

»Oder davon, wie dein Herzog in mir weiterlebt«, fuhr Leto fort. »Großmutter, Ghanima ist *du*! Sie ist in einem solchen Maße du, dass dein Leben bis zu jenem Moment, in dem du unseren Vater ausgetragen hast, kein einziges Geheimnis enthält. Und ich – welch ein Katalog fleischlicher Aufzeichnungen ich bin! Es gibt Momente, in denen das unerträgliche Ausmaße annimmt. Du kommst nach Arrakis, um über uns zu urteilen? Du kommst hierher, um über Alia zu urteilen? Eher sollten wir über dich urteilen.«

Jessica suchte nach einer passenden Antwort darauf, aber sie fand keine. Was tat er da? Warum betonte er seine Andersartigkeit so sehr? Forderte er ihre Zurückweisung heraus? Befand er sich inzwischen im gleichen Zustand wie Alia? War er eine … Abscheulichkeit?

»All das verstört dich«, sagte Leto.

»Es verstört mich.« Jessica gestattete sich ein hilfloses Achselzucken. »Ja, es verstört mich – und aus Gründen, die du sehr gut kennst. Ich bin mir sicher, dass du meine Bene-Gesserit-Ausbildung genau studiert hast. Ghanima zumindest räumt das ein. Alia … hat es ebenfalls getan. Du kennst die Folgen deiner *Andersartigkeit*.«

Leto blickte zu ihr auf. »Beinahe wären wir die Sache bei dir anders angegangen.« In seiner Stimme war eine Spur ihrer eigenen Ermüdung zu hören. »Wir kennen das Zittern deiner Lippen so gut, wie es einst dein Geliebter kannte. Wir können uns nach Belieben an Koseworte erinnern, die dein Herzog dir im Schlafzimmer zugeflüstert hat. Im Kopf hast du dir das zweifellos bereits klargemacht. Aber ich warne dich, es genügt nicht, etwas nur im Kopf zu verstehen. Wenn irgendjemand von uns zur Abscheulichkeit wird, könntest du diejenige in uns sein, die uns dazu macht. Oder mein Vater … oder meine Mutter … oder dein Herzog. Jeder von euch könnte von uns Besitz ergreifen, und der daraus resultierende Zustand wäre der gleiche.«

Jessica spürte ein Brennen in ihrer Brust und Feuchtigkeit in ihren Augen. »Leto«, brachte sie hervor und gestattete sich damit endlich, seinen Namen zu verwenden. Der Schmerz dabei war geringer, als sie gedacht hatte. »Was willst du von mir?«

»Ich möchte meiner Großmutter etwas erläutern.«

»Was?«

»Letzte Nacht haben Ghani und ich die Mutter-Vater-Rollen gespielt, bis es uns fast zerstört hätte, aber wir haben dabei einiges gelernt. Es gibt Dinge, um die man wissen kann, wenn man aufmerksam auf Zustände achtet. Handlungen können vorhergesagt werden. Und Alia – nun, es grenzt an Gewissheit, dass sie plant, dich zu entführen.«

Jessica blinzelte. Die plötzliche Anschuldigung überraschte sie. Sie kannte diesen Trick gut, sie hatte ihn viele Mal selbst angewandt: Man lockt sein Gegenüber auf eine bestimmte gedankliche Fährte und kommt dann mit einer schockierenden Aussage aus einer völlig anderen Richtung. Sie holte tief Luft und sagte: »Ich weiß, was Alia getan hat … was sie *ist*. Aber …«

»Großmutter, bemitleide sie nur. Aber setze sowohl dein Herz als auch deinen Verstand ein. Das hast du auch früher schon getan. Du stellst eine Bedrohung dar, und Alia will das Imperium für sich – oder das, wozu sie geworden ist, will es.«

»Woher weiß ich, dass ich nicht die Worte einer weiteren Abscheulichkeit höre?«

Leto zuckte mit den Schultern. »Da kommt dein Herz ins Spiel. Ghani und ich wissen, wie sie gefallen ist. Es ist nicht leicht, sich an das Lärmen dieser inneren Menschenmenge zu gewöhnen. Unterdrückt man ihre Egos, dann dringen sie jedes Mal, wenn man eine Erinnerung wachruft, wieder auf einen ein. Und irgendwann« – er schluckte mit trockener Kehle – »kommt ein Starker aus dieser Menge zu dem Schluss, dass es Zeit ist, am Fleisch teilzuhaben.«

»Und ihr könnt nichts dagegen ausrichten?« Jessica stellte diese Frage, obwohl sie die Antwort fürchtete.

»Wir glauben, dass es eine Möglichkeit gibt, ja. Wir dürfen uns nicht dem Gewürz hingeben, das ist das Wichtigste. Und wir dürfen die Vergangenheit nicht ganz unterdrücken. Wir müssen sie einsetzen, ein Amalgam aus ihr schmieden. Letztlich werden wir sie alle mit uns vermischen. Wir werden nicht mehr sein, wer wir ursprünglich waren – aber wir werden auch nicht besessen sein.«

»Du hast von einem Plan gesprochen, mich zu entführen.«

»Es ist offensichtlich. Wensicia hat große Ambitionen für ihren Sohn. Alia hat große Ambitionen für sich selbst. Und …«

»Alia und Farad'n?«

»Darauf gibt es keine Hinweise. Aber Alia und Wensicia bewegen sich derzeit auf einem parallelen Kurs. Wensicia hat eine Schwester in Alias Haus. Was wäre einfacher, als eine Nachricht an …«

»Du weißt von einer solchen Nachricht?«

»Als hätte ich sie gesehen und jedes einzelne Wort gelesen.«

»Aber du hast keine solche Nachricht gesehen?«

»Dazu besteht keine Notwendigkeit. Ich muss nur wissen, dass die Atreides alle hier auf Arrakis sind. Das gesamte Wasser in einer Zisterne.« Leto machte eine Geste mit seinen Armen, als wollte er den ganzen Planeten umfassen.

»Das Haus Corrino würde es nicht wagen, uns hier anzugreifen.«

»Alia würde davon profitieren.« Er sagte das mit einem höhnischen Unterton, der Jessica reizte.

»Ich lasse mich nicht von meinem eigenen Enkel bevormunden.«

»Dann hör endlich damit auf, mich als deinen Enkel zu betrachten, verdammt! Betrachte mich als deinen *Herzog* Leto.« Sein Tonfall und sein Gesichtsausdruck, ja, sogar die abrupte Handbewegung passten so genau zu seinen Worten, dass Jessica verwirrt schwieg. Mit trockener, distanzierter Stimme fuhr Leto fort: »Ich habe versucht, dich darauf vorzubereiten. Das zumindest solltest du mir zugestehen.«

»Warum sollte Alia mich entführen wollen?«

»Natürlich um dem Haus Corrino die Schuld zuzuschieben.«

»Das glaube ich nicht. Selbst für ihre Maßstäbe wäre das … monströs. Zu gefährlich. Wie sollte sie so etwas tun, ohne … Nein, ich glaube das einfach nicht.«

»Wenn es soweit ist, wirst du es glauben. Ah, Großmutter, Ghani und ich müssen nur ein wenig in uns hineinlauschen, um es zu *wissen*. Das ist reine Selbsterhaltung. Wie sonst könnten wir auch nur mutmaßen, welche Fehler um uns herum begangen werden?«

»Nicht eine Minute lang lasse ich mir weismachen, dass eine Entführung zu Alias Plänen …«

»Bei allen Göttern der Unterwelt! Wie kannst du als Bene Gesserit nur so schwer von Begriff sein? Das ganze Imperium ahnt, warum du hier bist. Wensicias Propagandisten stehen längst bereit, um dich zu diskreditieren. Alia kann es gar nicht mehr erwarten, bis es soweit ist. Wenn du fällst, könnte das dem Haus Atreides den Todesstoß versetzen.«

»Was ahnt das ganze Imperium?« Jessica sprach die Worte so kalt und bemessen wie möglich, wohl wissend, dass sie dieses Nicht-Kind mit der *Stimme* nicht beeinflussen konnte.

»Dass Lady Jessica plant, die Zwillinge miteinander zu paaren. Das will die Schwesternschaft. Inzest!«

Sie blinzelte und schluckte. »Nichts als Gerede. Die Bene Gesserit werden nicht zulassen, dass sich ein solches Gerücht unkontrolliert im Imperium verbreitet. Wir haben nach wie vor Einfluss, vergiss das nicht.«

»Gerücht? Was für ein Gerücht? Ihr habt euch ganz bestimmt die Option offengehalten, uns miteinander zu kreuzen.« Leto schüttelte den Kopf, als Jessica zum Sprechen ansetzte. »Streite es nicht ab. Wenn Ghani und ich lebend im selben Sietch die Pubertät durchlaufen und auch du in diesem Sietch wohnst, dann wird euer *Einfluss* nicht mehr sein als ein Lumpen, mit dem man vor einem Sandwurm wedelt.«

»Hältst du uns für so hoffnungslos dumm?«

»Ja, das tue ich. Die Schwesternschaft ist nichts weiter als ein Haufen närrischer alter Frauen, die nicht über ihr ach so wichtiges Zuchtprogramm hinausdenken können. Ghani und ich wissen, welches Gewicht sie in die Waagschale werfen kann. Hältst du *uns* für so dumm?«

»Gewicht?«

»Sie wissen, dass du eine Harkonnen bist. Das ist Teil ihrer Zuchtprotokolle: Jessica, geboren von Tanidia Nerus, gezeugt von

Baron Vladimir Harkonnen. Wenn dieses Protokoll *versehentlich* an die Öffentlichkeit gerät, würde das …«

»Du meinst, dass sich die Schwesternschaft zu einer Erpressung herablassen würde?«

»Ich *weiß*, dass sie es würde. Oh ja, sie haben es schön verpackt. Sie haben dir gesagt, dass du den Gerüchten über deine Tochter auf den Grund gehen sollst. Sie haben deine Neugier und deine Angst genährt. Sie haben an dein Verantwortungsgefühl appelliert, dir Schuldgefühle gemacht, weil du nach Caladan geflohen bist. Und sie haben dir die Aussicht eröffnet, dass du deine Enkelkinder *retten* kannst.«

Jessica starrte Leto schweigend an. Es kam ihr vor, als hätte er ihre aufwühlenden Treffen mit den Sachwalterinnen der Schwesternschaft belauscht. Sie fühlte sich seinen Worten völlig ausgeliefert und gestand sich ein, dass er möglicherweise die Wahrheit sagte, wenn er behauptete, dass Alia sie entführen wollte.

»Du musst begreifen, Großmutter, dass ich eine schwierige Entscheidung zu treffen habe«, fuhr Leto fort. »Folge ich dem Atreides-Mysterium? Lebe ich für meine Untertanen – und sterbe für sie? Oder entscheide ich mich für einen anderen Weg – einen, der es mir gestatten würde, Jahrtausende zu leben?«

Unwillkürlich zuckte Jessica zusammen. Letos leichthin gesprochenen Worte berührten ein Thema, das die Bene Gesserit für undenkbar erklärt hatten. Viele Ehrwürdige Mütter könnten diesen Weg einschlagen oder es versuchen, die Manipulation der Körperchemie war den Initiierten der Schwesternschaft zugänglich. Aber wenn man das tat, würden es früher oder später alle tun, und eine solche Konzentration altersloser Frauen ließ sich nicht verbergen. Sie wussten mit Gewissheit, dass dieser Weg in ihre Zerstörung führen würde. Die kurzlebige Menschheit würde sich gegen sie wenden. Nein – es war undenkbar. Sie sagte: »Die Richtung, in die deine Überlegungen gehen, gefällt mir nicht.«

»Nun, du verstehst meine Überlegungen nicht. Ghani und

ich …« Leto schüttelte den Kopf. »Alia hätte nur die Hand danach ausstrecken müssen, aber stattdessen hat sie es einfach weggeworfen.«

»Bist du dir dessen sicher? Ich habe die Schwesternschaft davon unterrichtet, dass Alia das Undenkbare praktiziert. Sieh sie dir an. Sie ist nicht einen Tag gealtert, seit ich sie das letzte Mal …«

»Ach das!« Leto tat ihre Worte mit einem Wink ab. »Ich rede nicht von körperlicher Ausgewogenheit nach Art der Bene Gesserit, sondern von etwas anderem – eine Perfektion, die weit über alle bisherigen menschlichen Errungenschaften hinausgeht.«

Jessica schwieg, entsetzt darüber, wie mühelos er ihr ein Geheimnis entlockt hatte. Bestimmt war ihm klar, dass so eine Nachricht für Alia das Todesurteil bedeutete. Und egal, wie er es formulierte, er redete offensichtlich davon, das gleiche Verbrechen zu begehen. Wusste er nicht, wie gefährlich seine Worte waren? »Das musst du mir erklären«, sagte sie schließlich.

»Aber wie?«, erwiderte er. »Wenn du nicht verstehst, dass die Zeit nicht das ist, als was sie erscheint, kann ich es dir nicht einmal in Ansätzen erklären. Mein Vater hat es erahnt. Er stand kurz vor dieser Erkenntnis, aber er ist zurückgewichen. Nun ist es an Ghani und mir.«

»Ich bestehe darauf, dass du es mir erklärst.« Jessica tastete nach der Giftnadel, die sie in einer Falte ihrer Robe verbarg – der Gom Jabbar, dessen Stich innerhalb von Sekunden den Tod brachte. *Sie haben mich vorgewarnt, dass ich ihn vielleicht einsetzen muss.* Der Gedanke ließ die Muskeln in ihrem Arm zittern, und sie war froh, dass ihr Gewand sie so gut verhüllte.

Leto seufzte. »Nun gut. Zuerst, was die Zeit betrifft: Es gibt keinen Unterschied zwischen zehntausend Jahren und einem Jahr. Keinen Unterschied zwischen hunderttausend Jahren und einem Herzschlag. Nicht den geringsten Unterschied. Das ist die erste Tatsache über die Zeit. Und die zweite lautet: Das gesamte Universum mit all seiner Zeit ist in mir.«

»Was ist das nur für ein Unsinn?«

»Siehst du? Du verstehst es nicht. Dann versuche ich, es dir auf andere Art zu erklären.« Leto hob die rechte Hand zur Veranschaulichung, während er sprach. »Wir bewegen uns vorwärts, wir kehren zurück.«

»Diese Worte erklären überhaupt nichts.«

»Das stimmt. Es gibt Dinge, die sich mit Worten nicht erklären lassen. Man muss sie ohne Worte erfahren. Aber für dieses Wagnis bist du noch nicht bereit, genau, wie du nicht mich siehst, wenn du mich anblickst.«

»Aber … ich sehe dich doch. Natürlich sehe ich dich!« Jessicas Blick verfinsterte sich. In Letos Worten kam sein Wissen um den Zensunni-Kodex zum Vorschein, wie er an den Bene-Gesserit-Schulen gelehrt wurde: rhetorische Spielereien, um das philosophische Verständnis im Anderen zu verwirren.

»Manche Ereignisse entziehen sich deiner Kontrolle.«

»Und wie erklärt das diese … *Perfektion*, die so weit jenseits anderer menschlicher Erfahrung liegt?«

»Wenn man das Altern oder den Tod durch den Gebrauch von Melange oder die erlernte Anpassung des körperlichen Gleichgewichts, die ihr Bene Gesserit zu Recht fürchtet, hinauszögert, dann erzeugt das eine Illusion von Kontrolle. Ob man schnell oder langsam durch den Sietch geht – man geht durch den Sietch. Und diese Zeit wird innerlich erlebt.«

»Was soll dieses Wortgeplänkel? Ich habe meine Weisheitszähne schon lange vor der Geburt deines Vaters an solchem Unsinn geschärft.«

»Aber nur die Zähne sind dabei gewachsen.«

»Worte! Worte!«

»Ah, du kommst der Sache sehr nahe.«

»Ha!«

»Großmutter?«

»Ja?«

Leto sah sie für eine Weile stumm an. Dann sagte er: »Siehst du? Du kannst noch immer als du selbst antworten.« Er lächelte. »Aber dein Blick dringt nicht durch die Schatten. Ich bin hier.« Wieder ein Lächeln. »Mein Vater ist alldem sehr nahegekommen. Als er gelebt hat, hat er gelebt, aber als er gestorben ist, ist er daran gescheitert.«

»Was willst du damit sagen?«

»Zeig mir seinen Körper.«

»Du glaubst, dass dieser Prediger …«

»Möglich. Aber selbst wenn, dann ist das nicht sein Körper.«

»Du hast nichts erklärt.«

»Ich habe dich ja vorgewarnt.«

»Warum hast du dann …«

»Weil du darum gebeten hast. Du musstest es erfahren. Nun lass uns wieder über Alia und ihre Intrigen sprechen.«

»Planst du das Undenkbare?« Wieder tastete Jessica nach dem Gom Jabbar in ihrer Robe.

»Wirst du ihr Scharfrichter sein?« Leto deutete auf Jessicas Hand in der Falte ihres Gewands. »Glaubst du, sie wird dir erlauben, das einzusetzen? Glaubst du, ich werde es dir erlauben?«

Jessica bemerkte, dass sie nicht schlucken konnte.

»Um deine Frage zu beantworten«, fuhr Leto fort, »ich plane nicht das Undenkbare. So dumm bin ich nicht. Aber ich bin entsetzt von dir. Du wagst es, über Alia zu urteilen. Natürlich, sie hat das ach so wichtige Gesetz der Bene Gesserit gebrochen. Aber was hast du erwartet? Du bist davongelaufen, hast sie hier in jeder Hinsicht außer dem Namen nach als Königin zurückgelassen. So viel Macht! Du bist zurück nach Caladan gerannt und hast in Gurneys Armen deine Wunden geleckt. Dagegen lässt sich nichts sagen, aber wer gibt dir das Recht, über Alia zu urteilen?«

»Ich sage dir, ich bin nicht bereit, diese …«

»Sei still!« Mit angewidertem Gesichtsausdruck wandte sich Leto von ihr ab.

Er hatte die letzten Worte auf die besondere Art der Bene Gesserit gesprochen – mit der *Stimme*, die Jessica zum Schweigen brachte, als hielte man ihr mit der Hand den Mund zu. Sie dachte: *Wer könnte besser als er wissen, wie man mich mit der* Stimme *trifft?* Dieser Umstand half ihr, sich nicht ganz so verletzt zu fühlen. Sie hatte die *Stimme* unzählige Male bei anderen angewendet, aber nicht damit gerechnet, selbst für sie anfällig zu sein, jedenfalls nicht seit jenen fernen Schulzeiten, als sie …

Leto drehte sich ihr wieder zu. »Es tut mir leid. Aber ich weiß zufällig, welch blinde Reaktion man von dir erwarten kann, wenn …«

»Blind? Ich?« Diese Worte empörten sie mehr als sein Einsatz der *Stimme* gegen sie.

»Ja, du. Blind. Wenn dir auch nur ein Fetzen Aufrichtigkeit geblieben ist, dann erkennst du deine eigenen Reaktionen. Ich rufe deinen Namen, und du sagst: ›Ja?‹ Ich lasse deine Zunge erlahmen. Ich beschwöre sämtliche Bene-Gesserit-Mythen. Richte den Blick nach innen, wie man es dir beigebracht hat. Das zumindest ist etwas, das du für deinen …«

»Wie kannst du es wagen! Was weißt du von …« Jessica brach ab. Natürlich wusste er Bescheid.

»Blicke in dich hinein, sage ich.«

Letos Tonfall war gebieterisch, und einmal mehr schlug seine Stimme Jessica in ihren Bann. Sie stellte fest, dass ihre Sinne wie stillgestellt waren und dass sich ihr Atem beschleunigte. Außerhalb ihrer Wahrnehmung lauerte ein pochendes Herz, das Keuchen von … Und plötzlich wurde ihr bewusst, dass der beschleunigte Atem, das pochende Herz nicht latent waren, dass sie sich dem Griff ihrer Bene-Gesserit-Kontrolle entzogen. Erschrocken riss sie die Augen auf, als sie spürte, wie ihr eigener Körper den Befehlen eines anderen gehorchte. Schritt für Schritt gewann sie die Fassung wieder, aber die Erkenntnis blieb. Dieses Nicht-Kind hatte während des ganzen Gesprächs virtuos auf der Klaviatur ihres Geistes und ihres Körpers gespielt.

»Jetzt weißt du, wie tief deine Konditionierung durch deine so geschätzten Bene Gesserit reicht«, sagte Leto.

Jessica konnte nur nicken. Ihr Glaube an Worte lag in Trümmern. Ihr Enkel hatte sie gezwungen, ihrem physischen Universum offen ins Gesicht zu blicken, und das Resultat war eine tiefe Erschütterung – und neue Erkenntnisse, die durch ihr Bewusstsein jagten. »*Zeig mir seinen Körper!*« Er hatte ihr ihren eigenen Körper gezeigt wie den eines Neugeborenen. Nicht seit ihren frühesten Ausbildungsjahren auf Wallach, nicht seit jenen entsetzlichen Tagen, bevor die Käufer des Herzogs sie holen gekommen waren, nicht seit dieser fernen Zeit hatte sie eine so bebende Ungewissheit über die nächsten Augenblicke verspürt.

»Du wirst zulassen, dass man dich entführt«, sagte Leto.

»Aber …«

»In diesem Moment will ich nicht mit dir darüber diskutieren«, unterbrach er sie. »Du wirst es zulassen. Stell es dir als einen Befehl deines Herzogs vor. Du wirst sehen, welchem Zweck es dient, wenn es so weit ist. Du wirst dich einem äußerst interessanten Schüler gegenübersehen.« Leto erhob sich und nickte. »Manche Handlungen haben ein Ende, aber keinen Anfang. Manche beginnen, aber enden nicht. Das alles hängt vom Standpunkt des Betrachters ab.« Mit diesen Worten drehte er sich um und verließ Jessicas Gemächer.

Im zweiten Vorraum traf er auf Ghanima, die gerade zu ihrem Zimmer eilte. Als seine Schwester ihn sah, stoppte sie und sagte: »Alia ist mit der Synode des Glaubens beschäftigt.« Dann warf sie einen fragenden Blick in Richtung des Durchgangs, der zu Jessicas Räumen führte.

»Es hat funktioniert«, sagte Leto.

Gräueltaten werden vom Opfer und vom Täter gleichsam als solche erkannt. Ebenso von allen, die von ihnen erfahren, wie weit sie auch entfernt sind. Für Gräueltaten gibt es keine Entschuldigung, keine mildernden Umstände. Gräueltaten wiegen niemals etwas aus der Vergangenheit auf oder korrigieren es. Gräueltaten geben der Zukunft lediglich Munition für weitere Gräueltaten. Sie schreiben sich selbst fort – eine barbarische Form von Inzest. Wer immer eine Gräueltat verübt, verübt auch die zukünftigen Gräueltaten, die durch sie hervorgebracht werden.

– Die Apokryphen Muad'Dibs

Kurz nach Mittag, als die meisten Pilger gegangen waren, um sich auf die Suche nach Schatten und Erfrischung zu machen, betrat der Prediger den großen Platz vor Alias Tempel. Er ging am Arm des Jungen, Assan Tariq, der ihm die Augen ersetzte. In einer Tasche unter seinem wogenden Gewand hatte er die schwarze Stoffmaske, die er auf Salusa Secundus getragen hatte. Die Vorstellung, dass die Maske und der Junge dem gleichen Zweck dienten, belustigte ihn – sie waren beide Tarnung.

Soll der Mythos wachsen und dabei die Zweifel am Leben erhalten, dachte er.

Niemand durfte herausfinden, dass es sich bei der Maske lediglich um ein Stück Stoff handelte und nicht um ein ixianisches Artefakt. Auch durfte seine Hand nicht von Assan Tariqs Schulter gleiten. Würde der Prediger trotz seiner augenlosen Höhlen nur ein einziges Mal wie ein Sehender wandeln, würden sich alle

Zweifel zerstreuen, und für die kleine Hoffnung, die er nährte, wäre das der Tod. Jeden Tag betete er um eine Veränderung, darum, dass er über einen Unterschied stolperte, aber sogar Salusa Secundus war ein ihm in jeder Einzelheit bekannter Mosaikstein gewesen. Nichts änderte sich, nichts konnte verändert werden … jedenfalls noch nicht.

Vielen Menschen fiel der Prediger auf seinem Weg vorbei an den Läden und Säulengängen auf. Sie bemerkten, wie er den Kopf von einer Seite zur anderen drehte, ihn auf eine Tür oder eine Person richtete. Seine Bewegungen wirkten nicht immer natürlich für einen Blinden, was den Mythos weiter gedeihen ließ.

Alia beobachtete das alles aus einem verborgenen Fensterschlitz im Bollwerk ihres Tempels. Sie suchte das vernarbte Gesicht des Predigers nach einem Zeichen ab – einem sicheren Ausweis seiner Identität. Jedes neue Gerücht wurde ihr zugetragen. Und jedes Mal wurde es von einem Gefühl der Angst begleitet.

Sie hatte gedacht, dass ihr Befehl, den Prediger festzunehmen, geheim bleiben würde, doch auch er hatte in Form eines Gerüchts den Weg zu ihr zurückgefunden. Selbst ihren Wachen gelang es nicht, Verschwiegenheit zu wahren. Sie konnte nur hoffen, dass die Wachen ihre neuen Befehle befolgen und diese rätselhafte Gestalt nicht an einem öffentlichen Ort festnehmen würden, wo man den Vorgang beobachten und davon berichten würde.

Unten auf dem Platz war es staubig und heiß. Der junge Führer des Predigers hatte seinen Schleier bis über die Nase hochgezogen, sodass nur die dunklen Augen und ein schmaler Streifen Stirn zu sehen waren. Unter dem Schleier war der Auffangschlauch eines Destillanzugs zu erkennen. Das verriet Alia, dass die beiden aus der Wüste in die Stadt gekommen waren. Wo versteckten sie sich dort draußen?

Der Prediger trug keinen Schleier, der ihn vor der sengenden Luft geschützt hätte. Er ließ sogar seinen Auffangschlauch herabhängen. Sein Gesicht war der Sonne und den Hitzeschlieren, die in Wellen von den Pflastersteinen des Platzes aufstiegen, offen ausgesetzt.

Auf den Tempelstufen stand eine Gruppe von neun Pilgern, die sich gerade zum Abschied verneigten. In den Schatten am Rand des Platzes hielten sich etwa fünfzig weitere Personen auf, größtenteils ebenfalls Pilger, die sich ihren von der Priesterschaft verhängten Bußen widmeten. Außerdem sah man Boten und ein paar Händler, die noch nicht genug verkauft hatten, um zu schließen und so der schlimmsten Tageshitze zu entgehen.

Alia spürte die schwere Hitze durch den Fensterschlitz und wusste, dass sie zwischen Denken und Fühlen gefangen war, wie sie es oft bei ihrem Bruder beobachtet hatte. Die Versuchung, sich in ihrem Inneren Rat zu holen, klang wie ein Unheil verkündendes Summen in ihrem Kopf. Der Baron war dort: pflichtbewusst, aber jederzeit bereit, sich ihre Ängste zunutze zu machen, wenn ihr rationales Urteilsvermögen versagte und Vergangenheit, Gegenwart und Zukunft um sie herum verschwammen.

Was, wenn das dort unten Paul ist?, fragte sie sich.

»Unsinn!«, sagte die Stimme in ihrem Inneren.

Aber die Berichte über die Worte des Predigers ließen sich nicht anzweifeln. *Ketzerei!* Es erschütterte Alia, dass Paul das einreißen könnte, was man auf seinem Namen errichtet hatte.

Aber warum nicht?

Sie dachte an die Worte, die sie erst heute Morgen im Rat bei ihrer Tirade gegen Irulan gesprochen hatte, als die Prinzessin darauf gedrängt hatte, die Gewänder anzunehmen, die ihnen das Haus Corrino geschickt hatte.

»Alle Geschenke an die Zwillinge werden sorgfältig untersucht«, hatte Irulan gesagt.

»Und wenn wir feststellen, dass das Geschenk harmlos ist?«, hatte Alia empört erwidert. Das war die Möglichkeit, die ihr am meisten Angst einjagte: dass das Geschenk keine Bedrohung darstellte.

Letztendlich hatten sie die kostbaren Gewänder angenommen und sich dann einer anderen Angelegenheit zugewandt: Sollte Lady Jessica einen Platz im Rat erhalten? Es war Alia gelungen, die Abstimmung darüber zu vertagen.

Daran dachte sie, während sie auf den Prediger hinabblickte.

Die Dinge, die ihr als Regentin widerfuhren, waren wie die Kehrseite der Verwandlung, die sie diesem Planeten aufgezwungen hatten. Einst hatte er die absolute Macht der Wüste symbolisiert. Diese Macht schwand auf physischer Ebene, aber ihr Mythos wuchs im gleichen Maße. Nur die Ozeanwüste gab es noch, die große zentrale Mutterwüste mit ihrem Rand aus Dornenbüschen, die von den Fremen immer noch Königin der Nacht genannt wurde. Hinter den Dornenbüschen erhoben sich nun grüne Hügel. Diese Hügel waren menschengemacht. Jeder von ihnen war von Menschen, geschäftig wie Insekten, bepflanzt worden. Für jemanden, der wie Alia im Graubraun der Wüste aufgewachsen war, war das Grün der Hügel überwältigend. Und doch hielt für sie, wie für alle Fremen, die Ozeanwüste den Planeten nach wie vor in ihrem Griff, und dieser Griff würde sich nie lösen. Alia musste nur die Augen schließen, um die Wüste vor sich zu sehen.

Mit geöffneten Augen sah man am Rand der Wüste grünes Gras und Sumpfschleim, der seine Tentakel nach dem Sand ausstreckte – aber die Wüste war so mächtig wie eh und je.

Alia schüttelte den Kopf und sah wieder auf den Prediger hinab.

Er war die erste der Terrassenstufen vor dem Tempel hinaufgestiegen und drehte sich nun zu dem fast menschenleeren Platz um. Alia berührte den Knopf neben dem Sehschlitz, mit dem sie die Stimmen von dort unten verstärken konnte. Sie verspürte eine Woge aus Selbstmitleid, als sie sich ihrer Einsamkeit hier oben bewusst wurde. Wem konnte sie trauen? Sie hatte gedacht, dass Stilgar nach wie vor verlässlich wäre, aber selbst Stilgar war von der Krankheit dieses Blinden angesteckt worden.

»Weißt du, wie er zählt?«, hatte Stilgar einmal zu ihr gesagt. »Ich habe gehört, wie er Münzen abgezählt hat, um seinen Führer zu bezahlen. In meinen Fremenohren klingt es sehr seltsam, wie er zählt, und das ist schrecklich. Er zählt: Shuc, ishcai, qimsa, chuascu, picha, sucta und so weiter. Seit den alten Zeiten in der Wüste habe ich niemanden mehr so zählen gehört.«

Wegen solcher Worte wusste Alia, dass man Stilgar nicht losschicken konnte, um zu tun, was getan werden musste. Und bei ihren Wachen musste sie vorsichtig sein, denn dort wurde die leiseste Andeutung von ihr als absoluter Befehl aufgenommen.

Was trieb er dort unten, dieser Prediger?

Der umliegende Platz zeigte unter seinen schützenden Balkonen und Säulengängen ein fröhliches Gesicht. Die Waren befanden sich nach wie vor in den Auslagen, bewacht von ein paar Jungen. Einige wenige Händler waren noch da und spürten dem Gewürzkeksgeld des Hinterlands oder dem Klimpern in der Börse von Pilgern nach.

Alia starrte auf den Rücken des Predigers. Es schien, als wollte er eine Rede halten, aber irgendetwas gebot seiner Stimme Einhalt.

Warum bin ich hier und beobachte diese Ruine aus uraltem Fleisch?, fragte sie sich. *Diese sterblichen Trümmer dort unten können unmöglich das »Gefäß der Herrlichkeit« sein, das einst mein Bruder war.*

Ein Gefühl der Hilflosigkeit, das an Zorn grenzte, erfüllte sie. Wie konnte sie etwas über den Prediger herausfinden, und zwar mit Gewissheit, *ohne es herauszufinden?* Sie saß in der Falle. Sie wagte es nicht, mehr als beiläufige Neugier für diesen Ketzer zu zeigen.

Irulan spürte das. Im Rat hatte sie die innere Ruhe verloren, für die die Bene Gesserit so berühmt waren, und mit schriller Stimme gesagt: »Wir haben nicht mehr die Kraft, gut von uns selbst zu denken!«

Selbst Stilgar war schockiert gewesen.

Javid hatte sie alle wieder zur Besinnung gebracht. »Wir haben keine Zeit für solchen Unsinn.«

Javid hatte recht. Welche Rolle spielte es schon, wie sie von sich selbst dachten? Es ging einzig und allein darum, an der Macht über das Imperium festzuhalten.

Doch Irulan hatte, nachdem sie ihre Fassung wiedergewonnen hatte, ein um so schärferes Urteil gefällt: »Wir haben etwas Lebenswichtiges verloren, sage ich euch. Denn als wir es verloren haben, haben wir auch die Fähigkeit verloren, gute Entscheidungen zu treffen. Jetzt stürzen wir uns auf Entscheidungen, wie wir uns auf einen Feind stürzen – oder wir warten und warten, was eine Form des Aufgebens ist, und gestatten es den Entscheidungen anderer, uns vor sich herzutreiben. Haben wir vergessen, dass wir es waren, die all das in Bewegung gesetzt haben?«

Und dabei war es nur darum gegangen, ob sie ein Geschenk des Hauses Corrino annehmen sollten.

Wir müssen uns Irulans entledigen, dachte Alia. Wieder blickte sie nach unten. *Worauf wartet der alte Mann? Er nennt sich Prediger. Warum predigt er nicht?*

Irulan irrte sich, was das Treffen von Entscheidungen anging, dachte sie dann. *Ich kann nach wie vor vernünftige Entscheidungen treffen!* Wer Entscheidungen zu treffen hatte, bei denen es um Leben und Tod ging, musste sie treffen oder in einer Pendelbewegung verharren. Paul hatte immer gesagt, dass von allen unnatürlichen Dingen der Stillstand das Gefährlichste war. Das einzig Beständige war das Fließende. Es kam nur auf die Veränderung an.

Ich werde ihnen zeigen, was Veränderung heißt!, dachte Alia.

Einige der noch auf dem Platz Anwesenden näherten sich nun dem Prediger, und Alia fiel auf, wie langsam sie sich dabei bewegten. Ja, es gab Gerüchte, dass der Prediger das Missfallen der Regentin erregt hatte. Alia beugte sich zu dem ixianischen Lautsprecher neben dem Sehschlitz vor, um das Murmeln der Menschen auf dem Platz, den Klang des Windes und das Scharren der Füße im Sand besser hören zu können.

»Ich bringe euch vier Botschaften!«, sagte der Prediger plötzlich. Seine Stimme schmetterte geradezu aus dem Lautsprecher, sodass Alia die Lautstärke wieder herunterregelte.

»Jede dieser Botschaften ist für eine bestimmte Person«, fuhr der Prediger fort. »Die erste ist für Alia, die Statthalterin dieses Ortes.« Er deutete hinter sich in Richtung des Sehschlitzes. »Ich überbringe ihr eine Warnung: Du, die du das Geheimnis der Beständigkeit in deinen Lenden trugst, hast deine Zukunft für eine leere Geldbörse verkauft.«

Wie kann er es wagen?, dachte Alia. Aber seine Worte ließen sie erstarren.

»Meine zweite Botschaft ist für Stilgar, den Fremennaib, der glaubt, dass er die Macht der Stämme auf die Macht des Imperiums übertragen kann. Meine Warnung an dich, Stilgar, lautet: Die gefährlichste aller Schöpfungen ist ein starres ethisches Regelwerk. Es wird sich gegen dich wenden und dich ins Exil treiben.«

Er geht zu weit!, dachte Alia. *Ich muss ihn von den Wachen ergreifen lassen, ganz egal, welche Folgen das hat.* Aber sie rührte sich nicht.

Der Prediger drehte sich um, stieg auf die zweite Stufe und wandte sich dann wieder dem Platz zu, wobei er seine linke Hand die ganze Zeit auf der Schulter seines Führers ruhte. Jetzt rief er: »Meine dritte Botschaft richtet sich an Prinzessin Irulan. Prinzessin, eine Demütigung ist etwas, das niemand vergessen kann. Ich warne dich, fliehe!«

Was will er damit sagen?, fragte sich Alia. *Wir haben Irulan gedemütigt, aber … warum sagt er ihr, dass sie fliehen soll? Ich habe meine Entscheidung gerade erst getroffen!* Ein ängstliches Zittern durchlief sie. Woher wusste der Prediger das?

»Meine vierte Botschaft ist für Duncan Idaho. Duncan, man hat dir beigebracht, daran zu glauben, dass man sich Loyalität mit Loyalität erkauft. Ach, Duncan, glaub nicht an so etwas, denn der

Lauf der Geschichte wird von dem angetrieben, was sich als Erinnerung ausgibt. Nimm deine Hörner, Duncan, und tu das, was du am besten kannst.«

Alia biss sich in den Handrücken. *Hörner!* Sie wollte die Hand ausstrecken und auf den Knopf drücken, mit dem sie ihre Wachen rufen konnte, doch die Hand widersetzte sich ihrem Willen.

»Und nun predige ich euch«, rief der Prediger. »Dies ist eine Wüstenpredigt. Ich richte sie an die Ohren von Muad'Dibs Priesterschaft, an jene, die die Ökumene des Schwertes praktizieren. Oh, ihr, die ihr an eine klare Bestimmung glaubt! Wisst ihr nicht, dass eine so klare Bestimmung ihre dämonische Seite hat? Verzückt ruft ihr, dass ihr euch glücklich schätzen dürft, auch nur in den gesegneten Generationen Muad'Dibs gelebt zu haben. Aber ich sage euch, dass ihr Muad'Dib aufgegeben habt. Die Heiligkeit hat in eurer Religion die Liebe ersetzt. Ihr fordert die Rache der Wüste heraus.«

Der Prediger senkte das Haupt wie zum Gebet, und ein heftiges Zittern überkam Alia. Bei den Göttern der Unterwelt! Diese Stimme! Sie war rissig geworden von den Jahren im brennenden Sand, aber es mochte sich trotzdem um das handeln, was von Pauls Stimme geblieben war.

Der Prediger hob den Kopf, und erneut donnerte seine Stimme über den Platz, auf dem sich mittlerweile mehr Menschen versammelt hatten, angelockt von dieser seltsamen Erscheinung aus der Vergangenheit. »So steht es geschrieben! Die, die am Rande der Wüste um Tau beten, werden die Flut bringen. Sie werden ihrem Schicksal nicht durch die Kräfte der Vernunft entgehen. Die Vernunft erwächst aus dem Stolz, den ein Mensch nicht in solcher Weise kennt, wenn er Böses getan hat.« Etwas leiser fuhr er fort: »Es heißt von Muad'Dib, dass er an seinen Vorahnungen gestorben ist, dass das Wissen um die Zukunft ihn getötet hat und er aus dem Universum der Wirklichkeit in das *Alam al-Mythal* übergewechselt ist. Aber ich sage euch, dass das die Illusion Mayas ist.

Solchen Gedanken kommt keine unabhängige Wirklichkeit zu. Sie können nicht losziehen und tatsächlich etwas tun. Muad'Dib sagte von sich, dass er über keine Rihani-Magie verfüge, mit der sich das Universum verschlüsseln lässt. Zweifelt nicht an ihm!« Jetzt hob der Prediger die Arme, und seine Stimme wurde zu einem schallenden Brüllen. »Ich warne die Priesterschaft Muad'Dibs! Das Feuer an der Klippe wird euch verbrennen. Diejenigen, die die Lektion der Selbsttäuschung zu gut lernen, werden an dieser Täuschung zugrunde gehen. Das Blut eines Bruders lässt sich nicht abwaschen!«

Erst als der Prediger die Arme wieder gesenkt hatte und im Begriff war, mit seinem jungen Führer den Platz zu verlassen, konnte sich Alia von der schrecklichen Starre befreien, die sie befallen hatte. Was für eine furchtlose Ketzerei! Es konnte nur Paul sein. Sie musste ihre Wachen warnen. Sie durften es nicht wagen, offen gegen diesen Mann vorzugehen. Was sie dort unten auf dem Platz gesehen hatte, bestätigte das.

Trotz der ketzerischen Worte machte niemand Anstalten, den Prediger aufzuhalten. Keine Tempelwache rannte los, um ihn einzuholen. Kein Pilger stellte sich ihm in den Weg. Dieser charismatische blinde Mann! Jeder, der ihn sah oder hörte, spürte seine Kraft.

In der Mittagshitze wurde Alia mit einem Mal kalt. Sie spürte geradezu körperlich, wie locker der Griff war, mit dem sie das Imperium zusammenhielt. Sie umklammerte den Rand des Sehschlitzes, als wollte sie so an ihrer Macht festhalten, und dachte dabei, wie zerbrechlich diese Macht doch war. Das Gleichgewicht aus Landsraad, MAFEA und den Waffen der Fremen bildete das Kernstück ihrer Macht, während Raumgilde und Bene Gesserit ihre Geschäfte in den Schatten abwickelten. Die verbotenen technologischen Neuerungen, die von den Rändern einsickerten, von dort, wo die Menschheit am weitesten ins All vorgedrungen war, nagten beständig an ihrer Macht. Produkte, die für die Fabriken der Ixianer und

Tleilaxu genehmigt waren, konnten diesen Druck nicht mindern. Und dann wartete da auch noch Farad'n aus dem Haus Corrino, Erbe der Titel und Ansprüche Shaddams IV., auf seine Gelegenheit.

Ohne die Fremen, ohne das Monopol des Hauses Atreides auf das geriatrische Gewürz, würde sie sich nicht halten können. Ihre Macht würde zerfallen. Ja, sie spürte, wie sie ihr in diesem Moment aus den Fingern glitt. Die Menschen hörten auf diesen Prediger. Es würde gefährlich sein, ihn zum Schweigen zu bringen – genauso gefährlich, wie wenn sie ihn weiter Sätze wie jene predigen ließ, die er gerade eben über den Tempelplatz gerufen hatte. Alia sah die ersten Vorzeichen ihres Sturzes, und das Muster des Problems stand ihr klar vor Augen. Die Bene Gesserit hatten es in diese Worte gefasst:

»Es ist im Universum sehr oft der Fall, dass eine große Bevölkerung durch eine kleine, aber starke Macht unter Kontrolle gehalten wird. Und wir kennen die Hauptbedingungen, unter denen sich eine solche große Bevölkerung gegen ihre Schutzherren wenden kann. Erstens: Wenn sie einen Anführer findet. Das ist die unberechenbarste Bedrohung für die Mächtigen. Man muss alle infrage kommenden Anführer in Schach halten. Zweitens: Wenn die Bevölkerung erkennt, dass sie in Ketten liegt. Man muss die Menschen blind halten und dafür sorgen, dass sie ihre Situation nicht infrage stellen. Drittens: Wenn die Menschen die Hoffnung hegen, ihren Fesseln zu entkommen. Sie dürfen nie auch nur wähnen, dass ein Entkommen möglich ist.«

Alia schüttelte den Kopf und spürte, wie die Bewegung ihre Wangen erzittern ließ. Die Anzeichen waren hier überall zu erkennen. Jeder Bericht, den sie von ihren Spionen im Imperium erhielt, bestätigte sie in dieser Gewissheit. Der endlose Krieg des Fremendschihads hinterließ seine Spuren. Wo immer die »Ökumene des Schwertes« in Erscheinung getreten war, verharrten die Menschen in der Haltung von Unterworfenen: defensiv, heimlichtuerisch, ausweichend. Alle Manifestationen von Herrschaft – womit im Kern *religiöse* Herrschaft gemeint war – wurden Gegenstand der Ablehnung. Oh natürlich, die Pilger kamen immer noch zu Millionen, und manche von ihnen waren fromm ergeben. Doch den meisten Pilgerfahrten lagen andere Motive zugrunde als Frömmigkeit. Den meisten ging es darum, sich für die Zukunft abzusichern. Man betonte seinen Gehorsam und erhielt dabei eine ganz reale Form von Macht, die sich in Reichtum übertragen ließ. Die Hadschis, die von Arrakis zurückkehrten, verfügten zu Hause über neue Autorität, nahmen eine neue gesellschaftliche Stellung ein. Sie konnten gewinnträchtige wirtschaftliche Entscheidungen treffen, die die planetengebundenen Bewohner ihrer Heimat nicht infrage stellen durften.

Alia kannte die beliebte Rätselfrage: »Was sieht man in dem leeren Geldbeutel, den jemand von Arrakis mitgebracht hat?« Die Antwort: »Die Augen Muad'Dibs (Feuerdiamanten).«

Jetzt zogen die gebräuchlichen Methoden zur Bekämpfung wachsenden Unmuts vor Alias innerem Auge vorbei: Man musste den Menschen beibringen, dass Zuwiderhandeln stets bestraft und die Zusammenarbeit mit den Herrschenden stets belohnt wurden. Die Streitkräfte des Imperiums mussten immer wieder nach dem Zufallsprinzip verlegt werden. Wichtige Teile des imperialen Machtapparats mussten im Verborgenen gehalten werden. Jede Bewegung, mit der die Regentschaft potenziellen Angriffen begegnete, musste zeitlich genau abgestimmt werden, um die Gegenseite immer wieder aus dem Gleichgewicht zu bringen.

Habe ich mein Gefühl für den richtigen Zeitpunkt verloren?, fragte sie sich.

»Was soll diese müßige Spekulation?«, sagte eine Stimme in ihrem Inneren.

Alia spürte, wie sie ruhiger wurde. Ja, der Plan des Barons war gut. *Wir eliminieren die Bedrohung durch Lady Jessica, und im gleichen Zug diskreditieren wir das Haus Corrino. Ja.*

Um den Prediger konnte sie sich später kümmern. Sie verstand sein Gebaren. Die Symbolik war klar. Er war der alte Geist der Ketzerei, der in der Wüste der Orthodoxie lebte und arbeitete. Das war seine Stärke. Es spielte keine Rolle, ob er Paul war – solange er den Zweifel daran aufrechterhalten konnte. Doch ihr Bene-Gesserit-Wissen sagte Alia, dass seine Stärke den Schlüssel zu seiner Schwäche enthielt.

Der Prediger hat einen Schwachpunkt, den wir finden werden. Ich lasse ihn ausspionieren, ihn jede Minute beobachten. Und wenn sich die Gelegenheit ergibt, dann zerstören wir seine Glaubwürdigkeit.

Ich will nicht der Behauptung der Fremen widersprechen, dass sie der göttlichen Inspiration folgen, eine religiöse Offenbarung zu übermitteln. Es ist der damit verbundene Anspruch auf eine ideologische Offenbarung, der mich dazu reizt, meinen Hohn über ihnen auszuschütten. Natürlich stellen sie diese doppelte Behauptung in der Hoffnung auf, dass sie ihr Mandarinat stärken und ihnen dabei helfen wird, in einem Universum zu überleben, das sie mehr und mehr als Unterdrücker empfindet. Ich warne die Fremen im Namen all dieser unterdrückten Menschen: Auf lange Sicht versagen kurzfristige Lösungen immer.

– Der Prediger in Arrakeen

In der Nacht war Leto mit Stilgar auf den schmalen Sims am Grat des niedrigen Felsvorsprungs gestiegen, den man in Sietch Tabr den Diener nannte. Im Licht des abnehmenden zweiten Mondes bot ihnen der Sims eine beeindruckende Aussicht: der Schildwall mit dem Berg Idaho im Norden, die Große Ebene im Süden und die wogenden Dünen, die bis zum Habbanya-Grat reichten, im Osten. Der wirbelnde Staub eines sich abschwächenden Sturms verbarg den südlichen Horizont. Mondlicht bestäubte den Rand des Schildwalls.

Stilgar hatte erst nicht hierherkommen wollen, aber schließlich hatte er sich der geheimen Unternehmung angeschlossen, weil Leto seine Neugier geweckt hatte. Warum war es nötig, in der Nacht den Weg über den Sand zu riskieren? Der Junge hatte damit gedroht, sich alleine fortzuschleichen, wenn sich Stilgar weigerte.

Es machte dem Fremennaib allerdings schwer zu schaffen, wie das Ganze lief. Zwei so wichtige Ziele allein in der Nacht!

Das Gesicht der südlichen Ebene zugewandt, kauerte sich Leto auf den Sims und trommelte in unregelmäßigen Abständen wie in hilfloser Wut auf sein Knie.

Stilgar wartete. Er war gut darin, schweigend zu warten, und nun stand er mit verschränkten Armen zwei Schritte neben seinem Schutzbefohlenen. Sein Kapuzenmantel flatterte leicht in der nächtlichen Brise.

Für Leto war die Überquerung des offenen Sands eine Reaktion auf seine innere Verzweiflung. Sie stand für das Bedürfnis, eine neue Ausrichtung für sein Leben zu finden, diesen stillen Konflikt, den Ghanima nicht mehr riskieren konnte. Er hatte Stilgar dazu gebracht, an dem Ausflug teilzunehmen, weil es Dinge gab, die der Fremennaib zur Vorbereitung auf die kommenden Tage erfahren musste.

Einmal mehr schlug sich Leto auf das Knie. Es war schwer, einen festen Punkt auszumachen. Er fühlte sich zuweilen wie eine Verlängerung der zahllosen anderen Leben, die alle ebenso wirklich und unmittelbar waren wie sein eigenes, und im Fluss dieser Leben gab es kein Ende, keine erreichten Ziele – nur ewiges Beginnen. Sie konnten auch zu einem wilden Haufen werden, der auf ihn, das Fenster, durch das sie alle hindurchspähen wollten, einbrüllte. Darin lag die Gefahr, der Alia zum Opfer gefallen war.

Leto starrte auf das Mondlicht, das die Hinterlassenschaften des Sturms versilberte. Ineinander gefaltete Dünen erstreckten sich auf der Ebene. Quarzstaub, vom Wind verteilt und zu Wellen aufgehäuft – Erbsensand, Staubsand, Kiesel. Er fühlte sich gefangen in einem dieser Momente des Wartens unmittelbar vor Morgengrauen. Die Zeit trieb ihn vor sich her. Es war bereits der Monat Akkad, und hinter Leto lag das letzte Stück einer unbestimmbaren Wartezeit: lange, heiße Tage und trockene Winde, Nächte wie diese, geplagt von Böen und endlosem Wind aus dem Hochofen der

Falkenbled. Er blickte über die Schulter zum Schildwall, eine unterbrochene Linie im Sternenlicht. Jenseits dieser Linie, im nördlichen Sink, lag der Fokus seiner Probleme.

Er wandte sich wieder der Wüste zu, und während er in die heiße Dunkelheit starrte, brach der Tag an. Die Sonne erhob sich aus Vorhängen von Staub und verlieh den roten Schlieren des Sturms eine gelbliche Note. Leto schloss die Augen und stellte sich vor, wie dieser Tag wohl aus Arrakeen'scher Perspektive aussehen würde. Die Stadt war wie eine Ansammlung von Kästen, eingeklemmt zwischen dem Licht und den neuen Schatten. Wüste ... Kästen ... Wüste ... Kästen ...

Als er die Augen wieder öffnete, war nur noch die Wüste da: eine gelbfarbene Weite windgepeitschten Sandes. Ölige Schatten streckten sich am Fuß jeder einzelnen Düne wie Überreste der gerade vergangenen Nacht. Sie verbanden eine Zeit mit der anderen. Leto dachte an die Nacht, daran, wie er hier mit dem ruhelosen Stilgar an seiner Seite kauerte und der Ältere sich wegen der unklaren Gründe für ihre Anwesenheit hier Sorgen machte. Bestimmt hatte Stilgar viele Erinnerungen daran, wie er hier mit Muad'Dib entlanggekommen war. Sein geliebter Muad'Dib. Auch jetzt bewegte sich Stilgar unaufhörlich, sah sich um, hielt wachsam nach Gefahren Ausschau. Stilgar war nicht gerne bei Tageslicht draußen. In dieser Hinsicht war er ganz der alte Fremen.

Nur widerwillig ließen Letos Gedanken die Nacht und die Anstrengung der Sandüberquerung hinter sich. Als sie zu den Felsen gelangt waren, hatte die Nacht ihr Gewand der schwarzen Stille angelegt. Er verstand Stilgars Angst vor dem Tageslicht. Das Schwarz war eine Einheit, selbst wenn es große Schrecken enthielt. Licht konnte vieles sein. Zur Nacht gehörten die Gerüche der Angst und all das, was sich mit schlängelnden Geräuschen näherte. In der Nacht trennten sich die Dimensionen voneinander, und alles wurde verstärkt: Dornen wurden spitzer, Klingen schnitten tiefer. Doch die Schrecken des Tages konnten viel schlimmer sein.

Stilgar räusperte sich.

Ohne sich umzudrehen, sagte Leto: »Ich habe ein sehr ernstes Problem, Stil.«

»Das habe ich schon vermutet.« Die Stimme neben Leto klang argwöhnisch. Das Kind hatte verstörend nach dem Vater geklungen – Ausweis einer verbotenen Magie, die in Stilgar Ekel auslöste. Die Fremen kannten die Schrecken der *Besessenheit*. Diejenigen, die man für besessen befand, wurden Recht und Gesetz entsprechend getötet, und ihr Wasser wurde in den Sand geschüttet, damit es die Stammeszisterne nicht vergiftete. Die Toten sollten tot bleiben. Es war richtig, in seinen Kindern die Unsterblichkeit zu suchen, aber Kinder hatten kein Recht darauf, die exakte Form der Vergangenheit anzunehmen.

»Mein Problem ist, dass mein Vater so vieles unvollendet gelassen hat«, sagte Leto. »Vor allem die Ausrichtung unseres Lebens. Das Imperium kann nicht so weitermachen, Stil, ohne eine vernünftige Ausrichtung für das menschliche Leben. Ich spreche vom Leben, verstehst du? Leben, nicht Tod.«

»Dein Vater hat einmal Ähnliches zu mir gesagt, als ihn eine Vision plagte.«

Leto war versucht, die Angst, die neben ihm zu spüren war, mit irgendeiner Beiläufigkeit zu zerstreuen, vielleicht mit dem Vorschlag, zu frühstücken. Er stellte fest, dass er sehr hungrig war. Sie hatten am Vortag zu Mittag gegessen, und Leto hatte darauf bestanden, die Nacht über zu fasten. Doch nun nagte ein anderer Hunger an ihm.

Das Problem mit meinem Leben ist das Problem dieses Orts, dachte er. *Es gibt keine vorgängige Schöpfung. Ich reiche zurück und zurück und zurück, bis die Entfernungen verblassen. Ich kann den Horizont nicht sehen. Ich kann den Habbanya-Grat nicht sehen. Ich kann den ursprünglichen Ort der Prüfung nicht finden.*

Er sah Stilgar an. »Es gibt keinen Ersatz für die Hellsicht. Vielleicht sollte ich es doch mit dem Gewürz riskieren …«

»Und vernichtet werden, genau wie dein Vater?«

Leto nickte. »Ein Dilemma.«

»Dein Vater hat mir einmal anvertraut, dass man, wenn man die Zukunft zu gut kennt, auf sie festgelegt ist und keinerlei Freiheit mehr hat, sie zu verändern.«

»Dieses Paradoxon ist unser Problem. Die Hellsicht ist etwas ebenso Vertracktes wie Mächtiges. Die Zukunft wird zum Jetzt. Der Sehende im Land der Blinden zu sein, bringt seine eigenen Gefahren mit sich. Wenn man versucht, das, was man sieht, für die Blinden zu deuten, vergisst man dabei leicht, dass den Blinden ein Bewegungsmoment innewohnt. Sie sind wie eine monströse Maschine, die ihrem eigenen Weg folgt. Sie haben ihren eigenen Antrieb, ihre eigenen Fixierungen. Ich fürchte die Blinden, Stil, ich fürchte sie. Sie können so leicht alles in ihrer Bahn niederwalzen.«

Stilgar blickte auf die Wüste. Die gelbe Dämmerung hatte sich in einen stahlblauen Tag verwandelt. »Warum sind wir hierhergekommen?«

»Weil ich wollte, dass du den Ort siehst, an dem ich vielleicht sterbe.«

Stilgar zuckte innerlich zusammen. »Dann *hattest* du also eine Vision.«

»Vielleicht war es nur ein Traum.«

»Warum suchen wir einen so gefährlichen Ort auf?« Der Fremen starrte seinen Schutzbefohlenen finster an. »Wir kehren unverzüglich zurück.«

»Heute sterbe ich nicht, Stil.«

»Nein? Was war das für eine Vision?«

»Ich habe drei Wege gesehen.« Letos Stimme hatte den schläfrigen Klang eines Menschen, der sich in Erinnerungen verlor. »Eine dieser Zukünfte erfordert es, dass ich unsere Großmutter töte.«

Stilgar warf einen kurzen Blick zurück zum Sietch Tabr, als fürchtete er, Lady Jessica könnte sie über den Sand hinweg hören. »Warum?«

»Damit wir nicht das Gewürzmonopol verlieren.«

»Das verstehe ich nicht.«

»Ich auch nicht. Aber das ist der Gedanke, den ich im Traum denke, wenn ich mit dem Messer zustoße.«

»Oh.« Stilgar verstand sich auf den Einsatz von Messern. Er holte tief Luft. »Was ist der zweite Weg?«

»Ghani und ich heiraten, um die Blutlinie der Atreides abzuschirmen.«

»Aah!« Mit einem heftigen Schnauben brachte Stilgar seine Abscheu zum Ausdruck.

»In uralten Zeiten war das für Könige und Königinnen nichts Ungewöhnliches. Ghani und ich haben beschlossen, uns nicht miteinander fortzupflanzen.«

»Ich warne dich, bleib lieber bei dieser Entscheidung«, sagte Stilgar mit düsterer Stimme. Nach dem Gesetz der Fremen wurde Inzest mit dem Tod am Dreibein bestraft. Er räusperte sich. »Und der dritte Weg?«

»Ich werde dazu berufen, meinen Vater auf eine menschliche Größe zurechtzustutzen.«

»Muad'Dib war mein Freund.«

»Er war dein Gott. Ich muss ihn entgöttlichen.«

Stilgar wandte sich von der Wüste ab und blickte auf die Oase seines geliebten Sietch Tabr hinunter. Solche Gespräche verstörten ihn.

Leto spürte den verschwitzten Geruch von Stilgars Bewegung. Die Versuchung, die Worte, die hier gesprochen werden mussten, für sich zu behalten, war groß. Sie konnten den halben Tag so dahinreden und dabei vom Bestimmten zum Allgemeinen kommen, als zöge sie etwas von den tatsächlichen Entscheidungen fort, von den unmittelbaren Notwendigkeiten, denen sie sich gegenübersahen. Denn es bestand kein Zweifel daran, dass das Haus Corrino eine reale Bedrohung für ihr Leben darstellte – für seines und für Ghanis. Aber alles, was er nun tat, musste gegen die geheimen

Notwendigkeiten abgewogen werden. Stilgar hatte bereits einmal dafür gestimmt, Farad'n ermorden zu lassen, und den Einsatz von Chaumurky empfohlen, ein Gift, das in einem Getränk verabreicht wurde. Es war bekannt, dass Farad'n eine Vorliebe für süße Liköre hatte. Doch das konnte nicht gestattet werden.

»Wenn ich hier sterbe, Stil, dann musst du dich vor Alia in Acht nehmen. Sie ist nicht mehr deine Freundin.«

»Was soll dieses Gerede vom Tod und von deiner Tante?« Nun war Stilgar wirklich wütend. *Lady Jessica töten! Sich vor Alia in Acht nehmen! An diesem Ort sterben!*

»Kleine Männer wechseln auf Alias Befehl hin das Gesicht. Ein Herrscher muss kein Prophet sein, Stil. Nicht einmal gottgleich. Ein Herrscher muss nur aufmerksam sein. Ich habe dich hierhergebracht, um dir zu verdeutlichen, was das Imperium braucht. Es braucht eine gute Regierung. Und die hängt nicht von Gesetzen oder Präzedenzfällen ab, sondern von den persönlichen Qualitäten der Herrschenden, um wen auch immer es sich dabei handelt.«

»Die Regentin erledigt ihre Aufgaben für das Imperium recht gut. Wenn du erst einmal erwachsen bist …«

»Ich *bin* erwachsen! Ich bin der Älteste hier. Du bist ein winselnder Säugling verglichen mit mir. Ich kann mich an Zeiten erinnern, die über fünfzig Jahrhunderte zurückliegen. Ha! Ich erinnere mich sogar daran, wie wir Fremen noch auf Thurgrod waren.«

»Warum spielst du mit solchen Fantasiegespinsten herum?«

Leto nickte. Ja, warum? Warum sollte er von seinen Erinnerungen an diese vergangenen Jahrhunderte erzählen? Sein Problem waren die Fremen von heute, die meisten davon nur halb gezähmte Wilde, die über glücklose Unschuld lachten. »Das Krismesser löst sich beim Tod seines Besitzers auf. Das von Muad'Dib hat sich aufgelöst. Warum leben die Fremen noch?«

Es war einer dieser plötzlichen Gedankensprünge, die Stilgar immer ratlos zurückließen. Letos Worte vermittelten durchaus einen Sinn, doch die Absicht, die sich hinter ihnen verbarg, entzog sich ihm.

Leto warf Stilgar über die Schulter einen Blick zu. »Man erwartet von mir, der Imperator zu sein, aber ich muss dienen. Mein Großvater, nach dem man mich benannt hat, hat seinem Wappen neue Worte hinzugefügt, als er nach Arrakis kam: ›Hier bin ich. Hier bleibe ich.‹«

»Er hatte keine Wahl.«

»Ganz genau, Stil. Und ich habe auch keine. Ich sollte von Geburt wegen Imperator sein, nach allem, was ich weiß, nach allem, was sich in mir versammelt hat. Ich weiß sogar, was das Imperium braucht – eine gute Regierung.«

»Das Wort Naib hat eine alte Bedeutung. Sie lautet: Diener des Sietch.«

»Ich erinnere mich an deine Ausbildung, Stil. Für eine vernünftige Regierung muss der Stamm die Möglichkeit haben, Männer zu wählen, deren Leben die für eine Regierung wünschenswerten Verhaltensweisen widerspiegeln.«

Aus den Tiefen seiner Fremenseele erwiderte Stilgar: »Du wirst die Robe des Imperators überstreifen, wenn es an der Zeit dafür ist. Erst musst du beweisen, dass du in der Lage bist, dich wie ein Herrscher zu verhalten.«

Leto lächelte. »Zweifelst du an meiner Aufrichtigkeit, Stil?«

»Natürlich nicht.«

»An meinem Geburtsrecht?«

»Du bist, wer du bist.«

»Und wenn ich tue, was man von mir erwartet, dann ist das das Maß meiner Aufrichtigkeit, nicht wahr?«

»So halten es die Fremen.«

»Dann kann ich mein Verhalten nicht von inneren Gefühlen lenken lassen?«

»Ich verstehe nicht, was …«

»Wenn ich mich immer gemäß den Regeln verhalte, egal, was es mich kostet, meine eigenen Wünsche zu unterdrücken, dann wird man mich daran messen.«

»Das ist die Essenz der Selbstkontrolle, Junge.«

»Junge!« Leto schüttelte den Kopf. »Ach, Stilgar, du gibst mir den Schlüssel zu einer rationalen Ethik des Regierens. Ich muss auf Konstanz achten, und jede meiner Handlungen muss in den Bräuchen der Vergangenheit verwurzelt sein.«

»So ist es angemessen.«

»Aber meine Vergangenheit reicht tiefer als deine.«

»Welchen Unterschied ...«

»Für mich gibt es keine erste Person Singular, Stil. Ich bin eine Vielheit von Personen mit Erinnerungen an Bräuche, die weit älter sind, als du es dir vorstellen kannst. Das ist meine Bürde. Ich werde von der Vergangenheit gelenkt. Ich bin randvoll mit Wissen, das sich dem Neuen und der Veränderung widersetzt. Und doch hat Muad'Dib all dies verändert.« Leto deutete auf die Wüste und dann auf den Schildwall hinter ihnen.

Stilgar sah zum Schildwall. In den Zeiten nach Muad'Dib war ein Dorf unterhalb der Mauer entstanden, Häuser für die Planetologen, die bei der Ausbringung von pflanzlichem Leben in der Wüste halfen. Veränderung? Ja. Das Dorf hatte eine Gesinnung, eine Wahrhaftigkeit, die Stilgar beleidigte. Schweigend stand er da und achtete nicht auf die Staubpartikel, die in seinen Destillanzug eingedrungen waren und ihn juckten. Dieses Dorf war eine Missachtung dessen, was der Planet einst gewesen war, und plötzlich wünschte sich Stilgar, dass ein Windwirbel über die Dünen sprang und die Häuser zerstörte. Das Gefühl ließ ihn zitternd zurück.

Leto lächelte wieder. Dann sagte er: »Stil, ist dir aufgefallen, dass die neuen Destillanzüge schlampig gefertigt sind? Wir verlieren zu viel Wasser.«

Stilgar hielt sich gerade noch zurück. Er erwiderte nicht: *Habe ich das nicht gesagt?* Sondern: »Unser Volk wird zunehmend von den Pillen abhängig.«

Leto nickte. Die Pillen veränderten die Körpertemperatur und verringerten den Wasserverlust. Sie waren billiger und einfacher zu verwenden als Destillanzüge. Aber sie schufen neue Probleme. Unter anderem verlangsamten sie die Reaktionszeit und führten zu verschwommener Sicht.

»Sind wir deshalb hier draußen?«, fragte Stilgar. »Um über die Qualität von Destillanzügen zu sprechen?«

»Warum nicht? Da du dich dem, worüber ich reden muss, nicht stellen willst …«

»Warum sollte ich mich vor deiner Tante in Acht nehmen?« Die Wut verlieh Stilgars Stimme einen scharfen Klang.

»Weil sie mit dem alten Bedürfnis der Fremen spielt, sich Veränderungen zu widersetzen, und doch furchtbarere Veränderungen bringen würde, als du es dir vorstellen kannst.«

»Du machst eine so große Sache aus einer Kleinigkeit. Alia ist eine wahre Fremen.«

»Ah, dann hält sich ein wahrer Fremen also an die Bräuche der Vergangenheit – und meine Vergangenheit geht bis in uralte Zeiten zurück. Stil, wenn ich dieser Neigung nachgeben würde, müsste ich eine geschlossene Gesellschaft verlangen, die einzig und allein auf die heiligen Bräuche der Vergangenheit baut. Ich würde alle Wanderungsbewegungen kontrollieren, mit der Erklärung, dass sie neue Ideen bringen und neue Ideen eine Bedrohung für unsere Lebensweise darstellen. Jede planetare Polis würde ihrer eigenen Wege gehen, und schließlich würde das Imperium unter dem Gewicht seiner Unterschiede zerbrechen.«

Stilgar schluckte mit trockener Kehle. Das waren Worte, die von Muad'Dib hätten stammen können. Sie waren paradox, Furcht einflößend. Aber wenn man auch nur die geringste Veränderung zuließ … Er schüttelte den Kopf.

»Die Vergangenheit zeigt vielleicht, wie man sich zu verhalten hat, wenn man in der Vergangenheit lebt, Stil, aber die Umstände ändern sich.«

Stilgar konnte Leto darin nur beipflichten. Die Umstände änderten sich. Wie musste man sich dann verhalten? Er blickte an Leto vorbei, sah die Wüste und sah sie doch nicht. Muad'Dib war dort gewandelt. Während die Sonne höher stieg, wurde die Ebene zu einem Ort goldener und violetter Schatten und von Staubkämmen gekrönter Sandströme. Der Staubnebel, der normalerweise über dem Habbanya-Grat hing, war nun in weiter Ferne sichtbar, und die Wüste dazwischen zeigte sich als Aneinanderreihung kleiner werdender Dünen, die ineinander übergingen. Durch den dunstigen Hitzeschimmer sah Stilgar die Pflanzen, die sich am Rande der Wüste vortasteten. Durch Muad'Dib war in dieser Ödnis Leben gesprossen. Kupfer und Gold, rote Blumen, gelbe Blumen, Rosttöne, graugrüne Blätter, Dornen und scharfkantiges Dunkel unter den Büschen. Die aufsteigende Tageshitze ließ Luft und Schatten flimmern. Nach einer Weile sagte er: »Ich bin nur ein Fremenanführer. Du bist der Sohn eines Herzogs.«

Leto seufzte. »Ohne zu wissen, was du gesagt hast, hast du es doch gesagt.«

Stilgar verzog das Gesicht. Einmal, vor langer Zeit, hatte Muad'Dib ihn in ähnlicher Weise getadelt.

»Du erinnerst dich, nicht wahr, Stil? Wir standen am Habbanya-Grat, und der Sardaukar-Hauptmann – erinnerst du dich auch an ihn? Aramsham? Er hat seine Freunde getötet, um sich selbst zu retten. Und du hast an jenem Tag mehrere Male davor gewarnt, Sardaukar am Leben zu lassen, die unsere geheimen Pfade gesehen hatten. Am Ende hast du gesagt, dass sie mit Sicherheit von dem Gesehenen erzählen würden, dass man sie also töten musste. Und mein Vater erwiderte: ›Ohne zu wissen, was du gesagt hast, hast du es doch gesagt.‹ Das hat dich verletzt. Du hast ihm gesagt, dass du nur ein einfacher Fremenanführer bist. Herzöge müssen Wichtigeres wissen.«

Stilgar sah an Leto an. *Wir standen am Habbanya-Grat! Wir!* Dieses … dieses Kind, das an jenem Tag noch nicht einmal gezeugt worden war, wusste bis in die kleinste Einzelheit, was dort geschehen war, so genau, wie es nur jemand wissen konnte, der dabei gewesen ist. Ein weiterer Beweis dafür, dass man die Atreides-Kinder nicht nach gewöhnlichen Maßstäben beurteilen konnte.

»Und jetzt hör mir zu, Stil«, fuhr Leto fort. »Wenn ich sterbe oder in der Wüste verschwinde, dann fliehst du aus Sietch Tabr. Das befehle ich dir. Du wirst Ghani und …«

»Noch bist du nicht mein Herzog! Du bist ein Kind!«

»Ich bin ein Erwachsener im Leib eines Kindes.« Leto deutete auf eine schmale Spalte in den Felsen unter ihnen. »Wenn ich hier sterbe, wird es dort unten sein. Du wirst das Blut sehen. Dann wirst du es wissen. Nimm meine Schwester und …«

»Ich verdopple deine Wachen! Du wirst nicht noch einmal hierherkommen. Wir gehen auf der Stelle, und du …«

»Du kannst mich nicht halten, Stil. Denk noch einmal an jene Zeit am Habbanya-Grat. Erinnerst du dich? Eine Fabrikraupe war draußen auf dem Sand, und ein großer Bringer war unterwegs. Es gab keine Möglichkeit, die Raupe vor dem Wurm zu retten, und mein Vater war darüber verärgert. Aber Gurney dachte nur an die Männer, die er im Sand verloren hatte. Denk daran, was er gesagt hat: ›Dein Vater hätte sich mehr Sorgen um die Männer gemacht, die er nicht retten konnte.‹ Stil, ich gebe dir hiermit den Auftrag, Menschen zu retten. Sie sind wichtiger als Dinge. Und Ghani ist die Teuerste von allen, denn ohne mich ist sie die einzige Hoffnung für die Atreides.«

»Ich höre mir das nicht länger an.« Stilgar wandte sich ab und begann, die Felsen hinabzusteigen, um zur Oase zurückzukehren. Er hörte, wie Leto ihm folgte.

Nach einer Weile überholte Leto den Fremen, warf einen Blick zurück und sagte: »Stil, ist dir aufgefallen, wie schön die jungen Frauen dieses Jahr sind?«

Das Leben eines einzelnen Menschen besteht ebenso wie das Leben einer Familie oder eines gesamten Volkes als Erinnerung fort. Mein Volk muss das als Teil des Erwachsenwerdens betrachten. Sie sind Menschen als Organismus, *und durch diese fortdauernde Erinnerung bewahren sie immer mehr Erfahrungen in einem unterbewussten Reservoir. Die Menschheit muss hoffen, auf dieses Material zurückgreifen zu können, wenn es in einem sich wandelnden Universum benötigt wird. Aber viel von dem Bewahrten kann in jenem Spiel aus Zufällen verlorengehen, das wir als »Schicksal« bezeichnen. Viel davon fließt vielleicht nicht in evolutionäre Beziehungen ein und kann daher auch nicht ausgewertet und durch die Veränderungen der Umwelt, die den Leib bedrängen, in Aktivität umgewandelt werden. Die* Spezies *kann vergessen! Das ist der besondere Wert des Kwisatz Haderach, von dem die Bene Gesserit nie etwas ahnten: Der Kwisatz Haderach kann nicht vergessen.*

– Das Buch Leto, nach Harq al-Ada

Stilgar konnte es sich nicht erklären, aber er empfand Letos beiläufige Bemerkung als zutiefst verstörend. Auf dem ganzen Weg den Sand zurück bis nach Sietch Tabr arbeitete sie in ihm und verdrängte alles andere, was Leto dort draußen auf dem Fels zu ihm gesagt hatte.

Tatsächlich waren die jungen Frauen von Arrakis in diesem Jahr besonders schön. Und auch die jungen Männer. Ihre Gesichter leuchteten vor Wasserreichtum. Ihre Augen sahen nach draußen und in die Ferne. Oft zeigten sie sich, ohne auch nur der Form halber Destillmasken oder die sich an den Wangen herabschlängelnden Auffangschläuche zu tragen. Ja, oft trugen sie nicht einmal im Freien Destillanzüge, sondern bevorzugten die neuartigen Kleidungsstücke, die immer wieder Blicke auf die geschmeidigen jungen Körper, die sich unter ihnen verbargen, erhaschen ließen.

Diese menschliche Schönheit zeichnete sich vor der neugewonnenen Schönheit der Landschaft ab. Durch den Kontrast mit dem alten Arrakis geriet das Auge zuweilen in den Bann eines kleinen Büschels grüner Zweige, der inmitten rotbrauner Felsen wuchs. Und die alten unterirdischen Sietchs mit ihren ausgefeilten Versiegelungen und Feuchtigkeitsfallen an jedem Eingang wichen nach und nach Dörfern unter freiem Himmel, die oft aus Lehmziegeln errichtet waren. Lehmziegel!

Warum habe ich mir gewünscht, das Dorf zerstört zu sehen?, fragte sich Stilgar und stolperte beim Gehen.

Ihm war bewusst, dass er selbst zu einer aussterbenden Art gehörte. Die alten Fremen konnten über die Üppigkeit ihres Planeten nur staunen – Wasser, das an die Luft verschwendet wurde, einfach nur, um damit Ziegel zu formen. Das Wasser für ein einziges Einfamilienhaus hätte einen ganzen Sietch ein Jahr lang am Leben erhalten können. Die neuen Gebäude hatten sogar durchsichtige Fenster, um die Sonne hereinzulassen und die Körper der Menschen darin auszutrocknen. Diese Fenster öffneten sich nach außen!

Von ihren Lehmhäusern aus konnten die neuen Fremen die Landschaft betrachten. Sie mussten sich nicht mehr in einem geschlossenen Sietch zusammenkauern. Und wo dieser neue Blick hinging, folgte ihm die Vorstellungskraft. Stilgar spürte es. Der neue Blick verband die Fremen mit dem Rest des Imperiums, konditionierte sie auf unbegrenzte Räume. Einst waren sie den bitteren Notwendigkeiten des wasserarmen Arrakis unterworfen gewesen, ihnen hatte jene Aufgeschlossenheit gefehlt, auf die die Bewohner der meisten anderen Planeten des Imperiums konditioniert waren.

Stilgar erkannte, dass die Veränderungen im Gegensatz zu seinen eigenen Zweifeln und Ängsten standen. In den alten Zeiten hatte es kaum Fremen gegeben, die es auch nur in Erwägung gezogen hätten, Arrakis zu verlassen, um auf einer wasserreichen Welt ein neues Leben zu beginnen. Man hatte ihnen nicht einmal gestattet, von einem Entkommen zu *träumen*.

Er betrachtete Leto, der vor ihm herlief. Der Junge hatte von Verboten gegen eine massenhafte Wanderungsbewegung weg von Arrakis gesprochen. Nun, für die meisten Außenweltler war so etwas ohnehin immer eine Realität gewesen, selbst dort, wo man den Traum vom Fortgehen als Sicherheitsventil gestattet hatte. Doch hier auf Arrakis hatte das Ausgeliefertsein an einen Planeten seinen Höhepunkt erreicht. Die Fremen hatten sich nach innen gewandt, hatten ihren Geist ebenso verbarrikadiert wie ihre Höhlenstädte.

Schon die Bedeutung des Wortes Sietch – Zuflucht in Zeiten der Not – war hier pervertiert worden. Es war zu einem monströsen Gefängnis für eine ganze Bevölkerung geworden.

Leto sagte die Wahrheit: Muad'Dib hatte all das verändert.

Stilgar fühlte sich verloren. Alles, woran er einmal geglaubt hatte, schien in sich zusammenzustürzen. Die neue Sicht nach draußen brachte Leben hervor, das sich von seinen Beschränkungen befreien wollte.

»Wie schön die jungen Frauen dieses Jahr sind.«

Die alten Bräuche – *Meine Bräuche!*, dachte Stilgar – hatten es den Fremen nicht gestattet, sich für den Lauf der Geschichte zu interessieren, abgesehen von dem nach innen gerichteten Blick auf ihrem Leidensweg. Die Fremen hatten die Geschichte ihrer Wanderungen gelesen, ihrer Flucht vor einer Verfolgung nach der anderen. Und die Planetenregierung hatte sich an die offizielle Politik des alten Imperiums gehalten, hatte Kreativität und jeden Gedanken an Fortschritt, an Evolution, unterdrückt. Wohlstand war für das alte Imperium gefährlich gewesen, vor allem für diejenigen, die die Macht in den Händen gehalten hatten.

Mit einem plötzlichen Schock wurde Stilgar bewusst, dass all das ebenso gefährlich für den Kurs war, den Alia einschlug. Einmal mehr stolperte er und fiel hinter Leto zurück.

Für die alten Bräuche und Religionen hatte es keine Zukunft gegeben, nur ein endloses Jetzt. Vor Muad'Dib waren die Fremen darauf konditioniert gewesen, an das Scheitern zu glauben, nie an den Erfolg. Nun, sie hatten Liet-Kynes geglaubt, aber der Planetologe hatte einen Zeitmaßstab von vierzig Generationen angesetzt. Das hatte nichts mit Erfolg zu tun gehabt – das war ein Traum gewesen, der sich ebenfalls nach innen gekehrt hatte.

Muad'Dib hat das verändert!

Im Laufe des Dschihad hatten die Fremen viel über den alten Padischah-Imperator Shaddam IV. erfahren. Der einundachtzigste Padischah des Hauses Corrino, der als Herrscher über dieses Imperium ungezählter Welten auf dem Goldenen Löwenthron gesessen hatte, hatte Arrakis als Versuchslabor für die politischen Maßnahmen verwendet, die er später im Rest des Imperiums hatte umsetzen wollen. Seine Statthalter auf Arrakis hatten einen hartnäckigen Pessimismus kultiviert, um ihre Machtbasis auszubauen. Sie hatten dafür gesorgt, dass sich alle Bewohner von Arrakis, sogar die frei umherziehenden Fremen, mit unzähligen Ungerechtigkeiten und unlösbaren Problemen abgefunden hatten. Man hatte ihnen beigebracht, sich als hilfloses Volk zu betrachten, für das es keine Hoffnung gab.

»Wie schön die jungen Frauen dieses Jahr sind!«

Während er Leto nachsah, fragte sich Stilgar, wie der Junge diese Gedanken bei ihm in Gang gesetzt hatte – und das durch eine simple Aussage. Wegen dieser Aussage betrachtete er Alia und seine eigene Rolle im Rat nun in einem ganz anderen Licht.

Alia sagte immer, dass alte Bräuche nur langsam Boden preisgaben, und Stilgar hatte diesen Satz schon immer als irgendwie beruhigend empfunden. Wandel war gefährlich. Neue Ideen mussten unterdrückt werden. Der Wille des Einzelnen musste ihm verweigert werden. Welche andere Funktion hatte die Priesterschaft, als dem Einzelnen seinen Willen zu verweigern?

Alia sagte auch immer, dass Gelegenheiten für einen offenen Wettbewerb auf ein vertretbares Maß begrenzt werden mussten. Was bedeutete, dass die regelmäßig wiederkehrende Bedrohung durch Technologie nur eingesetzt werden konnte, um Bevölkerungen einzusperren – in der gleichen Weise, in der sie auch ihren Herren aus Vorzeiten gedient hatte. Jede zugelassene Technologie musste in einem Ritual verankert sein. Ansonsten …

Erneut stolperte Stilgar. Er befand sich nun am Qanat und sah Leto durch den Aprikosenhain gehen, der entlang des dahinströmenden Wassers wuchs. Stilgar hörte, wie sich Letos Füße durch ungeschnittenes Gras bewegten.

Ungeschnittenes Gras!

Was kann ich glauben?, fragte er sich.

Für einen Fremen seiner Generation war es angemessen zu glauben, dass jeder Einzelne ein tiefgehendes Gefühl für die eigenen Beschränkungen benötigte. Traditionen waren der Bestandteil einer sicheren Gesellschaft, der am meisten für Kontrolle sorgte. Die Menschen mussten die Grenzen ihrer Zeit, ihrer Kultur, ihres Terrains kennen. Was war falsch am Sietch als Modell allen Denkens? Jede Entscheidung eines Einzelnen sollte von einem Gefühl der Abgeschlossenheit durchdrungen sein, ein Gefühl, das die Familie und die Gemeinschaft einhegte und jeden Schritt einer vernünftigen Regierung bestimmte.

Stilgar blieb stehen und sah durch den Obsthain zu Leto. Der Junge stand dort und erwiderte lächelnd seinen Blick.

Weiß er, welcher Aufruhr in meinem Kopf herrscht?

Der alte Fremennaib versuchte, sich auf den traditionellen Katechismus seines Volkes zurückzubesinnen. Jeder Aspekt des Lebens verlangte nach einer Form, und der ihr innewohnende Kreislauf ging auf das geheime Wissen darum zurück, was funktionierte und was nicht. Das Modell für das Leben, für die Gemeinschaft, für jedes Element der Gesellschaft im Allgemeinen bis hin zu den höchsten Ebenen der Regierung – dieses Modell mussten der Sietch und sein Gegenstück im Sand sein: der Shai-Hulud. Der riesige Sandwurm war ein höchst beeindruckendes Geschöpf, aber wenn er bedroht wurde, verbarg er sich in Tiefen, in die sonst niemand vordringen konnte.

Wandel ist gefährlich!, sagte sich Stilgar. Gleichförmigkeit und Stabilität waren die angemessenen Ziele für eine Regierung.

Aber die jungen Männer und Frauen von Arrakis waren schön.

Und sie erinnerten an die Worte Muad'Dibs, als er Shaddam IV. entthront hatte: »Nicht nach einem langen Leben für den Imperator strebe ich, sondern nach einem langen Leben für das Imperium.«

Habe ich das nicht auch zu mir selbst gesagt?

Sich rechts von Leto haltend, ging Stilgar dem Sietcheingang entgegen. Der Junge schnitt ihm den Weg ab.

In diesem Moment fiel Stilgar ein, dass Muad'Dib noch etwas anderes gesagt hatte: »Genau wie einzelne Menschen geboren werden, aufwachsen, sich fortpflanzen und sterben, so tun das auch Gesellschaften, Zivilisationen und Regierungen.«

Ob der Wandel nun gefährlich war oder nicht – er würde kommen. Die schönen jungen Fremen wussten das. Sie konnten nach draußen blicken und es sehen. Sie konnten sich darauf vorbereiten.

Stilgar blieb stehen, um nicht mit Leto zusammenzustoßen.

Der Junge blickte eulenhaft zu ihm auf. »Siehst du, Stil?«, sagte er. »Traditionen sind nicht die absolute Richtschnur, als die du sie betrachtet hast.«

Ein Fremen stirbt, wenn er zu lange fern der Wüste ist. Wir nennen das die »Wasserkrankheit«.

– Aus den Stilgar-Kommentaren

»Es fällt mir nicht leicht, dich darum zu bitten«, sagte Alia. »Aber … ich muss dafür sorgen, dass es ein Imperium geben wird, das Pauls Kinder erben können. Es gibt keinen anderen Grund für meine Regentschaft.«

Alia wandte sich von dem Spiegel ab, vor dem sie ihre Morgentoilette verrichtete, und sah zu ihrem Mann, um festzustellen, wie er ihre Worte aufnahm. In solchen Momenten lohnte es sich, Duncan Idaho genau zu betrachten – zweifellos handelte es sich bei ihm um ein deutlich vielschichtigeres und gefährlicheres Geschöpf, als es der frühere Schwertmeister des Hauses Atreides gewesen war. Sein Erscheinungsbild hatte sich kaum verändert – schwarzes Ziegenhaar über scharf geschnittenen, dunklen Zügen –, doch in den langen Jahren seit seinem Erwachen aus der Ghola-Existenz hatte er eine innere Verwandlung durchlaufen.

Alia fragte sich, wie sie es schon oft getan hatte, was seine Wiedergeburt als Ghola wohl in seiner Innenwelt verborgen haben mochte. Bevor die Tleilaxu mit ihren wissenschaftlichen Künsten an ihm zu Werke gegangen waren, hatten sich Duncans Charaktermerkmale für die Atreides immer klar ausgewiesen: Loyalität, fanatische Befolgung des moralischen Kodex seiner Söldnervorfahren, schnell zu verärgern und schnell wieder gefasst. Er war unnachgiebig in seiner Entschlossenheit gewesen, Rache am Haus Harkonnen zu nehmen. Und er war gestorben, um Paul zu retten. Aber die Tleilaxu hatten den Sardaukar seinen Leichnam abgekauft und in ihren Regenerationsbehältern einen Zombie-Katrundo aus ihm gemacht: der Körper von Duncan Idaho, aber keine seiner bewussten Erinnerungen. Man hatte ihn zum Mentaten ausgebildet und als Geschenk an Paul geschickt, ein menschlicher Computer, ein fein abgestimmtes Werkzeug, das dem hypnotischen Zwang unterlag, seinen Besitzer zu töten. Eine Waffe. Duncan Idahos Leib hatte sich diesem Zwang widersetzt, und durch die unerträgliche Belastung war die Vergangenheit in seinen Zellen wieder zum Leben erwacht.

Alia hatte schon vor langer Zeit entschieden, dass es gefährlich war, ihn sich als Duncan Idaho vorzustellen. Es war besser, seinen Ghola-Namen Hayt zu verwenden. Sehr viel besser. Und es war von entscheidender Bedeutung, dass er nicht den kleinsten Blick auf den Baron Harkonnen erhaschte, der in ihrem Kopf lauerte.

Duncan sah, dass Alia ihn betrachtete, und wandte sich ab. Auch die Liebe konnte nicht verbergen, wie sie sich verändert hatte, und sie trug auch nicht dazu bei, Alias Beweggründe weniger durchschaubar zu machen. Die Metallaugen mit den vielen Facetten, die ihm die Tleilaxu eingesetzt hatten, verliehen Duncan eine geradezu grausame Befähigung dazu, Täuschungen zu durchschauen. In diesem Moment zeigten sie ihm Alia als hämisch dreinschauende, beinahe maskuline Gestalt, und er ertrug es nicht, sie so zu sehen.

»Warum drehst du dich weg?«, fragte Alia.

»Ich muss über diese Sache nachdenken«, erwiderte er. »Lady Jessica ist … eine Atreides.«

»Und deine Loyalität gilt dem Haus Atreides, nicht mir.«

»Komm mir nicht mit so launischen Deutungen meines Verhaltens.«

Alia schürzte die Lippen. War sie zu rasch vorgeprescht?

Duncan ging durch das Zimmer zu der Öffnung, von der aus man auf eine Ecke des Tempelplatzes hinabblicken konnte. Er sah Pilger, die dort zusammenkamen, und die Händler Arrakeens, die sich an den Rändern sammelten wie ein Rudel Raubtiere, das es auf eine Herde Pflanzenfresser abgesehen hatte. Er richtete seine Aufmerksamkeit auf eine ganz bestimmte Gruppe von Händlern, die Gewürzfaserkörbe trugen. Ein Stück hinter ihnen kamen Fremensöldner, die sich ruhig und bestimmt durch die wachsende Menge bewegten. »Sie verkaufen zerkratzte Marmorstücke«, sagte er und deutete nach unten. »Wusstest du das? Sie legen die Stücke in die Wüste, damit sie der Sturmsand zerkratzt. Manchmal finden sie dann sehr interessante Muster auf den Steinen. Sie bezeichnen das als eine neue Kunstform. Sehr beliebt. Echter sturmgravierter Marmor von Arrakis. Ich habe letzte Woche ein Stück gekauft – ein goldener Baum mit fünf Quasten. Wunderschön, aber sehr zerbrechlich.«

»Wechsle nicht das Thema«, sagte Alia.

»Ich wechsle nicht das Thema.« Duncan legte die rechte Hand auf den Sims. »Es ist wunderschön, aber es ist keine Kunst. Menschen erschaffen Kunst durch die ihnen eigene Gewalt, durch einen Willensakt. Die Zwillinge verabscheuen diese Stadt, und ich fürchte, ich verstehe, warum.«

»Ich kann keinen Zusammenhang erkennen. Die Entführung meiner Mutter ist keine wirkliche Entführung. Als deine Gefangene ist sie in Sicherheit.«

»Diese Stadt wurde von Blinden erbaut. Wusstest du, dass Leto und Stilgar letzte Woche von Sietch Tabr aus in die Wüste gegangen sind? Sie waren die ganze Nacht über fort.«

»Man hat mir davon berichtet. Diese Kinkerlitzchen aus dem Sand – meinst du, ich sollte ihren Verkauf verbieten?«

»Das wäre schlecht fürs Geschäft.« Er drehte sich zu ihr um. »Weißt du, was Stilgar gesagt hat, als ich ihn gefragt habe, warum sie in den Sand hinausgegangen sind? Er sagte, dass Leto mit dem Geist Muad'Dibs Zwiesprache halten wollte.«

Ganz plötzlich stieg kalte Panik in Alia auf. Sie blickte in den Spiegel, um sich von diesem furchtbaren Gefühl zu befreien. So ein

Unsinn hätte Leto bestimmt nicht dazu veranlasst, sich nachts aus dem Sietch zu wagen. War eine Verschwörung im Gange?

Duncan legte eine Hand über die Augen, damit er sie nicht sehen musste. »Stilgar hat mir gesagt, dass er mit Leto mitgegangen ist, weil er nach wie vor an Muad'Dib glaubt.«

»Natürlich tut er das.«

Duncan lachte leise, ein hohler Klang. »Er hat gesagt, dass er nach wie vor an ihn glaubt, weil Muad'Dib immer für die kleinen Leute da war.«

»Was hast du darauf erwidert?«, fragte Alia in einem Tonfall, der ihre Angst verriet.

Duncan nahm die Hand von den Augen. »Ich habe gesagt: Dann gehörst du wohl zu den kleinen Leuten.«

»Duncan, das ist ein gefährliches Spiel. Wenn du mit diesem Fremennaib spielst, weckst du womöglich eine Bestie, die uns alle zerstört.«

»Er glaubt nach wie vor an Muad'Dib. Das ist unser Schutz.«

»Und was hat er geantwortet?«

»Er meinte, dass er wüsste, was er glaubt.«

»Ich verstehe.«

»Nein … ich glaube, du verstehst nicht. Etwas, das beißt, hat längere Zähne als Stilgar.«

»Dich verstehe ich heute jedenfalls nicht, Duncan. Ich bitte dich darum, etwas sehr Wichtiges, etwas von entscheidender Bedeutung, zu tun. Was soll dieses Geraune?«

Wie gereizt sie klang! Duncan wandte sich wieder der Öffnung zu. »Als man mich zum Mentaten ausgebildet hat … Alia, es ist sehr schwer zu lernen, wie man mit seinem eigenen Verstand arbeitet. Erst lernt man, dass man ihm gestatten muss, mit sich selbst zu arbeiten. Das ist äußerst seltsam. Man kann seine eigenen Muskeln betätigen, sie trainieren, stärken, aber der Verstand handelt aus eigenem Antrieb. Wenn man das erst einmal begriffen hat, dann zeigt einem der Verstand manchmal Dinge, die man nicht sehen will.«

»Und darum hast du versucht, Stilgar zu beleidigen?«

»Stilgar kennt seinen eigenen Verstand nicht. Er lässt ihn nie von der Leine.«

»Außer bei der Gewürzorgie.«

»Nicht einmal dann. Deshalb ist er ein Naib. Um andere zu führen, kontrolliert er seine Reaktionen. Er tut, was man von ihm erwartet. Sobald man das weiß, kennt man Stilgar und kann ermessen, wie lang seine Zähne sind.«

»So machen es die Fremen … Nun, Duncan, tust du es oder nicht? Sie muss gefangen genommen werden, und es muss aussehen, als handelte es sich um das Werk des Hauses Corrino.«

Duncan schwieg und wägte nach Mentatenart ihren Tonfall und ihre Argumente ab. Dieser Entführungsplan verriet eine Kälte und Grausamkeit, die ihn erschreckte. Alia riskierte das Leben ihrer eigenen Mutter aus den bisher genannten Gründen? Sie log. Vielleicht waren die geflüsterten Gerüchte über sie und Javid ja wahr. Dieser Gedanke formte einen harten, eiskalten Klumpen in seinem Bauch.

»Du bist der Einzige, dem ich diese Aufgabe anvertrauen kann«, sagte Alia mit schmeichelnder Stimme.

»Das weiß ich.«

Sie fasste das als Einwilligung auf und lächelte sich selbst im Spiegel zu.

»Als Mentat«, sagte Duncan dann, »lernt man, jeden Menschen als ein Netz aus Beziehungen zu betrachten.«

Alia erwiderte nichts. Sie saß da, gefangen in einer Erinnerung, die ihr Gesicht ausdruckslos werden ließ.

Duncan warf ihr einen Blick über die Schulter zu, sah ihr Gesicht und erschauerte. Es schien, als hielte sie Zwiesprache mit Stimmen, die nur sie hörte. »Beziehungen«, flüsterte er. Und dachte: *Man muss alte Pein abwerfen, wie eine Schlange ihre Haut abwirft – nur, um sich neue wachsen zu lassen und ihre Begrenzungen hinzunehmen. Mit Regierungen ist es genauso, sogar mit der Regent-*

schaft. Alte Regierungen lassen sich wie verworfene Gussformen zurückverfolgen. Ich muss diesen Plan durchführen, aber nicht so, wie Alia es befiehlt.

Schließlich schüttelte sich Alia und sagte: »Leto sollte in diesen Zeiten nicht einfach so nach draußen gehen. Ich werde ihn tadeln.«

»Nicht einmal zusammen mit Stilgar?«

»Nicht einmal mit ihm.« Sie erhob sich, ging hinüber zu Duncan und legte ihm eine Hand auf den Arm.

Er unterdrückte ein Schaudern und reduzierte seine Reaktion auf reine Berechnung. Etwas an ihr stieß ihn ab.

Etwas *in* ihr.

Er konnte sich nicht überwinden, sie anzusehen. Er roch die Melange in ihren Kosmetika und räusperte sich.

»Ich werde heute damit beschäftigt sein, Farad'ns Geschenke zu untersuchen«, sagte Alia.

»Die Kleidungsstücke?«

»Ja. Nichts, was er tut, entspricht dem Anschein. Und wir dürfen nicht vergessen, dass sein Baschar Tyekanik ein Kenner von Chaumurky, Chaumas und all den anderen Feinheiten des Königsmords ist.«

»Der Preis der Macht.« Duncan machte sich von ihr los. »Aber wir sind nach wie vor beweglich, und Farad'n ist es nicht.«

Alia betrachtete sein Profil, das wie gemeißelt wirkte. Manchmal ließ sich die Art, wie sein Verstand funktionierte, nur schwer ergründen. Meinte er, dass Handlungsfreiheit einer militärischen Macht erst Leben verlieh? Nun, das Leben auf Arrakis war schon viel zu lange zu sicher. Durch einst allgegenwärtige Gefahren geschärfte Sinne konnten verkümmern, wenn sie nicht benutzt wurden. »Ja«, sagte sie, »wir haben nach wie vor die Fremen.«

»Beweglich«, wiederholte er. »Wir dürfen nicht zu Fußtruppen verkümmern. Das wäre leichtfertig und dumm.«

Sein Tonfall ärgerte sie. »Farad'n wird jedes Mittel einsetzen, um uns zu vernichten.«

»Ah, da haben wir es. Das ist eine Form von Initiative, eine Beweglichkeit, die uns in den alten Zeiten abging. Wir hatten einen Kodex, den Kodex des Hauses Atreides. Wir haben unseren Wegzoll bezahlt und das Brandschatzen unseren Feinden überlassen. Diese Beschränkung gibt es nicht mehr. Wir, das Haus Atreides und das Haus Corrino, sind nun gleich beweglich.«

»Wir entführen meine Mutter mindestens ebenso sehr, um sie vor Schaden zu bewahren, wie aus anderen Gründen. Wir leben nach wie vor den Kodex!«

Duncan blickte sie an. Sie kannte die Gefahren, die es mit sich brachte, wenn man einen Mentaten zu Berechnungen anstiftete. War ihr nicht klar, was er errechnet hatte? Und doch ... liebte er sie nach wie vor. Er wischte sich mit der Hand über die Augen. Wie jung sie aussah! Lady Jessica hatte recht: Alia erweckte den Eindruck, in all den Jahren nicht einen Tag gealtert zu sein. Sie hatte nach wie vor die weichen Gesichtszüge ihrer Bene-Gesserit-Mutter, aber ihre Augen waren die einer Atreides: Maß nehmend, fordernd, wie die eines Falken. Und nun lauerte etwas Grausames, kalt Berechnendes hinter diesen Augen.

Duncan hatte dem Haus Atreides zu viele Jahre gedient, um nicht sowohl um die Stärken als auch um die Schwächen dieser Familie zu wissen. Doch das, was er jetzt in Alia sah, war etwas Neues. Die Atreides spielten zuweilen ein teuflisches Spiel mit ihren Feinden, aber niemals mit ihren Freunden und Verbündeten, und schon gar nicht mit Familienangehörigen. Das war eine Verhaltensregel, die sich ihnen tief eingeprägt hatte: Man unterstützte sein eigenes Volk, so gut man konnte. Man zeigte den Menschen, wie viel besser es sich unter den Atreides lebte. Man stellte die Liebe zu seinen Freunden dadurch unter Beweis, dass man sich ihnen gegenüber offen und ehrlich verhielt. Das, worum ihn Alia jetzt bat, passte nicht zu den Atreides. Duncan spürte das mit jeder Faser seines Seins, mit jedem Nerv.

Plötzlich ging sein Bewusstsein in den vollen Mentatenzustand über, und sein Verstand fiel in die Trancestarre, in der es keine Zeit gab, nur Berechnung. Alia sah bestimmt, was geschah, aber daran ließ sich nicht ändern. Er überließ sich der Berechnung.

Berechnung: Eine *gespiegelte* Lady Jessica lebte ein Pseudoleben in Alias Bewusstsein. Er sah das ebenso wie er den gespiegelten Duncan Idaho aus Vor-Ghola-Zeiten in seinem eigenen Bewusstsein sah. Als Vorgeborene verfügte Alia über diese Art von Bewusstsein, Duncan hatte es aus den Regenerationsbehältern der Tleilaxu. Und doch widersetzte sich Alia diesem Spiegelbild und riskierte das Leben ihrer Mutter. Also befand sie sich nicht in Kontakt mit der Pseudo-Jessica in ihrem Inneren. Was bedeutete, dass Alia *ganz und gar* von einem anderen Pseudoleben besessen war, das die übrigen verdrängte.

Besessen!

Alia!

Eine Abscheulichkeit!

Nach Mentatenart nahm er diese Erkenntnis hin und wandte sich anderen Aspekten des Problems zu. Alle Atreides hielten sich auf diesem Planeten auf. Würde das Haus Corrino einen Angriff aus dem Weltraum riskieren? Sein Verstand ging die Konventionen und Entwicklungen durch, die den primitiven Formen der Kriegsführung ein Ende gesetzt hatten.

Erstens: Alle Planeten waren anfällig für Angriffe aus dem Weltraum. Folglich hatte jedes große Haus abseits der Planetenoberfläche Gegenschlags- und Vergeltungsanlagen. Farad'n musste wissen, dass die Atreides diese grundlegende Vorsichtsmaßnahme nicht vernachlässigt hatten.

Zweitens: Schilde stellten eine umfassende Verteidigung gegen Geschosse und nichtatomare Sprengkörper dar, was der Hauptgrund dafür war, dass der Nahkampf wieder Teil der menschlichen Kriegsführung geworden war. Doch die Infanterie hatte ihre Beschränkungen. Das Haus Corrino hatte seine Sardaukar möglicherweise wieder auf den Stand gebracht, auf dem sie vor der

Schlacht von Arrakeen gewesen waren, aber dennoch hatten sie der selbstvergessenen Wildheit der Fremen nichts entgegenzusetzen.

Drittens: Der planetare Feudalismus war ständig von einer technischen Klasse bedroht, aber die Auswirkungen von Butlers Dschihad waren nach wie vor ein Bollwerk gegen technologische Exzesse. Ixianer, Tleilaxu und einige vereinzelte äußere Planeten waren in dieser Hinsicht die einzige mögliche Bedrohung, und ihre Welten waren dem geeinten Zorn des Imperiums gegenüber verwundbar. Die Geschichte würde nicht in die Zeit vor Butlers Dschihad zurückgedreht werden. Für eine mechanisierte Kriegsführung brauchte man eine technische Klasse, aber das Atreides-Imperium hatte diese Kräfte in andere Bahnen gelenkt. Es gab keine große unbeaufsichtigte technische Klasse. Und der Feudalismus blieb gesichert, weil er die beste Gesellschaftsform war, um sich über weit auseinanderliegende, unerschlossene Grenzgebiete – neue Planeten – auszubreiten.

Duncan spürte, wie sein Mentatenbewusstsein funkensprühend durch die Erinnerungsdaten *seiner selbst* schoss, gänzlich unabhängig vom Vergehen der Zeit. Zu der Überzeugung, dass das Haus Corrino keinen illegalen Atomangriff riskieren würde, gelangte er in einer Blitzberechnung, auf dem Hauptentscheidungspfad, doch im vollen Bewusstsein der Aspekte, die in diese Überzeugung miteingeflossen waren: Zusammen mit seinen Verbündeten verfügte das Imperium über so viele Nuklearwaffen wie alle Großen Häuser zusammen. Mindestens die Hälfte der Großen Häuser würde ohne nachzudenken reagieren, sollte das Haus Corrino die Konvention brechen. Dem abseits des Planeten gelegenen Vergeltungssystem der Atreides würde sich eine überwältigende Streitmacht anschließen, ohne dass man sie auch nur dazu würde auffordern müssen. Die Angst würde Triebkraft genug sein. Salusa Secundus würde in einer Wolke aus heißem Dampf enden, und das Haus Corrino würde einen solchen massenhaften Tod nicht riskieren. Nein, sie meinten es zweifellos ernst mit ihrer Zustimmung zu der Übereinkunft, dass Nuklearwaffen eine Reserve waren, die nur einem einzigen Zweck diente: die Menschheit zu verteidigen, sollte man jemals auf bedrohliche »andere Intelligenzen« stoßen.

Duncans Berechnungen hatten klare Kanten und zeichneten sich scharf vor ihrem Hintergrund ab. Es gab keine verschwommenen Zwischenbereiche. Alia hatte sich für Entführung und Terror entschieden, weil sie zu einem fremden Wesen geworden war, zu einer Nicht-Atreides. Das Haus Corrino war eine Bedrohung, aber nicht in der Weise, wie es Alia im Rat behauptete. Sie wollte Lady Jessica aus dem Weg haben, weil ihre Mutter mit ihrem messerscharfen Bene-Gesserit-Verstand gesehen hatte, was ihm erst jetzt klar geworden war.

Er schüttelte sich aus der Mentatentrance und sah, dass Alia vor ihm stand und ihn mit kaltem Blick maß.

»Wäre es dir nicht lieber, wenn man Lady Jessica töten würde?«, fragte er.

Für einen kurzen Augenblick blitzte vor seinen Augen eine fremdartige Freude auf, die schnell von gespielter Empörung überdeckt wurde. »Duncan!«

Ja, diesem fremden Alia-Geschöpf wäre der Mord an ihrer Mutter noch lieber. »Du hast Angst *vor* deiner Mutter, nicht *um* sie«, sagte er.

Mit abschätzigem Blick erwiderte Alia: »Natürlich habe ich das. Sie hat der Schwesternschaft Bericht über mich erstattet.«

»Was heißt das?«

»Weißt du nicht, was die größte Versuchung für eine Bene Gesserit ist?« Sie trat dicht an ihn heran, verführerisch, sah mit gesenkten Wimpern zu ihm auf. »Ich wollte nur um der Zwillinge willen stark und wachsam bleiben.«

»Du sprachst von Versuchung«, sagte er mit ausdrucksloser Mentatenstimme.

»Es geht um das, was die Schwesternschaft am tiefsten verborgen hat, das, was sie am meisten fürchtet. Deshalb nennen sie mich eine *Abscheulichkeit*. Sie wissen, dass ich mich von ihren Beschränkungen nicht aufhalten lasse. Versuchung – die Schwestern sagen das immer mit deutlicher Betonung. *Große Versuchung*. Weißt du, wir, die wir die Lehren der Bene Gesserit einsetzen, können das Gleichgewicht der Enzyme in unseren Körpern steuern. Dadurch lässt sich die Jugend verlängern – weit mehr als mit der Melange. Verstehst du, was es zur Folge hätte, wenn viele Bene Gesserit so etwas tun würden? Es würde auffallen. Bestimmt kannst du berechnen, dass meine Worte zutreffend sind. Es ist die Melange, die uns zum Ziel so vieler Intrigen macht. Wir kontrollieren einen Stoff, der das Leben verlängert. Aber was, wenn bekannt würde, dass die Bene Gesserit ein noch machtvolleres Geheimnis kontrollieren? Siehst du! Nicht eine Ehrwürdige Mutter wäre mehr sicher. Die Entführung und Folterung von Bene Gesserit würde zu etwas Alltäglichem werden.«

»Es ist dir gelungen, deine Enzyme in dieser Weise in ein Gleichgewicht zu bringen.« Es war keine Frage, sondern eine Feststellung.

»Ich habe der Schwesternschaft getrotzt. Der Bericht meiner Mutter an sie wird die Bene Gesserit zu unerschütterlichen Verbündeten des Hauses Corrino machen.«

Wirklich sehr plausibel, dachte Duncan. »Aber deine eigene Mutter würde sich doch sicher nicht gegen dich wenden.«

»Sie war eine Bene Gesserit, lange bevor sie meine Mutter war. Duncan, sie hat zugelassen, dass ihr eigener Sohn, mein Bruder, der Prüfung durch den Gom Jabbar unterzogen wurde. Sie hat es arrangiert. Und sie wusste, dass er vielleicht nicht überlebt. Die Bene Gesserit haben seit jeher wenig Vertrauen und viel Pragmatismus. Sie wird sich gegen mich wenden, wenn sie glaubt, dass das im Interesse der Schwesternschaft liegt.«

Duncan nickte. Wie überzeugend Alia doch war. Es war ein trauriger Gedanke.

»Wir müssen die Initiative ergreifen«, fuhr sie fort. »Das ist unsere schärfste Waffe.«

»Da wäre noch das Problem mit Gurney Halleck. Muss ich meinen alten Freund töten?«

»Gurney ist auf irgendeiner Spionagemission in der Wüste«, sagte Alia, wohl wissend, dass das Duncan bereits bekannt war. »Wir können uns sicher sein, dass er uns nicht in die Quere kommt.«

»Sehr seltsam, dass der Statthalter Caladans hier auf Arrakis Botengänge macht.«

»Warum nicht? Er ist ihr Liebhaber – wenn auch nur in seinen Träumen.«

»Ja, natürlich.« Duncan nickte und fragte sich, ob Alia seiner Stimme die Unaufrichtigkeit anmerkte.

»Wann wirst du sie entführen?«

»Es ist besser, wenn du das nicht weißt.«

»Ja … ja, ich verstehe. Wo wirst du sie hinbringen?«

»An einen Ort, an dem sie nicht gefunden werden kann. Vertrau mir. Sie wird nicht mehr hier sein und keine Bedrohung mehr für dich darstellen.«

Die Häme in Alias Blick war nicht zu verkennen. »Aber wo wirst du sie …«

»Wenn du nicht weißt, wo sie ist, dann kannst du, falls nötig, auch einer Wahrsagerin gegenüber erklären, dass du es nicht weißt.«

»Ah, kluger Duncan!«

Jetzt glaubt sie, dass ich Lady Jessica töten werde, dachte er. »Lebwohl, Geliebte«, sagte er dann.

Alia bemerkte seinen endgültigen Tonfall nicht und gab ihm sogar noch einen flüchtigen Kuss, als er ging.

Den ganzen Weg nach unten durch das sietchartige Labyrinth der Tempelkorridore wischte sich Duncan über die Augen. Auch die Augen der Tleilaxu waren nicht gegen Tränen gefeit.

Du hast Caladan geliebt
Getrauert um seinen verlorenen Heerbann –
Aber Schmerz erkennt, dass ewige Geister
Auch ein neuer Geliebter
nicht vergessen macht.

– Refrain der Habbanya-Wehklage

Stilgar vervierfachte die Sietchwachen für die Zwillinge, aber er wusste natürlich, dass das nutzlos war. Der Junge war wie sein Atreides-Namensvetter, sein Großvater Leto. Alle, die den alten Herzog gekannt hatten, bemerkten das. Er hatte den gleichen prüfenden Blick wie der Herzog, und ja, er konnte auch vorsichtig sein, doch das musste immer im Verhältnis zu seiner latenten Ungezähmtheit betrachtet werden, zu seiner Neigung, gefährliche Entscheidungen zu treffen.

Ghanima ähnelte eher ihrer Mutter. Sie hatte Chanis rotes Haar und ihre Augen, und sie hatte etwas Berechnendes an sich, wenn sie sich an Schwierigkeiten anpasste. Oft sagte sie, dass sie nur tat, was sie tun musste, aber wenn Leto voranging, dann folgte sie.

Und Leto würde die beiden in große Gefahr bringen.

Nicht ein einziges Mal dachte Stilgar daran, mit diesem Problem zu Alia zu gehen. Damit kam auch Irulan nicht infrage, die wegen allem bei Alia vorsprach. Während er zu einer Entscheidung kam, begriff Stilgar, dass er zumindest die Möglichkeit anerkannt hatte, dass Letos Urteil über Alia zutraf.

Sie benutzt Menschen auf beiläufige und grausame Art und Weise, dachte er. *Sie benutzt sogar Duncan. Dass sie sich gegen mich wenden würde, hat im Vergleich dazu keine große Bedeutung. Sie würde mich einfach* wegwerfen.

Inzwischen wurden die Wachen verstärkt, und Stilgar streifte durch den Sietch wie ein Gespenst in einem langen Mantel. In seinem Kopf brodelten die Zweifel, die Leto gesät hatte. Wenn man sich nicht auf die alten Bräuche verlassen konnte, an welchem Fels sollte man sein Leben dann verankern?

Dann, während der Willkommenszusammenkunft für Jessica, sah Stilgar, wie Ghanima mit ihrer Großmutter auf der Schwelle zur großen Versammlungshalle des Sietchs stand. Es war früh, und Alia war noch nicht eingetroffen, aber schon jetzt drängten sich die Menschen in dem Gewölbe und warfen dem Kind und der Erwachsenen verstohlene Blicke zu, als sie an ihnen vorbeigingen.

Stilgar hielt in einer dunklen Nische inne und beobachtete die beiden. Durch das Gemurmel der sich sammelnden Menge konnte er ihre Worte nicht verstehen. Angehörige vieler Stämme würden heute hier zusammenkommen, um ihre alte Ehrwürdige Mutter auf Arrakis willkommen zu heißen. Aber er sah zu Ghanima. Ihre Augen, wie sie beim Sprechen tanzten! Die Bewegung faszinierte ihn. Diese tiefblauen Augen mit dem steten Blick, fordernd, prüfend. Und wie sie ihr rotgoldenes Haar mit einer Drehung des Kopfes über die Schulter warf – das war Chani. Es war eine geisterhafte Wiederauferstehung.

Langsam schob sich Stilgar näher an die beiden heran und postierte sich in einer anderen Nische.

Ghanimas aufmerksame Art ließ sich überhaupt nicht mit der anderer Kinder vergleichen, die er kannte – mit Ausnahme ihres Bruders. Wo war Leto eigentlich? Stilgar sah zu dem Durchgang, in dem sich die Menschen drängten. Wenn irgendetwas nicht gestimmt hätte, hätten seine Wachen das Alarmsignal gegeben. Er schüttelte den Kopf. Diese beiden Zwillinge stellten wahrlich einen Angriff auf seine geistige Gesundheit dar. Unentwegt nagten sie an seinem inneren Frieden. Fast hätte er sie hassen können. Verwandte waren nicht gegen den Hass der ihren gefeit, aber Blut – und dessen kostbares Wasser – stellte gewisse Anforderungen an das Verhalten, hinter denen alles andere zurückstehen musste. Diese Zwillinge waren seine größte Verantwortung.

Braunes staubgefiltertes Licht drang aus der Versammlungshalle hinter Ghanima und Jessica, berührte die Schultern des Mädchens, des neuen weißen Gewandes, das sie trug, und strahlte ihr Haar von hinten an, als sie sich umdrehte, um zum Durchgang und zu den sich vorbeidrängenden Menschen zu blicken.

Warum hat Leto mir nur diese Zweifel aufgebürdet?, fragte sich Stilgar. Mit Sicherheit hatte er das nicht aus Versehen getan. *Vielleicht wollte er, dass ich zumindest ein bisschen an seiner Gedankenwelt teilhabe.* Stilgar wusste, warum die Zwillinge anders waren, aber er hatte festgestellt, dass sein logisch denkender Verstand dieses Wissen nicht hinnehmen wollte. Er hatte nie erlebt, wie es sich anfühlte, wenn der Mutterleib zum Gefängnis für ein erwachtes Bewusstsein wurde – und angeblich waren sich die beiden vom Moment ihrer Zeugung an ihrer selbst bewusst gewesen.

Leto hatte einmal gesagt, dass sein Gedächtnis wie »ein inneres Hologramm« sei, »das sich in Größe und Detail von diesem ersten Erwachen her ausbreitet, dabei aber niemals seine Form oder seine Umrisse verändert«.

Während er Ghanima und Jessica beobachtete, begriff Stilgar langsam, wie es sein musste, in einem solchen Netz aus verworrenen Erinnerungen zu leben und sich niemals in einen abgeschlossenen geistigen Raum zurückziehen zu können. Wenn man es mit einem derartigen Zustand zu tun hatte, musste man den Wahnsinn zu einem Teil von sich machen, musste man aus unzähligen Angeboten auswählen und viele dieser Angebote zurückweisen, in einem System, in dem sich die Antworten so schnell veränderten wie die Fragen.

Es konnte keine festen Bräuche und Traditionen geben. Es konnte keine absoluten Antworten auf janusköpfige Fragen geben.

Was funktioniert? Das, was nicht funktioniert. Was funktioniert nicht? Das, was funktioniert. Stilgar erkannte das Muster, es entsprach dem eines alten Fremenrätsels. Frage: »Er bringt den Tod und das Leben.« Antwort: »Der Corioliswind.«

Warum wollte Leto, dass ich das verstehe? Von seinen behutsamen Vorstößen wusste Stilgar, dass die Zwillinge die gleiche Sicht auf das hatten, was sie von anderen unterschied: Sie sahen es als Krankheit. *Für so einen Menschen muss der Geburtskanal ein kräftezehrender Ort sein.* Bei manchen Erfahrungen verringerte Unwissen den Schock, aber sie mussten darüber Bescheid gewusst haben, was eine Geburt bedeutete. Wie es wohl war, ein Leben zu leben, in dem man wusste, was alles schiefgehen konnte? Man würde unentwegt gegen Zweifel ankämpfen. Man würde das, was einen von seinen Mitmenschen unterschied, hassen lernen. Und das machte es womöglich angenehm, anderen eine Kostprobe dieses Unterschieds aufzubürden. Warum ich?, wäre die erste unbeantwortete Frage.

Und was habe ich mich gefragt? Ein ironisches Lächeln umspielte Stilgars Lippen. *Warum ich?*

Wenn er die Zwillinge auf diese neue Art betrachtete, verstand er, welch gefährliche Risiken sie mit ihren noch unfertigen Körpern eingingen. Ghani hatte es ihm gegenüber prägnant zum Ausdruck gebracht, als er sie dafür getadelt hatte, dass sie die steile Westwand zum Sims hochgeklettert war.

»Warum sollte ich den Tod fürchten? Ich war doch schon dort – viele Male.«

Wie kann ich mir anmaßen, solchen Kindern etwas beibringen zu wollen? Wie kann sich das überhaupt jemand anmaßen?

Seltsamerweise bewegten sich Jessicas Gedanken auf ähnlichen Bahnen, während sie mit ihrer Enkeltochter sprach. Sie hatte darüber nachgedacht, wie schwer es sein musste, einen erwachsenen Geist in einem noch unreifen Körper mit sich herumzutragen. Der Körper musste lernen, was der Verstand bereits wusste – wie man

Reaktionen und Reflexe in Einklang brachte. Die Prana-Bindu-Technik der Bene Gesserit stand ihnen natürlich zur Verfügung, aber selbst in diesem Fall würde der Verstand dorthin eilen, wohin ihm der Körper noch nicht folgen konnte. Es war wirklich keine leichte Aufgabe für Gurney, ihre Befehle auszuführen.

»Stilgar beobachtet uns aus einer Nische dort hinten«, bemerkte Ghanima.

Jessica drehte sich nicht um, aber sie stellte fest, dass sie das, was sie aus Ghanimas Tonfall heraushörte, bestürzte. Ghani liebte den alten Fremen, wie man ein Elternteil liebte. Selbst wenn sie über ihn lästerte oder ihn aufzog, liebte sie ihn. Diese Erkenntnis zwang Jessica, den alten Naib in einem neuen Licht zu betrachten, und in einer Gestalt-Offenbarung erkannte sie, was die Zwillinge und Stilgar miteinander teilten. Das neue Gesicht von Arrakis passte nicht zu Stilgar – ebenso wenig, wie dieses neue Universum zu ihren Enkelkindern passte.

Unerwünscht und unaufgefordert kam Jessica ein Bene-Gesserit-Sprichwort in den Sinn: *»Wenn man seine eigene Sterblichkeit erahnt, kennt man den Beginn des Schreckens. Wenn man erfährt, dass man unwiderlegbar sterblich ist, kennt man das Ende des Schreckens.«*

Ja, der Tod würde Stilgar und die Zwillinge nicht schwer treffen, aber das Leben war für sie ein Feuer, in dem sie langsam verbrannten. Sie hatten sich in einer Welt wiedergefunden, zu der sie nicht passten, und sehnten sich nach Wegen, die ihnen weniger bedrohliche Aussichten eröffneten. Sie waren Kinder Abrahams, die mehr aus dem Flug eines Falken lernten, der über der Wüste kreiste, als aus allen je geschriebenen Büchern.

Erst heute Morgen hatte Leto Jessica zutiefst verwirrt. Sie hatten am Rande des Qanats gestanden, der vor dem Sietch floss, und er hatte gesagt: »Das Wasser hält uns gefangen, Großmutter. Wir wären besser dran, wenn wir wie Staub lebten. Dann könnte uns der Wind über die höchsten Klippen des Schildwalls hinwegtragen.«

Obwohl sie eine so hintersinnige Reife aus den Mündern der Zwillinge gewohnt war, hatte die Bemerkung Jessica aufgeschreckt, und es war ihr nicht leichtgefallen zu antworten. »Das hätte auch dein Vater sagen können.«

Worauf Leto eine Handvoll Sand in die Luft geworfen, den Körnern beim Herabrieseln zugesehen und erwidert hatte: »Ja, das hätte er sagen können. Aber damals hat mein Vater nicht bedacht, wie schnell Wasser alles wieder dorthin zurückfallen lässt, wo es herkommt: auf den Boden.«

Jetzt, als sie neben Ghanima im Sietch stand, empfand Jessica einmal mehr die Verwirrung, die diese Worte ausgelöst hatten. Sie drehte sich um, warf einen Blick auf die herbeiströmenden Massen und dann auf Stilgars schattenhafte Gestalt im Alkoven. Stilgar war kein zahmer Fremen, darauf abgerichtet, Stöckchen zum Nest zu tragen. Er war ein Falke. Wenn er an die Farbe Rot dachte, kamen ihm keine Blumen in den Sinn, sondern Blut.

»Du bist plötzlich so still«, sagte Ghanima. »Stimmt etwas nicht?«

Jessica schüttelte den Kopf. »Es ist wegen etwas, das Leto heute morgen gesagt hat, weiter nichts.«

»Als ihr zu den Pflanzungen gegangen seid? Was hat er denn gesagt?«

Jessica dachte an den Ausdruck erwachsener Weisheit, der an diesem Morgen auf Letos Gesicht getreten war. Bei Ghanima war nun der gleiche Ausdruck zu erkennen. »Er hat mich an jene Zeit erinnert, als Gurney von den Schmugglern unter das Banner der Atreides zurückkehrte.«

»Dann habt ihr über Stilgar geredet.«

Jessica fragte nicht, wie Ghanima zu dieser Erkenntnis kam. Ganz offensichtlich waren die Zwillinge in der Lage, nach Belieben die Gedankengänge des jeweils anderen zu spiegeln. Sie nickte und sagte: »Ja, das haben wir. Stilgar hat es nicht gefallen zu hören, wie Gurney Paul seinen Herzog nannte, und durch seine

Anwesenheit hat Gurney den Fremen diese Anrede aufgezwungen. Immer wieder hat Gurney ›Mein Herzog‹ zu ihm gesagt.«

»Ich verstehe. Und natürlich hat Leto festgestellt, dass *er* noch nicht Stilgars Herzog ist.«

»So ist es.«

»Du weißt natürlich, was er mit dir gemacht hat.«

»Ich bin mir nicht sicher.« Jessica empfand ihr Eingeständnis als verstörend, weil sie gar nicht auf den Gedanken gekommen war, dass Leto irgendetwas mit ihr gemacht haben könnte.

»Er hat versucht, deine Erinnerungen an unseren Vater wachzurufen. Leto ist immer begierig darauf, unseren Vater aus dem Blickwinkel jener, die ihn gekannt haben, zu sehen.«

»Aber hat er nicht …«

»Oh, er kann in sein *Inneres* lauschen, gewiss. Aber das ist nicht das Gleiche. Und natürlich hast du von ihm gesprochen. Von unserem Vater, meine ich. Du hast von ihm als von deinem Sohn gesprochen.«

»Ja.« Jessica beschlich das Gefühl, dass die Zwillinge sie ganz nach Belieben an- und abschalten, ihre Erinnerungen bloßlegen und jegliches Gefühl wecken konnten, das sie interessierte, und das gefiel ihr nicht. Vielleicht tat Ghanima in diesem Moment genau das.

»Leto hat also etwas gesagt, was dich verstört hat.«

Jessica stellte fest, dass sie ihre Wut unterdrücken musste. »Ja … das hat er.«

»Es gefällt dir nicht, dass er unseren Vater kennt, wie unsere Mutter ihn kannte, und unsere Mutter kennt, wie unser Vater sie kannte. Die Implikationen dessen gefallen dir nicht – was wir über dich wissen könnten.«

»So habe ich bisher nicht darüber nachgedacht.«

»Normalerweise ist es das Wissen um Sinnliches, das verstört. Das rührt von deiner Konditionierung her. Es fällt dir extrem schwer, in uns etwas anderes als Kinder zu sehen. Aber es gibt nichts, das unsere Eltern getan haben, öffentlich oder privat, von dem wir nicht wissen.«

Für einen Moment empfand Jessica die gleiche Verwirrung, die sie auch draußen am Qanat überkommen hatte, doch nun ging sie von Ghanima aus.

»Vermutlich hat er von der ›brünstigen Sinnlichkeit‹ deines Herzogs gesprochen«, fuhr Ghanima fort. »Manchmal braucht Leto wirklich einen Maulkorb.«

Gibt es nichts, was diese Zwillinge nicht profanisieren können? Jessica spürte, wie sich Schock, Empörung und Abscheu in ihr ablösten. Wie konnten sie es wagen, so von der Sinnlichkeit *ihres* Leto zu sprechen? Natürlich teilten ein Mann und eine Frau, die einander liebten, die Freude an ihren Körpern. Das war etwas Privates und Wunderschönes, was man einander nicht in gedankenlosen Gesprächen zwischen einem Kind und einem Erwachsenen unter die Nase rieb.

Kind und Erwachsener …

Mit einem Mal wurde Jessica klar, dass weder Leto noch Ghanima gedankenlos gesprochen hatten.

Ghanima sah ihre Großmutter an und sagte: »Wir haben dich schockiert. Ich entschuldige mich für uns. So, wie ich Leto kenne, weiß ich, dass er nicht einmal auf die Idee gekommen ist, sich zu entschuldigen. Manchmal, wenn er auf einer bestimmten Fährte ist, vergisst er, wie sehr wir uns von anderen Menschen unterscheiden … zum Beispiel von dir.«

Deshalb tut ihr das, du und Leto, dachte Jessica. *Ihr bringt* mir *etwas bei!* Und dann fragte sie sich: *Wer geht sonst noch bei euch in die Lehre? Stilgar? Duncan?*

»Leto versucht, die Dinge so zu sehen wie du«, sagte Ghanima. »Erinnerungen reichen nicht aus. Wenn man sich am meisten bemüht, ja, gerade dann versagt man auch am häufigsten.«

Jessica seufzte.

Ghanima berührte sie am Arm. »Dein Sohn hat vieles unausgesprochen gelassen, was dennoch ausgesprochen werden muss, selbst dir gegenüber. Vergib uns, aber er hat dich geliebt. Weißt du das nicht?«

Jessica wandte sich ab, um die Tränen zu verbergen, die in ihren Augen glitzerten.

»Er kannte deine Ängste«, fuhr Ghanima fort. »So, wie er auch Stilgars Ängste kannte. Der gute Stil! Unser Vater war sein ›Arzt der Tiere‹, und Stil war nicht mehr als die grüne Schnecke, die sich in ihrem Haus versteckt.« Sie summte das Lied, aus dem diese Worte stammten, und die Melodie rief Jessica unerbittlich den Text ins Bewusstsein:

»Oh Heiler der Tiere
Zur grünen Schnecke in ihrem Haus
Mit ihrem bescheidenen Wunder
Die gut versteckt den Tod erwartet
Kommst du als Gott!
Selbst Schnecken wissen
Dass die Götter vernichten
Dass Heilung Schmerzen bringt
Dass man den Himmel nur
Durch ein Flammentor schaut.
Oh Heiler der Tiere
Ich bin die Menschenschnecke
Die sieht, wie dein eines
Auge in meine Schale späht!
Warum, Muad'Dib? Warum?«

»Unglücklicherweise hat unser Vater in diesem Universum viele Schnecken hinterlassen«, sagte Ghanima.

Die Annahme, dass die Menschen ein Universum bewohnen, das nicht von Dauer ist, verlangt, als Grundvoraussetzung genommen, dass der Intellekt zu einem ganz und gar bewussten Instrument zur Herstellung eines Gleichgewichts wird. Doch der Intellekt kann nicht in dieser Weise reagieren, ohne dabei den gesamten Organismus einzubeziehen. Ein solcher Organismus kann an seinem brennenden, vorwärtstreibenden Verhalten erkannt werden. Genauso verhält es sich mit einer Gesellschaft, die als Organismus behandelt wird. Aber hier stoßen wir auf eine alte Trägheit. Gesellschaften setzen sich in Bewegung, wenn man sie mit uralten Impulsen lockt. Sie verlangen Dauerhaftigkeit. Jeder Versuch, das Universum als etwas, das nicht von Dauer ist, darzustellen, erzeugt Muster der Ablehnung und Angst, der Wut und Verzweiflung. Wie erklären wir dann, dass die Gabe der Hellsicht einfach so hingenommen wird? Ganz einfach: Wer als Hellseher Visionen verkündet, spricht von einer absoluten (einer dauerhaften) Erkenntnis, und die Menschheit kann ihn mit Freuden willkommen heißen, selbst wenn er die schlimmsten Ereignisse vorhersagt.

– Das Buch Leto, nach Harq al-Ada

»Es ist, als würde man im Dunkeln kämpfen«, sagte Alia.

Zornig schritt sie im Ratssaal auf und ab, bewegte sich von den hohen silbernen Vorhängen der Ostfenster, die das Licht der

Morgensonne dämpften, zu den Diwanen aus grauem Walpelz, die unter geschmückten Wandpaneelen an der gegenüberliegenden Seite des Raums standen. In Sandalen überquerte sie Gewürzfaserteppich, Holzparkett, Kacheln aus Riesengranat und schließlich wieder Teppich. Dann stand sie über Irulan und Duncan, die einander zugewandt auf den Diwanen lagen.

Duncan hatte nicht aus Sietch Tabr zurückkehren wollen, doch Alia hatte ihm den unmissverständlichen Befehl dazu geschickt. Die Entführung Jessicas war nun wichtiger denn je, aber sie musste dennoch erst einmal warten. Duncans Mentatenbewusstsein wurde gebraucht.

»Das folgt dem gleichen Muster«, fuhr Alia fort. »Es stinkt nach einer weitreichenden Verschwörung.«

»Aber vielleicht auch nicht«, wandte Irulan ein und warf dabei Duncan einen fragenden Blick zu.

Alias Gesicht nahm einen höhnischen Ausdruck an. Wie konnte Irulan nur so unbedarft sein? Es sei denn … Sie musterte die Prinzessin forschend. Irulan trug eine einfache schwarze Aba-Robe, die zu den Schatten in ihren vom Gewürz indigoblauen Augen passte. Das blonde Haar hatte sie zu einem festen Nackenknoten gebunden, was ihr in den Jahren auf Arrakis schmaler und ledriger gewordenes Gesicht betonte. Nach wie vor war ihr der Hochmut eigen, den sie am Hof ihres Vaters, Shaddams IV., erlernt hatte, und Alia hatte nicht selten das Gefühl, dass sich hinter dieser stolzen Fassade womöglich die Gedanken einer Verschwörerin verbargen.

Duncan trug die schwarzgrüne Uniform der Atreides-Hauswache, aber ohne Abzeichen. Insgeheim missbilligten viele von Alias echten Wachen seine Kleiderwahl, insbesondere die Amazonen, die besonders stolz auf ihre Amtstracht waren. Aber ihnen missfiel schon die Anwesenheit des Ghola-Schwertmeister-Mentaten, um so mehr, als er der Ehemann ihrer Herrin war. »Die Stämme wollen also, dass Lady Jessica wieder in den Regentschaftsrat aufgenommen wird«, sagte er. »Inwiefern sollte das …«

»Sie fordern es einstimmig!« Alia deutete auf ein verziertes Blatt Gewürzpapier, das neben Irulan auf dem Diwan lag. »Farad'n ist eine Sache, aber das … das riecht nach Feindseligkeit!«

»Was meint Stilgar?«, fragte Irulan.

»Das Papier trägt seine Unterschrift!«, erwiderte Alia.

»Aber wenn er …«

»Wie könnte er der Mutter seines Gottes etwas verweigern?«

Duncan blickte zu Alia auf und dachte: *Damit hast du dich bei Irulan gefährlich nahe an den Abgrund herangewagt!* Einmal mehr fragte er sich, warum Alia ihn hierher zurückgeholt hatte, obwohl sie wusste, dass er im Sietch Tabr gebraucht wurde, wenn der Entführungsplan gelingen sollte. War es möglich, dass sie von der Nachricht erfahren hatte, die ihm der Prediger gesandt hatte? Dieser Gedanke erfüllte ihn mit tiefer Unruhe. Wie konnte dieser bettelarme Guru nur von dem geheimen Zeichen wissen, mit dem Paul Atreides früher seinen Schwertmeister herbeigerufen hatte? Duncan hoffte, dieses sinnlose Treffen schnell hinter sich zu bringen und sich dann wieder der Suche nach einer Antwort auf diese Frage zuwenden zu können.

»Es besteht kein Zweifel daran, dass der Prediger den Planeten zwischenzeitlich verlassen hat«, sagte Alia. »Die Gilde würde es nicht wagen, uns in solchen Fragen zu täuschen. Ich werde ihn …«

»Vorsicht dabei!«, sagte Irulan.

»Allerdings, sei vorsichtig«, sagte auch Duncan. »Der halbe Planet glaubt, er wäre …« Er zuckte mit den Schultern. »… dein Bruder.« Er hoffte, dass es ihm gelungen war, angemessen beiläufig zu klingen. Woher kannte dieser Mann nur das Zeichen?

»Aber wenn er ein Kurier ist. Oder ein Spion der …«

»Er hat mit niemandem von der MAFEA oder vom Haus Corrino Kontakt aufgenommen«, sagte Irulan. »Da können wir uns sicher …«

»Wir können uns überhaupt nichts sicher sein!« Alia machte

keinen Hehl aus ihrer Verachtung. Sie kehrte Irulan den Rücken zu und sah Duncan an. Er wusste, warum er hier war! Warum lieferte er nicht die erwartete Leistung? Er war im Rat, weil Irulan bei ihnen war. Niemals durfte vergessen werden, wie eine Prinzessin des Hauses Corrino Teil der Atreides-Familie geworden war. Gefolgschaften konnten sich wieder und wieder verändern. Duncan sollte mit seinen Mentatenkräften eigentlich nach Fehlern suchen, nach unmerklichen Abweichungen in Irulans Verhalten.

Duncan rutschte auf dem Diwan herum und warf Irulan dabei einen Blick zu. Es gab Zeiten, in denen er die Notwendigkeiten verabscheute, die ihm seine Arbeit als Mentat auferlegte. Er wusste, was Alia dachte. Irulan würde es ebenfalls wissen. Aber die Prinzessinnenfrau von Paul Muad'Dib hatte die Entscheidungen, die sie zu etwas Geringerem gemacht hatten als die königliche Konkubine Chani, hinter sich gelassen. Es bestand kein Zweifel daran, dass sie den königlichen Zwillingen treu ergeben war. Sie hatte ihrer Familie und den Bene Gesserit entsagt und sich den Atreides verschrieben.

»Meine Mutter ist Teil dieser Verschwörung«, erklärte Alia. »Aus welchem anderen Grund sollte die Schwesternschaft sie gerade jetzt hierherschicken?«

»Hysterie hilft uns nicht weiter«, sagte Duncan.

Alia drehte sich zornig von ihm weg, genau, wie er es erwartet hatte. Es half ihm, nicht dieses einst geliebte Gesicht vor sich sehen zu müssen, das jetzt so verzerrt war, nachdem etwas Fremdes davon Besitz ergriffen hatte.

»Nun«, sagte Irulan, »wir können der Gilde nicht voll und ganz trauen, wenn es darum geht …«

»Die Gilde!«, schnaubte Alia.

»Wir dürfen die feindselige Haltung der Gilde oder der Bene Gesserit nicht außer Acht lassen«, sagte Duncan. »Aber wir können sie als grundsätzlich passive Kampfteilnehmer einordnen. Die Gilde wird sich an ihre Grundregel halten: niemals regieren. Sie sind eine parasitäre Wucherung, und das wissen sie. Sie werden nichts tun, was den Organismus tötet, der sie am Leben erhält.«

»Aber vielleicht haben sie eine andere Vorstellung davon, welcher Organismus sie am Leben erhält, als wir«, sagte Irulan mit gedehnter Stimme. Das kam bei ihr Spott am nächsten, ein träger Tonfall, mit dem sie zum Ausdruck brachte: »Du hast etwas übersehen, Mentat.«

Alia war verwirrt. Damit hatte sie nicht gerechnet. Wäre Irulan eine Verschwörerin, hätte sie die Aufmerksamkeit doch sicher nicht in diese Richtung gelenkt.

»Zweifellos«, sagte Duncan. »Doch die Gilde wird sich nie offen gegen das Haus Atreides stellen. Die Schwesternschaft hingegen könnte eine gewisse Art von politischem Bruch …«

»Wenn sie das tun, dann werden sie jemand vorschieben«, unterbrach ihn Irulan. »Eine Person oder eine Gruppe, von der sie sich distanzieren können. Die Bene Gesserit haben nicht so viele Jahrhunderte lang Bestand gehabt, ohne dabei zu lernen, wie nützlich es sein kann, sich selbst aus dem Bild zu tilgen. Sie ziehen einen Platz hinter dem Thron vor, nicht darauf.«

Sich selbst zu tilgen?, dachte Alia. War es das, wofür sich Irulan entschieden hatte?

»Genau darum ging es mir bezüglich der Gilde.« Duncan fand die Notwendigkeit, zu argumentieren und zu erklären, hilfreich. Sie lenkte ihn von anderen Problemen ab.

Alia ging wieder zu den Fenstern. Sie kannte Duncans blinden Fleck; jeder Mentat hatte einen. Mentaten mussten klare Aussagen treffen, und damit ging eine Neigung einher, sich auf Absolutheiten zu verlassen, letzte klare Grenzen wahrzunehmen. Mentaten wussten das über sich selbst, es gehörte zu ihrer Ausbildung. Und trotzdem handelten sie immer wieder jenseits selbstbegrenzender Parameter. *Ich hätte ihn in Sietch Tabr lassen sollen*, dachte Alia. *Es wäre besser gewesen, sie hätte Irulan einfach von Javid befragen lassen.*

In ihrem Kopf erklang eine polternde Stimme: »Genau!«

Sei still! Sei still! Sei still!, dachte sie. Sie spürte einen gefährlichen Fehler, dessen Gestalt sie aber nicht genau ausmachen konnte. Sie fühlte nur die Gefahr. Duncan musste ihr aus dieser Klemme helfen. Er war ein Mentat. Mentaten waren notwendig. Sie ersetzten die Geräte, die in Butlers Dschihad zerstört worden waren. *Du sollst keine Maschine nach dem Bilde des menschlichen Geistes erschaffen!* Aber in diesem Moment sehnte sich Alia nach einer willigen Maschine. Dann hätten Duncans Beschränkungen ihr nicht zu schaffen gemacht. Einer Maschine konnte man nicht misstrauen.

»Eine Finte, die sich hinter einer Finte verbirgt, welche sich hinter einer Finte verbirgt, die sich hinter einer Finte verbirgt«, sagte Irulan wieder mit ihrer trägen Stimme. »Wir alle wissen, welches Muster bei einem Angriff auf die herrschende Macht zu befolgen ist. Ich mache Alia keinen Vorwurf aus ihren Verdächtigungen. Natürlich verdächtigt sie jeden – sogar uns. Aber lassen wir das für den Moment außer Acht. Was bleibt als Hauptarena von Motiven, als fruchtbarste Quelle von Gefahren für die Regentschaft?«

»Die MAFEA«, erwiderte Duncan mit ausdrucksloser Mentatenstimme.

Alia setzte ein grimmiges Lächeln auf. Die Merkantile Allianz für Fortschritt und Entwicklung im All … Aber das Haus Atreides hatte mit einundfünfzig Prozent der Anteile die Mehrheit in der MAFEA. Der Priesterschaft Muad'Dibs gehörten weitere fünf Prozent, und die Großen Häuser hatten anerkannt, dass Arrakis die unbezahlbare Melange kontrollierte. Nicht ohne Grund nannte man das Gewürz oft »die geheime Münze«. Ohne die Melange konnten sich die Heighliner der Raumgilde nicht von der Stelle rühren. Die Melange ermöglichte die Navigationstrance, durch die man einen Überlichtweg »sehen« konnte, bevor man ihn einschlug. Ohne die Melange und die Art, wie sie das immunogene System des Menschen verstärkte, sank die Lebenserwartung der Reichen um einen Faktor von mindestens vier. Und auch die große Mittelschicht des Imperiums nahm mindestens einmal am Tag verdünntes Gewürz mit einer Mahlzeit zu sich.

Aber Alia hatte die Aufrichtigkeit des Mentaten aus Duncans Stimme herausgehört, etwas, worauf sie mit Schrecken gewartet hatte.

Die MAFEA umfasste weit mehr als das Haus Atreides, den Wüstenplaneten, die Priesterschaft oder die Melange. Sie war Ranktinte, Walpelz, Shigadraht, ixianische Artefakte und Unterhalter, sie war Handel mit Menschen und Orten, sie war die Hadsch und all das, was die sich am Rande der Legalität bewegenden Tleilaxu an Technologie hervorbrachten; sie war abhängig machende Drogen und medizinische Techniken; sie war, in Form der Gilde, Transport und der gesamte Warenverkehr eines Imperiums, das Tausende bekannter Planeten sowie einige Randwelten umfasste, die insgeheim mitversorgt und geduldet wurden, weil sie gewisse Dienste erbrachten. Wenn Duncan MAFEA sagte, dann sprach er von einem beständigen Fermentierungsprozess, von Intrigen hinter Intrigen, einem Machtspiel, bei dem durch die Verschiebung von Zinszahlungen um einen duodezimalen Punkt ein ganzer Planet den Besitzer wechseln konnte.

Alia drehte sich um und ging wieder zu den beiden anderen. »Macht euch bezüglich der MAFEA etwas Bestimmtes Sorgen?«

»Es gibt immer gewisse Häuser, die in höchst spekulativer Weise Gewürz horten«, sagte Irulan.

Alia schlug sich mit der Hand auf den Oberschenkel und deutete dann auf das verzierte Gewürzpapier neben Irulan. »Diese *Forderung* findest du also überhaupt nicht faszinierend, obwohl sie ausgerechnet jetzt …«

»Also gut!«, sagte Duncan. »Raus damit! Was hältst du zurück? Du weißt genau, dass es keinen Sinn hat, mir Datenmaterial vorzuenthalten und trotzdem zu erwarten, dass ich als Mentat …«

»In letzter Zeit gab es verstärkten Handel mit Personen, die sich auf vier ganz bestimmte Bereiche spezialisiert haben.« Alia fragte sich, ob das den beiden wirklich neu war.

»Welche Bereiche?«, fragte Irulan.

»Schwertmeister, pervertierte Mentaten von Tleilax, konditionierte Ärzte der Suk-Schule und Finanzkapitalbuchhalter. Insbesondere letztere. Warum sollten halbseidene Buchhalter gerade jetzt gefragt sein?« Die Frage war an Duncan gerichtet.

Funktioniere als Mentat, dachte Duncan. Das war besser, als sich immer wieder zu fragen, was nur aus Alia geworden war. Er konzentrierte sich auf ihre Worte, wiederholte sie nach Art der Mentaten in seinem Kopf. *Schwertmeister?* Das war einmal seine eigene Berufung gewesen. Schwertmeister waren mehr als nur Nahkämpfer. Sie konnten Kraftfeldschilde reparieren, Feldzüge planen, Stützpunkte einrichten, Waffen improvisieren. *Pervertierte Mentaten?* Offensichtlich wollten die Tleilaxu nicht von diesem Schwindel lassen. Da er selbst Mentat war, wusste Duncan, wie zerbrechlich und unsicher die Tleilaxu-Pervertierung war. Große Häuser, die solche Mentaten kauften, hofften, sie ganz und gar kontrollieren zu können. Unmöglich! Sogar Piter de Vries, der den Harkonnen bei ihrem Angriff auf das Haus Atreides geholfen hatte, hatte sich die Quintessenz seiner Würde bewahrt, indem er lieber den Tod gewählt hatte, als den innersten Kern seiner selbst preiszugeben. *Suk-Ärzte?* In der Theorie sorgte ihre Konditionierung dafür, dass sie ihren Besitzer-Patienten gegenüber unmöglich illoyal sein konnten. Suk-Ärzte waren sehr teuer. Wenn zunehmend Suk-Ärzte gekauft wurden, hieß das, dass bedeutende Summen den Besitzer wechselten.

All das wägte Duncan gegen den gestiegenen Bedarf an Finanzkapitalbuchhaltern ab.

»Erstberechnung«, sagte er und wies damit auf seine Gewissheit hin, dass es um induktive Fakten ging. »Kürzlich gab es unter den Kleinen Häusern einen Vermögenszuwachs. Manche sind stillschweigend in den Status eines Großen Hauses gewechselt. Ein solcher Reichtum kann nur von bestimmbaren Veränderungen politischer Orientierungen herrühren.«

»Es geht also um den Landsraad«, sagte Alia und brachte damit zur Sprache, wovon sie selbst überzeugt war.

»Die nächste Landsraadssitzung ist erst in zwei Jahren«, sagte Irulan.

»Aber es wird unaufhörlich politisch gefeilscht. Und ich würde wetten, dass einige dieser Unterzeichner …« Alia deutete auf das Papier, das neben Irulan lag. »… zu den Kleinen Häusern gehören, die sich neu orientiert haben.«

»Mag sein«, sagte die Prinzessin.

»Der Landsraad! Wen könnten die Bene Gesserit besser vorschieben? Und welchen besseren Agenten gäbe es für die Schwesternschaft als meine eigene Mutter?« Alia stellte sich vor Duncan auf. »Nun?«

Warum sollte ich nicht meine Arbeit als Mentat machen? Duncan sah nun, in welche Richtung Alias Verdacht ging. Schließlich war er viele Jahre lang die persönliche Hauswache von Lady Jessica gewesen.

»Duncan?«, sagte Alia drängend.

»Du solltest dich eingehend nach Gesetzesvorschlägen erkundigen, die für die nächste Landsraadssitzung in Vorbereitung sind«, sagte er. »Womöglich vertreten sie den Standpunkt, dass eine Regentschaft gegen bestimmte neue Gesetze kein Veto einlegen kann, insbesondere wenn es um Steueranpassungen und die Kartellaufsicht geht. Es gibt noch andere Bereiche, aber …«

»Pragmatisch betrachtet haben sie keine besonders guten Chancen, wenn sie so Position beziehen«, sagte Irulan.

»Der Meinung bin ich auch«, stimmte Alia zu. »Die Sardaukar sind zahnlos, und wir haben nach wie vor unsere Fremenlegionen.«

»Vorsicht, Alia«, warnte Duncan. »Unseren Feinden wäre nichts lieber, als dass wir als Monster erscheinen. Du kannst über noch so viele Legionen gebieten, letztlich hängt die Macht in einem so weit verstreuten Imperium wie diesem immer von der Duldung durch das Volk ab.«

»Durch das Volk?«, fragte Irulan.

»Du meinst durch die Großen Häuser«, sagte Alia.

»Und wie vielen Großen Häusern werden wir uns im Rahmen dieses neuen Bündnisses gegenübersehen?«, sagte Duncan. »Geld fließt an seltsamen Orten zusammen.«

»In den Randgebieten?«, fragte Irulan.

Duncan zuckte mit den Schultern. Die Frage ließ sich nicht beantworten. Sie alle rechneten damit, dass die Tleilaxu oder die Technologiebastler in den Randgebieten des Imperiums den Holtzmann-Effekt außer Kraft setzen würden. Und ab dem Tag, an dem das geschah, würden Schilde nutzlos sein. Das gesamte planetare Lehnssystem, das sich ohnehin in einem prekären Gleichgewicht befand, würde in sich zusammenbrechen.

Doch Alia weigerte sich, diese Möglichkeit auch nur in Betracht zu ziehen. »Wir arbeiten mit dem, was wir haben«, beschied sie. »Und was wir haben, ist die Gewissheit des gesamten MAFEA-Direktorats, dass *wir* das Gewürz vernichten können, wenn sie uns dazu zwingen. Darauf lassen sie es nicht ankommen.«

»Womit wir wieder bei der MAFEA wären«, sagte Irulan.

»Es sei denn, es ist jemandem gelungen, den Sandforellen-Sandwurm-Lebenszyklus auf einem anderen Planeten zu reproduzieren.« Nachdenklich sah Duncan die Prinzessin an. Diese Frage fand er spannend. »Salusa Secundus?«

Irulan schüttelte den Kopf. »Meine Kontakte dort sind nach wie vor verlässlich. Nicht auf Salusa.«

»Dann bleibt es bei meiner Antwort«, sagte Alia. »Wir arbeiten mit dem, was wir haben.«

Zeit für meinen Spielzug, dachte Duncan und sagte: »Warum hast du mich dann von meiner wichtigen *Arbeit* weggeholt? Das alles hättest du dir auch selbst zusammenreimen können.«

»Komm mir nicht mit diesem Ton!«, zischte Alia.

Duncan riss die Augen auf. Für einen Moment hatte er den Fremden in Alias Gesicht gesehen, und der Anblick war verstörend. Er wandte sich Irulan zu, aber die Prinzessin hatte nichts davon bemerkt – oder erweckte zumindest diesen Eindruck.

»Ich brauche keine Belehrungen über einfachste Grundlagen«, fuhr Alia fort. Ihrer Stimme war immer noch die Wut des Fremden anzuhören.

Duncan brachte ein reuiges Lächeln zustande, aber seine Brust schmerzte dabei.

»Wenn wir es mit der Macht zu tun haben, entfernen wir uns nie weit vom Reichtum in all seinen Masken«, sagte Irulan in bedächtigem Ton. »Paul war eine gesellschaftliche Mutation, und wir dürfen nicht vergessen, dass er als solche das alte Gleichgewicht des Wohlstands gestört hat.«

»Solche Mutationen sind nicht unumkehrbar«, sagte Alia und wandte sich von ihnen ab, als hätte sie sich nicht in ihrer fürchterlichen Andersartigkeit bloßgestellt. »Wo immer es Reichtum im Imperium gibt, weiß man das.«

»Man weiß auch«, sagte Irulan, »dass es drei Menschen gibt, die die Mutation fortführen könnten: die Zwillinge und …« Sie zeigte auf Alia.

Sind sie beide verrückt?, fragte sich Duncan.

»Sie werden versuchen, mich zu ermorden«, krächzte Alia.

Duncan war schockiert. In seinem Mentatenbewusstsein herrschte heller Aufruhr. Alia ermorden? Wozu? Dafür ließ sie sich zu leicht diskreditieren. Man konnte sie jederzeit vom Rudel der Fremen trennen und zu Tode hetzen. Aber die Zwillinge … Duncan wusste, dass er sich nicht in dem für Mentaten notwendigen Zustand der Gelassenheit befand, um die Lage angemessen bewerten zu können, aber er musste es versuchen. Und er musste dabei möglichst präzise sein. Zugleich wusste er, dass sich im präzisen Denken unverarbeitete Absolutismen verbargen. Die Natur war nicht präzise. Das Universum war nicht präzise, wenn man es auf einen menschlichen Maßstab herunterbrach; es war unbestimmt und unscharf, voll unerwarteter Bewegungen und Veränderungen. Die Menschheit als Ganzes musste als Naturerscheinung in diese Berechnung eingehen. Und der gesamte Vorgang der präzisen Analyse war ein Abschneiden, eine Loslösung vom beständigen Strom des Universums. An diesen Strom musste er heran, musste ihn in Bewegung sehen.

»Es war richtig von uns, uns auf die MAFEA und den Landsraad zu konzentrieren«, sagte Irulan. »Und Duncans Anregung liefert uns einen ersten Ansatz für die Richtung unserer …«

»Geld lässt sich nicht von der Energie trennen, die darin zum Ausdruck kommt«, sagte Alia. »Das wissen wir alle. Aber wir müssen drei Fragen beantworten. Wann? Mit welchen Waffen? Und wo?«

Die Zwillinge … die Zwillinge, dachte Duncan. *Die Zwillinge sind hier in Gefahr. Nicht Alia.*

»Es interessiert dich nicht, wer oder wie?«, fragte Irulan.

»Wenn das Haus Corrino oder die MAFEA oder irgendeine andere Gruppe auf diesem Planeten menschliche Werkzeuge verwenden«, sagte Alia, »dann haben wir eine Chance von über sechzig Prozent, sie zu finden, bevor sie handeln. Wenn wir wissen, wann und wo sie zu handeln beabsichtigen, steigert das diese Chance. Und wie? Das ist die gleiche Frage wie mit welchen Waffen.«

Warum erkennt sie die Dinge nicht so wie ich?, fragte sich Duncan.

»Na gut«, sagte Irulan. »Wann?«

»Wenn sich die Aufmerksamkeit auf jemand anderen richtet«, sagte Alia.

»Bei der Konvokation hat sich die Aufmerksamkeit auf deine Mutter gerichtet«, sagte Irulan. »Aber es hat keinen Anschlag gegeben.«

»Das war der falsche Ort«, erwiderte Alia.

Was macht sie da?, dachte Duncan.

»Wo dann?«, fragte Irulan.

»Hier in der Festung. Das ist der Ort, an dem ich mich am sichersten fühle und am wenigsten wachsam bin.«

»Mit welchen Waffen?«

»Mit ganz gewöhnlichen, wie jeder beliebige Fremen sie am Leib tragen könnte. Ein vergiftetes Krismesser, eine Maulapistole, ein …«

»Mit einem Jägersucher haben sie es schon lange nicht mehr versucht.«

»In einer Menge würde das nicht funktionieren. Und es muss in einer Menge stattfinden.«

»Biologische Waffen?«

»Ein ansteckender Erreger?« Alia machte keinen Hehl aus ihrer Ungläubigkeit. Wie kam Irulan auch nur auf die Idee, dass ein ansteckender Erreger die Immunbarrieren überwinden konnte, die eine Atreides schützten?

»Ich dachte eher an eine Art Tier«, sagte Irulan. »Ein kleines Haustier zum Beispiel, das darauf konditioniert ist, ein bestimmtes Opfer zu beißen, und mit seinem Biss ein Gift überträgt.«

»Das würden die Hausfrettchen verhindern.«

»Und wenn es eines von ihnen ist?«

»Nein. Die Hausfrettchen würden sich jedem Außenseiter widersetzen und ihn töten. Das weißt du.«

»Ich habe nur über Möglichkeiten nachgedacht in der Hoffnung …«

»Ich werde meine Wachen zu äußerster Vorsicht anhalten.«

Als Alia »Wachen« sagte, legte sich Duncan eine Hand über die Tleilaxu-Augen, um das Gefühl der Verstricktheit abzuwehren, das ihn überkam. Das war das Rhajia, die Bewegung der Unendlichkeit, die ihren Ausdruck durch das Leben fand, der latente Kelch des völligen Eintauchens in das Mentatenbewusstsein, der auf jeden Mentaten lauerte. Sein Bewusstsein wurde über das Universum geworfen wie ein Netz, sodass es die darunterliegenden

Formen zeigte. Er sah die Zwillinge, die in der Dunkelheit kauerten, während riesige Klauen die Luft über ihnen zerrissen. »Nein«, flüsterte er.

»Was ist?« Alia sah ihn an, als wäre sie überrascht, dass er noch da war.

Duncan nahm die Hand von den Augen. »Die Kleidungsstücke, die das Haus Corrino geschickt hat? Hat man sie schon an die Zwillinge weitergegeben?«

»Natürlich«, sagte Irulan. »Sie sind absolut ungefährlich.«

»Niemand wird versuchen, in Sietch Tabr einen Anschlag auf die Zwillinge zu verüben«, sagte Alia. »Nicht in Anwesenheit so vieler von Stilgar ausgebildeter Wachen.«

Duncan sah sie an. Er verfügte über keine Information, mit der er eine Mentatenberechnung hätte untermauern können, aber er wusste es. *Er wusste es.* Das, was er gerade erlebt hatte, kam den visionären Kräften, an denen Paul teilgehabt hatte, sehr nahe. Aber weder Irulan noch Alia würden solchen Worten Glauben schenken, wenn sie aus seinem Mund kamen. »Ich werde die Raumhafenbehörden anweisen, keine Einfuhr auswärtiger Tiere zu gestatten.«

»Du nimmst Irulans Idee doch nicht ernst«, sagte Alia.

»Warum sollten wir Risiken eingehen?«

»Erzähl das den Schmugglern. Ich verlasse mich lieber auf die Hausfrettchen.«

Duncan schüttelte den Kopf. Was konnten Hausfrettchen gegen Klauen von der Größe ausrichten, die er in seiner Vision gesehen hatte? Aber Alia hatte recht. Man musste nur die richtigen Leute bestechen und brauchte einen verschwiegenen Gildennavigator, dann konnte jeder Ort im Leeren Viertel zum Landeplatz werden. Die Gilde würde sich bei einem Angriff auf das Haus Atreides gegen eine Position in vorderster Front sträuben, aber wenn der Preis hoch genug war … Nun ja, man konnte sich die Gilde als eine Art geologisches Hindernis vorstellen, das Angriffe erschwerte, aber nicht unmöglich machte. Sie konnte sich immer darauf berufen, dass sie nur ein Transportunternehmen war. Woher sollte sie wissen, wofür man eine bestimmte Ladung verwenden würde?

Alia brach das Schweigen mit einer traditionellen Fremengeste, einer gehobenen Faust mit horizontalem Daumen. Dazu stieß sie einen Kraftausdruck aus, der bedeutete: »Ich gebe dem Taifun zu kämpfen.« Offensichtlich sah sie sich als einzig logisches Ziel für die Meuchelmörder, und mit der Handbewegung lehnte sie sich gegen ein Universum voller noch unverarbeiteter Bedrohungen auf. Sie brachte zum Ausdruck, dass sie jedem, der sie angriff, den Wind des Todes entgegenschleudern würde.

Duncan spürte, wie sinnlos jeder Widerspruch war. Gleichzeitig wurde ihm aber auch klar, dass Alia ihn nicht länger verdächtigte. Er würde nach Tabr zurückkehren. Sie erwartete eine perfekt inszenierte Entführung von Lady Jessica. Getrieben von einem Adrenalinschub erhob er sich von dem Diwan und dachte: *Wenn doch Alia das Ziel wäre! Wenn nur ein Meuchelmörder zu ihr vordringen könnte!* Für einen Moment ließ er die Hand auf seinem Messer ruhen. Aber dazu war er nicht fähig. Trotzdem wäre es besser, wenn sie als Märtyrerin starb, als wenn sie weiterlebte, um ihre Ehre zu verlieren und in ein Grab im Sand gehetzt zu werden.

»Ja«, sagte Alia, die Duncans Gesichtsausdruck als Sorge um sie missdeutete. »Du kehrst besser so schnell wie möglich nach Tabr zurück.« Und sie dachte: *Wie dumm von mir, Duncan zu verdächtigen. Er ist mein, nicht Jessicas!* Es war die Forderung der Stämme gewesen, die sie so verärgert hatte. Sie winkte Duncan zum Abschied, als er ging.

Mit einem Gefühl der Hoffnungslosigkeit verließ der Mentat den Ratssaal. Alia war nicht nur von ihrer Besessenheit geblendet, sie wurde noch dazu mit jeder Krise verbissener. Sie hatte die Grenze überschritten und war nun zum Untergang verurteilt. Aber was ließ sich für die Zwillinge tun? Wen konnte er überzeugen? Stilgar? Und was konnte Stilgar tun, was er nicht ohnehin schon tat?

Und Lady Jessica?

Ja, dieser Möglichkeit würde er nachgehen. Aber auch sie war womöglich schon zu sehr in die Intrigen der Schwesternschaft eingebunden. Duncan gab sich keinen Illusionen über die Atreides-Konkubine hin. Auf Befehl der Bene Gesserit mochte sie alles Mögliche tun – ja, sich vielleicht sogar gegen ihre eigenen Enkelkinder wenden.

Eine gute Regierung ist nie von Gesetzen abhängig, sondern stets von den persönlichen Qualitäten der Regierenden. Die Regierungsmaschinerie ist dem Willen derjenigen unterworfen, die sie bedienen. Das wichtigste Element einer Regierung ist daher die Methode, mit der ihre Anführer gewählt werden.

– Recht und Regierung,
aus dem Handbuch der Raumgilde

Warum will Alia, dass ich an der Morgenaudienz teilnehme?, fragte sich Jessica. *Man hat mich nicht in den Rat zurückberufen.*

Sie stand im Vorraum der Großen Festungshalle. Überall anders als auf Arrakis wäre schon dieser Vorraum eine Halle gewesen. Dem Beispiel der Atreides folgend, waren die Gebäude in Arrakeen mit zunehmender Konzentration von Reichtum und Macht immer riesiger geworden, und dieser Raum hier symbolisierte, was Jessica daran störte. Der Kachelboden, der den Sieg ihres Sohnes über Shaddam IV. zeigte, gefiel ihr ganz und gar nicht.

Sie sah ihr Spiegelbild in der auf Hochglanz polierten Plastahltür, die zur Großen Halle führte. Die Rückkehr nach Arrakis drängte ihr einen Vergleich auf, und so nahm Jessica in ihren Zügen nur die Zeichen des Alterns wahr: Ihr ovales Gesicht wies nun winzige Falten auf, und die indigoblauen Augen, die sie im Spiegelbild ansahen, wirkten spröder. Sie erinnerte sich an die Zeiten, als man noch Weiß um das Blau ihrer Augen herum wahrgenommen hatte. Nur durch die Fürsorge eines professionellen Garderobiers wahrte ihr Haar seinen bronzefarbenen Glanz. Ihre Nase war nach wie vor klein, ihr Mund üppig und ihr Körper schlank, aber ihre

Muskeln, obwohl sie das Training einer Bene Gesserit genossen hatten, waren im Laufe der Jahre träger geworden. Manche hätten vielleicht nichts von alledem bemerkt und gesagt: »Du hast dich kein bisschen verändert«, aber die Ausbildung durch die Schwesternschaft war ein zweischneidiges Schwert. Den Ausgebildeten entgingen nur selten kleine Veränderungen.

Und bei Alia hatte Jessica keine Veränderungen bemerkt.

Javid, der Alias Termine verwaltete, stand an der Tür. Er benahm sich höchst offiziös. Er war ein Dschinn in einer Robe, mit einem zynischen Lächeln auf dem runden Gesicht. Javid kam Jessica wie ein Paradox vor: ein wohlgenährter Fremen. Als ihm auffiel, dass sie ihn aufmerksam musterte, lächelte er wissend und zuckte mit den Schultern. Er hatte nur kurz zu Jessicas Gefolge gehört, was ihm bereits vorher klar gewesen war. Er verabscheute die Atreides und trotzdem war er in mehr als einer Hinsicht Alia hörig, wenn man den Gerüchten Glauben schenkte.

Jessica sah das Schulterzucken und dachte: *Dies ist das Zeitalter des Schulterzuckens. Er weiß, dass ich die Geschichten über ihn gehört habe, und es ist ihm egal. Unsere Zivilisation könnte durchaus an Gleichgültigkeit zugrunde gehen, bevor sie einem Angriff von außen erliegt.*

Den Wachen, die Gurney ihr zugewiesen hatte, bevor er zu den Schmugglern in die Wüste aufgebrochen war, hatte es nicht gefallen, dass Jessica allein hierhergekommen war. Aber sie fühlte sich seltsam sicher. Sollte doch jemand hier eine Märtyrerin aus ihr machen – das würde Alia nicht überleben. Und Alia wusste das.

Als Jessica nicht auf sein Schulterzucken und sein Lächeln reagierte, räusperte sich Javid, ein knarziger Kehlkopfklang, der mit Sicherheit Übung verlangte. Es war wie eine Geheimsprache, in der er sagte: »Wir verstehen, wie unsinnig all dieser Pomp ist, Mylady. Ist es nicht wunderbar, an was man die Menschen alles glauben lassen kann!«

Ja, wunderbar, pflichtete ihm Jessica bei, aber ihr Gesicht verriet nichts über diesen Gedanken.

Der Vorraum war ziemlich voll. Javids Leute hatten sämtliche für diesen Morgen vorgesehenen Bittsteller eingelassen. Die Außentür war geschlossen. Bittsteller und Bedienstete wahrten einen höflichen Abstand zu Jessica, bemerkten aber durchaus, dass sie die förmliche schwarze Aba einer Ehrwürdigen Mutter der Fremen trug. Das würde viele Fragen aufwerfen. An der Aba waren keine Abzeichen von Muad'Dibs Priesterschaft zu erkennen. Überall brummten Gespräche, während die Menschen zwischen Jessica und der Tür hin und her sahen, durch die Alia kommen würde, um sie alle in die Große Halle zu führen. Es war für Jessica offensichtlich, dass das alte Muster, das über die Befugnisse der Regentin bestimmte, erschüttert worden war.

Das habe ich allein durch mein Kommen bewirkt, dachte sie. *Und dabei bin ich auf Alias Einladung hier.*

Jessica begriff, dass Alia diesen Moment absichtlich in die Länge zog, dass sie es den unmerklichen Strömungen gestattete, ihren Weg zu nehmen. Natürlich beobachtete ihre Tochter sie durch ein Guckloch. Nur wenige Feinheiten in Alias Verhalten entgingen Jessica, und mit jeder verstreichenden Minute wurde ihr klarer, wie recht sie damit gehabt hatte, die ihr von der Schwesternschaft aufgedrängte Mission anzunehmen.

»Wir können nicht gestatten, dass es in dieser Weise weitergeht«, hatte die Anführerin der Bene-Gesserit-Delegation gesagt. »Bestimmt sind dir die Zeichen des Verfalls nicht entgangen, ausgerechnet dir! Wir wissen, warum du uns verlassen hast, aber wir wissen auch um deine Ausbildung. Bei deiner Erziehung wurde nichts vernachlässigt. Du bist eine Adeptin der Panoplia Propheticus, und du musst wissen, wann das Gären einer mächtigen Religion zur Bedrohung für uns alle wird.«

Jessica hatte nachdenklich die Lippen geschürzt, während sie aus dem Fenster auf die milden Vorboten des Frühlings um Schloss Caladan herum geblickt hatte. Es gefiel ihr nicht, ihr Denken auf so logische Art zu kontrollieren. Zu den ersten Lektionen der

Schwesternschaft hatte es gehört, allem zu misstrauen, was im Gewand der Logik daherkam. Doch das wussten die Angehörigen der Delegation natürlich ebenfalls.

Wie frisch die Luft an jenem Morgen gewesen war, dachte Jessica, während sie sich in dem Vorraum umsah. Hier hing etwas Feuchtes in der Luft, das ein Gefühl des Unbehagens in Jessica weckte. *Ich bin zu der Lebensweise der Fremen zurückgekehrt.* Die Luft war zu feucht in diesem Sietch über der Erde. Was war los mit dem Destillmeister? Paul hätte eine solche Nachlässigkeit niemals geduldet.

Ihr fiel auf, dass Javid, auf dessen glänzendem Gesicht ein gefasster Ausdruck lag, diese störende Feuchtigkeit offenbar nicht bemerkte. Auf Arrakis verriet das eine schlechte Ausbildung.

Die Angehörigen der Bene-Gesserit-Delegation hatten wissen wollen, ob Jessica Beweise für ihre Behauptungen benötigte. Die wütende Antwort, die sie ihnen gegeben hatte, stammte aus ihren eigenen Handbüchern: »Alle Beweise gründen unausweichlich auf Voraussetzungen, für die es keine Beweise gibt. Alles, was wir wissen, wissen wir, weil wir daran glauben wollen.«

»Aber wir haben diese Fragen Mentaten vorgelegt«, hatte die Anführerin der Delegation eingewandt.

Jessica hatte die Frau verblüfft angestarrt. »Ich staune, dass du deine gegenwärtige Position erreicht hast, ohne zu wissen, welchen Beschränkungen Mentaten unterworfen sind.«

Worauf sich die Frauen der Delegation etwas entspannt hatten. Offenbar war es eine Prüfung gewesen, die Jessica bestanden hatte. Man hatte befürchtet, dass sie jeden Bezug zu den ausgleichenden Fähigkeiten verloren hatte, die den Kern der Bene-Gesserit-Ausbildung ausmachten.

Jetzt bemerkte Jessica, dass Javid seinen Platz an der Tür verlassen hatte und sich ihr näherte.

Er verbeugte sich. »Mylady. Ich dachte mir, dass Sie vielleicht noch nichts über das jüngste Treiben des Predigers gehört haben.«

»Ich erhalte täglich Berichte über alles, was sich hier ereignet«, erwiderte Jessica. *Soll er das doch an Alia melden!*

Javid lächelte. »Dann wissen Sie, dass er Ihre Familie schmäht. Erst gestern Abend hat er in der südlichen Vorstadt gepredigt, und niemand hat es gewagt, Hand an ihn zu legen. Sie wissen natürlich, warum.«

»Weil man glaubt, dass er mein Sohn ist.«

»Diese Frage wurde dem Mentaten Idaho noch nicht gestellt. Vielleicht sollte man das tun und die Sache damit ein für alle Mal klären.«

Jessica dachte: *Hier haben wir jemand, der tatsächlich keine Ahnung von den Beschränkungen eines Mentaten hat, obwohl er es wagt, einem Mentaten die Hörner aufzusetzen – zumindest in seinen Träumen, wenn nicht in Wirklichkeit.* »Mentaten haben Anteil an der Fehlbarkeit derjenigen, die sie einsetzen«, sagte sie laut. »Der menschliche Verstand ist wie der Verstand eines jeden Tieres ein Resonanzboden. Er reagiert auf Schwingungen in der Umgebung. Ein Mentat hat gelernt, sein Bewusstsein auf etliche Parallelschleifen der Kausalität auszuweiten und sich an ihnen entlangzuhangeln, um lange Ketten von Folgeereignissen zu bilden.« *Daran wird er zu beißen haben!*

»Dieser Prediger beunruhigt Sie also nicht?« Javids Tonfall klang mit einem Mal förmlich und unheilvoll zugleich.

»Ich finde, dass er ein Zeichen von Gesundheit ist. Ich will nicht, dass er belästigt wird.«

Javid hatte offenbar keine so unverblümte Antwort erwartet. Er versuchte zu lächeln, aber es gelang ihm nicht. »Der regierende Rat der Kirche, der den Willen Ihres Sohnes vergöttlicht, beugt sich natürlich Ihren Wünschen, wenn Sie darauf bestehen. Aber sicherlich ist eine Erklärung …«

»Vielleicht wäre es dir lieber, wenn ich erkläre, wie *ich* in deine Machenschaften passe.«

Javid sah sie aus zusammengekniffenen Augen an. »Mylady, ich sehe keinen logischen Grund dafür, dass Sie sich weigern, diesen Prediger zu verurteilen. Er kann nicht Ihr Sohn sein. Ich äußere eine nachvollziehbare Bitte: Verurteilen Sie ihn.«

Das ist alles inszeniert, dachte Jessica. *Alia hat ihn dazu angestiftet.* »Nein.«

»Aber er beschmutzt den Namen Ihres Sohnes. Er predigt Abscheuliches und erhebt die Stimme gegen Ihre heilige Tochter. Er hetzt das Volk gegen uns auf. Als man ihn danach fragte, sagte er, dass selbst Sie die Natur des Bösen besäßen und dass Ihr …«

»Genug von diesem Unsinn! Sag Alia, dass ich es nicht tun werde. Seit meiner Rückkehr höre ich nichts als Geschichten von diesem Prediger. Er langweilt mich.«

»Langweilt es Sie, zu erfahren, dass er bei seiner letzten Lästerrede gesagt hat, dass Sie sich nicht gegen ihn wenden werden? Und hier stehen Sie und …«

»Böse wie ich bin, werde ich ihn trotzdem nicht verurteilen.«

»Das ist nichts, worüber man scherzt, Mylady.«

Jessica verscheuchte Javid mit einem ungehaltenen Wink. »Fort!« Sie sagte es laut genug, sodass andere sie hörten, was Javid zwang zu gehorchen.

In seinen Augen gloste die Wut, aber er brachte eine steife Verbeugung zustande und kehrte an seinen Platz an der Tür zurück.

Ihr Wortwechsel mit Javid passte genau zu dem, was Jessica beobachtet hatte. Wenn er von Alia sprach, hatte seine Stimme den kehligen Unterton eines Liebhabers, das war unverkennbar. Die Gerüchte entsprachen also der Wahrheit. Alia hatte ihr Leben in furchtbarer Weise verfallen lassen, und Jessica hegte den Verdacht, dass ihre Tochter willentlich an ihrer Verwandlung in eine Abscheulichkeit mitgewirkt hatte. Steckte der perverse Wunsch, sich selbst zu vernichten, dahinter? Denn ganz offensichtlich arbeitete Alia daran, sich selbst und die Machtbasis, die sich aus Pauls Lehren speiste, zu zerstören.

Leise Unruhe machte sich nun in dem Vorraum bemerkbar. Diejenigen, die oft und gerne hierherkamen, wussten, wann Alia zu lange auf sich warten ließ, und inzwischen hatten sie zweifellos alle mitbekommen, wie Jessica Alias Günstling abgefertigt hatte.

Jessica seufzte. Sie hatte das Gefühl, dass ihr Körper hierhergekommen war, ihre Seele aber hinterherhinkte. Die Bewegung unter den Höflingen war so durchschaubar. Es zog die Menschen zu den bedeutenden Persönlichkeiten, und daraus ergab sich ein Tanz, wie wenn ein Wind durch ein Getreidefeld weht. Die Bewohner dieses Ortes legten ihre Stirn in Falten und sortierten ihre Mitmenschen nach Wichtigkeit. Javids Zurückweisung durch Jessica hatte ihm offenbar geschadet; nun sprachen nur noch wenige mit ihm. Aber die anderen! Jessicas geübtes Auge registrierte die verschiedenen Wertigkeiten, die den Mächtigen von ihren Satelliten zugeschrieben wurden.

Sie warten mir nicht auf, weil ich gefährlich bin. Mir haftet der Ruch einer Person an, vor der sich Alia fürchtet.

Sie blickte sich um und bemerkte, wie sich die Augen von ihr abwandten. Diese Leute hier waren von einem so nichtigen Ernst erfüllt, dass Jessica am liebsten laut gegen ihre Rechtfertigungen für die Sinnentleertheit ihres Lebens gewütet hätte. Ach, wenn nur der Prediger diesen Raum in diesem Moment hätte sehen können!

Ein Gesprächsfetzen in Jessicas Nähe ließ sie aufmerken. Ein hochgewachsener Priester sprach zu seinem Klüngel aus Speichelleckern. »Oft muss ich etwas anderes sagen als das, was ich denke«, sagte er. »Das nennt man Diplomatie.«

Das sich anschließende Lachen war zu laut und verstummte zu schnell wieder – einige aus der Gruppe hatten bemerkt, dass Jessica zuhörte.

Mein Herzog hätte eine derartige Person ins nächstverfügbare Höllenloch verfrachtet!, dachte sie. *Ich bin keine Sekunde zu früh zurückgekehrt.*

Sie wusste jetzt, dass sie auf Caladan in einer Blase gelebt hatte, in die nur Berichte von Alias schlimmsten Exzessen vorgedrungen waren. *Ich habe zu meiner eigenen Traumexistenz beigetragen.* Caladan war wie die Isolation gewesen, die eine erstklassige Fregatte bot, die sicher im Bauch eines Gildenheighliners reiste. Man spürte nur die gröbsten Manöver und auch die sehr gedämpft.

Wie verführerisch ein Leben in Frieden ist!

Je mehr Jessica von Alias Hof sah, desto sympathischer wurden ihr die Worte, die dieser blinde Prediger den Berichten nach sprach. Ja, Paul hätte solche Worte vielleicht gesprochen, wenn er gesehen hätte, was aus seinem Reich geworden war. Sie fragte sich, was Gurney wohl bei den Schmugglern herausgefunden hatte.

Ihre erste Reaktion auf Arrakeen war die richtige gewesen, begriff sie. Bei ihrer Fahrt in die Stadt vom Landefeld hatte sie die Panzerschirme um die Häuser bemerkt, die bewachten Wege und Gassen, die geduldigen Beobachter an jeder Ecke, die hohen Wände und die schweren Fundamente, die auf Räume tief unter der Erde schließen ließen. Arrakeen war zu einem unnachsichtigen Ort geworden, einem umhegten Ort, ebenso unvernünftig wie selbstgerecht.

Plötzlich öffnete sich die kleine Tür, und eine Vorhut von Priesteramazonen ergoss sich in den Raum. Nach ihnen kam Alia. Sie wirkte hochmütig, bewegte sich mit dem kontrollierten Selbstbewusstsein eines Menschen, der über echte und schreckliche Macht verfügte. Ihre Miene verriet keine Gefühle, als ihr Blick auf den ihrer Mutter traf. Aber beide wussten sie, dass der Kampf begonnen hatte.

Auf Javids Befehl hin wurden die Tore zur Großen Halle geöffnet. Sie bewegten sich mit einer stillen Unausweichlichkeit, die auf verborgene Energien hindeutete.

Alia trat an Jessicas Seite. Wachen umgaben sie.

»Wollen wir hinein, Mutter?«, fragte Alia.

»Es ist höchste Zeit«, erwiderte Jessica. Und als sie den hämischen Ausdruck in Alias Augen sah, dachte sie: *Sie meint, mich vernichten und dabei selbst ungeschoren davonkommen zu können. Sie ist wahnsinnig!*

Jessica fragte sich, ob es vielleicht das gewesen war, was Duncan Idaho gewollt hatte. Er hatte ihr eine Nachricht zukommen lassen, aber sie hatte nicht antworten können. Und was für eine rätselhafte Nachricht: »*Gefahr. Muss Sie sehen.*« Er hatte eine Variante des alten Chakobsa verwendet, in der das Wort für Gefahr auf eine Intrige hindeutete.

Wenn ich wieder in Tabr bin, werde ich mich sofort mit ihm treffen, dachte Jessica.

Das ist die Tücke der Macht: Letztlich ist sie nur in einem absoluten, einem begrenzten Universum wirksam. Die Grundlektion unseres relativistischen Universums aber lautet, dass sich die Dinge ändern. Jede Macht trifft auf eine größere Macht. Auf den Ebenen von Arrakeen hat Paul Muad'Dib den Sardaukar diese Lektion erteilt. Seine Nachfahren müssen sie erst noch lernen.

– Der Prediger in Arrakeen

Der erste Bittsteller der Morgenaudienz war ein kadeschianischer Troubadour, ein Hadsch-Pilger, dem die Räuber von Arrakeen die Börse geleert hatten. Er stand auf dem wassergrünen Stein des Hallenbodens und vermittelte nicht einmal ansatzweise die Haltung eines Bittstellers.

Jessica bewunderte ihn von ihrem Platz neben Alia aus für seine Kühnheit. Identische Throne waren für Mutter und Tochter auf der siebenstufigen Plattform aufgestellt worden, wobei Jessica auffiel, dass Alia auf der rechten Seite saß, auf dem Platz des Mannes.

Was den kadeschianischen Troubadour anging: Es war offensichtlich, dass Javids Leute ihn wegen eben jener Qualität, die er nun zur Schau stellte, vorgelassen hatten – wegen seiner Kühnheit. Man erwartete von ihm, dass er die Höflinge in der Großen Halle unterhielt.

Laut Bericht des priesterlichen Fürsprechers, der das Gesuch des Troubadours vortrug, hatte der Kadeschianer nur noch die Kleider an seinem Leib. Und das Balisett, das er an einem Lederband um die Schulter trug.

»Er sagt, dass man ihm ein dunkles Getränk verabreicht hat.« Der Fürsprecher machte kaum einen Hehl aus dem Lächeln, das seine Lippen umspielte. »Wenn Ihre Heiligkeit erlauben, das Getränk ließ ihn hilflos, aber wach zurück, bis man ihm die Börse vom Gürtel geschnitten hatte.«

Jessica betrachtete den Troubadour, während der Fürsprecher in einem Tonfall, der von moralischer Verkommenheit gefärbt war, mit gespielter Unterwürfigkeit weitersprach. Der Kadeschianer war hochgewachsen, bestimmt zwei Meter groß. Sein wandernder Blick verriet Intelligenz, Auffassungsgabe und Humor. Sein goldenes Haar trug er nach der auf seinem Heimatplaneten üblichen Art schulterlang, sein breiter Brustkorb und sein konischer Körperbau, den das graue Hadschgewand nicht ganz verbarg, vermittelten virile Kraft. Er wurde als Tagir Mohandis vorgestellt, stammte von Technikerhändlern ab und war stolz auf sich und seine Herkunft.

Alia unterbrach den Fürsprecher schließlich mit einem Wink und sagte: »Lady Jessica wird zu Ehren ihrer Rückkehr heute das erste Urteil sprechen.«

»Danke, Tochter«, erwiderte Jessica und sprach so die Rangfolge für alle hörbar aus. *Tochter!* Dieser Tagir Mohandis war also Teil ihres Plans. Oder war er ein unwissendes Werkzeug? Jessica begriff, dass das Urteil, das man jetzt von ihr erwartete, die Eröffnung des Gefechts war. Man sah es Alia an.

Jessica deutete auf das neunsaitige Balisett über der Schulter des Troubadours und fragte: »Spielst du dieses Instrument gut?«

»So gut wie der große Gurney Halleck selbst«, sagte Tagir Mohandis so laut, dass alle Anwesenden ihn hören konnten, und seine Worte sorgten für interessierte Unruhe unter den Höflingen.

»Du hoffst darauf, das Geld für die Transportkosten zu erhalten«, sagte Jessica. »Wohin würde es dich bringen?«

»Nach Salusa Secundus, an Farad'ns Hof. Ich habe gehört, dass er Troubadoure und Bänkelsänger sucht, dass er die Künste fördert und eine große Renaissance des kultivierten Lebens einleitet.«

Jessica verkniff sich einen Blick in Alias Richtung. Sie hatten natürlich gewusst, worum Mohandis bitten würde. Jessica stellte fest, dass sie Spaß an diesem Geplänkel hatte. Hatte man etwa geglaubt, dass sie diesem Vorstoß nichts entgegenzusetzen hatte?

»Wirst du für deinen Transport spielen? Meine Bedingungen sind die einer Fremen. Wenn mir deine Musik gefällt, dann behalte ich dich vielleicht hier, damit du meine Sorgen besänftigst. Wenn sie mir missfällt, schicke ich dich wohl eher in die Wüste, wo du für dein Geld schuften musst. Und wenn ich meine, dass du gerade gut genug spielst, damit es für Farad'n reicht, der als Feind der Atreides gilt, dann gehst du mit meinem Segen zu ihm. Spielst du zu diesen Bedingungen, Tagir Mohandis?«

Der Troubadour warf den Kopf in den Nacken und stieß ein lautes Lachen aus. Dann nahm er das Balisett von der Schulter und stimmte es. Die Menge im Saal drängte näher heran, wurde jedoch von den Wachen zurückgehalten.

Mohandis schlug einen Ton an und ließ die Basssaiten in einem berückenden Klang schwingen. Dann erhob er seine Stimme und begann, in einem weichen Tenor zu singen. Offensichtlich improvisierte er, doch das tat er so geschickt, dass Jessica für einen Moment in seinen Bann geriet, bevor sie ihre Aufmerksamkeit auf den Text richtete:

»Ihr sagt, ihr sehnt euch nach Caladans Meer,
Wo eure Herrschaft, Atreides,
Einst unumstritten war –
Doch Verstoßene wohnen in seltsamen Landen.

Ihr sagt, es war bitter, die Männer grob,
Sie verkauften euren Traum von Shai-Hulud
Für eine schale Speise –
Und Verstoßene wohnen in seltsamen Landen.

Ihr lasst Arrakis gebrechlich werden,
Den Wurm auf seinem Weg verstummen
Und beendet eure Zeit –
Als Verstoßene, lebend in seltsamen Landen.

Alia! Dich nennen sie Koan-Tin,
den Geist, der nie zu sehen ist,
Bis …«

»Das reicht!«, rief Alia und sprang von ihrem Thron auf. »Ich lasse dich …«

»Alia!« Jessica sprach gerade laut genug und verlieh ihrer Stimme genau den richtigen Tonfall, um eine Konfrontation zu vermeiden, sich aber dennoch Alias volle Aufmerksamkeit zu sichern. Es war ein meisterhafter Gebrauch der *Stimme*, und die Zuhörer erkannten die Kräfte hinter dieser Demonstration. Alia sank auf ihren Thron zurück, und Jessica stellte fest, dass sie offenbar nicht das kleinste bisschen außer Fassung geraten war. *Auch das war also wie vorhergesehen*, dachte sie. *Wirklich hochinteressant.* »Das Urteil über diesen ersten Bittsteller liegt bei mir«, sagte sie.

»Nun gut.« Alias Worte waren kaum hörbar.

»Ich meine, dass er ein passendes Geschenk für Farad'n ist. Seine Zunge ist scharf wie ein Krismesser. Der Aderlass, den eine solche Zunge verabreichen kann, wäre auch für unseren Hof gesund, aber lieber ist es mir, wenn er sich um das Haus Corrino kümmert.«

Leises Gelächter ging durch den Saal.

Alia atmete schnaubend aus. »Weißt du, wie er mich bezeichnet hat?«

»Er hat dich als überhaupt nichts bezeichnet, Tochter. Er hat nur davon berichtet, was jeder draußen in den Straßen hören kann. Dort nennt man dich Koan-Tin …«

»Den weiblichen Geist des Todes, der ohne Füße herumläuft«, fauchte Alia.

»Wenn du all jene, die zutreffend berichten, wegsperrst, dann bleiben dir nur die, die wissen, was du hören willst«, sagte Jessica mit weicher Stimme. »Mir fällt nichts Giftigeres ein, als im Gestank seiner Selbstbespiegelung zu verrotten.«

Die Höflinge, die unmittelbar vor den Thronen standen, schnappten hörbar nach Luft.

Jessica richtete ihre Aufmerksamkeit wieder auf Mohandis, der schweigend und in keiner Weise eingeschüchtert vor ihr stand. Er erwartete das Urteil, das man über ihn fällen würde, als spielte es überhaupt keine Rolle für ihn. Er war genau die Art von Mann, die ihr Herzog in schweren Zeiten an seiner Seite hätte wissen wollen: Einer, der im Vertrauen auf sein eigenes Urteil handelte und das, was ihm widerfuhr, hinnahm, ohne über sein Schicksal zu klagen.

»Warum hast du gerade das gesungen?«, fragte Jessica.

Mohandis hob den Kopf und sagte mit klarer Stimme: »Ich hörte, die Atreides wären ehrbar und aufgeschlossen. Das wollte ich auf die Probe stellen und vielleicht in Ihren Diensten bleiben, um diejenigen zu finden, die mich ausgeraubt haben, und auf meine Art mit ihnen zu verfahren.«

»Er wagt es, *uns* auf die Probe zu stellen!«, zischte Alia.

»Warum nicht?«, sagte Jessica. Sie lächelte dem Troubadour zu, um ihr Wohlwollen zum Ausdruck zu bringen. Er hatte diesen Saal nur betreten, weil ihm das die Gelegenheit zu einem neuen Abenteuer gab, weil er hier eine weitere Tür in seinem Universum durchschreiten konnte. Jessica war versucht, ihn an ihr Gefolge zu binden, aber Alias Reaktion verhieß nichts Gutes für den mutigen Mohandis. Außerdem gab es Anzeichen dafür, dass das genau die Reaktion war, die von ihr erwartet wurde – dass sie einen kühnen, gutaussehenden Troubadour in ihre Dienste nahm, so, wie sie Gurney Halleck in ihre Dienste genommen hatte. Am besten ließ sie Mohandis seiner Wege ziehen, auch wenn sie es bedauerte, einen so vortrefflichen Menschen an Farad'n zu verlieren. »Er soll zu Farad'n gehen«, sagte sie. »Er soll Geld für die Reise erhalten. Er soll mit seiner Zunge das Haus Corrino zur Ader lassen. Wir wollen sehen, ob er das überlebt.«

Alia starrte finster zu Boden und setzte dann ein Lächeln auf. »Die Weisheit der Lady Jessica obsiegt«, sagte sie und entließ Mohandis mit einem Wink.

Das lief nicht so, wie sie es wollte, dachte Jessica, aber Alias Verhalten deutete darauf hin, dass es noch eine Prüfung geben würde.

Ein weiterer Bittsteller wurde vorgelassen.

Jessica spürte einen nagenden Zweifel in sich aufsteigen. Die Lektion, die sie von den Zwillingen gelernt hatte, war hier notwendig. Alia mochte eine *Abscheulichkeit* sein, aber sie war auch eine Vorgeborene. Sie kannte ihre Mutter so gut, wie sie sich selbst kannte. Es ergab keinen Sinn, dass Alia die Reaktion ihrer Mutter in Bezug auf den Troubadour falsch eingeschätzt haben sollte. *Warum hat sie diese Konfrontation inszeniert? Um mich abzulenken?*

Jessica hatte keine Zeit, genauer darüber nachzudenken. Mit seinem Fürsprecher an seiner Seite hatte der zweite Bittsteller seinen Platz vor dem Doppelthron eingenommen.

Diesmal war der Bittsteller ein Fremen, ein alter Mann mit den Zeichen des Wüstengeborenen im Gesicht. Er war nicht sehr groß, aber sein Körper war drahtig, und der lange *Dischsasha* verlieh ihm etwas Ehrwürdiges; der Umhang passte zu seinem schmalen Gesicht und seiner Adlernase, zu den vollkommen blauen Augen mit dem stechenden Blick. Er trug keinen Destillanzug und schien sich damit unwohl zu fühlen. Der riesige Innenraum des Audienzsaals musste ihm wie gefährlicher freier Himmel erscheinen, der seinem Körper die kostbare Feuchtigkeit entzog. Unter der Kapuze, die er ein Stück zurückgeschoben hatte, trug er das geknotete *Keffiya*-Kopftuch eines Naibs.

»Ich bin Ghadhean al-Fali«, sagte er und stellte einen Fuß auf die unterste Stufe der Treppe zu den Thronen, um zu verdeutlichen, dass sein Status höher war als der der anderen. »Ich gehörte

Muad'Dibs Todeskommandos an. Und ich bin in einer Wüstenangelegenheit hier.«

Alia versteifte sich leicht, womit sie sich ein Stück weit verriet. Al-Falis Name hatte unter der Forderung gestanden, Jessica in den Rat aufzunehmen.

Eine Wüstenangelegenheit!, dachte Jessica.

Ghadhean al-Fali hatte gesprochen, noch bevor sein Fürsprecher das Plädoyer eröffnet hatte. Mit seinen förmlichen Fremenworten hatte er ihnen mitgeteilt, dass er mit einem Anliegen, das den gesamten Planeten betraf, zu ihnen kam, und dass er mit der Autorität eines Fedaykin sprach, der sein Leben neben Muad'Dib aufs Spiel gesetzt hatte. Jessica bezweifelte, dass es das war, was al-Fali Javid oder seinem Fürsprecher erzählt hatte, als er um diese Audienz ersucht hatte, und ihre Vermutung wurde bestätigt, als ein Angehöriger der Priesterschaft von weiter hinten im Saal nach vorne lief und dabei das schwarze Tuch der Fürbitte schwenkte.

»Myladys«, rief er. »Hören Sie nicht auf diesen Mann! Er ist unter Vorspiegelung ...«

Jessica bemerkte aus dem Augenwinkel eine Bewegung und hörte, wie Alia in der alten Kampfsprache der Atreides das Signal für »*Jetzt!*« gab. Sie sah nicht, an wen sich das Zeichen richtete, aber sie handelte instinktiv, indem sie sich nach links warf und dabei ihren Thron mitriss. Im Fallen rollte sie sich von dem zu Boden krachenden Thron weg und kam wieder auf die Beine, als sie das scharfe Fauchen einer Maulapistole hörte ... und dann noch einmal. Aber schon beim ersten Schuss war sie in Bewegung. Sie spürte, wie etwas an ihrem rechten Ärmel zog, und tauchte in die Masse der Bittsteller und Höflinge vor dem Podium ein. Sie bemerkte, dass sich Alia nicht vom Fleck gerührt hatte.

Dann, als sie von Menschen umgeben war, hielt Jessica inne. Sie sah, dass sich Ghadhean al-Fali auf der anderen Seite des Podiums in Deckung gebracht hatte, während der Fürsprecher an seinem Platz geblieben war.

Es war alles sehr schnell gegangen, wie bei einem Hinterhalt. Aber Jessica konnte sich des Gefühls nicht erwehren, dass alle im Saal Bescheid gewusst hatten.

Eine Bewegung in der Saalmitte zog ihre Aufmerksamkeit auf sich. Sie drängte sich durch die Menge und sah vier Bittsteller, die den Priester festhielten. Sein schwarzes Tuch der Fürbitte lag vor seinen Füßen. Zwischen den Falten des Tuches sah man eine Maulapistole.

Al-Fali schob sich an Jessica vorbei und blickte auf die Pistole und den Priester. Dann stieß der Fremen einen wütenden Schrei aus und vollführte von der Hüfte aus mit starren Fingern einen linkshändigen *Achag*-Schlag. Er traf die Kehle des Priesters, der röchelnd zu Boden ging. Ohne einen weiteren Blick auf den Mann wandte sich der alte Naib wütend dem Podium zu.

»Dalal-il 'an-nubuwwa!«, rief er und legte beide Hände an die Stirn, um sie gleich wieder sinken zu lassen. »Der Qadis as-Salaf lässt nicht zu, dass man mich zum Schweigen bringt. Wenn ich die Störenfriede nicht töte, werden andere sie töten.«

Er denkt, er wäre das Ziel gewesen, begriff Jessica. Sie sah auf ihren Ärmel und steckte einen Finger durch das Loch, das die Maulakugel hinterlassen hatte. Zweifellos vergiftet.

Die Bittsteller hatten den Priester fallen lassen. Er lag zappelnd mit zerquetschtem Kehlkopf am Boden. Jessica gab zwei schockierten Höflingen zu ihrer Linken ein Zeichen und sagte: »Ich will, dass der Mann zur Befragung gerettet wird. Wenn er stirbt, sterbt ihr.« Als die beiden zögerten und zum Podest hoch spähten, brachte Jessica die *Stimme* zum Einsatz: »Los!«

Die beiden setzten sich in Bewegung.

Jessica ging zu al-Fali und legte ihm eine Hand auf die Schulter. »Du bist ein Dummkopf, Naib! Sie hatten es auf mich abgesehen, nicht auf dich.«

Mehrere der umstehenden Personen hörten sie, und in der plötzlich einsetzenden Stille blickte al-Fali hoch zu dem Podest mit dem umgestürzten Thron und zu Alia, die nach wie vor auf dem anderen saß. Selbst eine Novizin hätte den Ausdruck des Begreifens in seinem Gesicht deuten können.

»Fedaykin«, sagte Jessica und erinnerte ihn so daran, dass er ihrer Familie früher viele Dienste erwiesen hatte. »Wir, die wir mit Feuer verbrannt wurden, wissen, wie man Rücken an Rücken steht.«

»Vertrauen Sie mir, Mylady«, erwiderte der Naib. Er hatte sofort begriffen, was sie mit ihren Worten meinte.

Jessica wirbelte herum, als hinter ihr jemand nach Luft schnappte. Sie spürte, wie sich al-Fali mit dem Rücken vor sie stellte, um sie zu schützen. Eine Frau in dem grellen Gewand der Stadt-Fremen stand neben dem Priester. Die beiden Höflinge waren nirgends zu sehen. Die Frau würdigte Jessica keines Blickes, sondern erhob stattdessen ihre Stimme zur uralten Totenklage der Fremen – der Ruf an jene, die die Todesdestillen bedienten, der Ruf, der ihnen mitteilte, dass sie das Wasser eines Leichnams für die Stammeszisterne bergen mussten. Es war ein seltsam unpassender Laut aus dem Mund einer derart gekleideten Frau, aber obwohl Jessica die Verlogenheit dieser Städterin sah, spürte sie auch, wie hartnäckig sich die alten Bräuche hielten. Die Frau hatte den Priester ganz offensichtlich getötet, um sein Schweigen sicherzustellen.

Warum hat sie sich die Mühe gemacht?, fragte sich Jessica. *Sie hätte doch nur warten müssen, bis der Mann von alleine erstickt wäre.* Es war eine verzweifelte Tat gewesen, ein Zeichen tief sitzender Angst.

Alia rutschte nach vorne auf die Kante ihres Throns. Ihre Augen funkelten wachsam. Eine von ihren Wachen ging mit langen Schritten an Jessica vorbei, beugte sich über den Priester, richtete sich wieder auf und sah zum Podest. »Er ist tot.«

»Entfernt ihn!«, rief Alia und gab den Wachen unterhalb des Podests ein Handzeichen. »Und stellt den Stuhl der Lady Jessica wieder auf.«

Du versuchst also, dich durch Dreistigkeit aus der Affäre zu ziehen, dachte Jessica. Bildete sich Alia ein, dass sie irgendjemanden zum

Narren halten konnte? Al-Fali hatte von den Qadis as-Salaf gesprochen, hatte sich auf die heiligen Väter der Fremenmythologie als Schutzmacht berufen. Aber keine übernatürliche Wesenheit hatte eine Maulapistole in diesen Saal gebracht, in dem Waffen verboten waren. Nur eine Verschwörung, an der Javids Leute beteiligt waren, konnte das erklären, und Alias mangelnde Sorge um ihre eigene Person verriet allen, dass sie Teil der Verschwörung war.

»Bitte nehmen Sie meine Entschuldigung an, Mylady«, sagte der alte Naib neben Jessica. »Wir aus der Wüste kommen zu Ihnen als unsere letzte Hoffnung, und nun stellen wir fest, dass Sie uns nach wie vor brauchen.«

»Muttermord steht meiner Tochter nicht besonders gut«, sagte Jessica.

»Die Stämme werden von dieser Sache erfahren.«

»Wenn ihr mich so dringend braucht, warum seid ihr dann nicht schon bei der Konvokation in Sietch Tabr an mich herangetreten?«

»Stilgar hat es nicht gestattet.«

Ah, dachte Jessica, *die Regel der Naibs!* In Tabr war Stilgars Wort Gesetz.

Inzwischen war der umgestürzte Thron wieder aufgestellt worden, und Alia bedeutete ihrer Mutter, an ihre Seite zurückzukehren. Dann sagte sie: »Alle mögen sich den Tod dieses Verräter-Priesters gut merken. Wer mich bedroht, stirbt.« Sie warf al-Fali einen Blick zu. »Ich danke dir, Naib.«

»Dank für einen Fehler«, murmelte der Fremen und sah zu Jessica. »Sie hatten recht. Durch meinen Zorn ist jemand beseitigt worden, der befragt hätte werden müssen.«

»Merke dir diese beiden Höflinge, Fedaykin«, flüsterte Jessica. »Und die Frau in dem bunten Kleid. Ich will, dass man sie festnimmt und befragt.«

»Es wird geschehen.«

»Wenn wir hier lebend rauskommen … Komm, kehren wir an unsere Plätze zurück und spielen wir unsere Rollen.«

»Wie Sie wünschen, Mylady.«

Gemeinsam gingen sie zu dem Podest zurück. Jessica stieg die Stufen hoch und setzte sich wieder neben Alia, während al-Fali weiter unten auf dem Platz des Bittstellers verharrte.

»Nun«, setzte Alia an.

»Einen Moment, Tochter«, unterbrach sie Jessica. Sie hielt ihren Ärmel hoch, sodass man das Loch sah, und steckte einen Finger hindurch. »Der Angriff galt mir. Die Kugel hätte mich beinahe getroffen, obwohl ich ausgewichen bin. Und dir ist bestimmt auch aufgefallen, dass die Maulapistole verschwunden ist.« Sie deutete in den Saal. »Wer hat sie?«

Es kam keine Antwort.

»Vielleicht lässt sich ihre Spur zurückverfolgen«, sagte Jessica.

»Was für ein Unsinn«, fuhr Alia auf. »Ich war das …«

Jessica wandte sich ihrer Tochter zu und machte eine Geste mit der linken Hand. »Irgendjemand dort unten hat die Pistole. Fürchtest du denn gar nicht, dass …«

»Eine meiner Wachen hat sie!«

»Dann wird diese Wache mir die Waffe bringen.«

»Sie hat sie bereits fortgebracht.«

»Wie praktisch.«

»Was soll das heißen?«

Jessica setzte ein grimmiges Lächeln auf. »Das soll heißen, dass zwei deiner Leute den Auftrag erhalten haben, diesen Verräter-Priester zu retten. Ich habe ihnen gesagt, dass sie sterben werden, wenn er stirbt. Also werden sie auch sterben.«

»Das verbiete ich!«

Jessica zuckte mit den Schultern.

»Wir haben hier einen mutigen Fedaykin.« Alia deutete auf al-Fali. »Dieser Streit kann warten.«

»Er kann ewig warten«, sagte Jessica auf Chakobsa und teilte Alia auf diese Weise mit, dass der Todesbefehl keine Widerrede duldete.

»Wir werden sehen.« Alia wandte sich al-Fali zu. »Warum bist du hier, Ghadhean al-Fali?«

»Um die Mutter Muad'Dibs zu sehen«, sagte der Naib. »Diejenigen, die von den Fedaykin geblieben sind, die Brüder im Dienste ihres Sohnes, haben ihre wenigen Mittel zusammengelegt, um mir einen Weg hierher zu erkaufen, vorbei an den habgierigen Wachen, die die Atreides von der Wirklichkeit auf Arrakis abschirmen.«

»Was immer die Fedaykin brauchen«, sagte Alia, »sie müssen nur ...«

»Er ist gekommen, um mich zu sehen«, unterbrach sie Jessica. »Was benötigt ihr so dringend, Fedaykin?«

»Ich spreche hier für die Atreides!«, zischte Alia. »Was ...«

»Schweig, du mörderische Abscheulichkeit!«, fuhr Jessica sie an. »Du hast versucht, mich umzubringen, *Tochter!* Ich sage es, damit es alle hier erfahren. Du kannst nicht alle Anwesenden töten lassen, um sie zum Schweigen zu bringen, wie man diesen Priester zum Schweigen gebracht hat. Ja, der Schlag des Naib hätte den Mann getötet, aber man hätte ihn noch retten können. Man hätte ihn befragen können. Es hat dich nicht gestört, dass er zum Schweigen gebracht wurde. Du kannst noch so sehr widersprechen, deine Schuld ist deinen Taten deutlich anzusehen.«

Alia saß starr und mit blasser Miene da, und Jessica, die das Wechselspiel der Gefühle im Gesicht ihrer Tochter sah, fiel auf, dass sie in erschreckend vertrauter Weise die Hände bewegte, eine unbewusste Reaktion, die früher einmal einen Todfeind der Atreides ausgezeichnet hatte. Alias Finger trommelten leise – zweimal der kleine Finger, dreimal der Zeigefinger, zweimal der Ringfinger, einmal der kleine Finger, zweimal der Ringfinger – und dann wieder von vorne.

Der alte Baron!

Als Alia bemerkte, worauf sich Jessicas Aufmerksamkeit richtete, sah sie auf ihre Hand hinunter, stoppte die Bewegung der Finger, blickte dann wieder ihre Mutter an und erkannte, was diese

Entsetzliches begriffen hatte. Ein hämisches Lächeln verschloss ihr den Mund.

»Dann bekommst du also doch noch deine Rache an uns«, flüsterte Jessica.

»Bist du verrückt geworden, Mutter?«

»Ich wünschte es.« *Sie weiß, dass ich der Schwesternschaft ihren Verdacht bestätigen werde. Sie weiß es. Ja, sie ahnt vielleicht sogar, dass ich es den Fremen sagen und sie dazu zwingen werde, sich einer Prüfung auf Besessenheit zu unterziehen. Sie kann mich nicht lebend von hier fortlassen.*

»Während wir streiten, wartet unser mutiger Fedaykin«, sagte Alia.

Jessica zwang sich, ihre Aufmerksamkeit wieder auf den alten Naib zu richten. Mit gefasster Stimme sagte sie: »Du bist also gekommen, um mich zu sehen, Ghadhean.«

»Ja, Mylady. Wir aus der Wüste sehen Furchtbares. Die kleinen Bringer verlassen den Sand, wie es in den ältesten Prophezeiungen weisgesagt wurde. Shai-Hulud ist nirgends außer in den Tiefen des Leeren Viertels mehr zu finden. Wir haben unsere Freundin, die Wüste, verraten.«

Jessica warf Alia einen Blick zu, doch ihre Tochter gab ihr mit einem Wink lediglich zu verstehen, dass sie fortfahren sollte. Sie ließ den Blick über das Gedränge im Saal schweifen und sah die nervöse Wachsamkeit in jedem einzelnen Gesicht. Die Schwere des Streits zwischen Mutter und Tochter war der versammelten Menge nicht entgangen, und ganz sicher wunderten sich die Leute, warum die Audienz fortgesetzt wurde. Jessica wandte sich wieder al-Fali zu. »Ghadhean, was hat es mit diesem Gerede von kleinen Bringern und der Seltenheit der Sandwürmer auf sich?«

»Mutter der Feuchtigkeit«, erwiderte der Naib und verwendete damit einen ihren alten Frementitel, »das Kitab al-Ibar hat uns davor gewarnt. Wir beknien Sie. Lassen Sie nicht in Vergessenheit geraten, dass an dem Tag, an dem Muad'Dib gestorben ist, durch ganz Arrakis ein Beben gelaufen ist. Wir können die Wüste nicht aufgeben.«

»Hah!«, höhnte Alia. »Das abergläubische Geschmeiß der inneren Wüste fürchtet die ökologische Umwandlung. Es …«

»Ich höre deine Worte, Ghadhean«, sagte Jessica mit lauter Stimme. »Wenn die Würmer verschwinden, verschwindet auch das Gewürz. Und wenn das Gewürz verschwindet, mit welcher Münze sollen wir unseren Wegzoll bezahlen?«

Laute der Überraschung – nach Luft schnappen, erschrecktes Flüstern – breiteten sich in der Halle aus. Der Saal hallte davon wider.

Alia zuckte mit den Schultern. »Abergläubischer Unsinn!«

Al-Fali hob die rechte Hand und deutete auf Alia. »Ich spreche zur Mutter der Feuchtigkeit, nicht zur Koan-Tin!«

Alia krallte die Finger um die Armlehnen ihres Throns, aber sie blieb sitzen.

Al-Fali sah Jessica an. »Einst war es das Land, in dem nichts wuchs. Jetzt gibt es dort Pflanzen. Sie breiten sich aus wie Läuse in einer Wunde. Der Wüstenplanet trägt einen Gürtel aus Wolken und Regen. Regen, Mylady! Oh teure Mutter Muad'Dibs, so, wie der Schlaf des Todes Bruder ist, so ist es auch Regen auf Arrakis. Er ist unser aller Tod.«

»Wir tun nur das, wofür Liet-Kynes und Muad'Dib den Weg bereitet haben«, sagte Alia. »Was soll dieses abergläubische Gefasel? Wir preisen die Worte des Liet-Kynes, der zu uns sagte: ›Ich will diesen ganzen Planeten umfangen von einem Netz grüner Pflanzen sehen.‹ Und so soll es sein.«

»Und was ist mit den Würmern und dem Gewürz?«, fragte Jessica.

»Es wird immer *etwas* Wüste geben«, sagte Alia. »Die Würmer werden überleben.«

Sie lügt, dachte Jessica. *Warum lügt sie?*

»Helfen Sie uns, Mutter der Feuchtigkeit«, flehte al-Fali.

Mit dem plötzlichen Gefühl, doppelt zu sehen, spürte Jessica, wie ein Ruck ihre Wahrnehmung durchlief, ausgelöst durch die Worte des alten Naib. Es war unverkennbar Adab, die fordernde Erinnerung, die einen von alleine heimsuchte. Sie ließ all ihre Sinne erstarren, während sich ihrem Bewusstsein die Lektion der Vergangenheit aufprägte. Sie nahm sie völlig gefangen, wie einen Fisch im Netz. Und trotzdem spürte Jessica das Fordernde an ihr als den am *meisten menschlichen* Moment. Jeder kleine Teil davon gemahnte an die Schöpfung. Jedes Element der Erinnerungslektion war wirklich, aber in seiner ständigen Wandelbarkeit substanzlos, und Jessica wusste, dass sie jener ernährungsbedingten hellseherischen Erfahrung, die sich ihrem Sohn aufgezwungen hatte, vielleicht nie wieder so nahekommen würde.

Alia hat gelogen, weil sie von jemandem besessen ist, der die Atreides zerstören will. Sie selbst verkörpert den ersten Akt der Zerstörung. Al-Fali sagt die Wahrheit: Die Sandwürmer sind zum Untergang verurteilt, wenn der Verlauf der ökologischen Umwandlung nicht verändert wird.

Unter dem Druck der Offenbarung schienen sich für Jessica die Menschen im Audienzsaal in Zeitlupe zu bewegen, und ihre jeweiligen Rollen wurden für sie erkennbar. Sie konnte sehen, welche von ihnen man damit beauftragt hatte, dafür zu sorgen, dass sie den Saal nicht lebend verließ. Und der Weg zwischen ihnen hindurch lag wie von hellen Lichtern gesäumt vor ihr: Verwirrung unter den Angreifern, jemand, der beim Versuch einer Finte in einen anderen hineinstolperte, ganze Haufen ineinander verkeilter Gliedmaßen. Sie sah auch, dass sie die Große Halle verließ, nur um in die Hände anderer zu fallen. Alia war es egal, ob sie eine Märtyrerin schuf. Nein – dem Ding, *von dem sie besessen war*, war es egal.

In diesem Augenblick der Starre entschied sie sich dafür, den alten Naib zu retten und ihn als Boten zu schicken. Der Weg durch den Audienzsaal war nach wie vor völlig klar. Wie einfach es war! All diese Leute waren Dummköpfe mit vernagelten Augen, die

die Schultern in unbeweglicher Verteidigungshaltung anspannten. Jede Position dort unten im Saal ließ sich als atrophischer Zusammenprall sehen, bei dem unter totem, abgezogenem Fleisch Skelette zum Vorschein kamen. Ihre Körper, ihre Kleidung und all die Gesichter sprachen von persönlichen Höllenfeuern – verborgener Schrecken im zugeschnürten Brustkorb, der glitzernde Haken eines Schmuckstücks, der als Ersatz für Rüstzeug herhielt. Die Münder waren Urteile voll verängstigter Absolutheitsansprüche, die Stirnen schillernde Kathedralen, die hohe religiöse Ideale verkündeten, Lügen gestraft von den Lenden.

Jessica spürte, dass sich die schöpferischen Kräfte, die man auf Arrakis entfesselt hatte, zersetzten. Al-Falis Stimme war wie ein Distrans in ihrer Seele erklungen und hatte tief in ihr ein Tier erweckt.

Mit einem Blinzeln trat sie aus dem Adab wieder ins bewegte Universum über, aber es war ein anderes Universum als das, das noch vor einer Sekunde ihre Aufmerksamkeit in Beschlag genommen hatte.

Alia setzte gerade zum Sprechen an, aber Jessica rief: »Schweig!« Und dann sagte sie: »Es gibt diejenigen, die fürchten, dass ich mich wieder vorbehaltlos der Schwesternschaft angeschlossen habe. Aber seit jenem Tag in der Wüste, als die Fremen mir und meinem Sohn das Geschenk des Lebens gaben, bin ich eine Fremen.« Und sie verfiel in die alte Sprache, die nur wenige der Anwesenden verstanden. »Onsar akhaka zeliman aw maslumen!« *Unterstützt in dieser Zeit der Not euren Bruder, ob er nun zu den Gerechten gehört oder nicht!*

Ihre Worte hatten die gewünschte Wirkung. Unmerklich nahmen einige Leute im Saal andere Positionen ein. Aber sie wütete weiter: »Dieser Ghadhean al-Fali, ein ehrlicher Fremen, kommt hierher, um mir zu sagen, was andere mir bereits hätten offenbaren sollen. Niemand soll es abstreiten! Die ökologische Umwandlung ist zu einem unkontrollierten Sturm geworden.«

Überall im Raum war wortlose Zustimmung zu sehen.

»Und meine Tochter weidet sich daran!«, fuhr Jessica fort. »*Mektub al-mellah!* Du schneidest mir Wunden ins Fleisch und schreibst darin mit Salz. Warum haben die Atreides hier ein Zuhause gefunden? Weil das Mohalata unserer Natur entsprach. Für die Atreides war das Regieren immer eine Partnerschaft des Schutzes. Mohalata ist der Name, unter dem die Fremen es seit jeher kennen. Und jetzt seht sie an!« Jessica deutete auf Alia. »Nachts, wenn sie für sich ist, lacht sie beim Gedanken an ihre eigene Bosheit. Die Gewürzproduktion wird auf null abfallen oder zumindest auf einen Bruchteil der früheren Menge. Und wenn *das* bekannt wird …«

»Dann gehört uns das kostbarste Produkt des Universums allein!«, rief Alia.

»Dann gehört uns die Hölle allein!«, rief Jessica.

In der ältesten Form des Chakobsa, der Privatsprache der Atreides mit ihren schwierigen Knack- und Schnalzlauten, sagte Alia zu Jessica: »Jetzt weißt du es, *Mutter!* Dachtest du, eine Enkeltochter des Barons Harkonnen wüsste all die Leben, die du schon vor meiner Geburt in meinen Kopf gezwängt hast, nicht zu schätzen? Immer wenn ich vor Wut über das, was du mir angetan hast, getobt habe, musste ich mich nur fragen, was der Baron getan hätte. Und er hat geantwortet. Ich hoffe, du verstehst, Atreides-Schlampe! Er hat *mir* geantwortet!«

Jessica hörte das sprudelnde Gift in Alias Worten. *Abscheulichkeit!* Ihre Tochter war von innen her überwältigt worden, besessen von jenem *Cahueit* des Bösen, Baron Vladimir Harkonnen. Der Baron selbst sprach nun durch ihren Mund, und es war ihm egal, was er dabei verriet. Er wollte seine Rache mit eigenen Augen mitansehen, wollte, dass Jessica wusste, dass er sich nicht vertreiben lassen würde.

Ich soll hier hilflos mit meinem Wissen stehen, dachte sie. Und mit diesem Gedanken betrat sie den Weg, den ihr das Adab enthüllt hatte. »Fedaykin, folgt mir!«, rief sie.

Wie sich herausstellte, waren sechs Fedaykin anwesend, und fünf davon kämpften sich hinter Jessica erfolgreich durch.

Wenn ich schwächer bin als du, dann bitte ich dich um Freiheit, weil das deinen Prinzipien entspricht. Wenn ich stärker bin als du, nehme ich dir deine Freiheit, weil das meinen Prinzipien entspricht.

– Worte eines alten Philosophen
(von Harq al-Ada einem Louis Veuillot zugeschrieben)

Leto beugte sich aus dem verdeckten Sietcheingang, doch die hoch aufragenden Felsen schränkten sein Sichtfeld ein. Das Licht des späten Nachmittags warf lange Schatten in den vertikalen Riefungen der Klippe. Ein Skelettschmetterling flog zwischen Sonne und Schatten umher, seine Netzflügel dünn wie durchsichtiger Spitzenstoff. Dass ein so zerbrechliches Wesen wie dieser Schmetterling hier existierte, dachte er.

Direkt vor ihm lag der Aprikosenhain, in dem Kinder die herabgefallenen Früchte auflasen. Jenseits des Hains war der Qanat. Leto und Ghanima waren den Wachen entwischt, indem sie eine eintreffende Gruppe von Arbeitern als Tarnung genutzt hatten. Es war keine große Sache gewesen, sich durch den Luftschacht zu der Stelle zu schlängeln, an der er auf den verborgenen Ausgang traf. Jetzt mussten sie sich nur noch unter die Kinder mischen, sich zum Qanat vorarbeiten und in den Tunnel hinunterlassen. Dort konnten sie Seite an Seite mit den Raubfischen, die die Sandforellen davon abhielten, das Wasser des Stammes einzukapseln, ihren Weg fortsetzen. Kein Fremen würde jemals auf die Idee kommen, dass es jemand riskierte, versehentlich ins Wasser zu fallen.

Leto trat durch den schützenden Durchgang. Ghanima kam dicht hinter ihm. Sie beide hatten kleine, aus Gewürzfasern gewebte Früchtekörbe dabei, in jedem davon ein versiegeltes Päckchen: Fremkit, Maulapistole, Krismesser ... und die neuen Gewänder, die ihnen Farad'n geschickt hatte.

Ghanima folgte ihrem Bruder in den Obsthain, wo sie sich unter die arbeitenden Kinder mischten. Destillanzugsmasken verbargen jedes Gesicht. Hier waren sie nur zwei weitere Arbeiter, aber Ghanima spürte, wie ihr Tun sie von den Schutzwällen ihres Lebens, von dem, was ihr vertraut war, entfernte. Was für ein einfacher Schritt das war, der Schritt von einer Gefahr in die andere!

Die Kleider, die Farad'n geschickt hatte und die sich nun in ihren Körben befanden, ließen einen Zweck erahnen, den sie beide sehr wohl verstanden. Ghanima hatte das noch einmal betont, indem sie ihr persönliches Motto – *»Wir teilen«* – in Chakobsa über die Falkenwappen auf der Brust aufgestickt hatte.

Schon bald würde die Sonne untergehen, und jenseits des Qanats, der den durch den Sietch kultivierten Bereich markierte, würde eine besondere Art von Abend hereinbrechen, wie es ihn nur an wenigen Orten des Universums gab: der Abend einer sanft angestrahlten Wüstenwelt mit ihrer ewigen Einsamkeit, die einem das Gefühl vermittelte, dass sich jedes Geschöpf in ihr allein in einem neu geschaffenen Universum befand.

»Man hat uns gesehen«, flüsterte Ghanima und beugte sich vor, um neben ihrem Bruder Aprikosen aufzuklauben.

»Wachen?«

»Nein, andere.«

»Gut.«

»Wir müssen schnell sein.«

Leto pflichtete ihr wortlos bei, indem er sich den Hain entlang weiter von der Felswand entfernte. Er dachte mit den Gedanken seines Vaters: *In der Wüste bleibt alles in Bewegung oder stirbt.* Der in die Wüste hinausragende Diener war eine Erinnerung an diese Notwendigkeit der Bewegung. Die Felsen, die in wachsamer Rätselhaftigkeit dalagen, wurden unter dem Ansturm des windgepeitschten Sandes Jahr für Jahr kleiner. Eines Tages würde vom Diener nur Sand übrig sein.

Während sie sich dem Qanat näherten, hörten sie Musik aus einem hochgelegenen Sietcheingang. Es waren Fremenmusiker der alten Schule – Zweilochflöten, Tamburins und Tympanons aus Gewürzplastiktrommeln, über die man an einer Seite straffe Häute gespannt hatte. Niemand fragte, welches Tier auf Arrakis so viel Haut bereitstellte.

Stilgar wird sich daran erinnern, was ich ihm über diese Spalte im Diener erzählt habe, dachte Leto. *Er wird im Dunkeln kommen, wenn es zu spät ist – und dann wird er Bescheid wissen.*

Am Qanat angekommen stiegen sie in ein offen liegendes Rohr und kletterten die Leiter zum Wartungssims hinab. Es war düster, feucht und kalt dort unten, und sie hörten das Platschen der Raubfische. Wenn eine Sandforelle einzudringen versuchte, attackierten die Fische ihr vom Wasser weiches Inneres. Auch Menschen mussten sich vor ihnen in Acht nehmen.

»Vorsicht«, sagte Leto, während er sich über den glitschigen Sims bewegte. In Gedanken klammerte er sich an Zeiten und Orte, die er nie körperlich kennengelernt hatte. Ghanima folgte ihm.

Sie schafften es zum Ende des Qanats, wo sie sich bis auf die Destillanzüge auszogen und dann die neuen Gewänder anlegten. Sie ließen die alten Fremenkleider liegen und kletterten durch einen weiteren Wartungsschacht wieder nach oben, gingen in Schlangenlinien eine Düne hoch und auf der gegenüberliegenden Seite hinunter. Als sie sicher waren, dass man sie vom Sietch aus nicht mehr sehen konnte, ließen sie sich nieder, schnallten sich Maulapistolen und Krismesser um und hängten sich die Fremkits über die Schultern. Die Musik war nun nicht mehr zu hören.

Leto stand auf und ging durch das Tal zwischen den Dünen. Ghanima folgte ihm. Sie liefen geübt über den offenen Sand, leise und arhythmisch. Vor jedem Dünenkamm duckten sie sich und schlichen sich auf die windabgewandte Seite, wo sie innehielten und zurückspähten, um nach Verfolgern Ausschau zu halten. Als sie die ersten Felsen erreichten, waren noch keine Jäger aus der Wüste aufgetaucht.

In den Schatten der Felsen bewegten sie sich langsam um den Diener herum und kletterten auf einen Sims, von dem aus man eine weite Sicht auf die Wüste hatte. Draußen in der Bled blinkten Farben. Die Abendluft fühlte sich zerbrechlich an, wie feiner Kristall. Die Landschaft, die sich ihren Blicken darbot, war jenseits jeder Gnade, sie kannte kein Innehalten – nicht die Spur eines Zögerns. Der Blick verharrte nicht auf ihr, sondern bewegte sich ständig über diese Weite.

Es ist der Horizont der Ewigkeit, dachte Leto.

Ghanima kauerte sich neben ihren Bruder und dachte: *Bald kommt der Angriff.* Sie lauschte auf das kleinste Geräusch, und ihr gesamter Körper verwandelte sich in einen einzigen Sinn, mit dem sie die Lage sondierte.

Leto saß genauso wachsam da. Er kannte nun den Punkt, auf den alles zustrebte, was man die in ihn eingeflossenen, ihm so vertrauten Leben gelehrt hatte. In dieser Wildnis entwickelte man eine starke Abhängigkeit von seinen Sinnen, *all* seinen Sinnen. Das Leben verwandelte sich in einen Hort gespeicherter Wahrnehmungen, von denen jede einzelne mit dem gegenwärtigen Überleben in Verbindung stand.

Nach einer Weile kletterte Ghanima auf die Felsen und spähte durch einen kleinen Spalt dorthin zurück, von wo sie gekommen waren. Die Sicherheit des Sietchs kam ihnen schon jetzt wie etwas aus einem anderen Leben vor, ein Bollwerk tumber Felswände, die sich aus einer braunvioletten Ferne erhoben, mit staubverwischten Kanten, von denen das letzte Sonnenlicht silberne Streifen aussandte. Noch immer waren keine Verfolger auszumachen. Ghanima kehrte an Letos Seite zurück.

»Es wird ein Raubtier sein«, sagte er. »Das ist meine Drittberechnung.«

»Ich glaube, du hast zu früh mit dem Rechnen aufgehört«, erwiderte Ghanima. »Es wird mehr als ein Tier sein. Das Haus Corrino hat gelernt, dass man nicht alle seine Hoffnungen auf eine Karte setzt.«

Leto nickte. Sein Kopf fühlte sich plötzlich schwer an von der Vielzahl von Leben, die ihm seine *Andersartigkeit* verlieh – all diese Leben, die ihm schon vor der Geburt zur Verfügung gestanden hatten. Er war gesättigt von Leben und wünschte sich, seinem eigenen Bewusstsein zu entkommen. Seine Innenwelt war ein gigantisches Tier, das ihn verschlingen konnte.

Nervös stand er auf, kletterte zu dem Spalt hoch, durch den Ghanima gespäht hatte, und sah von dort zu den Klippen des Sietchs, sah, wie der Qanat unterhalb der Felswand eine Linie zwischen Leben und Tod zog. Am Rand der Oase wuchsen Kamelsalbei, Zwiebelgras, Gobi-Federgras, wilder Alfalfa, und im letzten Tageslicht konnte man die schwarzen Bewegungen von Vögeln ausmachen, die durch den Alfalfa hüpften und darin herumpickten. Ein Wind zerzauste die Getreidequasten und dehnte ihre Schatten bis zum Rand des Obsthains. Die Bewegung weckte Letos Aufmerksamkeit, und er sah, dass die Schatten in ihrer fließenden Gestalt eine größere Veränderung verbargen und dass diese größere Veränderung die Regenbögen eines silberbestäubten Himmels befreite.

Was wird hier draußen geschehen?, fragte er sich. Er wusste, dass es entweder der Tod oder der gespielte Tod sein würde, mit ihm als Objekt des Spieles. Ghanima würde diejenige sein, die zurückkehrte und dabei entweder an die Wirklichkeit eines Todes glaubte, den sie beobachtete hatte, oder aus einem tiefen hypnotischen Zwang heraus aufrichtig berichten würde, dass ihr Bruder getötet worden sei.

Das Unbekannte hier an diesem Ort ließ Leto keine Ruhe. Wie leicht es doch wäre, sich dem Wunsch nach hellsichtiger Vorausschau zu ergeben, das Risiko einzugehen und das Bewusstsein in eine unveränderliche, absolute Zukunft zu schicken. Doch die kleine Vision aus seinem Traum war schlimm genug gewesen. Er wusste, dass er es nicht auf eine größere Vision ankommen lassen durfte.

Er kletterte zu Ghanima zurück. »Noch keine Verfolger«, sagte er.

»Die Tiere, die sie uns hinterherschicken, werden groß sein«, sagte seine Schwester. »Wir haben vielleicht Zeit, sie kommen zu sehen.«

»Nicht, wenn sie bei Nacht kommen.«

»Sehr bald wird es dunkel sein.«

»Ja. Es ist Zeit, dass wir an *unseren* Ort hinabsteigen.« Leto deutete auf die Felsen zu ihrer Linken und dann nach unten auf eine Stelle, wo der Flugsand eine winzige Spalte in den Basalt gefressen hatte. Sie war gerade breit genug, um die Zwillinge hineinzulassen, aber zu schmal für ein großes Tier. Leto widerstrebte es, diesen Weg zu nehmen, doch er wusste, dass es keine Alternative gab. Das war die Stelle, die er Stilgar genannt hatte. »Möglicherweise töten sie uns wirklich.«

»Darauf müssen wir es ankommen lassen. Das sind wir unserem Vater schuldig.«

»Dem widerspreche ich nicht.« Und er dachte: *Dies ist der richtige Weg. Wir tun das Richtige.* Aber er wusste auch, wie gefährlich es in diesem Universum war, das *Richtige* zu tun. Um zu überleben, brauchten sie Tatkraft, Ausdauer und ein Verständnis für die Beschränkungen jedes einzelnen Augenblicks. Die Gebräuche der Fremen waren ihr bestes Rüstzeug, und das Wissen der Bene Gesserit hatten sie als Reserve in der Hinterhand. Sie dachten nun beide wie Kriegsveteranen mit einer Atreides-Ausbildung, denen zur Verteidigung nichts weiter zur Verfügung stand als die Zähigkeit der Fremen, von der ihre kindlichen Körper und ihre höfische Kleidung nicht einmal ansatzweise etwas ahnen ließen.

Leto betastete den Knauf des Krismessers mit der vergifteten Spitze, das er an der Hüfte trug. Unbewusst tat Ghanima dasselbe.

»Sollen wir jetzt runter?«, fragte sie. Und in diesem Moment sah sie die kleine Bewegung weit unter ihnen, die durch die Entfernung wenig bedrohlich erschien. Ihr Schweigen warnte Leto, noch bevor sie etwas sagte.

»Tiger«, stellte er fest.

»Lazatiger«, korrigierte sie ihn.

»Sie sehen uns.«

»Dann beeilen wir uns besser. Mit einer Maulakugel kann man so ein Tier niemals aufhalten. Man hat diese Tiger bestimmt gut für ihren Auftrag ausgebildet.«

»Irgendwo in der Nähe muss sich ein Mensch befinden, der sie lenkt.« Leto rannte über die Felsen links von ihnen los.

Ghanima war seiner Meinung, aber sie wollte ihre Kräfte nicht mit Reden vergeuden. Ja, irgendwo in der Nähe war mit Sicherheit ein Mensch. Man konnte Lazatiger nicht frei laufen lassen, nicht bevor der richtige Moment gekommen war.

Von Fels zu Fels springend, näherten sich die Tiger rasch. Sie waren Geschöpfe, die mit den Augen dachten, und bald würde die Nacht anbrechen, die Zeit jener, die mit den Ohren dachten. Der glockenhelle Ruf eines Nachtvogels erklang vom Diener her, als wollte er den Übergang ankündigen. In den Schatten der zerkratzten Spalten raschelten schon die Nachtgeschöpfe.

Dennoch konnten die rennenden Zwillinge die Tiger nach wie vor sehen. Kraft durchströmte diese Tiere, jede ihrer geschmeidigen Bewegungen vermittelte den Eindruck absoluter Sicherheit.

Leto spürte, dass er hier an diesen Ort gekommen war, um sich seiner Seele zu entledigen. Er rannte in dem sicheren Wissen, dass er und Ghanima den schmalen Spalt rechtzeitig erreichen konnten, aber immer wieder sah er sich fasziniert zu den sich nähernden Bestien um.

Ein Stolpern – und wir sind verloren.

Dieser Gedanke ließ ihm sein Wissen weit weniger sicher erscheinen, und er rannte schneller.

Ihr Bene Gesserit bezeichnet eure Aktivität der Panoplia Propheticus als »Wissenschaft der Religion«. Nun gut. Ich, der ich auf der Suche nach einer anderen Art von Wissenschaftler *bin, empfinde das als angemessene Definition. Ihr errichtet eure eigenen Mythen, doch das tun alle Gesellschaften. Ich muss euch allerdings warnen. Ihr verhaltet euch wie so viele andere irregeleitete Wissenschaftler vor euch. Euer Handeln zeigt, dass ihr etwas aus dem Leben herausholen* [ihm etwas wegnehmen] *wollt. Es ist an der Zeit, euch an das zu erinnern, was ihr selbst so oft behauptet: Man kann nichts besitzen, ohne zugleich auch das Gegenteil zu besitzen.*

– Der Prediger in Arrakeen:
Eine Botschaft an die Schwesternschaft

In der Stunde vor Morgengrauen saß Jessica reglos auf einem durchgescheuerten Teppich aus Gewürzfasern. Sie war umgeben vom kahlen Fels eines alten, ärmlichen Sietchs, einer der ursprünglichen Siedlungen, die unter dem Rand der Roten Schlucht lag, abgeschirmt von den Westgebieten der Wüste. Al-Fali und seine Brüder hatten sie hierhergebracht, und nun warteten sie auf eine Nachricht von Stilgar. Allerdings waren die Fedaykin bei der Kontaktaufnahme äußerst vorsichtig vorgegangen – Stilgar sollte nicht erfahren, wo sie sich aufhielten.

Die Fedaykin wussten bereits, dass sie einem *Procès-verbal* unterlagen, dass sie offiziell als Verbrecher gegen das Imperium galten. Alia stellte die Sache so dar, dass ihre Mutter von Feinden der Regentschaft angestiftet worden war, obwohl der Name der Schwesternschaft bislang nicht gefallen war. Nun war ans Licht gekommen, wie rücksichtslos und tyrannisch Alia herrschte, und ihr Glaube daran, dass sie mit der Priesterschaft auch die Fremen kontrollierte, würde bald auf die Probe gestellt werden.

Jessicas Nachricht an Stilgar war unumwunden und einfach gewesen: »*Meine Tochter ist besessen und muss vor Gericht gestellt werden.*«

Aber Ängste zerstörten Werte, und es war bereits bekannt, dass manche Fremen es vorzogen, ihr keinen Glauben zu schenken. Ihre Versuche, die Anschuldigung als Passierschein zu verwenden, hatten im Laufe der Nacht zwei Gefechte zur Folge gehabt, aber die Ornithopter, die al-Falis Leute gestohlen hatten, hatten die Flüchtlinge schließlich in Sicherheit gebracht: in den Sietch an der Roten Schlucht. Von hier aus erging die Kunde an die Fedaykin, doch es gab keine zweihundert mehr von ihnen auf Arrakis. Die anderen hatten Posten auf anderen Planeten des Imperiums besetzt.

Als Jessica über all das nachdachte, fragte sie sich, ob sie den Ort ihres Todes erreicht hatte. Einige der Fedaykin waren dieser Überzeugung, die sie als Todeskommandos allerdings leicht hinnahmen. Al-Fali hatte nur gegrinst, als einer seiner jungen Männer seine Ängste offen aussprach.

»Wenn Gott beschlossen hat, dass ein Geschöpf an einem bestimmten Ort sterben soll, dann sorgt er dafür, dass die Wünsche des Geschöpfes es an eben jenen Ort führen«, hatte der alte Naib gesagt.

Die geflickten Vorhänge im Durchgang raschelten. Al-Fali trat ein. Sein schmales, windgerötetes Gesicht wirkte ausgezehrt, sein Blick fiebrig. Offenbar hatte er nicht geschlafen. »Jemand kommt«, sagte er.

»Ein Gesandter Stilgars?«

»Vielleicht.« Al-Fali senkte den Kopf und wandte den Blick

nach Art der alten Fremen, wenn sie schlechte Neuigkeiten brachten, nach links.

»Was ist?«, fragte Jessica.

»Wir haben aus Tabr gehört, dass Ihre Enkelkinder nicht dort sind.« Er sah sie beim Sprechen nicht an.

»Alia …«

»Sie hat befohlen, dass die Zwillinge in ihre Obhut überstellt werden, aber Sietch Tabr berichtet, dass die Kinder nicht mehr dort sind. Mehr wissen wir nicht.«

»Stilgar hat sie in die Wüste geschickt.«

»Das ist möglich, aber wir haben gehört, dass er die ganze Nacht lang nach ihnen gesucht hat. Vielleicht war es nur ein Trick von ihm …«

»Nein, so ist Stilgar nicht«, sagte Jessica und dachte: *Es sei denn, die Zwillinge haben ihn dazu veranlasst.* Aber das kam ihr auch nicht richtig vor. Sie war über sich selbst erstaunt. Sie musste kein Gefühl der Panik unterdrücken, ihre Ängste um die Zwillinge wurden durch das gemildert, was Ghanima ihr verraten hatte. Sie blickte zu al-Fali auf und sah die Besorgnis in seinem Gesicht. »Sie sind allein in die Wüste gegangen.«

»Allein? Diese beiden Kinder!«

Jessica machte sich nicht die Mühe, zu erklären, dass »diese beiden Kinder« vermutlich mehr über das Überleben in der Wüste wussten als die meisten lebenden Fremen. Stattdessen waren ihre Gedanken ganz auf Letos seltsames Verhalten gerichtet, als er darauf beharrt hatte, dass sie sich entführen lassen sollte. Sie hatte die Erinnerung daran vorerst zurückgestellt, doch dieser Moment verlangte nach ihr. Er hatte gesagt, dass sie es wissen würde, wenn der Zeitpunkt kam, um seine Anweisung zu befolgen.

»Der Bote sollte inzwischen hier im Sietch sein. Ich bringe ihn zu Ihnen.« Al-Fali verließ den Raum durch den geflickten Vorhang.

Jessica starrte den Vorhang an. Es war ein rotes Tuch aus Gewürzfaser, aber die Flicken waren blau. Den Geschichten zufolge hatte sich dieser Sietch geweigert, von Muad'Dibs Religion zu profitieren, und sich damit die Feindschaft von Alias Priesterschaft zugezogen. Die Leute hier hatten ihr Kapital angeblich in das Vorhaben gesteckt, Hunde von der Größe von Ponys zu züchten; Hunde, die so intelligent sein sollten, dass sie auf Kinder aufpassen konnten. Die Hunde waren alle gestorben. Manche behaupteten, dass sie von Priestern vergiftet worden waren.

Jessica schüttelte den Kopf, um diese Gedanken zu vertreiben. Sie erkannte sie als das, was sie waren: *Ghafla*, das Fliegensummen, das einen ablenkte.

Wo waren die Zwillinge hingegangen? Nach Jacurutu? Sie hatten einen Plan, das stand fest. *Sie haben versucht, mich darüber so weit aufzuklären, wie ich es nach ihrem Dafürhalten akzeptieren würde.* Und als sie die von ihnen wahrgenommene Grenze erreicht hatten, hatte Leto ihr befohlen, zu tun, was er sagte.

Er hatte *ihr* befohlen!

Leto hatte erkannt, was Alia tat, das zumindest war offensichtlich. Beide Zwillinge hatten vom »Leiden« ihrer Tante gesprochen. Alia brachte in diesem Spiel ihre *Berechtigung* als Regentin zum Einsatz. Dass sie die Vormundschaft für die Zwillinge verlangte, bestätigte das. Jessicas Brust wurde von einem rauen Lachen geschüttelt. Die Ehrwürdige Mutter Gaius Helen Mohiam hatte ihrer Schülerin immer wieder diesen speziellen Fehler erklärt. *»Wenn du deine Aufmerksamkeit nur darauf richtest, wie sehr du im Recht bist, dann lädst du die dir entgegenstehenden Kräfte dazu ein, dich zu überwältigen. Das ist ein verbreiteter Fehler. Auch ich, deine Lehrerin, habe ihn schon gemacht.«*

»Und auch ich, deine Schülerin, habe ihn gemacht«, flüsterte Jessica.

Sie hörte ein Rascheln hinter dem Vorhang. Dann traten zwei junge Fremen ein, die zu dem Gefolge gehörten, das sich ihr am Abend zuvor angeschlossen hatte. Es erfüllte die beiden sichtlich mit Ehrfurcht, sich in Gegenwart von Muad'Dibs Mutter aufhalten zu dürfen. Jessica hatte sie auf den ersten Blick durchschaut: Sie waren Nicht-Denker, die sich an jede beliebige eingebildete Macht klammerten, weil sie ihnen eine Identität gab. Solange sie ihnen nichts zurückspiegelte, blieben sie leer. Deshalb waren sie gefährlich.

»Al-Fali hat uns geschickt, um Sie vorzubereiten«, sagte einer der beiden.

Unvermittelt krampfte sich etwas in Jessicas Brust zusammen, aber ihre Stimme blieb ruhig. »Worauf sollt ihr mich vorbereiten?«

»Stilgar hat Duncan Idaho als Boten geschickt.«

Jessica zog sich die Aba-Kapuze über das Haar, eine unbewusste Geste. *Duncan?* Aber Duncan war ein Werkzeug Alias!

Der Fremen, der gesprochen hatte, trat einen halben Schritt vor. »Idaho sagt, dass er gekommen ist, um Sie in Sicherheit zu bringen, aber al-Fali versteht nicht, wie das möglich sein soll.«

»Es erscheint zumindest ein wenig seltsam«, erwiderte Jessica. »Aber in unserem Universum geschieht weit Seltsameres. Bringt ihn herein.«

Die beiden Fremen sahen sich kurz an, dann verließen sie gemeinsam so hektisch den Raum, dass sie dabei einen weiteren Riss in den zerschlissenen Vorhang machten.

Kurz darauf trat Duncan Idaho durch den Vorhang, gefolgt von den beiden Fremen und al-Fali, dessen Hand auf seinem Krismesser ruhte. Duncan wirkte gefasst. Er trug die Uniform einer Hauswache der Atreides, die sich seit über vierzehn Jahrhunderten praktisch nicht verändert hatte. Auf Arrakis war die Plastahlklinge mit dem goldenen Griff durch ein Krismesser ersetzt worden, doch das war nur ein Detail.

»Wie ich höre, möchtest du mir helfen«, sagte Jessica.

»So seltsam das auch erscheinen mag«, erwiderte Duncan.

»Aber hat Alia dich nicht damit beauftragt, mich zu entführen?«

Nur ein leichtes Heben der Augenbrauen verriet seine Überraschung. Die schillernden Tleilaxu-Augen mit ihren vielen Facetten sahen Jessica weiter durchdringend an. »So lauteten ihre Befehle.«

Al-Falis Knöchel traten weiß hervor, aber er zog das Krismesser nicht.

»Ich habe einen Großteil der Nacht damit verbracht, an die Fehler zurückzudenken, die ich bei meiner Tochter gemacht habe«, sagte Jessica.

Duncan nickte. »Es waren viele. Und an den meisten davon hatte ich meinen Anteil.«

Nun sah sie, dass seine Kiefermuskeln zitterten. »Es war leicht, auf die Argumente zu hören, die uns in die Irre geführt haben«, sagte sie. »Ich wollte von hier fort, und du … du wolltest ein Mädchen, das dir als eine jüngere Version von mir erschien.«

Er nahm ihre Worte schweigend hin.

»Wo sind meine Enkelkinder?«

Duncan blinzelte. »Stilgar glaubt, dass sie in die Wüste gegangen sind, um sich zu verstecken. Vielleicht haben sie die Krise kommen sehen.«

Jessica warf al-Fali einen Blick zu. Mit einem Nicken gestand der alte Fremen ein, dass sie genau das vorhergesehen hatte. »Was tut Alia da?«, fragte sie.

»Sie riskiert einen Bürgerkrieg«, erwiderte Duncan.

»Glaubst du, dass es so weit kommen wird?«

Duncan zuckte mit den Schultern. »Wahrscheinlich nicht. Dies sind nachsichtigere Zeiten. Es gibt mehr Menschen, die bereit sind, sich freundliche Argumente anzuhören.«

»Da bin ich deiner Meinung. Aber was ist nun mit meinen Enkelkindern?«

»Stilgar wird sie finden, wenn …«

»Ich verstehe.« Dann hing tatsächlich alles von Gurney ab. Jessica starrte auf das Felsgestein links von ihr. »Alia hält die Macht jetzt fest in ihrem Griff.« Sie sah wieder Duncan an. »Verstehst du?

Man setzt Macht ein, indem man sie in einem lockeren Griff hält. Wenn man sie zu stark umklammert, wird man von ihr überwältigt und so zu ihrem Opfer.«

»So hat es der Herzog auch immer gesagt.«

Irgendwie wusste Jessica, dass Duncan Leto den Älteren meinte und nicht Paul. »Wo soll ich bei dieser … Entführung hingebracht werden?«, fragte sie.

Duncan blickte sie an, als versuchte er, die Schatten ihrer Kapuze zu durchdringen.

Al-Fali trat vor. »Mylady, Sie denken doch nicht ernsthaft darüber nach …«

»Habe ich nicht das Recht, selbst über mein Schicksal zu entscheiden?«

»Aber dieser …« Al-Fali deutete mit einer Kopfbewegung auf Duncan.

»Dieser Mann war schon vor Alias Geburt mein treuer Beschützer. Bevor er gestorben ist, um das Leben meines Sohnes und meines zu retten. Wir Atreides achten gewisse Verpflichtungen – und zwar immer.«

»Dann begleiten Sie mich?«, fragte Duncan.

Al-Fali wandte sich dem Mentaten zu. »Wo willst du sie hinbringen?«

»Es ist besser, wenn du das nicht weißt«, sagte Jessica.

Der alte Fremen runzelte finster die Stirn. Seine Miene verriet Unentschiedenheit. Er sah die Weisheit in ihren Worten, zweifelte jedoch an Duncan Idahos Vertrauenswürdigkeit.

»Was ist mit den Fedaykin, die mir geholfen haben?«, fragte Jessica.

»Stilgar wird sie dulden, wenn sie nach Tabr gehen«, sagte Duncan.

Jessica sah al-Fali an. »Ich befehle dir, dorthin zu gehen, mein Freund. Stilgar kann die Fedaykin bei der Suche nach meinen Enkeln gut gebrauchen.«

Der alte Naib senkte den Blick. »Wie Muad'Dibs Mutter befiehlt.«

Es ist nach wie vor Paul, dem er gehorcht, dachte Jessica.

»Wir sollten schnell von hier verschwinden«, sagte Duncan. »Man wird mit Sicherheit auch hier suchen, und das früher als später.«

Jessica neigte sich leicht nach vorne und erhob sich dann mit jener fließenden Eleganz, die eine Bene Gesserit nie ganz verließ, selbst wenn sie längst die Last des Alters spürte. Und sie fühlte sich alt nach ihrer Flucht. Die ganze Zeit verharrten ihre Gedanken bei dem seltsamen Gespräch mit Leto. Was war sein wahrer Plan? Sie schüttelte den Kopf und überspielte die Bewegung, indem sie ihre Kapuze zurechtrückte. Zu leicht tappte man in die Falle, Leto zu unterschätzen. Das Leben mit gewöhnlichen Kindern verleitete einen dazu, das Erbe, an dem diese beiden Zwillinge teilhatten, in einem falschen Licht zu sehen.

Duncans Körperhaltung weckte ihre Aufmerksamkeit. Er stand ganz ruhig da, einen Fuß vor dem anderen, und war in jeder Sekunde bereit, Gewalt auszuüben – eine Haltung, die Jessica selbst ihm beigebracht hatte. Sie sah erst die beiden jungen Fremen an, dann al-Fali. Der alte Fremennaib war immer noch von Zweifeln gebeutelt, die beiden jüngeren spürten das.

»Ich vertraue diesem Mann bereitwillig mein Leben an«, sagte Jessica zu al-Fali. »Und zwar nicht zum ersten Mal.«

»Mylady«, sagte der alte Fremen. »Es ist nur …« Er starrte Duncan an. »Er ist der Gatte der Koan-Tin.«

»Und er hat seine Ausbildung von meinem Herzog und mir.«

»Aber er ist ein Ghola!«

»Der Ghola meines Sohnes.«

Das war zu viel für einen ehemaligen Fedaykin, der einst sein Leben dem Dienst an Muad'Dib verschrieben hatte. Al-Fali seufzte und bedeutete den beiden jungen Fremen, den Vorhang zur Seite zu ziehen.

Jessica verließ den Raum, Duncan folgte ihr. Dann wandte sie sich noch einmal um und sagte zu al-Fali, der im Durchgang stand: »Du gehst zu Stilgar. Ihm kannst du vertrauen.«

»Ja«, erwiderte der Naib, aber Jessica hörte seiner Stimme immer noch die Zweifel an.

Duncan berührte sie am Arm. »Wir sollten sofort aufbrechen. Gibt es etwas, das Sie mitnehmen möchten?«

»Nur meinen gesunden Menschenverstand.«

»Warum? Fürchten Sie, einen Fehler zu begehen?«

Sie sah Duncan an. »Du bist seit jeher der beste Thopterpilot in unseren Diensten.«

Ihre Worte amüsierten Duncan jedoch nicht sonderlich. Rasch ging er den Weg zurück, den er gekommen war.

Al-Fali lief neben Jessica. »Woher wussten Sie, dass er mit dem Thopter gekommen ist?«

»Er trägt keinen Destillanzug.«

Al-Fali wirkte peinlich berührt angesichts dieser offensichtlichen Feststellung. »Unser Bote hat ihn direkt von Stilgar hierhergebracht. Vielleicht hat man sie gesehen.«

»Hat man euch gesehen, Duncan?«, fragte Jessica mit lauter Stimme.

»Sie wissen, dass man das nicht hat«, erwiderte Duncan. »Wir sind unterhalb der Dünenkämme geflogen.«

Sie bogen in einen Seitengang, der in einer Spirale nach unten führte und schließlich in ein offenes, durch Leuchtgloben erhelltes Gewölbe mündete. Ein Ornithopter stand am gegenüberliegenden Ende des Gewölbes wie ein sprungbereites Insekt. Die Wand dahinter war also eine Felsattrappe – ein Tor, das sich zur Wüste hin öffnete. Der Sietch mochte noch so arm sein, er verfügte dennoch über die nötigen Instrumente der Geheimhaltung und Beweglichkeit.

Duncan öffnete die rechte Tür des Ornithopters und half Jessica in den Sitz. Als sie an ihm vorbei einstieg, bemerkte sie Schweiß auf seiner Stirn, dort, wo eine Locke des schwarzen Ziegenhaars herabgefallen war. Und unwillkürlich trat ihr die Erinnerung vor Augen, wie aus diesem Kopf in einer von Lärm erfüllten Höhle Blut gespritzt war. Die Stahlmurmeln seiner Tleilaxu-Augen rissen sie zurück in die Gegenwart. Nichts war mehr so, wie es erschien. Sie zog ihren Anschnallgurt fest und sagte: »Es ist lange her, seit du mich zum letzten Mal geflogen hast, Duncan.«

»Ja, diese Zeiten liegen weit zurück«, erwiderte er, während er die Einstellungen überprüfte.

Al-Fali und die beiden jungen Fremen warteten an den Kontrollarmaturen des Felstors, bereit, es zu öffnen.

»Glaubst du, dass ich Zweifel an dir habe?«, fragte Jessica leise.

Duncan hielt den Blick auf die Armaturen gerichtet, startete die Flügelräder und beobachtete den Ausschlag einer Nadel. Ein Lächeln umspielte seinen Mund, ein kurz aufflackernder, bitterer Ausdruck in seinem scharf geschnittenen Gesicht, der so schnell wieder verschwand, wie er gekommen war.

»Ich bin nach wie vor eine Atreides«, sagte Jessica. »Alia nicht mehr.«

»Haben Sie keine Angst. Ich diene nach wie vor den Atreides.«

»Alia ist keine Atreides mehr«, wiederholte Jessica.

»Daran müssen Sie mich nicht erinnern«, erwiderte Duncan mit scharfer Stimme. »Und nun seien Sie still und lassen Sie mich dieses Ding fliegen.«

Die Verzweiflung, die aus ihm sprach, überraschte Jessica. Sie passte so gar nicht zu dem Duncan Idaho, den sie kannte. Sie unterdrückte ihre neu aufflackernde Angst und fragte: »Wohin fliegen wir? Jetzt kannst du es mir ja sagen.«

Aber Duncan erwiderte nichts, sondern nickte al-Fali nur zu. Die Felsattrappe öffnete sich, ließ helles, silbriges Sonnenlicht ein, und mit einem Satz war der Ornithopter draußen und in der Luft. Die Flügel bebten von der Belastung, die Düsen dröhnten, und sie stiegen höher in den Himmel. Duncan brachte sie auf einen Südwestkurs, dem Sahaya-Grat entgegen, den man als dunkle Linie im Sand ausmachen konnte.

Nach einer Weile sagte Duncan: »Denken Sie nicht schlecht von mir, Mylady.«

Jessica sah ihn an. »Das letzte Mal habe ich schlecht von dir gedacht, als du in unseren großen Saal in Arrakeen gekommen bist und sturzbetrunken von Gewürzbier warst.« Aber seine Worte gaben ihren Zweifeln neue Nahrung, und sie ließ sich in die entspannte Bereitschaft der Prana-Bindu-Verteidigungshaltung fallen.

»Ja, an diese Nacht erinnere ich mich gut. Ich war sehr jung. Unerfahren.«

»Und doch der beste Schwertmeister im Gefolge meines Herzogs.«

»Nicht ganz, Mylady. Gurney konnte mich sechs von zehn Mal schlagen.« Er warf ihr einen Blick zu. »Wo ist Gurney?«

»Er erledigt etwas für mich.«

Er schüttelte den Kopf.

»Weißt du, wohin wir unterwegs sind?«

»Ja, Mylady.«

»Dann sag es mir.«

»Na schön. Ich habe versprochen, eine glaubwürdige Intrige gegen das Haus Atreides zu konstruieren, und dafür gab es nur eine Möglichkeit …«

Duncan drückte einen Knopf an der Steuerkonsole, und ein Netzkokon schoss aus Jessicas Sitz hervor und umwickelte sie blitzartig.

»Ich bringe Sie nach Salusa Secundus. Zu Farad'n.«

Panisch bäumte sich Jessica in ihren Fesseln auf, spürte, wie sich diese fester zogen und erst wieder lockerten, als sie sich entspannte, wobei sie sie den tödlichen Shigadraht in der Schutzhülle hatten spüren lassen.

»Der Schalter, mit dem man den Shigadraht löst, ist deaktiviert«, sagte Duncan. »Ach ja, und versuchen Sie es nicht mit der *Stimme*.

Die Tage, in denen Sie mich damit beeinflussen konnten, liegen weit zurück.« Er sah sie an. »Die Tleilaxu haben mich gegen derartige Tricks geschützt.«

»Du bist Alia hörig. Und sie …«

»Nicht Alia. Wir handeln auf Geheiß des Predigers. Er will, dass Sie Farad'n unterrichten, so wie Sie einst … Paul unterrichtet haben.«

Jessica verharrte schweigend. Sie erinnerte sich an Letos Worte, dass sie einen interessanten Schüler finden würde. Schließlich sagte sie: »Dieser Prediger – ist er mein Sohn?«

Duncans Stimme schien aus weiter Ferne zu kommen. »Ich wünschte, ich wüsste es.«

Das Universum ist einfach da. *Nur so kann ein Fedaykin es betrachten und Herr seiner Sinne bleiben. Das Universum droht nicht, noch macht es Versprechungen. Es enthält Dinge, die sich unserem Einfluss entziehen: den Absturz eines Meteors, die Eruption einer Gewürzblase, Altern und Sterben. Das sind die Realitäten dieses Universums, und man muss sich ihnen stellen, egal, was man von ihnen hält. Man kann diese Realitäten nicht mit Worten abwehren. Sie kommen auf ihre eigene wortlose Art zu einem, und dann versteht man, was »Leben und Tod« wirklich bedeutet. Wenn man das versteht, wird man von Freude erfüllt.*

– Muad'Dib zu seinen Fedaykin

»Das also sind die Ereignisse, die wir in Bewegung gesetzt haben«, sagte Wensicia. »All das wurde für *dich* getan.«

Reglos saß Farad'n seiner Mutter in ihrem Morgenzimmer gegenüber. Das goldene Licht der Sonne warf seinen Schatten auf den weißen Teppich. Von der Wand hinter seiner Mutter strahlte es zurück und erzeugte einen Nimbus um ihr Haar. Sie trug ihr übliches weißes, goldgesäumtes Gewand – eine Erinnerung an die Zeiten der Herrschaft. Ihr herzförmiges Gesicht wirkte abwesend, aber Farad'n wusste, dass sie jede seiner Reaktionen genau registrierte. Sein Magen fühlte sich leer an, obwohl er gerade erst gefrühstückt hatte.

»Du heißt das nicht gut?«, fragte Wensicia.

»Was gäbe es daran nicht gutzuheißen?«

»Nun … dass wir all das bis jetzt vor dir verheimlicht haben?«

»Ach so.« Farad'n musterte seine Mutter und dachte über seine komplizierte Position in dieser Angelegenheit nach. Doch der eigentliche Gedanke in seinem Kopf galt einer Sache, die ihm kürzlich aufgefallen war – nämlich dass Tyekanik sie nicht mehr »meine Prinzessin« nannte. Wie nannte er sie jetzt? Königinmutter?

Warum empfinde ich ein Gefühl des Verlusts?, fragte er sich. *Was verliere ich?* Die Antwort war offensichtlich: Er verlor seine sorgenfreien Tage, er verlor die Zeit für die geistigen Unternehmungen, die eine so große Anziehungskraft auf ihn ausübten. Falls die von seiner Mutter beschriebene Intrige tatsächlich Früchte trug, würde das alles für immer dahin sein. Neue Verantwortlichkeiten würden seine Aufmerksamkeit verlangen, und er stellte fest, dass er darüber sehr wütend war. Wie konnten sie es wagen, sich so etwas auszudenken, wenn es um seine Zeit ging? Noch dazu, ohne mit ihm darüber zu sprechen!

»Nun sag schon«, drängte seine Mutter. »Etwas stimmt nicht.«

»Was ist, wenn dieser Plan scheitert?« Er sprach damit das Erste aus, was ihm in den Sinn kam.

»Wie kann er scheitern?«

»Ich weiß nicht … Jeder Plan kann scheitern. Wie setzt du bei all dem Idaho ein?«

»Idaho? Was interessiert dich … Ach ja, dieser Guru, den Tyek hergebracht hat, ohne mich vorher zu fragen. Das war falsch von ihm. Der Guru hat von Idaho gesprochen, nicht wahr?«

Es war eine unbeholfene Lüge seiner Mutter, und Farad'n starrte sie verwundert an. Sie hatte die ganze Zeit von dem Prediger gewusst. »Ich habe nur noch nie einen Ghola gesehen«, sagte er.

»Wir heben uns Idaho für etwas Wichtiges auf.«

Farad'n kaute schweigend auf der Oberlippe, und Wensicia fühlte sich an seinen toten Vater erinnert. Dalak war zuweilen so gewesen, nach innen gekehrt und komplex, schwer zu durchschauen. Dalak, rief sie sich ins Gedächtnis, war mit Graf Hasimir Fenring verwandt gewesen, und beide hatten sowohl etwas von einem Dandy als auch von einem Fanatiker gehabt. Würde Farad'n in ihre Fußstapfen treten? Immer mehr bereute sie es, Tyek damit beauftragt zu haben, den Jungen an die Religion von Arrakis heranzuführen. Wer wusste schon, wozu das am Ende führte?

»Wie nennt Tyek dich jetzt?«, fragte Farad'n.

»Was hast du gesagt?« Der Themenwechsel verwirrte Wensicia.

»Mir ist aufgefallen, dass er dich nicht mehr ›meine Prinzessin‹ nennt.«

Wie wenig ihm entgeht, dachte sie und fragte sich, warum sie das mit Unruhe erfüllte. *Denkt er, ich hätte mir Tyek als Liebhaber genommen? Unsinn, das würde so oder so keine Rolle spielen! Warum dann diese Frage?* »Er nennt mich ›Mylady‹.«

»Warum?«

»Weil das bei allen Großen Häusern so Sitte ist.«

Einschließlich der Atreides, dachte Farad'n.

»Wenn es jemand mithört, lässt es weniger Rückschlüsse zu. Man wird glauben, dass wir unsere legitimen Bestrebungen aufgegeben haben.«

»Wer wäre so dumm?«

Wensicia schürzte die Lippen und entschied, ihm das durchgehen zu lassen. Es war eine Kleinigkeit, aber große Feldzüge setzten sich aus zahlreichen Kleinigkeiten zusammen.

»Lady Jessica hätte Caladan nicht verlassen sollen«, sagte Farad'n.

Wensicia schüttelte ruckartig den Kopf. Was sollte das? Seine Gedanken sprangen wild umher! »Was meinst du damit?«

»Sie hätte nicht nach Arrakis zurückkehren sollen. Das war eine schlechte Strategie. Man fragt sich unweigerlich, warum. Wäre es nicht besser gewesen, wenn sie sich auf Caladan von ihren Enkeln hätte besuchen lassen?«

Er hat recht, dachte Wensicia, und es machte ihr Sorgen, dass sie nicht selbst darauf gekommen war. Tyek musste der Sache sofort nachgehen. Aber wieder schüttelte sie den Kopf. *Nein!* Was machte

Farad'n da? Er musste doch wissen, dass die Priesterschaft es niemals riskiert hätte, beide Zwillinge gleichzeitig ins All zu lassen. Sie sprach es laut aus.

»Die Priesterschaft? Oder Lady Alia?«, erwiderte Farad'n und stellte fest, dass sich Wensicias Gedanken dem von ihm gewünschten Thema zugewandt hatten. Er fand es aufregend, wichtig zu sein und bei diesen politischen Intrigen mitzumischen. Es war lange her, dass es ihn interessiert hatte, wie seine Mutter dachte. Sie ließ sich so leicht lenken.

»Du glaubst, Alia will die Macht für sich selbst?«, fragte Wensicia.

Farad'n wandte den Blick von ihr ab. Natürlich wollte Alia die Macht für sich selbst! Alle Berichte von diesem verfluchten Planeten waren sich darin einig. »Ich habe viel von ihrem Planetologen gelesen«, wechselte er erneut das Thema. »Irgendwo bei ihm muss es einen Hinweis auf die Sandwürmer und die Haploiden geben, wenn bloß …«

»Überlass das den anderen!«, unterbrach ihn seine Mutter. Langsam verlor sie die Geduld mit ihm. »Ist das alles, was du zu dem, was wir für dich getan haben, zu sagen hast?«

»Ihr habt all das nicht für mich getan.«

»Wie bitte?«

»Ihr habt es für das Haus Corrino getan. Und im Moment bist du das Haus Corrino. Mein Herz hängt nicht daran.«

»Du trägst Verantwortung! Was ist mit all jenen, die auf dich bauen?«

Farad'n spürte das Gewicht all der Hoffnungen und Träume, die sich auf das Haus Corrino richteten, als hätte es seine Mutter ihm mit ihren Worten als Bürde auferlegt. »Ich weiß, dass es diese Leute gibt, aber ich finde einiges von dem, was in meinem Namen geschieht, geschmacklos.«

»Wie kannst du so etwas sagen? Wir tun, was jedes Große Haus tun würde, um voranzukommen.«

»Wirklich? Ich finde, ihr seid dabei ein wenig ins Widerwärtige abgeglitten. Nein, unterbrich mich nicht! Wenn ich Imperator werden soll, dann solltest du lieber lernen, wie man mir zuhört. Glaubst du, ich kann nicht zwischen den Zeilen lesen? Wie hat man diese Tiger dressiert?«

Die deutliche Zurschaustellung seiner Beobachtungsgabe ließ Wensicia verstummen.

»Ich verstehe«, fuhr er fort. »Nun, ich behalte Tyek, weil ich weiß, dass du ihn dazu gezwungen hast. Er ist ein ordentlicher Offizier, aber für seine Prinzipien kämpft er nur in einer freundschaftlichen Arena.«

»Seine ... *Prinzipien?*«

»Der Unterschied zwischen einem guten und einem schlechten Offizier besteht in Charakterstärke und in etwa fünf Herzschlägen. Er muss zu seinen Prinzipien stehen, wann immer sie infrage gestellt werden.«

»Die Tiger waren notwendig.«

»Das glaube ich, wenn sie Erfolg hatten. Aber ich werde nicht gutheißen, was man getan hat, um sie zu dressieren. Keine Widerworte! Es ist offensichtlich. Man hat sie *konditioniert.* Das hast du selbst gesagt.«

»Was hast du jetzt vor?«

»Ich warte ab. Vielleicht werde ich Imperator.«

Wensicia legte eine Hand an die Brust und seufzte. Für einige Augenblicke hatte er sie in Angst und Schrecken versetzt. Sie hatte kurz damit gerechnet, dass er sich von ihr lossagen würde. Prinzipien! Aber nun hatte er seinen Entschluss getroffen, das sah sie ihm an.

Farad'n stand auf, ging zur Tür und läutete nach den Bediensteten seiner Mutter. Dann sah er Wensicia an. »Wir sind doch fertig, oder?«

»Ja.« Sie hob die Hand, als er sich zum Gehen anschickte. »Wo willst du hin?«

»In die Bibliothek. In letzter Zeit fasziniert mich die Geschichte der Corrinos.«

Mit diesen Worten ließ er sie stehen und trug sein Gefühl neuer Verantwortung mit sich hinaus. *Verdammt soll sie sein!* Aber auch er wusste, dass er seine Entscheidung getroffen hatte. Und er erkannte an, dass es einen tiefgreifenden emotionalen Unterschied gab zwischen der Geschichte, wie man sie aufgezeichnet auf Shigadraht fand und jederzeit nachlesen konnte, und der Geschichte, die man lebte. Diese neue, lebende Geschichte, die sich um ihn verdichtete, vermittelte ihm das Gefühl, kopfüber in eine unumkehrbare Zukunft zu stürzen. Er spürte, wie er nun von den Wünschen all jener getrieben würde, deren Schicksal von ihm abhing, und es kam ihm seltsam vor, dass er bei all dem nicht sagen konnte, was eigentlich seine eigenen Bedürfnisse waren.

Man erzählt sich, dass Muad'Dib einmal, als er ein Unkraut gesehen hat, das zwischen zwei Steinen zu wachsen versuchte, einen der Steine wegnahm. Später, als er das Unkraut gedeihen sah, bedeckte er es mit dem verbliebenen Stein. »Das war sein Schicksal«, erklärte er.

– Die Kommentare

»Jetzt!«, rief Ghanima.

Leto, der zwei Schritte vor ihr den schmalen Einschnitt im Fels erreichte, zögerte nicht. Er warf sich kopfüber in den Spalt und kroch weiter, bis er von Dunkelheit umfangen war. Er hörte, wie Ghanima hinter ihm kam, gefolgt von einer plötzlichen Stille, bis ihre Stimme erklang, weder hektisch noch ängstlich: »Ich stecke fest.«

Leto rappelte sich auf, wohl wissend, dass sein Kopf dadurch in die Reichweite suchender Klauen geriet, drehte sich in dem schmalen Spalt um und kroch zurück, bis er Ghanimas ausgestreckte Hand ertasten konnte.

»Es ist meine Robe«, sagte sie. »Sie hat sich verfangen.«

Leto hörte, wie direkt unterhalb von ihnen Steine hinab polterten. Er zog an Ghanimas Hand, konnte sie jedoch kaum bewegen.

Nun war unter ihnen Hecheln und Knurren zu hören.

Leto spannte sich an, stemmte sich mit der Hüfte gegen den Fels und zerrte fest an Ghanimas Arm. Stoff riss, und er spürte, wie sie mit einem Ruck weiter zu ihm aufschloss. Sie schnappte zischend nach Luft. Er wusste, dass sie Schmerzen hatte, zog aber trotzdem erneut. Sie rutschte ein Stück weiter, und dann fiel sie endlich neben ihm zu Boden. Sie waren allerdings noch viel zu nahe am Spalteingang. Leto drehte sich um, legte sich auf den Boden und kroch weiter hinein. Ghanima folgte ihm keuchend. Sie hatte sich eindeutig verletzt. Als Leto ans Ende der Höhle kam, wandte er sich um und spähte zu dem schmalen Spalt nach oben. Die Öffnung befand sich etwa zwei Meter über ihnen und war von Sternen erfüllt.

In diesem Moment verdunkelte etwas Großes den Himmel, und ein dumpfes Knurren erfüllte die Luft um die Zwillinge, tief und bedrohlich, ein Laut aus grauer Vorzeit: der Jäger, der zu seiner Beute sprach.

»Wie schwer bist du verletzt?«, fragte Leto und achtete dabei darauf, möglichst gleichmütig zu klingen.

Ghanima antwortete in genau demselben Tonfall: »Einer von ihnen hat mich mit der Klaue erwischt und den Destillanzug am linken Bein aufgerissen. Ich blute.«

»Wie schlimm?«

»Eine Vene. Ich kann die Blutung stoppen.«

»Drück darauf. Beweg dich nicht. Ich kümmere mich um unsere Freunde.«

»Vorsichtig! Sie sind größer, als ich erwartet hatte.«

Leto zog sein Krismesser und hielt es nach oben. Er wusste, dass der Tiger mit den Klauen in den schmalen Durchgang peitschen würde, in den der Rest von ihm nicht hineinpasste.

Langsam, ganz langsam schob Leto das Messer vor. Plötzlich traf etwas von oben auf die Klinge. Er spürte den Aufprall im ganzen Arm und hätte das Messer beinahe losgelassen. Blut ergoss sich über seine Hand, spritzte in sein Gesicht, und ein ohrenbetäubendes Brüllen erklang. Die Sterne wurden sichtbar. Etwas schlug um sich und stürzte wild zappelnd von den Felsen hinab in den Sand.

Einmal mehr wurden die Sterne verdunkelt, und Leto hörte ein Knurren. Der zweite Tiger war an die Stelle des ersten getreten, ohne sich um das Schicksal seines Gefährten zu kümmern.

»Sie sind hartnäckig«, sagte Leto.

»Einen hast du jedenfalls erwischt«, keuchte Ghanima. »Hör mal!«

Das krampfartige Brüllen, das sie von unten hörten, wurde leiser. Der zweite Tiger blieb jedoch, wo er war, ein Vorhang vor den Sternen.

Leto steckte seine Klinge weg und berührte Ghanima am Arm. »Gib mir dein Messer. Ich will eine frische Spitze, um bei dem hier sicherzugehen.«

»Meinst du, dass sie noch einen dritten auf Vorrat haben?«

»Unwahrscheinlich. Lazatiger jagen zu zweit.«

»Genau wie wir.«

»Wie wir.« Leto spürte, wie der Griff ihres Krismessers in seine Hand glitt, und umfasste ihn fest. Erneut begann er mit seinen vorsichtigen Bewegungen, aber die Klinge fand nur leere Luft, selbst als er sich so hoch streckte, dass es für ihn gefährlich wurde. Er zog sie zurück und dachte darüber nach.

»Findest du ihn nicht?«, fragte Ghanima.

»Er verhält sich nicht so wie der andere.«

»Er ist immer noch da. Riechst du ihn?«

Leto schluckte mit trockener Kehle. Fauliger Atem, vermischt mit feuchtem Moschusgeruch, stieg ihm in die Nase. Die Sterne waren nach wie vor nicht zu sehen. Von der ersten Katze war nichts mehr zu hören – das Gift des Krismessers hatte sein Werk getan. »Ich glaube, ich muss aufstehen«, sagte er.

»Nein.«

»Wir müssen ihn in Messerreichweite locken.«

»Ja, aber wir waren uns einig. Wenn es einem von uns gelingt, nicht verwundet zu werden …«

»Du bist verwundet, also gehst du zurück.«

»Aber wenn du schwer verletzt wirst, kann ich dich nicht zurücklassen.«

»Hast du eine bessere Idee?«

»Gib mir mein Messer zurück.«

»Aber dein Bein!«

»Ich kann auf dem gesunden Bein stehen.«

»Das Ding könnte dir mit einem Hieb den Kopf abreißen. Vielleicht mit der Maula …«

»Nein. Wenn dort draußen jemand ist, der uns hören kann, dann wissen sie, dass wir vorbereitet sind.«

»Es gefällt mir nicht, dass du dieses Risiko eingehen willst.«

»Wer auch immer dort draußen ist, er darf nicht erfahren, dass wir Maulas haben – noch nicht.« Ghanima berührte Letos Arm. »Ich bin vorsichtig und halte den Kopf unten.« Als er schwieg, fuhr sie fort: »Du weißt, dass ich diejenige bin, die das tun muss. Gib mir mein Messer.«

Widerwillig tastete er mit der freien Hand nach ihrer Hand und reichte ihr das Messer. Es war die logische Vorgehensweise, aber die Logik lag im Krieg mit allem, was er fühlte.

Er spürte, wie Ghanima ihre Hand wegzog, und hörte das raue Geräusch ihrer Robe auf dem sandigen Stein. Sie schnappte nach Luft, und ihm war klar, dass sie nun stand. *Sei vorsichtig!*, dachte er. Fast hätte er sie wieder nach unten gezogen, um darauf zu bestehen, dass sie die Maula verwendeten. Aber sie hatte recht: Damit würden sie möglicherweise jemandem dort draußen verraten, dass sie solche Waffen hatten. Schlimmer noch, vielleicht würden sie den Tiger vertreiben, und dann würden sie hier festsitzen, während draußen zwischen den Felsen ein verwundeter Tiger auf sie wartete.

Ghanima holte tief Luft und stützte sich mit dem Rücken gegen die Felswand. *Ich muss schnell sein*, dachte sie. Sie hielt das Messer nach oben. Ihr linkes Bein pochte. Sie spürte das Blut, das an ihrer Haut trocknete, und die Wärme des nachströmenden Bluts. *Sehr schnell!* Mithilfe der Künste der Bene Gesserit versenkte sie sich in einen Zustand äußerster Ruhe, in dem sie den Schmerz und alle anderen Ablenkungen aus ihrem Bewusstsein verbannte. Die Katze musste nur eine Pfote nach unten strecken! Langsam fuhr sie mit der Klinge durch den Spalt. Wo war das verdammte Tier? Einmal mehr durchschnitt sie die Luft. Nichts. Sie mussten den Tiger zu einem Angriff veranlassen.

Mithilfe ihres Geruchssinns versuchte sie sich ein Bild zu machen. Von links kam warmer Atem. Sie ging in die Hocke, holte wieder tief Luft und schrie: »Taqwa!« Das war der alte Kriegsruf der Fremen, dessen Bedeutung man nur aus den ältesten Legenden erfuhr: »*Der Preis der Freiheit!*« Mit diesem Schrei stach Ghanima durch die dunkle Öffnung. Klauen schlugen in ihren Ellbogen, und sie hatte gerade noch Zeit, das Handgelenk in die Richtung, aus der das Tier sie getroffen hatte, abzuknicken, bevor der Schmerz ihren Arm vom Ellbogen bis zum Handteller lähmte. Sie spürte, wie sich die vergiftete Spitze in den Tiger bohrte. Die Klinge wurde ihr aus den betäubten Fingern gerissen, aber jetzt war der schmale Spalt wieder frei, und die Sterne waren zu sehen, während das Gebrüll einer sterbenden Katze die Nacht erfüllte. Sie konnten den Weg des Tigers anhand seiner Todeszuckungen mitverfolgen. Um sich schlagend, stürzte er den Felsen hinab, bis schließlich die Stille des Todes eintrat.

»Er hat mich am Arm erwischt«, sagte Ghanima, während sie versuchte, einen Fetzen ihrer Robe um die Wunde zu wickeln.

»Schlimm?«

»Ich glaube schon. Ich spüre meine Hand nicht mehr.«

»Warte, ich mache Licht und …«

»Erst wenn wir in Deckung sind.«

»Ich mache schnell.«

Ghanima hörte, wie sich Leto wand, um nach seinem Fremkit zu greifen, und spürte dann die glatte Dunkelheit eines Nachtzelts, das über ihre Köpfe gezogen und hinter ihr festgesteckt wurde. Er machte sich nicht die Mühe, es gegen Feuchtigkeitsverlust abzudichten.

»Mein Messer ist auf dieser Seite«, sagte sie. »Ich spüre den Griff mit dem Knie.«

»Lass es erst einmal liegen.«

Leto entzündete einen Leuchtglobus, und Ghanima blinzelte ins Licht. Er legte den Globus neben ihnen auf den Boden und schnappte nach Luft, als er ihren Arm sah. Die Klaue hatte eine klaffende Wunde gerissen, die sich vom Ellbogen über die Oberseite des Unterarms bis fast zum Handgelenk zog. An ihrem Verlauf erkannte Leto, wie sie den Arm gedreht hatte, um mit dem Messer die Pfote des Tigers zu erwischen.

Ghanima warf einen kurzen Blick auf die Wunde, schloss dann die Augen und begann, die Litanei gegen die Furcht aufzusagen.

Leto hätte es ihr am liebsten nachgetan, aber er unterdrückte seinen inneren Aufruhr und machte sich daran, die Wunde zu verbinden. Er musste vorsichtig sein, musste einerseits die Blutung stillen und es andererseits wie einen unbeholfen angelegten Verband aussehen lassen, den Ghanima auch selbst hätte anbringen können. Er ließ sie mit der anderen Hand auf den Knoten drücken, während sie ein Ende des Verbands mit den Zähnen festhielt.

»Dann sehen wir uns jetzt das Bein an«, sagte er.

Ghanima drehte sich um, um ihrem Bruder die andere Wunde zu zeigen. Sie war nicht so schlimm wie die am Arm: zwei oberflächliche Kratzer entlang des Unterschenkels. Allerdings hatte sie stark in den Destillanzug geblutet. Leto säuberte die Wunde, so gut es ging, und verband sie unter dem Anzug. Dann dichtete er den Anzug über der Bandage ab.

»Es ist Sand hineingekommen«, sagte er. »Lass das behandeln, sobald du zurück bist.«

»Sand in unseren Wunden«, sagte Ghanima. »Für einen Fremen nichts Neues.«

Leto brachte ein Lächeln zustande und lehnte sich zurück.

Ghanima holte tief Luft. »Wir haben es geschafft.«

»Noch nicht.«

Sie schluckte. Ihr Gesicht sah im Licht des Leuchtglobus blass aus. *Ja, wir müssen uns beeilen,* dachte sie. *Wer auch immer diese Tiger kontrolliert hat, ist vielleicht in diesem Moment dort draußen.*

Leto sah seine Schwester an und verspürte plötzlich ein Gefühl des quälenden Verlusts. Wie ein tiefer Schmerz durchzuckte es seine Brust. Er und Ghanima mussten sich nun trennen. All die Jahre seit ihrer Geburt waren sie wie eine Person gewesen, aber jetzt verlangte ihr Plan, dass sie sich einer Metamorphose unterzogen und jeder seiner eigenen Wege ging. In seinem Geist zog sich Leto auf die unmittelbaren Notwendigkeiten zurück. »Hier ist mein Fremkit. Ich habe die Verbände herausgenommen. Vielleicht schaut jemand nach.«

»Ja.« Sie tauschten die Fremkits.

»Irgendjemand dort draußen hat einen Sender für diese Katzen. Höchstwahrscheinlich wartet er in der Nähe des Qanats, um sicherzugehen, dass sie uns erledigt haben.«

Ghanima griff nach ihrer Maulapistole, die auf dem Fremkit lag, und steckte sie in die Schärpe unter ihrer Robe. »Meine Robe ist zerrissen.«

»Ja.« Leto sah sie an. »Vielleicht ist schon bald ein Suchtrupp hier. In dessen Reihen könnte sich ein Verräter befinden. Es ist am besten, wenn du dich alleine zurückschleichst. Lass dich von Harah verstecken.«

»Ich … ich beginne mit der Suche nach dem Verräter, sobald ich zurück bin.« Ghanima betrachtete forschend das Gesicht ihres Bruders und hatte an seinem schmerzlichen Wissen teil, dass sich von nun an immer mehr Unterschiede anhäufen würden. Nie wieder würden sie wie eine Person sein und Wissen teilen, das niemand sonst verstehen konnte.

»Ich gehe nach Jacurutu«, sagte er.

»Fondak«, erwiderte sie.

Er nickte zustimmend. Jacurutu, Fondak – es musste sich um ein und denselben Ort handeln. Das war die einzige Möglichkeit, wie dieser legendäre Ort hatte verborgen bleiben können. Dafür waren natürlich Schmuggler verantwortlich. Es war leicht für sie, ein Etikett gegen das andere auszutauschen. Sie agierten unter dem Schutz jener unausgesprochenen Übereinkunft, die es ihnen überhaupt erst erlaubte, zu existieren. Die herrschende Familie eines Planeten musste immer eine Hintertür haben, um im schlimmsten Fall entkommen zu können, und ein kleiner Anteil an den Schmuggelprofiten sorgte dafür, dass diese Hintertür offen blieb. In Fondak/Jacurutu hatten die Schmuggler einen voll funktionsfähigen Sietch ohne störende Bevölkerung übernommen. So hatten sie Jacurutu vor aller Augen versteckt, verborgen durch das Tabu, das die Fremen davon fernhielt.

»Kein Fremen wird darauf kommen, an einem solchen Ort nach mir zu suchen«, sagte Leto. »Sie werden natürlich bei den Schmugglern herumfragen, aber …«

»Wir machen das, worauf wir uns geeinigt haben«, unterbrach ihn Ghanima. »Es ist nur …«

»Ich weiß.« Als er seine eigene Stimme hörte, begriff Leto, dass sie diese letzten Augenblicke der Gemeinsamkeit in die Länge zogen. Ein ironisches Lächeln umspielte seinen Mund und ließ ihn um Jahre älter erscheinen.

Ghanima erkannte, dass sie ihren Bruder durch einen Schleier der Zeit sah, dass sie in diesem Moment einen älteren Leto vor sich hatte. Tränen brannten ihr in den Augen.

Leto strich ihr mit dem Finger über die nasse Wange. »Jetzt musst du den Toten noch kein Wasser geben. Ich gehe weit genug hinaus in die Wüste, damit mich niemand hört, und rufe einen Wurm.« Er deutete auf die zusammengeklappten Bringerhaken, die mit Gurten an der Außenseite seines Fremkits befestigt waren. »Ich werde in zwei Tagen in Jacurutu sein, noch vor Morgengrauen.«

»Reite mit dem Wind, mein alter Freund«, sagte sie.

»Ich komme zu dir zurück, meine einzige Freundin«, erwiderte er. »Und denk daran, beim Qanat vorsichtig zu sein.«

»Wähle einen guten Wurm«, sagte sie. Die Abschiedsworte der Fremen. Mit der linken Hand schaltete sie den Leuchtglobus aus.

Das Nachtzelt raschelte, als sie es wegzog, zusammenfaltete und in ihr Fremkit steckte. Sie spürte, wie Leto ging, hörte die leisen Geräusche, die sich in der Stille verloren, als er über die Felsen in die Wüste hinabkletterte.

Dann wappnete sie sich für das, was sie zu tun hatte. Sie musste sich dazu bringen, an ihre Geschichte zu glauben. In ihrem Kopf durfte es kein Jacurutu geben, keinen Bruder, der dort draußen auf der Suche nach einem Ort war, den es nur noch in den Legenden der Fremen gab. Von nun an durfte sie von Leto nicht mehr als von einem Lebenden denken. Sie musste sich darauf konditionieren, aus der festen Überzeugung heraus zu handeln, dass ihr Bruder tot war. Von Lazatigern getötet. Nicht viele konnten eine Wahrsagerin zum Narren halten, aber sie wusste, dass sie dazu fähig war ... und dass sie es vielleicht würde tun müssen. Die vielen Leben, die sie und Leto miteinander teilten, hatten ihnen gezeigt, wie es ging: durch eine Hypnosemethode, die bereits zu Schebas Zeiten alt gewesen war, obwohl Ghanima womöglich der einzige lebende Mensch war, der sich an Scheba als Person erinnern konnte. Sie hatte die zu verankernden Zwänge sorgfältig entwickelt, und nachdem Leto fort war, begann sie damit, ihr Bewusstsein umzubauen, die einsame Schwester zu erschaffen, den überlebenden Zwilling, bis es sich um eine glaubwürdige Einheit handelte. Während sie das tat, stellte sie fest, dass die Welt in ihrem Inneren verstummte, aus ihrer Wahrnehmung ausgeblendet wurde. Das war eine unerwartete Nebenwirkung.

Wenn Leto nur lange genug gelebt hätte, um das zu erfahren, dachte sie, und der Gedanke erschien ihr nicht paradox. Sie stand auf und blickte auf die Wüste hinunter, wo der Tiger Leto getötet hatte. Im Sand draußen erklang ein lauter werdendes Geräusch, vertraut für einen Fremen: das Vorbeiziehen eines Wurms. Mochten sie hier in der Gegend auch selten geworden sein – nun kam ein Wurm. Vielleicht hatte ihn der Todeskampf des ersten Tigers angelockt ... Ja, Leto hatte eine der beiden Katzen getötet, bevor ihn die andere erwischt hatte. Es war seltsam symbolisch, dass nun ein Wurm kam. Der Zwang, den sich Ghanima auferlegt hatte, reichte so tief, dass sie tatsächlich drei dunkle Flecken weit unten im Sand sah: die zwei Tiger und Leto. Dann kam der Wurm, und es blieb nur Sand zurück, den Shai-Hulud zu neuen Dünen aufgewühlt hatte. Es war kein sehr großer Wurm gewesen – aber groß genug. Und ihr selbstauferlegter Zwang gestattete es Ghanima nicht, die kleine Gestalt zu sehen, die oben auf den Ringsegmenten des Wurmes stand.

Gegen ihren Kummer ankämpfend, verschloss sie ihr Fremkit und kroch vorsichtig aus ihrem Versteck. Sie legte die Hand auf die Maulapistole und suchte die Umgebung ab. Keine Spur von einem Menschen mit einem Sender. Sie arbeitete sich die Felsen hoch und auf die andere Seite, schlich durch die Mondschatten und wartete, um sicherzugehen, dass kein Mörder auf ihrem Weg lauerte.

Jenseits der weiten Ebene sah sie Fackeln bei Sietch Tabr, die unruhige Geschäftigkeit einer Suche. Ein dunkler Fleck bewegte sich über den Sand auf den Diener zu. Ghanima wählte eine Route, die sie weit nördlich an dem Suchtrupp vorbeiführen würde. Sie stieg in den Sand hinunter und hielt sich in den Dünenschatten. Sorgfältig darauf achtend, unregelmäßig aufzutreten, um keinen Wurm anzulocken, machte sie sich auf den Weg durch die einsame Weite, die Tabr von dem Ort trennte, an dem Leto gestorben war. Sie wusste, dass sie beim Qanat vorsichtig sein musste. Nichts durfte sie davon abhalten, zu berichten, wie ihr Bruder gestorben war, als er sie vor den Tigern gerettet hatte.

Sofern sie von Dauer sind, neigen Regierungen stets dazu, eine aristokratische Form anzunehmen. Historisch ist keine Regierung bekannt, der es gelungen ist, diesem Muster zu entgehen. Und während sich die Aristokratie bildet, neigt die Regierung zunehmend dazu, ausschließlich im Interesse der herrschenden Klasse zu handeln – ob es sich bei dieser Klasse nun um einen Erbadel, die Oligarchen von Finanzimperien oder eine verfestigte Bürokratie handelt.

– Politik als wiederkehrendes Phänomen,
aus dem Ausbildungshandbuch der Bene Gesserit

»Warum macht er uns dieses Angebot?«, fragte Farad'n. »Das ist die entscheidende Frage.«

Er und Tyekanik standen im großen Salon von Farad'ns Privatgemächern. Wensicia saß auf einem langen blauen Diwan, fast mehr Zuschauerin als Beteiligte. Sie war sich über ihre Position im Klaren und fand keinen Gefallen daran, aber Farad'n hatte eine erschreckende Veränderung durchgemacht seit jenem Morgen, an dem sie ihn über ihre Intrigen in Kenntnis gesetzt hatte.

Es war später Nachmittag auf Schloss Corrino, und das tief einfallende Licht betonte die stille Gemütlichkeit des Salons, ein Raum mit aus Plastino nachgebildeten Büchern, mit Regalen, die eine Unmenge von Filmspulen, Datenblöcken, Shigadrahtrollen und mnemonischen Verstärkern enthielten. Überall gab es Kleinigkeiten, die verrieten, dass dieser Raum oft benutzt wurde: abgewetzte Stellen an den Büchern, schimmerndes Metall an den Verstärkern, ausgefranste Ecken an den Datenblöcken. Da war nur der eine Diwan, aber es gab viele Sessel – allesamt Sensiform-Schwebesitze, geschmackvoll und bequem.

Farad'n stand mit dem Rücken zum Fenster. Er trug eine schlichte Sardaukar-Uniform in Grau und Schwarz, deren einziger Schmuck das goldene Löwentatzenabzeichen am Kragen war. Er hatte sich dafür entschieden, seine Mutter und den Baschar hier und nicht in einer förmlichen Umgebung zu empfangen, um eine entspannte Gesprächsatmosphäre zu schaffen. Aber Tyekaniks unaufhörliches »Mylord dieses« und »Mylady jenes« erzeugte wieder eine Distanz zwischen ihnen.

»Mylord, ich glaube nicht, dass er dieses Angebot machen würde, wenn er es nicht erfüllen könnte«, sagte der Baschar.

»Natürlich nicht«, mischte sich Wensicia ein.

Farad'n warf seiner Mutter einen kurzen Blick zu, um sie zum Schweigen zu bringen, und sagte dann: »Wir haben keinen Druck auf Duncan Idaho ausgeübt und keinen Versuch unternommen, das Versprechen des Predigers einzulösen?«

»Keinen«, erwiderte Tyekanik.

»Warum bietet uns Idaho, der Zeit seines Lebens für seine fanatische Treue zu den Atreides bekannt war, dann die Auslieferung von Lady Jessica an?«

»Diese Gerüchte von Problemen auf Arrakis ...«, sagte Wensicia leise.

»Unbestätigt«, sagte Farad'n. »Ist es denkbar, dass der Prediger das alles eingefädelt hat?«

Tyekanik nickte. »Denkbar schon. Aber ich wüsste nicht, was ihn dazu hätte bewegen sollen.«

»Er behauptet, dass er Asyl für sie sucht«, sagte Farad'n. »Das wäre vielleicht eine Folge der Ereignisse, wenn an diesen Gerüchten ...«

»Ja«, warf Wensicia ein.

»Oder es ist irgendeine Art von Täuschung«, sagte Tyekanik.

»Wir können mehrere Theorien aufstellen und dann genauer in

Augenschein nehmen«, sagte Farad'n. »Was, wenn Idaho bei Lady Alia in Ungnade gefallen ist?«

»Das würde das Ganze vielleicht erklären«, sagte Wensicia. »Aber er …«

»Noch keine Nachricht von den Schmugglern?«, unterbrach sie Farad'n. »Warum können wir nicht …«

»Übertragungen brauchen auf Arrakis zu dieser Jahreszeit immer lange«, sagte Tyekanik. »Und die Notwendigkeit der Geheimhaltung …«

»Ja, natürlich, aber trotzdem.« Farad'n schüttelte den Kopf. »Unsere Theorie gefällt mir nicht.«

»Verabschiede dich nicht zu schnell von ihr«, sagte Wensicia. »All die Geschichten über Alia und diesen Priester, wie auch immer er heißt.«

»Javid«, sagt Farad'n. »Aber der Mann ist offensichtlich …«

»Er hat sich als wertvolle Informationsquelle für uns erwiesen.«

»Ich wollte gerade sagen, dass er offensichtlich ein Doppelagent ist. Wie kann er sich selbst in dieser Sache belasten? Man darf ihm nicht trauen. Es gibt zu viele Anzeichen dafür.«

»Ich sehe keine Anzeichen.«

Die Dummheit seiner Mutter machte Farad'n wütend. »Dann glaub es mir einfach! Die Anzeichen sind da. Ich erkläre es dir später.«

»Ich fürchte, ich muss Ihrem Sohn zustimmen«, sagte Tyekanik.

Wensicia schwieg gekränkt. Wie konnten sie es wagen, sie so aus dem Rat zu drängen? Als wäre sie irgendein hohlköpfiges Ding mit albernen Flausen im Kopf.

»Wir dürfen nicht vergessen, dass Idaho einmal ein Ghola war«, fuhr Farad'n fort. »Die Tleilaxu …« Er warf Tyekanik einen Blick zu.

»Wir werden Nachforschungen in dieser Richtung anstellen.« Der Baschar stellte fest, dass er Farad'n für die Art, wie dessen Verstand arbeitete, bewunderte: aufmerksam, suchend, scharf. Ja, womöglich hatten die Tleilaxu, die Idaho das Leben zurückgegeben hatten, einen mächtigen Dorn in ihm verborgen, den sie für ihre Zwecke einsetzen konnten.

»Aber mir fällt einfach kein Motiv für die Tleilaxu ein«, sagte Farad'n.

»Vielleicht investieren sie in uns«, sagte Tyekanik. »Eine kleine Maßnahme, um sich zukünftige Gefälligkeiten zu sichern.«

»Ich würde das durchaus als eine große Investition bezeichnen«, erwiderte Farad'n.

»Und eine gefährliche«, sagte Wensicia.

Farad'n musste seiner Mutter beipflichten. Lady Jessica war für ihre außergewöhnlichen Fähigkeiten berüchtigt. Immerhin war sie es gewesen, die Muad'Dib ausgebildet hatte. »Wenn bekannt wird, dass wir sie festhalten …«, sagte er.

»Ja, das wäre ein zweischneidiges Schwert«, sagte Tyekanik. »Aber es muss nicht bekannt werden.«

»Gehen wir einmal davon aus«, sagte Farad'n, »dass wir das Angebot annehmen. Welchen Wert hat sie? Können wir sie gegen etwas Wichtigeres eintauschen?«

»Nicht offen«, sagte Wensicia.

»Natürlich nicht.« Erwartungsvoll sah Farad'n Tyekanik an.

»Das bleibt abzuwarten«, sagte der Baschar.

Farad'n nickte. »Ja. Ich glaube, wenn wir das Angebot annehmen, sollten wir Lady Jessica als Münze betrachten, die wir uns für einen noch unbestimmten Zweck aufsparen. Man muss sein Vermögen ja nicht unbedingt für etwas Bestimmtes ausgeben. Es ist einfach … von potenziellem Nutzen.«

»Sie wäre eine sehr gefährliche Gefangene«, sagte Tyekanik.

»Ja, das müssen wir tatsächlich bedenken«, erwiderte Farad'n. »Wie ich höre, gestatten es ihr die Bene-Gesserit-Künste, Menschen allein durch den subtilen Einsatz ihrer Stimme zu manipulieren.«

»Oder ihres Körpers«, sagte Wensicia. »Irulan hat mir ein wenig davon, was sie gelernt hat, erzählt. Damals hat sie nur geprahlt, und ich habe nicht selbst gesehen, was sie kann. Trotzdem gibt es klare Hinweise darauf, dass die Bene Gesserit ihre ganz eigenen Methoden haben, um ihre Ziele zu erreichen.«

»Willst du etwa andeuten, dass sie mich verführen könnte?«, fragte Farad'n.

Wensicia zuckte mit den Schultern.

»Ich würde meinen, dass sie ein bisschen zu alt dafür ist, oder?«, sagte Farad'n.

»Bei einer Bene Gesserit kann man sich über gar nichts sicher sein«, sagte Tyekanik.

Farad'n spürte einen Schauer der Erregung, gepaart mit einem Hauch Angst. Dieses Spiel um die Rückeroberung der Macht für das Haus Corrino zog ihn ebenso sehr an, wie es ihn abstieß. Wie verlockend doch nach wie vor der Drang in ihm war, sich zurückzuziehen und seinen Lieblingsbeschäftigungen zuzuwenden: der historischen Forschung und den Pflichten, die die Herrschaft auf Salusa Secundus mit sich brachte. Allein der Wiederaufbau der Sardaukar-Streitkräfte war eine beachtliche Aufgabe – für die Tyek nach wie vor ein gutes Werkzeug darstellte. So ein Planet bedeutete schließlich eine gewaltige Verantwortung. Doch das Imperium stellte eine noch größere Verantwortung dar und war als Machtinstrument weitaus verlockender. Und je mehr er über Muad'Dib/Paul Atreides las, desto mehr faszinierte Farad'n der Einsatz von Macht. Welche Leistung es wäre, würde er als offizielles Oberhaupt des Hauses Corrino und Erbe Shaddams IV. sein Geschlecht zurück auf den Löwenthron bringen! Ja, das wollte er. Das wollte er … Er hatte festgestellt, dass er kurzzeitige Zweifel überwinden konnte, indem er im Stillen immer wieder diese betörende Litanei aufsagte.

»… und natürlich lehren die Bene Gesserit«, sagte Tyekanik gerade, »dass Frieden zu Aggression ermutigt und damit Krieg auslöst. Das Paradox des …«

»Wie sind wir auf dieses Thema gekommen?«, fragte Farad'n und kehrte aus seinen Gedanken ins Hier und Jetzt zurück.

»Nun«, sagte Wensicia mit süßlicher Stimme. Ihr war der grüblerische Ausdruck auf dem Gesicht ihres Sohnes nicht entgangen. »Ich habe gefragt, ob Tyek mit der Philosophie vertraut ist, die die Schwesternschaft antreibt.«

»Philosophien sollte man keine Beachtung schenken.« Farad'n wandte sich dem Baschar zu. »Was Idahos Angebot betrifft, ich denke, wir sollten da weitere Nachforschungen anstellen. Gerade, wenn wir meinen, etwas zu kennen, sollten wir es genau in Augenschein nehmen.«

»Sehr wohl«, sagte Tyekanik. Ihm gefiel Farad'ns umsichtige Art, aber er hoffte, dass sie sich nicht auf militärische Entscheidungen erstrecken würde, bei denen Schnelligkeit und Präzision vonnöten waren.

Scheinbar zusammenhangslos sagte Farad'n dann: »Wisst ihr, was ich an Arrakis' Geschichte am interessantesten finde? In primitiven Zeiten war es dort bei den Fremen Brauch, jeden sofort zu töten, der keinen Destillanzug mit gut sichtbarer und charakteristischer Kapuze trug.«

»Woher kommt nur Ihre Faszination für den Destillanzug?«, fragte Tyekanik.

»Das ist dir also aufgefallen, was?«, sagte Farad'n.

»Wie könnte es einem nicht auffallen?«, sagte Wensicia.

Farad'n warf seiner Mutter einen zornigen Blick zu. Warum mischte sie sich ein? Er wandte seine Aufmerksamkeit wieder Tyekanik zu. »Der Destillanzug ist der Schlüssel zum Charakter des Planeten, Tyek. Er ist das Markenzeichen von Arrakis. Die Menschen konzentrieren sich auf physische Eigenschaften. Der Anzug bewahrt die Feuchtigkeit des Körpers, bereitet sie auf und ermöglicht einem das Leben auf einem solchen Planeten. Bei den Fremen war es die Regel, genau einen Destillanzug für jedes Familienmitglied zu besitzen. Außer für die Nahrungssammler, die hatten Ersatzanzüge. Aber beachtet bitte …« – mit einer Handbewegung schloss Farad'n seine Mutter ein – »… dass Kleidungsstücke, die wie Destillanzüge aussehen, aber keine sind, überall im Imperium schwer in Mode gekommen sind. Es ist eine vorherrschende Eigenschaft der Menschen, Eroberer nachzuahmen.«

»Sind derartige Informationen wirklich von Nutzen?«, fragte Tyekanik verwirrt.

»Tyek, Tyek, ohne solche Informationen kann man nicht regieren. Ich sagte, dass der Destillanzug der Schlüssel zu ihrer Natur ist, und das ist er auch. Er ist etwas Bewahrendes. Wenn sie Fehler machen, wird ihr Konservativismus der Grund dafür sein.«

Tyekanik sah zu Wensicia, die ihren Sohn mit besorgtem Stirnrunzeln musterte. Diese Eigenschaft Farad'ns zog den Baschar gleichzeitig an und beunruhigte ihn. Sie passte so gar nicht zum alten Shaddam. Der Imperator war letztlich ein Sardaukar gewesen: ein Soldat mit nur wenig Hemmungen. Aber Shaddam war den Atreides unter der Führung dieses verdammenswerten Paul unterlegen. Tatsächlich deutete das, was Tyekanik über Paul Atreides gelesen hatte, auf ähnliche Eigenschaften wie jene hin, die Farad'n an den Tag legte. Es war möglich, dass Farad'n angesichts grausamer Notwendigkeiten weniger zögern würde als ein Atreides, aber das kam von seiner Sardaukar-Ausbildung.

»Viele haben ohne solche Informationen regiert«, sagte der Baschar.

Farad'n sah Tyekanik einen Moment lang an, dann sagte er: »Sie haben regiert und sind gescheitert.«

Bei dieser offensichtlichen Anspielung auf Shaddams Versagen zogen sich Tyekaniks Lippen zu einem schmalen Strich zusammen. Es war auch ein Versagen der Sardaukar gewesen, und die Erinnerung daran machte jedem Sardaukar zu schaffen.

Nachdem er seinen Standpunkt deutlich gemacht hatte, fuhr Farad'n fort: »Du musst wissen, Tyek, dass der Einfluss eines Planeten auf das Unterbewusstsein seiner Bewohner nie ausreichend gewürdigt wird. Um die Atreides zu besiegen, müssen wir nicht nur Caladan, sondern auch Arrakis verstehen. Der eine Planet ist sanft und nachsichtig, der andere ein Ort für das Treffen schwerster Entscheidungen. Die Verbindung von Atreides und Fremen war ein einzigartiges Ereignis. Wir müssen wissen, wie das funktioniert hat, sonst können wir uns nicht mit ihnen messen, geschweige denn sie besiegen.«

»Aber was hat das mit Idahos Angebot zu tun?«, fragte Wensicia.

Farad'n sah seine Mutter mitleidig an. »Wir beginnen damit, sie zu Fall zu bringen, indem wir ihre Gesellschaft bestimmten Belastungen aussetzen. Belastungen sind ein sehr mächtiges Werkzeug. Und auch ihr Fehlen ist wichtig. Ist euch nicht aufgefallen, wie die Atreides dafür gesorgt haben, alles so weich und bequem wie nur möglich zu machen?«

Tyekanik gestattete sich ein Nicken der Zustimmung. Das war tatsächlich ein guter Hinweis. Die Sardaukar durften nicht zu sehr verweichlichen. Aber Idahos Angebot beschäftigte ihn nach wie vor. »Vielleicht wäre es am besten, das Angebot abzulehnen.«

»Noch nicht«, sagte Wensicia. »Uns steht eine Bandbreite von Reaktionsmöglichkeiten zur Verfügung. Unsere Aufgabe ist es, einen möglichst großen Teil davon zu identifizieren. Mein Sohn hat recht. Wir benötigen mehr Informationen.«

Farad'n betrachtete sie und wägte sowohl ihre Absichten als auch die oberflächliche Bedeutung ihrer Worte ab. »Aber werden wir es merken, wenn wir den Punkt überschritten haben, an dem uns keine andere Wahl mehr bleibt?«

Tyekanik gab ein verbittertes Lachen von sich. »Wenn Ihr mich fragt, haben wir den Punkt, an dem es kein Zurück mehr gibt, längst überschritten.«

Farad'n legte den Kopf in den Nacken und lachte ebenfalls. »Aber wir haben nach wie vor Entscheidungsmöglichkeiten, Tyek. Nur wenn wir am Ende der Fahnenstange angekommen sind – dann sollten wir das auch erkennen.«

In diesem Zeitalter, in dem die menschlichen Transportmöglichkeiten Vorrichtungen umfassen, mit denen man die Tiefen des Raums in Transzeit überbrücken kann, und Vorrichtungen, mit denen man Menschen rasch über unbegehbare Planetenoberflächen tragen kann, kommt es einem seltsam vor, lange Reisen zu Fuß zu unternehmen. Und doch ist das auf Arrakis nach wie vor die Hauptreisemethode. Die Gründe dafür werden teils einer Vorliebe zugeschrieben, teils der grausamen Behandlung, die der Planet jedem mechanisch-technischen Gerät angedeihen lässt. Unter den von Arrakis auferlegten Zwängen ist der menschliche Körper die haltbarste und verlässlichste Ressource für die Hadsch. Womöglich ist es das implizite Wissen um diese Tatsache, das Arrakis zum ultimativen Spiegel der Seele macht.

– Handbuch der Hadsch

Langsam und vorsichtig suchte sich Ghanima ihren Weg zurück zum Sietch Tabr, wobei sie sich in den tiefsten Dünenschatten hielt und lautlos zusammenkauerte, als der Suchtrupp südlich von ihr vorüberzog. Ein furchtbares Wissen hatte sie fest im Griff: von dem Wurm, der sich die Tiger und Letos Leichnam geholt hatte, von den vor ihr liegenden Gefahren. Ihr Zwillingsbruder war tot. Sie verschob die Tränen auf später und fachte stattdessen ihren Zorn an. In dieser Hinsicht war sie ganz und gar eine Fremen. Das wusste sie und aalte sich darin.

Sie war sich darüber im Klaren, was man über die Fremen sagte.

Dass sie kein Gewissen hatten, dass sie es in ihrem brennenden Verlangen nach Rache gegen diejenigen, die sie während der langen Wanderung von Planet zu Planet gejagt hatten, verloren hatten. Das war natürlich Unsinn. Nur die rohesten Wilden hatten kein Gewissen. Fremen verfügten über ein hoch entwickeltes Gewissen, das sich um ihr Wohlergehen als Volk drehte. Nur Außenweltlern erschienen sie unmenschlich – so, wie den Fremen Außenweltler unmenschlich erschienen. Jeder Fremen wusste, dass er eine Grausamkeit begehen konnte, ohne Schuld zu empfinden. Fremen empfanden Schuld nicht wegen der Dinge, die bei anderen solche Gefühle auslösten. Ihre Rituale ermöglichten ihnen eine Befreiung von Schuldgefühlen, die sie sonst womöglich vernichtet hätten. Tief in ihrem Inneren wussten sie, dass sich jede Untat zumindest teilweise mildernden Umständen zuschreiben ließ: dem »Versagen der Herrschenden« oder einer »natürlichen Neigung zum Bösen«, die allen Menschen zu eigen war, oder »Pech« als Aufeinanderprallen von menschlichem Fleisch und dem äußeren Chaos des Universums.

Was das betraf, empfand sich Ghanima als reine, unverfälschte Fremen, als bestens vorbereiteten Teil ihres Stammes. Sie brauchte nur ein Ziel – und das war ganz offensichtlich das Haus Corrino. Sie wollte Farad'ns Blut vergossen sehen.

Niemand erwartete sie am Qanat. Auch die Suchtrupps waren anderswo unterwegs. Sie überquerte das Wasser auf einer Erdbrücke und schlich sich durch das hohe Gras zum verborgenen Sietcheingang. Plötzlich blitzte ein Licht vor ihr auf. Sie warf sich flach auf den Boden und spähte dann zwischen den Riesenluzernen hindurch. Eine Frau war von außen durch den verborgenen Eingang getreten, der so präpariert war, wie eigentlich jeder Sietcheingang präpariert sein sollte. In schwierigen Zeiten empfing man Neuankömmlinge mit hellem Licht, um sie kurzzeitig zu blenden und den Wachen Zeit für eine Entscheidung zu verschaffen. Eine solche Begrüßung sollte jedoch niemals draußen in der Wüste zu sehen sein. Das nach außen dringende Licht bedeutete, dass man die Versiegelung offen gelassen hatte.

Ghanima empfand ein leichtes Gefühl der Verbitterung darüber, dass die Sicherheit des Sietchs auf diese Weise verletzt wurde. Die Unsitten der Spitzenkragen-Fremen hatten sich inzwischen wirklich überall verbreitet.

Das Licht erlosch nicht, sondern beleuchtete weiterhin fächerartig den Boden vor der Felswand. Ein junges Mädchen lief aus der Dunkelheit des Obsthains ins Licht. Ihre Bewegungen hatten etwas Verängstigtes. Ghanima sah das Licht eines Leuchtglobus im Durchgang, umgeben von einer Wolke von Insekten. Das Licht erhellte nun zwei Schatten im Durchgang: einen Mann und das Mädchen. Sie hielten sich bei den Händen und sahen einander in die Augen.

Ghanima spürte, dass irgendetwas mit den beiden nicht stimmte. Sie waren nicht nur Liebhaber, die die Suche nutzten, um sich für einen Moment davonzustehlen. Die beiden sprachen vor einem leuchtenden Türbogen miteinander, der ihre Schatten nach draußen in die Nacht warf, wo jeder ihre Bewegungen beobachten konnte. In unregelmäßigen Abständen hob der Mann mit einer abgehackten Geste die Hand ins Licht.

Die einsamen Laute der Nachtgeschöpfe erfüllten die Dunkelheit um Ghanima, aber sie blendete diese Ablenkungen aus. Was hatte es mit den beiden auf sich? Die Bewegungen des Mannes waren so statisch, so vorsichtig.

In diesem Moment drehte sich der Mann um. Von der Robe der Frau reflektiertes Licht fiel auf ein rotes Gesicht mit einer großen, fleckigen Nase. Ghanima atmete tief und lautlos ein, als sie ihn erkannte. *Palimbasha!* Der Enkel eines Naibs, dessen Söhne im Dienste der Atreides gefallen waren. Dieses Gesicht – und noch etwas anderes, das unter seinem offenen Wüstenmantel zu sehen war – vervollständigte das Bild für Ghanima. Er trug einen Gürtel, an dem ein von Tasten und Reglern übersäter Kasten hing, zweifellos ein Gerät der Tleilaxu oder der Ixianer. Und zweifellos der Sender, mit dem man die Tiger losgelassen hatte. Palimbasha … Das bedeutete, dass ein weiteres Naibat zum Haus Corrino übergelaufen war.

Wer war die Frau? Aber eigentlich spielte es keine Rolle. Sie war eine Person, die von Palimbasha benutzt wurde.

Ungebeten kam Ghanima ein Bene-Gesserit-Gedanke in den Sinn: *Jeder Planet hat seine Zeit. Und jedes Leben ebenso.*

Die Erinnerung an Palimbasha trat ihr deutlich vor Augen, als sie seine verstohlenen Bewegungen sah. Er unterrichtete in der Sietchschule. Mathematik. Der Mann war ein rechnender Tölpel. Er hatte versucht, Muad'Dib mittels Mathematik zu erklären, bis ihn die Priesterschaft der Zensur unterworfen hatte. Er hatte einen Sklavenverstand, und die Art seiner Versklavung ließ sich ganz einfach verstehen: Er vermittelte technisches Wissen, ohne dabei Werte zu vermitteln.

Ich hätte ihn schon früher verdächtigen sollen, dachte sie. *Die Zeichen waren alle da.*

Und dann, als sich ihr Magen zusammenzog und ihr ein ätzender Geschmack in die Kehle stieg: *Er hat meinen Bruder getötet!*

Sie zwang sich zur Ruhe. Palimbasha würde auch sie töten, wenn sie versuchte, in dem Eingang an ihm vorbeizukommen. Jetzt verstand sie diese so gar nicht fremenhafte Zurschaustellung von Licht, diese Offenlegung des geheimen Eingangs. Sie hielten Ausschau nach möglicherweise entkommenen Feinden. Diese Zeit der Ungewissheit musste schrecklich für sie sein. Und da Ghanima jetzt den Sender gesehen hatte, konnte sie auch die Handbewegungen des Mannes erklären. Palimbasha drückte immer wieder hektisch auf die Tasten, eine wütende Geste.

Die Anwesenheit der beiden verriet Ghanima, dass vermutlich in jedem Zugang zum Sietch derartige Wachtposten standen. Sie kratzte sich an der Nase, in der der Sand kitzelte. Ihr verwundetes Bein pochte, und ihr Messerarm schmerzte und brannte. Ihre

Finger waren nach wie vor taub. Wenn die Sache auf den Einsatz eines Messers hinauslief, würde sie es mit links führen müssen.

Sie dachte darüber nach, die Maulapistole zu verwenden, aber ihr charakteristisches Geräusch würde bestimmt unerwünschte Aufmerksamkeit auf sich ziehen. Sie musste eine andere Möglichkeit finden.

Palimbasha wandte sich erneut vom Eingang ab, ein dunkler Umriss vor dem Licht. Die Frau neben ihm sah nach draußen in die Nacht, während sie redete. Sie vermittelte eine geübte Wachsamkeit; sie wusste, wie man aus den Augenwinkeln in die Schatten spähte. Also war sie mehr als nur ein nützliches Werkzeug. Sie gehörte dem inneren Kreis der Verschwörung an.

Jetzt fiel Ghanima ein, dass Palimbasha ein Kaymakam werden wollte, ein politischer Statthalter der Regentin. Er wollte Teil eines größeren Plans sein, so viel war klar, und bestimmt gab es noch viele andere, die mit ihm zusammenarbeiteten. Selbst hier in Tabr. Ghanima erkannte nun die Gestalt des Problems, das damit zutage trat. Wenn sie einen dieser Posten lebend erwischte, würde er ihr die Namen vieler anderer verraten.

Das Rascheln eines kleinen Tiers, das am Qanat trank, erregte ihre Aufmerksamkeit. Laute der Wildnis, natürliche Dinge. Ihre Gedanken machten sich hinter der Mauer des Schweigens in ihrem Kopf auf die Suche und fanden eine Priesterin des Jowf, die Sennacherib in Assyrien gefangen genommen hatte. Die Erinnerungen dieser Priesterin verrieten ihr, was hier zu tun war. Palimbasha und die Frau waren nur Kinder, vom Weg abgekommen und gefährlich. Sie wussten nichts von Jowf, kannten nicht einmal den Namen des Planeten, auf dem Sennacherib und die Priesterin zu Staub zerfallen waren. Das, was gleich mit den beiden Verschwörern passieren würde, hätte man ihnen überhaupt nur so erklären können, dass es im Hier und Jetzt begonnen hatte.

Und im Hier und Jetzt endete.

Ghanima löste ihr Fremkit und löste den Sandschnorchel aus

den Gurten. Sie entfernte den Verschluss und zog den langen Filter aus dem Schnorchel heraus. Nun hatte sie ein Rohr. Sie wählte eine Nadel aus dem Reparaturset aus, zog ihr Krismesser und steckte die Nadel in die Giftrinne an der Spitze der Klinge, dort, wo sich einst der Zahnnerv eines Wurms befunden hatte. Ihr verletzter Arm erschwerte ihr die Arbeit, jede ihrer Bewegungen war langsam und vorsichtig. Achtsam hielt sie dann die vergiftete Nadel fest, während sie einen Bausch Gewürzfaser aus einem Fach im Fremkit holte. Das stumpfe Ende der Nadel fügte sich gut in den Faserbausch, und zusammen bildeten sie ein Geschoss, das genau in den Sandschnorchelschlauch passte.

Ghanima hielt die Waffe nach unten und schlängelte sich näher ans Licht heran, wobei sie sich so langsam bewegte, dass sie das Rascheln und die Bewegung der Luzernen nicht verrieten. Währenddessen beobachtete sie die Insekten im Licht. Ja, in dem Gewirr waren auch Flaumfliegen, bekannt dafür, dass sie gerne Menschen stachen. Der Giftpfeil würde also womöglich gar nicht auffallen und als vermeintlicher Insektenstich abgetan werden. Aber eine Entscheidung blieb noch zu treffen – welchen von den beiden sie ausschalten sollte, den Mann oder die Frau.

Muria. Der Name kam Ghanima in den Sinn, ohne dass sie nach ihm gesucht hätte. So hieß die Frau. Und mit dem Namen fielen ihr auch Dinge ein, die man über sie sagte. Sie war eine, die Palimbasha umflatterte, wie die Insekten das Licht umflatterten. Sie ließ sich leicht beeinflussen, war schwach. Nun gut. Palimbasha hatte sich für heute Nacht die falsche Begleiterin ausgesucht.

Ghanima legte den Schlauch an den Mund, und während ihr die Erinnerung an die Priesterin des Jowf deutlich im Bewusstsein stand, zielte sie sorgfältig und stieß dann kurz und kräftig den Atem aus.

Palimbasha schlug sich an die Wange, und als er die Hand zurückzog, war ein winziger Blutfleck darauf. Die Nadel war nirgends zu sehen. Er hatte sie mit der Hand fortgewischt.

Muria sagte etwas Beruhigendes, und Palimbasha lachte, aber noch während er lachte, gaben seine Beine unter ihm nach. Er stürzte gegen die Frau, die ihn zu stützen versuchte. Sie taumelte noch unter seinem leblosen Gewicht, als Ghanima neben sie trat und ihr die Spitze des Krismessers an die Hüfte hielt.

»Mach keine plötzliche Bewegung, Muria«, sagte Ghanima ruhig. »Mein Messer ist vergiftet. Du kannst Palimbasha jetzt loslassen. Er ist tot.«

Bei allen wichtigen Kräften, die eine Gesellschaft bilden, findet man eine unterschwellige Tendenz, Macht durch den Gebrauch von Worten zu erlangen und zu erhalten. Von der Kräuterfrau über den Priester bis zum Bürokraten ist es dasselbe. Die Bevölkerung muss darauf konditioniert werden, Worte der Macht als etwas Tatsächliches hinzunehmen, das symbolisierte System mit dem greifbaren Universum zu verwechseln. Bei der Aufrechterhaltung dieser Machtstruktur bleiben bestimmte Symbole allerdings außer Reichweite des allgemeinen Verständnisses – solche, die mit ökonomischer Manipulation zu tun haben, oder solche, die die örtliche Auffassung von geistiger Gesundheit definieren. Symbolgeheimhaltung dieser Art führt zur Herausbildung fragmentierter Untersprachen, von denen jede signalisiert, dass ihre Benutzer eine bestimmte Form von Macht ansammeln. Angesichts dieser Einsicht in die Prozesse der Macht müssen die Imperialen Sicherheitskräfte das Entstehen von Untersprachen stets im Auge behalten.

– Vortrag von Prinzessin Irulan am Kriegskolleg in Arrakeen

»Vielleicht muss ich Ihnen das nicht sagen«, sagte Farad'n. »Aber um Missverständnisse zu vermeiden, teile ich Ihnen mit, dass wir einen Taubstummen dazu abkommandiert haben, Sie beide zu töten, falls es den Eindruck macht, dass ich unter dem Einfluss von

Hexenwerk stehe.« Er rechnete nicht damit, dass diese Worte irgendeine sichtbare Wirkung zeigen würden. Sowohl Lady Jessica als auch Duncan Idaho erfüllten in dieser Hinsicht seine Erwartungen.

Farad'n hatte den Ort für diese erste Begutachtung der beiden, Shaddams alten Audienzsaal für Staatsbedienstete, sorgfältig ausgewählt. Was dem Raum an Größe fehlte, machte er durch seine exotische Ausstattung wett. Draußen war ein trüber Winternachmittag, aber die Beleuchtung des fensterlosen Saals simulierte einen ewigen Sommer im goldenen Licht der kunstvoll angeordneten Leuchtgloben aus reinstem ixianischen Kristall.

Die Neuigkeiten von Arrakis erfüllten Farad'n mit einem stillen Hochgefühl. Leto, der männliche Zwilling, war tot – zur Strecke gebracht von einem der Tiger. Ghanima, die überlebende Schwester, befand sich in der Obhut ihrer Tante – sie war ganz offensichtlich eine Gefangene. Der umfassende Bericht trug viel dazu bei, die Anwesenheit von Jessica und Idaho auf Salusa Secundus zu erklären. Die beiden suchten eine Zuflucht. Die Corrino-Spione berichteten von einem wackligen Frieden auf Arrakis. Alia hatte sich bereit erklärt, sich einer sogenannten »Besessenheitsprüfung« zu unterziehen; eine Erklärung, wozu genau diese Prüfung diente, stand noch aus. Aber es war kein fester Zeitpunkt für sie angesetzt, und zwei der Spione mutmaßten, dass es vielleicht nie dazu kommen würde. Eines jedoch war sicher: Es hatte Gefechte zwischen Wüstenfremen und den Fremen des Imperialen Militärs gegeben, einen halbherzigen Bürgerkrieg, der die Regierungsgeschäfte vorübergehend zum Erliegen gebracht hatte. Nach einem Gefangenenaustausch hatte man Stilgars Territorium zu neutralem Boden erklärt, und Ghanima hatte man offenbar als eine dieser Gefangenen betrachtet, wobei die genauen Zusammenhänge noch unklar waren.

Man hatte Jessica und Idaho gut verschnürt in Suspensorsitzen in den Audienzsaal gebracht. Sie waren mit Shigadraht gefesselt, der einem ins Fleisch schnitt, sobald man sich auch nur das geringste bisschen widersetzte. Zwei Sardaukar-Soldaten hatten sie hereingebracht, die Fesseln überprüft und waren dann schweigend wieder verschwunden.

Farad'ns Warnung war tatsächlich überflüssig gewesen. Jessica hatte den bewaffneten Taubstummen mit seiner alten, aber wirkungsvollen Projektilwaffe an der Wand zu ihrer Rechten sofort wahrgenommen. Sie ließ ihren Blick an den exotischen Intarsien des Saals entlanggleiten. In die breiten Blätter des Eisenbaums, die sich ineinander woben und den Mittelbogen des Kuppeldachs bildeten, waren Augenperlen eingelassen. Der Boden unter ihren Füßen war aus Diamantholz und Kabuzumuscheln, mit Umrandungen aus Passaquet-Knochen. Letztere hatte man hochkant aufgestellt, mit Lasern geschnitten und poliert. Erlesene Materialien schmückten die Wände in Mustern, die die vier Positionen des Löwensymbols darstellten, das die Nachkommen des verstorbenen Shaddam IV. für sich reklamierten. Die Löwen schimmerten in einem wilden Goldton.

Farad'n hatte beschlossen, die Gefangenen im Stehen zu empfangen. Er trug eine Uniformhose und eine leichte, goldene Jacke aus Elfenseide, die am Hals offen war. Sein einziger Schmuck war das Sternensymbol des Prinzen über der linken Brust. Neben ihm stand Tyekanik in brauner Sardaukar-Galauniform und schweren Stiefeln und mit einer verzierten Lasgun in einem Vorderhalfter an der Gürtelschnalle. Der Baschar, dessen wuchtiges Gesicht Jessica aus den Berichten der Bene Gesserit kannte, hatte sich drei Schritte links von Farad'n und leicht hinter dem Prinzen positioniert. An der Wand hinter den beiden stand ein Thron aus dunklem Holz.

»Also«, sagte Farad'n zu Jessica. »Haben Sie mir irgendetwas mitzuteilen?«

»Ich würde gerne wissen, warum man uns auf diese Weise gefesselt hat«, sagte Jessica.

»Wir haben gerade erst Berichte von Arrakis erhalten, die Ihre Anwesenheit hier erklären. Vielleicht lasse ich Sie in Kürze frei.«

Farad'n lächelte. »Wenn Sie …« Er brach ab, als seine Mutter hinter den Gefangenen in den Saal trat.

Wensicia ging schnell an Jessica und Duncan vorbei, ohne die beiden eines Blickes zu würdigen. Sie reichte Farad'n einen kleinen Nachrichtenwürfel und betätigte den Schalter. Farad'n betrachtete die leuchtende Vorderseite des Würfels, sah hin und wieder Jessica an und dann wieder den Würfel. Das Leuchten erlosch, er gab seiner Mutter den Würfel zurück und bedeutete ihr, dass sie die Nachricht Tyekanik zeigen sollte. Während sie das tat, starrte er Jessica finster an.

Schließlich stellte sich Wensicia rechts von Farad'n auf. Der dunkle Würfel in ihrer Hand war durch eine Falte ihres weißen Kleides teilweise verdeckt.

Jessica sah zu Duncan, doch der Mentat hielt den Blick von ihr abgewandt.

»Die Bene Gesserit sind ungehalten«, sagte Farad'n. »Sie glauben, ich wäre für den Tod Ihres Enkels verantwortlich.«

Jessica wahrte eine ungerührte Miene und dachte: *Dann müssen wir Ghanimas Geschichte also Glauben schenken. Es sei denn …* Die Unbekannten in dieser Gleichung gefielen ihr ganz und gar nicht.

Duncan schloss die Augen und öffnete sie dann wieder, um Jessica anzusehen. Ihr Blick ruhte auf Farad'n. Duncan hatte ihr von der Rhajia-Vision erzählt, was ihr jedoch offenbar keine Sorgen gemacht hatte. Er wusste nicht, wie er ihre fehlenden Emotionen einordnen sollte. Offenbar hatte sie von etwas Kenntnis, das sie für sich behielt.

Farad'n räusperte sich. »Die Situation sieht so aus …« Und dann erzählte er alles, was er über die Lage auf Arrakis in Erfahrung gebracht hatte. Er schloss mit den Worten: »Ihre Enkeltochter hat überlebt, aber sie befindet sich laut der Berichte in Gewahrsam von Lady Alia. Das sollte Sie doch erfreuen.«

»Haben Sie meinen Enkel getötet?«, fragte Jessica.

»Nein, das habe ich nicht. Ich habe kürzlich von einer entsprechenden Intrige erfahren, aber ich habe sie nicht selbst eingefädelt.«

Jessica sah Wensicia an, sah den hämischen Ausdruck in ihrem herzförmigen Gesicht und dachte: *Ihr Werk! Die Löwin spinnt Intrigen für ihr Junges.* Doch diese Löwin würde es vielleicht noch bereuen, sich auf ein solches Spiel eingelassen zu haben. Sie wandte ihre Aufmerksamkeit wieder Farad'n zu. »Aber die Schwesternschaft glaubt, dass Sie ihn getötet haben.«

Farad'n sah seine Mutter an. »Zeig ihr die Nachricht.« Als Wensicia zögerte, schlich sich ein zorniger Unterton in seine Stimme, den sich Jessica zur späteren Verwendung merkte. »Ich habe gesagt, zeig sie ihr.«

Mit blasser Miene hielt Wensicia Jessica die Nachrichtenseite des Würfels hin und schaltete ihn ein. Worte flossen über den Schirm und passten sich dabei an Jessicas Augenbewegungen an: *»Bene-Gesserit-Rat auf Wallach IX reicht wegen der Ermordung von Leto Atreides II. offiziell Beschwerde gegen das Haus Corrino ein. Verhandlung und Beweisvorlage werden an die Landsraadskommission für Innere Sicherheit übertragen. Man wird neutralen Boden wählen, und die Namen der Richter werden allen Parteien zur Zustimmung vorgelegt. Eine sofortige Antwort Ihrerseits ist erforderlich. Sabit Rekush für den Landsraad.«*

Wensicia stellte sich wieder neben ihren Sohn.

»Was werden Sie antworten?«, fragte Jessica.

»Da mein Sohn noch nicht offiziell als Oberhaupt des Hauses Corrino bestätigt ist, werde ich … Wo willst du hin?« Die letzten Worte galten Farad'n, der sich, während Wensicia gesprochen hatte, von ihnen abgewandt hatte und auf eine Seitentür neben dem Taubstummen zuging.

Farad'n hielt inne und drehte den Kopf. »Ich kehre zu meinen Büchern und anderen Dingen zurück, die mich mehr interessieren.«

»Wie kannst du es wagen?« Eine dunkle Röte stieg Wensicia in die Wangen.

»Ich wage so einiges in meinem eigenen Namen. Du hast in meinem Namen Entscheidungen getroffen, die ich als zutiefst geschmacklos empfinde. Entweder treffe ich von nun an in meinem Namen die Entscheidungen – oder du suchst dir einen anderen Erben für das Haus Corrino.«

Jessica warf rasche Blicke auf alle Beteiligten an dieser Konfrontation. Sie registrierte echten Zorn bei Farad'n. Tyekanik stand in Habachtstellung und versuchte den Eindruck zu erwecken, als hätte er nichts gehört. Wensicia befand sich kurz vor einem Wutanfall, und Farad'n wirkte dazu bereit, jegliches Ergebnis seines Würfelwurfs hinzunehmen. Jessica bewunderte seine Haltung, und sie sah in dieser Konfrontation vieles, was für sie von Wert sein konnte. Es schien, dass die Entscheidung, Lazatiger auszuschicken, um ihre Enkel zu töten, tatsächlich ohne Farad'ns Mitwissen getroffen worden war. Ja, es bestand wenig Zweifel daran, dass er die Wahrheit gesagt hatte, als er behauptet hatte, erst nachträglich von dem Plan erfahren zu haben. Der echte Zorn in seinem Blick war nicht zu übersehen, während er auf eine Entscheidung wartete, wie auch immer sie ausfallen würde.

Wensicia holte tief und zitternd Luft. Dann sagte sie: »Nun gut. Die offizielle Einsetzung findet morgen statt. Du kannst bereits jetzt entsprechend handeln.« Sie sah Tyekanik an, doch der Baschar wich ihrem Blick aus.

Es wird lautes Geschrei geben, sobald Mutter und Sohn allein sind, dachte Jessica. *Aber ich glaube, er hat gewonnen.* Ihre Gedanken wandten sich wieder der Nachricht des Landsraads zu. Diese Nachricht machte den Bene Gesserit wahrlich alle Ehre. In dem offiziellen Protestschreiben war eine geheime Botschaft für Jessica enthalten, und der Umstand, dass es diese Botschaft gab, verriet, dass die Spione der Schwesternschaft um Jessicas Lage wussten, und auch ihre Beurteilung Farad'ns hatte sich als genau zutreffend erwiesen – sie hatten gewusst, dass er die Nachricht seiner Gefangenen zeigen würde.

»Ich hätte gerne eine Antwort auf meine Frage«, sagte Jessica zu Farad'n, als er sich wieder ihr zuwandte. »Was werden Sie dem Landsraad mitteilen?«

»Ich sage ihnen, dass ich nichts mit dem Mordanschlag zu tun hatte«, erwiderte Farad'n. »Und ich werde hinzufügen, dass ich die Abneigung der Schwesternschaft gegen die Art seiner Durchführung teile, obwohl ich dem Ergebnis schwerlich ganz und gar ablehnend gegenüberstehen kann. Ich entschuldige mich für den Kummer, den Ihnen das möglicherweise bereitet hat. Das Glück ereilt jeden einmal.«

Das Glück ereilt jeden einmal, wiederholte Jessica in Gedanken. Das war ein Lieblingsspruch ihres Herzogs gewesen, und etwas an Farad'ns Verhalten sagte ihr, dass er das wusste. Sie zwang sich, die Möglichkeit zu ignorieren, dass sie Leto tatsächlich getötet hatten. Nein, Ghanimas Ängste um Leto hatten den Anlass dazu gegeben, die Pläne der Zwillinge in Kraft zu setzen. Und die Schmuggler hatten Gurney bestimmt in die Lage versetzt, sich mit Leto zu treffen, sodass das Vorhaben der Schwesternschaft umgesetzt werden konnte. Leto musste geprüft werden. Es war notwendig. Ohne eine solche Prüfung war er ebenso zum Untergang verurteilt wie Alia. Und Ghanima ... Nun, diese Frage konnte sich Jessica später stellen. Es gab keine Möglichkeit, die Vorgeborene zu einer Ehrwürdigen Mutter Gaius Helen Mohiam zu bringen.

Jessica seufzte tief. »Früher oder später wird jemand auf die Idee kommen, dass Sie und meine Enkeltochter unsere beiden Häuser zusammenführen und alte Wunden heilen könnten.«

»Das wurde mir gegenüber schon als Möglichkeit angedeutet.« Farad'n warf seiner Mutter einen kurzen Blick zu. »Meine Antwort lautete, dass ich das Ergebnis der jüngsten Ereignisse auf Arrakis abwarten möchte. Es gibt keinen Grund, überstürzte Entscheidungen zu treffen.«

»Es besteht die Möglichkeit, dass Sie meiner Tochter bereits in die Hände gespielt haben.«

Farad'n versteifte sich. »Erklären Sie das!«

»Die Dinge auf Arrakis stehen nicht so, wie es für Sie vielleicht aussieht. Alia spielt ihr eigenes Spiel, das Spiel einer Abscheulichkeit. Meine Enkelin ist in Gefahr, solange Alia nicht weiß, wie sie sie für ihre Zwecke einspannen kann.«

»Ich soll glauben, dass Sie und Ihre Tochter gegeneinander arbeiten, dass eine Atreides gegen die andere kämpft?«

Jessica sah kurz zu Wensicia, dann wandte sie sich wieder Farad'n zu. »Auch Corrinos arbeiten gegen Corrinos.«

Ein ironisches Lächeln umspielte Farad'ns Lippen. »Gut gekontert. Nun, inwiefern sollte ich Ihrer Tochter in die Hände gespielt haben?«

»Indem Sie den Verdacht auf sich gezogen haben, die Schuld am Tod meines Enkels zu tragen. Und indem Sie mich entführt haben.«

»Entführt …«

»Trau dieser Hexe nicht«, zischte Wensicia.

»Ich entscheide selbst, wem ich traue, Mutter«, sagte Farad'n barsch. »Vergeben Sie mir, Lady Jessica, aber ich verstehe das mit der Entführung nicht. Sie und Ihr treuer Gefolgsmann sind …«

»Bei dem es sich um Alias Ehegatten handelt«, sagte Jessica.

Farad'n musterte Duncan Idaho und sah dann den Baschar an. »Was meinst du, Tyek?«

Tyekanik ging offenbar Ähnliches durch den Kopf wie das, was Jessica angedeutet hatte. »Mir gefällt ihre Art zu denken. Sie ist … vorsichtig.«

»Er ist ein Ghola-Mentat«, sagte Farad'n. »Wir könnten ihn auf die Probe stellen, bis er stirbt, ohne eine sichere Antwort zu erhalten.«

»Aber wir könnten erst einmal davon ausgehen, dass man uns hereinlegen will«, sagte Tyekanik.

Jessica wusste, dass jetzt der Zeitpunkt zum Handeln gekommen war. Jetzt, da Duncans Kummer nur dafür sorgte, dass er in der Rolle verharrte, die er sich ausgesucht hatte. Es gefiel ihr zwar nicht, ihn auf diese Weise zu benutzen, aber hier ging es um Wichtigeres. »Zuerst einmal«, sagte sie, »könnte ich öffentlich verkünden, dass ich aus freien Stücken hierhergekommen bin.«

»Interessant«, sagte Farad'n.

»Sie müssten mir vertrauen und mir auf Salusa Secundus volle Bewegungsfreiheit geben. Es darf auf keinen Fall den Eindruck machen, dass man mich zu meinen Worten gezwungen hat.«

»Nein!«, rief Wensicia empört.

Farad'n beachtete sie nicht. »Welchen Grund würden Sie dafür angeben?«

»Dass mich die Schwesternschaft als Bevollmächtigte geschickt hat, um Ihre Ausbildung zu übernehmen.«

»Aber die Schwesternschaft wirft mir vor …«

»Nun, was das betrifft, wäre entschiedenes Handeln Ihrerseits erforderlich.«

»Trau ihr nicht!«, rief Wensicia erneut.

Farad'n blickte seine Mutter an und sagte mit höflicher Stimme: »Wenn du mich noch ein einziges Mal unterbrichst, dann lasse ich dich von Tyek entfernen. Er hat gehört, wie du meiner offiziellen Einsetzung zugestimmt hast. Damit ist er nun an *mich* gebunden.«

»Ich sage dir, sie ist eine Hexe!« Wensicia sah zu dem Taubstummen an der Wand.

Farad'n zögerte kurz, dann sagte er: »Tyek, was meinst du? Hat man mich verhext?«

»Meiner Meinung nach nicht. Sie …«

»Ihr seid beide verhext!«

»Still, Mutter!«

Wensicia ballte die Fäuste, wollte etwas sagen, wirbelte stattdessen herum und verließ fluchtartig den Saal.

Farad'n wandte sich Jessica zu. »Würden die Bene Gesserit dem zustimmen?«

»Ja, das würden sie.«

Farad'n lächelte dünn. »Was ist das Ziel der Schwesternschaft bei alldem?«

»Dass Sie meine Enkeltochter heiraten.«

Duncan warf Jessica einen fragenden Blick zu und schien zum Sprechen anzusetzen, schwieg dann jedoch.

»Wolltest du etwas sagen, Duncan?«, fragte Jessica.

»Ich wollte sagen, dass die Bene Gesserit das Gleiche wie immer wollen: ein Universum, das sich nicht in ihre Angelegenheiten mischt.«

»Eine offensichtliche Annahme«, sagte Farad'n. »Aber ich verstehe nicht, warum du uns damit unterbrichst.«

Duncan imitierte mit seinen Augenbrauen das Schulterzucken, das die Shigadrähte verhinderten, und lächelte.

Farad'n sah das Lächeln und wirbelte herum. »Findest du mich etwa amüsant?«

»Ich finde die ganze Situation amüsant. Jemand aus Ihrer Familie hat die Raumgilde kompromittiert, indem er oder sie mit ihrer Hilfe Mordinstrumente nach Arrakis gebracht hat, Werkzeuge, deren Zweck sich nicht verbergen ließ. Sie haben die Bene Gesserit verärgert, indem Sie ein männliches Wesen getötet haben, das sie für ihr Zuchtprogramm …«

»Bezeichnest du mich als Lügner, Ghola?«

»Nein. Ich glaube Ihnen, dass Sie nichts von diesem Plan wussten. Aber ich bin der Meinung, dass die Situation in ein klareres Licht gerückt werden muss.«

»Vergessen Sie nicht, dass er ein Mentat ist«, sagte Jessica.

»Genau das dachte ich auch gerade«, sagte Farad'n. »Also gut, nehmen wir an, ich lasse Sie frei und Sie geben Ihre öffentliche Erklärung ab. Damit bleibt immer noch die Sache mit dem Tod Ihres Enkels. Der Mentat hat recht.«

»War es Ihre Mutter?«, fragte Jessica.

»Mylord!«, warnte Tyekanik.

»Schon gut, Tyek ... Und wenn ich sage, dass es meine Mutter war?«

Jetzt setzte Jessica alles aufs Spiel, indem sie testete, wie tief der Riss innerhalb des Hauses Corrinos war. »Dann müssen Sie sich von ihr lossagen und sie verbannen.«

»Mylord«, sagte Tyekanik. »Hier verbirgt sich vielleicht eine List hinter der anderen.«

»Und Lady Jessica und ich sind diejenigen, die man überlistet hat«, sagte Duncan.

Farad'ns Kiefermuskeln spannten sich an.

Misch dich nicht ein, Duncan, dachte Jessica. *Nicht jetzt!* Aber Duncans Worte hatten ihre logischen Fähigkeiten als Bene Gesserit in Gang gesetzt. Erschrocken begann sie sich zu fragen, ob man sie vielleicht auf eine Art und Weise benutzte, die sie nicht begriff. Ghanima und Leto ... die Vorgeborenen konnten auf zahllose innere Erfahrungen zurückgreifen, auf einen weit umfassenderen Schatz an Beratern als alle lebenden Bene Gesserit. Und dann war da noch diese andere Frage: War die Schwesternschaft ihr gegenüber ganz und gar offen gewesen? Vielleicht traute man ihr nach wie vor nicht. Immerhin hatte sie den Orden schon einmal betrogen – für ihren Herzog.

Farad'n sah Duncan mit einem verwirrten Stirnrunzeln an. »Mentat, ich muss wissen, was dieser Prediger für dich bedeutet.«

»Er hat unseren Flug hierher arrangiert. Ich ... wir haben keine zehn Worte miteinander gewechselt. Andere haben seine Befehle ausgeführt. Er ... er könnte Paul Atreides sein, aber ich habe nicht genug Daten, um mir sicher zu sein. Mit Sicherheit weiß ich nur, dass es Zeit für mich war, zu verschwinden, und er mir das ermöglichte.«

»Du hast davon gesprochen, dass man euch überlistet hat.«

»Alia geht davon aus, dass Sie uns still und leise töten werden und die Beweise verschwinden lassen. Nachdem ich ihr Lady Jessica vom Hals geschafft habe, bin ich ihr nicht mehr von Nutzen. Und Lady Jessica, die für die Schwesternschaft ihren Zweck erfüllt hat, ist ihrem Orden nicht mehr von Nutzen. Alia wird die Bene Gesserit zur Rechenschaft ziehen, aber sie werden gewinnen.«

Jessica schloss die Augen, um sich zu konzentrieren. Duncan hatte recht. Sie nahm die feste Stimme des Mentaten wahr, die tiefe Aufrichtigkeit, mit der er seine Worte vortrug. Die Teile des Puzzles fügten sich ineinander. Sie holte zweimal tief Luft und löste die Erinnerungstrance aus, sodass sich das benötigte Datenmaterial vor ihr abspulte. Dann erwachte sie wieder aus der Trance und öffnete die Augen. In diesem Moment bewegte sich Farad'n von seiner Position direkt vor ihr bis auf einen halben Schritt an Duncan heran – er war keine drei Schritte von ihr entfernt.

»Sag nichts weiter, Duncan«, befahl Jessica und dachte daran, wie Leto sie vor ihrer Konditionierung durch die Bene Gesserit gewarnt hatte.

Duncan, der gerade etwas hatte sagen wollen, schloss den Mund.

»Ich gebe hier die Befehle«, sagte Farad'n. »Fahr fort, Mentat!«

Duncan schwieg.

Farad'n wandte sich Jessica zu und betrachtete sie.

Jessica starrte auf einen Punkt an der gegenüberliegenden Wand und musterte das Gebäude, das aus Duncans Worten und der Trance entstanden war. Die Bene Gesserit hatten das Geschlecht der Atreides nicht aufgegeben, aber sie wollten die Kontrolle über einen Kwisatz Haderach, und sie hatten bei ihrem Zuchtprogramm schon viel zu viel investiert. Sie wollten die offene Konfrontation zwischen Atreides und Corrinos, wollten eine Situation, in der sie als Vermittlerinnen auftreten konnten. Und Duncan hatte recht: Am Ende würden sie als diejenigen dastehen, die sowohl über Ghanima als auch über Farad'n die Kontrolle ausübten. Das war der einzig mögliche Kompromiss. Verwunderlich daran war nur, dass Alia das nicht erkannt hatte. Jessica schluckte mit trockener Kehle. Alia … die Abscheulichkeit! Ghanima hatte recht damit, sie zu bemitleiden. Aber wer blieb dann, um Ghanima zu bemitleiden? Jessica räusperte sich und sagte: »Die Schwesternschaft hat versprochen, Sie mit Ghanima als Gemahlin auf den Thron zu bringen.«

Farad'n wich einen Schritt zurück. Konnte diese Hexe Gedanken lesen?

»Sie arbeitet im Geheimen daran und nicht mithilfe Ihrer Mutter«, fuhr Jessica fort. »Sie haben Ihnen mitgeteilt, dass ich nichts von diesem Plan wusste.« Sie sah Farad'n an, dass es ihm wie Schuppen von den Augen fiel. Wie leicht sie doch in ihm lesen konnte! Es ergab Sinn, das gesamte Gebäude. Duncan hatte seine meisterlichen Fähigkeiten als Mentat unter Beweis gestellt, indem er durch das Gewebe der wenigen verfügbaren Daten geblickt hatte.

»Dann haben sie also ein doppeltes Spiel gespielt und Ihnen davon erzählt«, sagte Farad'n.

»Sie haben mir überhaupt nichts von alldem erzählt«, sagte Jessica. »Duncan hat recht. Sie haben mich reingelegt.« Sie nickte unmerklich. Es war eine Verzögerungsaktion im klassischen Stil der Schwesternschaft: eine überzeugende Geschichte, die deshalb leicht zu glauben war, weil sie zu dem passte, was man über die Beweggründe der Bene Gesserit zu wissen meinte. Aber sie wollten Jessica aus dem Weg haben – eine Schwester, die schon einmal versagt hatte.

Tyekanik trat an Farad'ns Seite. »Mylord, die beiden sind zu gefährlich, um …«

»Warte noch etwas, Tyek«, sagte Farad'n. »Hier verbirgt sich ein Plan im anderen.« Er sah Jessica an. »Wir hatten Grund zu der Annahme, dass sich Alia mir vielleicht als Braut anbieten würde.«

Duncan zuckte unwillkürlich zusammen. Blut tropfte von seinem linken Handgelenk, wo ihm der Shigadraht ins Fleisch geschnitten hatte.

Jessica gestattete sich eine kleine Reaktion, indem sie die Augen weit öffnete. Sie hatte den ursprünglichen Leto als Liebhaber und Vater ihrer Kinder gekannt, als Vertrauten und Freund. Nun sah sie seine Fähigkeit zur kühlen Vernunft, gefiltert durch eine Abscheulichkeit.

»Nehmen Sie das Angebot an?«, fragte Duncan.

»Es wird in Erwägung gezogen.«

»Duncan, ich habe dir gesagt, dass du still sein sollst«, zischte Jessica und sah zu Farad'n. »Als Preis hat sie zwei bedeutungslose Tode gefordert. Wir beide.«

»Wir hatten den Verdacht, dass sie uns hintergehen will«, sagte Farad'n. »War es nicht Ihr Sohn, der gesagt hat: ›Auf Verrat folgt Verrat‹?«

»Die Schwesternschaft hat es darauf abgesehen, sowohl die Atreides als auch die Corrinos zu kontrollieren«, sagte Jessica. »Ist das nicht offensichtlich?«

»Wir spielen mit der Idee, Ihr Angebot anzunehmen, Lady Jessica«, erwiderte Farad'n. »Aber Duncan Idaho sollte zu seiner ihn liebenden Frau zurückgeschickt werden.«

Schmerz ist eine Nervenfunktion, dachte Duncan. *Schmerz unterscheidet sich nicht von Licht, das auf ein Auge trifft. Anstrengung kommt von den Muskeln, nicht von den Nerven.* Es war eine alte Mentatenübung, die er innerhalb eines Atemzugs absolvierte, während er seine rechte Hand im Shigadraht wand und damit eine Arterie öffnete.

Tyekanik sprang nach vorne und schlug mit der Faust auf den Knopf, der Duncans Fesseln löste. Dann drückte er einen anderen Knopf, und sofort kamen Nothelfer aus hinter der Wandtäfelung verborgenen Türen.

Duncan hat seit jeher etwas von einem tollkühnen Dummkopf, dachte Jessica.

Während sich die Ärzte um Duncan kümmerten, musterte Farad'n Jessica. »Ich habe nicht gesagt, dass ich Alia als Gattin nehme.«

»Deshalb hat er sich nicht ins Handgelenk geschnitten«, erwiderte Jessica.

»Ach? Ich dachte, dass er sich aus der Gleichung nehmen wollte.«

»So dumm sind Sie nicht. Tun Sie vor mir nicht so.«

Farad'n lächelte. »Ich bin mir sehr wohl bewusst, dass mich Alia vernichten würde. Nicht einmal die Bene Gesserit können erwarten, dass ich ihr Angebot annehme.«

Jessica bedachte Farad'n mit einem eindringlichen Blick. Wer war dieser junge Spross des Hauses Corrino? Er war jedenfalls nicht besonders gut darin, den Narren zu spielen. Erneut kamen ihr Letos Worte in den Sinn, dass sie einen interessanten Schüler finden würde. Und Duncan zufolge wünschte der Prediger das Gleiche. Sie hätte diesen Prediger nur zu gerne getroffen. »Werden Sie Wensicia verbannen?«, fragte sie.

»Das scheint mir ein vernünftiger Handel zu sein.«

Jessica sah zu Duncan. Die Ärzte waren fertig. Jetzt wurde er von weniger gefährlichen Fesseln auf seinem Schwebstuhl gehalten. »Mentaten sollten sich vor Absolutheiten hüten«, sagte sie.

»Ich bin müde«, sagte Duncan. »Sie haben keine Vorstellung davon, wie müde ich bin.«

»Wenn Loyalität über die Maßen beansprucht wird, dann nutzt selbst sie sich irgendwann ab«, sagte Farad'n.

Wieder warf Jessica Farad'n einen prüfenden Blick zu, und als er das sah, dachte er: *Mit der Zeit wird sie Gewissheit über mich erlangen, und das könnte von Wert sein. Eine abtrünnige Bene Gesserit ganz für mich allein! Das ist das, was ihr Sohn hatte – und was mir fehlt. Soll sie vorerst nur einen Blick auf mich erhaschen. Den Rest kann sie später sehen.* »Ein fairer Tausch«, sagte er laut. »Ich nehme das Angebot zu Ihren Bedingungen an.« Er gab dem Taubstummen an der Wand ein kompliziertes Handzeichen. Der Mann nickte, und Farad'n beugte sich vor und befreite Jessica von ihren Fesseln.

»Mylord, sind Sie sich sicher?«, sagte Tyekanik.

»Haben wir das nicht so besprochen?«, fragte Farad'n.

»Ja, aber …«

Farad'n lachte und sah Jessica an. »Tyek traut meinen Quellen nicht. Aber aus Büchern und Spulen lernt man nur, dass gewisse Dinge möglich sind. Wenn man wirklich etwas lernen will, muss man etwas tun.«

Jessica dachte darüber nach, während sie sich aus dem Stuhl erhob. Dann wandten sich ihre Gedanken Farad'ns Handzeichen zu. Er verfügte über eine Kampfsprache nach Art der Atreides. Das deutete auf eine sorgfältige Analyse hin. Hier ahmte jemand bewusst die Atreides nach. »Sie werden natürlich wollen, dass ich Ihnen beibringe, was man den Bene Gesserit beibringt«, sagte sie.

Farad'n strahlte sie an und erwiderte: »Das eine Angebot, dem ich nicht widerstehen kann.«

Das Passwort erhielt ich von einem Mann, der in den Verliesen Arrakeens gestorben ist. Aus Arrakeen habe ich auch diesen Ring in Form einer Schildkröte. Das war im Suk vor der Stadt, wo mich die Rebellen versteckt haben. Das Passwort? Oh, das wurde seither schon viele Mal geändert. Es lautete »Widerständig«. Und die dazugehörige Antwort »Schildkröte«. Es hat mich dort lebend rausgebracht, deshalb habe ich mir diesen Ring gekauft – zur Erinnerung.

– Tagir Mohandis: Gespräch mit einem Freund

Leto war weit draußen auf dem Sand, als er den Wurm hinter sich hörte, der zu seinem Klopfer und zu dem Gewürz kam, das er um die toten Tiger herum verstreut hatte. Ein gutes Omen für den Beginn ihres Unterfangens, denn in dieser Gegend waren Würmer selten. Der Wurm war nicht unabdingbar für ihren Plan, aber hilfreich. So benötigte Ghanima keine Erklärung für seine fehlende Leiche.

Er wusste, dass sich Ghanima inzwischen in den Glauben versetzt hatte, er sei tot. Dass er noch lebte, war ein winziger, eingekapselter Rest von Bewusstsein in ihr, eine eingemauerte Erinnerung, die sich durch Worte in einer alten Sprache, die in diesem Universum nur sie beide miteinander teilten, ins Gedächtnis zurückrufen ließ. *Secher Nbiw. Goldener Pfad.* Wenn Ghanima diese Worte hörte … dann würde sie sich erinnern. Solange war er tot.

Jetzt fühlte sich Leto ganz und gar allein.

Er bewegte sich in jenem unregelmäßigen Rhythmus, durch den er nur Geräusche verursachte, die in der Wüste ganz natürlich waren. Nichts daran würde dem Wurm hinter ihm verraten, dass hier ein Mensch unterwegs war. Es war eine Art zu gehen, die sich Leto so tief eingeprägt hatte, dass er nicht darüber nachdenken musste. Seine Füße bewegten sich von alleine, und jeder Laut, den sie verursachten, ließ sich dem Wind oder der Schwerkraft zuschreiben.

Als der Wurm sein Werk verrichtet hatte, kauerte sich Leto an die windabgewandte Seite einer Düne und spähte zum Diener. Ja, er war nun weit genug weg. Er setzte einen Klopfer in den Sand und rief sein Transportmittel. Der Wurm kam rasch, er ließ Leto kaum genug Zeit, sich in Position zu begeben, bevor er den Klopfer verschlang. Als er vorbeizog, kletterte Leto mit den Bringerhaken an seiner Flanke hoch, wobei er die empfindliche Vorderseite eines Ringsegments aufbog und damit das Tier in Richtung Südosten wendete. Es war ein kleiner Wurm, aber ein kräftiger. Leto spürte die Stärke dieses Geschöpfs, während es sich raschelnd durch die Dünen schlängelte. Und er spürte die Hitze der Wüste, die der Wurm in seinem Inneren in eine Vorform von Gewürz umwandelte.

Mit dem Wurm bewegten sich auch Letos Gedanken. Stilgar hatte ihn einst auf seine erste Wurmreise mitgenommen. Leto musste den Erinnerungen nur freien Lauf lassen, schon hörte er Stilgars Stimme: ruhig und präzise, erfüllt von der Höflichkeit eines vergangenen Zeitalters. Er war nicht die Sorte Fremen, die sich mit Gewürzlikör betrank, durch die Gassen taumelte und den Leuten Angst machte. Er war nicht die Sorte Fremen, die lärmte und sich großtat. Nein, Stilgar hatte seine Pflichten. Er war ein Lehrmeister der Regenten: »In den alten Zeiten hat man die Vögel nach ihren Liedern benannt. Und auch jeder Wind hatte einen Namen. Einen Sechs-Klick-Wind nannte man Pastaza, ein Zwanzig-Klick-Wind hieß Cueshma, und ein Hundert-Klick-Wind war Heinali – Heinali, der die Menschen niederschleudert. Und dann gab es noch den Dämonenwind der offenen Wüste: Hulasikali

Wala, den fleischfressenden Wind.« Und Leto, der all das bereits gewusst hatte, hatte dankbar für diese weisen Worte genickt.

Wenn Stilgars Stimme erklang, entdeckte man viel Wertvolles in seinen Worten. »In den alten Zeiten gab es Stämme, die als Wasserjäger bekannt waren. Man nannte sie die Iduali, ›Wasserinsekten‹, weil sie nicht davor zurückschreckten, das Wasser eines anderen Fremen zu stehlen. Wenn sie einen allein in der Wüste erwischten, ließen sie einem nicht einmal das Wasser des eigenen Fleisches. Es gab einen Ort, an dem sie lebten: Sietch Jacurutu. Und dort haben sich die anderen Stämme zusammengeschlossen und die Iduali ausgelöscht. Das war vor langer Zeit, sogar noch vor Kynes, in den Tagen meines Urgroßvaters. Und seit jenen Tagen hat kein Fremen jemals wieder Jacurutu aufgesucht. Der Ort ist tabu.«

So war Leto an Wissen erinnert worden, das sich in seinem Gedächtnis verbarg. Es war auch eine wichtige Lektion darüber gewesen, wie das Gedächtnis funktionierte. Eine Erinnerung genügte nicht, selbst für jemanden, dessen Vergangenheit so mannigfaltig war wie seine, solange man nicht wusste, wofür sie sich einsetzen ließ, und ihr Wert sich nicht dem urteilenden Verstand offenbarte. In Jacurutu musste es Wasser geben, eine Windfalle, eben alles, was zu einem Fremensietch gehörte, und dazu kam der unschätzbare Vorteil, dass sich kein Fremen jemals dorthin wagte. Viele der jüngeren Fremen wussten nicht einmal, dass es überhaupt einen Ort namens Jacurutu gegeben hatte. Von Fondak wussten sie natürlich, doch das war lediglich eine Zuflucht für Schmuggler.

Es war der perfekte Ort, um sich als Toter zu verstecken – unter den Schmugglern und den Toten eines anderen Zeitalters.

Danke, Stilgar.

Kurz vor Morgengrauen wurde der Wurm müde. Leto ließ sich von ihm herabgleiten und beobachtete dann, wie sich das Tier in die Dünen wühlte, langsam und im typischen Bewegungsmuster dieser Geschöpfe. Der Wurm würde sich in die Tiefe zurückziehen und dort seinen Groll auskurieren.

Ich muss den Tag über warten, dachte Leto.

Er stellte sich auf eine Düne und sah sich um: Leere, Leere, Leere. Nur die in Schlangenlinien verlaufende Wurmspur störte das Muster.

Der bedächtige Ruf eines Nachtvogels empfing das erste grüne Licht am östlichen Horizont. Leto grub sich in den schützenden Sand, blies ein Destillzelt auf und schob die Spitze seines Sandschnorchels nach oben. Dann lag er in der unvermeidlichen Finsternis und dachte über die Entscheidung nach, die er und Ghanima getroffen hatten. Sie war nicht leicht gewesen, vor allem nicht für seine Schwester. Leto hatte ihr nicht alles über seine Vision erzählt, hatte nicht alle Schlussfolgerungen erläutert, die er daraus gezogen hatte. Für ihn war es nun eindeutig eine Vision, kein Traum. Aber das Seltsame daran war, dass er es als eine Vision von einer Vision empfand. Falls irgendetwas ihn davon überzeugen konnte, dass sein Vater noch lebte, dann war es in dieser doppelten Vision verborgen.

Das Leben eines Propheten legt uns auf seine Vision fest. Und er könnte nur aus der Vision ausbrechen, indem er seinen Tod als Abweichung von dieser Vision erzeugt. So erschien es Leto in seiner Doppelvision, und er dachte darüber nach, wie das mit der Entscheidung zusammenhing, die er getroffen hatte. *Armer Täufer Johannes. Wenn er nur den Mut aufgebracht hätte, auf eine andere Art zu sterben … Aber vielleicht hat er auch die mutigste aller Entscheidungen getroffen. Woher will ich wissen, vor welcher Wahl er stand? Allerdings weiß ich, vor welcher Wahl mein Vater stand.*

Leto seufzte. Seinem Vater den Rücken zuzukehren, war, als würde er einen Gott betrügen. Doch das Atreides-Imperium benötigte eine Erschütterung. Es war zu dem geworden, was Paul in seiner schlimmsten Vision vorhergesehen hatte. Wie beiläufig es Menschen auslöschte, ohne dass auch nur jemand darüber nachdachte. Das Uhrwerk des religiösen Wahns war aufgezogen worden – und jetzt tickte es vor sich hin.

Und wir stecken in der Vision meines Vaters fest.

Ein Weg hinaus aus diesem Wahnsinn führte über den Goldenen Pfad. Und sein Vater hatte ihn gesehen. Natürlich bestand die Möglichkeit, dass die Menschheit am Ende des Goldenen Pfades auf die Tage Muad'Dibs zurückblicken und diese Tage als besseres Zeitalter betrachten würde. Doch die Menschheit musste die Alternative zu Muad'Dib kennenlernen, sonst würde sie nie ihre eigenen Mythen verstehen.

Sicherheit … Frieden … Wohlstand …

Es bestand nur wenig Zweifel daran, wofür sich die meisten Bürger des Imperiums entscheiden würden, wenn man sie vor die Wahl stellte.

Obwohl sie mich hassen. Obwohl Ghani mich hasst.

Letos rechte Hand juckte, und er dachte an den furchtbaren Handschuh in seiner Doppelvision. *So wird es sein. Ja, so wird es sein.*

Arrakis, gib mir Kraft, betete er. Sein Planet war stark und lebendig um ihn herum. Der Sand von Arrakis drückte gegen das Destillzelt. Der Wüstenplanet war ein Riese, der seine gesammelten Reichtümer zählte. Er umgarnte einen. Er war so schön wie hässlich. Die einzige Währung, die seine Händler kannten, war der Puls ihrer eigenen Macht, ganz egal, wie sie diese Macht zusammengerafft hatten. Sie besaßen diesen Planeten in der gleichen Weise, wie ein Mann eine gefangene Liebhaberin besaß oder die Bene Gesserit ihre Schwestern besaßen.

Kein Wunder, dass Stilgar die Handelsprinzen hasste.

Danke, Stilgar.

In diesem Moment erinnerte sich Leto an die Schönheit der alten Sietchbräuche, an das Leben, bevor die Technokratie des Imperiums eingetroffen war, und er ließ seinen Geist dahintreiben, so wie Stilgars Träume – das wusste er – dahingetrieben waren. Vor den Leuchtgloben und Lasern, vor den Ornithoptern und Gewürzraupen hatte es eine andere Art von Leben gegeben: braunhäutige Mütter mit Säuglingen auf ihren Hüften, Lampen, in denen Gewürzöl verbrannte und die einen schweren Zimtgeruch verbreiteten, Naibs, die ihre Leute überzeugen mussten, weil sie wussten, dass sich kein Einziger ihres Volkes Zwang unterwarf. Es war ein dunkles Schwärmen gewesen, ein Leben in Felsbauten …

Ein furchtbarer Handschuh wird das Gleichgewicht wiederherstellen, dachte Leto.

Und dann schlief er ein.

Ich sah sein Blut und einen Fetzen seiner Robe, die von scharfen Klauen zerrissen worden war. Der Bericht seiner Schwester über die Tiger und die Unbeirrbarkeit, mit der sie attackiert haben, ist sehr eindrücklich. Wir haben einen der Verschwörer befragt, die anderen sind tot oder in Gewahrsam. Alles deutet auf eine Intrige der Corrinos hin. Eine Wahrsagerin hat diese Aussage bestätigt.

– Stilgars Bericht an die Landsraadskommission

Farad'n beobachtete Duncan Idaho über das Spionagesystem des Schlosses. Er suchte nach einem Hinweis, der ihm Klarheit über das merkwürdige Verhalten dieses Mannes verschaffen würde. Es war kurz nach Mittag, und Idaho wartete vor den Gemächern, die man Lady Jessica zugewiesen hatte. Würde sie ihn empfangen? Bestimmt wusste sie, dass man sie beobachtete. Aber würde sie sich mit ihm treffen?

Farad'n saß in dem Raum, von dem aus Tyekanik die Dressur der Lazatiger beaufsichtigt hatte – einen Raum, den es so nicht hätte geben dürfen, denn er war angefüllt mit verbotenen Gerätschaften der Tleilaxu und Ixianer. Indem er die Schalter zu seiner Rechten betätigte, konnte Farad'n Idaho aus sechs verschiedenen Winkeln sehen oder auch auf das Innere von Jessicas Räumen umschalten, wo es ebenso hoch entwickelte Spähvorrichtungen gab.

Idahos Augen irritierten Farad'n. Diese von winzigen Mulden übersäten Metallkugeln, mit denen die Tleilaxu ihre Gholas im Zuchtbehälter ausstatteten, wiesen ihren Besitzer als jemanden aus, der sich grundsätzlich von anderen Menschen unterschied. Farad'n berührte seine eigenen Lider, spürte die harte Oberfläche der permanenten Kontaktlinsen, die das durch die Gewürzabhängigkeit verursachte Blau seiner Augen verbargen. Bestimmt nahmen Idahos Augen ein ganz anderes Universum wahr. Wie sollte es anders sein? Farad'n war versucht, persönlich zu den Tleilaxu-Chirurgen zu gehen und sich diese Frage beantworten zu lassen.

Warum hat Idaho versucht, sich umzubringen? Hat er das wirklich versucht? Er muss gewusst haben, dass wir das nicht zulassen würden.

Duncan Idaho war nach wie vor ein gefährliches Fragezeichen. Tyekanik wollte ihn entweder auf Salusa behalten oder ihn töten. Vielleicht wäre das ja am besten.

Farad'n schaltete auf Frontalansicht um. Idaho saß auf einer Holzbank in einem fensterlosen Vorzimmer mit hellen Wänden, die mit Wimpeln an Speeren geschmückt waren, vor der Tür zu Lady Jessicas Räumen. Er wartete dort schon seit über einer Stunde und war offenbar bereit, bis in alle Ewigkeit zu warten. Farad'n beugte sich zum Bildschirm vor. Dem treuen Schwertmeister der Atreides, der Paul Muad'Dib ausgebildet hatte, war es in den Jahren auf Arrakis offenbar gut ergangen; bei seinem Eintreffen war sein Gang jugendlich federnd gewesen. Natürlich hatte die regelmäßige Gewürzeinnahme dazu beigetragen, so wie das wundersame Stoffwechselgleichgewicht, das die Tleilaxu-Tanks einem mitgaben. Erinnerte sich Idaho wirklich an seine Vergangenheit, an sein Leben, bevor er dem Behälter entstiegen war? Niemand, den die Tleilaxu bisher wiederbelebt hatten, konnte das von sich behaupten. Was für ein Rätsel dieser Duncan Idaho doch war!

Die Berichte von seinem Tod befanden sich in der Bibliothek. Der Sardaukar, der ihn getötet hatte, war von Idahos Kampfkünsten beeindruckt gewesen: Neunzehn seiner Leute hatte dieser Mann erledigt, bevor er gefallen war. Neunzehn Sardaukar! Sein Fleisch war die Wiederherstellung allemal wert gewesen. Aber die Tleilaxu hatten einen Mentaten aus ihm gemacht. Wie fühlte es sich an, zusätzlich zu all seinen anderen Talenten noch die eines menschlichen Computers zu besitzen?

Warum hat er versucht, sich umzubringen?

Farad'n wusste um seine eigenen Talente und machte sich in dieser Hinsicht wenig Illusionen. Er war ein Historiker-Archäologe. Und er war jemand, der Menschen gut einschätzen konnte. Die Notwendigkeit hatte ihn gezwungen, zum Experten für jene zu werden, die ihm dienen sollten – die Notwendigkeit und das sorgfältige Studium der Atreides. Er betrachtete das als Preis, der Aristokraten abgefordert wurde. Wenn man herrschen wollte, musste man sich zutreffende und prägnante Urteile über diejenigen bilden, die die eigentliche Macht in ihren Händen hielten. Mehr als ein Herrscher war durch die Fehler und die Maßlosigkeit seiner Handlanger zu Fall gebracht worden.

Das Studium der Atreides hatte ihre herausragende Begabung für die Wahl der richtigen Diener offenbart. Sie hatten gewusst, wie man sich Loyalität sicherte und wie man seine Krieger mit Feuereifer bei der Sache hielt.

Idaho verhielt sich nicht, wie er sollte.

Warum?

Farad'n kniff die Augen zusammen und versuchte, unter die Oberfläche zu blicken. Duncan Idaho vermittelte eine gewisse Unverwüstlichkeit. Er wirkte wie etwas in sich Geschlossenes, ein organisiertes, fest ineinandergefügtes Ganzes. Die Tleilaxu-Tanks hatten etwas in Gang gesetzt, was über das rein Menschliche hinausging. Farad'n spürte das. Dieser Mann hatte etwas sich ständig Erneuerndes an sich, als würde er im Einklang mit unveränderlichen Gesetzen handeln, als wäre jedes Ende für ihn ein neuer Anfang. Idaho bewegte sich in einer festen Umlaufbahn mit dem gleichen Durchhaltevermögen wie ein Planet, der um seinen Stern kreiste. Er würde auf Druck reagieren, aber er würde nicht zerbrechen – stattdessen würde er seine Umlaufbahn leicht anpassen, ohne sie dabei grundsätzlich zu verändern.

Warum hat er sich das Handgelenk aufgeschnitten?

Was auch immer seine Beweggründe gewesen waren, er hatte es für die Atreides getan, für das Haus, dem er diente. Die Atreides waren der Stern, um den er kreiste.

Und er glaubt, dass es die Atreides stärken wird, wenn ich Lady Jessica hier gefangen halte. Und Farad'n rief sich in Erinnerung: *Der, der das glaubt, ist ein Mentat.* Das verlieh alldem eine zusätzliche Dimension. Mentaten irrten sich, aber nicht sehr häufig.

Als er zu dieser Erkenntnis gelangte, war Farad'n kurz davor, seine Leute zu rufen, damit sie Jessica und Idaho fortbrachten. Aber dann entschied er sich dagegen. Diese beiden – der Ghola-Mentat und die Bene-Gesserit-Hexe – blieben Figuren von noch unbekanntem Wert in diesem Spiel um die Macht. Idaho musste zurück nach Arrakis geschickt werden, weil das dort zweifellos für Unruhe sorgen würde. Und Jessica mussten sie hierbehalten, wo sie ihr ungewöhnliches Wissen für das Haus Corrino nutzen konnten.

Farad'n wusste, dass es ein kompliziertes und tödliches Spiel war, das er spielte. Aber er hatte sich jahrelang auf diesen Moment vorbereitet, seit er erkannt hatte, dass er intelligenter und aufmerksamer war als die Menschen um ihn herum. Für ein Kind war das eine beängstigende Erkenntnis gewesen, und ihm war klar, dass die Bibliothek für ihn nicht nur ein Lehrmeister, sondern auch eine Zuflucht gewesen war.

Jetzt aber nagten Zweifel an ihm. Er fragte sich, ob er diesem Spiel wirklich gewachsen war. Er hatte seine Mutter als Beraterin verloren. Andererseits waren ihre Entscheidungen immer auch gefährlich für ihn gewesen. Tiger! Das Training dieser Tiere war eine Gräueltat gewesen und ihr Einsatz eine Dummheit. Wie leicht sich das alles zurückverfolgen ließ! Wensicia konnte froh sein, nur mit der Verbannung bestraft zu werden. Was das betraf, hatte Lady Jessicas Rat ganz wunderbar zu Farad'ns Bedürfnissen gepasst. Sie musste nur noch dazu gebracht werden, ihn in die Denkweise der Atreides einzuweihen.

Langsam verflogen die Zweifel. Farad'n dachte an die Sardaukar, die durch die unnachgiebige Ausbildung und den Entzug jeglicher Luxusgüter, beides von ihm angeordnet, zäher und widerstandsfähiger geworden waren. Seine Sardaukar-Legionen waren zwar nach wie vor klein, aber inzwischen waren sie den Fremen im Kampf Mann gegen Mann wieder gewachsen. Das war natürlich kaum zu etwas gut, solange die relative Größe seiner Streitkräfte durch die im Abkommen von Arrakeen festgelegte Obergrenze beschränkt war. Die Fremen konnten sie durch ihre reine Masse überwältigen – wenn sie nicht durch einen Bürgerkrieg gebunden und geschwächt waren.

Es war ohnehin zu früh für ein Gefecht zwischen Sardaukar und Fremen. Farad'n brauchte noch Zeit. Er brauchte weitere Verbündete unter den unzufriedenen Großen Häusern und den neu an die Macht gekommenen Kleinen Häusern. Er brauchte Zugriff auf die Finanzmittel der MAFEA. Er brauchte Zeit, damit die Sardaukar stärker und die Fremen schwächer werden konnten.

Erneut sah er auf den Bildschirm, der den geduldigen Ghola zeigte. Warum wollte Idaho Lady Jessica gerade jetzt sehen? Bestimmt wusste er, dass man sie ausspähte, dass jedes ihrer Worte, jede ihrer Handbewegungen aufgezeichnet und analysiert wurden.

Warum?

Farad'n wandte den Blick vom Bildschirm ab und sah zu dem Fach neben der Kontrollkonsole. Im blassen Licht der Elektronik konnte er die Spulen ausmachen, die die jüngsten Berichte von Arrakis enthielten. Seine Spione waren sorgfältig, das musste man ihnen lassen. Die Berichte, die er für den Eigengebrauch zusammengefasst hatte, enthielten vieles, was ihm Anlass zu Hoffnung und Freude gab. Er schloss die Augen und rekapitulierte in Gedanken die wichtigsten Stellen:

Während der Planet immer fruchtbarer wird, werden die Fremen vom Landdruck befreit, und ihre neuen Gemeinschaften verlieren den traditionellen Sietch-Festungscharakter. In der alten Sietchkultur lernte man vom Säuglingsalter an einen Leitsatz: »Wie das Wissen um dich selbst bildet der Sietch eine feste Grundlage, von der aus man in die Welt und in das Universum hinausgehen kann.«

Der traditionelle Fremen sagt: »Sieh dort, das Bergmassiv«, und meint damit, dass die wichtigste Wissenschaft das Gesetz ist. Aber ihre neue Gesellschaftsstruktur lockert die alten rechtlichen Einschränkungen; die Disziplin lässt nach. Die neuen Fremenanführer kennen nur noch den Niederen Katechismus ihrer Ahnen sowie jene Geschichte, die sich in den Mythen ihrer Lieder verbirgt. Die Angehörigen der neuen Gemeinschaften sind reaktionsfreudiger, offener; sie streiten öfter und sind weniger empfänglich für Autorität. Die alten Sietchleute sind disziplinierter, neigen eher zu kollektivem Handeln und arbeiten härter; sie behalten ihre Ressourcen besser im Blick. Die alten Leute glauben nach wie vor daran, dass die wohlgeordnete Gesellschaft auch die Erfüllung des Einzelnen darstellt. Die Jungen entfernen sich von diesem Glauben. Die Angehörigen der alten Kultur sehen die Jungen an und sagen: »Der Wind des Todes hat die Vergangenheit von ihnen abgeschliffen.«

Farad'n gefiel die Pointiertheit seiner Zusammenfassung. Die neue Vielfalt auf Arrakis konnte nur zu Gewalt führen. Die grundsätzlichen Überlegungen dazu hatte er in die Spulen eingebrannt:

Die Religion des Muad'Dib ist tief in der alten Sietchkultur der Fremen verankert, während die neue Kultur sich immer weiter von diesen Lehren entfernt.

Nicht zum ersten Mal fragte sich Farad'n, warum Tyekanik diese Religion angenommen hatte. Der Baschar verhielt sich sehr seltsam bezüglich seiner neuen Moral. Er wirkte ehrlich überzeugt, folgte dem Glauben aber doch wie gegen seinen Willen. Tyekanik wirkte wie jemand, der in einen Wirbelsturm getreten war, um festzustellen, wie stark er war, und dabei von Kräften erfasst worden war, die sich seiner Kontrolle entzogen. Vor allem ärgerte Farad'n Tyekaniks Bekehrung wegen ihrer charakterlosen Vollständigkeit. Es war ein Rückfall in uralte Sardaukar-Bräuche und eine Warnung davor, dass die jungen Fremen einen ähnlichen Rückfall erleiden könnten, dass die tief verwurzelten Bräuche den Sieg davontragen könnten.

Wieder dachte Farad'n an die Spulen mit den Berichten. Sie verrieten etwas Beunruhigendes, nämlich dass ein kulturelles Überbleibsel aus ältesten Fremenzeiten nach wie vor Bestand hatte: »Das Wasser der Empfängnis«. Das Fruchtwasser der Neugeborenen wurde bei der Geburt aufgefangen, und man destillierte daraus das erste Wasser, das man dem Kind gab. Nach traditionellem Brauch reichte eine Patentante dem Kind dieses Wasser mit den Worten: »Hier ist das Wasser deiner Empfängnis.« Auch die jungen Fremen folgten dieser Tradition.

Das Wasser deiner Empfängnis.

Die Vorstellung, etwas zu trinken, das man aus dem eigenen Fruchtwasser gewonnen hatte, widerte Farad'n an. Er dachte an die überlebende Zwillingsschwester, Ghanima, deren Mutter bereits tot gewesen war, als sie dieses Wasser zu sich genommen hatte. Hatte sie später über dieses seltsame Bindeglied zu ihrer Vergangenheit nachgedacht? Wahrscheinlich nicht. Sie war als Fremen erzogen worden. Was für die Fremen ganz natürlich war, war auch für Ghanima ganz natürlich.

Einen Augenblick lang bereute Farad'n den Tod Letos II. Es wäre überaus interessant gewesen, mit ihm über diese Frage zu diskutieren. Nun, vielleicht ergab sich ja einmal die Gelegenheit, sie mit Ghanima zu erörtern.

Warum hat sich Idaho die Handgelenke aufgeschnitten?

Die Frage drängte sich Farad'n jedes Mal erneut auf, wenn er auf den Überwachungsbildschirm blickte. Wieder wurde er von Zweifeln bestürmt. Er wünschte sich die Fähigkeit, sich in die Gewürztrance zu versenken, wie Paul Muad'Dib es immer getan hatte, um die Zukunft aufzusuchen und so Antworten auf seine Fragen zu erhalten. Aber wie viel Gewürz Farad'n auch zu sich nahm, sein Bewusstsein verharrte im punktförmigen Strom des Jetzt und spiegelte ein Universum der Unsicherheiten.

Nun zeigte der Überwachungsbildschirm eine Bedienstete, die die Tür zu Lady Jessicas Gemächern öffnete. Idaho erhob sich und trat durch die Tür. Die Bedienstete würde später einen umfassenden Bericht abgeben, aber Farad'n, dessen Neugier jetzt wieder geweckt war, drückte einen Schalter auf der Konsole und beobachtete, wie Duncan Idaho Lady Jessicas Wohnzimmer betrat.

Wie gelassen und in sich ruhend der Mentat wirkte. Und wie unergründlich seine Ghola-Augen waren.

Vor allem muss der Mentat ein Generalist sein, kein Spezialist. Es ist klug, Entscheidungen von großer Tragweite durch einen Generalisten überprüfen zu lassen. Experten und Spezialisten führen dich schnell ins Chaos. Sie sind eine Quelle nutzloser Haarspaltereien, von bösartigem Gezänk um ein Komma. Der Mentaten-Generalist hingegen sollte den Entscheidungsprozess um gesunden Menschenverstand bereichern. Er darf sich nicht von den allgemeinen Vorgängen im Universum abkapseln. Er muss in der Lage sein zu sagen: »Derzeit ist an dieser Sache nichts Rätselhaftes. Das ist es, was wir im Moment wollen. Vielleicht erweist es sich später als falsch, aber wir korrigieren es erst, wenn es so weit ist.« Der Mentaten-Generalist muss verstehen, dass alles, was wir als Universum identifizieren können, lediglich ein Teil größerer Erscheinungen ist. Der Experte blickt zurück – auf die engen Vorgaben seiner Spezialisierung. Der Generalist blickt nach draußen, er sieht sich nach lebendigen Prinzipien um in dem Bewusstsein, dass sich diese Prinzipien verändern, dass sie sich entwickeln. Diese Eigenschaft des Wandels ist es, auf die der Mentaten-Generalist den Blick richten muss. Es kann keinen dauerhaften Katalog dieses Wandels geben, kein Lehr- oder Handbuch. Man muss ihn so unvoreingenommen wie möglich betrachten und sich fragen: »Also, was tut diese Sache?«

– Das Handbuch der Mentaten

Es war der Tag des Kwisatz Haderach, der wichtigste aller heiligen Tage der Anhänger Muad'Dibs. An diesem Tag wurde der vergöttlichte Paul Atreides als der gefeiert, der überall zugleich war, als der männliche Bene Gesserit, der sowohl seine männlichen wie auch seine weiblichen Vorfahren zu einer untrennbaren Macht vereinte, um der zu werden, der mit allem eins war. Die Gläubigen nannten diesen Tag *Ayil*, das Opfer, um an den Tod zu erinnern, der Muad'Dibs Anwesenheit »an allen Orten wirklich« machte.

Der Prediger suchte sich den frühen Morgen dieses Tages aus, um erneut auf dem Platz vor Alias Tempel aufzutauchen, eine Provokation, wusste doch jeder, dass ein Haftbefehl gegen ihn vorlag. Der brüchige Waffenstillstand zwischen Alias Priesterschaft und den Wüstenstämmen, die sich aufgelehnt hatten, hielt, aber er erzeugte ein spürbares Unbehagen, das über ganz Arrakeen hing. Und der Prediger trug nicht dazu bei, diese Stimmung zu zerstreuen.

Es war der achtundzwanzigste Tag der offiziellen Trauer um Muad'Dibs Sohn, sechs Tage nach dem Gedenkritus am Alten Pass, der durch den Aufstand verzögert worden war. Die Kämpfe hatten die Hadsch nicht zum Erliegen gebracht. Der Prediger wusste, dass der Platz vor dem Tempel an diesem Tag voller Menschen sein würde, denn die meisten Pilger versuchten, es so einzurichten, dass sie am *Ayil* da sein würden, um »die heilige Gegenwart des Kwisatz Haderach an Seinem Tag zu spüren«.

Der Prediger betrat den Platz im Licht des Morgengrauens, als sich die Gläubigen bereits drängten. Er ließ die Hand locker auf der Schulter seines jungen Führers ruhen und spürte den stolzen Gang des Jungen. Als sich der Prediger näherte, nahmen die Leute jede Nuance seines Verhaltens wahr. Sein junger Führer war solcher Aufmerksamkeit nicht gänzlich abgeneigt; der Prediger nahm sie einfach als Notwendigkeit hin.

Auf der dritten Stufe zum Tempel angekommen, hielt der Prediger inne und wartete darauf, dass die Menge verstummte. Nachdem sich das Schweigen wie eine Welle ausgebreitet hatte und am Rand des Platzes nur noch die eiligen Schritte jener ertönten, die ebenfalls zuhören wollten, räusperte er sich. Noch war es kalt auf dem Platz, die Sonne sandte noch keine Wärme über die Gebäudedächer. Der Prediger spürte die graue Stille auf dem riesigen Platz, als er zu sprechen begann.

»Ich bin gekommen, um Leto Atreides II. zu ehren und in Gedenken an ihn zu sprechen.« Die kraftvolle Stimme des Predigers ließ an einen Wurmmann aus der Wüste denken. »Das tue ich im Geiste des Mitgefühls für alle, die leiden. Ich sage euch, was auch der tote Leto gelernt hat – dass sich der morgige Tag noch nicht ereignet hat und vielleicht niemals ereignen wird. Dieser Augenblick ist die einzige für uns beobachtbare Zeit und der einzige für uns beobachtbare Ort in unserem Universum. Ich sage euch, genießt diesen Augenblick und versteht, was er euch lehrt. Ich sage euch, dass sich das Wachstum und Vergehen einer Regierung im Wachstum und Vergehen ihrer Bürger zeigt.«

Ein verstörtes Murmeln lief durch die Menge. Spottete dieser Mann über den Tod von Leto II.? Würden gleich die Priesterwachen aus dem Tempel stürmen und den Prediger festnehmen?

Alia wusste, dass sich so etwas an diesem Tag nicht ereignen würde. Ihr Befehl lautete, den Prediger unbehelligt zu lassen. Sie hatte sich mit einem Destillanzug getarnt, mit einer Feuchtigkeitsmaske, die Nase und Mund verbarg, und einem gewöhnlichen Kapuzenmantel, der das Haar verdeckte. Sie stand direkt unterhalb des Predigers und beobachtete ihn genau. War das Paul? Die Jahre mochten ihn auf diese Weise verändert haben. Und er war seit jeher außerordentlich gut im Gebrauch der *Stimme* gewesen, ein Umstand, der es erschwerte, ihn anhand des Klangs seiner Worte zu identifizieren. Dieser Prediger stellte mit seiner Stimme an, was immer er wollte, und Paul hätte das nicht besser machen können. Alia musste herausfinden, wer er war, bevor sie gegen ihn vorgehen konnte. Wie seine Worte sie blendeten!

Sie fand nichts Ironisches am Tonfall des Predigers. Er setzte die verführerische Kraft klarer Aussagen ein, die mit völliger Aufrichtigkeit getroffen wurden. Die Leute stolperten womöglich für einen kurzen Moment über diese Aussagen, aber sie begriffen gleich, dass er genau das gewollt hatte – dass er sie dadurch lehrte. Tatsächlich nahm er die Reaktion der Menge auf, als er sagte: »Ironie verbirgt oft die Unfähigkeit, über die eigenen Vorannahmen hinaus zu denken. An meinen Worten ist nichts Ironisches. Ghanima hat euch gesagt, dass sich das Blut ihres Bruders nicht wegwaschen lässt. Ich stimme ihr zu. Man wird sagen, dass Leto dorthin gegangen ist, wo auch sein Vater hinging, dass er getan hat, was sein Vater tat. Die Kirche Muad'Dibs sagt, dass er um seiner Menschlichkeit willen einen Weg eingeschlagen hat, der einem absurd und tollkühn erscheint, aber dass die Geschichte ihm recht geben wird. Diese Geschichte wird in diesem Augenblick neu geschrieben. Ich sage euch, dass es eine weitere Lektion gibt, die wir aus diesen Leben und der Art, wie sie endeten, zu lernen haben.«

Alia, die auf jedes Detail achtete, fragte sich, warum der Prediger vom *Ende* sprach und nicht vom *Tod*. Wollte er damit sagen, dass einer der beiden – oder beide – gar nicht tot waren? Das konnte nicht sein. Eine Wahrsagerin hatte Ghanimas Geschichte bestätigt. Was tat dieser Prediger also? Traf er eine Aussage über den Mythos oder über die Wirklichkeit?

»Merkt euch diese Lektion!«, donnerte der Prediger und hob die Arme. »Wer in den Besitz seiner Menschlichkeit gelangen will, muss vom Universum ablassen.«

Mit diesen Worten richtete er seine leeren Augenhöhlen auf Alia, und es schien, als würde er direkt zu ihr sprechen. Das war so deutlich, dass etliche der Umstehenden die Köpfe wandten, um Alia forschende Blicke zuzuwerfen. Die Macht, die der Prediger ausstrahlte, ließ Alia erschauern. Ja, das konnte wirklich Paul sein. Er konnte es sein!

»Aber mir ist bewusst, dass die Menschen nur sehr wenig Wirklichkeit vertragen können«, fuhr der Prediger fort. »Die meisten Leben sind eine Flucht vor dem wahren Selbst. Die meisten Menschen ziehen die Wahrheiten des Stalls vor. Man steckt die Köpfe zwischen die Holzpflöcke und kaut zufrieden vor sich hin, bis man stirbt. Andere spannen einen für die eigenen Zwecke ein. Nicht für den kleinsten Moment lebt man außerhalb des Stalls, um den Kopf zu heben und ein Geschöpf seiner selbst zu sein. Muad'Dib ist gekommen, um euch davon zu berichten. Wenn ihr seine Botschaft nicht versteht, könnt ihr ihn auch nicht verehren.«

Einer aus der Menge, vermutlich ein verkleideter Priester, ertrug die Worte des Predigers nicht mehr. Er rief mit heiserer Stimme: »Du lebst nicht das Leben Muad'Dibs! Wie kannst du es wagen, anderen vorzuschreiben, wie sie ihn verehren sollen!«

»Weil er tot ist!«, erwiderte der Prediger.

Alia wandte sich um, um zu sehen, wer den Prediger herausgefordert hatte, doch der Mann blieb ihr verborgen. Nur seine Stimme drang erneut über die Menge: »Wenn du ihn wahrhaft für tot hältst, dann bist du von nun an allein.«

Bestimmt war es ein Priester, dachte Alia. Aber sie erkannte die Stimme nicht.

»Ich bin nur hier, um eine einfache Frage zu stellen«, rief der Prediger. »Soll auf Muad'Dibs Tod der moralische Selbstmord der gesamten Menschheit folgen? Ist es das, was ein Messias unausweichlich nach sich zieht?«

»Dann gibst du also zu, dass er der Messias ist«, rief die Stimme aus der Menge.

»Warum nicht, da ich der Prophet seiner Zeit bin?« Der Tonfall und die Haltung des Predigers waren so ruhig und selbstsicher, dass sein Herausforderer verstummte. Die Menge reagierte mit verstörtem Gemurmel. »Ja«, wiederholte der Prediger, »ich bin der Prophet dieser Zeit.«

Alia, die sich wieder ganz auf ihn konzentrierte, erkannte die leisen Zwischentöne der *Stimme*. Zweifellos hatte er Kontrolle über die Menge ausgeübt. Hatte er eine Bene-Gesserit-Ausbildung? War das alles hier ein weiteres Manöver der Missionaria Protectiva? Vielleicht war der Prediger doch nicht Paul, sondern nur eine weitere Figur im endlosen Spiel um die Macht.

»Ich fasse den Mythos und den Traum in Worte«, rief der Prediger. »Ich bin der Arzt, der dem Kind auf die Welt hilft und seine Geburt verkündet. Und doch komme ich in einer Zeit des Todes zu euch. Verstört euch das? Es sollte euch bis ins Innerste eurer Seelen erschüttern!«

Obwohl Alia die Worte des Predigers wütend machten, verstand sie, warum sie ihre Wirkung erzielten. Zusammen mit anderen schob sie sich näher an die Stufen heran, auf diesen hochgewachsenen Mann in Wüstenkleidung zu. Sein junger Führer weckte ihre Aufmerksamkeit: Wie die Augen dieses Jungen leuchteten, wie unverfroren er wirkte! Hätte Muad'Dib einen derart zynischen jungen Mann in seine Dienste genommen?

»Ich will euch verstören«, rief der Prediger. »Das ist meine Absicht. Ich bin hier, um gegen die Trugbilder eurer institutionalisierten Religion anzugehen. Wie bei allen solchen Religionen streben eure Institutionen der Feigheit zu, der Mittelmäßigkeit, der Trägheit und der Selbstgenügsamkeit.«

Jetzt erhob sich wütendes Gemurmel aus der Mitte der Menge. Alia spürte die Spannung und fragte sich, ob es wohl zu Ausschreitungen kommen würde. Konnte der Prediger die Menge im Griff behalten? Wenn nicht, würde er womöglich hier und jetzt sterben.

»Priester, der du mich herausgefordert hast!«, rief der Prediger und deutete in die Menge.

Er weiß es!, dachte Alia. Ein Schauer durchlief sie, der fast etwas Sexuelles hatte. Dieser Prediger spielte ein gefährliches Spiel, aber er spielte es meisterhaft.

»Du, Priester in deinem Mufti«, rief der Prediger. »Du bist ein Seelsorger der Selbstzufriedenen. Ich komme nicht, um Muad'Dib herauszufordern, sondern um euch herauszufordern. Ist eure Religion etwas Wirkliches, wenn sie euch nichts kostet und keine Risiken mit sich bringt? Ist eure Religion etwas Wirkliches, wenn ihr euch an ihr fett fresst? Ist eure Religion etwas Wirkliches, wenn ihr Gräueltaten in ihrem Namen begeht? Wie tief seid ihr seit der ersten Offenbarung gesunken? Antworte mir, Priester!«

Aber der Herausforderer schwieg. Und Alia fiel auf, dass die Menge nun wieder mit Hingabe jedem Wort des Predigers lauschte. Indem er die Priesterschaft angriff, gewann er ihre Sympathie. Und wenn Alias Spione recht hatten, dann glaubten die meisten der Pilger und Fremen auf Arrakis, dass es sich bei diesem Mann tatsächlich um Muad'Dib handelte.

»Der Sohn Muad'Dibs hat etwas riskiert«, rief der Prediger, und Alia hörte seiner Stimme die tiefe Traurigkeit an. »Muad'Dib hat etwas riskiert. Sie haben ihren Preis gezahlt. Und was hat Muad'Dib erreicht? Eine Religion, die sich seiner entledigt!«

Wie anders diese Worte doch wären, wenn sie von Paul selbst kämen, dachte Alia. *Ich muss es herausfinden!* Sie ging weiter die Stufen empor, drängte sich durch die Menge, bis sie die Hand hätte ausstrecken und den geheimnisvollen Propheten berühren können. Sie roch die Wüste, die an ihm haftete, eine Mischung aus Gewürz und Feuerstein. Der Prediger und sein junger Führer waren voller Staubflecken, als seien sie gerade erst aus der Bled gekommen. Alia sah die Stelle, an der die Adern dick unter der Haut des Predigers hervortraten, unterhalb der Handgelenksiegel seines Destillanzugs. Und sie sah, dass er an einem Finger der linken Hand einen Ring getragen hatte – dort war immer noch ein Abdruck. Paul hatte am gleichen Finger einen Ring getragen: den Falkenring der Atreides, der nun in Sietch Tabr verwahrt wurde. Leto hätte ihn eines Tages getragen, wenn er überlebt hätte … und wenn sie ihm gestattet hätte, den Thron zu besteigen.

Erneut richtete der Prediger den Blick seiner leeren Augenhöhlen auf Alia und sprach direkt zu ihr, aber mit einer Stimme, die weit über die Menge trug. »Muad'Dib hat uns zwei Dinge gezeigt: eine gewisse Zukunft und eine ungewisse Zukunft. Im vollen Bewusstsein hat er sich der ultimativen Ungewissheit des Universums gestellt. Er hat seinen Standort hier auf dieser Welt *blind* verlassen. Er hat uns gezeigt, dass es das ist, was Menschen immer tun müssen – das Ungewisse anstelle des Gewissen wählen.«

Alia bemerkte, dass die Stimme des Predigers einen beinahe flehenden Tonfall annahm. Sie blickte sich um und legte eine Hand an den Griff ihres Krismessers. *Wenn ich ihn jetzt in diesem Moment töten würde, was würden die Leute dann tun?* Einmal mehr verspürte sie einen Schauer der Erregung. *Wenn ich ihn töten und mich dann zu erkennen geben würde, um den Prediger als Betrüger und Ketzer zu verurteilen!*

Aber was, wenn man bewies, dass es sich um Paul handelte?

Einer der Pilger drängte Alia noch näher an den Prediger heran, und während sie versuchte, ihre Wut zu bändigen, spürte sie, wie seine Gegenwart sie in ihren Bann schlug. War das Paul? Bei den Göttern der Unterwelt! Was sollte sie nur tun?

»Warum hat man uns einen weiteren Leto genommen?«, rief der Prediger. Echter Schmerz lag nun in seiner Stimme. »Beantwortet mir das, wenn ihr könnt! Ah, ihre Botschaft ist klar: Verabschiedet euch von der Gewissheit.« Er wiederholte diese Worte mit einer grollenden Stentorstimme: »Verabschiedet euch von der Gewissheit! Das ist das tiefgreifendste Gebot des Lebens. Darum *geht* es im Leben. Wir sind wie eine Sonde, die ins Unbekannte vordringt. Warum hört ihr Muad'Dib nicht? Wenn Gewissheit bedeutet, dass man eine absolute Zukunft absolut kennt, dann ist das nur der hinter einer Maske verborgene Tod. Eine solche Zukunft wird zum *Jetzt*. Das hat er euch gezeigt!«

Plötzlich streckte der Prediger die Hand aus und packte Alia am Arm. Er tastete dabei weder umher, noch zögerte er. Sie versuchte, sich loszureißen, aber er hielt sie in einem eisernen Griff und sprach direkt in ihr Gesicht, während die Umstehenden verwirrt zurückwichen. »Was hat dir Paul Atreides gesagt, Frau?«

Woher weiß er, dass ich eine Frau bin?, dachte Alia. Sie wollte in ihrem Inneren versinken, all die Leben dort um Schutz bitten, aber die Stimmen in ihr waren im Bann dieser Gestalt aus ihrer Vergangenheit verstummt.

»Er hat dir gesagt, dass Vollendung das Gleiche ist wie der Tod«, rief der Prediger. »Absolute Hellsicht ist Vollendung – ist der Tod!«

Alia versuchte, seine Finger aufzubiegen, aber es gelang ihr nicht. Sie wollte nach ihrem Messer greifen und ihm mit der Klinge drohen, aber sie wagte es nicht. In ihrem ganzen Leben hatte sie sich noch nie so eingeschüchtert gefühlt.

Der Prediger hob das Kinn und rief über Alias Kopf hinweg: »Ich bringe euch die Worte Muad'Dibs! Er hat gesagt: ›Ich stoße euch mit der Nase auf all die Dinge, denen ihr ausweicht. Ich finde nichts Seltsames daran, dass ihr nur das glauben wollt, was euch Trost spendet. Wie sonst erfinden die Menschen die trügerischen Fallen, die uns in die Mittelmäßigkeit locken? Wie sonst ließe sich Feigheit definieren?‹ Das ist es, was Muad'Dib euch gesagt hat!«

In diesem Moment ließ der Prediger Alias Arm los und stieß sie in die Menge. Sie wäre gestürzt, wären nicht die dicht gedrängten Menschen gewesen, die sie aufrecht hielten.

»Zu sein bedeutet herauszustechen, sich vom Hintergrund abzuheben«, rief der Prediger. »Ihr denkt nicht einmal darüber nach, wirklich zu sein, solange ihr nicht bereit seid, eure eigene geistige Gesundheit im Urteil über euer Sein aufs Spiel zu setzen.« Der Prediger trat von der Stufe herab und ergriff erneut Alias Arm. Diesmal allerdings sanfter. Er beugte sich dicht an ihr Ohr und sagte leise, sodass nur sie ihn hören konnte: »Versuch nicht, mich wieder in den Hintergrund zu ziehen, Schwester.«

Und dann trat er, die Hand auf der Schulter seines jungen Führers, in die Menge. Die Menschen machten dem seltsamen Paar Platz. Hände streckten sich aus, um den Prediger zu berühren, aber die Leute legten dabei eine ehrfürchtige Behutsamkeit an den Tag, als hätten sie Angst vor dem, was sie vielleicht unter dieser staubigen Fremenrobe finden würden.

Alia stand erschüttert da, während die Menge dem Prediger folgte und sich der Platz langsam leerte. Nun wusste sie es also. Es war Paul. Kein Zweifel. Er war ihr Bruder. Sie spürte, was auch die Menge spürte. Sie hatte in seiner geheiligten Gegenwart gestanden, und jetzt stürzte das Universum um sie herum in sich zusammen. Sie wollte ihm hinterherrennen und ihn anflehen, sie vor sich selbst zu retten, aber sie war nicht imstande, sich zu rühren. Während die anderen dem Prediger und seinem Führer folgten, stand sie von völliger Verzweiflung benebelt da, von einer Hoffnungslosigkeit, die so tief reichte, dass Alia jegliche Kontrolle über ihre Muskeln verlor.

Was mache ich jetzt? Was mache ich jetzt?

Nun konnte sie sich nicht einmal mehr auf Duncan stützen. Oder auf ihre Mutter. Auch die Leben in ihrem Inneren schwiegen. Es gab noch Ghanima, die in der Festung unter Bewachung stand, aber Alia konnte mit ihrer Verzweiflung keinesfalls zu der Überlebenden der beiden Zwillinge gehen.

Alle haben sich gegen mich gewandt. Was kann ich nur tun?

Der einäugige Blick auf unser Universum sagt, dass man nicht in der Ferne nach Problemen suchen soll. Diese Probleme treffen womöglich nie bei einem ein. Stattdessen soll man sich um den Wolf im eigenen Gehege kümmern. Die draußen umherstreifenden Rudel gibt es vielleicht gar nicht.

– Das Buch Azhar, Shamra I:4

Jessica erwartete Duncan am Fenster ihres Wohnzimmers. Es war ein bequemes Zimmer mit weichen Diwanen und altmodischen Sesseln. In ihren Räumlichkeiten gab es keinen einzigen Suspensor, und die Leuchtgloben waren Kristalle aus einer anderen Zeit. Vom Fenster aus konnte man die einen Stockwerk tiefer liegenden Gärten sehen.

Jessica hörte, wie die Bedienstete die Tür öffnete, dann das Geräusch von Duncans Schritten auf dem Holzboden, dann auf dem Teppich. Sie lauschte, ohne sich umzudrehen, hielt den Blick auf den sonnengesprenkelten Innenhof gerichtet. Sie atmete tief ein und aus, nach Art ihrer Prana-Bindu-Ausbildung, und spürte den Fluss erzwungener Ruhe.

Die hohe Sonne warf ihr staubiges Licht in den Hof und erhellte das silberne Rad eines Spinnennetzes zwischen den Ästen eines Lindenbaums, die sich beinahe auf Höhe des Fensters befanden. Es war kühl in Jessicas Gemächern, doch draußen vor dem abgedichteten Fenster waberte die Luft vor lähmender Hitze. Schloss Corrino befand sich inmitten einer windstillen Ödnis, die das Grün in den Hofgärten Lügen strafte.

Jessica hörte, wie Duncan hinter sie trat, und ohne sich umzuwenden, sagte sie: »Das Geschenk der Sprache ist das Geschenk von Trug und Täuschung, Duncan. Warum möchtest du mit mir sprechen?«

»Es kann sein, dass nur einer von uns beiden überlebt«, erwiderte er.

»Und du möchtest, dass ich ein gutes Zeugnis über deine Bemühungen ablege?« Jetzt drehte sich Jessica um und sah, wie Duncan dort ruhig stand und sie aus seinen grauen Metallaugen beobachtete, die keine Mitte und keine erkennbare Blickrichtung hatten. Wie ausdruckslos diese Augen waren! »Duncan, ist es möglich, dass du eifersüchtig über deinen Platz in den Geschichtsbüchern wachst?«

Jessicas Tonfall war leicht anklagend, und sie erinnerte sich an jenes andere Mal, als sie diesen Mann zur Rede gestellt hatte. Damals war er betrunken gewesen. Man hatte ihn damit beauftragt, sie auszuspionieren, und seine einander widersprechenden Verpflichtungen hatten ihn innerlich zerrissen. Aber das war Duncan Idaho vor seinen Zeiten als Ghola gewesen. Dies hier war ein ganz anderer Mann. Dieser Mann hier war in seinem Handeln nicht gespalten.

Duncan bestätigte Jessicas Einschätzung, indem er lächelte. »Die Geschichte hält selbst Gericht und fällt ihre eigenen Urteile«, sagte er. »Ich bezweifle, dass es mich noch betreffen wird, wenn das Urteil über mich gesprochen wird.«

»Warum bist du hier?«

»Aus dem gleichen Grund wie Sie, Mylady.«

Jessica ließ sich die erschütternde Macht seiner Worte nicht anmerken, aber die Gedanken schossen ihr rasend schnell durch den Kopf: *Weiß er wirklich, warum ich hier bin?* Wie sollte das möglich sein? Nur Ghanima wusste Bescheid. Hatte Duncan inzwischen genug Datenmaterial für eine Mentatenberechnung? Das war denkbar. Und wenn er etwas sagte, das sie verriet? Würde er das tun, wenn er aus dem gleichen Grund hier war wie sie? Ihm musste doch klar sein, dass jede ihrer Bewegungen, jedes Wort, von Farad'n oder seinen Leuten überwacht wurde. »Das Haus Atreides steht an einem Scheideweg«, sagte sie. »Die Familie hat sich gegen sich selbst gewandt. Du hast zu den treuesten Männern meines Herzogs gehört, Duncan. Als der Baron Harkonnen ...«

»Lassen Sie uns nicht von den Harkonnen sprechen«, unterbrach er sie. »Das war eine andere Zeit, und Ihr Herzog ist tot.« Und er dachte: *Kann sie sich nicht denken, dass Paul mir vom Harkonnenblut der Atreides erzählt hat?* Welch ein Risiko das für Paul gewesen war, aber damit hatte er Duncan Idaho um so fester an sich gebunden. Das Vertrauen, das aus dieser Enthüllung sprach, war ein Schatz von nahezu unvorstellbarem Wert gewesen. Paul hatte gewusst, was die Leute des Barons Duncan angetan hatten.

»Das Haus Atreides ist nicht tot«, sagte Jessica.

»Was ist das Haus Atreides? Sind Sie das Haus Atreides? Ist es Alia? Ghanima? Sind es jene, die diesem Haus dienen? Ich sehe mir diese Leute an, und sie tragen die Zeichen einer Mühsal, die jeder Beschreibung spottet. Wie können sie Atreides sein? Ihr Sohn hat es ganz richtig ausgedrückt: ›Mühsal und Verfolgung sind das Los all jener, die mir folgen.‹ Ich würde mich gerne von all dem losmachen, Mylady.«

»Bist du wirklich zu Farad'n übergelaufen?«

»Haben Sie nicht das Gleiche getan, Mylady? Sind Sie nicht hierhergekommen, um Farad'n davon zu überzeugen, dass eine Ehe mit Ghanima all unsere Probleme lösen würde?«

Glaubt er das wirklich?, fragte sich Jessica. *Oder richtet er seine Worte an die Ohren der Spione?* »Das Haus Atreides war im Kern immer eine Idee«, erwiderte sie. »Das weißt du, Duncan. Wir haben uns Loyalität mit Loyalität erkauft.«

»Dem Volk dienen«, höhnte Duncan. »Ah, viele Male habe ich Ihren Herzog das sagen hören. Er schläft sicher sehr unruhig in seinem Grab, Mylady.«

»Meinst du wirklich, dass wir so tief gesunken sind?«

»Mylady, wussten Sie nicht, dass es Fremenrebellen gibt – sie nennen sich ›Marquis der inneren Wüste‹ –, die das Haus Atreides und sogar Muad'Dib verfluchen?«

»Ich habe Farad'ns Bericht gehört.« Jessica fragte sich erneut, worauf er mit diesem Gespräch hinauswollte.

»Mehr als das, Mylady. Mehr als Farad'ns Bericht. Ich habe ihre Verwünschungen selbst gehört. ›Das Feuer möge euch verzehren, Atreides! Ihr sollt keine Seelen, keine Geister, keine Leiber, keine Schatten oder Magie oder Knochen haben und auch kein Haar und keine Laute und keine Worte. Ihr sollt kein Grab haben, kein Haus, keine Höhle und keine Gruft. Ihr sollt keinen Garten haben, nicht Baum noch Busch. Ihr sollt kein Wasser haben, kein Brot und auch kein Licht oder Feuer. Ihr sollt keine Kinder haben, keine Familie und keine Erben und keinen Stamm. Ihr sollt keinen Kopf haben und weder Arme noch Beine noch Gang noch Samen. Auf keinem Planeten sollt ihr zur Ruhe kommen. Es soll euren Seelen nicht gestattet sein, aus den Tiefen emporzusteigen, und sie sollen nie unter jenen sein, denen man es gestattet, auf Erden zu leben. Nie soll es einen Tag geben, an dem ihr Shai-Hulud schaut, sondern ihr sollt in tiefster Verdammnis in Ketten liegen, und eure Seelen sollen nie die Pracht des Lichtes sehen – bis in alle Ewigkeit.‹ So lautet die Verwünschung, Mylady. Können Sie sich einen solchen Hass von Seiten der Fremen vorstellen? Sie überantworten alle Atreides der linken Hand der Verdammten, der Sonnen-Frau, die nur verbrennt.«

Jessica spürte, wie sie ein Schaudern überlief. Duncan hatte den Fluch zweifellos in demselben Tonfall übermittelt, in dem er ihn selbst gehört hatte. Warum verriet er das dem Haus Corrino? Sie konnte sich einen Fremen dazu vorstellen, entflammt in seiner Wut, wie er vor seinem Stamm stand und diesen Fluch sprach. Warum wollte Idaho, dass Farad'n ihn hörte? »Du lieferst ein starkes Argument für eine Ehe zwischen Ghanima und Farad'n«, sagte sie.

»Sie sind in Ihrer Herangehensweise an Probleme seit jeher unbeirrbar, Mylady. Ghanima ist eine Fremen. Sie kann nur jemanden heiraten, der keine *Fai* bezahlt, keine Schutzsteuer. Das Haus Corrino hat seine gesamten MAFEA-Anteile an Ihren Sohn und seine Erben übertragen. Farad'n existiert nur deshalb, weil die Atreides ihn dulden. Und denken Sie daran, wie Ihr Herzog die Flagge des fliegenden Falken auf Arrakis gehisst hat, denken Sie daran, was er gesagt hat: ›Hier bin ich, hier bleibe ich!‹ Seine Knochen liegen noch immer dort. Und Farad'n würde auf Arrakis leben müssen, zusammen mit seinen Sardaukar.« Duncan schüttelte den Kopf bei dem Gedanken an ein solches Bündnis.

»Einem alten Sprichwort zufolge schält man ein Problem wie eine Zwiebel«, erwiderte Jessica kühl. *Wie kann er es wagen, mir von oben herab zu kommen? Es sei denn, er führt das alles für Farad'ns wachsames Auge auf …*

»Ich kann mir nicht vorstellen, wie sich die Fremen und die Sardaukar einen Planeten teilen sollen«, sagte Duncan. »Das ist eine Schale, die sich einfach nicht von der Zwiebel lösen will.«

Jessica gefiel nicht, zu welchen Überlegungen Duncans Worte Farad'n und seinen Beratern Anlass geben konnten. »Das Haus Atreides ist nach wie vor das Gesetz in diesem Imperium«, sagte sie mit schneidender Stimme und dachte: Will Duncan, dass Farad'n glaubt, er könnte den Thron ohne die Atreides zurückerlangen?

»Ach ja«, höhnte Duncan. »Das hätte ich fast vergessen. Das Gesetz der Atreides! Natürlich in jener Form, in der es von den Priestern des Goldenen Elixiers übersetzt wird. Ich muss nur die Augen schließen, dann höre ich, wie Ihr Herzog mir sagt, dass Land immer entweder durch Gewalt oder durch die Drohung von Gewalt errungen wird. Das Glück ereilt jeden einmal, hat Gurney in seinen Liedern gesungen. Der Zweck heiligt die Mittel? Oder bringe ich die Redensarten durcheinander? Nun, es spielt keine Rolle, ob die gepanzerte Faust von den Fremenlegionen oder den Sardaukar geschwungen wird oder ob sie sich im Gesetz der Atreides verbirgt –

sie ist nach wie vor da. Und diese Schale der Zwiebel lässt sich nicht entfernen, Mylady. Wissen Sie, ich frage mich, welche Faust Farad'n verlangen wird?«

Was macht er da nur?, dachte Jessica. Das Haus Corrino würde diese Argumentation mit hämischer Freude aufsaugen. »Du glaubst also, die Priester würden Ghanima nicht erlauben, Farad'n zu heiraten?«

»Erlauben? Bei den Göttern! Die Priester werden Alia tun lassen, was immer sie gebietet. Sie könnte Farad'n selbst heiraten.«

Ist es das, wonach er fischt?, fragte sich Jessica.

»Nein, Mylady«, fuhr Duncan fort. »Darum geht es nicht. Die Bewohner dieses Imperiums können nicht zwischen der Herrschaft der Atreides und der Herrschaft der Bestie Rabban unterscheiden. Täglich sterben Menschen in den Verliesen Arrakeens. Ich bin fortgegangen, weil ich den Atreides keine Stunde länger meinen Schwertarm leihen wollte. Verstehen Sie, was ich damit sagen will, warum ich hier zu Ihnen als der nächsten Repräsentantin der Atreides gekommen bin? Das Imperium der Atreides hat Ihren Herzog und Ihren Sohn betrogen. Ich habe Ihre Tochter geliebt, aber sie hat die eine Richtung eingeschlagen und ich eine andere. Letztlich werde ich Farad'n dazu raten, Ghanimas – oder Alias – Hand nur zu seinen Bedingungen anzunehmen.«

Ah, er bereitet die Bühne für einen ehrenhaften Rückzug aus den Diensten der Atreides, dachte Jessica. Aber die anderen Dinge, von denen er da sprach – konnte er wissen, welch gute Dienste sie Jessica leisteten? Sie sah Duncan finster an. »Du weißt, dass Spione jedes unserer Worte belauschen, oder?«

»Spione?« Er lachte. »Sie lauschen, so wie ich es an ihrer Stelle tun würde. Wissen Sie nicht, dass sich meine Loyalität nun auf anderen Bahnen bewegt? Viele Nächte habe ich alleine in der Wüste verbracht, und die Fremen haben recht, was diesen Ort angeht. In der Wüste, besonders bei Nacht, begegnet man den Gefahren tiefer Gedanken.«

»Und hast du dort gehört, wie die Fremen uns verwünschen?«

»Ja. Bei den al-Ourouba. Ich habe mich ihnen auf Geheiß des Predigers angeschlossen, Mylady. Wir nennen uns die Zarr Sadus, jene, die nicht bereit sind, sich den Priestern zu unterwerfen. Ich bin hier, um einer Atreides gegenüber offiziell zu erklären, dass ich mich auf feindliches Gebiet abgesetzt habe.«

Jessica betrachtete Duncan mit prüfendem Blick, aber nichts an ihm deutete darauf hin, dass er die Unwahrheit sagte oder geheime Pläne hatte. War es wirklich möglich, dass er zu Farad'n übergelaufen war? Sie musste an eine Maxime der Schwesternschaft denken: *In menschlichen Angelegenheiten ist nichts von Dauer. Menschliche Angelegenheiten drehen sich in einer Helix, in einer nach außen gerichteten Kreisbewegung.* Wenn Duncan tatsächlich mit den Atreides gebrochen hatte, dann würde das sein gegenwärtiges Verhalten erklären – er befand sich dann in einer nach außen gerichteten Kreisbewegung. Sie musste das zumindest als Möglichkeit in Betracht ziehen. *Aber warum hat er mich darauf hingewiesen, dass er auf Geheiß des Predigers handelte?* Die Gedanken jagten durch Jessicas Kopf, und schließlich wurde ihr klar, dass sie Duncan Idaho vielleicht würde töten müssen. Der Plan, in den sie ihre ganzen Hoffnungen setzte, war so fein austariert, dass ihr dabei nichts in die Quere kommen durfte. Nichts. Und Duncans Worte deuteten darauf hin, dass er ihren Plan kannte. Langsam bewegte sie sich, positionierte sich an einer Stelle, von der aus sie einen tödlichen Schlag führen konnte. »Ich habe die normalisierende Wirkung des Faufreluches stets als einen Grundpfeiler unserer Stärke betrachtet«, sagte sie. Sollte er ruhig darüber nachdenken, warum sie das Gespräch auf das System der Klassenunterschiede lenkte. »Der Rat der Großen Häuser, die regionalen Sysselraads, sie alle verdienen unsere …«

»Sie können mich nicht ablenken«, fiel ihr Duncan ins Wort. Er war verwundert darüber, wie durchschaubar Jessica geworden war. Lag es daran, dass sie beim Verbergen ihrer Absichten nachlässig wurde, oder hatte er nun doch die Mauern ihrer Bene-Gesserit-Ausbildung durchbrochen? Er vermutete, dass Letzteres der Fall war, aber ein Teil kam auch von Jessica selbst – eine Veränderung, die das Alter mit sich brachte. Es betrübte ihn zu sehen, wie sich die neuen Fremen in so vielen Details von den alten unterschieden. Das Schwinden der Wüste war wie das Schwinden von etwas, das den Menschen kostbar war und das er nicht beschreiben konnte, ebenso wenig, wie er beschreiben konnte, was mit Lady Jessica geschehen war.

Jessica starrte Duncan verblüfft an. War sie ein offenes Buch für ihn?

»Sie werden mich nicht töten«, sagte Duncan und fügte eine Fremenwarnung hinzu: »Wirf dein Blut nicht auf mein Messer.« Und dabei dachte er: *Ich bin zu einem Fremen geworden.* Er hatte ein ironisches Gefühl der Folgerichtigkeit, als ihm bewusst wurde, wie sehr er die Gebräuche von Arrakis angenommen hatte, jenes Planeten, auf dem er sein zweites Leben gelebt hatte.

»Ich denke, du solltest jetzt besser gehen«, sagte Jessica.

»Nicht, bevor Sie mein Ausscheiden aus den Diensten der Atreides akzeptieren.«

»Akzeptiert!« Sie spie das Wort regelrecht aus. Und erst, nachdem sie es gesagt hatte, wurde ihr klar, wie sehr dieses ganze Gespräch von purem Reflex geleitet gewesen war. Sie brauchte Zeit, um nachzudenken und die Lage neu zu bewerten. Woher hatte Duncan gewusst, was sie tun würde? Sie glaubte nicht, dass er dazu fähig war, mit dem Gewürz durch die Zeit zu reisen.

Duncan machte einige langsame Schritte weg von ihr, bis er die Tür in seinem Rücken spürte. Dann verbeugte er sich. »Ein letztes Mal nenne ich Sie noch Mylady und dann nie wieder. Mein Rat an Farad'n wird sein, Sie nach Wallach zurückzuschicken, schnell und leise, sobald das machbar ist. Sie sind ein zu gefährliches Spielzeug, um Sie hierzubehalten. Obwohl ich nicht glaube, dass er Sie als Spielzeug betrachtet. Sie arbeiten für die Bene Gesserit, nicht für die Atreides, und ich frage mich, ob Sie jemals für die Atreides gearbeitet haben. Ihr Hexen bewegt euch zu tief in den Schatten, als dass einfache Sterbliche euch jemals trauen könnten.«

»Ein Ghola, der sich als einfacher Sterblicher betrachtet?«

»Im Vergleich zu Ihnen.«

»Verschwinde!«

»Das ist meine Absicht.« Duncan ging durch die Tür, vorbei an den neugierigen Blicken der Bediensteten, die ganz offensichtlich gelauscht hatte. *Es ist geschehen*, dachte er. *Und sie können es nur auf eine Art interpretieren.*

Nur im Reich der Mathematik lässt sich Muad'Dibs präzise Zukunftssicht nachvollziehen. Also: Zunächst postulieren wir eine beliebige Anzahl von Punkt-Dimensionen im Raum. (Es handelt sich um die klassische n-fach erweiterte Summe von n Dimensionen.) Innerhalb dieses Rahmens wird die Zeit, wie wir sie im Allgemeinen verstehen, zu einem Aggregat eindimensionaler Eigenschaften. Wenden wir das auf das Phänomen Muad'Dib an, stellen wir fest, dass wir es hier entweder mit neuen Eigenschaften der Zeit oder – mittels Reduktion durch das Unendlichkeitskalkül – mit getrennten Systemen zu tun haben, die die Eigenschaften von n Körpern enthalten. Für Muad'Dib nehmen wir Letzteres an. Wie durch die Reduktion gezeigt, können die Punktdimensionen des n-Fachen nur innerhalb jeweils unterschiedlicher Rahmenbedingungen der Zeit voneinander getrennt existieren. So zeigen wir, dass verschiedene Dimensionen der Zeit nebeneinander existieren. Das vorausgesetzt, verlangten Muad'Dibs Vorhersagen, dass er das n-Fältige nicht als erweitertes Aggregat, sondern als Operation innerhalb eines Bezugsrahmens sah. Im Endeffekt ließ er sein Universum in eben jenem Rahmen erstarren, der seine Sicht der Zeit ausmachte.

– Palimbasha: Vorlesungen im Sietch Tabr

Leto lag auf einer Düne und spähte zu einem Felskamm, der wie ein gewaltiger Wurm in der Morgensonne auf dem Sand ruhte, flach und bedrohlich. Nichts regte sich dort. Kein Vogel zog darüber seine Kreise, kein Tier huschte zwischen den Steinen umher. In der Mitte des »Wurmrückens« sah er die Schlitze einer Windfalle. Der Fels hatte die vertraute Erscheinung eines Sietchs, abgesehen davon, dass kein lebendes Wesen auszumachen war.

Leto lag still da, verschmolz mit dem Sand, beobachtete. Eines von Gurney Hallecks Liedern kam ihm immer wieder in den Sinn, hartnäckig und monoton:

»Wo unter dem Hügel der Fuchs lautlos huscht,
Fällt hell gesprenkelter Sonnenschein
Dort weilt noch immer mein Liebster.
Wo unter dem Hügel der Bach sich bricht,
dort erwacht mein Liebster nicht
In seinem Grab
Versteckt unter dem Hügel.«

Wo ist nur der Eingang zu diesem Sietch?, fragte sich Leto. Er war sich sicher, dass es sich hier um Jacurutu/Fondak handelte, aber irgendetwas stimmte nicht. Irgendetwas flackerte warnend am Rand seiner bewussten Wahrnehmung.

Was verbarg sich unter der Anhöhe?

Dass keine Tiere zu sehen waren, war beunruhigend. Letos Fremensinn sprang darauf an. *Ihr Fehlen verrät mehr als ihre Anwesenheit, wenn es um das Überleben in der Wüste geht.* Aber die Windfalle war dort, also würde es auch Wasser geben und Menschen, die es verwendeten. Das hier war der Ort des Tabus, der sich hinter dem Namen Fondak versteckte und dessen anderer Name dem Gedächtnis der meisten Fremen abhandengekommen war. Und keine Vögel oder Tiere waren hier zu sehen.

Und keine Menschen – und doch begann hier der Goldene Pfad.

Sein Vater hatte einmal gesagt: »Wir sind zu jedem Zeitpunkt ganz und gar vom Unbekannten umgeben. Darin sucht man nach Wissen.«

Leto blickte nach rechts über die Dünen. Vor nicht allzu langer Zeit hatte hier ein Muttersturm getobt, der den Azrak-See, die Gipsebene, freigelegt hatte. Nach dem Fremenaberglauben wurde jedem, der das Biyan, die Weißen Lande, sah, ein zweischneidiger Wunsch gewährt, ein Wunsch, der einen zerstören konnte. Aber Leto sah nur eine Gipsebene, die ihm verriet, dass es auf Arrakis einmal Wasser an der Oberfläche gegeben hatte.

Und es würde wieder welches geben.

Er blickte nach oben, suchte nach irgendeiner Bewegung. Der Himmel sah nach dem Sturm porös aus, das Licht erzeugte den Eindruck einer milchigen Gegenwart, einer silbernen Sonne, die oberhalb des Staubschleiers verschollen war, der noch immer in den höheren Luftschichten lag.

Dann wandte er seine Aufmerksamkeit wieder dem wurmförmigen Felsen zu. Er holte das Fernglas aus seinem Fremkit, stellte die Linsen ein und spähte auf das nackte Grau, den Fels, in dessen Inneren einst das Volk von Jacurutu gelebt hatte. Die Vergrößerung zeigte ihm einen Dornbusch jener Art, die man als »Königin der Nacht« bezeichnete. Der Busch wuchs im Schatten einer Spalte, bei der es sich womöglich um den Sietcheingang handelte. Leto ließ seinen Blick an dem Fels entlangwandern. Die silberne Sonne verlieh dem Stein ein verschwommenes, flaches Aussehen.

Nach einer Weile rollte er sich herum und suchte die weitere Umgebung ab. In dieser Wildnis gab es nichts, was auf das Vorbeiziehen eines Menschen hinwies. Auch seine eigenen Spuren waren bereits vom Wind getilgt worden; nur dort, wo er nachts von seinem Wurm gestiegen war, war noch eine leichte Rundung im Sand auszumachen.

Erneut wandte er sich Jacurutu zu. Abgesehen von der Windfalle gab es kein Zeichen dafür, dass hier jemals ein Mensch gewesen war. Und abgesehen von dieser Schlangenlinie aus Stein gab es nichts, was sich vom gebleichten Sand abhob – es war eine Wildnis, die von einem Horizont zum anderen reichte.

Plötzlich begriff Leto, dass er hier war, weil er sich nicht auf das System beschränken wollte, das ihm seine Vorfahren vermacht hatten. Er dachte daran, wie die Menschen ihn sahen, an den universellen Irrtum in jedem – außer Ghanimas – Blick.

Nur für den wild zusammengewürfelten Haufen erweiterter Erinnerungen ist dieses Kind jemals ein Kind gewesen.

Ich muss die Verantwortung für die von uns getroffene Entscheidung übernehmen.

Allen Beschreibungen nach musste das hier Fondak sein, und es gab keinen anderen Ort, bei dem es sich um Jacurutu handeln konnte. Leto hatte das Gefühl, sich auf merkwürdige Weise im Einklang mit dem Tabu zu befinden, das diesen Ort umgab. Nach Art der Bene Gesserit öffnete er seinen Geist für Jacurutu und versuchte, nichts darüber zu wissen. *Wissen* war eine Barriere, die einen vom *Erfahren* abhielt. Für einige wenige Augenblicke gestattete er es sich, nur ein Resonanzboden zu sein, nichts zu erwarten, keine Fragen zu stellen.

Das generelle Problem lag natürlich in der Abwesenheit jedes tierischen Lebens, aber da war etwas Bestimmtes, das ihn beunruhigte. Es gab keine Aasvögel – keine Adler, Geier, Falken. Selbst dort, wo sich das andere Leben versteckte, waren sie immer zu sehen. Jede Wasserstelle hatte ihre eigene Nahrungskette, und am Ende dieser Kette standen die allgegenwärtigen Aasfresser. Nichts war aufgetaucht, um Leto genauer unter die Lupe zu nehmen. Er kannte die »Wachhunde des Sietchs« nur zu gut, die Vögel, die auf der Felskante des Sietch Tabr kauerten, primitive Bestatter, die auf ihr Fleisch warteten. »Unsere Konkurrenten«, wie die Fremen sagten. Aber sie sagten es ohne Neid, weil die Vögel auch vor sich nähernden Fremden warnten.

Was, wenn sogar die Schmuggler dieses Fondak verlassen haben?

Leto nahm einen Schluck aus seinem Auffangschlauch. *Was, wenn es hier tatsächlich kein Wasser gibt?*

Er überdachte seine Lage. Er hatte auf dem Weg hierher zwei Würmer geritten, hatte sie durch die Nacht gepeitscht, bis sie halbtot in den Sand abgetaucht waren. Das hier war die innere Wüste, wo sich die Schmugglerzuflucht befand. Wenn hier Leben existierte, wenn hier etwas *über*leben konnte, dann nur, weil es in der Nähe Wasser gab.

Aber was, wenn es hier kein Wasser gibt? Wenn das hier nicht Fondak/Jacurutu ist?

Einmal mehr richtete er das Fernglas auf die Windfalle. Ihre Außenränder waren stark vom Sand zerkratzt, aber sie war immer noch funktionsfähig. Eigentlich musste es dort Wasser geben.

Aber was, wenn es keines gibt?

Ein verlassener Sietch verlor sein Wasser manchmal an die Luft oder an alle möglichen Katastrophen. Warum gab es hier keine Aasvögel? Hatte man sie getötet, um an ihr Wasser zu gelangen? Wer hatte sie getötet? Und wie? Durch Gift?

Vergiftetes Wasser.

In der Legende von Jacurutu hieß es nicht, dass die Zisterne vergiftet worden war, und doch konnte es so gewesen sein. Aber wenn die ursprünglichen Vogelschwärme getötet worden waren, wären dann nicht inzwischen neue aufgetaucht? Die Iduali waren vor vielen Generationen ausgelöscht worden, und in den Geschichten darüber war nie von Gift die Rede. Wie löschte man einen ganzen Sietch aus? Bestimmt war jemand entkommen. Es waren nur selten alle Bewohner eines Sietchs zu Hause. Trupps streiften durch die Wüste, zogen zu den Städten …

Mit einem resignierten Seufzer steckte Leto das Fernglas weg und ließ sich an der vom Sietch abgewandten Dünenseite hinabgleiten. Während er sich auf die heißen Stunden vorbereitete, achtete er besonders darauf, sein Destillzelt sorgfältig zu vergraben und alle Zeichen für seine Anwesenheit zu verbergen. Träge Ströme aus

Müdigkeit flossen durch seine Glieder. Er hüllte sich in die Dunkelheit des Zeltes und verbrachte den Großteil des Tages damit zu dösen und sich Fehler auszumalen, die er hätte machen können. In seinen Träumen verteidigte er diese Fehler, aber es gab nichts, womit er sich bei der Prüfung, für die sich er und Ghanima entschieden hatten, hätte verteidigen können. Ein Versagen würde ihre Seelen verbrennen. Er aß Gewürzkekse und schlief, wachte auf, aß erneut, trank und schlief wieder. Die Reise an diesen Ort war lang gewesen, eine schwere Prüfung für die Muskeln eines Kindes.

Gegen Abend erwachte er einigermaßen erfrischt und kroch aus seinem Leichentuch aus Sand hervor. Er lauschte auf Zeichen von Leben. Hoch oben am Himmel wehte der Sand in die eine Richtung, während Leto aus der anderen Richtung Körnchen in die Wange piksten – ein sicheres Zeichen dafür, dass ein Wetterumschwung bevorstand. Ein Sturm kündigte sich an.

Er kletterte wieder auf den Dünenkamm und spähte einmal mehr auf den rätselhaften Fels. Die Luft zwischen ihm und der steinernen Erhebung war gelb. Ein Coriolissturm zog auf, der Wind, der den Tod im Bauch trug. Ein großer, gewundener Vorhang aus Sand, der sich über vier Breitengrade erstrecken konnte. In der öden Leere der Gipspfanne spiegelten sich jetzt die gelben Staubwolken. Dann fiel der Tag in sich zusammen, und es war Nacht, die blitzschnell hereinbrechende Nacht der inneren Wüste. Die Steine verwandelten sich in kantige Spitzen, bestäubt vom Licht des ersten Mondes. Sandnadeln stachen Leto in die Haut. Trockenes Donnergrollen ertönte wie das Echo ferner Trommeln, und in dem Raum, der sich zwischen Mondlicht und Finsternis öffnete, machte er plötzlich eine Bewegung aus: Fledermäuse. Er hörte das Rascheln ihrer Flügel und ihr leises Quieken.

Fledermäuse.

Ob nun durch Zufall oder mit Absicht, dieser Ort vermittelte den Eindruck völliger Verlassenheit. Hier hätte eigentlich die legendäre Schmugglerfestung sein sollen: Fondak. Aber was, wenn es sich nicht um Fondak handelte? Was, wenn das Tabu noch immer wirkte und es sich hier nur um die leere Hülle des geisterhaften Jacurutu handelte?

Leto kauerte im Windschatten der Düne und wartete darauf, dass die Nacht zu ihrem Rhythmus fand. Geduld und Vorsicht – Vorsicht und Geduld. Für eine Weile amüsierte er sich, indem er Chaucers Reiseroute von London nach Canterbury durchging und die einzelnen Orte in Gedanken auflistete: von Southwark zwei Meilen bis zur Wasserstelle bei St. Thomas, fünf Meilen bis Deptford, sechs Meilen bis Greenwich, dreißig Meilen bis Rochester, vierzig Meilen bis Sittingbourne, fünfundfünfzig Meilen bis Boughton under Blean, achtundfünfzig Meilen bis Harbledown und sechzig Meilen bis Canterbury. Das Wissen, dass sich nur wenige in diesem Universum an Chaucer erinnerten oder irgendein London – außer einem Dorf mit diesem Namen auf Gansireed – kannten, verlieh ihm ein Gefühl zeitlosen Schwebens. Der Heilige Thomas war in der Orange-Katholischen Bibel und dem Buch Azhar bewahrt worden, aber Canterbury war aus dem Gedächtnis der Menschen verschwunden, so wie der Planet, auf dem es sich befunden hatte. Hier lag die Bürde von Letos Erinnerungen, die Erinnerungen all jener Leben, die ihn zu verschlingen drohten. Er hatte einmal diese Reise nach Canterbury unternommen.

Seine jetzige Reise jedoch war länger und gefährlicher.

Langsam schlich er sich über den Dünenkamm und näherte sich dem mondbeschienenen Fels. Er verschmolz mit den Schatten, huschte über den Sand, verursachte keinen Laut, der auf seine Anwesenheit hingedeutet hätte. Der Staub hatte sich gelegt, wie oft kurz vor einem Sturm, und die Nacht war kristallklar. Der Tag hatte keine Regung offenbart, doch nun hörte Leto kleine Lebewesen, die in der Dunkelheit raschelten. In einem Dünental traf er auf eine Familie von Springmäusen, die blitzschnell davonflitzte, als er sich näherte. Er schob sich über den nächsten Kamm, während sich in seinem Inneren die Ängste breitmachten. Die Spalte, die er gesehen hatte – führte sie wirklich zu einem Eingang? In früheren Zeiten war ein Sietch immer mit Fallen gesichert gewesen: Löcher mit vergifteten Stacheln, Pflanzen mit vergifteten Dornen. Auch dieser hier? Leto spürte, wie sich das alte Fremenwort seiner bemächtigte: *Die Nacht denkt mit den Ohren*. Er lauschte auf das kleinste Geräusch.

Der graue Fels ragte nun, wie ins Riesenhafte gewachsen, über ihm auf. Er lauschte und hörte Vögel in der Felswand, ohne sie zu sehen, die leisen Rufe geflügelter Beute. Die Laute von Tagvögeln, die nachts erklangen. Was hatte ihre Welt auf den Kopf gestellt? Menschen, die Jagd auf sie machten?

Plötzlich erstarrte er. In der Felswand brannte ein Feuer, ein Ballett aus glitzernden, geheimnisvollen Juwelen vor dem schwarzen Samt der Nacht, die Art von Signal, die ein Sietch Wanderern in der Bled sandte. Wer waren die Bewohner dieses Orts? Leto schlich sich in die tiefsten Schatten am Fuße der Felswand, tastete sich mit einer Hand am Fels entlang und ließ dann den Rest seines Körpers auf der Suche nach dem Spalt, den er bei Tageslicht gesehen hatte, folgen. Beim achten Schritt fand er ihn. Er zog den Sandschnorchel aus seinem Fremkit und stocherte damit in der Dunkelheit herum.

In diesem Moment fiel etwas Enges um seine Schultern und Arme und machte ihn bewegungsunfähig.

Eine Fallranke!

Leto widerstand dem Drang, sich zu wehren; dadurch würde sich die Ranke nur noch fester ziehen. Er ließ den Schnorchel fallen und versuchte mit den Fingern der rechten Hand, das Messer an seiner Hüfte zu erreichen. Er kam sich wie ein dummer Anfänger vor, weil er versäumt hatte, etwas aus der Entfernung in den Spalt zu werfen und so die Dunkelheit auf Gefahren zu überprüfen. Das Feuer hatte seine Gedanken zu sehr in Anspruch genommen.

Die kleinste Bewegung führte dazu, dass sich die Fallranke fester zog, aber schließlich erreichten Letos Finger den Messergriff. Er schloss die Hand darum und begann, die Klinge zu ziehen … als ihn ein grelles Licht umfing.

»Ah, ein hübscher Fang, der uns da ins Netz gegangen ist.«

Es war eine schwere Männerstimme, die hinter Leto erklang und deren Tonfall ihm irgendwie vertraut vorkam. Er drehte den Kopf, obwohl er wusste, dass die Fallranke einen Körper, der sich zu sehr bewegte, zu zerquetschen pflegte. Aber er konnte nicht erkennen, wer ihn da gefangen genommen hatte.

Eine Hand nahm ihm sein Messer weg. Dann entledigte sie ihn all der kleinen Geräte, die er und Ghanima zum Überleben bei sich trugen. Nichts entging dem Suchenden, nicht einmal der Shigadraht, der in Letos Haar verborgen war. Er hatte den Mann immer noch nicht gesehen.

Die Hand tat etwas mit der Fallranke, und Leto stellte fest, dass ihm das Atmen nun leichter fiel. »Wehr dich nicht, Leto Atreides«, sagte der Mann. »Ich habe dein Wasser in meinem Kelch.«

Leto musste seine ganze Selbstbeherrschung aufbringen, um die Ruhe zu bewahren. »Du kennst meinen Namen?«

»Natürlich! Wenn man einen Köder für eine Falle auslegt, hat man einen Grund dafür. Man hat es auf eine bestimmte Beute abgesehen, nicht wahr?«

Leto schwieg, aber in seinem Kopf wirbelten die Gedanken.

»Du fühlst dich verraten«, fuhr die schwere Stimme fort. Hände drehten Leto um, behutsam, aber mit spürbarer Kraft. Ein erwachsener Mann, der einem Kind deutlich machte, wie seine Chancen standen.

Leto blinzelte in das grelle Licht zweier Schweblampen und sah die schwarzen Umrisse eines Gesichts hinter einer Destillanzugsmaske. Dann, als sich seine Augen an die Dunkelheit gewöhnten, konnte er einen Streifen dunkler Haut und die verschatteten Augen eines Melangeabhängigen erkennen.

»Du fragst dich bestimmt, warum wir uns die ganze Mühe gemacht haben«, sagte der Mann. Seine Stimme kam seltsam gedämpft hinter der Maske hervor, als würde er versuchen, einen Akzent zu verbergen.

»Ich frage mich schon lange nicht mehr, warum es so viele Menschen gibt, die die Atreides-Zwillinge tot sehen wollen«, erwiderte Leto. »Ihre Gründe sind offensichtlich.« Während er das sagte, warf sich sein Verstand gegen das Unbekannte wie gegen die Gitterstäbe eines Käfigs. Ein Köder für eine Falle? Aber wer hatte von alldem gewusst außer Ghanima? Und das war unmöglich – nie würde Ghanima ihren eigenen Bruder verraten. Kannte ihn also jemand gut genug, um seine Handlungen vorherzusagen? Wer? Seine Großmutter? Wie sollte sie dazu in der Lage sein?

»Wir konnten nicht zulassen, dass du einfach so weitermachst«, sagte der Mann. »Du brauchst eine Erziehung, bevor du den Thron besteigst.« Die Augen ohne Weiß blickten auf Leto herab. »Du fragst dich, wie man es sich anmaßen kann, jemanden wie dich erziehen zu wollen? Du, der du das Wissen so vieler Menschen in deinen Erinnerungen bewahrst? Aber das ist es ja gerade, verstehst du? Du hältst dich für gebildet, aber du bist nichts als eine Ansammlung toter Leben. Du hast selbst noch gar kein Leben, du bist der herumlaufende Überschuss anderer, die alle nur ein Ziel haben – den Tod zu suchen. Es ist nicht gut, wenn ein Herrscher den Tod sucht. Das führt nur dazu, dass man überall um sich herum Leichen hinterlässt. Dein Vater zum Beispiel hat nie verstanden …«

»Du wagst es, so von ihm zu sprechen?«

»Schon oft habe ich das gewagt. Zu Beginn war er nichts weiter als Paul Atreides. Also, Junge, willkommen in deiner Schule!«

Der Mann streckte eine Hand aus und berührte Leto damit an der Wange. Leto spürte einen elektrischen Schlag und trudelte in eine Dunkelheit, in der eine grüne Fahne flatterte. Es war das grüne Banner der Atreides mit den Tag- und Nachtsymbolen und dem Stab des Wüstenplaneten, der einen Wasserschlauch verbarg. Als ihn die Bewusstlosigkeit umfing, hörte Leto das Wasser gluckern. Oder war das ein Lachen?

Wir erinnern uns noch an die goldenen Zeiten vor Heisenberg, der den Menschen die Mauern zeigte, die ihre vorherbestimmten Argumente einschließen. Die Leben in mir empfinden das als amüsant. Denn Wissen ist ohne Zweck und Ziel nutzlos, aber Zwecke und Ziele sind es, die einschließende Mauern errichten.

– Leto Atreides II.: Seine Stimme

Alia stellte fest, dass sie gegenüber den Wachen, die sie im Tempelvorraum zur Rede stellte, einen harschen Ton anschlug. Es waren neun. Sie alle trugen staubige grüne Stadtuniformen, schnappten noch immer nach Luft und schwitzten vor Anstrengung. Das Licht des späten Nachmittags fiel hinter ihnen durch die Tür. Man hatte sämtliche Pilger aus dem Bereich um den Tempel entfernt.

»Meine Befehle sind also bedeutungslos für euch?« Alia wunderte sich über ihre Wut, versuchte aber nicht, sie im Zaum zu halten, sondern ließ ihr freien Lauf. Ihr Körper bebte vor Anspannung. Duncan war fort … und ihre Mutter … keine Berichte … nur Gerüchte darüber, dass sie sich auf Salusa befanden. Warum hatte Duncan ihr keine Nachricht geschickt? Was hatte er getan? Hatte er die Sache mit Javid letztlich herausgefunden?

Alia trug gelb, auf Arrakis die Farbe der Trauer, die Farbe der brennenden Sonne aus der Geschichte der Fremen. In wenigen Minuten würde sie die zweite und letzte Beisetzungszeremonie zur Alten Kluft anführen, bei der man die Gedenksteine für ihren Neffen vervollständigen würde. Die Arbeit würde in der Nacht beendet werden – eine angemessene Würdigung für einen, dem es bestimmt gewesen war, Fremen zu führen.

Die Priesterwachen wirkten angesichts Alias Wut trotzig und in keiner Weise beschämt. Sie standen ihr im schwindenden Licht gegenüber. Ihr Schweißgeruch drang durch die ineffizienten Destillanzüge der Stadtbewohner.

Ihr Anführer, ein hochgewachsener blonder Kaza mit dem Burkasymbol der Cadelam-Familie, schob seine Anzugsmaske zur Seite, um deutlicher sprechen zu können. Sein Tonfall war von dem Stolz erfüllt, den man bei einem Spross jener Familie, die einst Sietch Abbir beherrscht hatte, erwarten konnte. »Wir haben natürlich versucht, ihn gefangen zu nehmen!« Der Mann war offensichtlich empört über Alias Anschuldigung. »Seine Worte waren blasphemisch. Wir kennen Ihre Befehle, aber wir haben ihn mit eigenen Ohren gehört.«

»Und trotzdem ist es euch nicht gelungen, ihn zu fassen«, erwiderte Alia leise und anklagend.

Eine der anderen Wachen, eine junge Frau, sagte: »Die Menge war dicht gedrängt. Ich könnte schwören, dass man uns absichtlich behindert hat.«

»Wir bleiben ihm auf der Spur«, sagte der Cadelam. »Wir werden nicht immer scheitern.«

Alia runzelte die Stirn. »Warum versteht ihr mich nicht einfach und gehorcht?«

»Mylady, wir …«

»Was wirst du tun, Spross der *Cade-Lamm*, wenn ihr ihn fangt und feststellt, dass er wahrhaftig mein Bruder ist?«

Offensichtlich bemerkte der Anführer die besondere Betonung nicht, die sie auf seinen Namen legte, obwohl er eigentlich keine Priesterwache sein konnte, ohne zumindest eine gewisse Bildung und die dazugehörige Schläue zu besitzen. Wollte er sich opfern? Er schluckte und sagte: »Wir müssen ihn töten. Er erzeugt Unordnung.«

Die übrigen Wachen waren sichtlich entsetzt von diesen Worten. Aber sie rührten sich nicht.

»Er ruft die Stämme dazu auf, sich gegen Sie zusammenzuschließen«, fuhr der Cadelam fort.

Alia wusste nun, wie sie mit dem Mann umspringen musste. In einem ruhigen, sachlichen Tonfall sagte sie: »Ich verstehe. Wenn du dich also selbst in solcher Weise opfern musst, indem du offen sein Leben nimmst, sodass alle sehen, wer du bist und was du tust, dann muss es wohl sein.«

»Mich opfern …« Der Cadelam sah zu den anderen. Als Kaza dieser Gruppe, als offizieller Anführer, hatte er das Recht, für sie zu sprechen, doch ihm war anzusehen, dass er sich wünschte, er hätte geschwiegen. Die anderen Wachen scharrten unruhig mit den Füßen. In der Hitze des Gefechts hatten sie sich Alia widersetzt, nun konnte man auf solchen Trotz gegen die »Mutter des Himmels« nur zurückblicken. Mit offensichtlichem Unbehagen rückten die Wachen von ihrem Kaza ab.

»Zum Wohle der Kirche wird unsere offizielle Reaktion hart sein müssen«, sagte Alia. »Das verstehst du doch, oder?«

»Aber er …«

»Ich habe ihn selbst gehört. Doch das ist ein ganz besonderer Fall.«

»Er kann doch nicht Muad'Dib sein, Mylady!«

Wie wenig du weißt, dachte Alia und sagte: »Wir können es nicht riskieren, ihn im Freien anzugreifen, wo andere zusehen könnten. Aber wenn sich eine andere Möglichkeit bietet …«

»Er ist dieser Tage immer von einer Menschenmenge umgeben.«

»Dann fürchte ich, dass du geduldig sein musst. Aber wenn du darauf bestehst, dich mir zu widersetzen …« Alia ließ die unausgesprochene, aber deutliche Drohung im Raum stehen. Der Cadelam war ehrgeizig, er hatte eine glänzende Laufbahn vor sich.

»Wir wollten uns Ihnen nicht widersetzen, Mylady.« Der Mann hatte sich jetzt wieder unter Kontrolle. »Wir haben übereilt gehandelt. Das ist mir nun klar. Vergeben Sie uns, aber er …«

»Es ist nichts geschehen, es gibt nichts zu vergeben«, zitierte Alia eine weitverbreitete Fremenformel. Das war eine der vielen Arten, auf die ein Stamm für Frieden in den eigenen Reihen sorgte, und in diesem Cadelam steckte noch genug von einem alten Fremen, um sich daran zu erinnern. Das Anführen war in seiner Familie eine lange Tradition. Schuldgefühle waren die Peitsche des Naib, die er nur selten einsetzte; Fremen dienten am besten, wenn sie frei von Schuldgefühlen oder Zorn waren.

Der Cadelam zeigte mit einem Nicken, dass er Alias Urteil akzeptierte, und sagte: »Zum Wohle des Stammes, ich verstehe.«

»Geht euch frischmachen. Die Prozession beginnt in ein paar Minuten.«

»Ja, Mylady!« Hastig eilen die Wachen davon, und jede ihrer Bewegungen verriet, wie erleichtert sie waren, dieser unangenehmen Situation zu entkommen.

In Alias Kopf grollte eine Bassstimme: »Ach, das hast du ja ganz wunderbar geregelt. Ein oder zwei von ihnen glauben immer noch, dass du den Prediger tot sehen willst. Sie werden einen Weg finden.«

»Sei still!«, zischte Alia. »Sei still! Ich hätte nie auf dich hören sollen. Sieh, was du angerichtet hast …«

»Ich habe dich auf den Weg in Richtung Unsterblichkeit gebracht.«

Alia spürte das Echo der Stimme in ihrem Kopf wie einen entfernten Schmerz und dachte: *Wo kann ich mich nur verstecken? Es gibt keinen Ort, an den ich fliehen kann!*

»Ghanima hat ein scharfes Messer«, fuhr der Baron fort. »Vergiss das nicht.«

Alia blinzelte. Ja, das durfte sie nicht vergessen. Ghanima hatte tatsächlich ein scharfes Messer. Und dieses Messer konnte Alia vielleicht aus ihrem Dilemma befreien.

Wenn man an bestimmte Worte glaubt, dann glaubt man auch an die in ihnen verborgenen Argumente. Wenn man etwas für richtig oder falsch hält, für wahr oder unwahr, dann glaubt man an die Vorannahmen hinter den Worten, die diese Argumente zum Ausdruck bringen. Solche Vorannahmen sind oft höchst lückenhaft, aber die von ihnen Überzeugten schätzen sie über alles.

– Die offene Beweisführung aus der Panoplia Propheticus

Letos Gedanken trieben in einer Brühe aus scharfen Gerüchen. Er nahm den schweren Zimtduft der Melange wahr, den komprimierten Schweiß arbeitender Körper, den ätzenden Gestank einer geöffneten Todesdestille und viele Arten von Staub, wobei Feuerstein vorherrschend war. Die Gerüche bildeten eine Spur durch den Traumsand, erschufen Nebelformen in einem toten Land. Er wusste, dass diese Gerüche ihm etwas hätten mitteilen sollen, aber ein Teil von ihm war noch nicht bereit zum Zuhören.

Die Gedanken wie Gespenster in seinem Kopf: *In dieser Zeit bleibt mein Gesicht unvollständig; ich bin all meine Vorfahren. Die Sonne, die im Sand versinkt, ist die Sonne, die in meiner Seele versinkt. Früher gab es eine große Vielzahl in mir, aber das ist nun vorbei. Ich bin ein Fremen, und ich werde als Fremen enden. Der Goldene Pfad endet, bevor er begann; er ist nichts als eine vom Wind verwehte Spur. Wir Fremen kannten alle Kniffe, um uns zu verbergen: Wir hinterließen keine Ausscheidungen, kein Wasser, keine Spuren … Jetzt seht, wie meine Spur verschwindet.*

Dicht an seinem Ohr sagte eine Stimme: »Ich könnte dich töten, Atreides … Ich könnte dich töten, Atreides …« Immer wieder wurden diese Worte wiederholt, bis sie jede Bedeutung verloren und zu einem Teil von Letos Traum wurden, einer Art Litanei: »Ich könnte dich töten, Atreides.«

Leto räusperte sich und spürte, wie die Realität dieser körperlichen Handlung seine Sinne erschütterte. Mit trockener Kehle krächzte er: »Wer …«

Die Stimme neben ihm sagte: »Ich bin ein gebildeter Fremen, und ich habe getötet. Ihr habt uns unsere Götter weggenommen, Atreides. Was kümmert uns euer stinkender Muad'Dib? Euer Gott ist tot!«

War das eine echte Ouraba-Stimme oder nur ein Teil seines Traums? Leto öffnete die Augen und stellte fest, dass er auf einer harten Liege lag und nicht gefesselt war. Über sich sah er Felsgestein, blasse Leuchtgloben und ein Gesicht ohne Maske, das aus solcher Nähe auf ihn herabblickte, dass er den Atem des Mannes mit den vertrauten Gerüchen einer Sietchernährung roch. Es war ein Fremengesicht – die dunkle Haut, die scharf geschnittenen Züge und das wasserarme Fleisch waren unverkennbar. Kein fetter Stadtbewohner. Ein Wüstenfremen.

»Ich bin Namri, Vater von Javid«, sagte der Mann. »Weißt du nun, wer ich bin, Atreides?«

»Javid kenne ich«, krächzte Leto.

»Ja, deine Familie kennt meinen Sohn gut. Ich bin stolz auf ihn. Ihr Atreides lernt ihn bald vielleicht sogar noch besser kennen.«

»Was …«

»Ich bin einer deiner Lehrmeister, Atreides. Ich habe nur eine Funktion: Ich bin derjenige, der dich töten kann. In dieser Schule bedeutet der erfolgreiche Abschluss, dass man weiterlebt. Wer versagt, wird mir übergeben.«

Leto hörte der Stimme des Mannes ihre unverrückbare Ehrlichkeit an. Das ließ ihn erschaudern. Namri war ein menschlicher

Gom Jabbar, ein hochmütiger Feind, der Letos Recht auf die Probe stellte, unter Menschen zu verkehren. Leto spürte, dass bei dieser Sache seine Großmutter die Hände im Spiel hatte – und hinter ihr die gesichtslosen Schwestern der Bene Gesserit. Bei diesem Gedanken wand er sich.

»Deine Erziehung beginnt mit mir«, fuhr Namri fort. »Das ist gerecht und angemessen, weil sie auch mit mir enden könnte. Hör mir jetzt genau zu. Jedes meiner Worte birgt dein Leben in sich. Alles an mir birgt deinen Tod in sich.«

Letos Blick zuckte durch den Raum. Überall Felswände. Und keine Einrichtung – nichts außer dieser Liege, den blassen Leuchtgloben und einem dunklen Durchgang hinter Namri.

»Du kommst nicht an mir vorbei«, sagte Namri, und Leto hatte daran keinen Zweifel.

»Warum tust du das?«, fragte er.

»Das wurde bereits erklärt. Denk nur daran, was für Pläne du im Kopf hast. Du bist hier und kannst mit deinem gegenwärtigen Zustand keine Zukunft verbinden. Beides passt nicht zusammen: das Jetzt und die Zukunft. Aber wenn du deine Vergangenheit wahrhaft kennst, wenn du den Blick zurückwendest und siehst, wo du herkommst, findest du vielleicht den Weg zur Vernunft. Wenn nicht, dann findest du den Weg zu deinem Tod.«

Leto bemerkte, dass Namris Tonfall nicht unfreundlich war. Und doch war die ihm innewohnende Todesdrohung unverkennbar.

Namri wippte leichte hin und her und sah dabei zur steinernen Decke hoch. »In den alten Zeiten haben sich die Fremen bei Morgengrauen nach Osten gewandt. *Eos*, weißt du? So heißt die Morgendämmerung in einer der alten Sprachen.«

Mit bitterem Stolz erwiderte Leto: »Ich spreche diese Sprache.«

»Dann hast du mir nicht zugehört. Die Nacht war die Zeit des Chaos. Der Tag war die Zeit der Ordnung. So war es in den Zeiten jener Sprache, von der du behauptest, dass du sie sprichst. Dunkelheit-Unordnung, Licht-Ordnung. Wir Fremen haben das geändert. *Eos* war das Licht, dem wir misstrauten. Wir zogen das Licht eines Mondes vor oder das der Sterne. Licht war zu viel Ordnung, und das kann fatal sein. Siehst du, was ihr *Eos*-Atreides getan habt? Der Mensch ist ein Geschöpf des Lichts, das ihn beschützt. Auf Arrakis war die Sonne unser Feind.« Namri richtete seinen Blick wieder auf Leto. »Welches Licht bevorzugst du, Atreides?«

An Namris Anspannung erkannte Leto, dass diese Frage von großer Bedeutung war. Würde der Mann ihn töten, wenn er nicht die richtige Antwort gab? Vielleicht. Namris Hand ruhte auf dem polierten Griff seines Krismessers. Ein Ring in Form einer Zauberschildkröte glitzerte an der Messerhand des Fremen.

Leto drückte sich auf die Ellbogen hoch und durchsuchte in Gedanken die Glaubensvorstellungen der Fremen. Diese alten Fremen vertrauten auf das Gesetz und hörten gerne, wie seine Lektionen in Analogien übersetzt wurden. Das Licht des Mondes? »Ich bevorzuge … das Licht des *Lisanu L'haqq*«, sagte er und achtete in Namris Gesicht auf die subtilsten Signale. Namri wirkte enttäuscht, aber seine Hand löste sich vom Messer. »Es ist das Licht der Wahrheit, das Licht des perfekten Menschen, in dem man das Wirken des al-Mutakallim deutlich sieht«, fuhr Leto fort. »Welches Licht sollte ein Mensch sonst bevorzugen?«

»Du sprichst wie jemand, der etwas aufsagt«, sagte Namri. »Nicht wie jemand, der glaubt.«

Ja, ich habe es aufgesagt, dachte Leto. Doch langsam erahnte er die Bahnen, in denen sich Namris Geist bewegte – wie seine Worte durch die Unterweisung im uralten Rätselspiel gefiltert wurden. Tausende dieser Rätsel flossen in die Ausbildung eines Fremen ein, und Leto musste seine Gedanken nur auf diese Tradition richten, schon wurde sein Kopf mit Beispielen geflutet. *Frage: Schweigen? Antwort: Der Freund des Gejagten.*

Namri nickte unmerklich, als würde er diesen Gedanken teilen, und sagte: »Es gibt eine Höhle, die für die Fremen die Höhle des

Lebens ist. Es ist eine tatsächliche Höhle, von der Wüste verborgen. Shai-Hulud, der Urgroßvater aller Fremen, hat sie einst verschlossen. Mein Onkel Ziamad hat mir davon erzählt, und er hat mich nie angelogen. Es gibt eine solche Höhle.«

Leto nahm die herausfordernde Stille wahr, die auf Namris Worte folgte. *Höhle des Lebens?* »Mein Onkel Stilgar hat mir ebenfalls von dieser Höhle erzählt. Man hat sie verschlossen, damit sich dort keine Feiglinge verstecken.«

Ein Leuchtglobus spiegelte sich glitzernd in Namris verschatteten Augen. »Würdet ihr Atreides diese Höhle öffnen? Ihr wollt das Leben durch ein Ministerium kontrollieren – euer Zentralministerium für Informationen, Auqaf und Hadsch. Der Maulana, der ihm vorsteht, heißt Kausar. Er hat es weit gebracht als Kind einer Familie, die in den Salzminen von Niazi angefangen hat. Sag mir, Atreides, was stimmt nicht mit eurem Ministerium?«

Leto setzte sich auf. Er war jetzt mit Namri tief in das Rätselspiel eingetreten, und der Preis einer Niederlage war der Tod. Namri ließ deutlich erkennen, dass er bei der ersten falschen Antwort das Krismesser zücken würde.

Namri, der bemerkte, dass Leto das erkannt hatte, sagte: »Glaub mir, Atreides, ich bin der Wolkenzerschmetterer. Ich bin der Eisenhammer.«

Nun verstand Leto. Namri sah sich als Mirzabah – der Eisenhammer, mit dem man jene Toten schlägt, die die Fragen nicht beantworten können, um ins Paradies eingelassen zu werden.

Was stimmte nicht mit dem zentralen Ministerium, das Alia und ihre Priester geschaffen hatten?

Leto dachte darüber nach, warum er in die Wüste gekommen war, und hatte die leise Hoffnung, dass der Goldene Pfad doch wieder in seinem Universum erscheinen könnte. Was dieser Namri mit seiner Frage andeutete, war nichts weniger als das, was Muad'Dibs Sohn in die Wüste getrieben hatte. »Bei Gott liegt es, den Weg zu weisen«, sagte er schließlich.

Namris Kinnlade klappte herunter, und er starrte Leto durchdringend an. »Kann es wirklich sein, dass du das glaubst?«

»Deshalb bin ich hier.«

»Um den Weg zu finden?«

»Um ihn für mich selbst zu finden.« Leto schwang die Beine über die Kante seiner Pritsche. Der Felsboden war kalt und hart. »Die Priester haben das Ministerium erschaffen, um den Weg zu verschleiern.«

»Du sprichst wie ein wahrer Rebell.« Namri rieb über den Schildkrötenring an seinem Finger. »Nun, wir werden sehen. Hör noch einmal aufmerksam zu. Du kennst den hohen Schildwall bei Jalalud-Din? Der Wall trägt die Zeichen meiner Familie, die dort in den ersten Tagen eingraviert wurden. Javid, mein Sohn, hat diese Zeichen gesehen. Abedi Jalal, mein Neffe, hat sie gesehen. Mujahid Shafqat von den Anderen – auch er hat unsere Zeichen gesehen. In der Zeit der Stürme bei Sukkar bin ich mit meinem Freund Yakup Abad in die Nähe dieses Ortes gekommen. Die Winde waren brennend heiß, wie die Wirbelwinde, von denen wir unsere Tänze gelernt haben. Wir haben uns nicht die Zeit genommen, die Zeichen zu betrachten, weil uns ein Sturm den Weg versperrte. Doch als der Sturm vorbeigezogen war, sahen wir die Vision von Thatta auf dem verwehten Sand. Für einen Moment war dort das Gesicht von Shakir Ali, der auf die Stadt der Gräber hinabblickte. Die Vision war innerhalb eines Augenblicks vergangen, aber wir haben sie alle gesehen. Sag mir, Atreides, wo finde ich die Stadt der Gräber?«

Die Wirbelwinde, von denen wir unsere Tänze gelernt haben, dachte Leto. *Die Vision von Thatta und Shakir Ali.* Das waren die Worte der Zensunni-Wanderer, die sich als das einzig wahre Wüstenvolk betrachteten. Fremen war es verboten, Gräber anzulegen. »Die Stadt der Gräber ist das Ende des Weges, dem alle Menschen folgen.« Leto holte die alten Zensunni-Weisheiten aus seinem Gedächtnis. »Sie ist ein Garten, der tausend Schritte im Quadrat misst. Es gibt einen geschmückten Eingangskorridor, der zweihundertdreiunddreißig Schritte lang und hundert Schritte breit ist, gepflastert mit Marmor aus dem alten Jaipur. In der Stadt wohnt Ar-Razzaq, der allen, die darum bitten, Nahrung gibt. Und am Tag der Abrechnung werden all jene, die sich erheben und die Stadt der Gräber suchen, sie nicht finden. Denn es steht geschrieben: Was du in der einen Welt kennst, sollst du nicht in einer anderen finden.«

»Und wieder sagst du etwas auf, ohne daran zu glauben. Aber vorerst nehme ich deine Worte hin, weil du weißt, warum du hier bist.« Ein kaltes Lächeln umspielte Namris Lippen. »Ich schenke dir eine *vorläufige* Zukunft, Atreides.«

Leto betrachtete den Mann misstrauisch. War das eine weitere verklausulierte Frage?

»Gut«, sagte Namri. »Du bist nun gedanklich vorbereitet. Ich habe die Stacheln in dein Fleisch versenkt. Eine Sache noch. Hast du gehört, dass man in den Städten des fernen Kadrisch Imitationen von Destillanzügen verwendet?«

Während Namri auf eine Antwort wartete, suchten Letos Gedanken nach einer verborgenen Bedeutung seiner Worte. *Imitationen von Destillanzügen?* Die trug man auf vielen Planeten. »Die Geckenhaftigkeit, die man auf Kadrisch pflegt«, sagte er, »ist eine alte Geschichte, die immer wieder erzählt wird. Das kluge Tier passt sich seiner Umgebung an.«

Namri nickte langsam. »In Kürze wird dich der empfangen, der dich gefangen genommen und hierhergebracht hat. Versuch nicht, diesen Ort zu verlassen. Das wäre dein Tod.« Er wandte sich ab und ging durch den dunklen Türbogen.

Nachdem Namri gegangen war, starrte Leto ihm noch eine ganze Weile in die Dunkelheit nach. Er hörte Geräusche dort draußen, die leisen Stimmen von wachhabenden Männern. Namris Geschichte von der Vision ließ Leto nicht los. Sie erinnerte ihn an die lange Wüstendurchquerung, die ihn hierhergeführt hatte.

Es spielte keine Rolle mehr, ob es sich bei diesem Ort um Jacurutu/Fondak handelte. Namri war kein Schmuggler, er war etwas Mächtigeres. Und das Spiel, das er spielte, roch nach Lady Jessica; ja, es stank nach den Bene Gesserit. Diese Erkenntnis machte Leto klar, dass sich eine gefährliche Schlinge um ihn gelegt hatte, die sich immer enger zog. Der dunkle Durchgang, den Namri genommen hatte, war der einzige Weg aus diesem Raum. Und draußen befand sich ein fremder Sietch – und jenseits davon die Wüste. Die Unerbittlichkeit der Wüste, ihr geordnetes Chaos, ihre Trugbilder und endlosen Dünen waren ein Teil der Falle, in der Leto saß. Er konnte den Sand erneut überqueren, aber wo sollte ihn seine Flucht hinführen? Der Gedanke daran war wie abgestandenes Wasser. Er würde seinen Durst nicht stillen.

Aufgrund des Ein-Punkt-Zeitbewusstseins, in dem der gewöhnliche Verstand verharrt, neigen Menschen dazu, die Welt als ein sequenzielles, an Worten orientiertes Gerüst zu denken. Diese geistige Falle führt zu äußerst kurzfristig gedachten Vorstellungen von Effektivität und Folgewirkungen und einem Zustand der ständigen ungeplanten Reaktion auf Krisen.

– Liet-Kynes: Das Arrakis-Arbeitsbuch

Worte und Bewegungen im Einklang, rief sich Jessica ins Gedächtnis, während sie sich auf die notwendigen gedanklichen Vorbereitungen für das bevorstehende Treffen konzentrierte.

Es war kurz nach dem Frühstück. Die goldene Sonne von Salusa Secundus berührte den oberen Rand der Jessicas Fenster gegenüberliegenden Mauer des geschlossenen Innenhofs. Sie hatte ihre Kleidung sorgfältig ausgewählt: der schwarze Kapuzenumhang einer Ehrwürdigen Mutter, aber verziert mit dem Atreides-Wappen, das am Saum und an beiden Ärmelaufschlägen aufgestickt war. Jessica rückte ihre Garderobe sorgfältig zurecht, wobei sie dem Fenster den Rücken zuwandte und den linken Arm vor der Hüfte hielt, um den Atreides-Falken zu präsentieren.

Als Farad'n eintrat, fielen ihm die Atreides-Symbole gleich auf, und er machte eine Bemerkung darüber, ohne jedoch Wut oder Überraschung zu zeigen. Jessica hörte eine unterschwellige Belustigung in seinem Tonfall und fragte sich, was das zu bedeuten hatte. Er trug den grauen Ganzkörperanzug, zu dem sie ihm geraten hatte. Sie führte ihn zu einem niedrigen grünen Diwan, wo er es sich mit dem rechten Arm auf der Rückenlehne gemütlich machte.

Warum vertraue ich ihr?, dachte er. *Sie ist eine Bene-Gesserit-Hexe!*

Jessica, die Farad'ns Gedanken aus dem Kontrast zwischen seiner entspannten Körperhaltung und seinem Gesichtsausdruck erriet, lächelte und sagte: »Du vertraust mir, weil du weißt, dass wir einen guten Handel abgeschlossen haben, und weil du das willst, was ich dich lehren kann.« Die Andeutung eines Stirnrunzelns trat auf Farad'ns Gesicht, und Jessica machte eine beschwichtigende Handbewegung. »Nein, ich kann keine Gedanken lesen. Ich lese das Gesicht, den Körper, die Gestik, den Tonfall, die Haltung der Arme. Das kann jeder, wenn man erst einmal die Methoden der Bene Gesserit gelernt hat.«

»Und wirst du sie mich lehren?«

»Ich bin mir sicher, dass du die Berichte über uns sorgfältig gelesen hast. Gibt es irgendwo einen Bericht darüber, dass wir ein direktes Versprechen nicht eingehalten hätten?«

»Keinen Bericht, aber …«

»Wir verdanken unser Überleben dem absoluten Vertrauen, das die Menschen in unsere Aufrichtigkeit setzen. Daran hat sich nichts geändert.«

»Das erscheint mir vernünftig. Ich will so schnell wie möglich beginnen.«

»Es überrascht mich, dass du nie bei den Bene Gesserit um eine Lehrerin ersucht hast. Sie hätten sich auf die Gelegenheit gestürzt, dich in ihrer Schuld zu sehen.«

»Meine Mutter hat nie auf mich gehört, wenn ich sie dazu gedrängt habe. Aber jetzt …« Mit einem Schulterzucken verwies Farad'n auf Wensicias Verbannung. »Wollen wir anfangen?«

»Es wäre besser gewesen anzufangen, als du noch sehr viel jünger warst. Jetzt wird es schwerer für dich, und es wird viel länger dauern. Zuerst wirst du Geduld lernen müssen, außerordentliche Geduld. Ich bete darum, dass dir der Preis nicht zu hoch ist.«

»Nicht für die Belohnung, die du anzubieten hast.«

Jessica bemerkte die Aufrichtigkeit in Farad'ns Stimme, den

Erwartungsdruck und auch einen Hauch von Ehrfurcht. Diese Kombination war ein guter Ausgangspunkt. »Die Kunst der Geduld also … Wir beginnen mit einigen grundlegenden Prana-Bindu-Übungen für Beine und Arme und für das Atmen. Die Hände und Finger heben wir uns für später auf. Bist du bereit?« Sie setzte sich ihm gegenüber auf einen Stuhl.

Farad'n nickte und wahrte eine neutrale Miene, um seine plötzliche Angst zu verbergen. Tyekanik hatte ihn davor gewarnt, dass das Angebot Lady Jessicas eine List bergen könnte, etwas, das die Schwesternschaft zusammengebraut hatte: »Sie dürfen nicht glauben, dass sie sich von der Schwesternschaft abgewandt hat – oder die Schwesternschaft von ihr.« Farad'n hatte den Streit mit einem wütenden Ausbruch beendet, der ihm sofort leidgetan hatte, und seine emotionale Reaktion hatte ihn dazu veranlasst, Tyekaniks Vorsichtsmaßnahmen um so bereitwilliger zu befolgen. Er blickte in alle Ecken des Raumes, sah das unmerkliche Glitzern von *Jems*. Doch nicht alles, was glitzerte, war ein *Jem*. Sämtliche Vorgänge hier wurden aufgezeichnet, und kluge Geister würden jede Einzelheit, jedes Wort, jede Bewegung auswerten.

Jessica lächelte, als sie sah, wohin sein Blick wanderte, aber sie zeigte nicht, dass sie wusste, woran er dachte. »Um nach Art der Bene Gesserit Geduld zu lernen«, sagte sie, »musst du erst einmal die grundlegende Instabilität unseres Universums erkennen. Wir bezeichnen die Natur – womit wir ihre Gesamtheit in all ihren Manifestationen meinen – als das ultimative Nichtabsolute. Um dich geistig freizumachen, damit du die Veränderlichkeit dieser bedingten Natur erkennen kannst, streckst du die Hände auf Armeslänge vor dir aus. Betrachte deine ausgestreckten Hände, erst die Handflächen und dann die Handrücken. Sieh dir die Finger genau an, von vorne und von hinten. Los.«

Farad'n gehorchte, auch wenn er sich dabei reichlich albern vorkam. Das waren seine Hände. Er kannte sie.

»Stell dir vor, wie deine Hände altern«, fuhr Jessica fort. »Sie müssen vor deinen Augen sehr alt werden. Sehr, sehr alt. Beachte, wie trocken die Haut …«

»Es verändert sich nichts an meinen Händen.« Er spürte, wie seine Oberarmmuskeln zu zittern begannen.

»Sieh sie weiter an. Mach sie alt, so alt, wie du es dir vorstellen kannst. Es dauert vielleicht ein bisschen. Und wenn du sie altern siehst, kehrst du den Prozess um. Dann machst du deine Hände wieder jung – so jung, wie du kannst. Versuch, sie nach Belieben die Jahre vom Säuglings- bis ins Greisenalter durchlaufen zu lassen, hin und her, vor und zurück.«

»Sie verändern sich nicht.« Jetzt taten ihm die Schultern weh.

»Wenn du es deinen Sinnen abverlangst, dann werden sich deine Hände verändern. Konzentrier dich darauf, dir das Verstreichen der Zeit zu vergegenwärtigen: vom Säuglings- bis ins Greisenalter, vom Greisen- bis ins Säuglingsalter. Den Strom dieser Veränderung umzukehren wird dich lehren, jedes System als etwas zu sehen, das sich in relativer Stabilität bewegt – in relativer.«

»Ich dachte, ich sollte Geduld lernen.«

»Und relative Stabilität. Das ist die Perspektive, die du mit deinem eigenen Glauben erschaffst, und den Glauben kann man mithilfe der Vorstellungskraft manipulieren. Du hast bisher nur eine äußerst begrenzte Methode gelernt, das Universum zu betrachten. Jetzt musst du das Universum zu deiner Schöpfung machen. Das wird es dir gestatten, jede relative Stabilität für deine Zwecke zu nutzen, und zwar für alle Zwecke, die du dir vorstellen kannst.«

»Was sagtest du, wie lange es dauert?«

»Geduld!«

Ein Lächeln umspielte Farad'ns Lippen. Er sah Jessica an.

»Blick auf deine Hände!«

Das Lächeln verschwand. Farad'n konzentrierte sich wieder auf seine Hände. »Was soll ich machen, wenn meine Arme ermüden?«

»Sei still. Wenn du müde wirst, hör auf. Entspann dich ein paar Minuten, mach ein paar Übungen und fang dann wieder an. Du musst deine Bemühungen aufrechterhalten, bis du Erfolg hast. In der jetzigen Phase ist das am allerwichtigsten. Wenn du diese Lektion nicht lernst, wird dir auch alles andere verschlossen bleiben.«

Farad'n atmete tief ein, kaute auf seinen Lippen, starrte seine Hände an. Er drehte sie langsam hin und her: vorne, hinten, vorne, hinten … Seine Schultern zitterten vor Erschöpfung. Vorne, hinten … Nichts veränderte sich.

Jessica stand auf und ging zur einzigen Tür des Raumes.

»Wo willst du hin?«, fragte Farad'n, ohne den Blick von seinen Händen abzuwenden.

»Es wird dir leichter fallen, wenn du allein bist. Ich komme in etwa einer Stunde wieder. Geduld!«

»Ja, ich weiß.«

Jessica betrachtete ihn für einen Moment. Wie entschlossen er aussah! So unvermittelt, dass ihr das Herz dabei schmerzte, erinnerte er sie an ihren verlorenen Sohn. Paul. Sie gestattete sich ein Seufzen und sagte: »Wenn ich zurückkomme, bringe ich dir die Übungen bei, mit denen du deine Muskeln entspannen kannst. Gib dir Zeit. Du wirst verblüfft sein, was dein Körper und deine Sinne alles für dich tun können.«

Sie verließ den Raum. Die allgegenwärtigen Wachen nahmen ihre Plätze drei Schritte hinter ihr ein, als sie durch den Korridor ging. Ihre Ehrfurcht und Angst waren offensichtlich. Es waren Sardaukar, die mit den Geschichten von der Niederlage gegen die Fremen auf Arrakis aufgewachsen waren und Jessicas Kräfte aus drei Gründen fürchteten: Diese Hexe war eine Ehrwürdige Mutter der Fremen, eine Bene Gesserit und eine Atreides.

Jessica blickte über die Schulter und sah in den ernsten Gesichtern der Sardaukar eine Wegmarke in ihrem Plan. Sie ging die Treppe hinunter und durch einen kurzen Gang in den Garten, der unter ihren Fenstern lag. *Wenn jetzt nur Duncan und Gurney ihren Teil erledigen*, dachte sie, als sie den Kies unter den Füßen und das vom grünen Laub gefilterte goldene Licht auf der Haut spürte.

Du wirst die integrierten Kommunikationsmethoden lernen, während du die nächste Stufe deiner Mentatenausbildung abschließt. Es handelt sich um eine Gestalt-Funktion, die in deinem Bewusstsein Datenpfade überlagert und dadurch Komplexitäten und große Eingabemengen aus den Techniken des Mentaten-Index-Katalogs, die du bereits gemeistert hast, auflöst. Dein anfängliches Problem werden die aufbrechenden Spannungen sein, die sich aus dem Zusammenspiel von Mikrodaten und Informationen zu weit auseinanderliegenden Spezialgebieten ergeben. Sei gewarnt. Ohne eine überlagernde Mentatenintegration kann es passieren, dass du vom Babel-Problem überwältigt wirst. So bezeichnen wir die allgegenwärtige Gefahr, aus zutreffenden Informationen falsche Kombinationen zu erhalten.

– Das Handbuch der Mentaten

Das Geräusch von Stoffen, die aneinander rieben, sandte einen Schauer der Aufmerksamkeit durch Leto. Überraschenderweise waren seine Sinne so wach, dass er das Geräusch automatisch identifizierte: Es stammte von einem Fremenmantel, der sich an einem rauen Türvorhang rieb. Leto drehte sich in die Richtung, aus der das Geräusch kam – der Durchgang, durch den Namri vor wenigen Minuten verschwunden war –, und sah den Mann eintreten, der ihn gefangen genommen hatte. Es bestand kein Zweifel. Da war der Streifen dunkler Haut über der Destillanzugsmaske, da war der sengende Blick. Der Mann hob die Hand an die Maske, zog den Auffangschlauch aus der Nase, schob die Maske zur Seite und mit derselben Bewegung die Kapuze zurück. Leto erkannte ihn, noch bevor er die Ranktintennarbe am Kinn des Mannes sah. Die Erkenntnis traf ihn in ihrer Totalität, sodass er nach Details, die sie bestätigten, nur noch im Nachhinein suchte. Dieser polternde Haufen Mensch, dieser Krieger-Troubadour war Gurney Halleck.

Vom Schock dieser Erkenntnis überwältigt, ballte Leto die Fäuste. Kein Atreides-Gefolgsmann war je treuer gewesen als Gurney. Keiner besser im Schildkampf. Er war Pauls Vertrauter und Lehrer gewesen. Er war Lady Jessicas Diener. Das alles ging Leto in rasendem Tempo durch den Kopf. Und noch mehr: Gurney war sein Häscher. Gurney und Namri waren Teil dieser Verschwörung. Und auch Jessica hatte ihre Hände mit im Spiel.

»Wie ich gehört habe, hast du unseren Namri bereits kennengelernt«, sagte Halleck. »Glaub ihm lieber, junger Herr. Er hat genau eine Funktion, nur eine. Er ist dazu in der Lage, dich zu töten, sollte die Notwendigkeit bestehen.«

Leto erwiderte automatisch im Tonfall seines Vaters: »Dann hast du dich also meinen Feinden angeschlossen, Gurney. Ich hätte nie gedacht …«

»Versuch nicht einen deiner teuflischen Tricks bei mir, Junge. Ich bin gegen alle immun. Ich befolge die Befehle deiner Großmutter. Deine Ausbildung ist bis in die letzte Einzelheit durchgeplant. Sie war es, die meine Wahl von Namri bestätigt hat. Was nun folgt, mag dir schmerzhaft erscheinen, aber es geschieht auf ihren Befehl.«

»Und was befiehlt sie?«

Halleck zog eine Hand aus den Falten seines Mantels und brachte einen primitiven, aber effizienten Fremeninjektor zum Vorschein. Die durchsichtige Glasröhre war mit blauer Flüssigkeit gefüllt.

Leto zuckte auf seiner Pritsche zurück. In diesem Moment kam Namri herein und stellte sich mit der Hand am Krismesser neben Halleck. Gemeinsam versperrten sie den einzigen Fluchtweg.

»Wie ich sehe, erkennst du die Gewürzessenz«, sagte Halleck. »Du machst jetzt eine Reise mit dem Wurm, Junge. Du musst das tun. Sonst würde das, was dein Vater gewagt hat und du nicht wagst, für den Rest deiner Tage wie ein Menetekel über dir hängen.«

Leto schüttelte den Kopf. Das war genau das, von dem er und Ghanima wussten, dass es sie überwältigen würde. Gurney war ein unwissender Narr! Wie konnte Jessica ... Plötzlich spürte Leto die Vaterpräsenz in seinen Erinnerungen. Sie stieg in ihm auf, versuchte, seine Schutzwälle einzureißen. Leto wollte empört aufschreien, doch er konnte seine Lippen nicht bewegen. Dies war die Wortlosigkeit, die sein vorgeborenes Bewusstsein am meisten fürchtete. Dies war die Vorhersagetrance, das Lesen in einer unveränderlichen Zukunft mit all ihrer Bestimmtheit und ihren Schrecken. Jessica konnte unmöglich eine solche Tortur für ihr eigenes Enkelkind angeordnet haben! Aber auch ihre Präsenz erhob sich in Letos Innerem und flutete ihn mit Zustimmung zu diesen Plänen. In dumpfer Wiederholung wurde ihm die Litanei gegen die Angst eingehämmert: »Ich darf keine Angst haben. Die Angst tötet den Geist. Die Angst ist der kleine Tod, der die völlige Vernichtung bringt. Ich werde mich meiner Angst stellen. Ich werde sie über mich hinweg und durch mich hindurch lassen. Wo die Angst vorübergezogen ist ...«

Mit einem Fluch auf den Lippen, der schon uralt gewesen war, als Chaldea noch jung gewesen war, versuchte sich Leto zu bewegen, versuchte, sich gegen die beiden Männer zu wehren, die sich über ihn beugten, aber seine Muskeln weigerten sich, ihm zu gehorchen. Als befände er sich bereits in Trance, sah Leto, wie sich Hallecks Hand bewegte und der Injektor näher kam. Das Licht eines Leuchtglobus brach sich glitzernd in der blauen Flüssigkeit. Dann berührte der Injektor Letos linken Arm. Schmerz durchzuckte ihn ...

... und plötzlich saß er mit einer jungen Frau im Licht der Morgendämmerung vor einer einfachen Hütte. Die Frau röstete Kaffeebohnen, wartete, bis die Bohnen einen rosigen Braunton annahmen, und fügte dann Kardamom und Melange hinzu. Von irgendwo hinter ihnen war der Klang einer Rebec zu hören. Die Musik hallte beständig wider und drang in Letos Kopf ein, wo sich der Hall fortsetzte. Sie erfüllte seinen ganzen Körper, und er fühlte sich groß, sehr groß, überhaupt nicht wie ein Kind. Und seine Haut war nicht seine Haut. Er kannte dieses Gefühl. Seine Haut war nicht seine Haut! Wärme breitete sich in ihm aus.

Und so unvermittelt wie gerade eben fand er sich mit einem Mal in Finsternis wieder. Es war Nacht. Sterne fielen wie ein Glutregen aus einem leuchtenden Kosmos herab. Ein Teil von Leto wusste, dass es kein Entkommen gab, aber er versuchte dennoch, dagegen anzukämpfen, bis sich nach einer Weile die Vaterpräsenz meldete: »Ich werde dich in der Trance beschützen. Die anderen, die sich dort aufhalten, werden dich nicht an sich reißen.«

Wind ließ Leto taumeln, rollte ihn herum, fauchte, schaufelte Staub und Sand über ihn, schnitt ihn in Arme und Gesicht, zerfetzte seine Kleider und peitschte die losen Enden des nun nutzlosen Stoffs umher. Aber er spürte keinen Schmerz und sah die Schnitte so schnell heilen, wie sie erschienen. Noch immer schleuderte ihn der Wind herum. Und seine Haut war nicht seine Haut.

Es wird geschehen!, dachte er.

Doch der Gedanke war weit weg und kam zu ihm, als stammte er von jemand anderem und nicht von ihm selbst – so wie seine Haut.

Die Vision nahm ihn nun ganz gefangen, wurde zu einer stereologischen Erinnerung, die Vergangenheit und Gegenwart, Zukunft und Gegenwart, Zukunft und Vergangenheit trennte. Jede dieser Trennungen mischte sich in eine Dreisicht, die Leto als multidimensionale Reliefkarte seiner zukünftigen Existenz wahrnahm.

Er dachte: *Die Zeit ist ein Maß des Raumes, genau wie ein Entfernungsfinder ein Maß des Raumes ist, aber das Messen legt uns auf den Ort fest, den wir messen.*

Er spürte, wie die Trance noch tiefer wurde. Er erlebte sie als extreme Verstärkung seines inneren Bewusstseins. Er spürte, wie sie ihn veränderte. Das hier war lebendige Zeit, und er konnte keinen ihrer Augenblicke anhalten. Erinnerungsfragmente aus Zukunft und Vergangenheit überfluteten ihn, aber sie existierten nur als bewegte Montage, ihre Beziehungen befanden sich in einem ständigen Tanz. Letos Gedächtnis war eine Linse, ein Suchscheinwerfer, der Bruchstücke erhellte, sie isolierte, aber nie dazu in der Lage war, die unablässige Bewegung und Anpassung zum Stehen zu bringen, die ihm entgegenbrandete.

Das, was er und Ghanima gemeinsam geplant hatten, erschien im Licht des Scheinwerfers. Es beherrschte alles, doch nun versetzte es ihn in Schrecken. Die Wirklichkeit der Vision schmerzte ihn. Sein innerstes Selbst zog sich angesichts der Unausweichlichkeit zusammen.

Und seine Haut war nicht seine Haut! Vergangenheit und Gegenwart stürzten durch ihn hindurch, überrannten sämtliche Schutzwälle. Er konnte sie nicht voneinander trennen.

Plötzlich war er ein Teil von Butlers Dschihad, eifrig darauf bedacht, jede Maschine zu vernichten, die menschliches Bewusstsein nachahmte. Das musste die Vergangenheit sein – vorbei und erledigt. Und doch stürzten seine Sinne durch diese Erfahrung und nahmen winzigste Einzelheiten in sich auf. Er hörte, wie ein Geistlicher von einer Kanzel sprach: »*Wir müssen die Maschinen-die-Denken negieren. Menschen müssen ihre eigenen Richtlinien festlegen. Das ist nichts, was Maschinen tun können. Vernünftiges Urteilen hängt von der Programmierung ab, nicht von der materiellen Grundlage, und wir sind das ultimative Programm!*« Leto hörte die Stimme klar und deutlich und sah, dass er sich in einer riesigen hölzernen Halle mit dunklen Fenstern befand. Das Licht kam von blakenden Flammen. Und der Geistliche sagte: »*Unser Dschihad ist ein Abbruchprogramm. Wir brechen alles ab, was uns als Menschen zerstört!*« Und in seinem Kopf fand Leto das Wissen, dass dieser

Geistliche Computern gedient hatte, dass er sie kannte und ihnen aufgewartet hatte.

Die Szene verschwand, und nun stand Ghanima vor ihm und sagte: »*Gurney weiß es. Er hat es mir erzählt. Es sind Duncans Worte, und Duncan hat als Mentat gesprochen. ›Wenn du Gutes tust, lass es nicht bekannt werden. Wenn du Böses tust, lass es dir nicht zu Bewusstsein kommen.*‹« Das musste die Zukunft sein – die ferne Zukunft. Aber er spürte, dass es wirklich war, so wirklich wie nur jede Vergangenheit aus seiner Vielzahl an Leben. Und er flüsterte: »Ist das wahr, Vater?«

Die Vaterpräsenz in ihm erwiderte: »*Beschwöre keine Katastrophe herauf! Du erlernst gerade das stroboskopische Bewusstsein. Ohne dieses Bewusstsein kann es passieren, dass du dich selbst überholst und deine Markierung in der Zeit aus den Augen verlierst.*«

Die Basreliefbilder spulten sich weiter ab, hämmerten auf Leto ein. Vergangenheit-Gegenwart-Jetzt. Es gab keine Trennung. Er wusste, dass er sich von ihnen mittragen lassen musste, aber sie versetzten ihn in Schrecken. Wie konnte er zu einem erkennbaren Ort zurückkehren? Und doch spürte er, dass er gezwungen war, jeden Widerstand aufzugeben. Er konnte sein neues Universum nicht in stillstehenden, etikettierten Teilen erfassen, denn kein einziges Teil stand still. Die Dinge ließen sich nicht ordnen oder formulieren. Er musste den Rhythmus der Veränderung finden und zwischen der Veränderung hindurch das Verändern selbst erkennen. Ohne zu wissen, wo es begann, stellte er fest, dass er sich innerhalb eines gigantischen *moment bienheureux* bewegte, dass er die Vergangenheit in der Zukunft sehen konnte, die Gegenwart in der Vergangenheit und die Gegenwart in Vergangenheit und Zukunft. Er durchlebte Jahrhunderte zwischen einem Herzschlag und dem nächsten.

Leto trieb dahin, ohne Grenzen, ohne eine objektive Psyche als Ausgleich für ein Bewusstsein. Namris »vorläufige Zukunft« verharrte nach wie vor in seiner Erinnerung, aber sie teilte sich die

Aufmerksamkeit mit vielen Zukünften. Und in diesem zersplitternden Bewusstsein wurde seine gesamte Vergangenheit, jedes innere Leben, zu etwas, das ihm gehörte. Mit der Hilfe der Größten in seinem Inneren herrschte er. Sie waren alle *sein*.

Er dachte: *Wenn man einen Gegenstand aus der Entfernung betrachtet, kann man nur seine grundlegenden Merkmale erkennen.* Er hatte diese Entfernung erreicht und konnte nun sein eigenes Leben betrachten. Die vielfache Vergangenheit mit ihren Erinnerungen war seine Bürde, sein Glück, seine Notwendigkeit. Aber die Trance – die *Wurmreise* – hatte diesen Erinnerungen eine weitere Dimension hinzugefügt, und sein Vater stand nun nicht mehr in seinem Inneren Wache, weil er das nicht mehr musste. Letos Blick durchdrang nun sämtliche Entfernungen, vergangene, gegenwärtige. Und die Vergangenheit zeigte ihm einen ultimativen Vorfahren – einen Mann namens Harum, ohne den sich die ferne Zukunft nicht ereignen würde. Diese jetzt klar sichtbaren Entfernungen stellten Leto neue Prinzipien zur Verfügung, neue Dimensionen des Teilens. Welches Leben er nun auch wählte, er würde es innerhalb einer Sphäre der Massenerfahrung leben, in einer Spur von Leben, die so verschlungen war, dass sich ihre Generationen nicht von einer singulären Lebenszeit her zählen ließen. Wurde sie aufgestört, konnte diese Massenerfahrung sein Selbst unterdrücken. Sie konnte einen Menschen, einen Staat, eine Gesellschaft, eine ganze Zivilisation ihre Macht spüren lassen. Deshalb hatte man Gurney beigebracht, Leto zu fürchten; deshalb wartete Namris Messer. Sie durften diese Macht, die ihm innewohnte, nicht sehen. Niemand durfte sie jemals in ihrer Gänze sehen – nicht einmal Ghanima.

Zeit verging. Schließlich öffnete Leto die Augen und sah, dass nur noch Namri da war und ihn beobachtete. Mit einer alten Stimme sagte er: »Es gibt keine festgelegten Beschränkungen für alle Menschen. Die universelle Voraussicht ist ein leerer Mythos. Nur die stärksten lokalen Strömungen der Zeit lassen sich vorhersagen, aber in einem unendlichen Universum kann das Lokale etwas so Riesiges sein, dass der Verstand davor zurückschreckt.«

Namri schüttelte verständnislos den Kopf.

»Wo ist Gurney?«, fragte Leto.

»Er ist gegangen, für den Fall, dass er hätte zusehen müssen, wie ich dich töte.«

»Wirst du mich töten, Namri?« Es klang nach einer Bitte.

Namri nahm die Hand von seinem Messer. »Da du mich darum bittest, tue ich es nicht. Wenn es dir allerdings gleichgültig wäre …«

»Die Krankheit der Gleichgültigkeit ist etwas, das vieles zerstört.« Leto nickte unmerklich. »Ja, selbst Zivilisationen sterben an ihr. Als wäre das der Preis, der dafür verlangt wird, dass das Bewusstsein neue Stufen der Komplexität erreicht.« Er blickte zu Namri. »Man hat dir also gesagt, dass du bei mir nach Gleichgültigkeit Ausschau halten sollst?« Und er erkannte, dass Namri mehr als nur ein Mörder war – Namri war hintertrieben.

»Als Zeichen ungezügelter Macht«, erwiderte Namri, aber es war eine Lüge.

Leto setzte sich auf und seufzte tief. »Gleichgültige Macht, ja. Das Leben meines Vaters hatte keine besondere moralische Größe, Namri. Es war nur eine Falle, die er sich selbst gebaut hat.«

Oh Paul, du Muad'Dib,
Mahdi aller Menschen.
Der Atem aus deinem Mund
Schickt den Wirbelsturm.

– Lieder für Muad'Dib

»Niemals!«, sagte Ghanima. »Ich würde ihn in unserer Hochzeitsnacht töten.«

In ihrem Widersinn hatte sie sich bislang allen Beschwichtigungsmaßnahmen widersetzt. Alia und ihre Berater waren schon die halbe Nacht zugange, hielten die königlichen Gemächer in einem Zustand der Unruhe, schickten nach Dienern, Essen und Getränken. Im ganzen Tempel und der angrenzenden Festung brodelte die Frustration nicht getroffener Entscheidungen.

Ghanima saß ruhig in einem grünen Schwebesessel in ihrem Zimmer, einem Raum mit rauen, hellbraunen Wänden, die Sietchgestein nachempfunden waren. Die Decke allerdings war aus Imbarkristall, in dem ein blaues Licht flackerte, und der Boden aus schwarzen Kacheln. Das Zimmer war spärlich eingerichtet: ein kleiner Schreibtisch, fünf Schwebesessel, eine schmale Pritsche in einer Wandnische. Ghanima trug ein gelbes Trauergewand.

»Du bist kein freier Mensch, der jeden Aspekt seines Lebens bestimmen kann«, sagte Alia zum wohl hundertsten Mal und dachte: *Das muss die kleine Närrin doch früher oder später einsehen. Sie muss der Vermählung mit Farad'n zustimmen. Sie muss! Soll sie ihn später töten, aber die Vermählung verlangt die offene Anerkennung durch die Fremenverlobte.*

»Er hat meinen Bruder getötet.« Ghanima hielt sich an der einen Sache fest, die ihren Widerstand befeuerte. »Alle wissen es. Die Fremen würden bei meinem Namen ausspucken, wenn ich einer solchen Vermählung zustimmen würde.«

Und genau das ist einer der Gründe, warum du ihr zustimmen musst, dachte Alia. »Seine Mutter hat es getan. Er hat sie dafür verbannt. Was willst du mehr von ihm?«

»Sein Blut. Er ist ein Corrino.«

»Er hat sich von seiner eigenen Mutter losgesagt. Und warum machst du dir wegen diesem Fremengeschmeiß solche Gedanken? Die Fremen nehmen alles so hin, wie wir es ihnen sagen. Ghani, der Frieden im Imperium erfordert es, dass …«

»Ich erkläre mich nicht einverstanden. Und ohne mich kannst du die Vermählung nicht verkünden.«

In diesem Moment betrat Irulan das Zimmer. Sie warf Alia und den beiden Beraterinnen, die zerknirscht neben ihr standen, Blicke zu, sah, wie Alia entnervt die Arme in die Luft warf und sich Ghanima gegenüber in einen Sessel fallen ließ.

»Sprich du mit ihr, Irulan«, sagte Alia.

Irulan zog sich einen Schwebesessel heran und setzte sich neben Alia.

Ghanima stand auf, ging zu ihrer Pritsche hinüber, setzte sich im Schneidersitz darauf und starrte Irulan mit bösem Blick an. »Auch du bist eine Corrino, Irulan. Treib es bei mir lieber nicht zu weit.« Sie bemerkte, dass Irulan wie Alia eine schwarze Aba-Robe trug. Die Kapuze hatte sie zurückgeschlagen und so den Blick auf ihr goldblondes Haar freigegeben. Im gelben Schein der schwebenden Globen, die das Zimmer erhellten, war ihr Haar ein Trauerflor.

Irulan sah Alia an, dann erhob sie sich aus dem Sessel und stellte sich vor Ghanima auf. »Ghani, ich würde ihn selbst töten, wenn sich die Sache dadurch lösen ließe. Und Farad'n ist mein Fleisch und Blut, wie du gerade freundlicherweise betont hast. Aber du hast Pflichten, die sehr viel weiter reichen als deine Fremen …«

»Aus deinem Mund klingt das auch nicht besser als aus dem meiner geschätzten Tante«, unterbrach sie Ghanima. »Das Blut eines Bruders lässt sich nicht fortwaschen. Das ist nicht nur ein Fremenspruch.«

Irulan presste kurz die Lippen zusammen, dann sagte sie: »Farad'n hält deine Großmutter gefangen. Er hält auch Duncan gefangen, und wenn wir nicht …«

»Eure Geschichten, wie es zu all dem gekommen ist, überzeugen mich nicht.« Ghanima blickte an Irulan vorbei zu Alia. »Früher wäre Duncan eher gestorben als zuzulassen, dass mein Vater von seinen Feinden gefangen genommen wird. Vielleicht ist dieser neue Ghola-Leib nicht länger derselbe.«

»Man hat Duncan aufgetragen, das Leben deiner Großmutter zu schützen«, fauchte Alia und wirbelte in ihrem Sessel herum. »Ich bin mir sicher, dass er sich für die einzige Möglichkeit entschieden hat, um genau das zu tun.« Und sie dachte: *Duncan! Duncan! So hättest du das nicht machen sollen.*

Ghanima nahm den verschlagenen Unterton in Alias Stimme wahr und starrte ihre Tante an. »Du lügst, oh Mutter des Himmels. Ich habe von deinem Streit mit meiner Großmutter erfahren. Was ist es, das du uns über sie und deinen teuren Duncan nicht zu erzählen wagst?«

»Ihr habt alles gehört«, erwiderte Alia, aber sie spürte einen Stich aus Angst angesichts dieser offenen Anschuldigung und ihrer Implikationen. Die Erschöpfung hatte sie nachlässig werden lassen. Sie erhob sich aus dem Sessel. »Alles, was ich weiß, wisst ihr auch.« Sie wandte sich Irulan zu. »Mach du weiter. Wir müssen ihr verdeutlichen …«

Ghanima unterbrach Alia mit einem groben Fremenfluch, der um so schockierender klang, als er von ihren kindlichen Lippen kam. Dann sagte sie in die plötzliche Stille hinein: »Du hältst mich für nichts weiter als ein Kind. Du glaubst, dass ihr noch Jahre vor euch habt, in denen ihr mich bearbeiten könnt. Du glaubst, dass ich irgendwann einlenken werde. Denk noch einmal darüber nach, oh himmlische Regentin. Du weißt besser als jeder andere um die Jahre, die ich in meinem Inneren habe. Auf sie werde ich hören, nicht auf dich.«

Alia unterdrückte eine zornige Erwiderung und sah Ghanima eindringlich an. Wer war dieses Kind? *Eine Abscheulichkeit?* Eine neue Angst regte sich in ihr. Hatte Ghanima ebenfalls einen Kompromiss mit den Leben geschlossen, die ihr vor ihrer Geburt zuteilgeworden waren? Alia räusperte sich. »Noch bleibt dir Zeit, vernünftig zu werden.«

»Noch habe ich vielleicht Zeit, Farad'ns Blut um mein Messer sprudeln zu sehen«, sagte Ghanima. »Zweifle nicht daran. Wenn man mich jemals mit ihm allein lässt, wird einer von uns beiden mit Gewissheit sterben.«

»Glaubst du, du hättest deinen Bruder mehr geliebt als ich?«, sagte Irulan. »Sei nicht albern. Ich war für ihn ebenso sehr Mutter wie für dich. Ich war …«

»Du hast ihn nie gekannt. Ihr alle, mit der gelegentlichen Ausnahme meiner *geliebten Tante*, beharrt darauf, uns als Kinder zu sehen. Ihr seid die Kinder! Alia weiß Bescheid. Sieh nur, wie sie davonläuft …«

»Ich laufe vor nichts davon«, zischte Alia, aber sie wandte Irulan und Ghanima den Rücken zu und sah die beiden Amazonen an, die so taten, als würden sie von dem Streit nichts mitbekommen. Sie hatten Ghanima offenbar aufgegeben. Vielleicht fühlten sie auch mit ihr. Die Erleichterung war ihnen jedenfalls deutlich anzusehen, als Alia sie aus dem Zimmer schickte.

»Du läufst davon«, wiederholte Ghanima.

»Ich habe mich für eine Lebensweise entschieden, die mir entspricht.« Alia wandte sich wieder Ghanima zu, die noch immer im Schneidersitz auf ihrer Pritsche saß. War es wirklich möglich, dass sie diesen furchtbaren Kompromiss geschlossen hatte? Alia suchte bei Ghanima nach Anzeichen dafür, aber sie konnte nicht eine verräterische Kleinigkeit ausmachen. *Hat sie es bei mir gesehen? Wie sollte sie?*

»Du hattest Angst davor, zum Fenster für eine Vielzahl von Geistern zu werden«, sagte Ghanima. »Aber wir sind die Vorgeborenen, und das wissen wir. Du *wirst* ihr Fenster sein, ob bewusst oder unbewusst. Das kannst du ihnen nicht verweigern.« Und sie dachte: *Ja, ich kenne dich, Abscheulichkeit. Und vielleicht gehe ich den gleichen Weg wie du, aber in diesem Moment kann ich dich nur bemitleiden. Und verabscheuen.*

Eine beinahe greifbare Stille hing zwischen Ghanima und Alia und aktivierte Irulans Bene-Gesserit-Sensoren. Sie sah zwischen den beiden hin und her. »Warum seid ihr plötzlich so still?«

»Mir ist gerade etwas in den Sinn gekommen, was ernsthaft überdacht werden muss«, sagte Alia.

»Überleg so viel du willst, liebe Tante«, sagte Ghanima.

Alia unterdrückte ihren Zorn. Sie war einfach zu müde. »Genug jetzt! Wir lassen sie darüber nachdenken. Vielleicht kommt sie ja doch noch zur Besinnung.«

»Es ist ohnehin schon fast Morgen«, sagte Irulan. »Ghani, möchtest du noch die neueste Nachricht von Farad'n hören, bevor wir gehen? Er …«

»Nein, das möchte ich nicht«, zischte Ghanima. »Und nenne mich von jetzt an nicht mehr so. Ghani – diese Verniedlichung verstärkt nur die Fehlannahme, dass ich ein Kind bin, das ihr …«

»Warum sind du und Alia mit einem Mal so still geworden?«, wiederholte Irulan ihre Frage von vorher, doch jetzt gab sie ihr einen leisen Beiklang der *Stimme.*

Ghanima warf lachend den Kopf in den Nacken. »Irulan! Du versuchst es bei mir mit der *Stimme*?«

»Was meinst du damit?« Irulan war sichtlich überrascht.

»Das Ei tut sich klüger als die Henne«, sagte Ghanima.

»Was?«

»Der Umstand, dass ich diese Redewendung kenne und du noch nie von ihr gehört hast, sollte dir zu denken geben. Das war eine alte Verhöhnung, aus einer Zeit, als ihr Bene Gesserit noch ein junger Orden wart. Und wenn dich das nicht Bescheidenheit lehrt, dann frag dich mal, was sich deine hoheitlichen Eltern wohl dabei gedacht haben, dich Irulan zu nennen? Oder ist es Ruinal?«

Trotz ihrer Ausbildung lief Irulan rot an. »Du versuchst, mich aus der Reserve zu locken, Ghanima.«

»Und du hast es bei mir mit der *Stimme* versucht. Bei mir, die ich mich an die allerersten Versuche in diese Richtung erinnere. Ich erinnere mich an *damals*, ruinöse Irulan. Und jetzt raus hier, allesamt.«

Jetzt war Alia fasziniert. Ein Gedanke drängte sich ihr auf, der sie die Müdigkeit abstreifen ließ. »Vielleicht habe ich da einen Vorschlag, der dich dazu veranlassen könnte, deine Meinung zu ändern, Ghani.«

»Immer noch Ghani …« Ein sprödes Lachen entrang sich Ghanima. »Denkt doch mal für einen Moment nach. Wenn ich Farad'n wirklich töten will, dann muss ich nur in deine Pläne einwilligen. Ich gehe davon aus, dass du daran gedacht hast. Nimm dich also vor *Ghani* in Acht, wenn sie in fügsamer Stimmung ist. Du siehst, ich bin absolut ehrlich mit dir.«

»Das hatte ich gehofft«, sagte Alia. »Wenn du …«

»Das Blut eines Bruders lässt sich nicht fortwaschen«, unterbrach sie Ghanima. »Ich trete nicht als Verräterin an diesem Blut vor die Fremen, die ich liebe. *Niemals vergeben, niemals vergessen.* Ist das nicht unser Katechismus? Ich warne dich, und das sage ich auch in aller Öffentlichkeit: Du kannst mich nicht mit Farad'n vermählen. Wer von denen, die mich kennen, würde so einer Sache Glauben schenken? Nicht einmal Farad'n selbst würde es glauben. Fremen, die von einer solchen Vermählung hören, würden hinter vorgehaltenem Ärmel lachen und sagen: ›Seht ihr! Sie lockt ihn in eine Falle.‹«

»Das ist mir durchaus klar.« Alia trat an Irulans Seite, die schockiert dastand, weil ihr inzwischen bewusst war, in welche Richtung sich das Gespräch entwickelte.

»Ich würde ihn also in eine Falle locken«, sagte Ghanima. »Wenn es das ist, was du willst, dann bin ich einverstanden. Aber vielleicht fällt er nicht darauf herein. Wenn du diese falsche Vermählung als wertlose Münze willst, mit der du meine Großmutter und deinen teuren Duncan freikaufen kannst, dann sei es so. Aber das geht auf deine Kappe. Kauf sie zurück. Aber Farad'n gehört mir. Ihn töte ich.«

Blitzschnell wandte sich Irulan Alia zu, bevor diese etwas sagen konnte. »Alia! Wenn wir unser Wort brechen …« Sie ließ den Satz in der Luft hängen, während Alia lächelnd über den potenziellen Zorn der Großen Häuser nachdachte, über die zerstörerischen Konsequenzen des Glaubens an die Ehre der Atreides, den Verlust des religiösen Vertrauens, all die großen und kleinen Bausteine, die ins Wanken geraten würden. »Alle würden sich gegen uns wenden«, sagte Irulan. »Jeder Glaube an Pauls Status als Prophet würde zerstört. Es … das Imperium …«

»Wer würde es wagen, unser Recht infrage zu stellen, zwischen falsch und richtig zu unterscheiden?«, sagte Alia mit sanfter Stimme. »Wir vermitteln zwischen Gut und Böse. Ich muss nur verkünden …«

»Das kannst du nicht«, protestierte Irulan. »Pauls Andenken …«

»… ist nichts als eines von vielen Werkzeugen für Kirche und Staat«, sagte Ghanima. »Also sei bitte nicht albern, Irulan.« Sie berührte das Krismesser an ihrer Hüfte und blickte zu Alia auf. »Ich habe meine gerissene Tante, Regentin über alles, was heilig ist in Muad'Dibs Imperium, falsch eingeschätzt. Locke Farad'n also in unseren Salon, wenn du möchtest.«

»Das ist unverantwortlich«, sagte Irulan.

»Du stimmst also dieser Vermählung zu, Ghanima?«, fragte Alia, ohne Irulan zu beachten.

»Zu meinen Bedingungen«, erwiderte Ghanima, die Hand noch immer am Krismesser.

»Ich wasche meine Hände in Unschuld«, sagte Irulan und rang tatsächlich die Hände. »Ich war bereit, mich für eine Vermählung einzusetzen, die die Wunden …«

»Alia und ich geben dir eine Wunde, die sehr viel schwerer zu heilen sein wird«, sagte Ghanima. »Ja, bring ihn schnellstmöglich her, falls er bereit ist zu kommen. Und vielleicht ist er das sogar. Würde er ein zartes Kind meines Alters verdächtigen? Lass uns die offizielle Vermählungszeremonie so planen, dass seine Anwesenheit erforderlich ist. Sorgen wir für eine Gelegenheit, bei der ich mit ihm allein bin … nur eine oder zwei Minuten …«

Irulan erschauerte über diesen Beweis dafür, dass Ghanima letztlich ganz und gar eine Fremen war, und bei den Fremen unterschied sich das Kind nicht vom Erwachsenen, wenn es um ihren Blutdurst ging. Schließlich waren es Fremenkinder gewohnt, auf den Schlachtfeldern die Verwundeten zu töten, sodass die Frauen von dieser Pflicht befreit waren und die Leichen einsammeln und zu den Todesdestillen tragen konnten. Und Ghanima, die mit der Stimme eines Fremenkinds sprach, häufte mit der Reife ihrer Worte, mit jenem uralten Sinn für Rache, der sie wie ein Strahlenkranz umgab, Schrecken auf Schrecken.

»Abgemacht.« Alia musste sich Mühe geben, um ihre hämische Freude nicht offen zur Schau zu stellen. »Wir bereiten die Vermählungsurkunde vor. Wir lassen die Unterzeichnung von einer ordentlichen Versammlung der Großen Häuser bezeugen. Dann kann Farad'n unmöglich bezweifeln …«

»Oh, er wird zweifeln, aber er wird kommen«, sagte Ghanima. »Und er wird Wachen dabeihaben. Aber werden sie ihn vor *mir* bewachen?«

»Um all dessen willen, was Paul erreichen wollte«, sagte Irulan. »Lasst uns Farad'ns Tod wenigstens als Unfall inszenieren. Oder als Folge eines von Außenweltlern begangenen Verbrechens.«

»Ha, ich werde meinen Brüdern mit Freuden mein blutiges Messer zeigen«, sagte Ghanima.

»Alia, ich flehe dich an!«, sagte Irulan. »Lass von diesem leichtsinnigen Plan ab. Verkünde ein Kanly gegen Farad'n. Was immer nötig ist, um …«

»Wir brauchen keine offizielle Erklärung eines Rachefeldzugs gegen ihn. Das ganze Imperium weiß, wie wir empfinden.« Ghanima deutete auf den Ärmel ihres Gewands. »Wir tragen das Gelb der Trauer. Wenn ich es gegen das Schwarz einer Fremenverlobten auswechsle, wird das irgendjemanden täuschen?«

»Du solltest beten, dass es Farad'n täuscht«, sagte Alia. »Und die Delegierten der Großen Häuser, die wir als Trauzeugen laden.«

»Jeder einzelne dieser Delegierten wird sich gegen euch wenden«, sagte Irulan. »Das wisst ihr!«

»Ein sehr guter Hinweis«, sagte Ghanima. »Wähle die Delegierten sorgfältig aus, Alia. Es müssen welche sein, bei denen es uns nichts ausmacht, sie hinterher zu beseitigen.«

Irulan warf verzweifelt die Arme in die Luft, dann drehte sie sich um und verließ fluchtartig den Raum.

»Stell sie unter Beobachtung, damit sie nicht versucht, ihren Neffen zu warnen«, sagte Ghanima zu Alia.

»Erklär mir nur nicht, wie man richtig intrigiert.« Mit diesen Worten wandte sich Alia ebenfalls ab und folgte Irulan, wenn auch langsamer. Draußen schlossen sich ihr die Wachen und Bediensteten an wie Sandkörner, die ins Kielwasser eines aufsteigenden Wurms gezogen wurden.

Als die Tür zufiel, schüttelte Ghanima traurig den Kopf. *Es ist so, wie der arme Leto und ich vermutet haben*, dachte sie. *Bei den Göttern der Unterwelt! Ich wünschte, der Tiger hätte mich getötet und nicht ihn.*

Viele Kräfte haben versucht, die Kontrolle über die Atreides-Zwillinge zu erlangen, und nachdem Letos Tod bekannt gegeben wurde, verstärkte sich dieses Wechselspiel aus Intrigen und Gegenintrigen noch. Man beachte, in welchem Verhältnis dabei die Motivationen zueinander stehen: Die Schwesternschaft fürchtete Alia, eine erwachsene Abscheulichkeit, trotzdem wollte sie die genetischen Eigenschaften, die die Atreides in sich trugen. Die Kirchenhierarchie von Auqaf und Hadsch sah lediglich die Macht, die es mit sich brachte, Muad'Dibs Erbin zu kontrollieren. Die MAFEA wollte den Zugriff auf die Reichtümer des Wüstenplaneten. Farad'n und seine Sardaukar suchten nach einem Mittel, den Ruhm des Hauses Corrino zurückzuerlangen. Die Raumgilde fürchtete sich vor der Gleichung Arrakis = Melange, denn ohne das Gewürz konnte sie nicht navigieren. Und Jessica wollte wiedergutmachen, was sie mit ihrem Ungehorsam den Bene Gesserit gegenüber angerichtet hatte. Wenige kamen auf die Idee, die Zwillinge nach ihren Plänen zu fragen – bis es zu spät war.

– Das Buch des Kreos

Kurz nach dem Abendessen sah Leto einen Mann an dem Türbogen zu seiner Kammer vorbeigehen, und seine Gedanken begleiteten diesen Mann. Man hatte den Durchgang offen gelassen, und so hatte Leto draußen einige Aktivitäten beobachten können: Gewürzkörbe, die vorbeigeschoben wurden; drei Frauen, die Außenweltler-Kleidung trugen, was sie als Schmugglerinnen kenntlich machte. Der Mann, der Letos Gedanken mitgenommen hatte, unterschied sich nicht groß von den anderen, abgesehen davon, dass er sich wie Stilgar bewegte – wie ein sehr viel jüngerer Stilgar.

Es war ein seltsamer Spaziergang, den Letos Geist da machte. Sein Bewusstsein war mit Zeit erfüllt wie eine Glaskugel voller Sterne. Er sah unendliche Zeiträume, aber er musste ein Stück weit in seine eigene Zukunft vordringen, um zu wissen, in welchem Augenblick sich sein Körper befand. Die unzähligen Facetten seiner Erinnerungsleben brandeten wie eine Flut ans Ufer, doch nun gehörten sie ihm. Wenn die Wellen zu stark wurden, konnte er ihnen befehlen – dann zogen sie sich zurück und ließen nur den königlichen Harum übrig.

Hin und wieder lauschte er den Erinnerungsleben. Wie ein Stichwortgeber stieg eines von ihnen an die Oberfläche, steckte den Kopf auf die Bühne und wollte ihm Anweisungen für sein Verhalten geben. Sein Vater kam während des gedanklichen Spaziergangs zu ihm und sagte: »Du bist ein Kind, das ein Mann werden will. Wenn du ein Mann bist, wirst du vergeblich nach dem Kind suchen, das du einmal warst.«

Die ganze Zeit über spürte Leto, wie sein Körper von den Flöhen und Läusen eines alten, schlecht gepflegten Sietchs heimgesucht wurde. Keiner der Bediensteten, die sein mit Gewürz versetztes Essen brachten, schien sich daran zu stören. Waren die Leute hier gegen derlei Unannehmlichkeiten immun, oder lebten sie schon so lange mit ihnen, dass sie sie nicht mehr beachteten?

Wer waren diese Leute, die sich um Gurney versammelt hatten? Wie waren sie hierhergekommen? War das hier Jacurutu? Letos vervielfachtes Gedächtnis produzierte Antworten, die ihm nicht gefielen. Diese Leute waren hässlich, und Gurney war der Hässlichste von ihnen. Und doch war hier Perfektion zu spüren, schlafend, wartend unter einem hässlichen Äußeren.

Ein Teil von ihm wusste, dass er sich weiter in den Fesseln des Gewürzes befand, dass ihn die große Dosis Melange in jeder seiner Mahlzeiten in ihrem Griff hielt. Sein Kinderkörper wollte aufbegehren, während sich sein Geist dem Rausch der unmittelbaren Präsenz von Erinnerungen hingab, die aus Tausenden von Zeitaltern kamen.

Seine Gedanken kehrten von ihrem Spaziergang zurück, und Leto fragte sich, ob sein Körper wirklich auf ihn gewartet hatte. Das Gewürz verwirrte die Sinne. Er spürte den zunehmenden Druck der Beschränkungen, denen sein Ich unterlag, so wie die Barachandünen der Bled langsam eine lange Rampe an einer Wüstenfelswand errichteten. Eines Tages rannen erste Sandrinnsale über die Felswand, dann mehr und mehr … und irgendwann bot sich dem Himmel nur noch Sand dar.

Doch die Felswand befand sich nach wie vor darunter.

Ich bin noch immer in der Trance.

Er wusste, dass er bald an eine Stelle gelangen würde, an der sich der Weg in Leben und Tod gabelte. Seine Häscher schickten ihn immer wieder in den Bann des Gewürzes, und jedes Mal, wenn er ihn abschüttelte, waren sie unzufrieden mit seinen Reaktionen. Stets wartete der hintertriebene Namri mit seinem Messer. Leto kannte zahllose Vergangenheiten und Zukünfte, aber er musste noch herausfinden, was Namri zufriedenstellen würde – oder Gurney Halleck. Sie wollten etwas jenseits der Visionen. Die Gabelung in Leben und Tod zog Leto an. Er wusste, dass sein Leben einen inneren Sinn benötigte, der es über die reinen Umstände der Vision erhob, und als er über diese Anforderung nachdachte, hatte er das Gefühl, dass seine innere Existenz sein wahres Wesen war und seine äußere nur eine Spur davon. Das erschreckte ihn. Er wollte nicht zurück in den Sietch mit seinen Flöhen, seinem Namri, seinem Gurney Halleck.

Ich bin ein Feigling.

Aber ein Feigling – selbst ein Feigling – konnte mit nichts weiter als einer Geste mutig sterben. Wo war diese Geste, die Leto wieder zu einem Ganzen machen würde? Wie konnte er, Gurneys Wünschen gemäß, aus der Trance in das Universum hinein erwachen? Ohne diese Wendung, ohne ein Erwachen aus den ziellosen Visionen, würde er in einem selbstgewählten Gefängnis sterben. Zumindest was das betraf, musste er mit seinen Häschern zusammenarbeiten. Er musste Weisheit finden, ein inneres Gleichgewicht, ein Bild aus Ruhe und Kraft, in dem er sich spiegeln konnte. Erst dann konnte er den Goldenen Pfad suchen und in der Haut überleben, die nicht seine Haut war.

Irgendjemand im Sietch spielte auf einem Balisett, und Leto hatte das Gefühl, dass sein Körper die Musik jetzt, in der Gegenwart, hörte. Er spürte die Pritsche unter seinem Rücken. Er hörte die Musik. Es war Gurney. Niemand sonst konnte sich mit seiner meisterhaften Beherrschung dieses schwierigen Instruments messen. Er spielte ein altes Fremenlied, das als *Hadith* bezeichnet wurde, weil es eine Geschichte erzählte und weil es die auf Arrakis zum Überleben notwendigen Abläufe heraufbeschwor. Das Lied erzählte von den Beschäftigungen in einem Sietch.

Die Musik führte Leto durch eine wundersame, uralte Höhle. Er sah Frauen, die mit ihren Füßen Gewürzrückstände zerstampften und zu Brennstoff machten, die das Gewürz zur Fermentierung gerinnen ließen, kleine Gewürzfabriken formten. Die Melange war im Sietch allgegenwärtig.

Es gab Momente, in denen Leto nicht zwischen der Musik und den Menschen aus seiner Höhlenvision unterscheiden konnte. Das Sirren und Knacken eines elektrischen Webstuhls war das Sirren und Knacken des Balisetts. Aber die Augen in seinem Inneren sahen das Gewebe menschlichen Haares, den langen Pelz mutierter Ratten, Bänder von Wüstenbaumwolle und abgerollte Streifen von Vogelhaut. Sie sahen eine Sietchschule. Die ökologische Sprache des Wüstenplaneten tobte auf Schwingen aus Musik durch seinen Kopf. Leto sah die sonnenbetriebene Küche und die lange

Kammer, in der Destillanzüge hergestellt und gewartet wurden. Er sah Meteorologen, die die Stöcke ablasen, die sie aus dem Sand zurückgebracht hatten.

Irgendwann brachte ihm jemand Essen und löffelte es ihm in den Mund, wobei sein Kopf von einem starken Arm festgehalten wurde. Er wusste, dass es sich um eine Erfahrung in Echtzeit handelte, aber in seinem Inneren setzte sich das wundersame Spiel der Bewegungen fort. Er sah einen tobenden Sandsturm, der so tat, als wäre er ein Ereignis, das direkt nach dem Verzehr der gewürzgesättigten Mahlzeit stattfand. Die Bilder in diesem Sturm wurden zu goldenen Mottenaugen, und Letos Leben wurde auf die klebrige Spur eines kriechenden Insekts reduziert.

Worte aus der Panoplia Propheticus trieben durch seinen Kopf: »Man sagt, dass es im gesamten Universum nichts Festes gibt, nichts Ausgewogenes, nichts Beständiges – dass nichts in seinem Zustand verweilt, dass jeder Tag, manchmal sogar jede Stunde, Veränderung bringt.«

Die alte Missionaria Protectiva wusste, was sie tat. Sie wusste von furchtbaren Zwecken. Sie wusste, wie man Menschen und Religionen manipuliert. Auch mein Vater ist ihr am Ende nicht entkommen.

Das war der Hinweis, nach dem er gesucht hatte. Leto betrachtete ihn und spürte, wie die Kräfte in seinen Körper zurückkehrten. Sein gesamtes Dasein stülpte sich um und blickte ins Universum hinaus. Er setzte sich auf und stellte fest, dass er alleine war. Nur vom Gang drang Licht herein, wo vor Äonen der Mann vorbeigekommen war und Letos Gedanken mit auf die Reise genommen hatte.

»Uns allen viel Glück!«, rief er nach altem Fremenbrauch.

Gurney Halleck erschien in dem Durchgang, sein Kopf ein schwarzer Schattenriss vor dem einfallenden Licht.

»Bringt Licht«, sagte Leto.

»Willst du weiter geprüft werden?«

Leto lachte. »Nein, jetzt ist es an mir, dich zu prüfen.«

»Wir werden sehen.« Halleck verschwand und kehrte kurz darauf mit einem hellen blauen Leuchtglobus in der linken Armbeuge zurück. In Letos Kammer ließ er ihn los, sodass er über ihren Köpfen schwebte.

»Wo ist Namri?«, fragte Leto.

»Gleich draußen, wo ich ihn rufen kann.«

»Ah, der Alte Vater Ewigkeit wartet immer geduldig.« Leto fühlte sich seltsam erleichtert, hier am Rande einer Erkenntnis.

»Du nennst Namri bei dem Namen, der Shai-Hulud vorbehalten ist?«

»Sein Messer ist ein Wurmzahn. Also ist er der Alte Vater Ewigkeit.«

Halleck lächelte grimmig, aber erwiderte nichts.

»Du wartest immer noch damit, ein Urteil über mich zu fällen, Gurney. Und es gibt keine Möglichkeit, Informationen auszutauschen, ohne Urteile zu fällen. Man kann allerdings nicht vom Universum verlangen, dass es exakt ist.«

Ein raschelnder Laut verriet Leto, dass Namri eintrat. Der alte Fremen stellte sich einen halben Schritt links neben Halleck.

»Ah, die linke Hand des Verdammten«, sagte Leto.

Namri warf Halleck einen Blick zu und knurrte: »Es ist nicht klug, über das Unendliche und das Absolute Witze zu machen.«

»Bist du Gott, Namri, dass du dich auf das Absolute berufst?«, fragte Leto. Aber er hielt seine Aufmerksamkeit auf Halleck gerichtet. Von dort würde sein Urteil kommen.

Die beiden Männer sahen ihn schweigend an.

»Jedes Urteil schwankt am Rande eines Fehlers«, fuhr Leto fort. »Absolutes Wissen für sich zu behaupten, bedeutet, zu einem Monster zu werden. Wissen ist ein nie endendes Abenteuer am Rande der Ungewissheit.«

»Was für ein Spiel mit Worten spielst du da?«, sagte Halleck.

»Lass ihn sprechen«, sagte Namri.

»Es ist das Spiel, das Namri mit mir begonnen hat.« Leto sah, wie der alte Fremen zustimmend nickte. »Unsere Sinne arbeiten stets auf mindestens zwei Ebenen.«

»Detail und Botschaft.«

»Hervorragend, Namri! Ihr habt mir Details gegeben, ich gebe euch eine Botschaft. Ich sehe, ich höre, ich rieche, ich berühre, ich spüre Veränderungen der Temperatur, schmecke. Ich nehme das Verstreichen der Zeit wahr. Vielleicht koste ich auch von Gefühlszuständen. Ah, ich bin fröhlich. Verstehst du, Gurney? Namri? Es ist nichts Geheimnisvolles an einem menschlichen Leben. Es ist kein Problem, das gelöst werden muss, sondern eine Wirklichkeit, die man erlebt.«

»Du stellst unsere Geduld auf die Probe, Junge«, sagte Namri. »Willst du hier an diesem Ort sterben?« Aber Halleck hielt den Fremen mit ausgestrecktem Arm zurück.

»Zuerst einmal bin ich kein Junge. Und du wirst mich nicht töten. Ich habe dir eine Wasserschuld auferlegt.«

Namri zog das Krismesser aus der Scheide. »Ich schulde dir nichts!«

»Aber Gott hat Arrakis erschaffen, um die Gläubigen zu unterweisen. Ich habe dir nicht nur meinen Glauben gezeigt, ich habe dir dein eigenes Sein bewusst gemacht. Das Leben verlangt Auseinandersetzung. Dir wurde deutlich gemacht – und zwar von *mir* –, dass sich deine Wirklichkeit von der aller anderen unterscheidet. Dadurch weißt du, dass du lebst.«

»Respektlosigkeit ist ein gefährliches Spiel, wenn man es mit mir spielt.« Namri hielt das Krismesser halb gezogen.

»Respektlosigkeit ist eine höchst notwendige Zutat für Religionen. Ganz zu schweigen von ihrer Bedeutung in der Philosophie. Respektlosigkeit ist die einzige Möglichkeit, die wir haben, um das Universum auf die Probe zu stellen.«

»Du meinst also, das Universum zu verstehen?«, sagte Halleck, während er etwas von Namri abrückte.

»Jaaa«, murmelte Namri. Der Tod lag in seiner Stimme.

»Das Universum kann nur der Wind verstehen«, sagte Leto. »Es gibt keinen erhabenen Sitz der Vernunft. Schöpfung ist Entdeckung. Gott hat uns in der Leere entdeckt, weil wir uns vor einem Hintergrund bewegt haben, den er bereits kannte. Die Wand war kahl. Dann kam Bewegung.«

»Du spielst Verstecken mit dem Tod«, sagte Halleck.

»Aber ihr beide seid meine Freunde.« Leto wandte sich Namri zu. »Wenn du einen Anwärter als Freund des Sietches vorschlägst, tötest du dann nicht als Opfergabe einen Falken und einen Adler? Und lautet die Antwort nicht: ›Gott schicke jeden Mann an sein Ende, solche Falken, solche Adler und solche Freunde‹?«

Jetzt löste sich Namris Hand von seinem Messer. Die Klinge rutschte in die Scheide zurück. Der Fremen starrte Leto mit aufgerissenen Augen an. Jeder Sietch hielt sein Freundschaftsritual streng geheim – und das, was Leto gerade geschildert hatte, war ein Teil ihres Rituals.

»Ist dies der Ort, an dem du dein Ende findest?«, fragte Halleck.

»Ich weiß, was du von mir hören musst, Gurney.« Leto beobachtete das Wechselspiel aus Hoffnung und Misstrauen auf Hallecks hässlichem Gesicht. Dann legte er die Hand an die Brust. »Dieses Kind war nie ein Kind. Mein Vater lebt in mir, aber er ist nicht ich. Du hast ihn geliebt, und er war ein edler Mensch, dessen Geschäfte an steilen Küsten Schiffbruch erlitten haben. Es war seine Absicht, den Kreislauf aus Kriegen zu durchbrechen, doch er hat die Bewegung der Unendlichkeit, wie sie im Leben zum Ausdruck kommt, nicht mit einberechnet. Das ist Rhajia. Namri kennt es. Jeder Sterbliche kann seine Bewegung sehen. Nimm dich vor Wegen in Acht, die zukünftige Möglichkeiten schmälern. Solche Wege lenken dich von der Unendlichkeit fort in tödliche Fallen.«

»Was muss ich von dir hören?«, fragte Halleck.

»Er spielt doch nur mit Worten«, sagte Namri, aber seine Stimme war voller Zweifel.

»Ich verbünde mich mit Namri gegen meinen Vater«, sagte Leto. »Und der Vater in mir verbündet sich mit uns gegen das, was man aus ihm gemacht hat.«

»Warum?«, fragte Halleck.

»Weil es das *amor fati* ist, das ich der Menschheit bringe, der Akt ultimativer Selbsterforschung. In diesem Universum entscheide ich mich dafür, mich gegen jede Kraft zu verschwören, die die Menschheit demütigt. Gurney! Du bist nicht in der Wüste zur Welt gekommen und aufgewachsen. Dein Fleisch kennt nicht die Wahrheit dessen, was ich sage. Aber Namri kennt sie. Auf offener Flur ist eine Richtung so gut wie die andere.«

»Ich habe immer noch nicht gehört, was ich hören muss«, sagte Halleck.

»Er spricht für den Krieg und gegen Frieden«, sagte Namri.

»Nein«, sagte Leto. »Und mein Vater hat auch nicht *gegen* den Krieg gesprochen. Aber seht, was man aus ihm gemacht hat. Frieden hat in diesem Imperium nur eine Bedeutung. Es ist die Aufrechterhaltung einer bestimmten Art zu leben. Den Menschen wird befohlen, sich zu bescheiden. Das Leben muss auf allen Planeten gleichförmig sein, der Regierung des Imperiums entsprechend. Der Hauptgegenstand priesterlicher Studien besteht darin, die korrekte Form des menschlichen Verhaltens zu finden. Dafür greifen sie auf die Worte Muad'Dibs zurück. Sag mir, Namri, bist du zufrieden?«

»Nein«, erwiderte der alte Fremen, ohne zu zögern.

»Übst du dann Blasphemie?«

»Natürlich nicht!«

»Aber du bescheidest dich nicht. Siehst du, Gurney? Namri beweist es uns. Auf keine Frage, auf kein Problem gibt es eine einzige Antwort. Man muss Vielfalt zulassen. Ein Monolith ist instabil. Warum verlangst du dann eine einzige Aussage von mir? Ist das das Maß deines monströsen Urteils?«

»Zwingst du mich dazu, dich töten zu lassen?« Halleck verbarg den Schmerz in seiner Stimme nicht.

»Nein, ich erlöse dich von deinem Elend. Sage meiner Großmutter, dass ich mit ihr zusammenarbeite. Die Schwesternschaft wird meine Kooperation womöglich noch bereuen, aber sie hat das Wort eines Atreides.«

»Das sollte von einer Wahrsagerin überprüft werden«, sagte Namri. »Diese Atreides …«

»Er wird Gelegenheit haben, vor seiner Großmutter die nötigen Worte zu sprechen«, unterbrach ihn Halleck. Dann nickte er in Richtung Durchgang.

Namri sah Leto mit finsterem Blick an. »Ich bete, dass wir das Richtige tun, wenn wir ihn am Leben lassen.«

»Geh, mein Freund«, sagte Leto. »Geh und denke nach.«

Als die beiden Männer gegangen waren, legte sich Leto wieder auf die kalte Pritsche. Die Bewegung ließ ihn über den Rand seines unter dem Gewürz ächzenden Bewusstseins trudeln, und plötzlich sah er den gesamten Planeten – jedes Dorf, jede Siedlung, jede Stadt, die Wüste, die Plantagen. Alle Formen, die auf seine Sinne eindrangen, standen in enger Verbindung mit einer Mischung aus ihnen innewohnenden und ihren äußerlichen Elementen. Er sah, wie sich die gesellschaftlichen Strukturen des Imperiums in den Bauwerken und Gemeinschaften auf Arrakis widerspiegelten. Und als würde sich in seinem Inneren etwas Gigantisches entfalten, sah er diese Erkenntnis als das, was sie sein musste: ein Fenster in die unsichtbaren Teile der Gesellschaft. Und er begriff, dass jedes System über ein solches Fenster verfügte. Selbst das System seiner selbst und seines Universums. Er spähte durch Fenster. Ein kosmischer Voyeur.

Das war es, wonach seine Großmutter und die Bene Gesserit suchten. Kein Zweifel. Letos Bewusstsein strömte nun auf einer neuen, höheren Ebene dahin. Er spürte die Vergangenheit, die er in seinen Zellen trug, in seinen Erinnerungen, in den Archetypen, die ihn heimsuchten, in den Mythen, die ihn beschränkten, in seinen Sprachen mit ihren prähistorischen Trümmerstücken. Es waren all diese Formen aus seiner menschlichen und nichtmenschlichen Vergangenheit, all die Leben, über die er nun gebot und die nun in ihm vereint waren. Er empfand sich als etwas, das vom An- und Abebben der Nukleotide getragen wurde, er war ein protozoisches Geschöpf, für das Geburt und Tod gleichzeitig stattfanden, aber er war auch grenzenlos, ein Geschöpf der molekularen Erinnerungen.

Wir Menschen sind eine Art staatenbildender Organismus.

Sie wollten also, dass er mit ihnen zusammenarbeitete. Das Versprechen, das zu tun, hatte ihm eine weitere Galgenfrist gewährt, hatte ihn vor Namris Messer bewahrt. Indem sie ihn zur Zusammenarbeit aufriefen, wollten sie in ihm einen Heiler erkennen.

Aber ich bringe ihnen nicht die Art von gesellschaftlicher Ordnung, die sie erwarten.

Leto verzog die Lippen. Er würde nicht unbewusst bösartig sein wie sein Vater – Despotismus am einen Ende, Sklaverei am anderen –, und doch würde das Universum vielleicht einmal um eine Rückkehr jener »guten alten Zeiten« beten.

Und dann sprach der Vater in seinem Inneren, tastete sich vor, unfähig, Aufmerksamkeit einzufordern, aber mit der Bitte, gehört zu werden.

Und Leto antwortete: »Nein. Wir geben ihnen Komplexitäten, mit denen sie sich beschäftigen können. Es gibt viele Arten, auf die man der Gefahr entkommen kann. Woher sollen sie wissen, dass ich gefährlich bin, wenn sie mich nicht über Tausende von Jahren hinweg erleben? Ja, Vater, wir werden ihnen Fragezeichen geben.«

Euch kommt weder Schuld noch Unschuld zu. All das liegt hinter euch. Schuld arbeitet sich an den Toten ab, und ich bin nicht der Eiserne Hammer. Ihr unzähligen Toten seid schlicht Menschen, die bestimmte Dinge getan haben, und die Erinnerung an diese Dinge erhellt meinen Weg.

– Leto II. zu seinen Gedächtnis-Leben,
nach Harq al-Ada

»Sie verändern sich von alleine!« Farad'ns Stimme war kaum mehr als ein Flüstern.

Er stand über Jessicas Bett, zwei Wachen dicht hinter ihm. Jessica stützte sich auf. Sie trug ein Nachtkleid aus weiß schimmernder Paraseide, und ihr kupferrotes Haar wurde von einem dazu passenden Band gehalten. Farad'n war ohne jede Ankündigung in ihr Schlafzimmer geplatzt. Er hatte den grauen Ganzkörperanzug an, und der Schweiß stand ihm von der Anstrengung seines Laufs durch die Schlosskorridore auf der Stirn.

»Wie spät ist es?«, fragte Jessica.

Farad'n wirkte verwirrt. »Wie spät?«

Eine der Wachen sagte: »Es ist die dritte Stunde nach Mitternacht, Mylady.« Der Mann warf Farad'n einen ängstlichen Blick zu. Der Prinz war durch die nachts nur schwach erhellten Korridore gehetzt und hatte dabei die beiden verschreckten Wachen aufgelesen.

»Aber sie verändern sich von alleine!«, wiederholte Farad'n und streckte erst die linke und dann die rechte Hand aus. »Ich habe gesehen, wie meine Hände zu kleinen Fäustchen zusammengeschrumpft sind, und ich habe mich daran erinnert. Das waren meine Hände als Säugling. Ich erinnere mich, ein Säugling gewesen zu sein, aber das war … eine klarere Erinnerung. Ich habe meine alten Erinnerungen neu sortiert.«

»Sehr gut«, sagte Jessica. Farad'ns Begeisterung war ansteckend. »Und was ist passiert, als deine Hände alt wurden?«

»Mein Geist … wurde träge. Und ich bekam Rückenschmerzen. Genau hier.« Farad'n berührte eine Stelle oberhalb seiner linken Niere.

»Du hast eine sehr wichtige Lektion gelernt. Weißt du, was für eine Lektion das war?«

Farad'n ließ die Hände sinken und sah Jessica an. »Mein Verstand kontrolliert meine Wirklichkeit.« Mit leuchteten Augen wiederholte er die Worte lauter: »Mein Verstand kontrolliert meine Wirklichkeit!«

»Das ist der Beginn des Prana-Bindu-Gleichgewichts. Allerdings nur der Beginn.«

»Was kommt als Nächstes?«

»Mylady«, unterbrach sie der Wachmann. »Es ist spät.«

Sind ihre Spähposten um diese Zeit nicht besetzt?, fragte sich Jessica und sagte: »Verschwindet. Wir haben zu tun.«

»Aber Mylady …« Der Wachmann sah verängstigt zwischen Farad'n und Jessica hin und her.

»Glaubst du etwa, dass ich ihn verführen will?«, fragte Jessica.

Der Wachmann nahm eine Habachtstellung ein.

Farad'n lachte, ein Ausbruch purer Heiterkeit. »Du hast sie gehört«, sagte er dann. »Verschwindet.«

Die beiden Wachen sahen sich kurz an, dann verließen sie den Raum.

Farad'n setzte sich auf Jessicas Bett. »Was kommt jetzt?« Er schüttelte den Kopf. »Ich wollte dir glauben, trotzdem habe ich dir nicht geglaubt. Und dann … Es war, als würde mein Verstand zerfließen. Ich war müde. Mein Kopf hörte auf, gegen dich anzukämpfen. Da ist es passiert. Einfach so!« Er schnippte mit den Fingern.

»Nicht ich war es, gegen die dein Kopf angekämpft hat.«

»Natürlich nicht. Ich habe gegen mich selbst gekämpft, gegen all den Unsinn, den ich gelernt habe. Also, was kommt jetzt?«

Jessica lächelte. »Ich muss zugeben, dass ich nicht mit einem so schnellen Erfolg bei dir gerechnet habe. Es sind erst acht Tage und …«

»Ich war geduldig«, unterbrach sie Farad'n grinsend.

»Und du hast auch angefangen, Geduld zu lernen.«

»Angefangen?«

»Du bist gerade an den äußersten Rand deines Lernprozesses gekrabbelt. Jetzt bist du wahrhaft ein Säugling. Zuvor … warst du nur ein Potenzial, noch nicht einmal geboren.«

Farad'n zog die Mundwinkel herunter.

»Sei nicht missmutig. Du hast den ersten Schritt getan. Das ist wichtig. Wie viele Menschen können schon von sich behaupten, neu geboren zu sein?«

»Was kommt jetzt?«

»Du wirst üben, was du gelernt hast. Ich will, dass du es nach Belieben wiederholen kannst, mit Leichtigkeit. Später wirst du dann einen neuen Raum in deinem Bewusstsein füllen, der dir dadurch eröffnet wird. Und zwar mit der Fähigkeit, jede Wirklichkeit an deinen eigenen Anforderungen zu messen.«

»Und das ist alles, was ich jetzt machen soll? Üben, was ich …«

»Nein. Du kannst jetzt auch mit dem Muskeltraining beginnen. Sag mir, kannst du den kleinen Zeh am linken Fuß bewegen, ohne irgendeinen anderen Muskel in deinem Körper zu regen?«

»Meinen …« Ein abwesender Ausdruck trat auf Farad'ns Gesicht, als er versuchte, seinen Zeh zu bewegen. Dann starrte er auf seinen Fuß hinab. Schweiß trat ihm auf die Stirn. Er atmete tief aus. »Ich kann es nicht.«

»Doch, du kannst es. Du wirst lernen, wie es geht. Du wirst etwas über jeden Muskel in deinem Körper lernen. Du wirst diese Muskeln genauso kennenlernen wie deine Hände.«

Farad'n schluckte schwer angesichts dieser Vorstellung. »Was machst du mit mir? Wie sieht dein Plan für mich aus?«

»Ich habe vor, dich auf das Universum loszulassen. Du wirst zu dem werden, was du dir am meisten wünscht.«

Er dachte kurz über ihre Worte nach. »Egal, was ich mir wünsche?«

»Ja.«

»Das ist unmöglich!«

»Es sei denn, man lernt, seine Wünsche so zu kontrollieren wie seine Wirklichkeit«, sagte Jessica und dachte: *So, das sollen seine Analysten untersuchen. Sie werden zu vorsichtiger Zustimmung raten, aber Farad'n wird der Erkenntnis dessen, was ich wirklich tue, einen Schritt näherkommen.*

»Es ist eine Sache, jemandem zu versprechen, dass er sich seine Wünsche wird erfüllen können«, sagte Farad'n mit Argwohn in der Stimme. »Es ist etwas anderes, dieses Versprechen auch tatsächlich einzulösen.«

»Du hast es weiter gebracht, als ich dachte. Sehr gut. Ich verspreche dir: Wenn du dieses Lernprogramm abschließt, dann bist du dein eigener Herr. Was du auch tust, du wirst es tun, weil du es tun willst.« *Soll eine Wahrsagerin doch versuchen, diese Worte auseinanderzunehmen.*

Farad'n stand auf, und als er Jessica ansah, lag ein warmer Ausdruck auf seinem Gesicht. »Ich glaube dir. Ich weiß beim besten Willen nicht warum, aber trotzdem glaube ich dir. Und über alles, was ich mir noch so denke, verliere ich kein Wort.«

Jessica sah ihm nach, als er ihr Schlafzimmer verließ. Sie schaltete die Leuchtgloben aus und ließ sich zurücksinken. Dieser Farad'n war ein kluger Mann. Er hatte ihr gerade mitgeteilt, dass er ihre Pläne zu durchschauen begann, sich ihnen aber aus freiem Willen anschloss.

Warten wir, bis er beginnt, mehr über seine eigenen Gefühle zu lernen.

Mit diesem Gedanken sammelte sich Jessica, um wieder einzuschlafen. Der morgige Tag würde zahllose scheinbar zufällige Begegnungen mit dem Palastpersonal bringen, bei denen man ihr scheinbar unverfängliche Fragen stellen würde.

In gewissen Abständen beschleunigen sich die Angelegenheiten der Menschheit, und sie erlebt das Rennen zwischen der erneuerbaren Vitalität des Lebendigen und dem lockenden Verderben der Dekadenz. In diesem Rennen wird jede Atempause zum Luxus. Nur unter solchen Bedingungen kann man den Gedanken denken, dass alles erlaubt ist – dass alles möglich ist.

– Die Apokryphen des Muad'Dib

Die Berührung des Sands ist wichtig, sagte sich Leto.

Er spürte die Sandkörner an den Händen, während er unter dem klaren, leuchtenden Himmel saß. Sie hatten ihm gegen seinen Willen eine weitere Dosis Melange verabreicht, und die Gedanken wirbelten nur so in seinem Kopf. Im Zentrum dieses Mahlstroms befand sich eine unbeantwortete Frage: *Warum bestehen sie darauf, dass ich es sage?* Gurney war stur, daran bestand kein Zweifel. Und er hatte seine Befehle von Jessica.

Sie hatten ihn für diese »Lektion« nach draußen gebracht, und er hatte das merkwürdige Gefühl, dass er seinen Körper auf diese kurze Reise schickte, während er in seinem Inneren bei einer Auseinandersetzung zwischen Herzog Leto und dem Baron Harkonnen vermittelte. Sie stritten in ihm und durch ihn, weil er es ihnen nicht gestattete, direkt miteinander in Verbindung zu treten, und ihr Streit verdeutlichte ihm, was Alia widerfahren war. Arme Alia.

Ich hatte recht damit, die Gewürzerfahrung zu fürchten.

Ein Gefühl der Verbitterung Jessica gegenüber stieg in Leto auf. Ihr verdammter Gom Jabbar! Kämpfe gegen ihn an und gewinne –

oder stirb bei dem Versuch. Sie konnte ihm keine Giftnadel an den Hals halten, aber sie konnte ihn in das Tal des Todes schicken, das das Leben ihrer Tochter gefordert hatte.

Schnüffelnde Laute drängten in sein Bewusstsein. Sie verstummten für einen Moment, begannen wieder, wurden leiser, wieder lauter, wieder leiser. Er hatte keine Möglichkeit festzustellen, ob sie aus der gegenwärtigen Realität stammten oder vom Gewürz herrührten.

Leto sackte im Sitzen zusammen. Er spürte den heißen Sand unter sich. Gleich vor ihm lag ein Teppich, aber er saß auf dem Sand. Über dem Teppich ein Schatten: Namri. Leto starrte auf das verworrene Muster des Teppichs und hatte das Gefühl, dass Blasen aus ihm aufstiegen. Sein Bewusstsein trieb durch eine Landschaft, die sich bis zu einem Horizont aus buschigem Grün erstreckte.

In seinem Kopf hämmerte es. Er spürte Hitze, Fieber. Das Fieber war ein brennendes Ziehen und Zerren, das seine Sinne erfüllte und die Wahrnehmung seines Körpers verdrängte, bis er nur noch die Schatten der Gefahr spürte, in der er sich befand. Namri. Das Messer. Und dann schwebte Leto zwischen Himmel und Sand, sein Geist vollständig vom Fieber überwältigt. Er wartete darauf, dass etwas geschah, spürte, dass jedes Ereignis ein erstmaliges und einmaliges Ereignis sein würde.

Die Sonnenstrahlen hämmerten auf ihn ein, ruhelos, pausenlos. *Wo ist mein Goldener Pfad?* Überall um ihn herum krabbelten Käfer. Überall. *Meine Haut ist nicht meine Haut.* Er sandte Botschaften durch seine Nerven und wartete auf die trägen, verspäteten Reaktionen der Anderen.

Hoch, Kopf, sagte er seinen Nerven.

Ein Kopf, der vielleicht sein Kopf war, hob sich quälend langsam und sah leere Flecken im hellen Licht.

Irgendjemand flüsterte: »Er ist nun tief eingetaucht.«

Keine Antwort.

Brennen Feuer Sonne Hitze.

Langsam trug ihn die Strömung seines Bewusstseins durch einen letzten Vorhang aus grüner Leere, und dort, auf den niedrigen gefalteten Dünen, nicht mehr als einen Kilometer von der Kreidelinie einer langen Klippe entfernt, *dort* lag die üppige Zukunft, ein grüner Strom, grüne Wogen, eine sich endlos ausdehnende grüngrüne Bewegung.

Und in all dem Grün kein einziger großer Wurm.

Wildes grünes Wachstum, aber kein Shai-Hulud.

Leto spürte, dass er über uralte Grenzen hinweg in ein neues Land vorgedrungen war, ein Land, das bisher nur die Vorstellungskraft besucht hatte, und dass er nun durch den Schleier dessen blickte, was eine gelangweilte Menschheit *Das Unbekannte* nannte.

Es war blutdürstige Wirklichkeit.

Er spürte die rote Frucht seines Lebens an einem Ast baumeln, spürte, wie ihr die Flüssigkeit entwich, und die Flüssigkeit war die Gewürzessenz, die durch seine Adern strömte.

Ohne Shai-Hulud gab es kein Gewürz mehr.

Er hatte eine Zukunft ohne die große, graue Wurmschlange des Wüstenplaneten gesehen. Das wusste er, und doch konnte er sich nicht aus der Trance befreien, um gegen diesen Wandel zu protestieren.

Plötzlich stürzte sein Bewusstsein zurück – zurück, zurück, weg von dieser tödlichen Zukunft. Sein Denken wurde primitiv, nur von starken Gefühlen getrieben. Er konnte sich nicht auf einen bestimmten Aspekt seiner Vision oder seiner Umgebung konzentrieren, aber eine Stimme erklang in seinem Inneren. Sie sprach eine uralte Sprache, die er hervorragend verstand. Die Stimme war melodisch und langsam, doch ihre Worte hämmerten auf ihn ein.

»Es ist nicht die Gegenwart, die die Zukunft beeinflusst, du Narr, sondern die Zukunft, die die Gegenwart formt. Du siehst das alles verkehrt herum. Da die Zukunft feststeht, entfalten sich die Ereignisse so, dass diese Zukunft als unausweichlich festgelegt wird.«

Die Worte schlugen Leto in ihren Bann. Er empfand ein Entsetzen, das in der trägen Materie seines Körpers wurzelte. Das verriet ihm, dass sein Körper noch existierte, doch die gewaltige Kraft seiner Vision erzeugte in ihm das Gefühl, vergiftet worden zu sein, wehrlos zu sein, unfähig, auch nur ein Signal an einen einzigen Muskel zu senden und ihn seinem Willen zu unterwerfen. Er wusste, dass er immer mehr dem Ansturm der vielen Leben erlag, deren Erinnerungen ihn einst in den Glauben versetzt hatten, es gäbe ihn wirklich. Angst erfüllte ihn. Angst, die innere Kontrolle zu verlieren, Angst, dass er doch noch dem Verderben der Abscheulichkeit anheimfallen würde.

Leto spürte, wie sich sein Körper vor Entsetzen krümmte.

Er hatte sich auf seinen Sieg, auf die errungene wohlwollende Kooperation der Erinnerungen verlassen. Jetzt hatten sie sich gegen ihn gewandt und zwar alle – auch der königliche Harum, dem er vertraut hatte. Leto lag schimmernd auf einer Oberfläche, in der nichts Wurzeln schlug, und konnte seinem eigenen Leben keinen Ausdruck verleihen. Er versuchte, sich auf ein Bild seiner selbst zu konzentrieren, und sah sich einander überlagernden Zeiträumen gegenüber, von denen jeder ein anderes Alter zeigte: vom Säugling bis zum Greis. Er erinnerte sich an die Anfänge der Ausbildung seines Vaters: *Lass die Hände erst jung werden und dann alt.* Aber jetzt tauchte sein gesamter Körper in diese verlorene Wirklichkeit ein, und die Bilderfolge verschmolz mit anderen Gesichtern, mit den Zügen jener, die ihm ihre Erinnerungen überlassen hatten.

Ein sternförmiger Blitzschlag zersplitterte ihn.

Leto spürte, wie die einzelnen Teile seines Bewusstseins auseinandertrieben, und doch gelang es ihm, ein Selbst zu erhalten, das irgendwo im Raum zwischen Sein und Nicht-Sein hing. Hoffnung regte sich, er spürte, wie sein Körper atmete. Ein … aus. Er holte tief Luft – *Yin.* Er ließ sie ausströmen – *Yang.* Außerhalb seiner Reichweite befand sich ein Ort größter Unabhängigkeit, ein Sieg über all die Verwirrungen, die der Vielzahl seiner Leben innewohnte – kein trügerisches Gefühl der Kontrolle, sondern ein echter Sieg. Er erkannte nun seinen vorherigen Irrtum: Er hatte in der Trance nach Macht gestrebt, anstatt sich den Ängsten zu stellen, die er und Ghanima im jeweils anderen genährt hatten.

Die Angst hat Alia besiegt!

Das Streben nach Macht legte einen weiteren Fallstrick aus, indem es ihn in eine Fantasie abtauchen ließ. Er erkannte die Illusion. Der gesamte Ablauf dieser Illusion vollführte eine halbe Drehung, und jetzt wusste Leto, von welchem Punkt aus er die Höhenflüge seiner Visionen, der Leben in seinem Inneren, neutral beobachten konnte.

Ein Hochgefühl durchflutete ihn. Er wollte lachen, aber er verweigerte sich diesem Luxus, weil er wusste, dass er damit die Türen zu seinen Erinnerungen versperrt hätte.

Ah, meine Erinnerungen. Ich habe eure Illusionen durchschaut. Von nun an erfindet ihr nicht mehr den nächsten Augenblick für mich, sondern ihr zeigt mir, wie man neue Augenblicke erschafft. Ich kette mich nicht an die alten Gleise.

Dieser Gedanke bewegte sich durch sein Bewusstsein, als würde jemand eine Platte sauber wischen, und in seiner Folge spürte Leto seinen ganzen Körper, der aus jeder Zelle, aus jedem Nerv Bericht erstattete. Er trat in einen Zustand tiefer Stille ein. In dieser Stille hörte er Stimmen, die aus großer Entfernung kamen, aber er hörte sie so deutlich, als würden sie in einem Schacht wiederhallen.

Eine der Stimmen war die von Gurney Halleck. »Vielleicht haben wir ihm zu viel gegeben.«

Dann Namris Stimme. »Wir haben ihm genau so viel gegeben, wie sie es gesagt hat.«

»Vielleicht sollten wir rausgehen und ihn uns noch einmal ansehen.« Gurney.

»Sabiha ist gut in so etwas. Sie wird uns rufen, wenn irgendetwas falschläuft.« Namri.

»Mit gefällt die Sache mit Sabiha nicht.« Gurney.

»Sie ist ein notwendiger Bestandteil.« Namri.

Leto spürte ein helles Licht um sich herum und Dunkelheit in seinem Inneren, aber diese Dunkelheit war schützend und warm. Das Licht loderte auf, und er begriff, dass es aus der Dunkelheit kam und wie eine leuchtende Wolke um ihn herumwirbelte. Sein Körper wurde durchsichtig, zog ihn nach oben, und trotzdem hielt er Kontakt zu jeder Zelle, zu jedem Nerv. Die Vielzahl seiner inneren Leben hatte nun nichts Verworrenes oder Durchmischtes mehr an sich. So wie er wurden die Erinnerungen still, jede von ihnen in sich abgeschlossen, jede von ihnen eine körperlose, ungeteilte Einheit.

»Ich bin euer Geist«, sagte Leto zu seinen Erinnerungen. »Ich bin das einzige Leben, dem ihr zur Wirklichkeit verhelfen könnt. Ich bin das Haus eures Geistes in dem Land, das nirgendwo ist, dem Land, das euch als einzige Heimat geblieben ist. Ohne mich stürzt das wahrnehmbare Universum ins Chaos zurück. Das Schaffende und das Abgründige sind in mir untrennbar miteinander verbunden. Nur ich kann zwischen ihnen vermitteln. Ohne mich wird die Menschheit im Morast und der Eitelkeit des *Wissens* versinken. Mit mir werdet ihr – wird sie – den einzigen Weg aus dem Chaos finden: *Verstehen durch Leben.*«

Mit diesen Worten ließ er sich selbst los und wurde zu sich selbst, eine Einheit, die alle seine Vergangenheiten umfasste. Es war kein Sieg und auch keine Niederlage, sondern etwas Neues, das er mit jedem inneren Leben seiner Wahl teilen konnte. Leto genoss dieses Neue, er ließ es von jeder Zelle, jedem Nerv Besitz ergreifen, er gab die ihm offenbarte Gesamtheit auf und gewann sie im selben Moment zurück.

Und dann erwachte er in weißer Finsternis. Wie ein Blitz durchzuckte ihn das Wissen darum, wo sich sein Körper befand. Er saß im Sand, etwa einen Kilometer von der Felswand entfernt, die die nördliche Grenze des Sietchs war. Er wusste nun, welcher Sietch es war: Jacurutu … und Fondak. Aber der Sietch unterschied sich deutlich von den Mythen und Legenden. Und von den Gerüchten, die die Schmuggler nach außen dringen ließen.

Eine junge Frau saß auf dem Teppich direkt vor ihm. Ein Leuchtglobus, der an ihrem linken Ärmel festgebunden war, schwebte über ihrem Kopf. Als Leto den Blick von dem Leuchtglobus abwandte, sah er die Sterne. Er kannte die Frau. Es war die Frau aus seiner früheren Vision, die den Kaffee geröstet hatte. Sie war Namris Nichte, und sie war ebenso schnell mit dem Messer wie Namri. Da lag das Messer, in ihrem Schoß. Sie trug ein einfaches grünes Gewand über einem grauen Destillanzug. Sie hieß Sabiha. Und Namri hatte Pläne für sie.

Sabiha sah in Letos Augen, dass er erwacht war, und sagte: »Es ist fast Morgengrauen. Du hast die ganze Nacht hier verbracht.«

»Und den Großteil eines Tages«, erwiderte er. »Du machst guten Kaffee.«

Seine Worte mussten sie verwirren, aber sie ignorierte sie in einer Weise, die auf eine straffe Ausbildung und klare Anweisungen für ihr jetziges Verhalten hinwies.

»Es ist die Stunde der Meuchelmörder«, fuhr Leto fort. »Aber dein Messer wird nicht mehr gebraucht.« Er sah auf das Krismesser in ihrem Schoß.

»Das wird Namri entscheiden.«.

Also nicht Gurney. Sabiha bestätigte ihm damit, was er in seinem Inneren schon wusste. »Shai-Hulud ist ein großer Müllsammler, der unerwünschte Beweise beseitigt«, sagte er. »Ich selbst habe ihn schon dafür verwendet.«

Sabiha legte die Hand auf den Messergriff.

»Wie viel wir dadurch verraten, wo wir sitzen und wie wir sitzen«, fuhr Leto fort. »Du sitzt auf dem Teppich, ich sitze im Sand.«

Sabihas Hand schloss sich um den Messergriff.

Leto gähnte und zog dabei den Kiefer so weit nach unten, dass es schmerzte. »Ich hatte eine Vision, in der du vorkamst.«

Sabihas Schultern entspannten sich ein wenig.

»Wir handeln in Bezug auf Arrakis bisher sehr einseitig. Barbarisch, um die Wahrheit zu sagen. Was wir getan haben, hatte ein gewisses dynamisches Moment, aber jetzt müssen wir einen Teil unserer Arbeit wieder zunichtemachen. Die Waagschalen müssen ins Gleichgewicht gebracht werden.«

Ein verwirrtes Runzeln trat auf Sahibas Stirn.

»Meine Vision. Wenn wir den Tanz des Lebens auf Arrakis nicht wiederherstellen, wird es den Drachen am Grunde der Wüste nicht mehr geben.«

Leto hatte den alten Fremenausdruck für einen großen Wurm verwendet, und so brauchte Sabiha einen Moment, um zu verstehen. Dann sagte sie: »Die Würmer.«

»Wir sind in einem dunklen Tunnel. Ohne Gewürz zerfällt das Imperium. Die Gilde wird bewegungsunfähig. Die Planeten werden nach und nach die Erinnerung aneinander verlieren. Sie werden sich nur noch mit sich selbst beschäftigen. Wenn die Gildennavigatoren ihre Fähigkeiten verlieren, wird der Weltraum zur Grenze. Dann klammern wir uns an den Dünenkämmen fest und ahnen nichts mehr von dem, was sich über und unter uns befindet.«

»Du sprichst seltsame Worte. Wie kommt es, dass du in deiner Vision *mich* gesehen hast?«

Auf den Aberglauben der Fremen ist Verlass!, dachte Leto. »Ich bin pasigrafisch geworden«, sagte er. »Ich bin ein lebendes Zeichen, mit dem die Veränderungen niedergeschrieben werden, die sich ereignen müssen. Wenn ich sie nicht schreibe, dann werdet ihr einen Schmerz erfahren, wie ihn kein Mensch jemals erfahren hat.«

»Was sind das für Worte?« Sabihas Hand ruhte weiter locker auf dem Messer.

Leto wandte sich der Felswand zu und sah das Leuchten des zweiten Mondes, der kurz vor der Morgendämmerung aufstieg. Der Todesschrei eines Wüstenhasen durchzuckte ihn wie ein Schock. Auch Sabiha erschauerte. Dann das Schlagen von Flügeln – ein Raubvogel, ein Geschöpf der Nacht. Leto sah glühende

Augen, als die Vögel über ihn zogen, auf dem Weg zu den Nischen und Winkeln in der Felswand.

»Ich muss die Gebote meines neuen Herzens befolgen«, sagte er. »Du betrachtest mich als bloßes Kind, Sabiha, aber wenn …«

»Man hat mich vor dir gewarnt«, unterbrach sie ihn. Ihre Schultern spannten sich an.

Leto spürte die Angst in ihrer Stimme. »Fürchte mich nicht, Sabiha. Du hast acht Jahre länger gelebt als der Körper vor dir. Dafür erweise ich dir die Ehre. Aber ich verfüge über Jahrtausende mehr aus unzähligen anderen Leben. Betrachte mich nicht als Kind. Ich habe die Zukünfte überspannt, und in einer davon habe ich uns in Liebe verschlungen gesehen. Dich und mich, Sabiha.«

»Was … das kann …« Sie brach verwirrt ab.

»Vielleicht freundest du dich mit dieser Vorstellung ja eines Tages an. Aber jetzt hilf mir zurück in den Sietch, denn ich habe ferne Orte besucht und bin von meiner Reise schwach und erschöpft. Namri muss erfahren, wo ich war.« Er bemerkte ihre Unschlüssigkeit. »Bin ich nicht der Gast der Höhle? Namri muss erfahren, was ich erfahren habe. Wir haben viel zu tun, wenn wir verhindern wollen, dass das Universum degeneriert.«

»Ich glaube das mit den Würmern nicht.«

»Und auch nicht das über uns beide? Verschlungen in Liebe?«

Sabiha schüttelte den Kopf. Aber Leto sah, dass ihre Gedanken sie wie vom Wind getragene Federn umkreisten. Seine Worte zogen sie an und stießen sie ab. Es war höchst verlockend, die Gefährtin eines Mächtigen zu sein; gleichzeitig waren da die Befehle ihres Onkels. Eines Tages mochte dieser Sohn Muad'Dibs, den sie da vor sich hatte, auf Arrakis und in den entferntesten Winkeln des Universums herrschen; gleichzeitig empfand sie einen frementypischen Widerwillen gegen eine solche Zukunft, der bei ihr den Impuls weckte, sich in einer Höhle zu verstecken. Jeder würde die Gefährtin Letos sehen, sie würde Objekt von Klatsch und Mutmaßungen sein. Allerdings würde sie auch reich sein und …

»Ich bin der Sohn Muad'Dibs. Dazu fähig, in die Zukunft zu blicken«, sagte Leto.

Langsam steckte Sabiha ihr Messer in die Scheide zurück, erhob sich leichtfüßig von dem Teppich, kam an Letos Seite und half ihm auf. Was sie dann als Nächstes tat, belustigte ihn. Sie faltete den Teppich ordentlich zusammen und legte ihn sich über die rechte Schulter. Leto sah, wie sie den Größenunterschied zwischen ihnen beiden abschätzte und dabei an seine Worte dachte: *In Liebe verschlungen?*

Auch Größe ist etwas, das sich verändert, dachte er.

Dann nahm sie seinen Arm, um ihn zu lenken. Er stolperte, und Sabiha sagte harsch: »Für so etwas sind wir zu weit weg vom Sietch!« Sie meinte das Geräusch des Stolperns, das einen Wurm anlocken konnte.

Leto hatte das Gefühl, dass sein Körper nur noch ein leerer Panzer war. Dieser Panzer war die Gesellschaft, die man auf Grundlage des Gewürzhandels und der dazugehörigen Religion des Goldenen Elixiers konstruiert hatte. Er war durch ihre Exzesse entleert. Muad'Dibs hehre Ziele hatten sich in Zaubertricks verwandelt, die vom militärischen Arm der Auqaf durchgesetzt wurden. Muad'Dibs Religion trug nun einen anderen Namen; sie hieß Shien-san-Shao, eine ixianische Bezeichnung für den Eifer und Wahnsinn jener, die glaubten, sie könnten das Universum mit gezogenem Krismesser ins Paradies zwingen. Aber auch das würde sich ändern, so wie sich Ix verändert hatte. Denn bei Ix handelte es sich nur um den neunten Planeten seiner Sonne, und seine Bewohner hatten sogar schon die Sprache vergessen, aus der er seinen Namen hatte.

»Der Dschihad war ein Massenwahn«, murmelte Leto.

»Wie bitte?« Sabiha hatte sich darauf konzentriert, Leto zu einem arhythmischen Gehen zu bringen, damit sie im offenen Sand nicht auffielen. Sie brauchte einen Moment, um sich auf seine Worte zu konzentrieren, und interpretierte sie dann als weiteres Produkt seiner Erschöpfung. Sie spürte, wie schwach er war, wie die Trance ihn ausgelaugt hatte. Diese ganze Sache kam ihr sinnlos und grausam vor. Wenn man ihn töten musste, wie Namri sagte, dann sollte es besser schnell geschehen, ohne all dieses Hin und Her. Aber Leto hatte von einer Erkenntnis gesprochen, und vielleicht war es das, wonach Namri suchte. Bestimmt handelte es sich dabei um das Motiv für das Verhalten von Letos Großmutter. Warum sonst hätte sie ein Kind diesem gefährlichen Tun ausgesetzt?

Kind?

Erneut dachte Sabiha über Letos Worte nach. Sie befanden sich nun am Fuß der Felswand, und Sabiha hielt in ihrem Lauf inne und gestattete Leto, sich hier, wo es sicherer war, kurz auszuruhen. Im schwachen Sternenlicht sah sie ihn an und fragte: »Wie sollte es keine Würmer mehr geben?«

»Nur ich kann das verhindern«, erwiderte er. »Hab keine Angst. Ich kann alles ändern.«

»Aber das ist …«

»Auf manche Fragen gibt es keine Antworten, Sabiha. Ich habe diese Zukunft gesehen, aber die Widersprüche würden dich nur verwirren. Das Universum befindet sich in steter Veränderung, und wir sind die seltsamste Veränderung von allen. In uns hallen zu viele Einflüsse wider. Wir müssen unsere Zukünfte unaufhörlich erneuern. Das ist eine Barriere, die wir beseitigen müssen. Und das verlangt, dass wir grausame Dinge tun, dass wir gegen unsere grundlegendsten, teuersten Wünsche handeln. Aber es muss getan werden.«

»Was muss getan werden?«

»Hast du jemals einen Freund getötet?« Leto drehte sich um und betrat den Spalt, der nach oben zum verborgenen Sietcheingang führte. Er bewegte sich so schnell er konnte, aber Sabiha holte ihn mit Leichtigkeit ein, hielt seine Robe fest und brachte ihn zum Stehen.

»Was soll dieses Gerede davon, einen Freund zu töten?«, fragte sie.

»Er wird ohnehin sterben. Ich muss es nicht tun, aber ich könnte es verhindern. Wenn ich es nicht verhindere, ist es dann nicht so, als würde ich ihn töten?«

»Wer ist dieser Freund? Wer wird sterben?«

»Die Alternative lässt mich schweigen. Ich muss meine Schwester womöglich einem Monster überlassen.«

Wieder wandte sich Leto von ihr ab, und als sie diesmal an seiner Robe zog, weigerte er sich, ihre Fragen zu beantworten, und dachte: *Es ist besser, wenn sie es nicht weiß, bevor es so weit ist.*

Die natürliche Zuchtwahl wurde so beschrieben, dass eine bestimmte Umwelt jene Individuen auswählt, die Nachkommen haben sollen. Wenn es um Menschen geht, dann ist diese Sichtweise aber höchst eingeengt. Reproduktion durch Sex neigt zu Experimenten und Neuerungen. Sie wirft zahlreiche Fragen auf, unter anderem die uralte Frage, ob die Umwelt auswählt, nachdem es zu einer Variation gekommen ist, oder ob sie bereits vor der Auswahl eine Rolle dabei spielt, die Variationen, nach denen sie Ausschau hält, zu bestimmen. Der Wüstenplanet hat diese Fragen nicht beantwortet. Er hat nur neue Fragen aufgeworfen, die Leto und die Schwesternschaft innerhalb der nächsten fünfhundert Generationen versuchen können zu beantworten.

– Die Wüstenplanet-Katastrophe,
nach Harq al-Ada

Der kahle, braune Fels des Schildwalls ragte in der Ferne auf. Für Ghanima sah er aus wie die Verkörperung all dessen, was ihre Zukunft bedrohte. Sie stand am Rand des Dachgartens der Festung. Staubwolken verliehen den Strahlen der untergehenden Sonne in ihrem Rücken ein tiefes Orange, eine Farbe so üppig wie der Rand eines Wurmschlunds. Ghanima seufzte und dachte: *Alia … Alia … soll dein Schicksal auch mein Schicksal werden?*

In letzter Zeit waren die Leben in ihr immer lauter geworden. Es war etwas an der weiblichen Konditionierung in der Fremengesellschaft – vielleicht war es auch ein tatsächlicher Unterschied der Geschlechter, doch darauf kam es nicht an –, das Frauen anfälliger für dieses innere Toben machte. Ihre Großmutter hatte sie davor gewarnt, als Leto und sie ihre Pläne geschmiedet und dabei auf das gesammelte Wissen der Bene Gesserit zurückgegriffen hatten.

»Hinter *Abscheulichkeit*«, hatte Jessica gesagt, »unserem Begriff für die Vorgeborenen, steckt eine lange Geschichte bitterer Erfahrungen. Es hat den Anschein, dass sich die inneren Leben aufteilen, sich in gutartige und bösartige scheiden. Die Gutartigen bleiben folgsam, nützlich. Die Bösartigen vereinigen sich offenbar zu einer mächtigen Psyche und versuchen, den lebenden Körper und sein Bewusstsein zu übernehmen. Man weiß, dass dieser Vorgang beträchtliche Zeit in Anspruch nimmt, aber die Anzeichen dafür sind wohlbekannt.«

»Warum hast du Alia dann allein auf Arrakis zurückgelassen?«, hatte Ghanima gefragt.

»Ich bin voller Entsetzen über das geflohen, was ich erschaffen hatte. Ich habe aufgegeben. Und meine Bürde besteht nun darin, dass ich vielleicht zu früh aufgegeben habe.«

»Wie meinst du das?«

»Das kann ich noch nicht erklären, aber … vielleicht … Nein, ich mache dir keine falschen Hoffnungen. *Ghafla*, die abscheuliche Ablenkung, hat eine lange Geschichte in der menschlichen Mythologie. Man hat ihr schon viele Namen gegeben, meistens hieß sie jedoch *Besessenheit*. Darum handelt es sich offensichtlich. Man verliert sich in der Bösartigkeit, und sie ergreift Besitz von einem.«

»Leto … fürchtet das Gewürz.« Ghanima hatte festgestellt, dass sie nur leise über ihn sprechen konnte. Dieser schreckliche Preis, der ihnen abverlangt wurde!

»Und das ist klug von ihm«, hatte Jessica erwidert. Mehr nicht.

Aber Ghanima hatte eine Explosion der Erinnerungen in ihrem Inneren riskiert, indem sie hinter einen verschwommenen Schleier gespäht und die Ängste der Bene Gesserit ausgedehnt hatte. Zu erklären, was Alia widerfahren war, machte es kein bisschen leichter. Die gesammelten Erfahrungen der Bene Gesserit deuteten allerdings auf einen möglichen Weg aus der Falle hin, und als Ghanima das Wagnis eingegangen war, ihr Inneres zu teilen, hatte sie als Erstes das Mohalata angerufen, eine Partnerschaft der Gutartigen, die sie vielleicht beschützen würde.

An diesen Moment des Teilens dachte sie, während sie im Schein des Sonnenuntergangs am Rande des Dachgartens stand. Und sofort spürte sie die Erinnerungspräsenz ihrer Mutter. Chani war dort, eine Erscheinung zwischen Ghanima und dem fernen Schildwall.

»Tritt hier ein, und du wirst die Frucht des Zaqquum essen, die Speise der Hölle«, sagte Chani. »Versperr diese Tür, meine Tochter, nur das gibt dir Sicherheit.«

Ein inneres Getöse erhob sich um diese Vision, und Ghanima floh, versenkte ihr Bewusstsein im Credo der Schwesternschaft, wenn auch eher aus Verzweiflung denn aus Vertrauen. Hastig bewegte sie die Lippen und ließ ihre Stimme als Flüstern erklingen: *»Religion ist die Nachahmung des Erwachsenen durch das Kind. Religion ist die Einkapselung vergangener Glaubensvorstellungen: Mythologie, bei der es sich um reines Herumraten handelt, das verborgene Vertrauen in das Universum, die Verkündungen nach persönlicher Macht strebender Männer, all das vermischt mit Fetzen von Erkenntnis. Und immer lautet das letztgültige, unausgesprochene Gebot: ›Du sollst nicht fragen!‹ Aber wir fragen. Wir brechen dieses Gebot gewohnheitsmäßig. Die Aufgabe, die wir uns gestellt haben, ist die Befreiung der Vorstellungskraft, die Verknüpfung der Vorstellungskraft mit den tiefsten schöpferischen Sinnen der Menschheit.«*

Das Credo brachte wieder Ordnung in Ghanimas Gedanken. Aber sie spürte, dass ihr Körper zitterte, und wusste, wie zerbrechlich der Friede war, den sie erlangt hatte – und dass der verschwommene Schleier immer noch in ihrem Kopf war.

»*Leb Kamai*«, flüsterte sie. »Herz meines Feindes, du sollst nicht mein Herz sein.« Und sie rief sich Farad'ns Gesicht ins Gedächtnis, diese düsteren jungen Züge mit der vorspringenden Stirn und dem harten Mund.

Der Hass macht mich stark. Im Hass kann ich Alias Schicksal widerstehen.

Aber nach wie vor verharrte sie in einer bebenden Zerbrechlichkeit und konnte nur daran denken, wie sehr Farad'n ihrem Onkel ähnelte, dem verstorbenen Shaddam IV.

»Da bist du ja!«

Das war Irulan, die sich Ghanima von rechts näherte und dabei mit Bewegungen, die an einen Mann erinnerten, an der Brüstung entlangeilte. Ghanima wandte sich ihr zu und dachte: *Und sie ist Shaddams Tochter.*

Irulan blieb mit finsterer Miene vor Ghanima stehen. »Warum schleichst du immer wieder allein raus?«

Ghanima verkniff sich die Erwiderung, dass sie gar nicht allein war, dass Wachen beobachtet hatten, wie sie auf das Dach getreten war. Bei Irulans Zorn ging es darum, dass sie hier im Freien waren und dass eine weit entfernte Waffe so ihr Ziel finden konnte. »Du trägst keinen Destillanzug, Irulan«, sagte sie stattdessen. »Wusstest du, dass man in den alten Zeiten eine Person, die außerhalb des Sietchs ohne Destillanzug angetroffen wurde, sofort getötet hat? Wasser zu verschwenden bedeutete, den Stamm in Gefahr zu bringen.«

»Wasser, Wasser!«, blaffte Irulan. »Ich möchte wissen, warum du dich in dieser Weise in Gefahr bringst. Komm wieder rein. Du machst uns allen nur Ärger.«

»Welche Gefahr besteht derzeit? Stilgar hat die Verräter ausgemerzt. Und Alias Wachen sind überall.«

Irulan blickte in den sich verdunkelnden Himmel. Vor dem graublauen Hintergrund waren die ersten Sterne zu sehen. Dann wandte sie sich wieder Ghanima zu. »Ich streite nicht mit dir. Man hat mich geschickt, um dir zu sagen, dass wir Nachricht von Farad'n haben. Er nimmt das Angebot an, aber aus irgendeinem Grund möchte er die Zeremonie erst später abhalten.«

»Wie viel später?«

»Das wissen wir noch nicht. Derzeit wird darüber verhandelt. Aber Duncan wird nach Hause geschickt.«

»Und meine Großmutter?«

»Sie hat sich entschieden, vorerst auf Salusa zu bleiben.«

»Wer könnte ihr einen Vorwurf daraus machen?«

»Dieser alberne Streit mit Alia!«

»Versuch nicht, mich für dumm zu verkaufen, Irulan. Das war kein alberner Streit. Ich habe die Geschichten gehört.«

»Die Schwesternschaft fürchtet ...«

»Die Ängste der Schwesternschaft sind begründet. Nun, du hast deine Nachricht überbracht, Irulan. Willst du die Gelegenheit für einen weiteren Versuch nutzen, mich von meinem Vorhaben abzubringen?«

»Das habe ich aufgegeben.«

»Du solltest mich nicht anlügen.«

»Nun gut, ich werde weiter versuchen, dich davon abzubringen. Was du vorhast, ist Irrsinn.« Irulan fragte sich, warum sie es Ghanima überhaupt gestattete, sie so zu verärgern. Eine Bene Gesserit sollte sich über gar nichts ärgern. »Ich mache mir Sorgen um dich. Das weißt du. Ghani, Ghani, du bist Pauls Tochter. Wie kannst du ...«

»*Weil* ich seine Tochter bin. Das Geschlecht der Atreides geht bis zu Agamemnon zurück, und wir wissen, was uns im Blut liegt. Vergiss das nie, kindlose Gattin meines Vaters. Wir Atreides haben eine blutige Geschichte, und wir sind noch nicht fertig mit dem Blut.«

Verwirrt fragte Irulan: »Wer ist Agamemnon?«

»Oh, wie dürftig eure viel gepriesene Bene-Gesserit-Bildung doch ist! Ich vergesse immer wieder, dass ihr die Geschichte verkürzt. Aber meine Erinnerungen reichen bis zu …« Ghanima hielt inne. Es war besser, diese Schatten nicht aus ihrem Schlaf aufzuschrecken.

»Woran auch immer du dich erinnerst, dir muss doch klar sein, wie gefährlich deine Absichten für …«

»Ich töte ihn.« Ghanimas Stimme war eiskalt. »Er schuldet mir ein Leben.«

»Und ich werde das verhindern, wenn ich kann.«

»Das wissen wir bereits. Aber du wirst keine Gelegenheit dazu bekommen. Alia schickt dich nach Süden in eine der neuen Städte, bis es getan ist.«

Verzweifelt schüttelte Irulan den Kopf. »Ghani, ich habe geschworen, dich vor jeder Gefahr zu schützen. Wenn nötig um den Preis meines eigenen Lebens. Wenn du glaubst, dass ich es mir in irgendeiner Dschedida mit Ziegelmauern gemütlich mache, während du …«

»Es gibt auch immer noch das Huanui. Wir haben die Todesdestille als Alternative. Von dort kannst du dich mit Sicherheit nicht einmischen.«

Irulan legte eine Hand vor den Mund und vergaß für einen Moment ihre gesamte Ausbildung. Es zeigte, wie viel Mühe und Sorge sie in Ghanima gesteckt hatte, dass sie in diesem Augenblick alle Gefühle außer animalischer Angst verdrängte. Mit zitternden Lippen sagte sie: »Ghani, ich fürchte nicht um mich. Ich würde mich für dich in den Schlund eines Wurms stürzen. Ja, ich bin das, als was du mich bezeichnest, die kindlose Gattin deines Vaters. Aber du bist das Kind, das ich nie hatte. Ich flehe dich an.« Tränen schimmerten in ihren Augenwinkeln.

Ghanima schluckte den Kloß in ihrer Kehle herunter. »Es gibt noch einen Unterschied zwischen uns, Irulan. Du warst nie eine Fremen. Ich bin sonst nichts. Das ist ein Abgrund, der zwischen uns klafft. Alia weiß das. Was immer sie auch ist, das weiß sie.«

»Was Alia weiß, ist schwer zu sagen. Wenn ich nicht wüsste, dass sie eine Atreides ist, würde ich schwören, dass sie es darauf abgesehen hat, ihre eigene Familie zu zerstören.«

Und woher weißt du, dass sie nach wie vor eine Atreides ist?, dachte Ghanima, erstaunt darüber, wie blind Irulan in dieser Hinsicht war. Sie war eine Bene Gesserit, und wer wusste besser über die Geschichte der Abscheulichkeit Bescheid als ihr Orden? Aber sie gestattete sich offenbar nicht, auch nur darüber nachzudenken, geschweige denn, daran zu glauben. Alia musste diese arme Frau mit irgendeinem Hexenwerk verzaubert haben. »Ich habe eine Wasserschuld bei dir, Irulan. Dafür wache ich über dein Leben. Aber das deines Cousins ist verwirkt. Sprich nicht weiter darüber.«

Irulan zwang ihre bebenden Lippen zur Ruhe und wischte sich über die Augen. »Ich habe deinen Vater geliebt«, flüsterte sie. »Und ich wusste das nicht, bevor er tot war.«

»Vielleicht ist er ja nicht tot. Dieser Prediger …«

»Ghani! Wie kannst du das nur glauben? Würde Paul seine eigene Familie attackieren?«

Ghanima zuckte mit den Schultern und sah in den immer dunkler werdenden Himmel hinauf. »Er findet es vielleicht amüsant.«

»Wie kannst du so leichtfertig über …«

»Um die dunklen Tiefen auf Abstand zu halten. Ich verspotte dich nicht. Die Götter wissen, dass das nicht in meiner Absicht liegt. Aber ich bin nicht nur die Tochter meines Vaters. Ich bin jede Person, die den Atreides ihren Samen beigemischt hat. Du willst nicht an die Abscheulichkeit denken, aber ich kann an nichts anderes denken. Ich bin eine Vorgeborene. Ich weiß, was in mir ist.«

»Dieser dumme alte Aberglaube um …«

»Nicht!« Ghanima streckte die Hand nach Irulans Mund aus. »Ich bin jede Bene Gesserit aus ihrem verdammenswerten Zuchtprogramm bis hin zu meiner Großmutter. *Einschließlich* meiner Großmutter. Und ich bin noch viel mehr.« Blitzschnell bohrte sie sich einen Fingernagel in die linke Handfläche, bis Blut hervorquoll. »Das hier ist ein junger Körper, aber seine Erfahrungen …

Oh, ihr Götter! Irulan, meine Erfahrungen! Nein!« Sie streckte wieder die Hand aus, als Irulan näher kam. »Ich kenne all die Zukünfte, die mein Vater erforscht hat. Ich habe das Wissen so vieler Leben und auch das Unwissen, all die Zerbrechlichkeiten. Wenn du mir helfen willst, Irulan, lerne zuerst, wer ich bin.«

Instinktiv beugte sich Irulan vor und nahm Ghanima in die Arme, hielt sie Wange an Wange dicht an sich gepresst.

Bitte, ich will diese Frau nicht töten müssen, dachte Ghanima. *Lasst es nicht dazu kommen!*

Und während sie dieser Gedanke durchströmte, senkte sich die Nacht über die Wüste.

Ein kleiner Vogel hat dich gerufen
Aus einem scharlachrot benetzten Schnabel.
Einmal rief er über Sietch Tabr
Und du gingst hinaus auf die Bestattungsebene.

– Klagelied für Leto II.

Leto erwachte, als er das Klimpern von Wasserringen in den Haaren einer Frau hörte. Er blickte zum offenen Durchgang seiner Kammer. Sabiha saß dort. Die Gewürztrance, in der er sich noch teilweise befand, zeigte sie ihm eingerahmt von allem, was ihm seine Vision über sie verriet. Sie war schon zwei Jahre über das Alter hinaus, in dem Fremenfrauen üblicherweise verheiratet oder zumindest verlobt wurden. Ihre Familie sparte sie also für etwas auf. Oder für jemanden. Sie war anziehend … offensichtlich. Letos verhangener Blick sah sie wie ein Geschöpf aus der terranischen Vergangenheit der Menschheit: dunkles Haar, blasse Haut. Tiefe Augenhöhlen, die ihren ganz und gar blauen Augen einen grünlichen Schimmer verliehen. Sie hatte eine kleine Nase und einen breiten Mund über einem spitzen Kinn, und sie war für Leto das lebende Zeichen dafür, dass der Plan der Bene Gesserit hier in Jacurutu bekannt war – oder dass man zumindest von ihm ahnte. Man hoffte also, den pharaonischen Imperialismus durch ihn wiederzubeleben? Und wie wollten sie ihn zu einer Ehe mit seiner Schwester zwingen? Sabiha jedenfalls würde das sicher nicht verhindern können.

Aber seine Häscher kannten den Plan. Und wie hatten sie davon erfahren? Sie hatten nicht an seiner Vision teilgehabt. Sie waren nicht mit ihm dorthin gegangen, wo das Leben zu einer bewegten

Membran in anderen Dimensionen wurde. Die kreisförmige Subjektivität der Visionen, die Sabiha zeigten, kam nur ihm zu, niemandem sonst.

Erneut klimperten die Wasserringe in Sabihas Haar, und das Geräusch verwirbelte die Visionen. Leto wusste, wo er gewesen war und was er dort in Erfahrung gebracht hatte. Niemand konnte das auslöschen. Er ritt nicht auf einem großen Bringer, und die Wasserringe der anderen Passagiere klimperten nicht im Rhythmus ihres Vorbeiziehens. Nein, er war hier in Jacurutu, und er befand sich auf der gefährlichsten Reise von allen: weg vom und zurück zum *Ahl as-sunna wal-jamas*, weg von der wirklichen Welt der Sinne und zurück zu dieser Welt.

Was machte Sabiha dort mit ihren klimpernden Wasserringen im Haar? Ach ja. Sie mischte mehr von dem Gebräu an, mit dem sie glaubten, ihn unter Kontrolle zu halten: Speisen, die mit Gewürzessenz versetzt waren, um Leto halb innerhalb und halb außerhalb des wirklichen Universums festzuhalten, bis er entweder starb oder der Plan seiner Großmutter von Erfolg gekrönt war. Und jedes Mal, wenn er glaubte, entkommen zu sein, schickten sie ihn wieder zurück in die Trance. Jessica hatte natürlich recht, diese alte Hexe! Aber wie konnte man so etwas nur tun! Die Erinnerung an all die Leben in seinem Inneren half ihm gar nichts, solange er die Daten nicht sortieren und sich nach Belieben ins Gedächtnis rufen konnte. Diese Leben waren das Rohmaterial der Anarchie. Eines davon oder alle zusammen hätten ihn überwältigen können. Das Gewürz und der merkwürdige Schauplatz hier in Jacurutu waren ein verzweifeltes Spiel.

Jetzt wartet Gurney auf das Zeichen, und ich weigere mich, es ihm zu geben. Wie lange wird seine Geduld reichen?

Er sah zu Sabiha. Sie hatte ihre Kapuze zurückgeschoben, sodass man die Stammestätowierungen an ihren Schläfen sah. Leto erkannte diese Tätowierungen zuerst nicht, aber dann fiel ihm ein, wo er sich befand. Ja, Jacurutu lebte noch.

Er wusste nicht, ob er seiner Großmutter danken oder sie hassen sollte. Sie wollte, dass er auf bewusster Ebene Instinkte entwickelte. Aber Instinkte waren nichts als die Erinnerungen einer Gattung daran, wie man mit Krisen umging, und seine direkten Erinnerungen an die anderen Leben vermittelten ihm sehr viel mehr als das. Er hatte nun alles sortiert und erkannte die Gefahr, die darin lag, sich Gurney zu offenbaren. Aber es war unmöglich, die Erkenntnis vor Namri verborgen zu halten. Namri war ein ganz anderes Problem.

Jetzt kam Sabiha zu ihm mit einer Schüssel in den Händen. Er betrachtete die regenbogenfarbenen Kränze, die das Licht von draußen in ihr Haar flocht. Behutsam hob sie seinen Kopf an und begann, ihn zu füttern. Erst da wurde ihm bewusst, wie schwach er wirklich war. Er ließ sich von ihr füttern, während seine Gedanken auf Reisen gingen und zu dem Gespräch mit Gurney und Namri zurückkehrten. Sie glaubten ihm! Namri glaubte ihm mehr als Gurney, aber auch Gurney konnte nicht abstreiten, was ihm seine Sinne über diesen Planeten mitgeteilt hatten.

Sabiha wischte Leto den Mund mit dem Saum ihrer Robe ab.

Ah, Sabiha, dachte er und erinnerte sich an jene andere Vision, die sein Herz mit Schmerz erfüllte. *Viele Nächte habe ich am offenen Wasser geträumt und den Wind über mir gehört. Viele Nächte hat mein Leib neben der Schlangengrube gelegen, und ich habe von Sabiha in der Sommerhitze geträumt. Ich sah sie, wie sie Gewürzbrot, gebacken auf glühend heißen Plastahlplatten, einlagerte. Ich sah das klare Wasser im Qanat, sanft und glitzernd, aber in meinem Herzen toste ein Sturm. Sie trinkt Kaffee und isst von dem Brot. Ihre Zähne leuchten in den Schatten. Ich sehe, wie sie meine Wasserringe in ihr Haar flicht. Der Bernsteinduft ihres Busens dringt in mein innerstes Empfinden vor. Allein durch ihre Existenz quält sie mich und drückt mich nieder.*

Der Druck seiner Erinnerungen brachte den in der Zeit erstarrten Moment, dem er zu widerstehen versucht hatte, zum Explodieren. Er sah ineinander verschlungene Körper, hörte die Geräusche von Sex, spürte die in jede Sinneswahrnehmung eingeflochtenen Rhythmen: Lippen, Keuchen, feuchter Atem, Zungen. Irgendwo in seiner Vision tauchten kohlefarbene Helixformen auf, und er spürte ihren Takt, als sie sich mit ihm drehten. In seinem Kopf flehte eine Stimme: Bitte, bitte, bitte, bitte … Sein Mund öffnete sich, und er klammerte sich fest in das Gebälk der Ekstase. Dann ein Seufzen, eine anhaltende, schwellende Süße, ein Zusammenbruch.

Wie köstlich es doch wäre, das zum Sein gelangen zu lassen!

»Sabiha«, flüsterte er. »Meine Sabiha.«

Als sie sah, dass ihr Schutzbefohlener tief in die Trance eingetaucht war, nahm Sabiha die Schüssel und ging zum Durchgang, wo Namri stand.

»Er hat schon wieder meinen Namen gesagt.«

»Bleib bei ihm«, sagte Namri. »Ich muss Halleck finden und diese Sache mit ihm besprechen.«

Sabiha stellte die Schüssel neben dem Durchgang ab und ging in die Kammer zurück. Sie setzte sich auf den Rand der Pritsche und betrachtete Letos in den Schatten liegendes Gesicht.

In diesem Moment öffnete er die Augen, streckte eine Hand aus und berührte sie an der Wange. Und dann erzählte er ihr von der Vision, in der er sie gefunden hatte.

Sabiha legte ihre Hand auf seine, während er sprach. Wie süß er war, wie süß … Sie sank auf die Pritsche und hatte bereits das Bewusstsein verloren, als Leto die Hand wegzog. Er setzte sich auf. Spürte, wie tief seine Erschöpfung reichte. Das Gewürz hatte ihn ausgelaugt. Er suchte in seinen Zellen nach jedem Funken Energie, den er aufbringen konnte, und erhob sich dann von der Pritsche. Er musste weg von hier, aber er wusste, dass er nicht weit kommen würde. Langsam schloss er seinen Destillanzug, warf die Robe über und verließ die Kammer. Ein paar Leute liefen draußen herum, aber sie waren mit ihren eigenen Angelegenheiten beschäftigt.

Sie wussten, wer er war, doch er fiel nicht in ihre Verantwortung. Namri und Halleck würden schon wissen, was Leto da machte, und Sabiha konnte auch nicht weit sein.

Leto fand die Sorte Seitengang, die er brauchte, und schritt ihn mutig entlang.

In der Kammer schlief Sabiha friedlich, bis Gurney Halleck sie weckte. Sie setzte sich auf, rieb sich die Augen, sah die leere Pritsche, sah ihren Onkel hinter Halleck stehen, sah die Wut auf ihren Gesichtern.

»Ja, Sabiha, er ist fort«, sagte Namri und blickte sie finster an.

»Wie konntest du ihn nur entkommen lassen?«, rief Halleck. »Wie ist das möglich?«

»Man hat gesehen, wie er in Richtung des unteren Ausgangs unterwegs war«, sagte Namri.

Sabiha senkte den Kopf und versuchte sich zu erinnern.

»Wie?«, fragte Halleck wieder.

»Ich weiß es nicht«, murmelte sie. »Ich weiß es nicht.«

»Es ist Nacht, und er ist schwach«, sagte Namri. »Er wird nicht weit kommen.«

Halleck wirbelte zu ihm herum. »Du willst, dass der Junge stirbt.«

»Ich wäre nicht unglücklich darüber.«

Halleck wandte sich wieder Sabiha zu. »Sag mir, was geschehen ist.«

»Er hat mich an der Wange berührt. Er hat von seiner Vision geredet … von uns beiden zusammen.« Sie sah auf die Pritsche. »Er hat mich einschlafen lassen. Er hat mich verzaubert.«

Halleck warf Namri einen Blick zu. »Kann es sein, dass er sich irgendwo im Sietch versteckt?«

»Nein«, erwiderte der Fremen. »Man würde ihn finden. Er war zum Ausgang unterwegs. Er ist dort draußen.«

»Magie«, murmelte Sabiha.

»Keine Magie«, sagte Namri. »Er hat dich hypnotisiert. Das

Gleiche hätte er fast bei mir gemacht. Er hat gesagt, ich wäre sein Freund.«

»Er ist sehr geschwächt«, sagte Halleck.

»Nur körperlich. Aber er wird ohnehin nicht weit kommen. Ich habe die Fersenpumpen seines Destillanzugs sabotiert. Wenn wir ihn nicht finden, wird er ohne Wasser sterben.«

Halleck hätte Namri beinahe geschlagen, aber er hielt sich unter Kontrolle. Jessica hatte ihn davor gewarnt, dass Namri den Jungen vielleicht würde töten müssen. Bei den Göttern der Unterwelt! Atreides gegen Atreides! Wie konnte es nur so weit kommen? »Ist es möglich, dass er in der Trance einfach so losgegangen ist?«

»Welchen Unterschied macht das?«, sagte Namri. »Wenn er uns entkommt, wird er sterben.«

»Wir beginnen beim ersten Tageslicht mit der Suche«, sagte Halleck. »Hat er ein Fremkit mitgenommen?«

»Es stehen immer einige neben der Türversiegelung. Er war sicher nicht so dumm, keines mitzunehmen. Wie ein Narr kam er mir bisher nicht vor.«

»Dann schick eine Nachricht an unsere Freunde. Teile ihnen mit, was geschehen ist.«

»Keine Nachrichten heute Nacht. Ein Sturm zieht auf. Die Stämme haben ihn schon seit Tagen im Auge. Um Mitternacht wird er hier sein. Die Kommunikationssysteme sind bereits ausgefallen. Die Satelliten haben sich vor zwei Stunden aus diesem Sektor abgemeldet.«

Ein tiefer Seufzer ließ Hallecks Körper erzittern. Der Junge würde dort draußen sterben, wenn der Sandstrahlsturm ihn erwischte. Er würde ihm das Fleisch von den Knochen reißen und die Knochen zu kleinen Splittern zermahlen. Der vorgebliche Tod, den er eingefädelt hatte, würde Wirklichkeit werden. Halleck klatschte sich mit der Faust in die offene Hand. Möglicherweise würde sie der Sturm hier im Sietch einschließen, dann konnten sie nicht einmal Suchtrupps losschicken. Und durch die Statik des Sturms war der Sietch von der Außenwelt abgeschnitten.

»Distrans«, sagte er. Ja, sie konnten eine Nachricht in den Stimmapparat einer Fledermaus implantieren und sie damit losschicken.

Namri schüttelte den Kopf. »Fledermäuse fliegen bei einem Sturm nicht. Denk nach, Mann! Die Tiere sind empfindlicher als wir. Sie suchen in den Felsspalten Schutz, bis es vorbei ist. Am besten warten wir, bis uns die Satelliten wieder orten können. Dann können wir suchen, was von ihm übrig ist.«

»Nicht, wenn er ein Fremkit mitgenommen und sich im Sand versteckt hat«, sagte Sabiha leise.

Mit einem halblauten Fluch drehte sich Halleck um und verließ die Kammer.

Frieden verlangt nach Lösungen, aber niemals erreichen wir lebende Lösungen – wir arbeiten lediglich auf sie hin. Eine festgelegte Lösung ist eine tote Lösung. Das Problem mit dem Frieden ist, dass er dazu neigt, Fehler zu bestrafen, anstatt brillante Leistungen zu belohnen.

– Die Worte meines Vaters: Ein Bericht über Muad'Dib, rekonstruiert von Harq al-Ada

»Sie bildet ihn aus? Sie bildet Farad'n aus?«

Alia starrte Duncan Idaho mit einer wohlbemessenen Mischung aus Zorn und Ungläubigkeit an. Der Gildenheighliner war zur örtlichen Mittagsstunde in eine Umlaufbahn um Arrakis eingeschwenkt, und eine Stunde später hatte ein Leichter Duncan unangekündigt, aber ohne große Geheimnistuerei in Arrakeen abgesetzt. Innerhalb von Minuten war ein Thopter gekommen, um ihn abzuholen und auf den Dachlandeplatz der Festung zu bringen. Alia, der man von seiner bevorstehenden Ankunft berichtet hatte, hatte ihn dort förmlich-kühl vor den Augen ihrer Wachen begrüßt, aber nun waren sie allein in Alias Privatgemächern. Duncan hatte soeben seinen Bericht abgeliefert, wahrheitsgemäß und exakt, wobei er die Fakten nach Art der Mentaten besonders hervorgehoben hatte.

»Sie hat den Verstand verloren«, sagte Alia.

Duncan behandelte diese Aussage wie ein Mentatenproblem. »Alles deutet darauf hin, dass sie nach wie vor geistig gesund und im inneren Gleichgewicht ist. Ich würde sagen, dass ihr Zurechnungsfähigkeitsindex bei …«

»Hör auf damit!«, zischte Alia. »Was denkt sie sich nur dabei?«

Duncan, der wusste, dass sein eigenes inneres Gleichgewicht davon abhing, ob es ihm gelang, sich auf die neutrale Sicht eines Mentaten zurückzuziehen, erwiderte: »Laut meiner Berechnungen denkt sie dabei vor allem an die Eheschließung ihrer Enkeltochter.« Er achtete sorgsam darauf, eine ausdruckslose Miene zu wahren, eine Maske, hinter der sich ein Kummer verbarg, der ihn beinahe verschlang. Es gab hier keine Alia. Alia war tot. Er hatte vor seinem inneren Auge eine Mythen-Alia bewahrt, eine Person, die er aus seinen Bedürfnissen heraus konstruiert hatte, aber als Mentat hatte er eine solche Selbsttäuschung nur für eine begrenzte Zeit aufrechterhalten können. Diese Kreatur vor ihm war besessen; eine Dämonenpsyche trieb sie an. Die Facetten seiner stählernen Augen erzeugten in seiner Wahrnehmung eine Vielzahl von Mythen-Alias, aber als er sie zu einem einzigen Bild zusammenfasste, blieb keine Alia mehr übrig. Sie gehorchte anderen Herren. Sie war eine Hülle, in deren Innern empörende Taten begangen worden waren. »Wo ist Ghanima?«, fragte er.

Alia tat die Frage mit einem Wink ab. »Ich habe sie mit Irulan weggeschickt, zu Stilgars Besitzungen.«

Auf neutralem Boden also, dachte Duncan. *Es gab weitere Verhandlungen mit aufrührerischen Stämmen. Sie verliert an Macht und weiß es nicht – oder doch? Gibt es noch einen anderen Grund? Ist Stilgar zu ihr übergelaufen?*

»Die Eheschließung also«, sagte Alia. »In welchem Zustand befindet sich das Haus Corrino?«

»Auf Salusa wimmelt es von nahen und fernen Verwandten, die Farad'n bearbeiten und hoffen, an seiner Macht teilhaben zu können, wenn er auf den Thron zurückkehrt.«

»Und sie bildet ihn nach Art der Bene Gesserit aus.«

»Ist das nicht angemessen für Ghanimas Ehegatten?«

Alia dachte an Ghanimas unbeirrbaren Zorn und lächelte. Nun gut, sollte Farad'n doch ausgebildet werden. Jessica unterrichtete eine Leiche. Es würde alles funktionieren. »Ich muss darüber nachdenken … Du bist sehr still, Duncan.«

»Ich warte auf deine Fragen.«

»Ich verstehe. Weißt du, ich war sehr wütend auf dich. Dass du sie zu Farad'n gebracht hast …«

»Du hast mir befohlen, es echt aussehen zu lassen.«

»Aber ich musste es nach außen so darstellen, dass man euch gefangen genommen hat.«

»Ich habe deine Befehle befolgt.«

»Manchmal nimmst du die Dinge zu wörtlich, Duncan. Du machst mir fast Angst. Aber hättest du das nicht getan, dann …«

»Lady Jessica ist nicht mehr in Gefahr. Und um Ghanimas willen sollten wir froh sein, dass …«

»Außerordentlich froh«, sagte Alia und dachte: *Er ist nicht mehr vertrauenswürdig. Diese verfluchte Atreides-Loyalität! Ich muss einen Vorwand finden, um ihn wegzuschicken – und beseitigen zu lassen. Natürlich soll es wie ein Unfall aussehen.*

Sie berührte ihn an der Wange, und Duncan zwang sich, auf die Liebkosung zu reagieren. Er nahm ihre Hand und küsste sie.

»Duncan, Duncan, es ist so traurig. Aber ich kann dich nicht hier bei mir behalten. Zu viel ist im Gange, und ich habe so wenige, denen ich ganz und gar vertrauen kann.«

Er ließ ihre Hand los und sah sie schweigend an.

»Ich war *gezwungen*, Ghanima nach Tabr zu schicken. Hier herrscht große Unruhe. Plünderer aus dem Versehrten Land haben die Qanats am Kagga-Becken gesprengt und ihr Wasser in den Sand laufen lassen. In Arrakeen musste es rationiert werden. Jetzt wimmelt es im Becken von Sandforellen. Wir kümmern uns natürlich um sie, aber wir sind zu wenige.«

Duncan war bereits aufgefallen, wie wenige von Alias Amazonenwachen in der Festung zu sehen waren. *Der Marquis der inneren Wüste wird ihre Verteidigungsvorkehrungen immer wieder auf die Probe stellen,* dachte er. *Weiß sie das nicht?*

»Sietch Tabr ist nach wie vor neutraler Boden. Dort finden in diesem Moment weitere Verhandlungen statt. Javid ist mit einer priesterlichen Gesandtschaft dort. Aber ich will, dass du ebenfalls nach Tabr reist und sie im Auge behältst, insbesondere Irulan.«

Duncan nickte. »Sie ist eine Corrino.« Aber in Alias Augen sah er, dass sie ihn zurückwies. Wie durchschaubar diese Alia-Kreatur war!

»Geh jetzt, Duncan, bevor ich weich werde und dich hier an meiner Seite behalte. Ich habe dich so vermisst.«

»Und ich habe dich vermisst«, erwiderte er und verbarg seinen Kummer nicht länger.

Alia starrte Duncan an. »Um meinetwillen, Duncan«, sagte sie und dachte: *Wirklich schade um dich, Duncan.* »Zia wird dich nach Tabr bringen. Wir brauchen den Thopter wieder hier.«

Ihre Schoß-Amazone, dachte Duncan. *Vor der muss ich mich in Acht nehmen.* »Ich verstehe.« Er nahm wieder ihre Hand und küsste sie, betrachtete die Haut, die einmal die seiner Alia gewesen war. Aber als er ging, konnte er sich nicht dazu überwinden, ihr noch einmal ins Gesicht zu sehen. Jemand anders blickte ihn aus ihren Augen an.

Dann, während er nach oben zum Landeplatz ging, beschäftigten ihn all die unbeantworteten Fragen um ihn herum. Das Treffen mit Alia war für einen Mentaten, der Daten las und interpretierte, äußerst anstrengend gewesen. Auf dem Dach wartete er mit einer der Festungsamazonen neben dem Thopter und starrte grimmig nach Süden. In seinen Gedanken sah er weit über den Schildwall hinaus bis nach Sietch Tabr. *Warum fliegt Zia mich dorthin? Einen Thopter zurückzubringen ist eine niedere Aufgabe. Und warum die Verzögerung? Erhält Zia gerade besondere Anweisungen?*

Er warf der Wache einen kurzen Blick zu, dann kletterte er auf den Pilotenplatz des Thopters, beugte sich nach draußen und sagte: »Richte Alia aus, dass ich den Thopter mit einem von Stilgars Männern zurückschicken werde.«

Bevor die Wache Einwände erheben konnte, schloss er die Tür und startete den Thopter. Die Amazone stand unentschlossen da. Konnte sie es wagen, die Entscheidung von Alias Gefährten infrage zu stellen? Sekunden später war der Thopter in der Luft, und Duncan ließ seinem Schmerz in großen, bebenden Schluchzern freien Lauf. Alia war tot. Ihre Wege hatten sich für immer getrennt. Tränen flossen aus seinen Tleilaxu-Augen, und er flüsterte: »Sollen sich alle Wasser des Wüstenplaneten in den Sand ergießen! Sie werden weniger sein als meine Tränen.«

Dieser Ausbruch war ganz und gar unmentatisch, und als er das erkannte, zwang er sich zu einer nüchternen Einschätzung seiner Lage. Der Thopter verlangte seine Aufmerksamkeit, und die praktischen Abläufe des Fliegens brachten ihm etwas Erleichterung.

Ghanima ist bei Stilgar, dachte er. *Und Irulan.*

Warum hatte man ihm Zia als Begleiterin zugewiesen? Duncan dachte nach Mentatenart darüber nach, und die Antwort ließ ihn schaudern. *Ich sollte einen tödlichen Unfall haben.*

Dieser Felsenschrein für den Schädel eines Herrschers gewährt keine Gebete. Er ist zum Grab der Wehklagen geworden. Nur der Wind hört die Stimme dieses Ortes. Die Schreie der Nachtgeschöpfe und das vorbeiziehende Wunder zweier Monde verkünden, dass sein Tag vergangen ist. Es kommen keine Bittsteller mehr. Die Besucher haben das Fest verlassen. Wie trostlos der Weg diesen Berg hinab ist.

– Aufschrift am Schrein eines
unbekannten Atreides-Herzogs

Die ganze Sache erschien Leto trügerisch einfach: die Vision zu vermeiden; nicht zu tun, was er gesehen hatte. Er wusste um die Tücken dieses Gedankens, wusste, wie sich die Fäden einer festgelegten Zukunft zusammenzogen, bis sie einen festhielten, aber er hatte diese Fäden jetzt neu im Griff. Er hatte nicht gesehen, dass er aus Jacurutu geflohen war. Der Faden, der zu Sabiha führte, musste als erster durchtrennt werden.

Er kauerte im letzten Tageslicht am Ostrand der Felsen, die Jacurutu schützten. In seinem Fremkit hatte er Energietabletten und Nahrung gefunden. Nun wartete er darauf, dass seine Kräfte zurückkehrten. Im Westen lag der Azrak-See, die Gipsebene, in der es in den Tagen vor dem Wurm offenes Wasser gegeben hatte. Unsichtbar im Osten lag Bene Sherk, eine Ansammlung neuer Siedlungen, die in die offene Bled hineinreichten. Und im Süden lag die Tanzerouft, das Land des Schreckens: dreitausendachthundert Kilometer Ödnis, nur hier und da unterbrochen von grasbefestigten Dünen und den Windfallen, mit denen sie bewässert wurden – Zeichen der ökologischen Verwandlung, mit der Arrakis neu erschaffen wurde. Die Windfallen wurden von Flugteams gewartet, und niemand blieb lange dort.

Ich gehe nach Süden, dachte Leto. *Das wird Gurney erwarten.* Es war nicht der Moment, um etwas Unerwartetes zu tun.

Bald würde es dunkel werden, dann konnte er sein Versteck verlassen. Er blickte nach Süden. Brauner Sand pfiff über den Horizont, wogte wie Rauch, ein brennendes Band sich windenden Staubs – ein Sturm. Das Zentrum des Sturms erhob sich von der Großen Ebene wie ein suchender Wurm. Leto beobachtete es und stellte dabei fest, dass es sich weder nach rechts noch nach links bewegte. Ein altes Fremensprichwort kam ihm in den Sinn: *Wenn sich das Zentrum nicht bewegt, befindest du dich in seiner Bahn.*

Der Sturm änderte die Lage. Leto sah nach Westen, wo Sietch Tabr lag, und spürte dem trügerischen Frieden der Abendstimmung nach, betrachtete die weiße, von Kieseln umrandete Gipspfanne, die leere Ödnis mit ihrer unwirklichen, grellweißen Oberfläche, in der sich die Staubwolken spiegelten. In keiner seiner Visionen hatte er sich im Inneren der grauen Schlange eines Muttersturms gesehen oder zu tief im Sand begraben, um zu überleben. Da war nur die Vision, wie er im Wind hin und her rollt – aber das würde vielleicht später kommen.

Auf jeden Fall war ein Sturm dort draußen, der sich über viele Längengrade zog und die Welt zu Boden peitschte. Man konnte das Risiko eingehen. Es gab alte Geschichten, die stets vom Freund eines Freundes stammten, darüber, dass man einen erschöpften Wurm an der Oberfläche festsetzte, indem man einen Bringerhaken unter eines seiner Ringsegmente hakte, und dann einen Sturm im Windschatten des bewegungsunfähigen Tiers aussaß. Es war ein schmaler Grat zwischen Kühnheit und Torheit, der Leto reizte. Der Sturm würde frühestens um Mitternacht hier sein, ihm blieb also Zeit. Wie viele Fäden ließen sich hier durchtrennen? Alle, einschließlich des letzten?

Gurney wird damit rechnen, dass ich nach Süden gehe, aber nicht in einen Sturm hinein.

Er blickte wieder nach Süden, suchte nach einem Weg, sah den ebenholzschwarzen Pinselstrich einer tiefen Spalte, die sich durch den Fels von Jacurutu zog. Sah Sandwirbel in den Tiefen der Spalte, Chimärensand, der sich wie Wasser in Rinnsalen auf die Ebene ergoss. Der staubige Geschmack von Durst wisperte in Letos Mund, als er das Fremkit schulterte und sich auf den Weg hinabließ, der in die Spalte führte. Es war zwar noch hell genug, dass man ihn hätte sehen können, aber er spielte jetzt gegen die Zeit.

Als er den Rand der Spalte erreichte, brach die Abenddämmerung der tiefen Wüste über ihn hinein, und ihm blieb nur das karge Glissando des Mondscheins, um seinen Weg in die Tanzerouft zu erhellen. Er spürte, wie sein Herz schneller schlug angesichts all der Ängste, die seine vielen Erinnerungen erzeugten. Vielleicht würde er in einen Huanui-naa stürzen; so nannten die Fremen die furchtbarsten Stürme: die Todesdestillen der Erde. Aber was immer kommen würde, es hatte keine Vision dazu gegeben. Mit jedem Schritt ließ Leto das gewürzinduzierte Dhyana, das ausgreifende Bewusstsein, das sich zur bewegungslosen Kette der Kausalität entfaltete, weiter hinter sich. Für jede hundert Schritte vorwärts, die er nun machte, gab es mindestens einen Schritt zur Seite, hinaus aus den Worten und hinein in die neu erfasste innere Wirklichkeit.

Auf die eine oder andere Art komme ich zu dir, Vater.

Die Vögel in den Felsen um ihn herum blieben unsichtbar, machten sich aber durch leise Geräusche bemerkbar. Nach Fremenart lauschte Leto auf ihre Echos, damit sie ihn dort, wo er nichts sehen konnte, leiteten. Wann immer er an einer Nische vorbeikam, sah er unheilvolle grüne Augen, Geschöpfe, die sich versteckten und zusammenkauerten, weil sie wussten, dass ein Sturm kam.

Dann trat er aus der Spalte hinaus in die Wüste. Der Sand bewegte sich, atmete unter ihm, kündete von Aktivität in der Tiefe und von latenten Fumarolen. Er blickte sich um und sah die mondbeleuchteten Lavakuppen Jacurutus. Die ganze Erhebung war metamorph, war durch Druck gebildet worden. Nach wie vor hatte Arrakis bei seiner eigenen Zukunft mitzureden. Leto setzte seinen Klopfer in den Sand, um einen Wurm zu rufen, und als das Gerät zu trommeln begann, ging er in Position, um zu beobachten und zu lauschen. Unbewusst wanderte seine rechte Hand zu dem Atreides-Falkenring, den er in einer verknoteten Falte seines Dishsasha verborgen hatte. Gurney hatte ihn entdeckt, aber er hatte ihn ihm gelassen. Was hatte er sich wohl gedacht, als er Pauls Ring gesehen hatte?

Vater, rechne bald mit mir.

Der Wurm kam aus dem Süden. Er kam schräg herein, um nicht auf die Felsen zu treffen – kein sehr großer Wurm, wie Leto gehofft hatte, aber daran ließ sich nichts ändern. Er schätzte den Kurs des Geschöpfs ab, und dann, als der Wurm staubspritzend über den Klopfer hinwegraste, setzte er die Haken und kletterte rasch die geschuppte Flanke des Wurms empor. Der Wurm ließ sich durch den Druck der Haken leicht lenken. Letos Robe flatterte im Wind. Er richtete den Blick auf die Sterne im Süden, die blass durch den Staub leuchteten, und lenkte den Wurm in ihre Richtung.

Direkt in den Sturm hinein.

Als der erste Mond aufstieg, versuchte Leto, die Höhe des Sturms abzuschätzen, und gelangte zu dem Schluss, dass er erst später bei ihm eintreffen würde. Nicht vor Tagesanbruch. Der Sturm dehnte sich aus, sammelte Kraft für einen großen Sprung. Danach würde es jede Menge Arbeit für die Ökologen geben. Es schien, als würde sie der Planet hier draußen in bewusstem Zorn bekämpfen, einem Zorn, der immer mehr zunahm, je mehr Land umgewandelt wurde.

Die ganze Nacht lang trieb Leto den Wurm nach Süden. Er spürte die Bewegungen des Tieres, die ihm verrieten, wie groß seine Kraftreserven noch waren. Gelegentlich ließ er ihn leicht nach Westen schwenken, wohin es ihn offenbar unentwegt zog, gesteuert von den unsichtbaren Grenzen seines Territoriums oder dem tief verankerten Bewusstsein für das Nahen eines Sturms. Würmer gruben sich ein, um dem Sandstrahlwind zu entkommen, aber dieser hier würde nicht in den Wüstenboden abtauchen, solange eines seiner Ringsegmente offen lag.

Um Mitternacht war der Wurm sichtlich erschöpft. Leto ging einige Ringe zurück und setzte die Geißel ein, erlaubte dem Wurm, langsamer zu werden. Aber er trieb ihn weiter nach Süden.

Kurz nach Tagesanbruch traf der Sturm ein. Erst war da die perlmuttglänzende Unbewegtheit der Wüstendämmerung, die die Dünen zusammendrückte. Dann kam der Sand, der Leto veranlasste, die Gesichtsklappen zu schließen. Im immer dichter werdenden Staub verwandelte sich die Wüste in ein braunes Bild ohne Konturen. Sandnadeln stachen Leto in Wangen und Lider. Er spürte den rauen Schmier auf der Zunge und wusste, dass jetzt der Moment der Entscheidung gekommen war. Sollte er sich auf die alten Geschichten verlassen und seinen völlig erschöpften Wurm festsetzen? Er brauchte nur einen Herzschlag, um sich dagegen zu entscheiden. Stattdessen kletterte er vom Rücken des Wurms und löste die Haken. Sofort begann sich der Wurm einzugraben, und die überschüssige Hitze, die sein Stoffwechsel erzeugte, wirbelte hinter Leto einen glühend heißen Mini-Zyklon auf. Schon in ihren frühesten Geschichten erfuhren Fremenkinder, wie gefährlich es war, sich am Schwanzende eines Wurms aufzuhalten. Würmer waren Sauerstofffabriken; wo sie entlangkamen, loderten wilde Feuer, genährt von den üppigen Ausdünstungen ihrer chemischen Anpassung an die Kräfte in ihrem Inneren.

Der Sand peitschte um Letos Füße. Er machte einen weiten Satz, um dem Hochofen am Schwanzende des Wurms zu entgehen. Jetzt hing alles davon ab, unter den Sand zu gelangen, dort, wo der Wurm ihn gelockert hatte.

Mit dem Kompressor grub sich Leto in die windabgewandte Seite einer Düne, in dem Wissen, dass der Wurm zu erschöpft war, um zu wenden und ihn zu verschlingen. Während er sich mit der linken Hand vorwühlte, machte er mit der rechten das Zelt aus dem Fremkit aufblasbereit. Er brauchte weniger als eine Minute, dann schob er das Zelt in eine Sandtasche mit festen Wänden, blies es auf und kroch hinein. Bevor er den Eingang versiegelte, hielt er den Kompressor nach außen und aktivierte die Gegenfunktion. Die Düne rutschte über das Zelt. Nur einige wenige Sandkörner drangen ein, als Leto den Eingang schloss.

Jetzt musste er noch schneller sein. Kein Sandschnorchel würde bis nach oben reichen, um ihn mit Luft zu versorgen. Dies war ein großer Sturm, der Tonnen von Sand über Leto verteilen würde. Nur die zerbrechliche Blase des Destillzelts schützte ihn.

Er legte sich flach auf den Rücken, faltete die Hände über der Brust und versenkte sich in eine Schlaftrance, in der sich seine Lungen nur einmal pro Stunde heben und senken würden. Und dann überließ er sich dem Unbekannten. Der Sturm würde weiterziehen, und wenn er die zerbrechliche Blase nicht freilegte, würde Leto sein Versteck vielleicht wieder verlassen können. Aber er konnte auch ebenso gut ins *Mahdinat As-Salam* eintreten, in den Hort des Friedens. Was immer auch geschehen würde, Leto wusste, dass er die Fäden zerreißen musste, einen nach dem anderen, bis nur noch der Goldene Pfad blieb. Er konnte nicht ins Kalifat der Jünger seines Vaters zurückkehren. Nie wieder würde er die Lüge dieses *Desposyni* leben, dieses furchtbaren Kalifats, und dem Demiurgen seines Vaters huldigen. Nie wieder würde er schweigen, wenn ein Priester beleidigenden Unsinn sprach: »*Vor seinem Krismesser verflüchtigen sich Dämonen!*«

Mit diesem Versprechen an sich selbst ließ Leto sein Bewusstsein in das Netz des zeitlosen *Dao* fallen.

In jedem Planetensystem gibt es offensichtliche Einflüsse höherer Ordnung. Das zeigt sich häufig, wenn terraförmiges Leben auf neu entdeckten Planeten eingeführt wird. In diesen Fällen entwickelt das Leben in vergleichbaren Zonen auffällige Ähnlichkeiten bei der Anpassung. Die Art der Anpassung betrifft nicht nur die körperliche Gestalt, sondern auch eine Organisationsweise des Überlebens und ein Verhältnis solcher Organisationsweisen. Die menschliche Suche nach dieser wechselseitig abhängigen Ordnung und unserer Nische darin ist eine tiefgreifende Notwendigkeit. Diese Suche kann jedoch zu einem konservativen Festklammern am Gleichartigen pervertiert werden. Das hat sich immer wieder als tödlich für das gesamte System erwiesen.

– Die Wüstenplanet-Katastrophe, nach Harq al-Ada

»Mein Sohn hat nicht *die Zukunft* gesehen. Er hat den Prozess der Schöpfung und sein Verhältnis zu den Mythen, in denen die Menschen schlafen, gesehen«, sagte Jessica. Sie sprach schnell, aber ohne dabei den Eindruck zu erwecken, dass sie es eilig hatte. Sie wusste, dass die verborgenen Beobachter einen Weg finden würden einzugreifen, sobald sie erkannten, was sie hier tat.

Farad'n saß auf dem Boden, eingerahmt vom Nachmittagslicht, das schräg durch das Fenster hinter ihm fiel. Wenn Jessica von ihrer Position an der gegenüberliegenden Wand aus zu ihm blickte, konnte sie gerade so die Krone eines Baums erkennen. Sie hatte einen neuen Farad'n vor sich: schlanker, sehniger. Drei Monate der

Ausbildung hatten ihre unvermeidlichen Spuren hinterlassen. Seine Augen funkelten, wenn er sie ansah.

»Er hat die Formen gesehen, die die vorhandenen Kräfte erzeugen würden, wenn man sie nicht umlenkt«, fuhr sie fort. »Anstatt sich gegen seine Mitmenschen zu wenden, hat er sich gegen sich selbst gewandt. Er hat sich geweigert, nur das hinzunehmen, was bequem für ihn war, weil das eine moralische Feigheit gewesen wäre.«

Farad'n hatte gelernt, schweigend zuzuhören, zu untersuchen, was er hörte, und mit seinen Fragen so lange zu warten, bis er ihnen eine scharfe Schneide verleihen konnte. Jessica hatte über die Bene-Gesserit-Vorstellung einer molekularen Erinnerung und wie sich diese Vorstellung als Ritual ausdrückte geredet und war von dort aus ganz selbstverständlich auf die Art zu sprechen gekommen, auf die die Schwesternschaft Paul Muad'Dib analysiert hatte. Farad'n sah allerdings einen Schatten in ihren Worten und Handlungen, eine Projektion unbewusster Formen, die von der oberflächlichen Stoßrichtung ihrer Aussagen abwich.

»Von all unseren Beobachtungen ist das die entscheidendste. Das Leben ist eine Maske, durch die sich das Universum zum Ausdruck bringt. Wir gehen davon aus, dass die gesamte Menschheit und die Lebensformen, die sie unterstützen, eine *natürliche* Gemeinschaft repräsentiert und dass sich im Schicksal des Einzelnen das Schicksal allen Lebens erfüllt. Wenn es also zur ultimativen Selbstprüfung, dem *amor fati*, kommt, hören wir auf, Gott zu spielen, und wenden uns wieder dem Lehren zu. Wenn es hart auf hart kommt, wählen wir Einzelne aus und befreien sie, soweit wir das können.«

Farad'n begriff nun, worauf sie hinauswollte, und weil er wusste, welche Wirkung es auf diejenigen haben würde, die sie gerade beobachteten, musste er sich zurückhalten, um nicht sorgenvoll zur Tür zu blicken. Nur ein geübtes Auge wie Jessicas konnte diesen kurzen Verlust seines inneren Gleichgewichts bemerken. Sie lächelte ihn an. Ein Lächeln konnte schließlich alles bedeuten.

»Dies ist eine Art Abschlusszeremonie«, sagte sie dann. »Ich bin sehr zufrieden mit dir, Farad'n. Würdest du dich bitte erheben.«

Er stand auf und versperrte ihr dadurch die Sicht auf die Baumkrone im Fenster.

Sie hielt die Arme reglos an den Seiten und sagte: »Es ist mir aufgetragen, dir das Folgende zu sagen. ›Ich stehe in der heiligen Gegenwart des Menschen. Wie ich dies nun tue, so sollst auch du es eines Tages tun. Ich bete zu deiner Gegenwart, dass es so sein wird. Die Zukunft bleibt ungewiss, und das soll sie auch, denn sie ist die Leinwand, auf die wir unsere Wünsche malen. So sieht sich der Mensch in seinem Sein immer einer wunderbar leeren Leinwand gegenüber. Wir verfügen nur über diesen Augenblick, in dem wir uns beständig der heiligen Gegenwart widmen, an der wir teilhaben und die wir erschaffen.‹«

Als Jessica zu Ende gesprochen hatte, betrat Tyekanik durch die Tür zu ihrer Linken den Raum. Seine Bewegungen waren von einer Gelassenheit, die seine gerunzelte Stirn Lügen strafte.

»Mylord«, sagte der Baschar.

Aber es war zu spät. Jessicas Worte und all die Vorbereitungen, die sie zuvor getroffen hatte, hatten ihr Werk getan. Farad'n war kein Corrino mehr. Er gehörte nun zu den Bene Gesserit.

Was ihr vom MAFEA-Direktorat offensichtlich nicht versteht, ist, dass man beim Geschäftemachen selten echte Loyalitäten findet. Wann habt ihr zuletzt davon gehört, dass ein Sekretär sein Leben für das Unternehmen gegeben hätte? Vielleicht rührt euer Unverständnis von der irrigen Annahme her, dass man Menschen befehlen kann, nachzudenken und sich zu fügen. Diesen Irrtum haben im Laufe der Geschichte alle begangen, von Religionen bis hin zu Generalstäben. Generalstäbe haben eine lange Tradition darin, ihre eigenen Nationen zu vernichten. Was Religionen angeht, rate ich dazu, noch einmal Thomas von Aquin zu lesen. Und was euch von der MAFEA betrifft, an was für einen Unsinn ihr glaubt! Menschen müssen die Dinge aus einem inneren Antrieb heraus tun wollen. Menschen, nicht Handelsorganisationen oder Befehlsketten, sorgen für das Funktionieren großer Zivilisationen. Jede Zivilisation ist abhängig von der Qualität der Individuen, die sie hervorbringt. Wenn man die Menschen überorganisiert, ihre Angelegenheiten zu sehr verrechtlicht, wenn man ihren Drang nach Größe unterdrückt, dann können sie ihre Arbeit nicht tun – und ihre Zivilisation bricht zusammen.

– Ein Brief an die MAFEA,
dem Prediger zugeschrieben

In der Sanftheit, mit der Leto aus seiner Trance erwachte, ließ sich kein bestimmter Zustand vom anderen unterscheiden. Eine Ebene des Bewusstseins ging in die andere über.

Er wusste, wo er war. Frische Energie durchströmte ihn, aber die sauerstoffarme Luft, die ihn umgab, vermittelte etwas anderes. Wenn er sich nicht bewegte, würde er im *Dao* bleiben, das wusste er, in jenem ewigen Jetzt, in dem sämtliche Ereignisse koexistierten. Die Aussicht darauf war durchaus verheißungsvoll. Leto erkannte die Zeit als Übereinkunft, geformt vom kollektiven Verstand aller bewusst denkenden Wesen. Zeit und Raum waren Kategorien, die sein Verstand dem Universum aufzwang. Er musste sich von der Vielzahligkeit lösen, in die ihn seine Vorahnungen lockten. Eine mutige Wahl konnte alle vorläufigen Zukünfte ändern.

Welchen Mut verlangte dieser Moment?

Der Trancezustand hatte etwas Betörendes. Leto hatte das Gefühl, dass er vom *Alam al-Mythal* ins wirkliche Universum übergetreten war, nur um festzustellen, dass beide ein und dasselbe waren. Er hätte den Rihani-Zauber dieser Erkenntnis gerne bewahrt, aber das Überleben verlangte Entscheidungen von ihm. Sein Wille zu leben sandte Signale durch seine Nervenbahnen, und unvermittelt streckte er die rechte Hand dorthin aus, wo er den Sandkompressor abgelegt hatte. Er griff nach dem Gerät, rollte sich auf den Bauch und öffnete den Zeltverschluss. Sand ergoss sich über seine Hand. In der Dunkelheit und der abgestandenen Luft grub er sich dann in einem steilen Winkel nach oben. Er musste seine sechsfache Körperlänge zurücklegen, bevor er an die Oberfläche kam und seine Lungen mit frischer Luft füllte. Er kroch auf die mondbeschienene Windseite einer langen, gebogenen Düne, und stellte fest, dass er etwa ein Drittel von ihrem Kamm entfernt war.

Über ihm hing der zweite Mond, und die Sterne waren verstreut wie leuchtende Steine am Wegesrand. Leto suchte nach dem Sternbild des Wanderers, fand es und ließ seinen Blick am ausgestrecktem Arm des Wanderers zum hellen Schimmern des Foum al-Hout weiterwandern, dem Polarstern des Südens.

Da hast du dein verdammtes Universum!, dachte er. Aus der Nähe betrachtet war es ein ebenso geschäftiger Ort wie der Sand um ihn herum, ein Ort des Wandels, der aufeinander gehäuften Einzigartigkeiten. Aus der Entfernung offenbarten sich einem nur die Muster, und diese Muster verleiteten einen dazu, in Absolutheiten zu denken.

In Absolutheiten kommen wir vom Weg ab. Dieser Gedanke erinnerte ihn an die Warnung aus einem Fremenlied: »*Wer in der Tanzerouft vom Weg abkommt, kommt vom Leben ab.*« Die Muster konnten einen leiten, aber man konnte ihnen auch in die Falle gehen. Man durfte nie vergessen, dass sich Muster änderten.

Er atmete noch einmal tief ein und aus, dann glitt er die Düne wieder hinab, ließ die Luft aus dem Zelt, zog es aus dem Sand und packte sein Fremkit neu. Ein weinfarbener Schimmer erschien am östlichen Horizont. Leto schulterte das Fremkit, stieg auf den Kamm der Düne und wartete in der kühlen Luft, bis er die Wärme der aufgehenden Sonne auf den Wangen spürte. Dann schwärzte er sich die Augenhöhlen, um die Lichtreflexion zu verringern. Er wusste, dass er die Wüste umwerben musste, anstatt sie zu bekämpfen. Er nahm einen Schluck aus den Auffangschläuchen, aber es kamen nur einige wenige Tropfen heraus.

Er setzte sich in den Sand und untersuchte seinen Destillanzug. Nach einer Weile fand er die Ursache. Sie hatten seine Fersenpumpen mit einem Nadelmesser durchstochen. Er zog den Anzug aus und dichtete die Löcher ab, aber das Unglück war geschehen – mindestens die Hälfte seines Körperwassers war dahin. Ohne den Verschluss des Destillzelts wäre er jetzt tot. Er dachte darüber nach, während er den Anzug wieder überstreifte. Wie seltsam, dass er diese Entwicklung der Ereignisse nicht vorhergesehen hatte. Das war offensichtlich eine Gefahr bei einer Zukunft ohne Visionen.

Leto kauerte sich auf den höchsten Punkt der Düne, ließ den Blick wandern und suchte im Sand nach austretender Luft, nach irgendwelchen Unregelmäßigkeiten der Dünen, die auf Gewürz oder Wurmaktivität hindeuteten. Aber der Sturm hatte dem Land seinen Stempel der Gleichförmigkeit aufgedrückt. Schließlich holte er den Klopfer aus dem Fremkit, aktivierte ihn und versetzte ihn in Drehung, um so Shai-Hulud aus der Tiefe zu rufen. Dann entfernte er sich und wartete.

Der Wurm ließ sich Zeit. Leto hörte ihn, bevor er ihn sah. Er wandte sich nach Osten, wo das gewaltige, schabende Geräusch die Luft zum Zittern brachte, und hoffte, einen ersten Blick auf den orangefarbenen Dunst zu erhaschen, der aus dem Schlund des Wurms aufsteigen würde, sobald sich das Geschöpf aus dem Sand erhob. Begleitet vom Rauschen der Unmengen an Staub, die seine Flanken verbargen, stieß der Wurm aus der Tiefe empor. Die graue gekrümmte Wand zog an Leto vorbei, und er setzte seine Haken und kletterte leichtfüßig an ihr hoch. Dann wendete er den Wurm in einem weiten Bogen nach Süden.

Von den Haken getrieben beschleunigte der Wurm, und Leto hatte das Gefühl, selbst nicht weniger getrieben zu sein als sein Reittier. Sein ganzer Körper stand unter einer schöpferischen Spannung. Jeder Planet hat seine Zeit, und jedes Leben hat seine Zeit, rief er sich ins Gedächtnis.

Der Wurm gehörte zu jener Sorte, die die Fremen als »Knurrer« bezeichneten. Immer wieder grub er seine vorderen Panzerplatten in den Sand, während ihn der Schwanz weitertrieb. Das erzeugte einen grollenden Klang und führte dazu, dass sich ein Teil seines Leibs wie ein bewegter Buckel vom Sand hob. Dennoch war es ein schneller Wurm, und als der Wind nach einer Weile von hinten kam, spürte Leto den heißen, chemischen Atem des Wurmschwanzes.

Während der Wurm Richtung Süden zog, ließ Leto seinen Gedanken freien Lauf. Er versuchte, sich diese Reise als eine neuartige Zeremonie vorzustellen, die ihn davon abhielt, an den Preis zu denken, den er für den Goldenen Pfad würde entrichten müssen. Wie die Fremen aus alten Zeiten wusste er, dass er sich neue Zeremonien zu eigen machen musste, um nicht in die Einzelteile seiner Erinnerungen zu zerbrechen und die hungrigen Jäger seiner Seele für immer auf Abstand zu halten. Widersprüchliche Bilder, Bilder, die sich niemals würden vereinigen lassen, mussten in einer lebendigen Spannung eingeschlossen und in eine polarisierende Kraft verwandelt werden, die ihn von innen antrieb.

Immer Neues, dachte er. *Ich muss immer wieder neue Fäden meiner Vision finden.*

Am frühen Nachmittag erregte eine Erhebung leicht rechts vom Pfad des Wurms Letos Aufmerksamkeit. Die Erhebung wurde zu einer schmalen Kuppe und dann zu einem aufragenden Felsen, genau dort, wo er ihn erwartet hatte.

Nun, Namri, nun, Sabiha, wollen wir mal sehen, wie eure Brüder meine Anwesenheit aufnehmen. Der vor ihm liegende Faden der Ereignisse war der empfindlichste, und die Gefahren, die er barg, hatten mehr mit Versuchungen zu tun als mit offenen Drohungen.

Die Erhebung brauchte lange, um ihre Dimensionen zu verändern, und für eine Weile schien es, als näherte sie sich ihm und nicht umgekehrt. Der Wurm, der langsam müde wurde, strebte immer wieder nach links, und Leto rutschte an der gewaltigen Flanke hinab, um die Haken neu zu setzen und den Koloss auf einem geraden Kurs zu halten. Ein intensiver Melangegeruch stieg ihm in die Nase, das Zeichen für eine reichhaltige Ader. Sie kamen an den violetten Flecken von Gewürzeruptionen vorbei, und der Ingwer-Zimt-Geruch wehte ihnen noch eine Weile nach, nachdem sie die Ader längst hinter sich gelassen hatten. Sie hielten nun direkt auf die Erhebung zu.

Plötzlich blitzten weit draußen in der südlichen Bled Farben auf: das Regenbogenlicht eines menschengemachten Artefakts. Leto holte sein Fernglas aus dem Fremkit, stellte die Öllinsen scharf und erkannte in der Ferne die im Sonnenlicht glitzernden Flügel eines Gewürzkundschafters. Unter dem Kundschafter entfaltete sich gerade eine große Erntemaschine wie eine Blüte und rumpelte los. Leto senkte das Fernglas, die Erntemaschine schrumpfte wieder zu einem winzigen Fleck zusammen, und er spürte, wie ihn das *Hadhdhab* überkam, die gewaltige Allgegenwart der Wüste. Dieses Gefühl teilte ihm mit, wie ihn die Gewürzjäger sahen: als dunkles Objekt zwischen Wüste und Himmel, das Fremen-Symbol für *Mensch*. Natürlich sahen sie ihn, und natürlich waren sie vorsichtig. Sie warteten. Fremen waren in der Wüste immer misstrauisch, bis sie den Neuankömmling erkannten oder sich sicher sein konnten, dass er keine Bedrohung darstellte. Unterhalb der Patina der imperialen Zivilisation mit ihren komplizierten Regeln blieben sie halb gezähmte Wilde, die wussten, dass sich ein Krismesser nach dem Tod seines Besitzers zersetzte.

Das ist es, was uns retten kann, dachte Leto. *Diese Wildheit.*

In der Ferne schwenkte der Gewürzkundschafter erst nach rechts, dann nach links und gab den Leuten am Boden damit ein Zeichen. Vermutlich suchten die Fremen die Wüste hinter Leto nach Anzeichen dafür ab, dass er nicht nur ein einziger Reiter auf einem einzigen Wurm war. Leto schwenkte den Wurm nach links, bis das Tier eine komplette Wendung vollzogen hatte. Dann rutschte er an der rechten Flanke des Tiers hinab und ging auf sichere Entfernung. Der befreite Wurm lag einige Atemzüge lang schmollend auf dem Sand, ehe er sein vorderes Drittel eingrub, um sich zu erholen. Er war viel zu lange geritten worden.

Leto wandte sich von dem Wurm ab und sah, dass der Kundschafter weiter um die Erntemaschine kreiste und mit den Flügeln Zeichen gab. Ganz sicher waren es von Schmugglern bezahlte Renegaten, die jede elektronische Kommunikation vermieden. Die Erntemaschine signalisierte, dass die Jäger dort draußen auf Gewürz gestoßen waren.

Der Kundschafter drehte noch eine Runde, dann kippte er die Flügel und kam direkt auf Leto zu. Es war ein leichter Thopter jenes Typs, den sein Großvater auf Arrakis eingeführt hatte. Der Thopter umkreiste ihn, flog dann die Düne entlang, auf der er stand, und schwenkte ein, um gegen den Wind zu landen. Er setzte keine zehn Meter von Leto entfernt im Sand auf, die Tür öffnete sich, und ein Mann in einer schweren Fremenrobe mit einem Speerabzeichen auf der rechten Brust stieg aus.

Der Fremen näherte sich Leto so langsam, dass sie beide Zeit hatten, einander in Augenschein zu nehmen. Der Mann war hochgewachsen und hatte indigoblaue Gewürzaugen. Die Destillanzugsmaske verbarg seine untere Gesichtshälfte, und die Kapuze seine Stirn. Die Bewegungen seiner Robe verrieten, dass seine Hand darunter eine Maulapistole hielt.

Der Mann blieb zwei Schritte von Leto entfernt stehen und sah ihn mit fragenden Augen an.

»Uns allen viel Glück«, sagte Leto zur Begrüßung.

Wachsam suchte der Mann die Leere um sie herum ab, bevor er seine Aufmerksamkeit wieder Leto zuwandte. »Was machst du hier, Kind?«, fragte er. Seine Stimme kam gedämpft durch die Destillanzugsmaske. »Versuchst du, ein Korken in einem Wurmloch zu sein?«

»Die Wüste ist mein Zuhause«, erwiderte Leto erneut mit einer traditionellen Fremenformel.

»Wohin bist du unterwegs?«

»Ich reise von Jacurutu nach Süden.«

Unvermittelt brach ein Lachen aus dem Mann hervor. »Batigh, du bist das Seltsamste, was mir jemals in der Tanzerouft untergekommen ist.«

»Ich bin nicht deine kleine Melone.« Batigh war eine Bezeichnung mit einem hässlichen Beiklang, wie Leto wusste. Die kleine Melone am Rande der Wüste bot jedem Finder ihr Wasser an.

»Keine Angst, wir trinken dich nicht«, sagte der Mann. »Ich bin Muriz. Ich bin der Arifa dieses Taif.« Er deutete mit einer Kopfbewegung auf die Gewürzraupe in der Ferne.

Leto fiel auf, dass sich der Mann als Richter bezeichnete und die anderen als Taif, als Truppe oder Gesellschaft. Sie waren kein Ischwan, keine Brüder. Ganz bestimmt handelte es sich um bezahlte Renegaten. Das war der Faden, den er brauchte.

Als Leto schwieg, fragte Muriz: »Hast du einen Namen?«

»Batigh reicht vorerst.«

Muriz lachte wieder, dann sagte er: »Du hast mir noch nicht erzählt, was du hier machst?«

»Ich suche die Fußstapfen eines Wurms.« Leto verwendete damit eine religiöse Wendung, die zum Ausdruck brachte, dass er sich auf einer Hadsch zu seiner Umma, seiner persönlichen Erkenntnis, befand.

»In deinem Alter schon?« Muriz schüttelte den Kopf. »Ich weiß nicht, was ich mit dir anfangen soll. Du hast uns gesehen.«

»Was habe ich gesehen? Ich spreche von Jacurutu, und du zeigst keine Reaktion.«

»Rätselspiele«, murmelte Muriz. Dann deutete er mit dem Kopf in Richtung der Erhebung. »Was ist dann das?«

Leto sagte, was ihm seine Vision gezeigt hatte: »Das ist Shuloch.«

Muriz schien plötzlich zu erstarren, und Letos Herzschlag beschleunigte sich. Ein ausgedehntes Schweigen schloss sich an, und Leto konnte beobachten, wie der Mann über mögliche Reaktionen nachdachte und sie verwarf. *Shuloch!* In der stillen Zeit nach dem Essen in einem Sietch wurde oft von der Shuloch-Karawanserei erzählt. Die Zuhörer gingen stets davon aus, dass Shuloch ein Mythos war, ein Ort, an dem nur um der Geschichte willen Interessantes passierte. Leto erinnerte sich an eine Shuloch-Geschichte: Ein einsames Kind wurde am Rande der Wüste gefunden und in den Sietch gebracht. Zuerst verweigerte das Kind seinen Rettern jede

Antwort, und als es dann sprach, verstand niemand seine Worte. Die Tage vergingen, und der Junge reagierte nach wie vor kaum, wollte sich nicht anziehen und auch in sonst keiner Weise mithelfen. Wenn man ihn in Ruhe ließ, machte er seltsame Handbewegungen. Die Experten des Sietchs wurden gerufen, um das Kind zu begutachten, fanden jedoch keine Antwort auf das Rätsel. Dann kam eine sehr alte Frau an der Tür zu seiner Kammer vorbei, sah die Handbewegungen und lachte. »Er ahmt nur seinen Vater nach, der Seile aus den Gewürzfasern rollt«, erklärte sie. »So macht man das noch heute in Shuloch. Er versucht, die Einsamkeit zu lindern.« Die Moral dieser Geschichte lag auf der Hand: *Die alten Bräuche Shulochs vermitteln eine Sicherheit und ein Gefühl der Zugehörigkeit zum goldenen Gewebe des Lebens.*

Als Muriz weiter schwieg, sagte Leto: »Ich bin das Kind aus Shuloch, das weiß, wie man die Hände bewegt.«

An Muriz' Kopfbewegung sah Leto, dass er die Geschichte kannte. Mit leiser Stimme und einem drohenden Unterton erwiderte er: »Bist du ein Mensch?«

»So menschlich wie du.«

»Für ein Kind sprichst du höchst seltsam. Vergiss nicht, dass ich Richter bin, der auf die Taqwa hin handeln kann.«

Ah ja, dachte Leto. Aus dem Mund eines solchen Richters bedeutete Taqwa eine unmittelbare Bedrohung. Taqwa war die von der Gegenwart eines Dämons ausgelöste Angst, und der Glaube an Dämonen war unter den älteren Fremen etwas sehr Reales. Der Arifa kannte die Arten, auf die ein Dämon zu töten war, und wurde gewählt, »weil er über die Weisheit verfügt, um keine Rücksichten zu nehmen, ohne dabei grausam zu sein, weil er weiß, wann Güte in Wahrheit der Weg zu Grausamkeit ist.« Aber nun waren sie in dieser Sache an den Punkt gelangt, auf den Leto hingearbeitet hatte, und er sagte: »Ich kann mich dem Mashhad unterziehen.«

»Bei jeder spirituellen Prüfung bin ich der Richter. Nimmst du das in Kauf?«

»*Bi-lal kaifa*«, erwiderte Leto. *Ohne jeden Einwand.*

Ein verschlagener Ausdruck trat auf Muriz Gesicht. »Ich weiß nicht, warum ich das erlaube. Es wäre am besten, dich einfach sofort zu töten, aber du bist ein kleiner Batigh, und ich habe einen toten Sohn. Komm, wir gehen nach Shuloch, und ich rufe den Isnad zusammen, damit wir zu einem Urteil über dich gelangen.«

Jede Geste von Muriz verriet eine tödliche Entschiedenheit, und Leto fragte sich, wie dieser Mann überhaupt irgendjemanden täuschen konnte. »Ich weiß, dass Shuloch das *Ahl as-sunna wal-jamas* ist.«

»Was weiß ein Kind schon von der wirklichen Welt?« Muriz bedeutete Leto, zum Thopter zu gehen.

Leto gehorchte, lauschte dabei aber sorgfältig auf Muriz' Schritte hinter ihm. »Die sicherste Art, ein Geheimnis zu wahren«, sagte er, »besteht darin, die Menschen in den Glauben zu versetzen, dass sie die Antwort auf das Rätsel bereits kennen. Dann stellen sie keine Fragen. Das war klug von euch aus Jacurutu Ausgestoßenen. Wer würde schon glauben, dass es Shuloch, den Ort aus so vielen Mythen und Geschichten, wirklich gibt? Und wie praktisch für die Schmuggler und alle anderen, die Zugang zu Arrakis suchen.«

Muriz blieb stehen, und Leto drehte sich um. Der Fremen stand einen halben Schritt von ihm entfernt, die Maulapistole gezogen und auf Leto gerichtet. »Dann bist du also kein Kind, sondern ein verfluchter Zwerg, der hier ist, um uns auszuspionieren. Ich dachte gleich, dass deine Worte zu klug für die eines Kindes sind, aber du hast zu schnell zu viel gesagt.«

»Nein, Muriz, zu wenig. Ich bin Leto, Sohn von Paul Muad'Dib. Wenn du mich tötest, werden du und dein Volk im Sand versinken. Wenn du mich verschonst, führe ich euch zu Größe.«

»Spiel nicht mit mir, Zwerg«, zischte Muriz. »Leto befindet sich im echten Jacurutu, von dem du behauptest ...« Er hielt inne. Die Pistole senkte sich ein Stück, während er mit verwirrtem Stirnrunzeln die Augen zusammenkniff.

Es war das Zögern, mit dem Leto gerechnet hatte. Er deutete eine Bewegung nach links an, die seinen Körper nicht mehr als einen Millimeter aus der Bahn brachte, die Waffe des Fremen jedoch wild herumschwenken ließ. Die Maulapistole flog Muriz aus der Hand, und bevor er sich versah, war Leto neben ihm und drückte ihm sein eigenes Krismesser gegen den Rücken. »Die Spitze ist vergiftet, wie du weißt«, sagte Leto. »Sag deinem Freund im Thopter, dass er bleiben soll, wo er ist. Sonst muss ich dich töten.«

Muriz, der sich die verletzte Hand hielt, blickte zu dem Mann im Thopter, schüttelte den Kopf und sagte: »Mein Begleiter Behaleth hat dich gehört. Er wird bewegungslos wie ein Fels verharren.«

Leto wusste, dass er nur wenig Zeit hatte, bevor sich die beiden eine Vorgehensweise überlegt hatten oder ihre Freunde kamen, um nach ihnen zu sehen, also sagte er rasch: »Du brauchst mich, Muriz. Ohne mich werden die Würmer und ihr Gewürz von Arrakis verschwinden.« Er spürte, wie sich der Fremen versteifte.

»Aber wie hast du von Shuloch erfahren? In Jacurutu haben sie sicher kein Wort darüber verloren.«

»Dann gibst du also zu, dass ich Leto Atreides bin?«

»Wer sonst könntest du sein? Aber wie hast du …«

»Weil du hier bist. Shuloch existiert, deshalb ist der Rest ganz einfach. Ihr seid die Ausgestoßenen, die nach Jacurutus Zerstörung entkommen sind. Ich habe das Signal gesehen, das ihr mit den Flügeln gegeben habt – das heißt, dass ihr keine Geräte verwendet, die man abhören kann. Ihr sammelt Gewürz, also treibt ihr Handel. Das könnt ihr allerdings nur mithilfe der Schmuggler. Du bist ein Schmuggler, und doch bist du ein Fremen. Du musst aus Shuloch stammen.«

»Warum hast du mich dazu provoziert, dich gleich zu töten?«

»Weil du mich sonst nach unserem Eintreffen in Shuloch getötet hättest.«

Jetzt begann sich der Fremen leicht zu bewegen.

»Vorsicht, Muriz! Ich weiß über euch Bescheid. Es gehört zu eurer Geschichte, dass ihr das Wasser unvorsichtiger Reisender stehlt. Inzwischen dürfte das zu einem üblichen Ritual bei euch geworden sein. Wie sonst solltet ihr die zum Schweigen bringen, die zufällig auf euch treffen? Wie sonst solltet ihr euer Geheimnis waren? *Batigh!* Du hast mich mit freundlichen Namen und gütigen Worten verführt. Warum mein Wasser im Sand vergeuden? Und wenn man mich, wie so viele der anderen, vermisst hätte – nun, dann hat mich eben die Tanzerouft geholt.«

Mit der rechten Hand machte Muriz das Hörner-des-Wurms-Zeichen, um das Rihani abzuwehren, das Letos Worte heraufbeschworen hatten. Leto, der wusste, wie sehr ältere Fremen Mentaten und allem, was durch die Zurschaustellung erweiterter Logik einen Mentatenbeigeschmack hatte, misstrauten, unterdrückte ein Lächeln.

»Manri hat in Jacurutu von uns gesprochen«, sagte Muriz. »Ich hole mir sein Wasser, sobald …«

»Du wirst nichts haben außer leerem Sand, wenn du weiter den Dummkopf spielst«, unterbrach ihn Leto. »Was machst du, Muriz, wenn sich der ganze Wüstenplanet in grünes Gras, Bäume und offene Wasserflächen verwandelt hat?«

»Das wird nie geschehen!«

»Es geschieht bereits vor deinen Augen.«

Vor Zorn und Hilflosigkeit knirschte Muriz mit den Zähnen. »Und du willst das verhindern? Wie?«

»Ich kenne den gesamten Plan für die Umwandlung. Ich kenne jede seiner Schwächen und jede seiner Stärken. Ohne mich wird Shai-Hulud für immer verschwinden.«

Der verschlagene Ausdruck kehrte in Muriz' Augen zurück. »Nun, warum sollten wir das hier diskutieren? Wir befinden uns in einer Pattsituation. Du hast dein Messer, du könntest mich töten. Aber Behaleth würde dich dann erschießen.«

»Nicht, bevor ich mir deine Pistole geholt habe. Dann hätte ich euren Thopter. Und ja, ich kann ihn fliegen.«

Unter Muriz' Kapuze war ein Stirnrunzeln zu erkennen. »Was, wenn du nicht der bist, als der du dich ausgibst?«

»Wird mein Vater mich nicht identifizieren?«

»Ahhh. So hast du es also erfahren. Aber …« Muriz schüttelte den Kopf. »Mein eigener Sohn ist sein Führer. Er sagt, dass ihr beiden euch nie …«

»Ihr glaubt also nicht daran, dass Muad'Dib in der Zukunft liest.«

»Natürlich glauben wir! Aber er sagt von sich selbst, dass …«

»Und du dachtest, er wäre sich deines Misstrauens nicht bewusst. Ich bin genau zu dieser Zeit an genau diesen Ort gekommen, um dich zu treffen, Muriz. Ich weiß alles über dich, weil ich dich *gesehen* habe – und deinen Sohn ebenfalls. Ich weiß, wie sehr ihr euch in Sicherheit wähnt, wie ihr über Muad'Dib höhnt, wie ihr Intrigen schmiedet, um euer kleines Stück Wüste zu retten. Aber ohne mich ist euer kleines Stück Wüste dem Untergang geweiht, Muriz. Für immer verloren. Die Dinge auf Arrakis sind zu weit gegangen. Mein Vater befindet sich am Ende seiner Visionen, und ihr könnt euch nur noch an mich wenden.«

»Dieser Blinde …« Muriz schluckte schwer.

»Er wird schon bald aus Arrakeen zurückkehren, und dann werden wir sehen, wie blind er wirklich ist. Wie weit bist du von den alten Bräuchen der Fremen abgekommen, Muriz?«

»Wie kannst du es wagen, mich …«

»Er ist bei euch *Wadquiyas*. Ihr habt ihn allein in der Wüste gefunden und nach Shuloch gebracht. Was für eine kostbare Entdeckung er war! Besser als jede Gewürzader. *Wadquiyas!* Er hat bei euch gelebt, sein Wasser hat sich mit dem Wasser deines Stammes vermischt. Es ist Teil eures Geisterflusses.« Leto drückte das Messer fest an Muriz' Robe. »Vorsicht, Muriz.« Er hob die linke Hand, löste die Gesichtsklappe des Fremen und ließ sie in den Sand fallen.

Muriz, der ahnte, was Leto vorhatte, sagte: »Wo würdest du hingehen, wenn du mich und Behaleth tötest?«

»Zurück nach Jacurutu.« Leto drückte den Ansatz seines Daumens gegen Muriz' Mund. »Beiß zu und trinke, Muriz. Oder stirb.«

Muriz zögerte erst, aber dann biss er fest in Letos Daumen.

Leto sah die Kehle des Mannes, sah, wie sie sich beim Schlucken zusammenzog. Er löste seinen Griff und gab dem Fremen das Messer zurück. »*Wadquiyas*«, sagte er. »Ich muss den Stamm beleidigen, bevor ihr mein Wasser nehmen könnt.«

Muriz nickte.

Leto deutete mit dem Kinn zur Seite. »Deine Pistole ist dort drüben.«

»Du vertraust mir jetzt?«

»Wie soll ich sonst bei den Ausgestoßenen leben?«

Erneut bemerkte Leto den verschlagenen Ausdruck in Muriz' Augen, aber jetzt nahm der Fremen Maß, wägte ab. Dann wandte er sich mit einer Abruptheit ab, die eine Entscheidung verriet, holte seine Maulapistole und ging zum Thopter. »Komm mit«, rief er Leto zu. »Wir halten uns schon viel zu lange neben dem Lager eines Wurms auf.«

Die Zukunft der Hellsicht kann nicht immer in die Regeln der Vergangenheit eingefügt werden. Die Fäden des Seins folgen vielen unbekannten Gesetzen. Auch die vorhergesehene Zukunft beharrt auf ihren eigenen Regeln. Sie unterwirft sich nicht der Ordnung der Zensunni und auch nicht der der Wissenschaft. Die Hellsicht erschafft eine relative Integrität. Sie erfordert die Arbeit des Augenblicks und warnt stets, dass man nicht jeden Faden in das Tuch der Vergangenheit einweben kann.

– Kalima: Die Worte Muad'Dibs
(Shuloch-Kommentar)

Muriz ließ den Ornithopter mit geübter Leichtigkeit über Shuloch einschwenken. Leto, der neben dem Fremen saß, spürte die Präsenz von Behaleth und dessen Waffe auf dem Rücksitz. Nun hing alles von gegenseitigem Vertrauen und dem dünnen Faden seiner Vision ab, an dem er sich festhielt. Wenn das nicht genügte, dann *Allahu Akbar*. Manchmal musste man sich einer höheren Ordnung unterwerfen.

Shulochs Felskuppe wirkte hier draußen in der Wüste ziemlich beeindruckend. Dass sie so lange unbemerkt geblieben war, zeugte von vielen Bestechungsgeldern, vielen Toden und vielen Freunden an hoher Stelle. Im Herzen Shulochs lag eine von Felswänden umschlossene Pfanne, gesäumt von Schluchten, die in Sackgassen endeten. Ein dichtes Gestrüpp aus Schattenschuppen und Salzbüschen verlief entlang dieser Schluchten, gefolgt von einem inneren Ring von Fächerpalmen, die auf den Wasserreichtum dieses Ortes hindeuteten. Jenseits der Palmen standen einige grobschlächtige Häuser aus Grünbusch und Gewürzfaser wie im Sand verstreute grüne Knöpfe. Dort lebten diejenigen, die selbst von den Ausgestoßenen ausgestoßen worden waren, jene, die nicht tiefer sinken konnten, es sei denn im Tod.

Muriz landete den Thopter neben einer der Schluchten in der Pfanne. Dort stand eine aus Wüstenranken und Bejato-Blättern errichtete Hütte, verkleidet mit geschmolzener Gewürzfaser. Es war eine Nachbildung der ersten primitiven Destillzelte, die verriet, dass einige der Bewohner Shulochs in jämmerlichen Verhältnissen lebten. Eine solche Behausung leckte Feuchtigkeit und wimmelte vermutlich vor nächtlichem Stechgetier aus den nahen Pflanzungen. So lebte also sein Vater, dachte Leto. Und die arme Sabiha. Hier würde sie ihre Strafe erwarten.

Auf Muriz' Anweisung hin stieg Leto aus dem Thopter, sprang in den Sand und ging auf die Hütte zu. Er sah Menschen, die zwischen den Palmen arbeiteten. Sie wirkten zerlumpt, und der Umstand, dass sie ihn oder den Thopter keines Blickes würdigten, verriet viel darüber, wie geschunden sie waren. Leto erkannte die Felslippe eines Qanats hinter den Arbeitern und spürte die Feuchtigkeit in der Luft: offenes Wasser. Als er an der Hütte vorbeiging, sah er, dass sie so primitiv war, wie er erwartet hatte. Er ging rasch weiter Richtung Qanat, spähte nach unten und sah die in der dunklen Strömung schwimmenden Raubfische. Die Arbeiter, die seinen Blicken auswichen, schaufelten weiter Sand aus den Öffnungen im Fels.

Muriz trat hinter Leto und sagte: »Du stehst an der Grenze zwischen Fisch und Wurm. Jede dieser Schluchten beherbergt ihren eigenen Wurm. Dieser Qanat wurde geöffnet, und bald werden wir die Fische aus ihm entfernen, um Sandforellen anzulocken.«

»Natürlich«, sagte Leto. »Es sind Zuchtbecken. Ihr verkauft Sandforellen und Würmer an andere Planeten.«

»Das war Muad'Dibs Vorschlag.«

»Ich weiß. Aber eure Würmer und Sandforellen leben jenseits von Arrakis nicht lange.«

»Noch nicht. Aber eines Tages …«

»Nicht in zehntausend Jahren.« Leto drehte sich zu Muriz um und betrachtete die Verwirrung in dessen Gesicht. Fragen durchströmten den Fremen wie Wasser einen Qanat. Konnte dieser Sohn Muad'Dibs wirklich die Zukunft vorhersagen? Manche glaubten nach wie vor daran, dass Muad'Dib dazu fähig gewesen war, aber … wie konnte man so einer Frage auf den Grund gehen?

Muriz wandte sich ab und bedeutete Leto, mit zur Hütte zu kommen. Dort angekommen, öffnete er das primitive Türsiegel und ließ Leto eintreten. Im Inneren brannte eine Gewürzöllampe, und eine kleine Gestalt kauerte daneben mit dem Rücken zur Tür. Das brennende Öl sonderte einen starken Zimtgeruch ab.

»Man hat eine neue Gefangene geschickt, damit sie sich um Muad'Dibs Sietch kümmert«, sagte Muriz. »Wenn sie gute Dienste leistet, behält sie vielleicht für eine Weile ihr Wasser.« Er sah Leto an. »Manche halten es für böse, sich in dieser Weise Wasser zu nehmen. Die Fremen mit den Spitzenkragen häufen dieser Tage Müll in ihren Städten auf. Müll! Wann hat man auf Arrakis je zuvor Müllhaufen gesehen? Wenn wir eine wie die da in die Finger kriegen …« Er deutete auf die Gestalt neben der Lampe. »… dann ist sie normalerweise halbwild vor Angst und verloren für ihr Volk. Kein wahrer Fremen nimmt sie mehr auf. Verstehst du mich, Leto-Batigh?«

»Ich verstehe dich.« Die Frau neben der Lampe hatte sich nicht bewegt.

»Du redest davon, uns anzuführen. Fremen werden von Männern geführt, die mit Blut gezeichnet sind. In welcher Weise könntest du uns führen?«

»Kralizec«, erwiderte Leto und hielt seine Aufmerksamkeit auf die Frau gerichtet.

Muriz starrte ihn mit zusammengezogenen Brauen an. Kralizec?

Das war nicht einfach Krieg oder Revolution; das war der Kampf mit dem Taifun. Es war ein Wort aus den ältesten Fremenlegenden: die Schlacht am Ende des Universums. Kralizec? Der Fremen schluckte krampfartig. Diese kleine Sprotte war genauso unvorhersehbar wie irgendein Geck aus der Stadt! Er wandte sich der Gestalt in der Hütte zu. »Frau! *Liban wahid!*«, befahl er. *Bring uns den Gewürztrunk!*

Die Frau zögerte.

»Tu, was er sagt, Sabiha«, sagte Leto.

Sabiha sprang auf, wirbelte herum und sah Leto mit starrem Blick an.

»Du kennst sie?«, fragte Muriz.

»Sie ist Namris Nichte. Sie hat Jacurutu beleidigt, worauf man sie zu euch geschickt hat.«

»Namri? Aber …«

»*Liban wahid*«, sagte Leto.

Sabiha schoss an ihnen vorbei und riss das Türsiegel auf. Von draußen hörten sie das Geräusch ihrer rennenden Füße.

»Sie wird nicht weit kommen«, sagte Muriz und drückte mit einem Finger gegen seinen Nasenflügel. »Eine Verwandte von Namri also. Interessant. Was hat sie getan, um Jacurutu zu beleidigen?«

»Sie hat zugelassen, dass ich entkomme.« Mit diesen Worten drehte sich Leto um und folgte Sabiha. Er fand sie am Rand des Qanats. Er stellte sich neben sie und blickte auf das Wasser. Er hörte die Rufe und Flügelschläge der Vögel in den nahen Fächerpalmen. Und die schabenden Schaufelgeräusche der Arbeiter. Trotzdem tat er, was Sabiha tat – er sah nach unten, tief ins Wasser und in das, was sich in ihm spiegelte. Aus den Augenwinkeln nahm er blaue Sittiche zwischen den Palmwedeln wahr. Einer flog über den Qanat, und Leto sah, wie er sich über den silbrigen Fischen spiegelte. Alles war ineinander verwoben, als schwämmen Vögel und Raubfische am selben Himmel.

Sabiha räusperte sich.

»Du hasst mich«, sagte Leto.

»Du hast Schande über mich gebracht. Vor meinem Volk. Man hat einen Isnad abgehalten und mich hierhergeschickt, damit mir mein Wasser genommen wird. Und alles nur wegen dir!«

Dicht hinter ihnen lachte Muriz. »Du siehst jetzt, Leto-Batigh, dass unser Geisterfluss viele Zuflüsse hat.«

»Aber mein Wasser fließt in deinen Adern«, erwiderte Leto und drehte sich zu dem Fremen um. »Das ist kein Zufluss. Sabiha ist das Schicksal aus meiner Vision, und ich folge ihr. Ich bin durch die Wüste geflohen, um hier in Shuloch meine Zukunft zu finden.«

»Du und …« Muriz deutete auf Sabiha und warf lachend den Kopf in den Nacken.

»Es wird nicht so sein, wie du es dir vielleicht vorstellst. Oder sie. Vergiss das nicht, Muriz. Ich habe die Fußabdrücke meines Wurms gefunden.« Leto spürte, wie ihm die Tränen in die Augen traten.

»Er gibt den Toten Wasser«, flüsterte Sabiha.

Auch Muriz starrte Leto ehrfürchtig an. Fremen weinten nie, es sein denn, ihnen widerfuhr etwas, das an den Grund ihrer Seele rührte. Fast peinlich berührt schloss Muriz seine Mundklappe und zog die Kapuze tief ins Gesicht.

Leto sah an dem Fremen vorbei und sagte: »Hier in Shuloch betet man noch immer um Tau am Rand der Wüste. Geh, Muriz, und bete um Kralizec. Ich verspreche dir, dass es eintreten wird.«

Die Sprache der Fremen impliziert große Prägnanz, einen präzisen Sinn für den Ausdruck. Sie ist ganz der Illusion des Absoluten verfallen. Ihre Vorstellungen sind fruchtbarer Boden für absolutistische Religionen. Außerdem moralisieren Fremen gerne. Sie stellen sich der furchtbaren Instabilität aller Dinge mit institutionalisierten Aussagen. Sie sagen: »Wir wissen, dass es keine Summa des zu erlangenden Wissens gibt, das ist Gott vorbehalten. Aber was immer Menschen lernen können, können sie auch aufnehmen.« Aus diesem Zugang zu einem Universum auf Messers Schneide erschaffen sie einen fantastischen Glauben an Vorzeichen und Omen und an ihr eigenes Schicksal. Das ist einer der Ursprünge ihrer Kralizec-Legende: der Krieg am Ende des Universums.

– Vertrauliche Bene-Gesserit-Berichte, Folio 800 881

»Sie haben ihn gut an einem sicheren Ort verwahrt«, sagte Namri und lächelte Gurney Halleck quer durch den quadratischen Raum mit den Steinwänden zu. »Das kannst du deinen Freunden berichten.«

»Wo ist dieser sichere Ort?« Namris Tonfall gefiel Halleck nicht, und er spürte, dass ihm Jessicas Befehle die Hände banden. Diese verdammte Hexe! Ihre Erklärungen ergaben keinen Sinn, mit Ausnahme der Warnung vor dem, was geschehen würde, wenn es Leto misslang, Herr seiner Erinnerungen zu werden.

»Es ist ein sicherer Ort. Mehr darf ich dir nicht sagen.«

»Woher weißt du das?«

»Ich habe eine Distrans-Nachricht erhalten. Sabiha ist bei ihm.«

»Sabiha? Sie lässt ihn doch nur wieder …«

»Diesmal nicht.«

»Werdet ihr ihn umbringen?«

»Das ist nicht mehr meine Entscheidung.«

Halleck verzog das Gesicht. Ein Distrans. Wie weit kamen diese verdammten Höhlenfledermäuse? Er hatte oft gesehen, wie sie über die Wüste flitzten, mit geheimen Nachrichten, die man ihren quiekenden Schreien einprogrammiert hatte. Aber wie weit kamen sie auf diesem Höllenloch von einem Planeten? »Ich muss ihn mit eigenen Augen sehen«, sagte er.

»Das ist nicht gestattet.«

Halleck holte tief Luft, um sich zu beruhigen. Er hatte zwei Tage und zwei Nächte damit verbracht, auf Berichte von den Suchtrupps zu warten. Jetzt war es wieder Morgen, und er spürte, wie sich die Rolle, die er hier eingenommen hatte, verflüchtigte und ihn nackt zurückließ. Es hatte ihm ohnehin nie gefallen, Befehle zu geben. Befehlshaber warteten, während andere die interessanten und gefährlichen Dinge taten. »Warum ist es nicht gestattet?«, fragte er. Die Schmuggler, die ihm diese Sietchzuflucht verschafft hatten, hatten zu viele Fragen unbeantwortet gelassen, und er hatte keine Lust, sich von Namri Ähnliches bieten zu lassen.

»Manche sind der Meinung, dass du bereits zu viel gesehen hast, Gurney Halleck.«

Halleck hörte die Drohung in Namris Worten und nahm die entspannte Haltung des ausgebildeten Kämpfers an, die Hand nahe an seinem Messer, aber nicht auf dessen Griff. Zu gerne hätte er einen Schild gehabt, aber wegen der Wirkung der Schilde auf die Würmer und ihrer kurzen Lebensdauer angesichts der durch die Stürme erzeugten statischen Ladungen war das hier nicht möglich. »Diese Geheimniskrämerei ist nicht Teil unserer Abmachung.«

»Wenn ich ihn getötet hätte, wäre das Teil unserer Abmachung gewesen?«

Erneut spürte Halleck das Zerren verborgener Kräfte, vor denen ihn Jessica nicht gewarnt hatte. Dieser verdammte Plan! Vielleicht stimmte es doch, dass man den Bene Gesserit nicht trauen durfte – aber bei diesem Gedanken hatte er sofort das schmerzhafte Gefühl, sich illoyal zu verhalten. Jessica hatte das Problem erklärt, und als er zum Teil ihres Planes geworden war, hatte er damit gerechnet, dass man ihn, wie alle Pläne, später würde anpassen müssen. Es ging hier nicht um *irgendeine* Bene Gesserit, sondern um Lady Jessica aus dem Haus Atreides, die sich ihm gegenüber immer als Freundin und Unterstützerin gezeigt hatte. Er wusste, dass er ohne sie in einem Universum dahintreiben würde, das sehr viel gefährlicher war als das, in dem er derzeit lebte.

»Du kannst meine Frage nicht beantworten«, sagte Namri nach einer Weile.

»Du hättest ihn nur töten sollen, wenn er sich als besessen erwiesen hätte. Als Abscheulichkeit.«

Namri hielt die Faust an sein rechtes Ohr. »Deine Lady wusste, dass wir Prüfungen für so etwas haben. Es war klug von ihr, dieses Urteil mir zu überlassen.«

Hilflos presste Halleck die Lippen zusammen.

»Du hast gehört, was die Ehrwürdige Mutter zu mir gesagt hat«, fuhr Namri fort. »Wir Fremen verstehen solche Frauen, aber ihr Außenweltler versteht sie nie. Fremenfrauen schicken ihre Söhne oft in den Tod.«

»Willst du damit sagen, dass du ihn getötet hast?«

»Er lebt. Er ist an einem sicheren Ort. Er erhält weiterhin das Gewürz.«

»Aber ich soll ihn zurück zu seiner Großmutter bringen, falls er überlebt.«

Namri zuckte lediglich mit den Schultern, und Halleck begriff, dass der Fremen ihm keine klare Antwort geben würde. Verdammt!

Er konnte nicht mit all diesen unbeantworteten Fragen zu Jessica zurückkehren. Er schüttelte den Kopf.

»Warum stellst du etwas infrage, das du nicht ändern kannst?«, sagte Namri. »Du wirst gut bezahlt.«

Halleck starrte den Mann finster an. Fremen! Sie glaubten, dass alle Fremden dem Einfluss des Geldes unterlagen. Aber aus Namris Worten sprach nicht nur dieses Fremenvorurteil. Andere Kräfte waren hier am Werk, das war für ihn, dessen Beobachtungsgabe durch eine Bene Gesserit geschult worden war, offensichtlich. Das Ganze roch nach verborgenen Finten. Er entschied sich, einen beleidigend vertraulichen Ton anzuschlagen. »Lady Jessica wird zornig sein. Sie könnte ihre Kohorten nach Arrakis entsenden …«

»*Zanadiq!*«, zischte Namri. »Du Bürobote! Du stehst außerhalb des Mohalata. Es wird mir ein Vergnügen sein, dein Wasser für das Edle Volk in Besitz zu nehmen.«

Jetzt legte Halleck die Hand auf sein Messer und machte seinen linken Ärmel bereit, in dem eine kleine Überraschung für mögliche Angreifer versteckt war. »Ich sehe nicht, dass hier Wasser verschüttet wurde. Vielleicht blendet dich ja dein Stolz.«

»Du lebst nur deshalb noch, weil du vor deinem Tod begreifen sollst, dass deine Lady Jessica gegen niemanden Kohorten aussenden wird. Du sollst nicht still in das Huanui gelockt werden, du Abschaum von einer anderen Welt. Ich gehöre zum Edlen Volk, und du …«

»Und ich bin nur ein Diener der Atreides. Wir sind der Abschaum, der das Harkonnenjoch von euren stinkenden Schultern genommen hat.«

Namri zeigte seine weißen Zähne. »Deine Herrin ist eine Gefangene auf Salusa Secundus. Die Mitteilungen, von denen du dachtest, sie wären von ihr, kamen von ihrer Tochter.«

Halleck musste sich anstrengen, um seinen gleichmütigen Tonfall zu wahren. »Das spielt keine Rolle. Alia wird …«

Namri zog sein Krismesser. »Was weißt du vom Schoß des Himmels? Ich bin ihr Diener, du männliche Hure! Wenn ich dein Wasser nehme, folge ich ihren Befehlen.« Mit diesen Worten sprang der Fremen quer durch den Raum.

Es war ein ebenso direkter wie dummer Angriff. Halleck, der sich durch diese gespielte Unbeholfenheit nicht täuschen ließ, warf den linken Mantelärmel hoch, sodass der schwere Stoff zum Vorschein kam, den er zusätzlich eingenäht hatte und der nun Namris Messer abfing. Mit derselben Bewegung zog er den Ärmel über den Kopf des Fremen und tauchte darunter hinweg, wobei er mit dem eigenen Messer auf Namris Gesicht zielte. Die Spitze fand ihr Ziel, als Namris Körper gegen Halleck prallte. Er spürte die harte Oberfläche der Metallrüstung unter Namris Robe. Der Fremen stieß ein empörtes Quieken aus, zuckte zurück und fiel zu Boden. Dort blieb er liegen, während ihm das Blut aus dem Mund strömte. Für einige Sekunden starrte er Halleck böse an, dann trübten sich seine Augen.

Halleck ließ den Atem zwischen den Lippen hindurch zischen. Wie konnte dieser Dummkopf Namri nur auf die Idee kommen, dass irgendjemand die Rüstung unter seiner Robe übersehen würde? Er wischte sein Messer ab und steckte es in die Scheide zurück. »Was dachtest du denn, wie man uns Atreides-*Diener* ausgebildet hat, Dummkopf?«, sagte er zu der Leiche des Fremen. Dann holte er tief Luft und dachte: *Nun gut. Wessen Finte bin ich?* Es war etwas Wahres an Namris Worten gewesen: Jessica war die Gefangene der Corrinos, und Alia spann ihre eigenen hinterlistigen Intrigen. Jessica selbst hatte Halleck davor gewarnt, dass man sich mit Alia als Feind auf viele Unwägbarkeiten einstellen musste, aber sie hatte nicht vorhergesehen, dass sie selbst zur Gefangenen werden würde. Sei es, wie es sei, er hatte seine Befehle zu befolgen, und zuerst war es notwendig, von hier wegzukommen. Glücklicherweise sah ein Fremen in einer Robe mehr oder weniger aus wie jeder andere. Halleck schob Namris Leiche in eine Ecke, warf Kissen über den

Fremen und zog einen Teppich über den Blutfleck. Dann rückte er das Nasenstück und die Mundschläuche seines Destillanzugs zurecht, schob sich die Maske ins Gesicht, als bereitete er sich auf einen Ausflug in die Wüste vor, zog die Kapuze über den Kopf und trat auf den langen Gang hinaus.

Die Unschuldigen bewegen sich sorglos, dachte er. Er fühlte sich seltsam befreit, als würde er sich gerade von der Gefahr entfernen und nicht direkt auf sie zugehen. *Ich mochte Jessicas Plan für den Jungen nie. Und das sage ich ihr auch, wenn ich sie sehe. Wenn …* Denn sollte Namri die Wahrheit gesagt haben, dann musste nun der gefährlichste aller Alternativpläne zum Einsatz kommen. Alia würde ihn nicht lange leben lassen, falls sie ihn erwischte, doch da war immer noch Stilgar – ein guter Fremen mit einem guten Fremenaberglauben.

Jessica hatte es ihm so erklärt: »Stilgars ursprüngliche Natur ist von einer dünnen Schicht aus zivilisiertem Verhalten verdeckt, und ich sage dir jetzt, wie du diese Schicht beseitigst …«

Der Geist Muad'Dibs besteht aus mehr als nur aus Worten, aus mehr als den Buchstaben des Gesetzes, das in seinem Namen das Haupt erhebt. Muad'Dib muss stets die innere Empörung gegen die selbstzufriedenen Mächtigen sein, gegen die Scharlatane und die dogmatischen Fanatiker. Es ist diese innere Empörung, die zu Wort kommen muss, denn Muad'Dib hat uns vor allem eines gelehrt: dass Menschen nur in einer Bruderschaft der sozialen Gerechtigkeit überleben können.

– Die Übereinkunft der Fedaykin

Leto saß in der Hütte mit dem Rücken an der Wand, den Blick auf Sabiha gerichtet, und beobachtete, wie sich die Fäden seiner Vision abspulten. Sabiha bereitete Kaffee zu und stellte ihn zur Seite. Dann setzte sie sich Leto gegenüber und rührte sein Abendessen um. Es war eine Grütze, die stark nach Melange roch. Sabihas Bewegungen mit dem Löffel waren so heftig, dass flüssiges Indigoblau an den Rand der Schüssel spritzte. Direkt hinter ihr war die primitive Membran, die die Hütte zu einem Destillzelt machte, mit helleren Materialien geflickt. Sie erzeugten eine graue Aura um Sabiha, auf der im flackernden Licht des Herdfeuers und der Öllampe ihr Schatten tanzte.

Diese Lampe faszinierte Leto. Die Leute von Shuloch waren verschwenderisch mit ihrem Gewürzöl: eine Lampe, kein Leuchtglobus. Sie hielten sich ausgestoßene Sklaven, wie man es nur aus den Geschichten über die ältesten Fremenbräuche kannte. Und doch verwendeten sie Ornithopter und die neuesten Erntemaschinen. Sie waren eine unausgegorene Mischung aus überkommenen und modernen Elementen.

Sabiha schob Leto die Schüssel hin, dann stand sie auf und löschte das Herdfeuer.

Leto beachtete die Schüssel nicht.

»Man wird mich bestrafen, wenn du das nicht isst«, sagte Sabiha.

Er sah sie an und dachte: *Wenn ich sie töte, wird eine der Visionen zertrümmert. Wenn ich ihr von Muriz' Plänen erzähle, wird eine andere zerstört. Und wenn ich hier auf meinen Vater warte, wird aus diesem Visionsfaden ein starkes Seil.*

In Gedanken sortierte er die Fäden. Manche plagten ihn mit süßen Empfindungen. Eine der Zukünfte mit Sabiha vermittelte seinem vorausschauenden Bewusstsein ein verlockendes Gefühl von Wirklichkeit und drohte, alle anderen zu überlagern, bis er ihr zu den Qualen folgte, mit denen sie endete.

»Warum starrst du mich so an?«, fragte Sabiha.

Er antwortete nicht.

Sie schob die Schüssel näher an ihn heran.

Leto schluckte mit trockener Kehle. Wieder stieg der Impuls, sie zu töten, in ihm auf und ließ ihn erzittern. Wie leicht es doch wäre, eine Vision zu zerschlagen und der Wildheit freien Lauf zu lassen!

Sabiha berührte die Schüssel. »Muriz hat es befohlen.«

Ja, Muriz hat es befohlen, dachte Leto. Der Aberglaube trug stets den Sieg davon. Muriz wollte eine Vision, die er interpretieren konnte. Er wollte, dass der Schamane die Knochen warf und ihre Muster deutete. Muriz hatte seinem Gefangenen den Destillanzug weggenommen – »als einfache Vorsichtsmaßnahme«. Diese Bemerkung war ein Seitenhieb gegen Namri und Sabiha. *Nur Dummköpfe lassen einen Gefangenen entkommen.*

Muriz hatte allerdings ein tiefes emotionales Problem: den Geisterfluss. Das Wasser des Gefangenen floss durch seine Adern, also suchte er nach einem Zeichen, das es ihm gestattete, Leto mit dem Tod zu drohen.

Wie der Vater, so der Sohn, dachte Leto.

»Von dem Gewürz wirst du lediglich Visionen bekommen«, sagte Sabiha. Letos langes Schweigen war ihr unheimlich. »Ich hatte bei der Orgie schon viele Male Visionen. Sie bedeuten nichts.«

Das ist es!, dachte Leto, und sein Körper verfiel in eine Starre, die ihm kalten Schweiß auf die Haut treten ließ. Die Bene-Gesserit-Ausbildung übernahm sein Bewusstsein, ein Licht, das sich vor ihm auffächerte, um den hellen Schein der Vision auf Sabiha und die anderen Ausgestoßenen zu lenken. Die alten Bene-Gesserit-Lehren waren eindeutig: *»Sprachen entwickeln sich so, dass sie Spezialisierungen in Lebensweisen widerspiegeln. Jede Spezialisierung kann anhand von Worten erkannt werden, anhand von Vorannahmen und der Art, wie die Sätze gebaut sind. Halte nach Pausen Ausschau. Spezialisierungen sind wie Orte, an denen Bewegung gestaut wird und erstarrt, an denen das Leben anhält.«* Jetzt sah Leto Sabiha selbst als eine Schöpferin von Visionen – ja, jeder Mensch verfügte über diese Kraft. Und trotzdem tat sie ihre Visionen aus den Gewürzorgien verächtlich ab. Die Visionen beunruhigten, deshalb mussten sie verworfen werden. Sabihas Volk betete zu Shai-Hulud, weil der Wurm in vielen ihrer Visionen die Hauptrolle spielte. Sie beteten um Tau am Rande der Wüste, weil ihr Leben durch Feuchtigkeit begrenzt war. Und zugleich suhlten sie sich im Gewürzreichtum und lockten Sandforellen in offene Qanats. Mit beiläufiger Grausamkeit verabreichte Sabiha ihm Zukunftsvisionen, und doch sah er in ihren Worten die leuchtenden Zeichen: Sie war auf Absolutheiten angewiesen, suchte endliche Begrenzungen, weil sie mit den schrecklichen Entscheidungen, die ihren eigenen Körper betrafen, nicht zurechtkam. Sie klammerte sich an ihrer einäugigen Sicht des Universums fest, so eingekapselt und unbeweglich diese Sicht auch sein mochte, weil sie vor den Alternativen furchtbare Angst hatte.

Im Gegensatz dazu spürte Leto sich selbst als reine Bewegung. Er war eine Membran, die unbegrenzte Dimensionen ansammelte, und weil er diese Dimensionen sah, konnte er die schrecklichen Entscheidungen treffen.

So wie mein Vater.

»Du musst das essen«, sagte Sabiha mit beleidigter Stimme.

Leto sah nun das gesamte Muster der Visionen vor sich und wusste, welchem Faden er folgen sollte. *Meine Haut ist nicht meine Haut.* Er stand auf und zog seine Robe fest an sich. Ohne den Destillanzug dazwischen fühlte sich der Stoff seltsam auf der Haut an. Letos nackte Füße standen auf dem Boden aus verschmolzener Gewürzfaser und spürten den vom Wind hereingetragenen Sand.

»Was machst du?«, fragte Sabiha.

»Die Luft hier drin ist schlecht. Ich gehe raus.«

»Du kannst nicht entkommen. In jeder Schlucht ist ein Wurm. Wenn du den Qanat durchquerst, werden die Würmer deine Feuchtigkeit spüren. Diese gefangenen Würmer sind sehr wachsam – ganz anders als die in der Wüste. Und außerdem …« Wie höhnisch ihr Tonfall nun war! »… hast du keinen Destillanzug.«

»Warum machst du dir dann Sorgen?«, erwiderte er und überlegte, ob er sie vielleicht doch noch zu einer echten Reaktion provozieren konnte.

»Weil du noch nichts gegessen hast.«

»Und man dich bestrafen wird.«

»Ja.«

»Aber ich bin bereits voll von Gewürz. Jeder Augenblick ist eine Vision.« Er deutete mit dem Fuß auf die Schüssel. »Schütte das in den Sand. Wer sollte es herausfinden?«

»Sie beobachten uns«, flüsterte Sabiha.

Leto schüttelte den Kopf, vertrieb Sabiha aus seinen Visionen und spürte, wie ihn eine neue Freiheit umfing. Es gab keinen Grund, dieses arme Mädchen zu töten. Sie tanzte zur Musik eines anderen, ohne auch nur die Tanzschritte zu kennen, in dem Glauben, eines Tages an jener Macht teilhaben zu können, die die gierigen Piraten von Shuloch und Jacurutu lockte. Leto ging zum Türsiegel und legte eine Hand darauf.

Sabiha machte zwei Schritte auf ihn zu. »Wenn Muriz kommt, wird er sehr wütend auf …«

»Muriz ist ein Händler der Leere«, unterbrach sie Leto. »Meine Tante hat von ihm Besitz ergriffen.«

»Ich gehe mit dir raus.«

Sie denkt daran, wie ich ihr entkommen bin. Jetzt begreift sie, wie zerbrechlich ihre Macht über mich ist. Leto spürte, dass sich die Visionen in ihr regten. Aber sie wollte nicht auf diese Visionen hören. Sie überlegte nur: Wie würde er einen gefangenen Wurm in einer engen Schlucht überlisten? Wie würde er ohne Destillanzug und Fremkit in der Tanzerouft überleben? »Ich muss allein sein, um meine Visionen zu befragen«, sagte er. »Du bleibst hier.«

»Wo gehst du hin?«

»Zum Qanat.«

»Nachts kommen die Sandforellen in Schwärmen.«

»Die fressen mich schon nicht.«

»Manchmal kommt ein Wurm bis ans gegenüberliegende Ufer heran. Wenn du den Qanat durchquerst …« Sie versuchte, drohend zu klingen.

»Wie sollte ich ohne Haken einen Wurm besteigen?«, erwiderte er und überlegte, ob sie den einen oder anderen Brocken ihrer Vision würde retten können.

Sabiha ließ sich wieder auf dem Boden neben der Schüssel nieder, griff nach dem Löffel und rührte die indigoblaue Grütze um. »Isst du nach deiner Rückkehr?«

»Alles zu seiner Zeit«, sagte Leto in dem Wissen, dass sie den subtilen Einsatz der *Stimme*, mit der er seine Wünsche in ihren Entscheidungsprozess einschmuggelte, nicht bemerken würde.

»Muriz wird kommen, um nachzusehen, ob du eine Vision hattest.«

»Um Muriz kümmere ich mich auf meine Art.« Leto fiel auf, wie schwerfällig und langsam Sabihas Bewegungen inzwischen waren. Das Muster, dem alle Fremen folgten, passte schon von sich aus dazu, wie er sie nun lenkte. Bei Sonnenaufgang verfügten sie über eine außerordentliche Energie, aber wenn die Abenddämmerung hereinbrach, wurden sie oft von einer tiefen, trägen Melancholie überwältigt. Am liebsten wäre Sabiha schon jetzt in einen tiefen Schlaf versunken.

Leto öffnete das Türsiegel und ging in die Nacht hinaus.

Sterne glitzerten am Himmel und wiesen ihm den Weg zum Qanat. Für eine Weile saß er dort am Wasser und lauschte dem Rauschen des Sands in der dahinterliegenden Schlucht. Den Geräuschen nach zu urteilen handelte es sich um einen kleinen Wurm. Zweifellos hatte man ihn genau deshalb ausgewählt: Ein kleiner Wurm ließ sich leichter transportieren. Leto überlegte, wie man ihn wohl gefangen hatte. Die Jäger hatten ihn vermutlich mit einem Wassernebel benommen gemacht; so war es Brauch, um an einen Wurm für den Orgien- und Umwandlungsritus zu kommen. Aber diesen Wurm hier würde man nicht töten, indem man ihn in Wasser tauchte. Diesen Wurm würde man auf einem Gildenheighliner zu einem hoffnungsvollen Käufer bringen, dessen Wüste sich jedoch als zu feucht erweisen würde. Nur wenige Außenweltler begriffen, welches Maß an Trockenheit die Sandforellen auf Arrakis gewährleisteten. Gewährleistet *hatten.* Denn selbst hier in der Tanzerouft gab es inzwischen mehr Feuchtigkeit in der Luft, als irgendein Wurm sie jemals hatte erdulden müssen, wenn er nicht gerade in einer Fremenzisterne den Tod gefunden hatte.

Leto hörte, wie sich Sabiha hinter ihm in der Hütte bewegte. Sie war unruhig, ihre unterdrückten Visionen trieben sie um. Er fragte sich, wie es wohl wäre, mit ihr außerhalb einer Vision zu leben, jeden Augenblick so mit ihr zu teilen, wie er von alleine kam. Die Vorstellung lockte ihn viel mehr als jede Gewürzvision. Es hatte etwas Reines, einer ungewissen Zukunft entgegenzusehen.

»Ein Kuss im Sietch ist zwei in der Stadt wert.«

Der alte Fremenspruch sagte alles. In einem traditionellen Sietch mischte sich Wildheit mit Scheu, und in Jacurutu und Shuloch ließen sich noch Spuren dieser Scheu erkennen, aber nur Spuren. Das stimmte Leto traurig, weil es auf etwas hinwies, was verloren war.

Langsam – so langsam, dass ihm die Erkenntnis als Ganze schon zuteilgeworden war, ehe er auch nur ihr Einsetzen bemerkt hatte – wurde sich Leto des leisen Raschelns zahlreicher Lebewesen um ihn herum bewusst.

Sandforellen.

Bald würde es Zeit sein, von einer Vision zur anderen zu wechseln. Leto spürte die Bewegungen der Sandforellen wie seine eigene Bewegung. Die Fremen hatten über Generationen hinweg mit diesen sonderbaren Geschöpfen gelebt und wussten, dass man sie auf Armeslänge heranlocken konnte, wenn man ein wenig Wasser als Köder opferte. Etliche verdurstende Fremen hatten ihre letzten Tropfen Wasser dabei riskiert, weil der süße, grüne Sirup, den man aus einer Sandforelle gewann, einem einen kleinen Energiegewinn verschaffte. Aber in erster Linie waren Sandforellen die Beute von Kindern, die sie für das Huanui fingen. Und aus Freude am Spiel.

Leto erschauerte bei dem Gedanken daran, was dieses *Spiel* nun für ihn bedeutete.

Er spürte, wie eine Sandforelle über seinen nackten Fuß glitt, wie sie kurz innehielt und dann ihren Weg fortsetzte, angelockt von der viel größeren Wassermenge im Qanat. Und in diesem Moment begriff Leto, wie real seine furchtbare Entscheidung war. *Der Sandforellen-Handschuh.* Das war ein Spiel für Kinder. Wenn man eine Sandforelle in der Hand hielt und sie über der Haut glattstrich, dann bildete sie einen lebenden Handschuh. Die Geschöpfe spürten das Blut in den Kapillaren der Haut, aber etwas im Wasser dieses Blutes stieß sie ab. Früher oder später löste sich der Handschuh und fiel in den Sand, sodass man ihn aufheben und in einen Gewürzfaserkorb legen konnte. Das Gewürz beruhigte die Sandforellen lange genug für den Weg zur Todesdestille.

Jetzt hörte Leto, wie Sandforellen platschend in den Qanat fielen, hörte das Zappeln der Raubfische, die sie auffraßen. Wasser weichte die Sandforellen auf, machte sie formbar. Kinder lernten das schon früh. Ein wenig Speichel entlockte ihnen den süßen Sirup. Leto lauschte auf das Platschen. Sandforellen zogen in gewaltigen Mengen zum offenen Wasser, aber einen fließenden Qanat, der von Raubfischen bewacht wurde, konnten sie nicht eindämmen.

Und trotzdem kamen sie.

Leto tastete mit der rechten Hand im Sand herum, bis seine Finger die ledrige Haut einer Sandforelle berührten. Es war ein großes Exemplar, so, wie er es erwartet hatte. Sie versuchte nicht, ihm zu entwischen, sondern kroch gierig auf seine Hand. Er betastete sie mit der anderen Hand. Sie war mehr oder weniger karoförmig. Kein Kopf, keine Extremitäten, keine Augen. Trotzdem fand sie unbeirrbar den Weg zum Wasser. Sie konnte sich mithilfe rauer Flimmerhärchen mit anderen Sandforellen verbinden, sodass sie zu einem großen sackartigen Organismus wurden, der das Wasser einschloss und damit das »Gift« von dem Koloss abschirmte, der später einmal aus der Sandforelle wurde: Shai-Hulud.

Die Sandforelle wand sich auf Letos Hand. Während sie sich bewegte, spürte er, wie sich auch die Vision, die er gewählt hatte, bewegte. *Dieser Faden, nicht der andere.* Langsam wurde die Sandforelle dünner und bedeckte einen immer größeren Teil seiner Hand. Keine Sandforelle hatte es je zuvor mit einer solchen Hand zu tun gehabt, bei der jede einzelne Zelle mit Gewürz übersättigt war. Denn kein anderer Mensch hatte je zuvor in diesem Zustand gelebt und gedacht. Vorsichtig passte Leto sein Enzymgleichgewicht an, wobei er auf die Sicherheit zurückgriff, die er in der Gewürztrance erlangt hatte. Das Wissen aus all den ungezählten Leben, die sich in ihm vereinten, verschaffte ihm die Gewissheit, mit der er genau die richtigen Anpassungen vornehmen konnte, um den Tod durch eine Überdosis zu verhindern – dem er anheimfallen würde, würde er auch nur für einen Herzschlag in seiner Wachsamkeit nachlassen. Und gleichzeitig verschmolz er mit der Sandforelle, nährte sich von ihr, nährte sie, lernte, was es mit ihr auf sich hatte. Die Trancevision stellte ihm dafür ein Muster zur Verfügung, dem er genau folgte.

Leto spürte, wie die Sandforelle dünner und dünner wurde, wie sie immer weitere Teile seiner Hand bedeckte, wie sie sich seinen Arm entlang streckte. Er fand eine weitere Sandforelle und legte sie auf das erste Exemplar. Als die beiden Geschöpfe einander berührten, begannen sie, sich hektisch zu winden. Ihre Flimmerhärchen griffen ineinander, und sie wurden zu einer zusammenhängenden Membran, die Leto bis zum Ellbogen umfing. Die Sandforellen verwandelten sich nun in den lebenden Handschuh aus dem Kinderspiel, aber sie waren weitaus dünner und empfindsamer, weil er sie dazu gebracht hatte, die Rolle von Hautsymbionten anzunehmen. Er streckte diesen Handschuh-Arm nach unten und spürte jedes einzelne Sandkorn am Boden deutlich und mit allen Sinnen. Das dort an seinem Arm waren keine Sandforellen mehr, sondern etwas Zäheres, Widerstandsfähigeres … Seine tastende Hand griff nach einer weiteren Sandforelle und verband sie mit den beiden anderen. Die weiche, ledrige Hülle um seinen Arm erstreckte sich nun bis zur Schulter.

In einem auf erschreckende Weise zielgerichteten Akt der Konzentration gelang es ihm, seine neue Haut mit seinem Körper zu vereinigen und so eine Abstoßung zu verhindern. In keinem Winkel seines Bewusstseins durfte er bei den möglichen katastrophalen Folgen dessen verharren, was er hier tat. Alles, was zählte, waren die Erfordernisse der Vision. Alles, was zählte, war der Goldene Pfad.

Leto streifte die Robe ab, legte sich nackt in den Sand und hielt den behandschuhten Arm in die Bahn der wandernden Sandforellen. Er erinnerte sich, dass er und Ghanima einmal eine Sandforelle gefangen und mit Sand abgerieben hatten, bis sie sich zum Wurmkind zusammengezogen hatte, einer harten Röhre, die innen mit dem grünen Sirup gefüllt war. Man biss vorsichtig auf ein Ende und saugte schnell, bevor die Wunde heilte, um an die wenigen süßen Tropfen zu kommen.

Die Sandforellen waren nun überall auf ihm. Er spürte seinen Pulsschlag unter der lebenden Membran. Eine von ihnen versuchte, sein Gesicht zu bedecken; er nahm sie und bewegte sie hin und her, bis sie sich zu einer dünnen Rolle verjüngte. Sie war nun viel länger als ein Wurmkind und blieb weiter biegsam. Leto biss in eines der Enden und schmeckte das dünne, süße Rinnsal, das weit länger brauchte, um zu versiegen, als es jemals einem anderen Fremen vergönnt gewesen war. Er spürte, wie ihn die aus der Flüssigkeit gewonnene Kraft durchströmte. Eine seltsame Erregung erfüllte ihn. Er rollte die Membran um sein Gesicht, bis er schließlich einen festen Rand vom Kinn bis zur Stirn erzeugt hatte, der seine Ohren freiließ.

Jetzt musste die Vision auf die Probe gestellt werden.

Leto erhob sich und bemerkte, kaum dass er sich in Bewegung gesetzt hatte, dass seine Füße viel zu schnell waren, um ihn im Gleichgewicht zu halten. Er stürzte in den Sand, rollte herum und sprang wieder auf die Beine. Der Sprung hob ihn zwei Meter weit in die Luft, und als er wieder hinabfiel und zu gehen versuchte, bewegte er sich erneut zu schnell.

Aufhören!, sagte er sich. Er ließ sich in die Entspannung des Prana Bindu fallen und versammelte alle seine Sinne im Zentrum seines Bewusstseins. Auf diese Weise fokussierte er die einwärts gerichteten Kräuselungen der ständigen Gegenwart, durch die er die Zeit erfuhr, und wärmte sich am Hochgefühl seiner Vision. Die Membran funktionierte genau so, wie er es vorhergesehen hatte.

Meine Haut ist nicht meine Haut.

Seine Muskeln jedoch mussten sich erst daran gewöhnen, mit der gesteigerten Beweglichkeit zurechtzukommen. Er ging los und fiel erneut hin. Und wieder. Und wieder. Nach einer Weile setzte er sich hin und hielt kurz inne. In der Stille versuchte die Membran unter seinem Kinn, seinen Mund zu bedecken. Leto spuckte auf das lebende Gewebe und biss hinein, schmeckte den süßen Sirup. Dann rollte er es mit der Hand wieder nach unten.

Die Sandforellen hatten nun genug Zeit gehabt, eine Einheit mit seinem Körper zu bilden. Leto streckte sich flach auf dem Boden aus und drehte sich auf das Gesicht. Dann fing er zu kriechen an und rieb dabei die Membran über den Sand. Er spürte den Sand ganz deutlich, ohne dass er seine Haut berührte. Mit einigen wenigen Bewegungen legte er mühelos fünfzig Meter zurück.

Die Membran versuchte nicht mehr, seinen Mund und seine Nase zu bedecken. Nun sah er sich also dem zweiten großen Schritt gegenüber, der ihn auf den Goldenen Pfad führen sollte. Seine Anstrengungen hatten ihn auf die andere Seite des Qanats gebracht, in die Schlucht, in der sich der gefangene Wurm aufhielt. Leto hörte das raschelnde Geräusch, mit dem sich das Tier, von der Bewegung angelockt, näherte.

Er sprang auf die Füße. Eigentlich hatte er dort stehen bleiben und warten wollen, aber seine neugewonnenen Kräfte führten dazu, dass er zwanzig Meter weiter in der Schlucht zum Liegen kam. In einem gewaltigen Kraftakt brachte er seine Reaktionen unter Kontrolle, setzte sich in die Hocke und richtete sich dann auf. In diesem Moment schoss der Sand direkt vor ihm in einer monströsen Krümmung nach oben, und nur zwei Mannslängen von ihm entfernt klaffte der Wüstenboden auf. Kristallzähne blitzten im schwachen Licht der Sterne. Leto sah den gähnenden Schlund, in dem weit hinten ein schwaches Feuer brannte. Ein überwältigender Gewürzgeruch flutete über ihn hinweg. Aber der Wurm bewegte sich nicht. Er verharrte vor ihm, während der Erste Mond über die Felsen stieg. Die Lichtreflexe auf den Zähnen des Wurms umrahmten das Feenfeuer der chemischen Reaktionen tief im Inneren des Geschöpfs.

So stark war die angeborene Angst der Fremen in ihm, dass ihn der Wunsch zu fliehen fast zerriss. Doch seine Vision ließ ihn bewegungslos verharren, fasziniert von diesem Augenblick. Niemand hatte je zuvor so dicht vor dem Mund eines lebenden Wurms gestanden und davon berichten können. Langsam bewegte Leto seinen rechten Fuß, aber wieder überraschten ihn seine Kräfte: Er traf auf eine Sandwelle, und als er zu schnell reagierte, schleuderte er auf den Schlund des Wurms zu. Gerade noch rechtzeitig kam er zum Stehen.

Der Wurm bewegte sich nicht. Er nahm nur die Sandforellen wahr. Er hätte einen anderen Wurm in seinem Revier attackiert. Er hätte sich auf freiliegendes Gewürz gestürzt. Aber eine Wasserbarriere hielt ihn auf – und Sandforellen, die Wasser einkapselten, waren eine Wasserbarriere.

Leto streckte eine Hand nach dem Ehrfurcht gebietenden Maul aus. Der Wurm wich einen ganzen Meter zurück.

Euphorisch wandte sich Leto von dem Wurm ab und begann, seinen Muskeln beizubringen, ihre neuen Kräfte zu kontrollieren. Dann ging er zum Qanat zurück. Der Wurm hinter ihm verharrte regungslos. Als Leto das Wasser durchquert hatte, machte er einen Freudensprung, flog zehn Meter über den Sand, schlug auf, rollte sich ab, lachte.

Licht flackerte über den Sand, als das Türsiegel der Hütte aufgerissen wurde. Im gelbvioletten Schein der Lampe starrte Sabiha zu Leto hinaus.

Immer noch lachend sprang Leto wieder über den Qanat, blieb vor dem Wurm stehen, drehte sich um und rief mit ausgestreckten Armen: »Sieh nur, Sabiha! Der Wurm macht, was ich will!«

Während Sabiha starr vor Schreck dastand, wirbelte Leto herum und rannte an dem Wurm vorbei in die Schlucht. Langsam gewöhnte er sich an seine neue Haut und stellte fest, dass schon die kleinste Bewegung seiner Muskeln ausreichte, um zu rennen. Es ging beinahe mühelos. Wenn er sich wirklich anstrengte, raste er so schnell über den Sand, dass der Wind auf seinem freiliegenden Gesicht brannte. Am Ende der Schlucht hielt er nicht an, sondern sprang fünfzehn Meter weit hoch, krallte sich in die Felswand, krabbelte an ihr empor wie ein Insekt und kam oben auf dem Grat zum Stehen.

Die Tanzerouft erstreckte sich vor ihm, ein weites, silbriges Wogen im Mondlicht.

Letos manische Erregung ebbte ab.

Er setzte sich hin. Wie leicht sich sein Körper doch anfühlte! Die Anstrengung hatte einen Schweißfilm auf seiner Haut erzeugt, den ein Destillanzug absorbiert und in die Transferschicht geleitet hätte, um die Salze daraus zu entfernen. Aber die Membran nahm den Schweißfilm schneller auf, als jeder Destillanzug dazu in der Lage gewesen wäre. Gedankenverloren rollte Leto ein Stück der Membran unter seinen Lippen auf, zog es an den Mund und trank den süßen Sirup.

Da er keine Maske vor dem Mund hatte, spürte er, wie er mit jedem Atemzug Körperfeuchtigkeit verschwendete. Er zog ein Stück der Membran über seinen Mund und schob es gleich wieder nach unten, als es versuchte, ihm die Nase zu verschließen. Damit machte er weiter, bis die Membran schließlich an ihrem Platz blieb. Dann fiel er in den Atemrhythmus eines Wüstenreisenden: durch die Nase einatmen, durch den Mund ausatmen. Beim Ausatmen wölbte sich die Membran über seinem Mund zu einer kleinen Blase, aber sie blieb an Ort und Stelle. Auf seinen Lippen sammelte sich keinerlei Feuchtigkeit, und seine Nasenlöcher lagen weiterhin frei. Die Anpassung nahm ihren Lauf.

In diesem Moment schoss ein Thopter an ihm vorbei, machte einen Bogen und landete mit gespreizten Flügeln etwa hundert Meter von ihm entfernt auf dem Grat. Leto warf einen kurzen Blick auf den Thopter und sah dann in die Schlucht hinab, aus der er gekommen war. Dort unten, jenseits des Qanats, waren nun viele Lichter zu erkennen, eine aufgeregte Menge. Leto hörte die hysterischen Stimmen der Menschen.

Zwei Männer stiegen aus dem Thopter und näherten sich ihm. Mondlicht glitzerte auf ihren Waffen.

Das Mashhad, dachte Leto. Es war ein trauriger Gedanke. Jetzt kam also der große Sprung auf den Goldenen Pfad. Er hatte einen lebenden, sich selbst regenerierenden Destillanzug in Form einer Sandforellenmembran geschaffen, etwas, das auf Arrakis von unermesslichem Wert war – bis man verstand, welchen Preis man dafür zahlen musste.

Ich bin kein Mensch mehr. Die Legenden über diese Nacht werden wachsen und sie so verzerren, dass sie für die, die sie erlebt haben, nicht mehr wiederzuerkennen sein wird. Aber die Legenden werden zur Wahrheit werden.

Leto spähte auf der anderen Seite des Grats nach unten. Es waren schätzungsweise zweihundert Meter bis zum Wüstenboden. Im Mondlicht sah man Simse und Spalten, aber keinen Weg, der nach unten führte. Er stand auf, atmete tief ein und blickte kurz zu den sich nähernden Männern. Dann trat er an den Rand der Felswand und stieß sich ins Leere ab. Etwa dreißig Meter tiefer trafen seine Beine auf einen schmalen Sims. Seine Muskeln nahmen den Aufprall auf und federten ihn seitwärts zu einem weiteren Sims, wo er einen kleinen Vorsprung zu fassen bekam, wieder zwanzig Meter hinabfiel, zu einem weiteren Handgriff sprang, ehe es erneut abwärts ging, hüpfend, springend, sich in winzige Simse krallend. Die letzten vierzig Meter bewältigte er in einem einzigen Sprung, landete und rollte sich ab, sodass er in einem Wirbel aus Sand und Staub die windabgewandte Seite einer Düne hinabkullerte. Unten angekommen, rappelte er sich auf und sprang in einem Satz auf den nächsten Dünenkamm. Von oben hörte er heisere Schreie, aber er beachtete sie nicht, sondern konzentrierte sich ganz und gar auf die Sprünge, die ihn von einer Düne zur nächsten trugen.

Er empfand ein sinnliches Vergnügen an dieser Fortbewegung. Es war wie ein Ballett über der Wüste, mit dem er der Tanzerouft trotzte, wie es noch nie ein Mensch zuvor getan hatte.

Dann, als er zu dem Schluss kam, dass die Insassen des Ornithopters ihre Überraschung überwunden und die Verfolgung wiederaufgenommen hatten, grub er sich mit dem Kopf voran in einen im Mondschatten liegenden Dünenhang. Durch seine neue Stärke fühlte sich der Sand wie eine schwere Flüssigkeit an, aber wenn er sich zu schnell bewegte, wurde diese Flüssigkeit gefährlich heiß. Er kam mit dem Kopf auf der anderen Seite der Düne heraus und bemerkte, dass die Membran seine Nasenlöcher bedeckt hatte. Er entfernte sie und spürte, wie seine neue Haut pulsierte, während sie seinen Schweiß aufnahm.

Er formte einen Mundschlauch und trank den Sirup. Dann blickte er in den sternenübersäten Himmel. Er schätzte, dass er etwa fünfzehn Kilometer von Shuloch entfernt war.

Kurz darauf zog ein Thopter wie ein großer Vogel vor den Sternen vorbei, gefolgt von einem weiteren und dann noch einem. Leto hörte den Wind, der über die Flügel der Maschinen strich, und das Wispern der schallgedämpften Düsen.

Er trank wieder aus dem Schlauch und wartete. Der erste Mond folgte seinem Lauf, dann der zweite. Eine Stunde vor Morgengrauen kroch er aus dem Sand und auf den Kamm der Düne und suchte den Himmel ab. Keine Verfolger. Nun wusste er, dass er sich auf einem Weg befand, von dem es kein Zurück mehr gab. Vor ihm in Zeit und Raum lag die Falle, lag die Lektion, die er und die gesamte Menschheit nie vergessen würden.

Er rannte fünfzig Kilometer nach Nordosten, bevor er sich für den Tag in den Sand eingrub und nur ein winziges Loch mit einem Schlauch aus Sandforellenmembran offen hielt. Die Membran lernte, mit ihm zu leben; er lernte, mit ihr zu leben. Er versuchte, nicht daran zu denken, was sie sonst noch mit seinem Körper machte.

Morgen werde ich Gara Rulen überfallen. Ich zerstöre ihren Qanat und lasse sein Wasser in den Sand fließen. Dann ziehe ich weiter nach Windsack, zur Alten Kluft und nach Harg. In einem Monat wird die ökologische Transformation von Arrakis um eine volle Generation zurückgeworfen sein. Das eröffnet uns die Möglichkeit, einen neuen Zeitplan zu entwickeln.

Natürlich würde man den rebellierenden Stämmen die Schuld geben. Manche würden die Erinnerung an Jacurutu wachrufen. Alia würde alle Hände voll zu tun haben. Und was Ghanima betraf … Leto sagte die Worte auf, die ihr Gedächtnis wiederherstellen würden. Aber dafür war später noch Zeit. Wenn sie diese schreckliche Vermischung der Fäden überlebten.

Der Goldene Pfad lockte ihn, er war wie etwas Physisches, das er mit offenen Augen sehen konnte. Er dachte darüber nach, wie sich die Dinge verhielten. Die Existenz der Tiere, die über das Land zogen, hing von genau dieser Bewegung ab; die Seele der Menschheit, die man über viele Zeitalter hinweg blockiert hatte, brauchte ebenfalls einen solchen Weg.

Dann dachte er an seinen Vater und sagte sich: *Bald werden wir von Angesicht zu Angesicht miteinander streiten, und am Ende wird nur eine Vision übrig bleiben.*

Die Bedingungen des Überlebens werden durch das Klima festgelegt – mit seinen langsamen Veränderungen, die eine Generation oft gar nicht wahrnimmt. Und es sind die klimatischen Extreme, die das Muster bestimmen. Einzelne, endliche Menschen können vielleicht das Klima einer bestimmten Region beobachten, Fluktuationen im Jahreswetter, und gelegentlich fällt ihnen etwas in der Art von »Das ist das kälteste Jahr, das ich jemals erlebt habe« auf. All das ist ersichtlich. Aber Menschen werden nur selten auf einen sich über viele Jahre hinweg verändernden Durchschnittswert aufmerksam. Aber es ist genau diese Aufmerksamkeit, durch die Menschen lernen, wie man auf welchem Planeten überlebt. Die Menschen müssen lernen, das Klima zu begreifen.

– Arrakis: Die Umwandlung, nach Harq al-Ada

Alia saß im Schneidersitz auf ihrem Bett und versuchte, sich zu sammeln, indem sie die Litanei gegen die Angst aufsagte. Aber in ihrem Kopf hallte ein abfälliges Lachen wider, das all ihre Bemühungen zunichte machte. Sie hörte die Stimme; diese Stimme kontrollierte ihre Ohren, ihre Gedanken.

»Was ist das für ein Unsinn? Was hast du zu befürchten?«

Ihre Unterschenkel zuckten krampfhaft, weil ihre Füße weglaufen wollten. Aber es gab keinen Ort, an dem sie sich hätte verstecken können.

Sie trug ein goldenes Kleid aus reinster Palianseide, das den Blick auf die zunehmende Rundung ihres Bauches freigab. Die

Stunde des Meuchelmörders war gerade verstrichen; die Morgendämmerung war nah. Die Berichte der letzten drei Monate lagen vor ihr auf dem roten Laken. Sie hörte das Summen der Klimaanlage, und eine leichte Brise ließ die Etiketten an den Shigadrahtspulen zittern.

Die Bediensteten hatten sie vor zwei Stunden ängstlich geweckt, um ihr die Nachricht von dieser jüngsten Ungeheuerlichkeit mitzuteilen, und sofort hatte sich Alia die Spulen bringen lassen, um nach einem erkennbaren Muster zu suchen.

Sie gab ihre Versuche mit der Litanei auf.

Diese Angriffe waren das Werk von Rebellen. Kein Zweifel. Immer nachdrücklicher wandten sie sich gegen die Religion Muad'Dibs.

»Und was gibt es daran auszusetzen?«, fragte die Stimme in ihr.

Alia schüttelte heftig den Kopf. Namri hatte versagt. Es war dumm von ihr gewesen, einem zweischneidigen Werkzeug wie ihm zu vertrauen. Ihre Berater flüsterten ihr zu, dass Stilgar die Schuld traf, dass er insgeheim ein Rebell sei. Und was war aus Halleck geworden? War er bei seinen Schmugglerfreunden untergetaucht? Möglich.

Sie nahm eine der Spulen in die Hand. *Und Muriz!* Dieser Mann war verrückt geworden. Das war die einzig mögliche Erklärung. Andernfalls hätte sie an Wunder glauben müssen. Kein Mensch, schon gar kein Kind – und sei es ein Kind wie Leto – konnte von der Klippe Shulochs stürzen und überleben, um anschließend in großen Sprüngen von einem Dünenkamm zum nächsten durch die Wüste zu fliehen.

Alia spürte den kalten Shigadraht in der Hand.

Wo war Leto also? Ghanima weigerte sich zu glauben, dass er nicht tot war, und eine Wahrsagerin hatte ihre Geschichte bestätigt: Leto war von einem Lazatiger getötet worden. Wer war dann das Kind, von dem Namri und Muriz berichtet hatten?

Sie erschauerte.

Vierzig Qanats waren sabotiert worden, ihr Wasser war an den Sand verloren. Die loyalen Fremen und selbst die Rebellen – das war doch alles abergläubisches Pack! Die Berichte, die Alia erhielt, versanken in einer Flut aus Gerüchten über rätselhafte Ereignisse. Sandforellen sprangen in Qanats und teilten sich in Legionen winziger Doppelgänger. Würmer ertränkten sich mit Absicht. Blut tropfte vom zweiten Mond auf Arrakis herab und peitschte dabei gewaltige Stürme auf. Und tatsächlich ... die Häufigkeit der Stürme nahm zu!

Alia dachte an Duncan, der im Sietch Tabr Funkstille hielt und sich unter den Beschränkungen wand, die sie Stilgar auferlegt hatte. Er und Irulan redeten über kaum etwas anderes als die *wahre* Bedeutung, die sich hinter diesen Omen verbarg. Dummköpfe! Selbst ihren Spionen merkte sie an, dass sie unter dem Einfluss dieser absurden Märchen standen.

Warum glaubte Ghanima so stark an ihre Geschichte von dem Lazatiger?

Alia seufzte. Lediglich einer der Berichte auf den Shigadrahtspulen war ermutigend. Farad'n hatte ein Kontingent seiner Hauswache geschickt – »um Sie bei Ihren Sorgen zu unterstützen und Vorbereitungen für die offizielle Vermählung zu treffen«. Alia teilte ein leises Lachen mit der polternden Stimme in ihrem Kopf. Dieser Plan zumindest war noch intakt. Und um all den anderen abergläubischen Unsinn zu zerstreuen, würden sich logische Erklärungen finden.

Inzwischen würde sie Farad'ns Männer einsetzen, um Shuloch abzuriegeln und notorische Dissidenten festzunehmen, insbesondere solche unter den Naibs. Sie überlegte, ob sie gegen Stilgar vorgehen sollte, aber die innere Stimme warnte sie davor.

»Noch nicht.«

»Meine Mutter und die Schwesternschaft dürften auch einen Plan haben«, flüsterte Alia. »Warum bildet sie Farad'n aus?«

»Vielleicht erregt er sie«, erwiderte der Baron.

»Dieses kalte Biest? Nein.«

»Du denkst doch nicht darüber nach, Farad'n darum zu bitten, sie dir zurückzugeben?«

»Nein. Ich weiß, welche Gefahren das mit sich bringen würde.«

»Gut. Dann lass uns über diesen jungen Sekretär reden, den Zia neulich gebracht hat. Ich glaube, er heißt Agarves, Buer Agarves. Wenn du ihn heute Nacht hierher einlädst …«

»Nein!«

»Alia …«

»Es ist schon fast Tag, du unersättlicher alter Narr! Heute trifft sich der Militärrat, und die Priester haben …«

»Trau ihnen nicht, liebste Alia.«

»Natürlich nicht.«

»Sehr gut. Was nun diesen Buer Agarves angeht …«

»Ich habe Nein gesagt!«

Der Baron schwieg, aber nun bekam Alia Kopfschmerzen, die gemächlich von ihrer linken Wange in den Schädel wanderten. Er hatte sie mit diesem kleinen Trick schon einmal tobend durch die Korridore getrieben. Doch diesmal würde sie sich ihm widersetzen. Sie war fest entschlossen.

»Wenn du weitermachst, nehme ich ein Beruhigungsmittel«, sagte sie.

Der Baron spürte, dass sie es ernst meinte. Die Kopfschmerzen ebbten ab. »Nun gut«, sagte er schmollend. »Dann ein andermal.«

»Ein andermal«, erwiderte sie.

Mit deiner Stärke hast du den Sand geteilt; du hast die Köpfe der Drachen in der Wüste zerschmettert. Ja, ich sehe dich als Tier, das aus den Dünen aufsteigt; du hast die zwei Hörner des Lamms, doch du sprichst mit der Stimme des Drachen.

– Die überarbeitete Orange-Katholische Bibel, Arran II:4

Es war die unabänderliche Prophezeiung, der Faden, der zu einem Strick geworden war, etwas, von dem Leto nun meinte, es schon sein ganzes Leben lang gekannt zu haben. Er blickte hinaus auf die Abendschatten der Tanzerouft. Einhundertsiebzig Kilometer weiter im Norden lag die Alte Kluft, die tiefe und gewundene Spalte, die durch den Schildwall lief und durch die die ersten Fremen in die Wüste hinausgezogen waren.

Leto hatte keine Zweifel mehr. Er wusste, warum er allein in der Wüste stand und doch von dem Gefühl erfüllt war, dass ihm all das hier gehörte, dass die Wüste tun musste, was er von ihr verlange. Er spürte den Faden, der ihn mit der gesamten Menschheit verband, und das tiefgreifende Bedürfnis nach einem Universum aus Erfahrungen, die einen logischen Sinn ergaben, einem Universum aus erkennbaren Mustern, die sich unaufhörlich verwandelten.

Ich kenne dieses Universum.

Der Wurm, der ihn hierhergebracht hatte, war auf das Stampfen seines Fußes hin zu ihm gekommen, hatte sich vor ihm aufgerichtet und wie ein gehorsames Tier gewartet. Leto war auf den Rücken des Wurms gesprungen und hatte mit seinen durch die

Membran verstärkten Händen den vorderen Wulst eines der Ringsegmente aufgebogen, um den Wurm an der Oberfläche zu halten. Der Wurm war die ganze Nacht dahingerast und hatte sich dabei völlig verausgabt. Die Silizium-Schwefel-Fabrik in seinem Inneren war auf Hochtouren gelaufen, er hatte gewaltige Sauerstoffschwälle ausgeatmet, die Leto umwirbelt hatten. Zuweilen hatten ihn diese heißen Böen benommen gemacht und seinen Kopf mit seltsamen Wahrnehmungen gefüllt. Die reflexive und zirkuläre Subjektivität seiner Visionen hatte sich nun nach innen gerichtet, zu seinen Vorfahren, und zwang ihn, Teile seiner terranischen Vergangenheit erneut zu durchleben, um sie mit seinem sich verändernden Selbst abzugleichen.

Schon jetzt spürte er, wie weit er sich von etwas entfernt hatte, das man noch als menschlich hätte bezeichnen können. Getrieben vom Gewürz, das er gierig schluckte, sobald er nur die geringste Spur davon fand, bestand die Membran, die ihn bedeckte, jetzt nicht mehr aus Sandforellen. Flimmerhärchen waren in seine Haut eingedrungen und hatten sich mit ihm zu einem neuen Geschöpf vereint, das in den kommenden Zeitaltern eine ganz eigene Art der Metamorphose durchlaufen würde.

Du hast das vorhergesehen, Vater, und du hast dich ihm verweigert, dachte er. *Es war eine zu schreckliche Vorstellung.*

Leto wusste, was man über seinen Vater glaubte und warum.

Muad'Dib war an seiner Fähigkeit gestorben, die Zukunft vorherzusehen.

Aber Paul Atreides war bei lebendigem Leib vom Universum der Wirklichkeit in das *Alam al-Mythal* übergegangen, auf der Flucht vor dem, was sein Sohn gewagt hatte.

Jetzt gab es nur noch den Prediger.

Leto kauerte sich in den Sand und hielt den Blick nach Norden gerichtet. Der Wurm würde aus dieser Richtung kommen, und auf seinem Rücken würden zwei Personen reiten: ein junger Fremen und ein blinder Mann.

Ein Schwarm bleicher Fledermäuse zog über Leto hinweg und bog nach Südosten. Die Tiere bildeten ein zufälliges Muster am dunkler werdenden Himmel, und ein kluges Fremenauge hätte ihren Kurs zurückverfolgen können, um herauszufinden, wo sich in dieser Richtung ein Unterschlupf befand. Aber der Prediger suchte keinen Unterschlupf. Sein Ziel war Shuloch, wo es keine wilden Fledermäuse geben durfte, weil sie Fremde an diesen geheimen Ort hätten führen können.

Der Wurm erschien als dunkle Bewegung zwischen Wüste und nördlichem Himmel. Ein nachlassender Sturmwind ließ aus großer Höhe *Matar*, den Sandregen, herabrieseln, wodurch die Sicht für einige Minuten getrübt wurde. Dann war der Wurm wieder deutlicher zu sehen – und er war näher herangekommen.

Die Kältelinie am Fuß der Düne, vor der Leto kauerte, begann ihre nächtliche Feuchtigkeit zu produzieren. Er schmeckte das fragile Nass in der Nase und rückte die Membranblase vor seinem Mund zurecht. Er war nicht länger darauf angewiesen, Feuchtstellen und Schlürfbrunnen zu finden. Die Gene seiner Mutter hatten ihm den verlängerten Dickdarm der Fremen mitgegeben, der aus allem, was ihn durchquerte, Wasser zurückgewann. Und sein lebender Destillanzug fing jedes bisschen Feuchtigkeit auf und bewahrte es. Selbst während er hier saß, fuhr die Membran auf der Suche nach zu speichernder Energie ihre Flimmerhärchen aus.

Leto beobachtete den sich nähernden Wurm. Er wusste, dass der junge Führer des Predigers ihn inzwischen als winzigen Punkt neben einer Düne ausgemacht hatte. Der Wurmreiter würde in diesem fernen Objekt noch nichts Bestimmtes erkennen, aber das war ein Problem, mit dem die Fremen umzugehen gelernt hatten. Alles Unbekannte war gefährlich. Die Reaktionen des Wurmreiters würden vorhersehbar sein, auch ohne Visionen.

Und so änderte der Wurm, wie erwartet, leicht den Kurs und hielt nun direkt auf Leto zu. Große Würmer waren eine von den

Fremen immer wieder eingesetzte Waffe. Sie hatten dabei geholfen, Shaddam bei Arrakeen zu besiegen. Dieser Wurm jedoch tat nicht, was sein Reiter von ihm wollte. Er kam zehn Meter von Leto entfernt zum Stehen, und nichts konnte ihn dazu veranlassen, auch nur ein weiteres Sandkorn zu überqueren.

Leto stand auf und spürte, wie sich die Flimmerhärchen auf seinem Rücken blitzartig in die Membran zurückzogen. Er machte seinen Mund frei und rief: »*Achlan, wasachlan!*« *Willkommen, zweimal willkommen!*

Auf dem Wurm erhob sich der Blinde hinter seinem Führer, eine Hand auf der Schulter des Jungen, und reckte die Nase, als würde er versuchen, das Geschehen zu erschnüffeln. Der Sonnenuntergang färbte seine Stirn orange. »Wer ist dort?«, fragte er und schüttelte die Schulter des Jungen. »Warum halten wir an?« Die Destillanzugsfilter verliehen seiner Stimme einen nasalen Klang.

Der Junge blickte ängstlich zu Leto hinab. »Es ist nur jemand, der allein in der Wüste steht. Ein Kind, wie es aussieht. Ich habe versucht, den Wurm über ihn hinwegzutreiben, aber der Wurm will nicht.«

»Warum hast du mir das nicht gesagt?«, fragte der Blinde.

»Ich dachte, es wäre nur jemand, der allein in der Wüste unterwegs ist«, sagte der Junge. »Aber es ist ein Dämon.«

»Gesprochen wie ein wahrer Sohn Jacurutus«, sagte Leto. »Und du, edler Herr, bist der Prediger.«

»Der bin ich, ja.« Die Stimme des Predigers konnte seine Angst nicht verbergen. Nun begegnete er endlich seiner eigenen Vergangenheit.

»Dies ist kein Garten«, sagte Leto, »aber ihr könnt hier mit mir die Nacht verbringen.«

»Wer bist du?«, fragte der Prediger. »Wie hast du unseren Wurm zum Stehen gebracht?« Jetzt lag ein Unterton des Erkennens in seiner Stimme. Er rief die Erinnerungen an diese alternative Vision in sich wach. Er wusste, dass er hier sein Ende finden konnte.

»Es ist ein Dämon!«, sagte der junge Führer. »Wir müssen von hier fliehen, wenn unsere Seelen nicht …«

»Schweig!«, rief der Prediger.

»Ich bin Leto Atreides«, sagte Leto. »Euer Wurm hat angehalten, weil ich es ihm befohlen habe.«

Der Prediger stand reglos auf dem Wurm.

»Komm, Vater. Steig herab und verbringe die Nacht mit mir. Ich gebe dir süßen Sirup zu trinken. Ich sehe, dass ihr Fremkits mit Nahrung und Wassergläsern dabeihabt. Wir teilen unsere Reichtümer hier im Sand.«

»Leto ist noch ein Kind. Und es heißt, dass er durch eine Intrige der Corrinos ums Leben kam. Deiner Stimme ist nichts Kindliches eigen.«

»Du kennst mich, Vater. Ich bin klein für mein Alter, so wie du es warst, aber meine Erfahrungen reichen in die fernste Vergangenheit zurück, und meine Stimme hat vieles gelernt.«

»Was machst du hier in der inneren Wüste?«

»*Bu ji*«, sagte Leto. *Nichts aus dem Nichts.* Es war die Antwort eines Zensunni-Wanderers, der aus einer Position der Ruhe handelte, ohne Anstrengung und im Einklang mit seiner Umgebung.

Der Prediger rüttelte an der Schulter seines Führers. »Ist das ein Kind, wahrhaftig ein Kind?«

»Aiya«, erwiderte der Junge und hielt den Blick dabei ängstlich auf Leto gerichtet.

Ein tiefer Seufzer ließ den Prediger erzittern. »Nein.«

»Er ist ein Dämon in Kindergestalt«, sagte der Junge.

»Ihr werdet die Nacht hier verbringen«, sagte Leto.

»Wir tun, was er sagt.« Der Prediger ließ den jungen Fremen los, rutschte an einem Ringsegment des Wurms herab und machte einen Satz von dem Tier weg, sobald seine Füße den Sand berührten. Dann drehte er sich um und rief: »Schicke den Wurm zurück in den Sand. Er ist müde und wird uns keinen Ärger machen.«

»Aber der Wurm will sich nicht bewegen«, erwiderte der Junge.

»Er wird sich bewegen«, sagte Leto. »Aber wenn du versuchst, mit ihm zu fliehen, sorge ich dafür, dass er dich frisst.« Er trat in das Wahrnehmungsfeld des Wurms und deutete in die Richtung, aus der das Tier mit seinen beiden Reitern gekommen war. »Dort entlang.«

Der junge Fremen ruckelte an dem Haken, der ein Ringsegment offenhielt, und langsam begann der Wurm, über den Sand zu rutschen. Er gehorchte wieder den Anweisungen seines Reiters.

Der Prediger war dem Klang von Letos Stimme gefolgt und zwei Schritte von Leto entfernt stehen geblieben. Er bewegte sich mit einer Sicherheit, die Leto verriet, dass der bevorstehende Wettstreit nicht leicht werden würde.

An diesem Punkt gingen die Visionen auseinander.

»Leg deine Anzugmaske ab, Vater«, sagte Leto.

Der Prediger schob seine Kapuze zurück und entfernte das Mundstück.

Leto studierte das Gesicht seines Gegenübers, erkannte die Ähnlichkeiten, als wären sie mit leuchtenden Linien nachgezogen. Diese Linien bildeten einen Abgleich, einen Weg der Gene, der keine scharfen Grenzen hatte. Diese Linien waren unverkennbar. Sie waren aus den geschäftigen, wassergetränkten Tagen, von den wundersamen Meeren Caladans auf Leto übergegangen. Aber jetzt, während die Nacht darauf wartete, sich zwischen die Dünen zu betten, standen sie beide hier auf Arrakis an einem Scheideweg.

»Nun, Vater«, begann Leto, während er beobachtete, wie der junge Führer von der Stelle, an dem er den Wurm zurückgelassen hatte, auf sie zukam.

»Mu zein!«, sagte der Prediger und machte eine schneidende Bewegung mit der rechten Hand. *Das ist nicht gut!*

»Koolish zein«, erwiderte Leto mit sanfter Stimme. *Etwas Besseres bekommen wir vielleicht nie.* Und auf Chakobsa, der Kampfsprache der Atreides, fügte er hinzu: »Hier bin ich, hier bleibe ich. Das dürfen wir nie vergessen, Vater.«

Der Prediger ließ die Schultern hängen. Und dann, in einer Geste, die er lange nicht mehr vollführt hatte, legte er die Hände vor die leeren Augenhöhlen.

»Einmal habe ich dir das Licht meiner Augen gegeben und dir deine Erinnerungen genommen«, sagte Leto. »Ich kenne deine Entscheidungen, und ich war dort, wo du dich versteckt hast.«

»Ich weiß.« Der Prediger ließ die Hände wieder sinken. »Du wirst bleiben?«

»Du hast mich nach dem Mann benannt, der diese Worte auf sein Wappen geschrieben hat. *J'y suis, j'y reste.*«

Der Prediger seufzte tief. »Wie weit ist diese Sache, die du dir angetan hast, fortgeschritten?«

»Meine Haut ist nicht meine Haut, Vater.«

Der Prediger erzitterte. »Dann weiß ich, wie du mich gefunden hast.«

»Ja, ich habe meine Erinnerung an einen Ort geheftet, den mein Körper nie kennengelernt hat. Ich brauche einen Abend mit meinem Vater.«

»Ich bin nicht dein Vater. Ich bin nur ein armseliger Abklatsch, ein Relikt.« Der Prediger blickte zu dem sich ihnen nähernden jungen Fremen. »Ich wende mich für meine Zukunft schon lange nicht mehr an die Visionen.«

Während er sprach, legte sich die Dunkelheit über die Wüste. Über ihnen leuchteten die Sterne auf, und auch Leto wandte sich nun dem Fremen zu. »*Wubakh ul kuhar*«, rief er. *Sei gegrüßt!*

»*Subakh un nar!*«, kam als Antwort.

In einem heiseren Flüstern sagte der Prediger: »Dieser junge Assan Tariq ist gefährlich.«

»Alle Ausgestoßenen sind gefährlich«, erwiderte Leto. »Aber nicht für mich.«

»Wenn das deine Vision ist, dann will ich sie nicht teilen.«

»Womöglich hast du keine andere Wahl. Du bist *Fil-haquiqa*, die Wirklichkeit. Du bist *Abu Dhur*, der Vater der unbegrenzten Straßen der Zeit.«

»Ich bin nicht mehr als ein Köder in einer Falle.«

»Und Alia hat diesen Köder bereits geschluckt. Aber mir gefällt nicht, wie er schmeckt.«

»Du kannst das nicht tun!«

»Ich habe es bereits getan. Meine Haut ist nicht meine Haut.«

»Vielleicht ist es noch nicht zu spät.«

»Es ist zu spät.« Leto neigte den Kopf und hörte, wie Assan Tariq die Düne zu ihnen hochstieg, dem Klang ihrer Stimmen folgend. »Sei gegrüßt, Assan Tariq aus Shuloch«, sagte er.

Der Junge hielt etwas unterhalb von Leto auf dem Hang inne, ein dunkler Schatten im Sternenlicht. Die Art, wie er die Schultern hielt und er den Kopf schräg legte, verriet Unentschlossenheit.

»Ja«, sagte Leto. »Ich bin derjenige, der aus Shuloch geflohen ist.«

»Als ich davon gehört habe …« Der Prediger schüttelte den Kopf und sagte wieder: »Du kannst das nicht tun!«

»Ich tue es. Welche Rolle spielt es, wenn du einmal mehr geblendet wirst?«

»Denkst du, dass ich mich davor fürchte? Siehst du nicht den hervorragenden Führer, den man mir gestellt hat?«

»Ich sehe ihn.« Wieder wandte sich Leto Tariq zu. »Hast du mich nicht gehört, Assan? Ich bin derjenige, der aus Shuloch entkommen ist.«

»Du bist ein Dämon«, erwiderte der Junge mit zittriger Stimme.

»Dein Dämon … Und du bist mein Dämon.« Leto spürte, wie die Spannung zwischen ihm und seinem Vater wuchs. Es war ein Schattenspiel, das sie umgab, eine Projektion unbewusster Formen. Leto nahm die Erinnerungen seines Vaters wahr, eine Art rückwärts gerichteter Prophezeiung, die die Visionen von der vertrauten Wirklichkeit dieses Augenblicks her ordnete.

Auch Tariq spürte es – dieses Gefecht der Visionen. Er rutschte mehrere Schritte die Düne hinab.

»Du kannst die Zukunft nicht kontrollieren«, flüsterte der Prediger, und seine Stimme klang dabei so angestrengt, als würde er ein schweres Gewicht heben.

Die Dissonanz zwischen Leto und seinem Vater war ein Element des Universums, mit dem Letos gesamte Existenz rang. Er oder sein Vater würden schon bald zum Handeln gezwungen sein, und mit ihrem Handeln würden sie eine Entscheidung treffen, eine Vision wählen. Und sein Vater hatte recht: Wenn man versuchte, das Universum seiner Kontrolle zu unterwerfen, schmiedete man dadurch nur die Waffen, mit denen einen das Universum schließlich besiegen würde. Eine Vision zu wählen und mit ihr umzugehen verlangte, dass man auf einem dünnen Faden balancierte, dass man auf dem Hochseil Gott spielte, mit der kosmischen Leere zu beiden Seiten. Keiner von ihnen konnte sich auf den Tod-als-Ablass-vom-Paradox zurückziehen, beide kannten sie die Visionen und die Regeln. Alle alten Visionen lagen im Sterben. Und wenn einer von ihnen einen Zug machte, reagierte der andere mit einem Gegenzug. Die einzige Wahrheit, auf die es für sie jetzt noch ankam, war das, was sie vom Hintergrundrauschen der Visionen abhob. Es gab keinen sicheren Rückzugsort, nur einen Übergang, eine Verschiebung von Beziehungen, die in den Grenzen abgesteckt waren, die sie jetzt zogen und die sich unausweichlich verändern würden. Sie beide konnten sich nur auf ihren verzweifelten, einsamen Mut verlassen, aber Leto verfügte über zwei Vorteile: Er hatte sich auf einen Weg festgelegt, von dem es kein Zurück gab. Und er hatte dessen schreckliche Folgen auf sich genommen. Sein Vater dagegen hoffte immer noch, dass es einen Weg zurück geben würde, und hatte keine endgültige Entscheidung getroffen.

»Das darfst du nicht! Das darfst du nicht!«, murmelte der Prediger.

Er erkennt meinen Vorteil, dachte Leto und sagte in einem beiläufigen Tonfall, hinter dem sich seine ganze Anspannung verbarg: »Ich hege keinen leidenschaftlichen Glauben an die Wahrheit und hänge keiner Religion an. Ich glaube nur an das, was ich selbst erschaffe.« Er spürte eine Bewegung zwischen sich und seinem Vater, etwas Körniges, etwas, das nur seinen eigenen leidenschaftlichen Glauben an sich selbst berührte. Aus diesem Glauben heraus wusste er, dass er die Eckpfeiler des Goldenen Pfads gesetzt hatte. Eines Tages würden diese Eckpfeiler anderen vermitteln, wie man ein Mensch sein konnte – ein seltsames Geschenk von einem Geschöpf, das längst kein Mensch mehr sein würde, wenn es so weit war. Doch solche Eckpfeiler wurden immer von jenen gesetzt, die um ihr Glück spielten. Leto spürte diese Spieler aller Zeitalter überall in seinem Inneren verstreut und machte sich bereit für den ultimativen Einsatz.

Vorsichtig schnupperte er die Luft, suchte nach dem Zeichen, von dem sowohl er als auch sein Vater wussten, dass es erscheinen würde. Nur eine Frage blieb: Würde sein Vater den zu Tode verängstigten jungen Fremen, der unten an der Düne stand, warnen?

Dann nahm Letos Nase das Ozon wahr, den verräterischen Geruch eines Schilds. Den Befehlen der Ausgestoßenen folgend versuchte Tariq, beide Atreides auf einmal zu töten, ohne zu ahnen, welche Schrecken das nach sich ziehen würde.

»Tu es nicht«, flüsterte der Prediger.

Aber Leto wusste, dass das Zeichen echt war. Er roch das Ozon, aber sah kein Schimmern in der Luft. Tariq verwendete einen Pseudoschild, eine Waffe, die man einzig und allein für Arrakis entwickelt hatte. Der Holtzmann-Effekt würde einen Wurm rufen und in die Raserei treiben. Nichts hielt einen solchen Wurm auf – kein Wasser und auch nicht die Gegenwart von Sandforellen – nichts. Der Junge hatte das Gerät in den Dünenhang gesteckt und rannte jetzt so schnell er konnte aus der Gefahrenzone.

Leto sprang vom Dünenkamm herab. Er hörte, wie sein Vater wütend protestierte, aber es war zu spät: Die Kraft von Letos verstärkten Muskeln schleuderte ihn wie ein Geschoss durch die Luft, und eine ausgestreckte Hand traf Tariq am Hals, während die andere herumwirbelte, um den Jungen an der Hüfte zu fassen. Ein Knacken ertönte, als der Hals des Fremen brach. Leto rollte sich ab, sprang zurück und fuhr mit seinen Händen wie mit einem genau austarierten Werkzeug dort in den Sand, wo der Pseudoschild steckte. Seine Finger fanden das Gerät, und blitzschnell hatte er es aus dem Sand geholt und warf es in hohem Bogen weit nach Süden.

Ein lautes, fauchendes, peitschendes Getöse kam von dort, wo der Pseudoschild gelandet war. Kurz darauf ebbte es ab, und die Stille kehrte zurück.

Leto blickte die Düne hoch, auf der sein Vater stand. Das Gesicht des Predigers hatte einen immer noch trotzigen Ausdruck, aber er wusste, dass er besiegt war. Das dort oben war Paul Muad'-Dib, blind, wütend, der Verzweiflung nahe. Er war vor der Vision geflohen, die Leto für sich angenommen hatte. Ganz sicher drehten sich die Gedanken in Pauls Kopf gerade um den langen Koan der Zensunni: *»Indem er akkurat die Zukunft vorhersagte, führte Muad'Dib ein Element der Entwicklung und des Wachstums in jene Hellsicht ein, durch die er das menschliche Sein sah. Dadurch hat er sich selbst in Ungewissheit gestürzt. Er strebte die Absolutheit einer Vorhersage an, aber er hat die Unordnung verstärkt und die Hellsicht verzerrt.«*

Leto sprang neben seinen Vater auf den Dünenkamm und sagte: »Nun bin ich dein Führer.«

»Niemals!«

»Würdest du lieber nach Shuloch zurückkehren? Gesetzt den Fall, man würde dich dort willkommen heißen, wenn du ohne Tariq zurückkehrst – wo ist Shuloch hin? Sehen deine *Augen* Shuloch?«

Paul richtete die augenlosen Höhlen auf Leto. »Weißt du wirklich, was für ein Universum du erschaffen hast?«

Leto nahm die eigenartige Betonung in Pauls Worten wahr. Die Vision, die hier, wie sie beide wussten, auf schreckliche Weise in Gang gesetzt worden war, hatte einen schöpferischen Akt zu einem bestimmten Zeitpunkt verlangt. Für diesen einen Moment teilte das gesamte bewusste Universum eine lineare Sicht der Zeit. Man trat in diese Zeit ein, als würde man auf ein fahrendes Fahrzeug steigen, und man konnte sie nur auf die gleiche Weise wieder verlassen.

Gegen diese Sicht hielt Leto die aus vielen Strängen bestehenden Zügel, die von den Visionen erhellte Sicht auf die Zeit als etwas Multilineares, vielfach in sich Zurückgebogenes. Er war der Sehende im Universum der Blinden. Nur er konnte den Glauben an Ordnung zerstreuen, da sein Vater nicht mehr die Zügel in der Hand hielt. Aus Letos Perspektive hatte ein Sohn die Vergangenheit verändert. Und ein Gedanke, den man sich selbst in der fernsten Zukunft noch nicht erträumt hatte, konnte sein Licht auf die Gegenwart werfen und Letos Hand lenken.

Nur *seine* Hand.

Paul wusste das, weil er nicht mehr erkennen konnte, was Leto mit den Zügeln tun würde, weil er nur die unmenschlichen Folgen dessen sah, was Leto auf sich genommen hatte. Und er dachte: *Das ist die Veränderung, um die ich gebetet habe. Warum fürchte ich sie? Weil sie der Goldene Pfad ist!*

»Ich bin hier, um der Evolution einen Sinn zu geben«, sagte Leto. »Und damit auch unserem Leben einen Sinn zu geben.«

»*Willst* du diese Tausende von Jahren leben und dich dabei so verändern, wie du weißt, dass du dich verändern wirst?«

Leto war sich darüber im Klaren, dass sein Vater nicht von körperlichen Veränderungen sprach. Darüber wussten sie beide Bescheid: Leto würde sich immer weiter anpassen, die Haut, die nicht seine Haut war, würde sich immer weiter entwickeln, bis sie mit ihm verschmelzen und es zu einem gemeinsamen Verwandlungsprozess kommen würde. Und wenn schließlich die Metamorphose eintrat – *falls* sie eintrat –, würde ein denkendes Wesen von Ehrfurcht gebietenden Ausmaßen in das Universum treten. Und das Universum würde dieses Wesen anbeten.

Nein, Paul sprach von den inneren Veränderungen, von den Gedanken und Entscheidungen, die sich den Menschen kommender Jahrhunderte aufzwingen würden.

»Die, die dich für tot halten«, sagte Leto. »Du weißt, was sie über deine letzten Worte sagen.«

»Natürlich.«

»*Jetzt tue ich, was alles Leben im Dienste des Lebens tun muss.* Das hast du nie gesagt, aber ein Priester, der glaubte, dass du nie zurückkehren würdest, um ihn der Lüge zu bezichtigen, hat dir diese Worte in den Mund gelegt.«

Paul holte tief Luft. »Ich würde ihn nicht der Lüge bezichtigen. Es sind gute letzte Worte.«

»Willst du hierbleiben? Oder in die Hütte im Shuloch-Becken zurückkehren?«

»Es ist nun dein Universum.«

Die vom Klang der Niederlage getragenen Worte seines Vaters berührten Leto tief. Paul hatte versucht, die letzten Ausläufer seiner Vision zu lenken, eine Entscheidung, die er schon vor Jahren in Sietch Tabr getroffen hatte. Dafür hatte er die Rolle als Werkzeug der Rache für die Ausgestoßenen von Jacurutu angenommen. Sie hatten ihn kontaminiert, aber es war ihm lieber gewesen als das, was er von jenem Universum gesehen hatte, für das sich Leto entschieden hatte.

Leto war so traurig, dass er für mehrere Minuten kein Wort herausbrachte. Dann, als er seine Stimme wieder im Griff hatte, sagte er: »Du hast also Alia geködert, sie in Versuchung geführt und verwirrt, sodass sie erst nichts und dann das Falsche getan hat. Und jetzt weiß sie, wer du bist.«

»Sie weiß es. Ja, sie weiß es.« Pauls Stimme klang jetzt alt und erfüllt von Widerwillen. Noch war ihm etwas Trotz geblieben. »Wenn ich kann, nehme ich dir die Vision weg.«

»Tausende von friedlichen Jahren. Das gebe ich ihnen.«

»Schlaf! Stagnation!«

»Natürlich. Und jene Formen von Gewalt, die ich zulasse. Das wird eine Lektion, die die Menschheit niemals vergisst.«

»Ich spucke auf deine Lektion! Glaubst du etwa, dass ich nicht etwas Ähnliches vorhergesehen habe wie das, wofür du dich entschieden hast?«

»Ja, du hast es vorhergesehen.«

»Und ist deine Vision vielleicht besser als meine?«

»Kein bisschen. Vielleicht sogar schlimmer.«

»Was kann ich dann anderes tun, als mich dir zu widersetzen?«

»Mich töten vielleicht?«

»So naiv bin ich nicht. Ich weiß, was du in Gang gesetzt hast. Ich weiß von den zerstörten Qanats und den Unruhen.«

»Und Assan Tariq wird Shuloch nie wiedersehen. Du musst entweder mit mir zurückkehren oder überhaupt nicht, weil es nun meine Vision ist.«

»Ich entscheide mich dafür, nicht zurückzukehren.«

Wie alt seine Stimme klingt, dachte Leto, und bei diesem Gedanken zog sich sein Inneres vor Schmerz zusammen. »In meinem Dishsasha habe ich den Falkenring der Atreides verborgen. Willst du, dass ich ihn dir zurückgebe?«

»Wenn ich doch nur gestorben wäre«, flüsterte Paul. »Ich wollte wirklich sterben, als ich in jener Nacht in die Wüste hinausging, aber ich wusste, dass ich diese Welt nicht verlassen konnte. Ich musste zurückkehren und …«

»… die Legende wiederherstellen. Ich weiß. Und die Schakale von Jacurutu warteten in jener Nacht auf dich, wie du es gewusst hast. Sie wollten deine Visionen. Auch das wusstest du.«

»Ich habe mich geweigert. Ich habe ihnen nie auch nur eine einzige Vision gegeben.«

»Aber sie haben dich kontaminiert. Sie haben dir Gewürzessenz verabreicht und dich mit Frauen und Träumen fügsam gemacht. Und du *hattest* Visionen.«

»Ja, manchmal.«

»Nimmst du nun den Falkenring zurück?«

Unvermittelt setzte sich Paul in den Sand, ein dunkler Fleck im Sternenlicht. »Nein.«

Er weiß also, dass es sinnlos ist, diesen Weg zu beschreiten, dachte Leto. Ihr Kampf der Visionen hatte sich verändert. Er hatte auf einer fein verästelten Ebene der Entscheidungsmöglichkeiten begonnen, aber jetzt verwarfen sie nur noch grobschlächtig Alternativen. Paul wusste, dass er nicht gewinnen konnte, doch er hoffte nach wie vor, Letos Vision außer Kraft setzen zu können.

Nach einer Weile sagte Paul: »Ja, die Jacurutus haben mich kontaminiert. Aber du kontaminierst dich selbst.«

Leto nickte. »Das ist wahr. Ich bin dein Sohn.«

»Und bist du ein guter Fremen?«

»Ja.«

»Wirst du es dann einem Blinden gestatten, endlich in die Wüste zu gehen? Wirst du mich zu meinen eigenen Bedingungen Frieden finden lassen?« Paul schlug neben sich auf den Sand.

»Nein, das gestatte ich nicht. Aber du hast das Recht, dich in dein Messer zu stürzen, wenn du darauf bestehst.«

»Und dann hättest du meinen Leichnam.«

»Das ist wahr.«

»Nein!«

Er kennt also auch diesen Pfad, dachte Leto. Wenn Muad'Dibs Leichnam durch seinen Sohn beigesetzt wurde, konnte man das als Zementierung von Letos Vision sehen. »Du hast es ihnen nie erzählt, nicht wahr, Vater?«

»Ich habe es ihnen nie erzählt.«

»Aber ich habe es ihnen erzählt. Ich habe es Muriz erzählt. Kralizec, der Kampf mit dem Taifun.«

Paul ließ die Schultern sinken. »Das kannst du nicht«, flüsterte er. »Das kannst du nicht.«

»Ich bin nun ein Geschöpf dieser Wüste, Vater. Würdest du so mit einem Coriolissturm sprechen?«

»Du glaubst, ich wäre feige, weil ich mich geweigert habe, diesen Pfad zu beschreiten. Ach, ich verstehe dich gut, Sohn. Omen und die Kunst des Haruspex sind seit jeher ihre eigene Folter. Aber ich habe mich nie in den möglichen Zukünften verloren, weil diese Zukunft unaussprechlich ist.«

»Ja, dein Dschihad wird im Vergleich dazu wie ein Sommerpicknick auf Caladan aussehen. Ich bringe dich jetzt zu Gurney Halleck, Vater.«

»Gurney! Er dient der Schwesternschaft.«

Jetzt begriff Leto, wie weit die Vision seines Vaters reichte. »Nein, Vater. Gurney dient überhaupt niemandem mehr. Ich weiß, wo man ihn findet, und ich kann dich dort hinbringen. Es ist Zeit, dass die neue Legende erschaffen wird.«

»Ich kann dich also nicht von deinem Weg abbringen. Dann lass mich dich berühren, denn du bist mein Sohn.«

Leto streckte die rechte Hand aus, um Pauls tastende Finger zu berühren, spürte ihre Kraft, drückte gegen sie, widerstand jeder Bewegung von Pauls Arm. »Nicht einmal ein vergiftetes Messer kann mir jetzt noch etwas anhaben, Vater. Meine Chemie ist bereits eine andere.«

Paul löste den Griff und ließ die Hand sinken. Tränen rannen aus den blinden Augen. »Wenn ich mich für deinen Weg entschieden hätte, wäre ich der Bikouros des Shaitan. Und was wird aus dir werden?«

»Für eine Weile wird man auch mich den Missionar Shaitans nennen. Dann werden sie anfangen, sich Fragen zu stellen, und schließlich werden sie es verstehen. Du hast deine Vision nicht genug durchdacht, Vater. Deine Hände haben Gutes getan und Böses.«

»Aber das Böse ist erst im Nachhinein kenntlich geworden.«

»Wie es bei so vielen großen Übeln ist. Du bist nur in einen Teil meiner Vision übergetreten. Hat deine Kraft nicht ausgereicht?«

»Du weißt, dass ich dort nicht bleiben konnte. Ich konnte nie etwas Böses tun, wenn es schon vor der Tat als Böses erkennbar war. Ich stamme nicht aus Jacurutu.« Mühsam stand Paul auf. »Hältst du mich für jemanden, der nachts für sich alleine lacht?«

»Es ist schade, dass du nie ein echter Fremen warst, Vater. Wir Fremen wissen, wie man das Arifa in Auftrag gibt. Unsere Richter können zwischen den Übeln wählen. So ist das seit jeher für uns.«

»Ein Fremen, das bist du also? Sklave des Schicksals, das du zu erschaffen geholfen hast?« Paul trat auf Leto zu, streckte mit einer seltsam scheuen Bewegung die Hand aus, berührte Letos Arm, tastete ihn hinauf, zum Ohr, dann zur Wange und schließlich zum Mund. »Ah, das ist noch dein eigenes Fleisch. Wo wird es dich hinführen?« Er senkte den Arm wieder.

»An einen Ort, an dem die Menschen ihre Zukunft von einem Moment zum anderen erschaffen können.«

»Das sagst du. Eine Abscheulichkeit würde womöglich das Gleiche sagen.«

»Ich bin keine Abscheulichkeit, auch wenn ich eine hätte werden können. Ich habe bei Alia gesehen, wie das geschieht. Ein Dämon lebt in ihrem Inneren, Vater. Ghani und ich kennen diesen Dämon. Es ist der Baron, dein Großvater.«

Paul vergrub sein Gesicht in den Händen. Für einen Moment bebten seine Schultern, dann senkte er die Arme. Sein Mund war zu einer harten Linie zusammengepresst. »Auf unserem Haus liegt ein Fluch. Ich habe darum gebetet, dass du den Ring einfach in den Sand werfen würdest, dass du dich von mir lossagen und davonrennen würdest, um ein anderes Leben zu leben. Es hat nur auf dich gewartet.«

»Um welchen Preis?«

Paul schwieg für eine Weile, dann sagte er: »Der Endpunkt passt den zu ihm führenden Weg an. Ein einziges Mal bin ich im Kampf für meine Prinzipien gescheitert. Nur ein einziges Mal. Ich habe das Mahdinat akzeptiert. Das habe ich für Chani getan, aber es hat einen schlechten Anführer aus mir gemacht.«

Leto stellte fest, dass er darauf nichts erwidern konnte. Er trug die Erinnerung an diese Entscheidung in sich.

»Ich kann dich ebenso wenig anlügen wie mich selbst«, fuhr Paul fort. »Das weiß ich. Jeder Mann sollte einen solchen Prüfstein haben. Ich frage dich nur eines: Ist der Kampf gegen den Taifun wirklich nötig?«

»Entweder das – oder die Menschheit wird ausgelöscht.«

Paul hörte die Wahrheit in Letos Worten und begriff, dass die Vision seines Sohnes weiter reichte, als er gedacht hatte. »Das habe ich inmitten der Möglichkeiten nicht gesehen.«

»Ich glaube, die Schwesternschaft ahnt es. Eine andere Erklärung für die Entscheidung meiner Großmutter kann ich nicht akzeptieren.«

Der kalte Nachtwind umwehte sie und ließ Pauls Robe um seine Beine flattern. Er zitterte. Als Leto das sah, sagte er: »Du hast ein Fremkit, Vater. Ich blase das Zelt auf, dann können wir die Nacht bequem verbringen.«

Aber Paul konnte nur den Kopf schütteln. Er wusste, dass ihm nichts Trost spenden würde, nicht in dieser Nacht oder in irgendeiner anderen. Muad'Dib, der Held, musste zerstört werden. Das hatte er selbst gesagt. Nur der Prediger durfte weiterleben.

Die Fremen waren die ersten Menschen, die eine bewusste/unbewusste Symbollogik entwickelt haben, mittels derer sie die Bewegungen und Beziehungen ihres planetaren Systems erlebbar machten. Sie waren das erste Volk, das das Klima in die Begrifflichkeiten einer semimathematischen Sprache gefasst hat, deren geschriebene Zeichen die externen Beziehungen verkörpern (und internalisieren). Die Sprache selbst war Teil des Systems, das sie beschrieb. Ihre geschriebene Form trug die Gestalt dessen, was sie beschrieb. Das tiefe lokale Wissen darum, was zur Erhaltung des Lebens zur Verfügung stand, war in dieser Entwicklung impliziert. Man kann das Ausmaß dieser Wechselwirkung von Sprache und System an dem Umstand ermessen, dass sich die Fremen selbst als sammelnde und weidende Tiere verstanden.

– Die Geschichte des Liet-Kynes, von Harq al-Ada

»Kaveh wahid«, sagte Stilgar. *Bring Kaffee.* Mit der Hand gab er dem Bediensteten einen Wink, der neben der Eingangstür des spartanischen Raums mit den Felswänden stand, in dem Stilgar diese ruhelose Nacht verbracht hatte. Dies war der Ort, an dem der Fremennaib normalerweise sein karges Frühstück einnahm, und es war fast Frühstückszeit, aber nach einer solchen Nacht verspürte er keinen Hunger. Er stand auf und streckte die Muskeln.

Duncan Idaho saß auf einem flachen Kissen an der Wand und versuchte, ein Gähnen zu unterdrücken. Ihm war gerade klar geworden, dass er und Stilgar die ganze Nacht hindurch geredet hatten. »Vergib mir, Stil«, sagte er. »Ich habe dich die ganze Nacht lang wachgehalten.«

»Wenn man die ganze Nacht lang wach bleibt, hat man einen Tag mehr im Leben«, erwiderte Stilgar und nahm das Kaffeetablett entgegen, das durch die Tür gereicht wurde. Er schob einen niedrigen Tisch vor Duncan, stellte das Tablett darauf ab und setzte sich seinem Gast gegenüber hin.

Beide Männer trugen gelbe Trauergewänder. Das von Duncan war geliehen; er trug es, weil das Volk von Sietch Tabr das Atreides-Grün seiner Arbeitsuniform verabscheute.

Stilgar goss das dunkle Gebräu aus der bauchigen Kupferkaraffe in die Tassen, nahm als Erster einen Schluck und hob dann seine Tasse als Zeichen für Duncan. Der alte Fremenbrauch: *»Es ist sicher. Ich habe davon getrunken.«*

Den Kaffee hatte Harah bereitet, und zwar genauso, wie Stilgar ihn am liebsten mochte: Die Bohnen waren rosig-braun geröstet, noch heiß in einem Steinmörser zu einem feinen Pulver zerstoßen und dann sofort aufgebrüht worden. Dazu kam eine Prise Melange.

Duncan atmete das üppige Gewürzaroma ein und trank vorsichtig. Nach wie vor wusste er nicht, ob er Stilgar überzeugt hatte. Sein Mentatenverstand hatte in den frühen Morgenstunden träge zu arbeiten begonnen, und all seine Berechnungen sahen sich letztlich mit dem Datenmaterial konfrontiert, das die Nachricht von Gurney Halleck enthalten hatte.

Alia hatte von Leto gewusst. Sie hatte es gewusst.

Und Javid musste dabei mit von der Partie gewesen sein.

»Ich muss von den Beschränkungen, die du mir auferlegst, befreit werden«, sagte Duncan und kam damit auf ihre nächtliche Diskussion zurück.

Aber Stilgar blieb unbeirrbar. »Das Neutralitätsabkommen verlangt harte Urteile von mir. Ghani ist hier in Sicherheit. Auch du und Irulan seid hier sicher. Aber ihr dürft keine Nachrichten schicken. Empfangen ja, aber keine schicken. Ich habe mein Wort gegeben.«

»Das ist nicht die Behandlung, die man einem Gast und alten Freund, der an deinen Abenteuern teilhatte, normalerweise angedeihen lässt.«

Stilgar stellte seine Tasse zurück auf das Tablett und hielt den Blick auf sie gerichtet. »Wir Fremen verspüren keine Schuldgefühle für das, was bei anderen solche Gefühle hervorruft.« Er hob den Kopf und sah Duncan an.

Er muss dazu gebracht werden, mit Ghani von hier zu fliehen, dachte Duncan. »Es war nicht meine Absicht, einen Sturm von Schuldgefühlen zu entfachen.«

»Das ist mir klar. Ich bringe das nur zur Sprache, um dir deutlich zu machen, wie wir als Fremen an diese Dinge herangehen, denn damit haben wir es zu tun: mit Fremen. Selbst Alia denkt wie eine Fremen.«

»Und die Priester?«

»Die sind ein anderes Thema. Sie wollen, dass das Volk den grauen Wind der Sünde schluckt, dass sie *das* in die Ewigkeit mitnehmen. Es ist ein großer Schandfleck, durch den sie ihre eigene Frömmigkeit erkennen wollen.« Stilgar sagte das in einem gleichmütigen Tonfall, aber Duncan hörte dem Naib seine Verbitterung an und fragte sich, warum sie nicht genügte, damit er seine Meinung änderte.

»Das ist ein uralter Trick des autokratischen Herrschens«, sagte Duncan. »Alia kennt ihn genau. Untertanen müssen sich schuldig fühlen, und die Schuld beginnt mit einem Gefühl des Versagens. Der gute Autokrat gibt dem einfachen Volk zahlreiche Gelegenheiten zum Versagen.«

»Ja, das ist mir aufgefallen. Aber du musst verzeihen, wenn ich einmal mehr darauf hinweise, dass die, von der du da sprichst, deine Frau ist. Die Schwester Muad'Dibs.«

»Ich sage dir, sie ist besessen.«

»Das sagen viele. Eines Tages wird sie die Prüfung durchlaufen müssen. Doch bis dahin ist anderes wichtiger.«

Duncan schüttelte traurig den Kopf. »Alles, was ich dir erzählt habe, lässt sich verifizieren. Die Kommunikation mit Jacurutu fand immer in Alias Tempel statt. Es gab dort Komplizen für die Intrige gegen die Zwillinge. Geld für den Verkauf von Würmern an andere Planeten fließt dorthin. Und alle Fäden laufen in Alias Räumen zusammen.«

Stilgar holte tief Luft. »Das hier ist neutraler Boden. Ich habe mein Wort gegeben.«

»So kann es nicht weitergehen, Stil!«

Der Fremen nickte. »Da bin ich deiner Meinung. Alia ist in einem Teufelskreis gefangen, und mit jedem Tag wird dieser Kreis kleiner. Das ist wie unser alter Brauch, viele Frauen zu haben. Dadurch wird männliche Sterilität ausfindig gemacht.« Er richtete einen fragenden Blick auf Duncan. »Du sagst, dass sie dich mit anderen Männern betrogen hat, dass sie »ihr Geschlecht als Waffe verwendet hat«, so hast du es ausgedrückt. In diesem Fall steht dir ein legaler Weg offen. Javid ist mit Nachrichten von Alia hier in Tabr. Du musst lediglich …«

»Auf deinem neutralen Boden?«

»Nein. Aber draußen in der Wüste.«

»Und wenn ich die Gelegenheit zur Flucht nutzen würde?«

»Du wirst keine solche Gelegenheit erhalten.«

»Stil, ich schwöre dir, Alia ist besessen. Was muss ich tun, um dich davon zu überzeugen?«

»So etwas ist schwer zu beweisen.« Das war das Argument, das Stilgar im Laufe der Nacht viele Male verwendet hatte.

Duncan rief sich Jessicas Worte ins Gedächtnis und sagte: »Aber ihr habt Methoden, es zu beweisen.«

»Eine Methode, ja.« Stilgar schüttelte den Kopf. »Aber sie ist schmerzhaft und unumkehrbar. Deshalb habe ich dich an unseren

Umgang mit Schuld erinnert. Wir Fremen können uns von allen Schuldgefühlen befreien, die uns zerstören würden. Nur bei der Prüfung auf Besessenheit sind wir nicht dazu in der Lage. Für diese Prüfung übernimmt das Tribunal, das aus dem gesamten Volk besteht, die volle Verantwortung.«

»Ihr habt es doch schon einmal getan, nicht wahr?«

»Ich bin mir sicher, dass die Ehrwürdige Mutter unsere Geschichte in ihrem Vortrag nicht ausgelassen hat. Du weißt also, dass wir es schon einmal getan haben.«

»Ich habe nicht versucht, dir eine Falle zu stellen, Stil. Es ist nur …«

»Es liegt an der langen Nacht und den Fragen ohne Antworten. Und jetzt ist es Morgen.«

»Ich brauche die Erlaubnis, Jessica eine Nachricht zu schicken.«

»Das wäre eine Nachricht nach Salusa. Ich mache keine solchen Versprechen. Wenn ich mein Wort gebe, halte ich es, deshalb ist Sietch Tabr neutraler Boden. Während du hier bist, wirst du schweigen.«

»Alia muss bei euch auf die Probe gestellt werden.«

»Vielleicht. Aber erst müssen wir herausfinden, ob es mildernde Umstände gibt. Möglicherweise ein Fall von schlechter Machtausübung. Oder sogar Pech. Oder eine natürliche Neigung zum Schlechten, die allen Menschen eigen ist, keine Besessenheit.«

»Du möchtest also sichergehen, dass ich nicht nur der betrogene Ehemann bin, der will, dass andere Rache für ihn üben.«

»Dieser Gedanke ist anderen gekommen, nicht mir.« Stilgar lächelte, um seinen Worten die Schärfe zu nehmen. »Wir Fremen haben unsere Wissenschaft der Tradition, unser Hadith. Wenn wir einen Mentaten oder eine Ehrwürdige Mutter fürchten, dann wenden wir uns an das Hadith. Es heißt, die einzige Angst, die wir nicht überwinden können, ist die Angst vor unseren eigenen Fehlern.«

»Man muss Jessica davon berichten. Gurney sagt …«

»Diese Nachricht kommt vielleicht nicht von Gurney Halleck.«

»Sie kommt von niemandem sonst. Wir Atreides haben unsere Methoden, Botschaften sicher zuzuordnen. Stil, willst du nicht wenigstens …«

»Jacurutu existiert nicht mehr. Es wurde vor vielen Generationen zerstört.« Stilgar berührte Duncans Ärmel. »Ich kann die Kämpfer so oder so nicht entbehren. Dies sind schwierige Zeiten, die Qanats sind bedroht.« Er lehnte sich zurück. »Also, wenn Alia …«

»Alia existiert nicht mehr.«

»Das sagst du.« Stilgar trank wieder von seinem Kaffee. »Lass es darauf beruhen, mein Freund. Es ist nicht nötig, sich einen Arm auszureißen, um einen Splitter zu entfernen.«

»Dann lass uns über Ghanima reden.«

»Dazu besteht kein Anlass. Sie hat meine Duldung. Niemand kann ihr hier ein Leid zufügen.«

So naiv kann er unmöglich sein, dachte Duncan.

Doch Stilgar erhob sich und signalisierte damit, dass das Gespräch für ihn beendet war.

Duncan stand ebenfalls auf. Seine Knie waren steif, und seine Unterschenkel fühlten sich taub an. In diesem Moment kam ein Bediensteter herein und stellte sich neben die Tür. Und dann betrat Javid den Raum. Duncan drehte sich um. Stilgar stand vier Schritte weit entfernt. Ohne jedes Zögern zog Duncan in einer einzigen blitzschnellen Bewegung sein Messer und bohrte die Spitze in die Brust des völlig überraschten Javid. Der Priester taumelte zurück, das Messer glitt ihm aus der Brust, er drehte sich um und fiel auf das Gesicht. Seine Beine zuckten noch für einige Sekunden, dann war er tot.

»Das dürfte den Tratsch verstummen lassen«, sagte Duncan.

Der Bedienstete stand mit gezogenem Messer da, unschlüssig, wie er reagieren sollte. Duncan hatte sein Messer bereits wieder weggesteckt und dabei eine Blutspur am Saum seines gelben Gewands hinterlassen.

»Du hast meine Ehre beschmutzt!«, rief Stilgar. »Das hier ist neutraler …«

»Halt den Mund!« Duncan starrte den Naib finster an. »Du trägst einen Kragen, Stilgar.«

Das war eine der drei tödlichsten Beleidigungen einem Fremen gegenüber. Stilgar wurde bleich im Gesicht.

»Du bist ein Diener«, sagte Duncan. »Du hast Fremen für ihr Wasser verkauft.«

Das war die zweite der tödlichsten Beleidigungen, diejenige, die das ursprüngliche Jacurutu zerstört hatte.

Stilgar knirschte mit den Zähnen und legte die Hand auf sein Krismesser.

Dem Naib den Rücken zukehrend, trat Duncan durch die Lücke in der Tür, die Javids Leiche ließ, und sprach ohne sich umzudrehen die dritte Beleidigung aus. »Du hast keine Unsterblichkeit, Stilgar. Keiner deiner Nachfahren hat dein Blut in den Adern.«

»Wo gehst du hin, Mentat?«, rief Stilgar. Seine Stimme war so kalt wie der Polarwind.

»Ich gehe Jacurutu finden«, sagte Duncan und ging den Korridor hinunter.

Stilgar zog sein Messer. »Vielleicht kann ich dir dabei helfen.«

»Wenn du mir mit deinem Messer helfen willst, Wasserdieb, dann bitte in meinem Rücken«, erwiderte Duncan. »Das ist die angemessene Art für einen, der den Kragen eines Dämons trägt.«

Mit zwei großen Sätzen durchquerte Stilgar den Raum, stieg über Javids Leiche und holte Duncan draußen auf dem Korridor ein. Seine knorrige Hand riss Duncan herum und brachte ihn zum Stehen. Mit gebleckten Zähnen und gezogenem Messer stand Stilgar Duncan gegenüber. Er war so wütend, dass er nicht einmal das Lächeln auf Duncans Gesicht bemerkte. »Zieh dein Messer, Mentatenabschaum!«, brüllte der Naib.

Duncan lachte und ohrfeigte Stilgar erst mit der linken und dann mit der rechten Hand. Zwei schallende Schläge ins Gesicht.

Mit einem unartikulierten Kreischen bohrte Stilgar Duncan das Messer in den Unterleib und trieb es durch das Zwerchfell bis hoch ins Herz.

Duncan sackte nach vorne, dann hob er den Kopf und grinste Stilgar an. Der Zorn des Fremen verwandelte sich in eisiges Entsetzen.

»Zwei Tode für die Atreides«, keuchte Duncan. »Der zweite aus keinem besseren Grund als der erste.« Er taumelte zur Seite und brach auf dem Steinfußboden zusammen. Blut strömte aus seiner Wunde.

Stilgar starrte an seinem Messer vorbei auf Duncan hinab und holte tief und zitternd Atem. Javid lag tot hinter ihm. Und der Gatte Alias, der Gemahl des Schoßes des Himmels, lag vor ihm, getötet von seiner eigenen Hand. Man hätte argumentieren können, dass hier ein Naib lediglich die Ehre seines Namens geschützt hatte, dass er die Verletzung seiner Neutralität bestraft hatte. Aber dieser Tote war Duncan Idaho. Egal, welche Argumente man heranzog, welche mildernden Umstände es gab, nichts konnte eine solche Tat vergessen machen. Selbst wenn Alia sie insgeheim guthieß, würde sie dazu gezwungen sein, öffentlich Rache zu nehmen. Schließlich war sie nach wie vor eine Fremen. Wenn sie über die Fremen herrschen wollte, konnte sie nichts anderes sein.

Und dann wurde Stilgar klar, dass sich Duncan mit seinem »zweiten Tod« genau diese Situation erkauft hatte.

Er blickte auf und sah das schockierte Gesicht von Harah, seiner zweiten Frau, das ihn aus der Menge anstarrte, die sich um ihn herum versammelt hatte. Überall, wohin sich Stilgar wandte, war der gleiche Ausdruck auf den Gesichtern zu sehen: Schock und die Erkenntnis, welche Konsequenzen diese Tat nach sich ziehen würde.

Langsam straffte Stilgar sich, wischte die Klinge an seinem Ärmel ab und steckte das Messer weg. Dann sagte er in einem beiläufigen Ton: »Diejenigen, die mit mir gehen, sollten sofort ihre Sachen packen. Schickt Leute los, um Würmer zu rufen.«

»Wo gehst du hin, Stilgar?«, fragte Harah.

»In die Wüste.«

»Ich gehe mit dir mit.«

»Natürlich gehst du mit mir. Alle meine Frauen werden mich begleiten. Und Ghanima. Hol sie, Harah. Sofort.«

»Ja, Stilgar. Und Irulan?«

»Wenn sie es möchte.«

»Nimmst du Ghanima als Geisel?«

»Geisel?« Der Gedanke verwirrte Stilgar. »Frau …« Er berührte Duncans Leiche mit dem Fuß. »Wenn dieser Mentat recht hatte, bin ich Ghanis einzige Hoffnung.« Und in diesem Moment fiel ihm Letos Warnung ein: *»Nimm dich vor Alia in Acht. Du musst mit Ghani fliehen.«*

Seit den Fremen betrachten alle Planetologen das Leben als Ausdruck von Energie und halten nach übergeordneten Beziehungen Ausschau. In kleinen Stücken und Einzelteilen, die zu einem umfassenden Verständnis zusammenwachsen, wird das Wissen der Fremen in eine neue Gewissheit übersetzt. Was die Fremen als Volk ausmacht, kann jedes Volk ausmachen. Man muss nur ein Gefühl für die Kräftebeziehungen entwickeln. Man muss nur beobachten, dass Energie die Muster der Dinge in sich aufsaugt und aus diesen Mustern etwas erzeugt.

– Die Katastrophe von Arrakis, nach Harq al-Ada

Es war Tueks Sietch an der Innenkante des Trugwalls. Gurney Halleck stand im Schatten des Felsvorsprungs, der den Eingang des Sietchs abschirmte, und erwartete die Entscheidung der Sietchbewohner, ob sie ihm Zuflucht gewähren würden. Er blickte hinaus auf die nördliche Wüste und dann hoch in den graublauen Morgenhimmel. Die Schmuggler hier waren ziemlich erstaunt gewesen, als sie erfuhren, dass er, ein Außenweltler, einen Wurm angelockt und geritten hatte. Und Halleck war ebenso erstaunt über ihre Reaktion gewesen; so etwas war doch eine einfache Sache für einen kräftigen Mann, der diesen Vorgang schon viele Mal beobachtet hatte.

Er wandte seine Aufmerksamkeit wieder der Wüste zu, dieser silbernen Wüste voll glänzender Steine und graugrüner Felder, wo das Wasser seinen Zauber gewirkt hatte. All das kam ihm nun wie eine äußerst zerbrechliche Einhegung von Energien, von Leben vor, all das war von einer plötzlichen Verschiebung in den Mustern des Wandels bedroht.

Er wusste, wo dieses Gefühl herkam – von der Betriebsamkeit auf dem Wüstenboden unterhalb der Felsen. Behälter mit toten Sandforellen wurden in den Sietch gekarrt, wo man ihr Wasser zurückgewinnen würde. Es waren Tausende davon. Sie waren an eine Stelle gekommen, an der Wasser ausgetreten war. Und es war dieser Wasseraustritt, der die Gedanken durch Hallecks Kopf jagen ließ.

Er blickte über die Sietchfelder und die Einfassung des Qanats, in dem kein kostbares Wasser mehr floss. Er hatte die Löcher in den Steinwänden gesehen, hatte gesehen, wie der Fels aufgerissen worden war, um das Wasser in den Sand zu entlassen. Wer hatte diese Löcher gemacht? Manche erstreckten sich über zwanzig Meter, dort, wo der Qanat am verwundbarsten war, an Stellen, wo weicher Sand in Senken hinabführte, die das Wasser aufsaugten. Es waren diese Senken gewesen, in denen es von Sandforellen nur so gewimmelt hatte. Die Kinder des Sietchs hatten sie getötet und eingefangen.

Reparaturtrupps waren nun an den Qanatwänden zugange. Andere brachten Minim für Minim Wasser zu den durstigsten Pflanzen. Die Quelle in der großen Zisterne unter Tueks Windfalle hatte man verschlossen, damit die Feuchtigkeit nicht weiter in den zerstörten Qanat entwich, und die sonnengetriebenen Pumpen hatte man abgeschaltet. Das Wasser für die Pflanzen kam nun aus den immer kleiner werdenden Pfützen am Grund des Qanats oder wurde mühsam aus der Sietchzisterne herangeschafft.

Der Metallrahmen des Türsiegels hinter Halleck knackte in der sich erwärmenden Luft. Als hätte der Laut seine Augen bewegt, wanderte Hallecks Blick zu jener Stelle des Qanats, wo das Wasser am weitesten in die Wüste hinausreichte. Dort hatten die Gartenplaner voller Hoffnung einen ganz besonderen Baum gepflanzt, der nun zum Untergang verurteilt war, sollte das Wasser nicht bald wieder fließen. Halleck betrachtete die merkwürdig herabhängende, von Sand und Wind durchgeschüttelte Baumkrone einer Weide. Dieser Baum symbolisierte die neue Wirklichkeit – für ihn und für Arrakis.

Wir sind beide fremd hier.

Im Inneren des Sietchs ließ man sich Zeit mit der Entscheidung, aber Halleck wusste, dass sie gute Kämpfer immer gebrauchen konnten. Schmuggler brauchten immer gute Männer. Allerdings machte er sich keine Illusionen über sie. Die Schmuggler dieser Zeiten waren nicht von der gleichen Sorte wie jene, die ihm vor so vielen Jahren Zuflucht geboten hatten, als er aus dem gefallenen Arrakeen geflohen war. Nein, dies war eine neue Generation, und sie war immer auf der Suche nach guten Gelegenheiten.

Erneut richtete er den Blick auf die Weide, und in diesem Moment kam ihm der Gedanke, dass die Sturmwinde seiner neuen Wirklichkeit die Schmuggler und alle ihre Freunde vielleicht ebenso durchschütteln würden. Dass sie Stilgar mit seiner fragilen Neutralität vernichteten und mit ihm alle Stämme, die Alia die Treue gehalten hatten. Diese Fremen waren zu einem kolonisierten Volk geworden. Halleck hatte das schon einmal beobachtet, er kannte den bitteren Geschmack dieses Vorgangs von seiner Heimatwelt. Jetzt sah er das alles deutlich vor sich. Die Manierismen der Stadtfremen, die Grundrisse der Vorstädte und dann die traditionellen Bräuche der ländlichen Sietchbevölkerung, die sogar auf dieses Schmugglerversteck abfärbten. Die ländlichen Gegenden waren Kolonien der städtischen Zentren. Sie hatten gelernt, wie man ein ausstaffiertes Joch trug, und wenn nicht ihr Aberglaube, dann hatte sie ihre Gier dort hineingetrieben. Selbst hier – gerade hier – zeigten die Menschen die Haltung von Unterworfenen, nicht die von freien Männern. Sie waren abwehrend, verstohlen, ausweichend. Jeder Autorität wurde mit Abneigung begegnet, egal, um welche es sich handelte: die der Regentin, Stilgars, die ihres eigenen Rats …

Ich kann ihnen nicht trauen, dachte Halleck. Er konnte sie nur benutzen und ihr Misstrauen gegen andere nähren. Das war sehr traurig. Das frühere Geben und Nehmen unter freien Männern war vorbei. Die alten Bräuche waren zu leeren Ritualen geworden, ihre Ursprünge aus dem Gedächtnis verschwunden.

Alia hatte ihre Arbeit gut gemacht, indem sie Opposition bestraft und Kollaboration belohnt, die imperialen Truppen nach dem Zufallsprinzip verlegt und die Hauptelemente ihrer imperialen Macht im Verborgenen gehalten hatte. Spione! Bei den Göttern der Unterwelt, was für Spione sie haben musste!

Halleck erkannte den tödlichen Rhythmus von Bewegung und Gegenbewegung, mit dem Alia versuchte, ihre Gegner im Ungleichgewicht zu halten. *Wenn die Fremen weiterschlafen, wird sie gewinnen*, dachte er.

Jetzt öffnete sich das Türsiegel hinter ihm, und ein Bediensteter namens Melides kam aus dem Sietch. Er war ein kleiner hässlicher Mann mit einem kürbisförmigen Rumpf, der in dürren Beinen mündete.

»Du bist aufgenommen«, sagte Melides.

Halleck hörte die Verschlagenheit in der Stimme des Mannes. Sie verriet ihm, dass er hier nur für eine begrenzte Zeit Zuflucht finden würde.

Gerade lange genug, damit ich einen ihrer Thopter stehlen kann.

»Ich danke dem Rat«, sagte er und dachte dabei an Esmar Tuek, nach dem dieser Sietch benannt worden war. Esmar, der lange tot war, weil ihn jemand verraten hatte, hätte diesem Melides auf den ersten Blick die Kehle aufgeschlitzt.

Jeder Weg, der die zukünftigen Möglichkeiten verengt, kann zur tödlichen Falle werden. Menschen suchen sich nicht ihren Weg durch ein Labyrinth; sie lassen ihren Blick an einem weiten Horizont einzigartiger Möglichkeiten entlangschweifen. Die verengende Vorstellung eines Labyrinths dürfte nur Geschöpfen gefallen, die den Kopf in den Sand stecken. Sexuell produzierte Einzigartigkeit und Unterschiede sind der Lebensschutzmechanismus der Gewürze.

– Handbuch der Raumgilde

»Warum fühle ich keinen Kummer?«

Alia richtete die Frage an die Decke ihres kleinen Audienzsaals, eines Raums, den sie in eine Richtung mit zehn Schritten und in die andere mit fünfzehn durchqueren konnte. Der Saal hatte zwei hohe, schmale Fenster, von denen aus man über die Dächer Arrakeens bis zum Schildwall blicken konnte.

Es war fast Mittag. Die Sonne brannte in die Pfanne hinab, in der die Stadt errichtet worden war.

Alia senkte den Blick und sah Buer Agarves an, den ehemaligen Tabriten, der nun ein Gehilfe Zias, der Leiterin der Tempelwachen, war. Agarves hatte ihr die Nachricht überbracht, dass Javid und Duncan tot waren. Ein Pulk aus Speichelleckern, Sekretären und Wachen war mit ihm eingetroffen, und weitere drängten sich draußen auf dem Lichthof und verrieten dadurch, dass sie den Inhalt von Agarves' Nachricht bereits kannten.

Schlechte Neuigkeiten verbreiteten sich schnell auf Arrakis.

Er war ein kleiner Mann, dieser Agarves, mit einem für einen

Fremen sehr runden Gesicht, das etwas leicht Infantiles hatte. Er war einer dieser neuen Fremen, die zur Wasserfettheit neigten. Alia sah ihn an, als würde sie zwei Bilder von ihm betrachten. Auf einem hatte er eine ernste Miene, undurchsichtige indigoblaue Augen und einen besorgten Zug um den Mund, während er auf dem anderen sinnlich und verwundbar, ja, erregend verwundbar, wirkte. Besonders seine vollen Lippen gefielen ihr.

Obwohl es Mittag war, nahm Alia in der erschrockenen Stille, die sie umgab, etwas wahr, das vom Sonnenuntergang kündete.

Duncan hätte bei Sonnenuntergang sterben sollen, dachte sie.

»Wie kommt es, Buer, dass du diese Nachricht überbringst?«, fragte sie.

Ein wachsamer Ausdruck trat auf Agarves' Gesicht. Er versuchte zu schlucken und sprach dann mit heiserer Stimme, die kaum mehr als ein Flüstern war. »Ich habe Javid begleitet, erinnern Sie sich? Und als … Stilgar mich zu Ihnen geschickt hat, hat er mir aufgetragen, Ihnen mitzuteilen, dass ich seinen letzten Akt des Gehorsams bei mir trage.«

»Seinen letzten Akt des Gehorsams? Was hat er damit gemeint?«

»Ich weiß es nicht, Lady Alia.«

»Sag mir noch einmal, was du beobachtet hast.« Alia fragte sich, warum sich ihre Haut so kalt anfühlte.

»Ich habe gesehen …« Agarves drehte nervös den Kopf hin und her und blickte zu Boden. »Ich habe gesehen, wie der Heilige Gemahl tot auf dem Boden des Hauptkorridors lag, und Javid tot in einem Seitenraum. Die Frauen bereiteten sie bereits für das Huanui vor.«

»Und Stilgar hat dich an den Ort des Geschehens gerufen?«

»Ja, Mylady. Er hat Modibo, den Gebeugten, seinen Sietchboten, nach mir geschickt. Modibo hat mich nicht vorgewarnt. Er hat mir nur gesagt, dass Stilgar mich sehen will.«

»Und du hast den Leichnam meines Gatten dort auf dem Boden gesehen?«

Agarves begegnete flüchtig Alias Blick und wandte seine Aufmerksamkeit dann wieder dem Boden vor seinen Füßen zu. »Ja, Mylady. Und Javid lag nicht weit davon. Stilgar sagte mir … er sagte mir, dass der Heilige Gemahl Javid getötet hat.«

»Und mein Gatte ist dann von Stilgar …«

»Ich habe es aus seinem eigenen Mund gehört, Mylady. Stilgar sagte, dass er es gewesen ist. Er sagte, dass der Heilige Gemahl ihn bis aufs Blut provoziert hat.«

»Bis aufs Blut? Wie hat er das gemacht?«

»Das hat Stilgar mir nicht gesagt. Niemand hat es mir gesagt. Ich habe gefragt, aber niemand hat es mir gesagt.«

»Und dann hat man dich mit dieser Nachricht zu mir geschickt?«

»Ja, Mylady.«

»Konntest du nichts unternehmen?«

Agarves befeuchtete sich die Lippen mit der Zunge. »Stilgar gab den Befehl, Mylady. Es war sein Sietch.«

»Ich verstehe. Und du hast die ganze Zeit über Stilgar gehorcht.«

»Das habe ich, Mylady, bis er mich aus meiner Pflicht entlassen hat.«

»Du meinst, als man dich losgeschickt hat, damit du in meine Dienste trittst?«

»Ja. Nun gehorche ich nur Ihnen, Mylady.«

»Ist das so? Sag mir, Buer, wenn ich dir befehlen würde, Stilgar, deinen alten Naib, zu töten, würdest du es tun?«

Agarves hob den Kopf. Jetzt lag Entschlossenheit in seinem Blick. »Wenn Sie es befehlen, Mylady.«

»Ich befehle es. Hast du eine Ahnung, wo er hin ist?«

»In die Wüste. Mehr weiß ich nicht, Mylady.«

»Wie viele Männer hat er mitgenommen?«

»Etwa die Hälfte der brauchbaren.«

»Und Ghanima und Irulan sind bei ihm!«

»Ja, Mylady. Diejenigen, die gegangen sind, haben ihre Frauen, ihre Kinder und all ihre Habseligkeiten mitgenommen. Stilgar hat allen die Wahl gelassen. Sie konnten ihn begleiten oder wurden aus ihrer Pflicht entlassen. Viele haben sich für Letzteres entschieden. Sie werden sich einen neuen Naib wählen.«

»Ich wähle ihren neuen Naib. Und zwar dich, Buer Agarves – an dem Tag, an dem du mir Stilgars Kopf bringst.«

Eine Wahl durch einen Kampf konnte Agarves akzeptieren. Das entsprach dem Fremenbrauch. »Wie Sie befehlen, Mylady. Wie viele Truppen darf ich …«

»Triff dich mit Zia. Ich kann dir nicht viele Thopter für die Suche geben. Wir brauchen sie anderswo. Aber du bekommst viele Kämpfer. Stilgar hat seine Ehre beschmutzt. Sie werden dir gerne zu Diensten sein.«

»Dann mache ich mich an die Arbeit, Mylady.«

»Warte!« Alia musterte Agarves für einen Moment und überlegte, wer am besten geeignet wäre, dieses verwundbare Kleinkind zu begleiten. Man würde ihn genau überwachen müssen, bis er sich bewiesen hatte. Nun, Zia würde wissen, wen sie ihm am besten mitgaben.

»Bin ich noch nicht entlassen, Mylady?«

»Nein, noch nicht. Wir müssen ausführlich unter vier Augen über deine Pläne sprechen, Stilgar zu fassen.« Alia hielt eine Hand vor ihr Gesicht. »Ich werde nicht trauern, bis du meine Rache vollzogen hast. Gib mir ein paar Minuten, um mich zu sammeln.« Sie senkte die Hand wieder. »Eine meiner Bediensteten wird dir den Weg zeigen.« Sie gab einer Bediensteten ein Handzeichen und flüsterte Shalus, ihrer neuen Kammerzofe, zu: »Lass ihn waschen und parfümieren, bevor du ihn zu mir bringst. Er riecht nach Wurm.«

»Ja, Herrin.«

Dann wandte sich Alia ab, den Kummer vortäuschend, den sie nicht fühlte, und floh in ihre Privatgemächer. Dort, in ihrem Schlafzimmer, warf sie die Tür zu, fluchte und stampfte mit dem Fuß auf.

Verdammt sei dieser Duncan! Warum? Warum? Warum?

Sie wusste, dass er es mit Absicht getan hatte. Er hatte Javid getötet und Stilgar provoziert. Das hieß, dass er über Javid Bescheid gewusst hatte. Die ganze Sache war als Botschaft von Duncan Idaho zu verstehen, als letzte Geste.

Erneut stampfte sie mit dem Fuß auf.

Verdammt soll er sein! Verdammt! Verdammt!

Stilgar war zu den Rebellen übergelaufen, und Ghanima war bei ihm. Und auch Irulan.

Sie sollen alle verdammt sein!

Beim dritten Aufstampfen traf ihr Fuß auf Metall. Der Schmerz ließ sie kurz aufschreien. Sie sah nach unten und stellte fest, dass sie sich den Fuß an einer metallenen Gürtelschnalle verletzt hatte. Sie hob die Schnalle auf und erstarrte, als ihr klar wurde, was sie da in der Hand hielt. Es war eine alte Silber-Platin-Brosche von Caladan, die Herzog Leto Atreides I. einst seinem Schwertmeister Duncan Idaho als Belohnung überreicht hatte. Alia hatte oft gesehen, wie Duncan sie getragen hatte. Und nun hatte er sie hier zurückgelassen.

Ihre Finger schlossen sich krampfartig um die Brosche. Duncan hatte sie hier zurückgelassen, als … als …

Die Tränen überwanden ihre Fremenkonditionierung und schossen ihr aus den Augen. Sie verzog die Mundwinkel zu einer Grimasse und spürte, wie der alte Kampf in ihrem Kopf begann und sich bis in ihre Finger- und Zehenspitzen ausbreitete. In diesem Moment war sie zwei Personen. Die eine betrachtete voller Verblüffung ihre körperlichen Verrenkungen. Die andere wollte sich dem gewaltigen Schmerz hingeben, der sich in ihrer Brust ausbreitete. Sie ließ den Tränen freien Lauf, und die verblüffte Person in ihrem Inneren fragte: »Wer weint denn da? Wer ist das, der da weint?«

Aber nichts brachte die Tränen zum Versiegen, und der Schmerz, der in Alias Brust loderte, warf ihren Körper auf das Bett.

Und die Stimme in ihr fragte weiter: »Wer weint da? Wer ist das …«

Durch diese Handlungen hat sich Leto II. aus der evolutionären Abfolge herausgelöst. Er tat das mit einem ganz bewussten Schnitt. Er sagte dazu: »Unabhängig zu sein bedeutet, losgelöst zu sein.« Die Zwillinge haben über die Erfordernisse der Erinnerung als ein Messvorgang – als eine Möglichkeit, zu bestimmen, wie weit sie sich von ihren menschlichen Ursprüngen entfernt haben – hinausgesehen. Aber es blieb Leto II. überlassen, die kühne Tat zu begehen, weil er erkannte, dass eine echte Schöpfung von ihrem Schöpfer unabhängig ist. Er weigerte sich, die evolutionäre Verkettung nachzuspielen. Er sagte: »Auch das entfernt mich weiter und weiter vom Menschlichen.« Er erkannte die Implikationen: dass es im Leben keine wahrhaft geschlossenen Systeme geben kann.

– Die heilige Metamorphose, von Harq al-Ada

Es gab Vögel, die sich an den Insekten gütlich taten und von denen es im feuchten Sand jenseits des zerstörten Qanats nur so wimmelte: Papageien, Elstern, Häher. Dieser Ort war eine Djedida gewesen, errichtet auf einem Fundament aus freigelegtem Basalt. Jetzt war er verlassen. Ghanima, die die Morgenstunden nutzte, um das Gebiet um die früheren Pflanzungen des Sietchs herum zu erkunden, nahm eine Bewegung wahr und sah einen gestreiften Gecko. Zuvor hatte sie schon einen Gilaspecht entdeckt, der in einer Lehmwand der Djedida nistete.

In ihren Gedanken bezeichnete sie diesen Ort als Sietch, aber eigentlich war er nur eine Ansammlung niedriger Häuser, die aus stabilisierten Lehmsteinen bestanden, umgeben von Pflanzungen, die die Dünen auf Abstand hielten. Er lag mitten in der Tanzerouft, sechshundert Kilometer südlich des Sihaya-Kamms. Jetzt, da dieser Sietch nicht mehr von menschlicher Hand instand gehalten wurde, verschmolz er wieder mit der Wüste. Die Sandstrahlwinde schliffen die Wände der Häuser ab, die Pflanzen starben, und die Erde in den Pflanzungen war rissig von der brennenden Sonne.

Und doch war der Sand jenseits des zerstörten Qanats immer noch feucht, was verriet, dass die primitive Windfalle nach wie vor funktionierte.

In den Monaten seit ihrer Flucht aus Tabr hatten sie den Schutz einiger solcher Orte gesucht, die der Wüstendämon unbewohnbar gemacht hatte. Ghanima glaubte nicht an den Wüstendämon, auch wenn die zerstörten Qanats ein sichtbarer Beweis für ihn waren.

Gelegentlich hörten sie bei Begegnungen mit rebellischen Gewürzjägern Neuigkeiten aus den Siedlungen im Norden. Einige wenige Thopter – manche sagten, dass es nicht mehr als sechs waren – flogen auf der Suche nach Stilgar über die Wüste, aber Arrakis war groß und die Wüste zeigte sich den Flüchtenden gegenüber freundlich. Angeblich gab es eine Kompanie, die damit beauftragt war, Stilgars Gruppe zu suchen und zu vernichten, aber diese Kräfte unter dem Befehl des ehemaligen Tabriten Buer Agarves hatten noch andere Pflichten und kehrten oft nach Arrakeen zurück.

Die Rebellen sagten, dass es kaum Gefechte zwischen ihnen und Alias Truppen gab. Angesichts der Verheerung, die der Wüstendämon anrichtete, mussten Alia und ihre Naibs vor allem ihre eigenen Besitztümer schützen. Auch die Schmuggler waren vom Wüstendämon nicht verschont geblieben, aber es hieß, dass sie die Wüste nach Stilgar absuchten, weil sie auf das Kopfgeld aus waren, das Alia auf ihn ausgesetzt hatte.

Stilgar hatte seine Gruppe am Tag zuvor kurz vor Einbruch der Dunkelheit in die Djedida geführt, dem unbeirrbaren Feuchtigkeitssinn seiner Fremennase folgend. Er hatte versprochen, dass sie sich bald nach Süden in die Palmengärten aufmachen würden, aber er weigerte sich, einen genauen Zeitpunkt dafür festzulegen. Obwohl auf seinen Kopf ein Preis ausgesetzt war, für den man sich früher einen Planeten hätte kaufen können, wirkte Stilgar wie der glücklichste und sorgloseste aller Menschen.

»Das ist ein guter Ort für uns«, hatte er gesagt und darauf hingewiesen, dass die Windfalle noch funktionierte. »Unsere Freunde haben uns etwas Wasser hiergelassen.«

Sie waren nur noch eine kleine Gruppe, insgesamt sechzig Personen. Die Alten, die Kranken und die ganz Jungen waren nach Süden geschickt worden, aufgenommen von Familien, denen man vertrauen konnte. Nur die Zähesten waren noch bei ihnen, und sie hatten viele Freunde im Norden und im Süden.

Ghanima fragte sich, warum Stilgar nicht über das reden wollte, was mit dem Planeten geschah. Sah er es nicht? Mit jedem zerstörten Qanat zogen sich die Fremen weiter in Richtung jener Linien zurück, die einst ihr Territorium begrenzt hatten. Diese Bewegung war ein Zeichen für das, was auch mit dem Imperium geschah. Der Zustand des einen spiegelte den des anderen.

Ghanima fuhr sich mit der Hand unter den Kragen ihres Destillanzugs und versiegelte ihn. Trotz ihrer Sorgen fühlte sie sich hier überraschend frei. Sie wurde jetzt nicht mehr von den anderen Leben in ihrem Kopf geplagt, obwohl sie manchmal spürte, wie fremde Erinnerungen in ihre Gedanken eindrangen. Aus diesen Erinnerungen wusste sie, was die Wüste einst gewesen war, bevor die ökologische Umwandlung begonnen hatte. Sie war viel trockener gewesen. Die nicht gewartete Windfalle funktionierte nur deshalb noch, weil die Luft feucht war.

Etliche Lebewesen, die diesem Ort früher ferngeblieben waren, siedelten sich hier nun an. Vielen Fremen in ihrer Gruppe fiel auf, wie stark sich die Tageulen vermehrt hatten, und eben jetzt konnte Ghanima mehrere Ameisenfänger beobachten. Sie hüpften an den Insektenstraßen entlang, die über den tiefen Sand am Ende des

Qanats verliefen. Dachse sah man hier draußen nur wenige, dafür gab es unzählige Kängurumäuse.

Die neuen Fremen wurden von abergläubischer Furcht beherrscht, und Stilgar war in dieser Hinsicht nicht besser. Man hatte die Djedida der Wüste zurückgegeben, nachdem ihr Qanat fünfmal innerhalb von elf Monaten zerstört wurden war. Viermal hatten die Menschen hier den vom Wüstendämon angerichteten Schaden wieder repariert, doch dann war ihnen nicht mehr genug Wasser geblieben, um einen weiteren Verlust zu riskieren.

So war es in allen Djedidas und auch in vielen der Sietchs. Acht von neun neuen Siedlungen waren inzwischen verlassen, und die alten Sietchgemeinden waren völlig überfüllt. Während die Wüste also in diese neue Phase eintrat, kehrten die Fremen zu ihren alten Gebräuchen zurück. Überall sahen sie Omen. Wurden Würmer außer in der Tanzerouft immer seltener? Dann war das das Urteil Shai-Huluds. Man hatte tote Würmer gesehen, bei denen es keine Hinweise auf die Ursache für ihren Tod gab. Sie verwandelten sich schnell wieder in Wüstenstaub, aber die zerbröckelnden Kolosse, auf die die Fremen hier und da stießen, erfüllten sie mit Schrecken.

Auch Stilgars Gruppe war im vergangenen Monat auf so einen toten Riesen gestoßen, und es hatte vier Tage gedauert, bis sie das Gefühl des Bösen abgeschüttelt hatten. Der Wurm hatte nach saurer, giftiger Gärung gerochen. Sein vermodernder Rumpf hatte über einer Gewürzeruption gelegen und dadurch das Gewürz größtenteils verunreinigt.

Ghanima wandte den Blick vom Qanat ab und sah auf die Djedida. Direkt vor ihr lag eine geborstene Mauer, die früher einmal ein *Mushtamal*, einen kleinen Gartenanbau, geschützt hatte. Sie hatte diesen Ort neugierig erforscht und einen Vorrat flachen, ungesäuerten Gewürzbrots in einer Steindose gefunden, aber Stilgar hatte die Brote vernichtet und gesagt: »Niemals würden Fremen genießbare Nahrung zurücklassen.« Ghanima hatte das Gefühl gehabt, dass er sich irrte, doch die Angelegenheit war weder den

Streit noch das Risiko wert gewesen. Die Fremen veränderten sich. Früher waren sie frei durch die Bled gezogen, von ihren natürlichen Bedürfnissen gelenkt: Wasser, Gewürz, Handel. Das Verhalten der Tiere hatte ihnen warnende Zeichen gegeben, aber die Tiere gehorchten nun neuen seltsamen Rhythmen, während sich die meisten Fremen in ihren Höhlenbauten im Schatten des nördlichen Schildwalls zusammenkauerten. Es gab kaum noch Gewürzjäger in der Tanzerouft, und nur Stilgars Gruppe bewegte sich auf die alte Weise durch die Wüste.

Ghanima vertraute auf Stilgar und auf seine Angst vor Alia. Irulan bestärkte ihn jetzt in seinen Argumenten und bezog sich dabei auf seltsame Bene-Gesserit-Lehren. Aber auf dem weit entfernten Salusa Secundus lebte immer noch Farad'n, und eines Tages würde Ghanima mit ihm abrechnen müssen.

Sie blickte in den silbergrauen Morgenhimmel und erforschte ihren Geist. Wo ließ sich Hilfe finden? Wo gab es jemanden, der ihr zuhören würde, wenn sie von dem berichtete, was sie überall um sich herum beobachtete? Jessica war auf Salusa geblieben, falls man den Berichten Glauben schenken durfte. Alia war ein Geschöpf, das nur noch mit seinen eigenen kolossalen Ausmaßen beschäftigt war, während es sich immer weiter von der Wirklichkeit entfernte. Gurney Halleck war nirgendwo zu finden, obwohl man ihn angeblich dauernd irgendwo sah. Der Prediger war untergetaucht, seine ketzerischen Tiraden eine verblassende Erinnerung.

Und Stilgar …

Ghanima ließ ihren Blick zu jener Stelle schweifen, wo Stilgar gerade bei der Reparatur der Zisterne half. Der alte Naib sonnte sich in seiner Rolle als Wüstenirrwisch, auf dessen Kopf ein Monat für Monat steigender Preis ausgesetzt war.

Nichts mehr ergab einen Sinn. Nichts.

Wer war dieser Wüstendämon, dieses Geschöpf, das dazu fähig war, Qanats zu zerstören, als handelte es sich dabei um falsche Götzen, die man in den Sand stieß? War es ein wahnsinnig gewordener Wurm? War es eine dritte Macht, die sich auflehnte, und wenn ja, wie viele Leute konnten das sein? Niemand glaubte an einen Wurm. Das Wasser hätte jeden Wurm getötet, der sich an einen Qanat heranwagte, und so gingen viele Fremen davon aus, dass der Wüstendämon ein Guerillatrupp war, der Alias Mahdinat stürzen und die alten Verhältnisse auf Arrakis wieder einführen wollte. Jene, die das glaubten, hielten es für etwas Gutes. Sie wollten diese gierigen, apostolischen Herrscher endlich loswerden, die nichts anderes taten, als ihre eigene Mittelmäßigkeit aufrechtzuerhalten. Sie wollten zurück zu Muad'Dibs alter Religion.

Ghanima seufzte tief und dachte: *Ach Leto, ich bin fast froh, dass du diese Zeiten nicht erleben musst. Ich würde mich ja zu dir gesellen, aber noch bin ich ein Messer, das kein Blut gesehen hat. Alia und Farad'n. Farad'n und Alia. Der alte Baron ist ihr Dämon, und das können wir nicht zulassen.*

In diesem Moment kam Harah aus der Djedida und ging mit schnellen, weiten Schritten über den Sand zu Ghanima.

»Was machst du allein hier draußen?«, sagte sie.

»Das ist ein seltsamer Ort, Harah. Wir sollten gehen.«

»Stilgar wartet hier auf jemanden, mit dem er sich treffen will.«

»Ach? Das hat er mir gar nicht erzählt.«

»Warum sollte er dir alles erzählen? *Maku?*« Harah klatschte mit der Hand auf die Wassertasche, die sich unter Ghanimas Gewand wölbte. »Bist du eine erwachsene Frau, dass du schwanger bist?«

»Ich war schon so oft schwanger, dass ich es nicht zählen kann. Spiel nicht diese Erwachsenen-Kind-Spiele mit mir.«

Als sie Ghanimas giftigen Tonfall hörte, wich Harah einen Schritt zurück.

Ghanima machte eine Handbewegung, mit der sie die Djedida und Stilgar und alle anderen Fremen, die sich gerade draußen befanden, einschloss. »Ihr seid eine Gruppe von Dummköpfen. Ich hätte euch nie begleiten sollen.«

»Hättest du uns nicht begleitet, dann wärst du inzwischen tot.«

»Vielleicht. Aber ihr seht nicht, was sich direkt vor euren Nasen abspielt. Wer ist diese Person, auf die Stilgar wartet?«

»Buer Agarves.«

Ghanima starrte Harah an.

»Freunde aus dem Sietch der Roten Kluft bringen ihn heimlich hierher.«

»Alias kleiner Gespiele?«

»Er wird mit verbundenen Augen hergebracht.«

»Glaubt Stilgar das?«

»Buer hat um die Unterredung gebeten. Er hat all unseren Bedingungen zugestimmt.«

»Warum hat man mir nichts davon gesagt?«

»Stilgar wusste, dass du dagegen sein würdest.«

»Dagegen? Das ist Irrsinn!«

Harah sah Ghanima finster an. »Vergiss nicht, dass Buer …«

»Ja, er gehört zur Familie! Er ist der Enkel von Stilgars Cousin. Ich weiß das. Und Farad'n, dessen Blut ich eines Tages vergießen werde, ist ein enger Verwandter von mir. Meinst du, dass ich deshalb mein Messer stecken lassen werde?«

»Wir haben einen Distrans geschickt. Niemand folgt seinem Trupp.«

»Das wird nicht gut enden, Harah. Wir sollten sofort abreisen.«

»Hast du ein Omen gedeutet? Der tote Wurm, den wir gesehen haben, war das …«

»Stopf dir das in den Bauch und gebäre es anderswo!«, zischte Ghanima. »Mir gefällt weder dieses Treffen noch dieser Ort. Genügt das nicht?«

»Ich sage Stilgar, was du …«

»Ich sage es ihm selbst!« Ghanima stapfte los, während Harah hinter ihr das Zeichen der Wurmhörner machte. Das Zeichen gegen das Böse.

Aber Stilgar lachte nur über Ghanimas Befürchtungen und befahl ihr, nach Sandforellen zu suchen, als gehörte sie zu den Kindern. Ghanima floh in eines der verlassenen Häuser der Djedida und kauerte sich in eine Ecke, um sich ihrer Wut hinzugeben. Doch das Gefühl verflog schnell. Sie spürte, wie sich die Leben in ihrem Inneren regten, und musste daran denken, dass irgendjemand einmal zu ihr gesagt hatte: »Wenn wir sie bewegungsunfähig machen können, wird alles wie geplant verlaufen.«

Was für ein sonderbarer Gedanke.

Aber sie erinnerte sich nicht, wer diese Worte gesprochen hatte.

Muad'Dib war ein Enterbter und sprach für die Enterbten aller Zeiten. Er erhob sich gegen jene tiefe Ungerechtigkeit, die den Einzelnen von dem entfremdet, was man ihm zu glauben beigebracht hatte, von dem, was ihm von Rechts wegen zuzustehen schien.

– Das Mahdinat: Eine Analyse, von Harq al-Ada

Gurney Halleck saß auf einem Teppich aus Gewürzfaser auf der Felskuppe von Shuloch, das Balisett neben sich. Das Becken zu seinen Füßen wimmelte von Arbeitern, die Nahrung anpflanzten. Die Sandrampe, über die sie früher auf einer Gewürzspur Würmer hereingelockt hatten, war nun durch einen neuen Qanat abgesperrt, und die Pflanzungen zogen sich den Hang hinab, um ihn zu befestigen.

Es war fast Mittag, und Halleck befand sich schon seit über einer Stunde oben auf dem Fels. Er hatte allein sein und nachdenken wollen. Die Arbeit unter ihm wurde von Menschen gemacht, doch alles, was er sah, war das Werk der Melange. Leto schätzte, dass die Gewürzproduktion bald auf ein Zehntel ihres Spitzenwerts in den Harkonnenjahren abfallen würde. Vorräte überall im Imperium verdoppelten mit jeder neuen Nachricht von Arrakis ihren Wert. Es hieß, dass jemand für dreihunderteinundzwanzig Liter die Hälfte des Planeten Novebruns von der Metulli-Familie gekauft hatte.

Die Fremen von Shuloch arbeiteten wie vom Teufel Getriebene, und vielleicht waren sie das ja auch. Vor jeder Mahlzeit blickten sie in die Tanzerouft hinaus und beteten zum fleischgewordenen Shai-

Hulud. So nahmen sie Leto wahr, und durch ihre Augen erkannte Gurney Halleck eine Zukunft, in der der größte Teil der Menschheit diese Wahrnehmung teilen würde. Er war sich nicht sicher, ob ihm die Aussicht darauf gefiel.

Leto hatte die Grundlage für das Verhalten der Fremen gelegt, als er Halleck und den Prediger in dem von Halleck gestohlenem Thopter hierhergebracht hatte. Mit bloßen Händen hatte Leto den Qanat von Shuloch aufgerissen, hatte große Felsbrocken mehr als fünfzig Meter weit geschleudert, und als die Ausgestoßenen versucht hatten, ihn daran zu hindern, hatte Leto den ersten, der ihn erreicht hatte, mit einer Armbewegung enthauptet. Andere hatte er in die Reihen ihrer Gefährten zurückgeschleudert, und über ihre Waffen hatte er nur gelacht. Mit Dämonenstimme hatte er sie angebrüllt: »Feuer kann mir nichts anhaben! Vor euren Messern bin ich gefeit! Ich trage die Haut Shai-Huluds!«

Und in diesem Moment hatten ihn die Ausgestoßenen erkannt, hatten sich an seine Flucht erinnert, daran, wie er von der Felswand hinab in die Wüste gesprungen war. Sie hatten sich vor ihm zu Boden geworfen, und Leto hatte seine Befehle gegeben. »Ich bringe euch zwei Gäste. Ihr werdet über sie wachen und sie ehren. Ihr werdet euren Qanat wiederaufbauen und einen Oasengarten anlegen. Eines Tages wird dieser Ort hier mein Zuhause sein. Ihr werdet ihn für mich vorbereiten. Ihr werden kein Gewürz mehr verkaufen, sondern jedes bisschen, das ihr sammelt, einlagern.«

Die Fremen hatten auf jedes seiner Worte gelauscht und ihn dabei aus vor Angst und Ehrfurcht glasigen Augen angesehen. Hier endlich war der aus dem Sand emporgestiegene Shai-Hulud!

Diese dramatische Metamorphose hatte sich in keiner Weise angedeutet, als Leto Gurney Halleck zusammen mit Ghadhean al-Fali in einem kleinen Rebellensietch bei Gare Ruden gefunden hatte. Mit seinem blinden Begleiter war der Junge auf einer alten Gewürzroute aus der Wüste gekommen. Sie waren auf einem Wurm gereist, in einer Gegend, in der Würmer zu einer Seltenheit geworden waren. Leto hatte von mehreren Umwegen gesprochen, die sie wegen der Feuchtigkeit im Sand hatten machen müssen – genug Wasser, um einen Wurm zu vergiften. Kurz nach Mittag waren sie schließlich eingetroffen und von den Wachen in den Sietch gebracht worden.

Jetzt suchte die Erinnerung daran Halleck heim. Er hatte deutlich vor Augen, wie er mit Leto und dem Prediger in einem Gemeinschaftsraum mit steinernen Wänden stand und wie er sagte: »Das ist also der Prediger.«

Während Halleck den Blinden betrachtete, rief er sich die Geschichten über ihn ins Gedächtnis. Im Sietch verbarg keine Destillanzugsmaske das alte Gesicht, sodass sich die Züge des Predigers mit denen aus Hallecks Erinnerung abgleichen ließen. Ja, der Mann ähnelte dem alten Herzog, nach dem man Leto benannt hatte. War es eine zufällige Ähnlichkeit?

Halleck sah zu Leto. »Kennst du die Geschichten über ihn? Dass er dein aus der Wüste zurückgekehrter Vater ist?«

»Ja, ich habe die Geschichten gehört.«

Nun nahm Halleck den Jungen näher in Augenschein. Leto trug einen merkwürdigen Destillanzug, dessen Ränder um Gesicht und Ohren aufgerollt waren. Der Rest war von einer schwarzen Robe verhüllt. An den Füßen Sandstiefel. Seine Anwesenheit hier warf viele Fragen auf – wie war ihm erneut die Flucht gelungen?

»Warum bringst du diesen Mann hierher?«, fragte Halleck. »In Jacurutu haben sie mir gesagt, dass er für sie arbeitet.«

»Nicht mehr. Ich bringe ihn hierher, weil ihn Alia tot sehen will.«

»Und? Hältst du das hier für eine sichere Zuflucht?«

»Du bist seine Zuflucht.«

Die ganze Zeit über stand der Prediger neben ihnen, ohne dabei den Eindruck zu erwecken, dass ihn ihr Gespräch interessierte.

»Er hat mir gute Dienste geleistet, Gurney«, sagte Leto. »Das Haus Atreides hat nicht jeden Sinn für seine Pflichten denen gegenüber verloren, die uns dienen.«

»Das Haus Atreides?«

»Ich bin das Haus Atreides.«

»Du bist aus Jacurutu geflohen, bevor ich die Prüfung abschließen konnte, die deine Großmutter angeordnet hat. Wie kommst du darauf …«

»Das Leben dieses Mannes muss geschützt werden, als wäre es dein eigenes.« Leto sagte das, als gäbe es darüber nichts zu diskutieren, und er sah Halleck dabei ohne zu blinzeln tief in die Augen.

Jessica hatte Halleck in den Feinheiten der Beobachtung menschlichen Verhaltens ausgebildet, und bei Leto fiel ihm nichts anderes auf als ruhiges Selbstvertrauen. Das änderte allerdings nichts an Jessicas Anordnungen. »Deine Großmutter hat mich damit beauftragt, deine Erziehung abzuschließen und sicherzustellen, dass du nicht besessen bist.«

»Ich bin nicht besessen.« Einfache, klare Worte.

»Warum bist du weggelaufen?«

»Namri hatte den Befehl, mich zu töten, egal, was ich getan hätte. Seine Befehle kamen von Alia.«

»Du bist also ein Wahrsager?«

»Ja, das bin ich.« Eine weitere klare Aussage.

»Und ist Ghanima auch eine Wahrsagerin?«

»Nein.«

In diesem Moment brach der Prediger sein Schweigen und wandte seine leeren Augenhöhlen Halleck zu, während er mit der Hand auf Leto deutete. »Glaubst du, *du* könntest ihn prüfen?«

»Misch dich nicht ein, wenn du nichts von dem Problem und seinen Konsequenzen weißt«, sagte Halleck, ohne den Mann anzusehen.

»Oh, ich kenne die Konsequenzen nur zu gut«, sagte der Prediger. »Mich hat einmal eine alte Frau auf die Probe gestellt, die glaubte, zu wissen, was sie tat. Wie sich herausstellte, wusste sie es nicht.«

Jetzt sah Halleck den blinden Mann an. »Bist du auch ein Wahrsager?«

»Jeder kann ein Wahrsager sein, sogar du. Dafür muss man nur sich selbst gegenüber ehrlich und sich der Natur der eigenen Gefühle bewusst sein. Man muss innerlich in einer Weise mit der Wahrheit im Einklang stehen, die es einem gestattet, die Dinge zu erkennen.«

»Warum mischst du dich ein?« Halleck legte eine Hand an sein Krismesser. Wer war dieser Prediger?

»Ich reagiere auf all diese Ereignisse. Meine Mutter kann ihr eigenes Fleisch und Blut auf den Opferstein legen, aber ich habe andere Beweggründe. Und ich verstehe dein Problem.«

»Ach?«

»Lady Jessica hat dir befohlen, zwischen dem Wolf und dem Hund zu unterscheiden, zwischen Ze'eb und Ke'leb. Ihrer Definition nach ist der Wolf jemand mit Macht, der diese Macht missbraucht. Allerdings gibt es zwischen Wolf und Hund eine Dämmerungsphase, in der man nicht zwischen ihnen unterscheiden kann.«

»Ja, das kommt der Sache nahe.« Halleck bemerkte, dass immer mehr Sietchbewohner in den Gemeinschaftsraum gekommen waren, um zuzuhören. »Woher weißt du das alles?«

»Weil ich diesen Planeten kenne. Das verstehst du nicht? Denk darüber nach. Unter der Oberfläche gibt es Felsgestein, Erde, Sedimente, Sand. Das ist das Gedächtnis des Planeten, das Bild seiner Geschichte. Bei Menschen ist es genauso. Der Hund ähnelt dem Wolf. Jedes Universum dreht sich um einen Kern des *Seins*, und von diesem Kern gehen alle Erinnerungen aus, bis an die Oberfläche.«

»Sehr interessant. Aber wie hilft mir das dabei, meine Befehle auszuführen?«

»Betrachte das Bild deiner Geschichte, das in dir enthalten ist. Verständige dich auf die Art, auf die sich auch ein Tier verständigen würde.«

Halleck schüttelte den Kopf. Der Prediger hatte eine einnehmende Direktheit, eine Qualität, die die Atreides schon immer ausgezeichnet hatte, und es war mehr als nur wahrscheinlich, dass er gerade die *Stimme* einsetzte. Hallecks Herz schlug schneller. War es wirklich möglich, dass dies Paul Atreides war?

»Jessica wollte eine ultimative Prüfung, die das Material, aus dem ihr Enkel besteht, freilegen würde«, sagte der Prediger. »Aber dieses Material muss nicht freigelegt werden. Es ist klar erkennbar.«

Halleck drehte sich um und sah Leto an. Die Bewegung ging nicht von ihm aus, eine unwiderstehliche Kraft erzwang sie.

Als hielte er einem begriffsstutzigen Schüler einen Vortrag, fuhr der Prediger fort: »Dieser Junge verwirrt dich, weil es sich bei ihm nicht um ein einzelnes Wesen handelt. Er ist eine Gemeinschaft. Und bei einer Gemeinschaft, die unter großem Druck steht, kann jedes Mitglied nach der Macht greifen. Dabei handelt es sich nicht immer um eine gutartige Macht, und so entstehen die Geschichten von Abscheulichkeiten. Aber du hast dieser Gemeinschaft schon genug Verletzungen zugefügt, Gurney Halleck. Siehst du nicht, dass die Umwandlung bereits stattgefunden hat? Dieser Junge hat zu einem inneren Zusammenwirken gefunden, das nicht unterwandert werden kann. Das erkenne ich ohne Augen. Ich habe mich einmal gegen ihn gestellt, aber nun bin ich ihm zu Diensten. Er ist der Heiler.«

»Und wer bist du?«, fragte Halleck.

»Ich bin nicht mehr als das, was du siehst. Sieh nicht mich an, sondern diesen Jungen, den man dir zu lehren und zu prüfen befohlen hat. Er ist von Krisen geformt. Er hat in einer tödlichen Umwelt überlebt. Er ist hier.«

»Wer *bist* du?«, fragte Halleck erneut.

»Ich sage dir, dass du den Blick auf diesen jungen Atreides richten sollst, Gurney Halleck. Von ihm hängt die gesamte menschliche Spezies ab. Er ist wie eine Kreisbewegung. Er wird die Ergebnisse aller bisherigen menschlichen Leistungen wieder in das System einspeisen. Kein anderer Mensch weiß in vergleichbarer

Weise um diese Leistungen. Und du denkst darüber nach, einen solchen Menschen zu vernichten?«

»Man hat mir befohlen, ihn auf die Probe zu stellen, und ich habe bisher nicht …«

»Doch, das hast du!«

»Ist er eine Abscheulichkeit?«

Der Prediger lächelte müde. »Du beharrst auf deinem Bene-Gesserit-Unsinn. Wie sie die Mythen erschaffen, zu denen die Menschen schlafen!«

»Bist du Paul Atreides?«

»Paul Atreides existiert nicht mehr. Er hat versucht, zu einem übergeordneten moralischen Symbol zu werden, während er zugleich allen moralischen Ansprüchen entsagt hat. Er wurde zu einem Heiligen ohne Gott, und jedes seiner Worte war Blasphemie. Wie kannst du nur glauben …«

»Weil du mit seiner Stimme sprichst.«

»Willst du jetzt *mich* auf die Probe stellen? Nimm dich in Acht, Gurney Halleck.«

Halleck schluckte und sah wieder Leto an, der sie beide gelassen beobachtete.

»Wer wird hier geprüft?«, fragte der Prediger. »Vielleicht prüft Lady Jessica ja auch dich, Gurney Halleck. Könnte das sein?«

Halleck fand diese Vorstellung zutiefst verstörend und fragte sich, warum er sich von den Worten des Predigers so beeinflussen ließ. Aber der Gehorsam gegenüber autokratischen Mysterien war tief in ihm, wie in allen Dienern der Atreides, verankert. Er spürte, wie sich etwas in ihm veränderte, etwas, das von der Bene-Gesserit-Ausbildung, die ihm Jessica hatte angedeihen lassen, nur am Rande berührt wurde. Ein unartikulierter Zorn stieg in ihm auf – er wollte sich nicht verändern!

»Wer von euch spielt Gott und zu welchem Zweck?«, sagte der Prediger. »Du kannst dich nicht allein auf die Vernunft verlassen, um diese Frage zu beantworten.«

Langsam hob Halleck den Blick und sah von Leto zu dem blinden Mann. Jessica hatte immer wieder gesagt, dass er das Gleichgewicht der Kairits anstreben sollte: »Du sollst – du sollst nicht.« Sie hatte das eine Disziplin ohne Worte und Sätze, ohne Regeln und Argumente genannt. Es war der zur Klinge geschärfte allumfassende Rand seiner eigenen inneren Wahrheit. Etwas an der Stimme des Blinden, an seinem Tonfall, seinem Verhalten, entfachte in Halleck einen Zorn, der sich in seinem Inneren zu einer hell strahlenden Ruhe erhitzte.

»Beantworte meine Frage«, sagte der Prediger.

Halleck spürte, wie die Worte des Blinden seine Konzentration auf diesen Ort, auf diesen Moment und seine Erfordernisse, vertieften. Sein Platz im Universum war jetzt ausschließlich durch diese Konzentration definiert. Er hatte keinen Zweifel mehr. Dies war Paul Atreides, nicht tot, sondern zurückgekehrt. Und dieses Nicht-Kind war Leto. Einmal mehr sah Halleck den Jungen an, sah ihn jetzt *wirklich* an. Sah die Spuren der Belastung um seine Augen, das Gleichgewicht, in dem sich sein Körper befand, den Mund, der von einem eigenwilligen Sinn für Humor umspielt war. Leto hob sich von seiner Umgebung ab, als würde er in einem blendenden Licht stehen. Er hatte Harmonie erlangt, indem er sie schlicht und einfach akzeptiert hatte.

»Sag mir, Paul«, sagte Halleck, »weiß deine Mutter es?«

Der Prediger seufzte. »Für die Schwesternschaft und jede ihrer Angehörigen bin ich tot. Versuch nicht, mich wieder zum Leben zu erwecken.«

»Aber warum hat sie …«

»Sie tut, was sie tun muss. Sie lebt ihr eigenes Leben und glaubt, über andere Leben zu bestimmen. So spielen wir alle Gott.«

»Aber du lebst«, flüsterte Halleck. Jetzt überwältigte ihn diese Erkenntnis. Er sah den Prediger an, musterte ihn. Paul war jünger als er, aber die Wüste hatte ihn so sehr altern lassen, dass er verglichen mit ihm wie ein Greis erschien.

»Was sagst du?«, sagte Paul. »Leben?«

Halleck blickte an Paul und Leto vorbei zu den zuschauenden Fremen, in deren Mienen sich Zweifel und Ehrfurcht ablösten.

»Meine Mutter musste nie meine Lektion lernen«, fuhr Paul fort. »Ein Gott zu sein ist letztlich langweilig und erniedrigend. Es ist Grund genug für die Einführung des freien Willens. Ein Gott will sich in den Schlaf flüchten und nur in den unbewussten Projektionen seiner Traumgeschöpfe leben.«

»Aber du lebst!« Hallecks Stimme war nun lauter.

»Hättest du diesen Jungen wirklich im Prüfungs-Mashhad gegen seine Schwester antreten lassen? Was für ein mörderischer Irrsinn! Beide hätten gesagt: ›Nein! Töte mich! Der andere soll weiterleben.‹ Wohin würde eine solche Prüfung führen? Was bedeutet es dann, zu *leben*, Gurney?«

»Das war nicht die Prüfung.« Es gefiel Halleck nicht, wie sich die Fremen dichter an sie herandrängten, wie sie Paul betrachteten und Leto ignorierten.

»Sieh dir das Material an, Vater«, sagte Leto.

»Ja …« Paul hielt den Kopf hoch, als schnupperte er in der Luft. »Dann ist es also Farad'n!«

»Wie leicht es doch ist, unseren Gedanken anstatt unseren Sinnen zu folgen«, sagte Leto. Halleck konnte den Gedankengang des Jungen nicht nachvollziehen, doch gerade, als er fragen wollte, legte ihm Leto die Hand auf den Arm. »Frag nicht, Gurney. Dann denkst du nur wieder, ich wäre eine Abscheulichkeit. Nein, lass es geschehen. Wenn du versuchst, es zu erzwingen, zerstörst du dich nur selbst.«

Aber Halleck fühlte sich, als würde er in seinen Zweifeln ertrinken. Jessica hatte ihn ja gewarnt. *»Sie können sehr tückisch sein, diese Vorgeborenen. Sie verfügen über Tricks, von denen du dir keine Vorstellung machst.«* Halleck schüttelte langsam den Kopf. Und Paul! Bei den Göttern der Unterwelt! Paul lebte und war mit diesem Fragezeichen im Bunde, das er selbst gezeugt hatte.

Jetzt drängten sich die Fremen zwischen sie, sodass Halleck gegen die Wand gedrückt wurde. Heisere Fragen erfüllten den Raum. »Bist du Muad'Dib? Bist du wahrhaft Muad'Dib? Ist das wahr, was er behauptet? Sag es uns.«

»Ihr dürft mich nur als den Prediger betrachten«, sagte Paul, während er sich gegen den Druck der Körper wehrte. »Ich kann weder Paul Atreides noch Muad'Dib sein. Nie wieder. Ich bin weder Chanis Gefährte noch der Imperator.«

Halleck, voller Furcht vor dem, was vielleicht geschehen würde, wenn die Fremen keine nachvollziehbaren Antworten auf ihre hilflosen Fragen erhielten, wollte gerade etwas unternehmen, da setzte sich Leto in Bewegung. Und in diesem Moment erkannte Halleck die furchtbare Veränderung, die Leto durchlaufen hatte.

»Macht Platz!«, brüllte Leto und ging durch die Menge hindurch, schleuderte einige der Fremen zu Boden, drückte sie mit den Händen nieder, entwand ihnen die Klingen, nach denen sie griffen. Innerhalb von nicht einmal einer Minute standen die Fremen in stummer Verwirrung mit dem Rücken zu den Wänden aufgereiht. Leto stellte sich neben seinen Vater. »Wenn Shai-Hulud spricht, gehorcht ihr«, sagte er. Und dann, als einige Fremen zum Widerspruch ansetzten, riss Leto ein Stück Stein aus der Wand und zerbröselte es mit bloßen Händen, wobei er die ganze Zeit lächelte. »Ich reiße euren Sietch um euch herum ein, während ihr zuschaut.«

»Der Wüstendämon«, zischte jemand.

»Und eure Qanats«, fuhr Leto fort. »Ich werde sie in Stücke reißen. Wir waren nicht hier, hört ihr! Niemand hat uns gesehen. Ein Flüstern von euch, und ich kehre zurück und treibe euch ohne Wasser in die Wüste.«

Köpfe wurden geschüttelt. Hände machten das schützende Zeichen des Wurms.

»Wir gehen jetzt, mein Vater und ich, in Begleitung unseres alten Freundes Gurney Halleck«, sagte Leto. »Macht den Thopter bereit.«

Dann hatte Leto sie nach Shuloch geführt und auf dem Weg dorthin erklärt, dass sie sich beeilen mussten – »weil Farad'n bald hier auf Arrakis sein wird. Und dann, Gurney, wirst du die wahre Prüfung sehen, so wie es mein Vater gesagt hat.«

Und jetzt, während Halleck von der Felskuppe nach unten blickte, stellte er sich wieder die Frage, die er seither jeden Tag gestellt hatte: »Was für eine Prüfung?«

Aber Leto war nicht mehr in Shuloch, und Paul wollte ihm keine Antwort auf diese Frage geben.

Kirche und Staat, wissenschaftliche Vernunft und Glaube, der Einzelne und die Gemeinschaft, sogar Fortschritt und Tradition – all das lässt sich in den Lehren Muad'Dibs vereinen. Er hat uns gelehrt, dass es unversöhnliche Gegensätze nur in dem gibt, was die Menschen glauben. Jeder kann den Schleier der Zeit zur Seite ziehen. Jeder kann die Zukunft in der Vergangenheit finden – oder in der eigenen Vorstellungskraft. Wenn man das tut, gewinnt man das Bewusstsein für sein inneres Sein zurück. Dann weiß man, dass das Universum ein schlüssiges Ganzes ist und man selbst ein untrennbarer Teil davon.

– Der Prediger in Arrakeen, nach Harq al-Ada

Ghanima saß außerhalb des Lichtkreises der Gewürzlampen und beobachtete Buer Agarves. Sein rundes Gesicht und seine zuckenden Brauen gefielen ihr nicht, ebenso wenig die Art, wie er beim Sprechen die Füße bewegte, als hätten seine Worte eine geheime Melodie, zu der er tanzte.

Er ist nicht hier, um mit Stil zu verhandeln, dachte sie und sah diese Einschätzung in jedem Wort, in jeder Bewegung des Mannes bestätigt. Sie entfernte sich noch etwas weiter von dem Lichtkreis, der die Ratssitzung beleuchtete.

Jeder Sietch hatte einen Sitzungssaal, und der entsprechende Raum in dieser verlassenen Djedida kam Ghanima deshalb so eng vor, weil die Decke ziemlich niedrig war. Aber sechzig Personen aus Stilgars Gruppe und dazu die neun, die mit Agarves gekommen waren, füllten gerade mal ein Ende des Saals. Der Schein der Gewürzöllampen fiel auf die niedrigen Balken, die die Decke stützten, und warf zitternde Schatten, die an den Wänden entlangtanzten. Ihr beißender Rauch erfüllte den Raum mit Zimtgeruch.

Das Treffen hatte bei Sonnenuntergang begonnen, kurz nach den Feuchtigkeitsgebeten und dem Abendessen. Es dauerte bereits über eine Stunde, und Ghanima rätselte immer noch, welche geheime Agenda sich hinter Agarves' Verhalten verbarg. Seine Worte waren klar und deutlich, aber seine Bewegungen und seine Augen sagten etwas anderes.

Agarves beantwortete gerade eine Frage von einer von Stilgars Hauptleuten, einer Nichte Harahs namens Rajia. Sie war eine asketische junge Frau mit nach unten zeigenden Mundwinkeln, die sie ständig misstrauisch erscheinen ließen. Ghanima fand ihren Gesichtsausdruck unter diesen Umständen sehr angemessen.

»Natürlich glaube ich daran, dass Alia euch alle vollständig begnadigen wird«, sagte Agarves. »Sonst wäre ich nicht mit dieser Botschaft hier.«

Als Rajia zu einer Erwiderung anhob, fiel ihr Stilgar ins Wort: »Ich mache mir weniger Sorgen um unser Vertrauen in Alia als darum, ob sie dir traut.« Seine Stimme hatte einen düsteren Unterton. Agarves' Andeutung, dass er seinen alten Status zurückerhalten könnte, bereitete ihm Unbehagen.

»Es spielt keine Rolle, ob sie mir traut«, sagte Agarves. »Um ehrlich zu sein, ich glaube nicht, dass sie das tut. Ich suche schon zu lange nach euch, ohne euch gefunden zu haben. Aber ich hatte immer das Gefühl, dass sie gar nicht wollte, dass man euch findet. Sie war …«

»Sie war die Frau des Mannes, den ich getötet habe«, unterbrach ihn Stilgar. »Er hat es allerdings nicht anders gewollt. Er hätte sich genauso gut in sein eigenes Messer stürzen können. Aber diese neue Sichtweise stinkt nach …«

Agarves' Füße tanzten, und auf seinem Gesicht machte sich Verärgerung breit. »Sie vergibt dir. Wie oft muss ich das noch sagen?

Sie hat die Priester angewiesen, in einer großen Zeremonie um göttlichen Rat zu bitten.«

»Du hast nur ein weiteres Problem aufgeworfen«, sagte Irulan und beugte sich nach vorne, sodass sich ihre blonden Haare deutlich von Rajias dunkler Haut abhoben. »Sie mag dich überzeugt haben, aber vielleicht hat sie auch andere Pläne.«

»Die Priesterschaft hat …«

»Aber es gibt all diese Geschichten. Dass du mehr als nur ihr militärischer Berater bist.«

»Das reicht!« Agarves' Miene war jetzt von Zorn verzerrt. Er legte eine Hand auf sein Messer. »Glaubt, was ihr wollt, aber mit dieser Frau kann es nicht weitergehen. Sie beschmutzt mich. Sie besudelt alles, was sie anfasst. Sie hat mich benutzt. Aber ich habe nicht das Messer gegen die Meinen erhoben. Und jetzt Schluss damit!«

Das zumindest war etwas Wahres aus seinem Mund, dachte Ghanima.

Zu ihrer aller Überraschung brach Stilgar in Gelächter aus. »Ah, Cousin, vergib mir, aber im Zorn liegt Wahrheit.«

»Dann bist du meiner Meinung?«, sagte Argaves.

»Das habe ich nicht gesagt.« Stilgar hob die Hand, um einen weiteren Zornesausbruch von Agarves zu verhindern. »Es geht mir nicht um mich, sondern um diese Menschen hier.« Er deutete auf die anderen im Raum. »Ich bin für sie verantwortlich. Denken wir also für einen Moment darüber nach, welche Wiedergutmachung Alia anbietet.«

»Wiedergutmachung?«, erwiderte Argaves. »Von Wiedergutmachung war keine Rede. Von Begnadigung, nicht von …«

»Was bietet sie dann als Sicherheit dafür an, dass sie ihr Wort hält?«

»Sietch Tabr und dich als Naib, mit voller Autonomie als neutrale Kraft. Sie versteht jetzt, wie …«

»Ich schließe mich nicht wieder ihrem Gefolge an und stelle ihr auch keine Kämpfer. Ist das klar?«

Ghanima, die an Stilgars Stimme hörte, dass er langsam schwach wurde, dachte: *Nein, Stil! Nein!*

»Dazu besteht auch keine Notwendigkeit«, sagte Agarves. »Alia will lediglich, dass Ghanima zurückkommt und ihr Eheversprechen, das sie …«

»Ah, jetzt kommt es also heraus!« Stilgar schlug sich mit der flachen Hand auf den Oberschenkel. »Ghanima ist der Preis für meine Begnadigung. Hält Alia mich für einen …«

»Sie hält dich für vernünftig«, sagte Agarves.

Stilgar wird es nicht tun, dachte Ghanima. *Spar dir deinen Atem. Er wird es nicht tun.*

Und während sie das dachte, hörte sie ein leises Rascheln links hinter sich. Sie wollte sich umdrehen, aber im gleichen Moment wurde sie von starken Händen ergriffen, und bevor sie aufschreien konnte, bedeckte ein schwerer Lumpen, der nach Schlafmittel roch, ihr Gesicht. Dann wurde sie zu einer Tür im dunkelsten Bereich der Halle getragen, und sie dachte: *Ich hätte es ahnen sollen! Ich hätte vorbereitet sein sollen!* Aber der Griff der Hände, die sie festhielten, war so fest, dass sie sich ihm nicht entwinden konnte.

Ghanimas letzte Sinneswahrnehmung war die von kalter Luft, von Sternen am Himmel und einem Gesicht unter einer Kapuze, das auf sie herabsah und sagte: »Sie ist nicht verletzt, oder?« Dann begannen sich die Sterne zu drehen und helle Linien über den Himmel zu ziehen, um sich in einem Aufflackern von Ghanimas innerstem Bewusstsein zu verlieren.

Muad'Dib hat uns eine besondere Art von Wissen über prophetische Einsichten verschafft, über das Verhalten, das mit solchen Einsichten in Zusammenhang steht, und über ihren Einfluss auf Ereignisse, die als »gekoppelt« wahrgenommen werden. (Das heißt, Ereignisse in einem verknüpften System, das der Prophet offenlegt und deutet.) Wie bereits an anderer Stelle festgehalten, verhalten sich derartige Einsichten wie Fallstricke für den Propheten selbst. Er kann zum Opfer dessen werden, was er weiß – eine recht verbreitete menschliche Fehlleistung. Die Gefahr besteht darin, dass Personen, die tatsächliche Ereignisse vorhersagen, zuweilen die polarisierende Wirkung übersehen, die entsteht, wenn sie allzu sehr in ihrer eigenen Wahrheit schwelgen. Tendenziell vergessen sie dabei, dass in einem polarisierten Universum nichts existieren kann, ohne dass auch sein Gegenstück vorhanden ist.

– Die hellsichtige Vision, von Harq al-Ada

Staub hing wie Nebel am Horizont und verdunkelte die aufgehende Sonne. Im Dünenschatten war der Sand noch kalt. Leto stand vor dem Ring der Palmengärten und blickte auf die Wüste. Er roch den Staub und den Duft dürrer Pflanzen und hörte die morgendlichen Laute der Menschen und Tiere. Die Fremen hier hatten keinen Qanat, sie bauten nur das Nötigste von Hand an, und die Frauen bewässerten die Pflanzen mit den Wasserschläuchen, die sie bei sich trugen. Ihre Windfalle war anfällig und konnte leicht von einem Sturm zerstört, aber ebenso leicht wiederaufgebaut werden. Die täglichen Mühen und die Risiken und Abenteuer des Gewürzhandels waren ihre Art zu leben. Für diese Fremen war das Plätschern von Wasser nach wie vor etwas Himmlisches, und sie hielten auch eine alte Vorstellung von Freiheit in Ehren, die Leto mit ihnen teilte.

Freiheit ist ein einsamer Zustand.

Er rückte die Falten der weißen Robe zurecht, die seinen lebenden Destillanzug bedeckte. Er spürte, wie ihn die Sandforellenmembran verändert hatte, und jedes Mal, wenn ihm das bewusst wurde, musste er ein tiefes Gefühl des Verlusts überwinden. Er war nicht mehr ganz menschlich. Etwas Fremdes schwamm in seinem Blut. Die Flimmerhärchen der Sandforellen waren in seine Organe eingedrungen, um sie neu zu justieren. Die Sandforellen veränderten sich ebenfalls, passten sich an. Leto fühlte sich, als wäre er in einem Zustand gegenwärtigen Entsetzens gefangen und seine Verbindung zur Vergangenheit vollständig zerstört. Aber er wusste, wie gefährlich es war, sich solchen Gefühlen hinzugeben. Er wusste es nur zu gut.

Soll die Zukunft doch von alleine eintreten. Die schöpferische Kreativität ist nur einer Regel unterworfen – der des Schöpfens selbst.

Es fiel ihm schwer, den Blick vom Sand zu lösen, von den Dünen – der großen Leere. Am Rande des Sandmeers lagen einzelne Felsbrocken verstreut, aber sie lenkten die Gedanken nach draußen in den Wind, den Staub, zu den spärlichen, einsamen Pflanzen und Tieren, zu einer Düne, die mit der nächsten Düne, einer Wüste, die mit der nächsten Wüste verschmolz.

Hinter Leto erklang die Flötenmelodie, die zum Morgengebet rief. Man bat damit um Feuchtigkeit, doch man hatte es nun leicht angepasst und zu einem Loblied auf den neuen Shai-Hulud gemacht. Dass Leto das wusste, verlieh der Musik etwas unendlich Einsames.

Ich könnte einfach in die Wüste hinausgehen.

Dann würde sich alles ändern. Eine Richtung würde ebenso gut sein wie die andere. Er hatte bereits gelernt, wie man ohne Besitztümer lebte. Er hatte das große Mysterium der Fremen zu einer schrecklichen Klinge geschliffen: Alles, was er mit sich nahm, war notwendig, und mehr nahm er nicht mit. Aber er hatte nichts dabei außer der Robe an seinem Körper, den in ihr verborgenen Falkenring der Atreides und der Haut, die nicht seine Haut war. Es wäre ein Leichtes gewesen, diesen Ort einfach hinter sich zu lassen.

Eine Bewegung weit oben am Himmel weckte Letos Aufmerksamkeit: die gespreizten Flügel eines Geiers. Der Anblick erfüllte ihn mit einem sehnsuchtsvollen Schmerz. Wie die wilden Fremen, so lebten auch die Geier auf diesem Planeten, weil sie hier geboren worden waren. Sie kannten nichts anderes. Die Wüste machte sie zu dem, was sie waren.

Aber im Gefolge von Muad'Dib und Alia entstand ein neuer Schlag Fremen, und sie waren der Grund dafür, dass Leto es sich nicht gestatten konnte, in die Wüste zu gehen, wie es einst sein Vater gemacht hatte. Er erinnerte sich an Duncan Idahos Worte aus den frühen Tagen: »Diese Fremen! Sie sind wunderbar lebendig. Ich habe noch nicht einen habgierigen Fremen getroffen.«

Jetzt gab es viele habgierige Fremen.

Eine Woge aus Trauer erfasste Leto. Er hatte sich für einen Kurs entschieden, der all das verändern konnte, aber es wurde immer schwieriger, diesen Kurs zu halten, je mehr sie sich dem Strudel näherten. Kralizec, der Kampf mit dem Taifun, lag vor ihnen. Doch Kralizec – oder Schlimmeres – würde auch der Preis eines Fehltritts sein.

Leto hörte eine klare, helle Kinderstimme hinter sich.

»Hier ist er.«

Er drehte sich um. Der Prediger war aus dem Palmengarten gekommen, geführt von einem Kind.

Warum nenne ich ihn in Gedanken noch immer den Prediger?

Die Antwort stand auf der leeren Tafel von Letos Geist: *Weil er nicht mehr Muad'Dib ist. Und auch nicht mehr Paul Atreides.* Die Wüste hatte ihn zu dem gemacht, was er war. Die Wüste und die Schakale von Jacurutu mit ihren Melangeüberdosen und ihrem ständigen Verrat. Der Prediger war vorzeitig gealtert, nicht trotz des Gewürzes, sondern wegen ihm.

»Man hat mir gesagt, dass du mich sehen willst«, sagte der Prediger, als das Kind, das ihn führte, stehen blieb.

Leto musterte das Kind aus dem Palmengarten, das beinahe so groß war wie er selbst und dessen Ehrfurcht durch Neugier gemildert wurde. Die jungen Augen glitzerten dunkel über der Destillanzugsmaske.

Leto machte eine Geste mit der Hand. »Lass uns allein.«

Für einen Moment signalisierte die Schulterhaltung des Kindes Aufsässigkeit, doch dann gewann der angeborene Respekt der Fremen vor der Privatsphäre anderer die Oberhand. Das Kind ging.

Leto wandte sich seinem Vater zu. »Du weißt, dass Farad'n hier auf Arrakis ist?«

»Gurney hat es mir erzählt, als er mich gestern Abend hierher geflogen hat«, erwiderte der Prediger und dachte: *Wie kühl bemessen seine Worte sind. Er ist genau wie ich in den alten Zeiten.*

»Ich stehe vor einer schwierigen Entscheidung.«

»Ich dachte, du hättest bereits alle Entscheidungen getroffen.«

»*Diese* Falle kennen wir doch, Vater.«

Der Prediger räusperte sich. Letos Anspannung verriet ihm, wie nahe sie der Krise waren. Von nun an würde sich Leto nicht mehr nur auf seine Visionen verlassen, sondern auf die Steuerung seiner Visionen. »Du brauchst meine Hilfe?«

»Ja. Ich kehre nach Arrakeen zurück, und ich möchte als dein Führer dorthin gehen.«

»Wozu?«

»Würdest du ein letztes Mal in Arrakeen predigen?«

»Vielleicht. Es gibt Dinge, die ich den Menschen dort noch nicht gesagt habe.«

»Aber du wirst nicht wieder in die Wüste zurückkehren, Vater.«

»Wenn ich dich begleite?«

»Ja.«

»Ich tue, was du entscheidest.«

»Hast du darüber nachgedacht? Farad'n wird dort sein, und das heißt, dass deine Mutter auch dort sein wird.«

»Zweifellos.« Erneut räusperte sich der Prediger und verriet damit in einer Weise seine Nervosität, die sich Muad'Dib nie gestattet hätte. Sein Körper hatte zu lange jenseits des alten Regimes der Selbstdisziplin gelebt, und sein Verstand war von den betrügerischen Bewohnern Jacurutus zu oft an den Rand des Wahnsinns getrieben worden. Er dachte, dass es vielleicht nicht klug sein würde, nach Arrakeen zurückzukehren.

»Du musst nicht mit mir dorthin zurück«, sagte Leto. »Aber meine Schwester ist dort, und ich muss zu ihr. Du könntest auch mit Gurney gehen.«

»Und dann würdest du allein nach Arrakeen gehen?«

»Ja. Ich muss Farad'n treffen.«

Der Prediger seufzte. »Ich begleite dich.«

Leto, der einen Hauch des alten hellseherischen Wahns bei seinem Vater spürte, fragte sich: *Hat er das Spiel der Vorausschau gespielt?* Nein. Diesen Weg würde er nie wieder beschreiten. Sein Vater wusste, welche Falle eine unvollständige Entscheidung darstellte. Jedes seiner Worte unterstrich, dass er die Visionen an seinen Sohn abgetreten hatte, in dem Wissen, dass alles im Universum bereits vorausgeahnt worden war.

Es waren die alten Gegensätze, die den Prediger nun plagten. Er war von einem Paradoxon in ein anderes geflüchtet.

»Dann brechen wir also in einigen Minuten auf«, sagte Leto. »Sagst du es Gurney?«

»Gurney begleitet uns nicht?«

»Ich will, dass Gurney überlebt.«

Und in diesem Moment öffnete sich der Prediger der Anspannung. Sie lag um ihn herum in der Luft, durchzog den Boden unter seinen Füßen, sammelte sich in diesem Nicht-Kind, das sein Sohn war. Der stumpfe Schrei seiner alten Visionen wartete in der Kehle des Predigers.

Diese verfluchte Heiligkeit!

Der Prediger konnte seinen Ängsten nicht entrinnen. Er wusste, was sie in Arrakeen erwartete. Einmal mehr würden sie ein Spiel mit fürchterlichen Kräften spielen, die ihnen niemals Frieden geben würden.

Das Kind, das sich weigert, im Harnisch seines Vaters zu reisen – das ist das Symbol einer einzigartigen Fähigkeit des Menschen. »Ich muss nicht das sein, was mein Vater war. Ich muss mich nicht den Regeln meines Vaters unterwerfen oder glauben, was er glaubt. Es ist meine Stärke als Mensch, dass ich meine eigenen Entscheidungen darüber treffen kann, was ich glauben will und was nicht, was ich sein will und was nicht.«

– Leto Atreides II., aus der Harq-al-Ada-Biografie

Pilgerinnen tanzten auf dem Tempelplatz zu Trommel und Flöte, ohne Kopfbedeckung, mit Halsreifen und in dünnen, freizügigen Kleidern. Ihre langen, schwarzen Haare wurden von den schnellen Bewegungen herumgeschleudert, peitschten bei jeder Drehung um ihre Gesichter.

Alia blickte aus ihrem Tempelfenster auf das Geschehen auf dem Platz, das sie als verlockend und abstoßend zugleich empfand. Es war später Morgen, die Zeit, in der die Stände unter den schattigen Bogengängen den Duft von Gewürzkaffee verbreiteten. Bald würde Alia hinausgehen und Farad'n begrüßen müssen, ihm die offiziellen Geschenke überreichen und seine erste Zusammenkunft mit Ghanima überwachen.

Die Dinge liefen nach Plan. Ghani würde Farad'n töten, und wenn in der Folge alles zerbrach, gab es nur einen Menschen, der die Situation wieder normalisieren konnte. Die Marionetten tanzten an den Fäden. Stilgar hatte Agarves getötet, so, wie Alia es sich erhofft hatte. Und Agarves hatte ihre Leute ohne sein Wissen zu der Djedida geführt; in seinen neuen Stiefeln, die sie ihm geschenkt hatte, war ein Sender versteckt gewesen. Jetzt saßen Stilgar und Irulan im Tempelverlies. Vielleicht würden sie sterben, aber es mochte auch noch andere Verwendungen für sie geben. Es schadete ihnen jedenfalls nicht zu warten.

Alia fiel auf, dass die Stadtfremen den Tänzerinnen auf dem Platz mit starrem Blick zusahen. Die Gleichheit der Geschlechter, die sich in der Wüste entwickelt hatte, herrschte auch in den Fremenstädten weiter vor, aber es gab inzwischen auch gesellschaftliche Unterschiede zwischen Männern und Frauen. Das lief ebenfalls nach Plan. Trennen und schwächen. Alia nahm die Veränderung in der Art und Weise wahr, mit der die Fremen diesen Frauen von einem anderen Planeten bei ihrem exotischen Tanz zusahen.

Sollen sie zusehen. Sollen sie sich den Kopf mit Ghafla füllen.

Die Lüftungsschlitze neben dem Fenster waren geöffnet, und so spürte Alia, wie die Hitze, die zu dieser Jahreszeit bei Sonnenaufgang einsetzte und am späten Nachmittag ihren Höhepunkt erreichte, zunahm. Der Steinboden unten auf dem Platz war ganz sicher noch heißer. Das konnte nicht besonders angenehm für die Tänzerinnen sein, trotzdem wirbelten sie herum, beugten sich vor, schwangen Arme und Haar in hingebungsvoller Begeisterung. Sie hatten ihren Tanz Alia, dem Schoß des Himmels, gewidmet. Einer ihrer Sekretäre hatte ihr das mitgeteilt und dabei die Außenweltlerinnen mit ihren seltsamen Gebräuchen verhöhnt. Er hatte gesagt, dass die Frauen von Ix stammten, wo es noch Reste von verbotener Wissenschaft und Technologie gab.

Alia rümpfte die Nase. Die Frauen dort unten waren genauso ignorant, abergläubisch und rückständig wie die Fremen aus der Wüste. Wie es ihr Sekretär gesagt hatte, versuchten sie, sich einzuschmeicheln, indem sie Alia mitteilen ließen, wem ihr Tanz gewidmet war. Und weder der Sekretär noch die Ixianer hatten auch nur die geringste Ahnung davon, dass Ix nicht mehr war als eine Zahl in einer vergessenen Sprache.

Alia lachte innerlich. *Sollen sie tanzen.* Damit verschwendeten sie ihre Energie, die sie sonst in zerstörerischer Weise hätten einsetzen können. Und ihre Musik war eigentlich ganz angenehm, ein hoher, klagender Ton vor dem Hintergrund von Kürbistrommeln und klatschenden Händen.

Plötzlich wurde die Musik von lauten Rufen am anderen Ende des Platzes unterbrochen. Die Tänzerinnen kamen aus dem Takt, und obwohl sie nach einem kurzen Moment der Verwirrung wieder in ihren Tanz zurückfanden, war ihre sinnliche Synchronizität dahin, und ihre Aufmerksamkeit wanderte immer wieder ans andere Ende des Platzes. Dort ergoss sich eine Menschenmenge über das Pflaster wie Wasser durch das geöffnete Ventil eines Qanats.

Alia starrte die Menge an und hörte ihre Rufe: »Prediger! Prediger!« Und dann sah sie ihn. Er schritt in der vordersten Reihe der Menge, eine Hand auf der Schulter seines jungen Führers.

Die Pilgerinnen hörten auf zu tanzen und kehrten auf die Terrassen unterhalb von Alias Fenster zurück. Ihr Publikum stellte sich zu ihnen, und Alia spürte, dass sie alle Ehrfurcht empfanden. Sie selbst empfand vor allem Angst.

Wie kann er es wagen!

Sie drehte sich vom Fenster weg, um ihre Wachen zu rufen, doch dann überlegte sie es sich anders. Die Menschenmenge füllte bereits den Platz. Die Angelegenheit konnte sehr unschön werden, wenn sie der Menge ihren offenkundigen Wunsch, dem blinden Seher zuzuhören, verweigerte.

Alia ballte die Fäuste.

Der Prediger … Warum tat Paul das? Für die einen war er ein »Wahnsinniger aus der Wüste« und damit heilig. Andere flüsterten auf den Bazaren und in den Läden, dass er Muad'Dib war. Wäre es anders, hätte ihn das Mahdinat doch nie so wütende, ketzerische Reden halten lassen.

Alia sah auch Flüchtlinge mit zerrissener Kleidung in der Menge. Sie waren das, was von den verlassenen Sietchs geblieben war.

Der Platz vor dem Tempel war nun wirklich ein gefährlicher Ort, an dem sich leicht Fehler machen ließen.

»Herrin?«

Alia hob den Kopf und sah Zia in der Tür stehen, die zum Vorzimmer führte. Dicht hinter ihr zwei bewaffnete Hauswachen.

»Ja, Zia?«

»Mylady, Farad'n ist hier und bittet um eine Audienz.«

»Hier? In meinen Gemächern?«

»Ja, Mylady.«

»Ist er allein?«

»Zwei Leibwachen und ein Sardaukar-Baschar. Und Lady Jessica.«

Alia legte sich eine Hand an die Kehle, als sie an die letzte Begegnung mit ihrer Mutter dachte. Aber die Dinge hatten sich inzwischen geändert. Es gab neue Rahmenbedingungen für ihre Beziehung zueinander. »Wie unverfroren von ihm. Welchen Grund gibt er an?«

»Er hat von …« Zia deutete auf das Fenster neben Alia. »Er sagt, man habe ihm berichtet, dass Sie von hier die beste Aussicht haben.«

Alia runzelte die Stirn. »Glaubst du ihm das, Zia?«

»Nein, Mylady. Ich glaube, er hat von den Gerüchten gehört. Er will Ihre Reaktion sehen.«

»Meine Mutter hat ihn dazu angestiftet.«

»Gut möglich, Mylady.«

»Zia, meine Liebe, ich will, dass du eine Reihe ganz bestimmter und sehr wichtiger Befehle für mich ausführst. Komm her.«

Zia näherte sich Alia bis auf wenige Schritte. »Mylady?«

»Lass Farad'n, seine Wachen *und* meine Mutter ein. Dann triff Vorbereitungen dafür, Ghanima herzubringen. Sie soll als Fremenbraut zurechtgemacht werden – *vollständig*.«

»Mit dem Messer, Mylady?«

»Mit dem Messer.«

»Mylady, das ist …«

»Ghanima stellt keine Bedrohung für mich dar.«

»Mylady, es gibt Grund zu der Annahme, dass sie vor allem deswegen mit Stilgar geflohen ist, um ihn zu schützen.«

»Zia!«

»Mylady?«

»Ghanima hat bereits um Stilgars Leben gefleht, und Stilgar lebt noch.«

»Aber sie ist die voraussichtliche Thronerbin.«

»Führ einfach meine Befehle aus, Zia. Bereite Ghanima vor. Und während du dich darum kümmerst, schickst du fünf Bedienstete von der Tempelpriesterschaft auf den Platz. Sie sollen den Prediger hierher zu mir einladen. Lass sie nur auf eine Gelegenheit warten und mit ihm sprechen, weiter nichts. Sie sollen keine Gewalt anwenden. Ich will, dass sie eine höfliche Einladung aussprechen. Und Zia …«

»Mylady?« Wie verstimmt Zia jetzt klang!

»Der Prediger und Ghanima sollen zum gleichen Zeitpunkt vor mir erscheinen. Sie sollen auf mein Zeichen hin gemeinsam eintreten. Verstehst du?«

»Ja, ich verstehe, wie alles ablaufen soll, Mylady, aber …«

»Dann tu es einfach! Beide gleichzeitig.« Alia entließ die Amazonenwache mit einem Nicken, und als Zia sich zum Gehen wandte, sagte sie: »Und schick auf dem Weg nach draußen Farad'ns kleine Gesellschaft herein, aber sorg dafür, dass hier vorher zehn unser treuesten Wachen Aufstellung nehmen.«

Zia sah Alia kurz an, während sie zur Tür ging. »Es wird geschehen, wie Sie befehlen, Mylady.«

Alia drehte sich um und blickte aus dem Fenster. In wenigen Minuten würde der *Plan* seine blutigen Früchte tragen. Und Paul würde anwesend sein, wenn seine Tochter seinem Anspruch auf Heiligkeit den *coup de grâce* versetzte. Sie hörte, wie Zias Wachen in den Raum kamen. Bald würde das alles vorbei sein. Mit einem wachsenden Gefühl des Triumphs beobachtete sie, wie sich der Prediger auf die erste Stufe der Tempeltreppe stellte. Sein junger Führer setzte sich neben ihn. Auf der linken Seite sah Alia die gelben Roben der Tempelpriester, die von der dicht gedrängten Menge aufgehalten wurden. Aber sie hatten Erfahrung mit Menschenmengen, sie würden einen Weg finden, sich dem Prediger zu nähern, dessen Stimme jetzt über den Platz klang. Die Menge lauschte entrückt auf seine Worte. Sollten sie doch zuhören! Schon bald würde man seinen Worten eine andere Bedeutung geben als die von ihm beabsichtigte. Und dann würde es keinen Prediger mehr geben, der dagegen Einwände erheben konnte.

Sie hörte, wie Farad'n und seine Begleitung eintraten. Und dann hörte sie Jessicas Stimme. »Alia?«

Ohne sich umzudrehen, erwiderte Alia: »Willkommen, Prinz Farad'n. Mutter. Kommen Sie und genießen Sie das Schauspiel.« Dann warf sie einen Blick über die Schulter und sah, wie Tyekanik, der große Sardaukar, finster die Wachen anstarrte, die ihm den Weg versperrten. »Das ist allerdings nicht besonders gastfreundlich. Lasst sie näher treten.« Zwei der Wachen, die offenbar auf Zias Befehl hin handelten, kamen zu ihr und stellten sich zwischen sie und die anderen. Die übrigen Wachen traten beiseite. Alia wandte sich wieder dem Fenster zu. »Von hier hat man tatsächlich die beste Aussicht.«

Jessica, die die traditionelle schwarze Aba-Robe trug, starrte Alia böse an, während sie mit Farad'n zum Fenster ging. Sie positionierte sich zwischen ihn und Alias Wachen.

»Das ist sehr freundlich von Ihnen, Lady Alia«, sagte Farad'n. »Ich habe so viel über diesen Prediger gehört.«

»Und dort steht er höchstpersönlich«, sagte Alia. Ihr fiel auf, dass Farad'n das Galagrau eines Sardaukar-Befehlshabers trug, jedoch ohne jedes Abzeichen. Er bewegte sich mit einer sehnigen Eleganz, die etwas sehr Anziehendes hatte. Vielleicht war dieser Corrino-Prinz ja zu mehr als nur zur Zerstreuung geeignet.

Die Stimme des Predigers donnerte aus dem Verstärker neben dem Fenster in den Raum. Alia spürte, wie sie ihre Knochen zum Zittern brachte, und hörte seinen Worten mit zunehmender Faszination zu.

»Ich fand mich in der Wüste von Zan wieder«, rief der Prediger. »In der wilden Ödnis, durch die der Wind heult. Und Gott befahl mir, diesen Ort zu reinigen. Denn in dieser Wüste hat man uns provoziert, man hat uns dort gekränkt, man hat uns in Versuchung geführt, damit wir von unseren Bräuchen abkommen.«

Die Wüste von Zan, dachte Alia. Das war der Name des Ortes, an dem sich die Zensunni-Wanderer, aus denen die Fremen hervorgegangen waren, ihrer ersten Prüfung hatten stellen müssen. Aber seine Worte! War er etwa für die Zerstörungen verantwortlich, die an den Sietchfestungen der zu Alia haltenden Stämme angerichtet worden waren?

»Wilde Tiere liegen auf eurem Land.« Die Stimme des Predigers schallte laut über den Platz. »Trübe Kreaturen füllen eure Häuser. Ihr, die ihr aus eurem Zuhause geflohen seid, vervielfacht eure Tage nicht mehr auf dem Sand. Ihr, die ihr von unseren Gebräuchen abgekommen seid, werdet hier in einem beschmutzten Nest sterben, wenn ihr euren Weg fortsetzt. Aber wenn ihr meiner Warnung Gehör schenkt, dann wird euch der Herr durch ein Land der Abgründe in die Berge Gottes führen. Ja, Shai-Hulud soll euch führen.« Ein leises Wehklagen erhob sich aus der Menge. Der Prediger hielt inne und drehte den Kopf, als folgten seine leeren Augenhöhlen dem Geräusch. Dann öffnete er die Arme und rief: »Oh Gott, mein Fleisch sehnt sich in einem dürren, durstigen Land nach Deinem Weg!«

Eine alte Frau, ihren geflickten und abgetragenen Kleidern nach eine von den Geflohenen, hielt dem Prediger die Hände hin und flehte: »Hilf uns, Muad'Dib! Hilf uns!«

Und plötzlich schnürte sich Alia vor Angst die Kehle zu. Kannte diese alte Frau wirklich die Wahrheit? Alia warf ihrer Mutter einen

Blick zu, aber Jessica hatte ihre Aufmerksamkeit zu gleichen Teilen auf Alias Wachen, Farad'n und das Fenster gerichtet. Farad'n stand in stummer Faszination wie angewurzelt da.

Alia hielt unten auf dem Platz nach ihren Tempelpriestern Ausschau. Sie waren nirgendwo zu sehen. Alia vermutete, dass sie sich inzwischen in die Nähe der Tempeltore direkt unter ihnen vorgearbeitet hatten.

Der Prediger deutete mit der rechten Hand über den Kopf der alten Frau hinweg und rief: »Ihr seid die einzige Hilfe, die noch bleibt. Ihr wart aufsässig. Ihr habt den trockenen Wind gebracht, der nicht reinigt und auch nicht kühlt. Ihr tragt die Bürde unserer Wüste, und von diesem Ort, aus diesem schrecklichen Land, kommt der Wirbelsturm. Ich war in dieser Wildnis. Das Wasser rinnt aus zertrümmerten Qanats in den Sand. Ströme fließen über den Boden. Am Feuergürtel des Wüstenplaneten ist Wasser vom Himmel gefallen! Oh meine Freunde, Gott hat mir befohlen. Errichtet meinem Herrn eine gerade Straße durch die Wüste, denn ich bin die Stimme, die aus der Wildnis zu euch kommt.« Mit einem steifen, zitternden Finger zeigte er auf die Stufen zu seinen Füßen. »Dies ist keine verlorene Djedida, die auf ewig unbewohnt bleiben wird. Hier haben wir das Brot des Himmels gegessen. Und hier treibt uns der Lärm von Fremden aus unseren Häusern. Sie brüten für uns eine Ödnis aus, ein Land, in dem niemand wohnt und das niemand durchquert.«

Jetzt regte sich Unbehagen in der Menge. Die Flüchtlinge und die Stadtfremen sahen sich um, blickten zu den auf dem Platz verstreuten Hadschpilgern.

Mit diesen Worten könnte er einen blutigen Aufruhr auslösen, dachte Alia. *Nun, soll er doch! Im Getümmel können ihn sich meine Priester schnappen.* Und in diesem Moment sah sie die fünf Priester, eine Gruppe gelber Roben, die sich hinter dem Prediger die Stufen hinab drängte.

»Die Wasser, die wir in der Wüste verschütten, sind zu Blut

geworden«, rief der Prediger und wedelte mit den Armen. »Blut auf unserem Land! Seht unsere Wüste, die glücklich erblühen könnte – sie hat die Fremden angelockt und in unserer Mitte verführt. Sie kommen um der Gewalt willen! Ihre Gesichter sind verdeckt wie vor dem letzten Wind Kralizecs. Sie sammeln die Geisel des Sandes. Sie verschnüren die Reichtümer der Wüste, die in der Tiefe verborgenen Schätze. Seht, wie sie ihrem üblen Werk nachgehen! Es steht geschrieben: ›Und ich stand im Sand, und ich sah, wie ein Tier sich aus dem Sand erhob, und auf dem Kopf des Tiers stand der Name Gottes!‹«

Wütendes Gemurmel erhob sich aus der Menge. Fäuste wurden gehoben und geschüttelt.

»Was macht er da?«, flüsterte Farad'n.

»Ich wünschte, ich wüsste es«, erwiderte Alia. Sie legte sich eine Hand an die Brust und spürte die Erregung des Augenblicks. Ja, die Menge würde sich gegen die Pilger wenden, wenn der Prediger so weitermachte.

Doch nun drehte sich der Prediger um, richtete die leeren Augen auf den Tempel und deutete mit einer Hand hoch zu Alias Fenster. »Eine Blasphemie bleibt noch«, rief er. »Ja, Blasphemie! Und der Name dieser Blasphemie ist Alia!«

Auf dem Platz breitete sich schockiertes Schweigen aus.

Alia war fassungslos. Sie wusste, dass die Menschen sie von unten nicht sehen konnten, trotzdem empfand sie ein überwältigendes Gefühl der Ausgesetztheit, der Verletzlichkeit. Echos beruhigender Worte in ihrem Kopf kämpften gegen das Pochen ihres Herzens an. Sie konnte nur auf diese unglaubliche Szenerie hinabblicken. Der Prediger hielt seine Hand weiter auf ihr Fenster gerichtet.

Aber seine Worte waren zu viel für Alias Priester. Sie brachen die Stille mit wütenden Rufen, stürmten die Treppe hinunter, stießen die Menschen, die ihnen im Weg standen, zur Seite. Panik brach aus, die Menge brandete wie eine Welle auf die Stufen und riss dabei die erste Reihe der Zuschauer mit. Der Prediger stolperte blind umher, getrennt von seinem jungen Führer. Und in diesem Augenblick hob sich ein gelb gewandeter Arm aus dem Gedränge, in der Hand ein Krismesser, und Alia sah, wie das Messer hinabfuhr und sich in die Brust des Predigers bohrte.

Der donnernde Laut, mit dem die Tempeltore zufielen, riss Alia aus ihrer Schockstarre. Offenbar hatten die Wachen die Tore geschlossen, damit die Menge nicht eindringen konnte. Aber die Menschen zogen sich bereits von selbst zurück und gaben den Blick auf eine zusammengesunkene Gestalt frei, die auf den Stufen lag. Eine unheimliche Ruhe senkte sich über den Platz. Alia sah viele Leichen, doch nur diese eine lag allein da.

Dann kreischte eine Stimme aus der Menge: »Muad'Dib! Sie haben Muad'Dib getötet!«

»Bei den Göttern der Unterwelt!«, flüsterte Alia mit zitternder Stimme. »Bei den Göttern!«

»Dafür ist es jetzt wohl ein wenig spät, oder?«, sagte Jessica.

Alia wirbelte herum, und Farad'n erschrak, als er den Zorn in ihrem Gesicht sah. »Das war Paul, den sie getötet haben«, rief sie. »Das war dein Sohn! Weißt du was geschehen wird, sobald man sich dessen sicher ist?«

Jessica stand für eine Weile reglos da und dachte daran, dass sie all das ohnehin längst gewusst hatte. Farad'ns Hand auf ihrem Arm holte sie wieder in den Moment zurück. »Mylady«, sagte er, und in seiner Stimme lag so viel Mitgefühl, dass Jessica meinte, hier und jetzt daran zugrunde zu gehen. Sie sah zwischen dem lodernden Zorn in Alias Gesicht und der tiefen Anteilnahme, die Farad'ns Miene zum Ausdruck brachte, hin und her und dachte: *Vielleicht habe ich meine Arbeit zu gut gemacht.*

An Alias Worten war nicht zu zweifeln. Jessica dachte an all die Variationen in der Stimme des Predigers, wie sie ihre eigenen Tricks aus ihr heraus gehört hatte, die langen Jahre der Ausbildung, die sie auf einen jungen Mann verwendet hatte, der einmal

Imperator werden sollte und jetzt als Haufen blutiger Lumpen auf den Tempelstufen lag. *Ghafla hat mich geblendet.*

Alia gab einer ihrer Bediensteten einen Wink und rief: »Bringt Ghanima herein.«

Jessica zwang sich, die Worte bewusst aufzunehmen. *Ghanima? Warum jetzt Ghanima?*

Die Bedienstete wandte sich der Tür zu und befahl, den Riegel aufzuschieben, aber noch bevor jemand ein weiteres Wort sagen konnte, beulte sich die Tür aus und die Scharniere wurden aus der Wand gerissen. Der Riegel brach, und die Tür, eine dicke Plastahl-Vorrichtung, kippte in den Raum. Die Wachen sprangen beiseite und zogen ihre Waffen.

Jessica, Tyekanik und die beiden Leibwächter stellten sich vor Farad'n.

In der Türöffnung standen jedoch nur zwei Kinder: Ghanima zur Linken, gekleidet in ihr schwarzes Hochzeitsgewand, und Leto zur Rechten, der unter seiner wüstenfleckigen weißen Robe einen glatten Destillanzug trug.

Alia blickte von der auf dem Boden liegenden Tür zu Leto und Ghanima. Sie bemerkte, dass sie unkontrolliert zitterte.

»Unsere Familie ist hier, um uns zu begrüßen«, sagte Leto und nickte Jessica zu. »Großmutter.« Dann wandte er sich dem Corrino-Prinzen zu. »Und das muss Prinz Farad'n sein. Willkommen auf Arrakis!«

Ghanimas Blick wirkte leer. Ihre rechte Hand lag auf dem zeremoniellen Krismesser an ihrer Hüfte, und es schien, als würde sie versuchen, sich Letos Griff um ihren Arm zu entziehen. Leto schüttelte ihren Arm, und ihr ganzer Körper bewegte sich mit.

»Seht mich an, Verwandte«, fuhr Leto fort. »Ich bin Ari, der Löwe der Atreides. Und dies hier …« Erneut schüttelte er Ghanimas Arm mit einer kraftvollen Leichtigkeit, die ihren Körper wild zucken ließ. »… ist Aryeh, die Löwin der Atreides. Wir kommen, um euch auf Secher Nbiw zu leiten, den Goldenen Pfad.«

Und in diesem Moment, als Ghanima die Worte »Secher Nbiw« hörte – jene zwei Worte, die sie vor vielen Monaten mit Leto vereinbart hatte –, strömten jene Teile ihres Denkens, die sie ausgesperrt hatte, in ihren Kopf zurück. Es war ein auf wundervolle Weise linearer Strom, und das innere Bewusstsein ihrer Mutter fungierte dabei als Torwächter. Ghanima wusste nun, dass sie die lärmende Vergangenheit besiegt hatte. Da war jetzt ein Tor, durch das sie hindurchspähen konnte, wenn sie diese Vergangenheit brauchte. Die Monate der Selbsthypnose hatten einen sicheren Ort erschaffen, von dem aus sie ihren Körper steuern konnte. Sie wollte sich Leto zuwenden, um ihm das zu sagen, als ihr schlagartig bewusst wurde, wo sie war. Und wer die anderen hier waren.

Leto ließ ihren Arm los.

»Hat unser Plan funktioniert?«, fragte Ghanima.

»Halbwegs«, erwiderte Leto.

Alia löste sich aus ihrer Schockstarre und rief den Wachen zu ihrer Linken zu: »Ergreift sie!«

Doch noch bevor sich die Wachen in Bewegung setzen konnten, hatte sich Leto schon vorgebeugt, die Tür mit einer Hand aufgehoben und auf sie geworfen. Zwei von ihnen wurden an die Wand gedrückt, die anderen wichen entsetzt zurück. Die Tür wog eine halbe metrische Tonne – und dieses Kind hatte sie geworfen!

Jetzt sah Alia im Korridor hinter Leto weitere leblos auf dem Boden liegende Wachen und begriff, dass dieses Kind das alles offenbar selbst bewerkstelligt hatte – dass er ihre undurchdringliche Stahltür mit seinen Händen zertrümmert hatte.

Auch Jessica erblickte die Leichen und kam zu einem ähnlichen Schluss wie Alia, aber Ghanimas Worte berührten den Kern ihrer Bene-Gesserit-Disziplin und zwangen sie, Haltung zu bewahren. Ihr Enkelkind hatte gerade von einem Plan gesprochen. Sie sah die beiden Zwillinge mit festem Blick an und sagte: »Von was für einem Plan redet ihr da?«

»Der Goldene Pfad, der imperiale Plan für unser Imperium«, erwiderte Leto und nickte Farad'n zu. »Denk nicht zu schlecht von mir, Cousin. Ich handle auch in deinem Sinne. Alia hatte gehofft, dass Ghanima dich töten würde. Mir wäre es lieber, wenn du dein Leben halbwegs glücklich weiterlebst.«

»Ich befehle euch, sie zu ergreifen!«, rief Alia ihren Wachen zu.

Doch die Wachen rührten sich nicht von der Stelle.

»Warte hier auf mich, Schwester«, sagte Leto. »Ich habe eine unschöne Aufgabe zu erledigen.« Er ging quer durch den Raum auf Alia zu.

Alia wich in eine Ecke zurück und zog ihr Messer. Die grünen Edelsteine an seinem Griff blitzten im einfallenden Sonnenlicht.

Leto ging ungerührt weiter auf sie zu. Er hatte seine Arme weit ausgebreitet.

Alia machte einen Satz nach vorne und stieß mit dem Messer zu, aber Leto sprang beinahe bis zur Decke hoch und trat mit dem linken Fuß gegen ihren Kopf. Mit einer blutigen Wunde an der Stirn ging Alia zu Boden und ließ dabei ihr Messer fallen. Sofort kroch sie der Waffe hinterher, doch Leto versperrte ihr den Weg.

Alia rief sich all ihr Wissen aus der Bene-Gesserit-Ausbildung ins Gedächtnis, sprang auf und ging in eine lockere Angriffshaltung.

Wieder kam Leto auf sie zu.

Alia täuschte nach links an, gleichzeitig hob sie die rechte Schulter, und ihr rechter Fuß schoss nach vorne, ein Zehenspitzentritt, mit dem sie einem Mann die Eingeweide aus dem Leib hätte reißen können.

Leto jedoch fing ihr Bein mit dem Arm ab, packte ihren Fuß, hob sie hoch und schwang ihren Körper so schnell über seinen Kopf, dass ihre Robe einen zischenden Laut machte.

Die anderen duckten sich.

Alia schrie und schrie, aber sie wurde weiter herumgewirbelt, immer weiter, bis sie irgendwann zu schreien aufhörte. Nach einer

Weile verlangsamte Leto die Drehung und ließ Alia zu Boden fallen. Sie lag keuchend da.

Leto beugte sich über sie und sagte: »Ich hätte dich durch eine Wand schleudern können. Vielleicht wäre das am besten gewesen, aber wir befinden uns jetzt im Zentrum dieses Kampfes. Du verdienst eine Chance.«

Alias Blick huschte wild hier und her.

»Ich habe die Leben in mir besiegt«, sagte Leto. »Und sieh dir Ghani an. Auch sie kann …«

»Ich kann es dir zeigen, Alia«, rief Ghanima.

»Nein!« Es schien, als würde jemand das Wort aus Alias Kehle reißen. Ihre Brust hob und senkte sich heftig, und Stimmen ergossen sich aus ihrem Mund, stammelten, fluchten, flehten. »Siehst du! Warum hast du nicht zugehört?« Und: »Warum tust du das? Was geht hier vor?« Und: »Aufhören! Sie sollen damit aufhören!«

Jessica legte die Hand auf die Augen und lehnte sich gegen Farad'n.

»Ich töte dich!«, rief Alia. Und: »Ich trinke dein Blut!« Wilde Flüche und Worte in unzähligen Sprachen strömten aus ihrem Mund. Es war ein groteskes Durcheinander.

Alias Wachen machten das Zeichen des Wurms und hielten sich dann die geballten Fäuste an die Ohren. Kein Zweifel, ihre Herrin war besessen!

Leto schüttelte den Kopf. Dann trat er ans Fenster und schlug mit drei raschen Hieben das angeblich unzerstörbare, kristallverstärkte Glas aus dem Rahmen.

Ein listiger Ausdruck machte sich auf Alias Gesicht breit, und Jessica hörte etwas aus dem verzerrten Mund ihrer Tochter, das wie ihre eigene Stimme klang, eine Parodie der Selbstkontrolle einer Bene Gesserit: »Ihr alle! Bleibt, wo ihr seid!«

Jessica ließ die Hände sinken und bemerkte, dass sie feucht von Tränen waren.

Jetzt erhob sich Alia taumelnd und sagte: »Wisst ihr nicht, wer ich bin?« Es war ihre alte Stimme, die süße, lispelnde Stimme einer jungen Alia, die es nicht mehr gab. »Warum seht ihr mich alle so an?« Mit flehendem Blick wandte sie sich Jessica. »Mutter, sag ihnen, sie sollen aufhören.«

Jessica schüttelte langsam den Kopf. Ein Grauen hatte sie erfasst. All die uralten Bene-Gesserit-Warnungen entsprachen der Wahrheit. Sie sah Leto und Ghani an. Was bedeuteten diese Warnungen für die beiden Zwillinge?

»Großmutter«, sagte Leto. »Müssen wir eine Prüfung auf Besessenheit durchführen?«

»Wer bist du, dass du es wagst, von Prüfungen zu sprechen?«, sagte Alia. Ihr Tonfall war jetzt der eines so skrupellosen wie sinnlichen Autokraten, der sein Leben ganz und gar der Befriedigung seiner Gelüste gewidmet hatte.

Sowohl Leto als auch Ghanima erkannten diese Stimme. Es war der alte Baron Harkonnen. Ghanima hörte den Widerhall der gleichen Stimme in ihrem eigenen Kopf, doch das Tor in ihr schloss sich, und sie spürte die beruhigende Anwesenheit ihrer Mutter.

Jessica sah Leto schweigend an.

»Dann liegt die Entscheidung also bei mir«, sagte Leto. »Und die Wahl liegt bei dir, Alia. Entweder du unterwirfst dich der Prüfung auf Besessenheit. Oder …« Er deutete mit dem Kopf auf das offene Fenster.

»Wie kannst du es wagen, mich vor eine Wahl zu stellen?«, sagte Alia mit der Stimme des alten Barons.

»Dämon!«, rief Ghanima. »Lass Alia selbst eine Entscheidung treffen!«

Alia sah Jessica an und sagte mit der Stimme des kleinen Mädchens, das sie einmal war: »Mutter, was machen die da? Sag du mir, was ich tun soll. Hilf mir!«

»Hilf dir selbst«, sagte Leto, und für einen kurzen Moment erkannte er seine verlorene Tante in Alias Augen, ein in Stücke zerbrochener Mensch, der tieftraurig zu ihm hinaufblickte. Und plötzlich setzte sich ihr Körper ruckartig in Bewegung, wankte, stolperte, kam vom Weg ab, fand ihn wieder und näherte sich immer mehr dem Fenster.

»Anhalten! Anhalten, sage ich!«, rief der alte Baron wutentbrannt. »Ich befehle es dir! Halt an! Da, wie fühlt sich das an!« Alia griff sich mit beiden Händen an den Kopf und taumelte weiter Richtung Fenster. Dann, als der Fenstersims gegen ihre Oberschenkel drückte, überschlug sich die Stimme: »Tu das nicht! Hör auf, dann helfe ich dir! Ich habe einen Plan! Hör mir zu! Aufhören, sage ich! Warte!« Aber Alia nahm die Hände von ihrem Kopf, griff nach dem zertrümmerten Fensterrahmen, und in einer einzigen Bewegung zog sie sich hinaus. Kein Schrei kam aus ihrem Mund, während sie fiel.

Oben im Tempel hörten sie die erschrockenen Rufe der Menge, gefolgt von Alias dumpfem Aufprall auf den Stufen.

Leto sah zu Jessica. »Wir haben dir ja gesagt, dass du sie bemitleiden sollst.«

Jessica wandte sich ab und vergrub ihr Gesicht in Farad'ns Tunika.

Die Annahme, dass man ein Gesamtsystem in seiner Funktionsweise verbessern kann, indem man seine sich selbst bewussten Bestandteile attackiert, verrät eine gefährliche Dummheit. Es handelt sich hier um eine sehr häufige ignorante Herangehensweise von Menschen, die sich Wissenschaftler und Technologen nennen.

– Butlers Dschihad, von Harq al-Ada

»Nachts rennt er, Cousin«, sagte Ghanima. »Er rennt. Hast du ihn rennen sehen?«

»Nein«, erwiderte Farad'n.

Er wartete mit Ghanima vor dem kleinen Audienzsaal der Festung. Leto hatte sie hierhergebeten. Tyekanik stand etwas abseits. Er fühlte sich neben Jessica, die den Eindruck erweckte, als befände sie sich in Gedanken an einem ganz anderen Ort, sichtlich unwohl. Es war kaum eine Stunde seit der Morgenmahlzeit vergangen, aber schon jetzt war vieles in Gang gesetzt worden – man hatte die Gilde vorgeladen und Nachrichten an die MAFEA und den Landsraad gesandt.

Es fiel Farad'n schwer, sich einen Reim auf diese Atreides zu machen. Jessica hatte ihn vorgewarnt, aber jetzt, da er sie wirklich erlebte, war er dennoch verwirrt. Sie sprachen nach wie vor von der Vermählung, obwohl es dafür ja eigentlich keine politischen Gründe mehr gab. Leto würde den Thron besteigen, daran bestand kein Zweifel. Seine bizarre *lebende Haut* würde natürlich entfernt werden müssen … aber mit der Zeit …

»Er rennt, um sich zu verausgaben«, sagte Ghanima. »Er ist das fleischgewordene Kralizec. Kein Wind war jemals so schnell wie er. Er ist ein verschwommener Streifen auf den Dünenkämmen. Ich habe ihn gesehen. Er rennt und rennt. Und wenn er erschöpft ist, kehrt er zurück und ruht sich mit dem Kopf in meinem Schoß aus. ›Bitte unsere Mutter in deinem Inneren, einen Weg zu suchen, wie ich sterben kann‹, fleht er dann.«

Farad'n starrte Ghanima an. In den Wochen seit dem Tod des Predigers war die Festung einem merkwürdigen Rhythmus gefolgt; es herrschte ein geheimnisvolles Kommen und Gehen. Tyekanik, den man um seinen militärischen Rat gebeten hatte, trug Farad'n Berichte von erbitterten Kämpfen jenseits des Schildwalls zu.

»Ich verstehe das nicht«, sagte Farad'n. »Sie soll einen Weg zum Sterben für ihn finden?«

»Er hat mich darum gebeten, dich vorzubereiten.« Nicht zum ersten Mal fiel Ghanima die seltsame Unschuld des Corrino-Prinzen auf. Was das Jessicas Werk, oder war sie ihm angeboren?

»Worauf?«

»Er ist kein Mensch mehr. Gestern hast du gefragt, wann er die *lebende Haut* ablegen würde. Das wird er nie. Sie ist nun ein Teil von ihm, und er ist ein Teil von ihr. Leto schätzt, dass ihm etwa viertausend Jahre bleiben, bis ihn die Metamorphose vernichtet.«

Farad'n schluckte mit trockener Kehle.

»Verstehst du jetzt, warum er rennt?«

»Aber wenn er so lange leben wird …«

»Er rennt, weil die Erinnerung daran, ein Mensch zu sein, so lebendig in ihm ist. Denk an all die Leben, Cousin. Nein, du kannst dir nicht vorstellen, wie es ist, weil du es nie erlebt hast. Aber ich kann es. Ich spüre seinen Schmerz. Er opfert mehr als ein Mensch je zuvor geopfert hat. Unser Vater ist in die Wüste gegangen, um diesem Opfer zu entgehen. Alia ist aus Angst davor zur Abscheulichkeit geworden. Unsere Großmutter kennt nur die frühe Form dieses Zustands und muss doch alle Tricks der Bene Gesserit einsetzen, um mit ihm zu leben – genau darauf läuft die Ausbildung zur Ehrwürdigen Mutter ja hinaus. Aber Leto! Er ist ganz allein, und es wird nie einen Zweiten wie ihn geben.«

Ghanimas Worte machten Farad'n sprachlos. Viertausend Jahre lang Imperator?

Ghanima sah zu ihrer Großmutter. »Jessica weiß es. Er hat es ihr letzte Nacht erzählt. Er hat sich als ersten echten langfristigen Planer in der Geschichte der Menschheit bezeichnet.«

»Was … was plant er?«

»Sein Plan ist der Goldene Pfad. Er wird ihn dir später erklären.«

»Und hat er für mich auch eine Rolle in diesem … Plan?«

»Ja, als mein Gatte. Er übernimmt das Zuchtprogramm der Schwesternschaft. Bestimmt hat dir meine Großmutter vom Traum der Bene Gesserit von einem männlichen Ehrwürdigen mit außerordentlichen Kräften erzählt hat. Er ist …«

»Du meinst, wir sollen nur …«

»Nicht *nur*.« Ghanima drückte sanft Farad'ns Arm. »Er wird viele verantwortungsvolle Aufgaben für uns haben. Wenn wir nicht gerade Kinder zeugen.«

»Nun, du bist noch ein wenig jung.«

Ghanima sah den Corrino-Prinzen mit kaltem Blick an. »Begehe diesen Irrtum nicht noch einmal.«

In diesem Moment kam Jessica mit Tyekanik zu ihnen herüber.

»Tyek hat mir erzählt, dass sich die Kämpfe inzwischen auf andere Planeten ausgebreitet haben«, sagte Jessica. »Der Zentraltempel auf Biarek wird belagert.«

Farad'n fand, dass sie bei diesen Worten seltsam gelassen klang. Er hatte am Abend zuvor mit Tyekanik die Berichte durchgesehen. Wie ein Lauffeuer breitete sich die Rebellion im Imperium aus. Man würde sie natürlich niederschlagen, aber danach würde Leto ein ziemlich jämmerliches Imperium wiederaufbauen müssen.

»Da kommt Stilgar«, sagte Ghanima. »Er wird schon erwartet.« Wieder ergriff sie Farad'ns Arm.

Der alte Fremennaib war in Begleitung zweier früherer Todeskommando-Gefährten durch die gegenüberliegende Tür eingetreten. Sie alle trugen förmliche Roben mit weißen Paspeln und die gelben Stirnbänder der Trauer. Sie näherten sich mit schnellen, gleichmäßigen Schritten. Stilgar hielt den Blick auf Jessica gerichtet. Er blieb vor ihr stehen und nickte ausdrucklos.

»Du machst dir immer noch Gedanken wegen Duncan Idahos Tod«, sagte Jessica, der diese Zurückhaltung bei ihrem Freund nicht gefiel.

»Ehrwürdige Mutter«, sagte Stilgar.

So ist es dann also, dachte Jessica. *Ganz förmlich und getreu dem Fremenkodex – mit Blut, das sich nur schwer tilgen lässt.* »So wie wir es sehen«, sagte sie, »hast du eine Rolle gespielt, die Duncan dir zugewiesen hat. Es wäre nicht das erste Mal, dass ein Mensch sein Leben für die Atreides gibt. Warum machen Menschen das, Stil? Du warst mehr als einmal dazu bereit. Warum? Ist es, weil du weißt, wie viel die Atreides ihrerseits dafür geben?«

»Ich bin froh, dass Sie keinen Vorwand suchen, um Rache zu nehmen«, erwiderte Stilgar. »Aber es gibt Angelegenheiten, die ich mit Ihrem Enkel besprechen muss. Diese Angelegenheiten stehen vielleicht für immer zwischen uns.«

»Meinst du damit, dass Tabr ihn nicht anerkennen wird?«, sagte Ghanima.

Stilgar musterte Ghanima kühl. »Ich meine, dass ich mir erst noch ein Urteil bilden muss. Es gefällt mir nicht, was aus meinen Fremen geworden ist. Wir kehren zu den alten Gebräuchen zurück. Wenn es sein muss, ohne euch.«

»Nun, vielleicht für eine Weile«, sagte Ghanima. »Aber die Wüste stirbt, Stil. Was machst du, wenn es keine Würmer mehr gibt? Und keine Wüste?«

»Ich glaube das nicht.«

»In hundert Jahren wird es keine fünfzig Würmer mehr geben, und das werden kranke Exemplare sein, die man in einem speziellen Reservat hält. Ihr Gewürz wird einzig und allein der Raumgilde zur Verfügung stehen, und der Preis …« Ghanima schüttelte den Kopf. »Ich habe Letos Berechnungen gesehen. Er war überall auf dem Planeten. Er weiß es.«

»Ist das ein neuer Trick, mit dem ihr euch die Fremen als Vasallen erhalten wollt?«

»Warst du jemals mein Vasall, Stil?«

Der Femennaib runzelte die Stirn. Er konnte tun und sagen, was er wollte, bei den Zwillingen war am Ende immer er schuld. »Gestern Abend hat er mir von diesem Goldenen Pfad erzählt. Das gefällt mir nicht.«

»Das ist seltsam.« Ghanima warf Jessica einen Blick zu. »Der Großteil des Imperiums wird ihn begrüßen.«

»Er ist unser aller Zerstörung.«

»Aber die Menschen sehnen sich nach einem Goldenen Zeitalter. Habe ich nicht recht, Großmutter?«

Jessica nickte. »Ja.«

»Sie sehnen sich nach dem Pharaonenreich, das ihnen Leto schenken wird«, sagte Ghanima. »Sie sehnen sich nach einem Frieden mit reichen Ernten, Handel und Gleichheit für alle mit Ausnahme des Goldenen Herrschers.«

»Das wird der Tod der Fremen sein«, sagte Stilgar.

»Wie kannst du das sagen, Stil? Werden wir nicht Soldaten und kühne Männer brauchen, um das zu beseitigen, womit wir nicht zufrieden sind? Nein, du und Tyeks mutige Gefährten werdet mit der Arbeit kaum nachkommen.«

Stilgar sah zu dem Sardaukar-Offizier, und es schien, als würde ein seltsames Licht gegenseitigen Verstehens zwischen ihnen aufblitzen.

»Und Leto kontrolliert das Gewürz«, sagte Jessica.

Ghanima nickte. »Ja, er wird die absolute Kontrolle darüber haben.«

Farad'n hörte mit der geschärften Aufmerksamkeit zu, die ihn

Jessica gelehrt hatte, und begriff, dass er einer Inszenierung lauschte, die Ghanima und ihre Großmutter vorbereitet hatten.

»Der Frieden wird andauern«, fuhr Ghanima fort, »und irgendwann wird die Erinnerung an den Krieg fast völlig verblasst sein. Für mindestens viertausend Jahre wird Leto die Menschheit durch diesen Garten führen.«

Tyekanik warf Farad'n einen fragenden Blick zu und räusperte sich.

»Ja, Tyek?«, sagte Farad'n.

»Könnten wir uns unter vier Augen unterhalten, mein Prinz?«

Farad'n lächelte. Er wusste, welche Frage der Baschar im Sinn hatte und dass mindestens zwei der anderen Anwesenden ebenfalls über diese Frage gestolpert waren. »Ich werde die Sardaukar nicht verkaufen«, sagte er.

»Dazu besteht auch keine Notwendigkeit«, sagte Ghanima.

»Hören Sie etwa auf dieses Kind?« Tyekanik war empört. Der alte Fremennaib dort verstand die Probleme, die all diese Pläne mit sich brachten, aber offenbar wusste niemand sonst auch nur das Geringste über militärische Angelegenheiten.

Ghanima setzte ein grimmiges Lächeln auf. »Sag es ihm, Farad'n.«

Farad'n seufzte. Man vergaß leicht, mit was für einem merkwürdigen Geschöpf man es bei diesem Kind, das kein Kind war, zu tun hatte. Er konnte sich vorstellen, ein Leben lang mit ihr verheiratet zu sein, konnte sich die heimlichen Vorbehalte bei ihren Intimitäten vorstellen. Es war keine rundum angenehme Aussicht, aber langsam begriff er, dass er keine andere Wahl hatte. Absolute Kontrolle über eine versiegende Gewürzversorgung! Ohne das Gewürz bewegte sich nichts im Universum. »Später, Tyek«, sagte er.

»Aber …«

»Später, habe ich gesagt!« Zum ersten Mal setzte er bei Tyekanik die *Stimme* ein. Der Baschar blinzelte überrascht und schwieg.

Ein schmales Lächeln ließ Jessicas Mundwinkel zucken.

»Er spricht im selben Atemzug von Frieden und Tod«, sagte Stilgar mit düsterer Stimme. »Goldenes Zeitalter!«

»Er wird die Menschen durch den Kult des Todes in das überbordende Leben führen«, sagte Ghanima. »Er spricht vom Tod, weil das notwendig ist, Stil. Es ist eine Spannung, durch die die Lebenden wissen, dass sie leben. Wenn sein Imperium zusammenbricht … oh ja, es wird zusammenbrechen. Du glaubst, das hier wäre Kralizec, aber Kralizec kommt erst noch. Und wenn es kommt, werden die Menschen ihre Erinnerung daran, was es bedeutet zu leben, erneuert haben. Diese Erinnerung wird so lange fortbestehen, wie es auch nur einen einzigen lebenden Menschen gibt. Wir begeben uns einmal mehr in den Schmelztiegel, Stil. Und wir werden ihn wieder verlassen. Wir erstehen immer wieder aus unserer eigenen Asche auf. Immer wieder.«

Als Farad'n diese Worte hörte, begriff er, was Ghanima ihm hatte sagen wollen, als sie vom rennenden Leto gesprochen hatte. *Er wird kein Mensch mehr sein.*

Stilgar jedoch war nicht überzeugt. »Keine Würmer mehr«, murmelte er.

»Oh, die Würmer werden zurückkehren, Stil«, sagte Ghanima. »In nicht einmal zweihundert Jahren werden sie alle tot sein, aber sie werden zurückkehren.«

»Wie …« Stilgar sah Ghanima entgeistert an.

Und in diesem Augenblick strömte die Erkenntnis wie eine Welle durch Farad'ns Kopf. Er wusste, was Ghanima sagen würde, noch bevor sie ein Wort sprach.

»Die Gilde wird es mit Mühe und Not durch die mageren Jahre schaffen, und das auch nur mit den von ihr und uns angelegten Vorräten«, sagte Ghanima. »Aber nach Kralizec wird Überfluss herrschen. Die Würmer werden zurückkehren, wenn mein Bruder in den Sand gegangen ist.«

Wie so viele andere Religionen degenerierte auch Muad'Dibs Goldenes Elixier des Lebens zu äußerlicher Zauberei. Seine mystischen Zeichen wurden zu simplen Symbolen für tiefenpsychologische Prozesse, und diese Prozesse gerieten natürlich außer Kontrolle. Was sie brauchten, war ein lebender Gott, und den hatten sie nicht – eine Situation, die Muad'Dibs Sohn korrigierte.

– Worte, die Lu Tung-Pin (Lu, der Gast der Höhle) zugeschrieben werden

Leto saß auf dem Löwenthron, um sich von den Stämmen huldigen zu lassen. Neben ihm stand Ghanima. Die Zeremonie im Großen Saal dauerte Stunden. Ein Fremenstamm nach dem anderen zog, vertreten durch seine Gesandten und Naibs, vorbei. Jede Gruppe brachte Geschenke, die eines Gottes von furchterregender Macht würdig waren, eines Gottes der Rache, der den Fremen Frieden versprochen hatte.

In der Woche zuvor hatte Leto sie sich unterworfen, indem er vor den versammelten Arifa aller Stämme aufgetreten war. Die Richter hatten zugesehen, wie er durch eine Feuergrube gegangen und auf der anderen Seite unversehrt wieder herausgekommen war. Um zu zeigen, dass seine Haut nicht die geringsten Spuren davongetragen hatte, hatte er sie aufgefordert, ihn genau in Augenschein zu nehmen. Er hatte ihnen auch befohlen, mit Messern auf ihn einzustechen. Die undurchdringliche Haut hatte sein Gesicht bedeckt, während man ihn vergeblich attackiert hatte. Säuren waren an ihm herabgerannt und hatten nicht mehr als winzige

Rauchwölkchen verursacht. Er hatte ihre Gifte geschluckt und sie angelacht. Dann hatte er einen Wurm gerufen und sich vor den Schlund der Bestie gestellt. Und schließlich war er noch auf das Landefeld von Arrakeen gegangen und hatte mit seinen bloßen Händen eine Gildenfregatte umgeworfen.

Die Arifa hatten den Stämmen ehrfürchtig von all dem berichtet, und nun waren die Stammesgesandten zu Leto gekommen, um ihre Unterwerfung zu besiegeln.

Die Gewölbedecke des Saals mit ihren akustischen Dämpfungssystemen absorbierte laute Geräusche, trotzdem drängte sich das ständige Rascheln von Füßen, die von Staub und Feuersteingerüchen getragen wurden, den Sinnen auf.

Jessica, die sich geweigert hatte, der Zeremonie beizuwohnen, sah von einem Guckloch oberhalb des Throns aus zu. Ihre Aufmerksamkeit galt Farad'n – und der Erkenntnis, dass man sowohl sie als auch den Corrino-Prinzen ausmanövriert hatte. Selbstverständlich hatten Leto und Ghanima geahnt, was die Schwesternschaft vorhatte. In ihrem Inneren konnten die Zwillinge auf eine Heerschar von Bene Gesserit zurückgreifen, die viel größer war als die Zahl aller lebenden Angehörigen der Schwesternschaft im Imperium. Besonders verbittert war Jessica darüber, wie die Mythologie der Bene Gesserit Alia in die Falle hatte gehen lassen. *Angst auf einem Fundament der Angst!* Die Denkgewohnheiten von Generationen hatten ihr das Schicksal der Abscheulichkeit aufgestempelt. Alia hatte keine Hoffnung gekannt, und natürlich hatte sie nicht standgehalten. Ihr Schicksal machte es noch schwerer, sich der Leistung Letos und Ghanimas zu stellen. Nicht nur ein Weg aus der Falle, sondern zwei. Ghanimas Sieg über ihre inneren Leben und ihr Beharren darauf, dass Alia Mitleid verdiente, waren dabei das Schlimmste. Die hypnotische Unterdrückung von Erinnerungen und das Werben einer wohlgesinnten Vorfahrin hatten Ghanima gerettet. Das Gleiche hätte auch Alia retten können. Aber ohne Hoffnung hatte sie keine Versuche in dieser Richtung unternommen, bis es zu spät gewesen war. Alias Wasser war in den Sand geflossen.

Jessica seufzte und blickte zu Leto auf dem Thron. Eine überdimensionale Kanope, die das Wasser Muad'Dibs enthielt, stand auf einem Ehrenplatz zu seiner Rechten. Leto hatte Jessica gegenüber damit geprahlt, dass der Vater in seinem Inneren über diese Geste lachte und sie gleichzeitig bewunderte.

Diese Kanope und Letos Angeberei hatten Jessicas in ihrer Entschlossenheit bestärkt, nicht an der Zeremonie teilzunehmen. Solange sie lebte, würde sie nicht akzeptieren können, dass Paul durch Letos Mund sprach, das wusste sie. Sie war froh, dass das Haus Atreides überlebt hatte, doch der Gedanke an das, was hätte sein können, war jenseits des Erträglichen.

Farad'n saß im Schneidersitz neben der Kanope auf dem Platz des königlichen Schreibers, ein ehrenhafter Posten, den er freudig angenommen hatte. Er fand, dass er sich recht gut mit den neuen Gegebenheiten arrangiert hatte, obwohl Tyekanik nach wie vor wütend war und ernste Konsequenzen androhte. Tyekanik und Stilgar hatten eine Partnerschaft des Misstrauens geschlossen, die Leto sichtlich belustigte. Farad'n hatte der stundenlangen Huldigungszeremonie anfangs ehrfürchtig, dann gelangweilt und dann wieder ehrfürchtig zugesehen. Es bestand kein Zweifel, dass all diese einzigartigen Kämpfer dem Atreides auf dem Thron nun wieder treu ergeben waren. Unterwürfig traten sie vor ihn, ganz und gar eingeschüchtert von den Berichten ihrer Arifas.

Schließlich kam die Zeremonie an ihr Ende. Der letzte Naib stand vor Leto: Stilgar. Er repräsentierte die »ruhmreiche Nachhut«, und anstelle von Körben voller Gewürz, Feueredelsteine oder anderer kostspieliger Geschenke, wie sie nun in Haufen um den Thron verteilt standen, brachte er ein geflochtenes Stirnband aus Gewürzfaser, in das ein gold-grüner Atreides-Falke eingearbeitet war.

Ghanima erkannte das Stirnband und warf Leto einen Blick zu.

Stilgar legte sein Geschenk auf die zweite Stufe unter dem Thron und verneigte sich. »Ich überreiche dir das Stirnband, das deine Schwester trug, als ich sie in die Wüste gebracht habe, um sie zu beschützen.«

Leto unterdrückte ein Lächeln. »Ich weiß, dass du schwere Zeiten durchmachst, Stilgar. Gibt es hier etwas, das du gerne haben möchtest?« Er deutete auf die kostbaren Geschenke um sich herum.

»Nein, Mylord.«

»Dann nehme ich dein Geschenk an.« Leto beugte sich nach vorne, griff nach dem Saum von Ghanimas Robe und riss einen dünnen Streifen davon ab. »Und ich gebe dir dafür ein Stück von Ghanimas Gewand, dem Gewand, das sie trug, als man sie aus deinem Lager in der Wüste stahl, wodurch ich gezwungen war, sie zu retten.«

Stilgar nahm das Stück Stoff mit zitternder Hand entgegen. »Verspottest du mich, Mylord?«

»Verspotten? Bei meinem Namen, Stilgar, ich würde dich nie verspotten! Ich habe dir ein Geschenk von unschätzbarem Wert gemacht. Ich befehle dir, es immer dicht an deinem Herzen zu tragen, damit es dich daran erinnert, dass alle Menschen fehlerhaft und alle Anführer Menschen sind.«

Ein dünnes Lachen drang aus Stilgars Mund. »Was für einen Naib du doch abgegeben hättest!«

»Was für ein Naib ich *bin*! Der Naib der Naibs. Vergiss das nie.«

»Wie du befiehlst, Mylord.« Stilgar schluckte und dachte an den Bericht seines Arifa. *Ich habe einst darüber nachgedacht, ihn zu töten. Nun ist es zu spät.* Sein Blick fiel auf die Kanope. Sie war aus glänzendem Gold und hatte einen grünen Deckel. »Das ist Wasser meines Stammes«, sagte er.

»Und meines«, erwiderte Leto. »Ich befehle dir, die Inschrift auf der Seite zu lesen. Lies sie laut, sodass es alle hören können.«

Stilgar warf Ghanima einen fragenden Blick zu, aber Letos Schwester hob lediglich das Kinn, eine kühle Reaktion, die ihn erschauern ließ. Wollten ihn diese Atreides-Kobolde jetzt für seine Anmaßung und seine Fehler zur Rechenschaft ziehen?

»Lies«, wiederholte Leto und deutete auf die Kanope.

Langsam ging Stilgar die Stufen hoch und beugte sich vor, um das Gefäß näher zu betrachten. Und dann las er die Inschrift laut vor: *»Dieses Wasser ist die ultimative Essenz. Ein Quell ewiger Schöpfungskraft. Es ist unbewegt, und doch ermöglicht es jede Bewegung.«* Stilgar sah Leto an. »Was bedeutet das, Mylord?« Die Worte auf der Kanope berührten den alten Naib auf eine Art, die er nicht verstand.

»Der Leib Muad'Dibs ist eine vertrocknete Hülle, wie die, die von einem Insekt zurückbleibt«, sagte Leto. »Er hat die innere Welt gemeistert, während er die äußere verachtete, und das hat ihn in die Katastrophe geführt. Er hat die äußere Welt gemeistert, während er die innere ausgeschlossen hat, und damit hat er seine Nachkommen an die Dämonen ausgeliefert. Das Goldene Elixier wird von Arrakis verschwinden, aber Muad'Dibs Saat lebt fort, und sein Wasser bewegt unser Universum.«

Stilgar senkte den Kopf. Mystisches versetzte ihn stets in einen inneren Aufruhr.

»Anfang und Ende sind eins«, fuhr Leto fort. »Du lebst umgeben von Luft, aber du siehst sie nicht. Eine Phase ist abgeschlossen, und aus diesem Abschluss erwächst der Beginn ihres Gegenteils. So steht uns Kralizec bevor. Alles kehrt zu einem späteren Zeitpunkt in veränderter Form zurück. Du hast Gedanken in deinem Kopf gespürt, deine Nachfahren werden Gedanken in ihren Bäuchen spüren. Kehre nach Sietch Tabr zurück, Stilgar. Gurney Halleck wird dort mein Vertreter in deinem Rat sein.«

»Vertraust du mir nicht, Mylord?«, fragte Stilgar leise.

»Ich vertraue dir voll und ganz, sonst würde ich dir nicht Gurney schicken. Er wird damit beginnen, die neuen Streitkräfte anzuwerben, die wir schon bald brauchen werden. Ich nehme dein Treuegelöbnis an, Stilgar. Du darfst gehen.«

Stilgar verneigte sich ein letztes Mal und ging rückwärts die Stufen hinab. Dann drehte er sich um und verließ den Saal. Die anderen Naibs folgten ihm, getreu dem Fremenprinzip, dass »die Letzten die Ersten sein werden«. Aber einige ihrer Fragen waren bis zum Thron zu hören, während sie hinausgingen: »Worüber habt ihr geredet, Stil?« – »Was bedeuten die Worte auf Muad'Dibs Wasser?«

Leto wandte sich Farad'n zu. »Hast du alles mitbekommen, Schreiber?«

»Ja, Mylord.«

»Meine Großmutter sagt, dass sie dich sorgfältig in den mnemonischen Techniken der Bene Gesserit ausgebildet hat. Das ist gut. Ich will nicht, dass du neben mir auf einem Papier herumkritzelst.«

»Wie Sie wünschen, Mylord.«

»Komm und stell dich vor mich.«

Farad'n gehorchte. Mehr als je zuvor war er dankbar für die Bene-Gesserit-Ausbildung. Wenn man die Tatsache akzeptierte, dass Leto kein Mensch mehr war, dass er nicht mehr *dachte* wie ein Mensch, dann wurde der Weg, den er mit dem Goldenen Pfad eingeschlagen hatte, noch beängstigender.

Leto sah zu Farad'n auf. Die Wachen und die Berater seines inneren Kreises standen außer Hörweite. Nur Ghanima war näher herangetreten und hatte eine Hand auf die Rückenlehne des Thrones gelegt.

»Du hast dich noch nicht bereit erklärt, mir deine Sardaukar zu überlassen«, sagte Leto. »Aber das wirst du.«

»Ich bin Ihnen vieles schuldig, aber nicht das«, erwiderte Farad'n.

»Glaubst du, dass sie nicht gut mit meinen Fremen zusammenarbeiten würden?«

»Genauso gut wie unsere beiden neuen Freunde, Stilgar und Tyekanik.«

»Und dennoch weigerst du dich?«

»Ich warte auf ein Angebot.«

»Dann muss ich das Angebot machen, und ich bete darum, dass meine Großmutter ihre Sache gut gemacht hat, sodass du es verstehen kannst.«

»Was verstehen?«

»Jede Zivilisation hat ihr vorherrschendes Mysterium. Es ist wie eine Barriere gegen jede Veränderung, und dadurch sind zukünftige Generationen immer unvorbereitet auf die Listen des Universums. Alle Mysterien gleichen sich darin, dass sie diese Barriere errichten – das Mysterium der Religion, das Mysterium des Helden, das Mysterium des Messias, das Mysterium der Technologie und das Mysterium der Natur selbst. Wir leben in einem Imperium, das zerfällt, weil die meisten Menschen nicht zwischen dem Mysterium und dem Universum unterscheiden. Verstehst du? Das Mysterium ist wie eine dämonische Besessenheit. Es neigt dazu, die Kontrolle über das Bewusstsein zu übernehmen und für den Beobachter zu allem zu werden, was er meint, beobachten zu können.«

»Ich erkenne die Weisheit Ihrer Großmutter in diesen Worten.«

»Das ist gut, Cousin. Lady Jessica hat mich gefragt, ob ich eine Abscheulichkeit bin, und ich habe ihr das abschlägig beschieden. Das war mein erster Verrat. Du musst wissen, dass Ghanima dem entronnen ist, aber ich nicht. Ich war gezwungen, meine inneren Leben unter dem Einfluss enormer Melangemengen im Gleichgewicht zu halten. Ich musste ihre aktive Mitarbeit anstreben. Dabei habe ich die bösartigsten gemieden und mich für einen Helfer entschieden, der mir durch meine innere Aufmerksamkeit aufgedrängt wurde – meinen Vater. Ich bin nicht mein Vater oder dieser Helfer. Aber ich bin auch nicht der zweite Leto.«

»Das müssen Sie mir erklären.«

»Deine Direktheit ist bewundernswert, Cousin. Ich bin eine Ansammlung von Leben, die von jemandem dominiert wird, der von unübertroffener Macht war. Er hat eine Dynastie begründet, die dreitausend Jahre überdauerte. Sein Name war Harum, und bis sein Geschlecht wegen der Erbschwäche und dem Aberglauben eines Nachfahren ausstarb, lebten seine Untertanen in harmonischer Erhabenheit. Sie bewegten sich im Einklang mit dem Wechsel der Jahreszeiten. Als Individuen neigten sie dazu, kurzlebig und abergläubisch zu sein, und sie waren leicht durch einen Gottkönig zu führen. Aber insgesamt waren sie ein mächtiges Volk. Das Überleben als Art wurde ihnen zur Gewohnheit.«

»Es gefällt mir gar nicht, wie das klingt.«

»Mir auch nicht. Doch das ist das Universum, das ich erschaffen werde.«

»Warum?«

»Das ist eine Lektion, die ich auf Arrakis gelernt habe. Wir haben hier die Gegenwärtigkeit des Todes als Gespenst für die Lebenden aufrechterhalten, und durch diese Gegenwärtigkeit haben die Toten die Lebenden verändert. Die Menschen in einer solchen Gesellschaft sinken in ihre Bäuche hinab. Aber wenn die Zeit kommt, das Gegenteilige zu tun, wenn sie sich erheben, dann sind sie großartig und wunderschön.«

»Das beantwortet nicht meine Frage.«

»Du vertraust mir nicht, Cousin.«

»Und Ihr vertraut eurer eigenen Großmutter nicht.«

»Aus gutem Grund. Aber sie fügt sich, weil sie es muss. Die Bene Gesserit sind letztlich Pragmatikerinnen. Ich teile ihre Sicht auf das Universum, musst du wissen. Auch du trägst die Spuren dieses Universums. Du pflegst die Gewohnheit der Herrschenden, alles um dich herum als mögliche Bedrohung oder möglichen Nutzen zu betrachten.«

»Ich habe mich bereit erklärt, euer Schreiber zu sein.«

»Ja, das hat dich belustigt und deinem wahren Talent geschmeichelt, dem des Historikers. Du hast einen Sinn dafür, die Gegenwart in den Begrifflichkeiten der Vergangenheit zu interpretieren. Du hast mich mehrfach vorausgeahnt.«

»Ich mag diese verschleierten Andeutungen nicht.«

»Das ist gut. Deine Ambitionen waren grenzenlos, aber du wurdest auf einen geringeren Status zurechtgestutzt. Hat meine Großmutter dich nicht vor der Unendlichkeit gewarnt? Sie zieht uns an wie ein Licht in der Nacht und macht uns blind für die Exzesse, mit denen sie dem Endlichen Schaden zufügen kann.«

»Bene-Gesserit-Aphorismen!«

»Aber sehr viel präziser. Die Bene Gesserit glaubten, dass sie den Verlauf der Evolution bestimmen könnten. Aber sie haben ihre eigenen evolutionären Veränderungen übersehen. Sie gingen davon aus, dass sie an ihrem Platz verweilen würden, während sich ihr Zuchtplan entwickelte. Ich leide nicht unter einer solchen Blindheit. Sieh mich genau an, Farad'n, denn ich bin kein Mensch mehr.«

»Das hat mir Eure Schwester schon gesagt.« Farad'n hielt kurz inne. Dann sagte er: »Seid Ihr eine Abscheulichkeit?«

»Der Definition der Schwesternschaft zufolge vielleicht. Harum ist grausam und autokratisch. Ich habe an seiner Grausamkeit teil. Sieh genau hin: Ich bin ein Tierhalter, und dieses Universum der Menschen ist mein Hof. Die Fremen haben sich früher gezähmte Falken als Haustiere gehalten – ich halte mir einen gezähmten Farad'n.«

Farad'ns Miene verfinsterte sich. »Nehmt Euch vor meinen Krallen in Acht, Cousin. Ich weiß sehr wohl, dass meine Sardaukar früher oder später von Euren Fremen vernichtet werden würden, aber wir würden euch schwere Wunden zufügen, und es gibt Schakale, die nur darauf warten, sich an den Schwachen gütlich zu tun.«

»Ich werde guten Gebrauch von dir machen, das verspreche ich.« Leto beugte sich vor. »Sagte ich nicht, dass ich kein Mensch mehr bin? Glaub mir das, Cousin. Keine Kinder werden meinen Lenden entspringen, denn ich habe keine Lenden mehr. Und das zwingt mich zu meinem zweiten Verrat.«

Farad'n wartete schweigend. Er begriff, dass jetzt der Moment kam, auf den Leto hinauswollte.

»Ich werde gegen jeden Grundsatz der Fremen verstoßen. Sie werden es hinnehmen, weil ihnen nichts anderes übrig bleibt. Du bist hierhergekommen, weil ich dich mit einer Vermählung gelockt habe, aber du und Ghanima werden nicht heiraten. Meine Schwester heiratet mich.«

»Aber …«

»Heiratet, sagte ich. Aber Ghanima muss das Geschlecht der Atreides fortführen. Und da ist das Zuchtprogramm der Bene Gesserit, das nun mein Zuchtprogramm ist.«

»Ich weigere mich.«

»Du weigerst dich, Vater einer Atreides-Dynastie zu werden?«

»Was für eine Dynastie? Du wirst Tausende von Jahren auf dem Thron sitzen.«

»Und ich werde deine Nachfahren nach meinem Bild formen. Es wird die tiefste und umfassendste Ausbildung in der gesamten Menschheitsgeschichte sein. Wir werden ein eigenes Ökosystem bilden. Du musst wissen, Cousin, egal, für welches Überlebenssystem sich Tiere entscheiden, es muss immer auf einem Muster ineinandergreifender Gemeinschaften, gegenseitiger Abhängigkeit und koordinierter Arbeit am Gemeinsamen gründen. Das *ist* das System. Und dieses System wird die weisesten Herrscher hervorbringen, die es je gab.«

»Ihr schmückt etwas höchst Abstoßendes mit schönen Worten aus.«

»Wer wird Kralizec überleben? Ich verspreche dir, Kralizec wird kommen.«

»Ihr seid wahnsinnig. Ihr werdet das Imperium zerstören.«

»Natürlich werde ich das. Ich bin kein Mensch mehr, aber ich werde ein neues Bewusstsein in allen Menschen schaffen. Unter der Wüste dieses Planeten gibt es einen geheimen Ort, an dem die größten Schätze aller Zeiten liegen. Ich lüge nicht. Wenn der letzte Wurm stirbt und die letzte Melange geerntet ist, dann werden diese verborgenen Schätze in das Universum hinaussprudeln. Wenn die Macht des Gewürzmonopols verblasst und die versteckten Vorräte Wirkung zeigen, dann werden überall in unserem Reich neue Mächte in Erscheinung treten. Es ist an der Zeit, dass die Menschen wieder lernen, in ihren Instinkten zu leben.«

Jetzt trat Ghanima an Farad'ns Seite und ergriff seine Hand.

»So, wie meine Mutter keine Ehefrau war, wirst du kein Ehemann sein«, sagte Leto. »Aber vielleicht wird es zwischen euch Liebe geben, und das wird genügen.«

»Jeder Tag, jeder Augenblick bringt Veränderungen mit sich«, sagte Ghanima. »Man lernt, indem man die Augenblicke erkennt.«

Farad'n spürte Ghanimas zarte, warme Hand in seiner, als hätte ihn eine unwiderstehliche Präsenz ergriffen. Er erkannte die Art, mit der ihn Letos Argumente durchströmten, auch wenn die *Stimme* nicht zum Einsatz gekommen war. Letos Worte richteten sich nicht an den Verstand. »Ist es das, was Ihr mir für meine Sardaukar anbietet?«, fragte er.

»Viel, viel mehr, Cousin«, erwiderte Leto. »Ich biete deinen Nachkommen das Imperium an. Ich biete dir Frieden an.«

»Was wird bei diesem Frieden herauskommen?«

»Sein Gegenteil.«

Farad'n schüttelte den Kopf. »Ich finde den Preis für meine Sardaukar sehr hoch. Muss ich Euer Schreiber bleiben, der heimliche Vater Eures Herrschergeschlechts?«

»Ja, das musst du.«

»Und werdet Ihr versuchen, mich zu Eurer Art des Friedens zu zwingen?«

»Das werde ich.«

»Dann werde ich mich Euch jeden Tag meines Lebens widersetzen.«

»Nun, das ist genau die Funktion, die du für mich ausüben sollst, Cousin. Deshalb habe ich dich gewählt. Ich mache die Sache offiziell. Ich gebe dir einen neuen Namen. Von nun an sollst du ›Bruch mit der Gepflogenheit‹ heißen, Harq al-Ada in unserer Zunge.

Komm, Cousin, stell dich nicht dumm. Meine Mutter hat dich gut ausgebildet. Gib mir deine Sardaukar.«

»Gib sie ihm«, sagte Ghanima. »Er bekommt sie ohnehin auf die eine oder andere Art.«

Farad'n hörte Angst aus ihrer Stimme heraus. Angst um ihn. War das Liebe? Leto wollte keine vernünftige Entscheidung von ihm, sondern einen intuitiven Sprung. »Nehmt sie«, sagte er.

»Das tue ich.« Leto erhob sich von seinem Thron, eine merkwürdig fließende Bewegung, als hielte er seine furchtbaren Kräfte unter einer zerbrechlichen Kontrolle. Er stellte sich zu Ghanima, drehte sich um und stand dann Rücken an Rücken mit ihr. »Beachte dies, Cousin Harq al-Ada. So wird es bei uns immer sein. So stehen wir, wenn wir verheiratet sind, Rücken an Rücken, sodass wir vom jeweils anderen wegblicken, um das zu beschützen, was wir seit jeher sind.« Er sah Farad'n leicht spöttisch an und sagte leise: »Denk daran, Cousin, wenn du meiner Ghanima ins Angesicht siehst. Denk daran, wenn du von Liebe und Zärtlichkeit flüsterst, wenn dich die Gepflogenheiten meines Friedens am stärksten in Versuchung führen. Dein Rücken ist immer ungeschützt.«

Mit diesen Worten wandte sich Leto von ihnen ab und ging die Stufen zu den wartenden Höflingen hinunter. Als er den Saal verließ, folgten sie ihm wie Satelliten.

Ghanima drückte Farad'ns Hand, aber ihr Blick verharrte noch lange, nachdem Leto hinausgegangen war, am anderen Ende des Saals. »Einer von uns beiden musste diese Qualen auf sich nehmen«, sagte sie. »Und er war schon immer der Stärkere.«

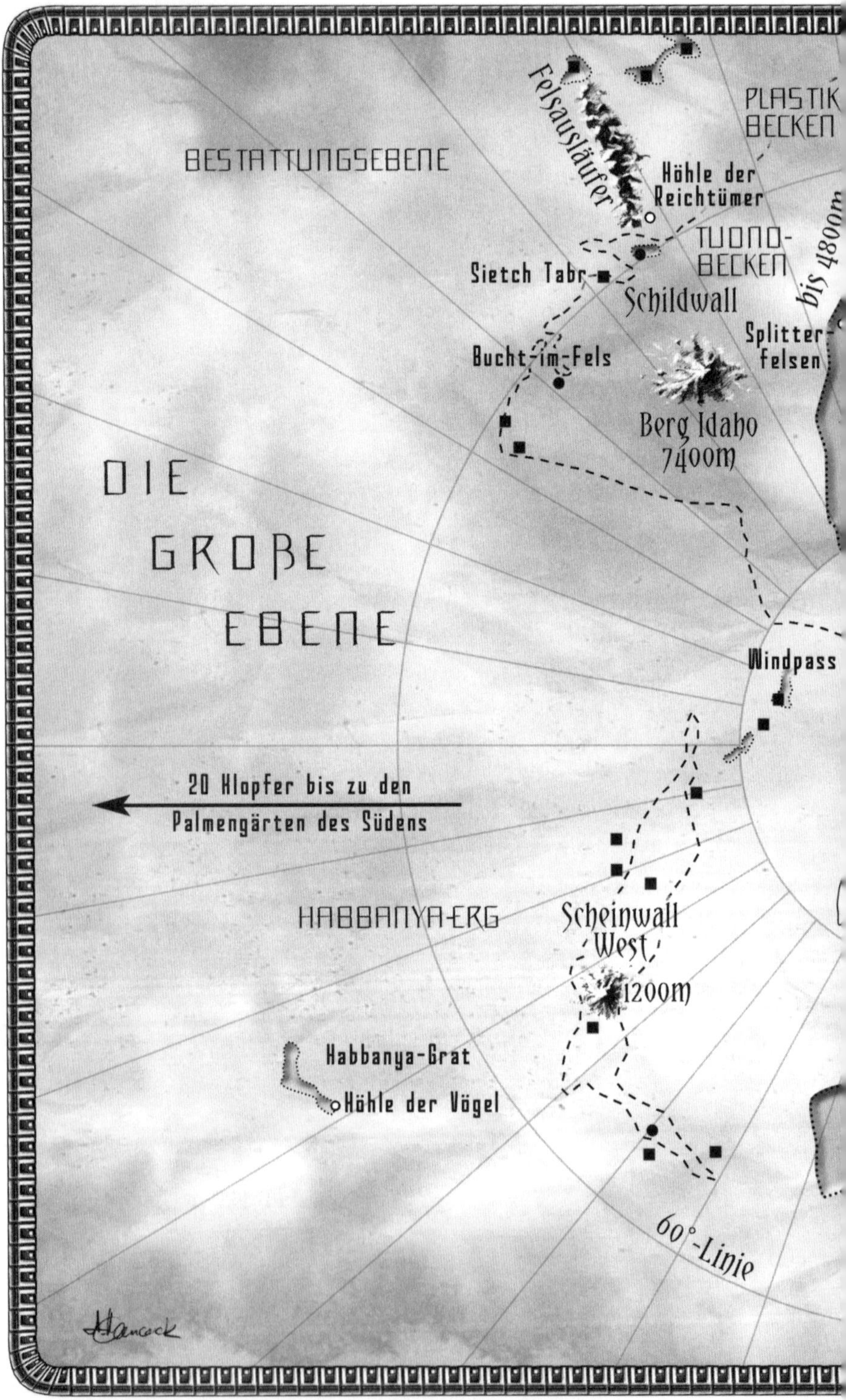

Felsausläufer
PLASTIK BECKEN
BESTATTUNGSEBENE
Höhle der Reichtümer
TUONO-BECKEN
bis 4800m
Sietch Tabr
Schildwall
Splitter-felsen
Bucht-im-Fels
Berg Idaho 7400m
DIE GROßE EBENE
Windpass
20 Klopfer bis zu den Palmengärten des Südens
HABBANYA-ERG
Scheinwall West
1200m
Habbanya-Grat
Höhle der Vögel
60°-Linie

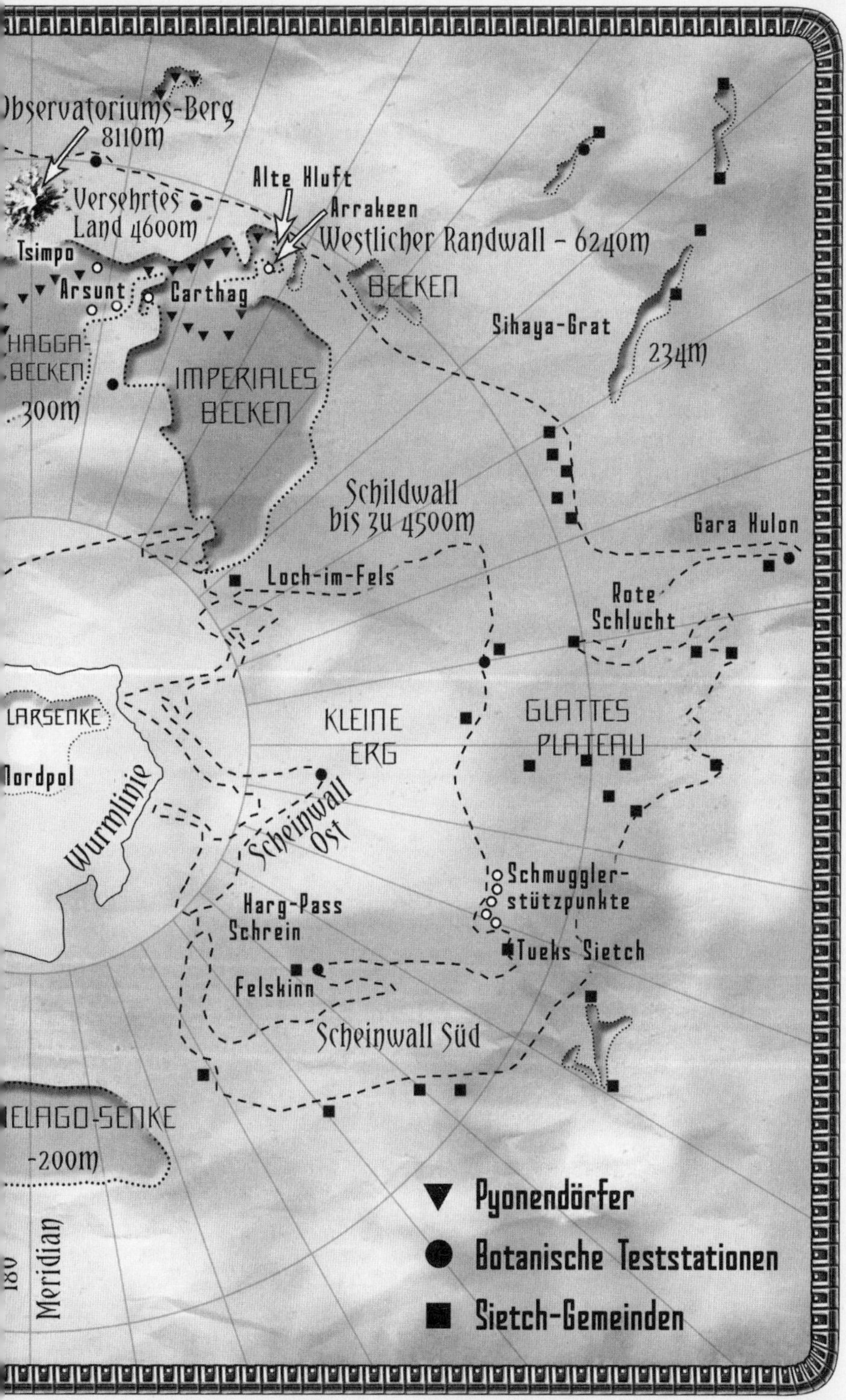

Observatoriums-Berg
8110m
Alte Kluft
Arrakeen
Versehrtes
Land 4600m
Westlicher Randwall – 6240m
Tsimpo
Arsunt
Carthag
BECKEN
Sihaya-Grat
HAGGA-
BECKEN
300m
IMPERIALES
BECKEN
234m
Schildwall
bis zu 4500m
Gara Kulon
Loch-im-Fels
Rote
Schlucht
LARSENKE
KLEINE
ERG
GLATTES
PLATEAU
Nordpol
Wurmlinie
Scheinwall
Ost
Schmuggler-
stützpunkte
Harg-Pass
Schrein
Tueks Sietch
Felskinn
Scheinwall Süd
ELAGO-SENKE
-200m
180
Meridian
Pyonendörfer
Botanische Teststationen
Sietch-Gemeinden

Kartografische Erläuterungen

Grundlinie zur Höhenbestimmung: Die Große Bled.
Grundlinie für den Breitengrad: Der Meridian, der durch den Observatoriumsberg verläuft.
Polarsenke: 500 Meter unter dem Bledspiegel.

Alte Kluft: Eine 2240 Meter tiefe Spalte im Schildwall, von Paul-Muad'Dib aufgesprengt.
Bestattungsebene: In der offenen Erg.
Carthag: Etwa 200 Kilometer nordöstlich von Arrakeen.
Große Bled: Offene, flache Wüste – im Gegensatz zu den Erg-Dünengebieten. Sie erstreckt sich von etwa 60 Grad nördlicher bis etwa 70 Grad südlicher Breite. Größtenteils besteht sie aus Sand und Steinen, allerdings ragen hier und dort Teile des Felsuntergrunds als Inseln empor.
Große Ebene: Eine offene Vertiefung im Fels, die in die Erg übergeht. Sie liegt auf einer Höhe von etwa 100 Metern über dem Bledspiegel. Irgendwo auf der Ebene befindet sich die von Pardot Kynes (Vater von Liet-Kynes) entdeckte Salzpfanne. Zwischen Sietch Tabr und den eingezeichneten Sietch-Gemeinden weiter südlich gibt es bis zu 200 Meter hohe Felsformationen.
Harg-Pass: Oberhalb dieses Passes ist der Schrein errichtet, der Letos Schädel enthält.
Höhle der Vögel: Im Habbanya-Grat.
Rote Schlucht: 1582 Meter unter dem Bledspiegel.
Südliche Palmengärten: Nicht auf dieser Karte verzeichnet. Sie liegen bei etwa 40 Grad südlicher Breite.
Westlicher Randwall: Ein hoher (4600 Meter) Steilhang, der sich aus dem Schildwall von Arrakeen erhebt.
Windpass: Dieser Pass zwischen zwei Felswänden führt zu den Dörfern der Sinks.
Wurmlinie: Verbindet die nördlichsten Punkte, an denen Wurmsichtungen gemeldet wurden (hierbei ist Feuchtigkeit, nicht Kälte der entscheidende Faktor).